Collection QA **compact**

Ève Paradis

Du même auteur

Mon premier baiser (collectif), éd. FouLire, coll. Le trio rigolo, Québec, 2005.

Mon premier voyage (collectif), éd. FouLire, coll. Le trio rigolo, Québec, 2005.

Ma première folie (collectif), éd. FouLire, coll. Le trio rigolo, Québec, 2005.

Frissella ne se voit plus aller, éd. FouLire, coll. La joyeuse maison hantée, Québec, 2005.

Frissella frappe un mur, éd. FouLire, coll. La joyeuse maison hantée, Québec, 2004.

La Lecture du Diable, éd. Québec Amérique, coll. Bilbo, Montréal, 1994.

J'ai besoin de personne, éd. Québec Amérique, coll. Titan, Montréal, 1994.

Le Lac disparu, collectif, coll. Clip, éd. Québec Amérique, Montréal, 1992.

Le Choix d'Ève, éd. Québec Amérique, coll. Titan, Montréal, 1991.

« Moé pis Catou », dans « *La Première fois* » (tome 1), coll. Clip, éd. Québec Amérique, Montréal, 1991.

Le Secret d'Ève, roman, éd. Québec Amérique, coll. Titan, Montréal, 1990.

Reynald Cantin

Ève Paradis

roman

QUÉBEC AMÉRIQUE

Catalogage avant publication de Bibliothèque et Archives Canada

Cantin, Reynald
Ève Paradis
(Collection QA compact)
ISBN 2-7644-0448-4
I. Titre.
PS8555.A554E94 2005   jC843'.54   C2005-941807-9
PS9555.A554E94 2005

Conseil des Arts   Canada Council
du Canada   for the Arts

Nous reconnaissons l'aide financière du gouvernement du Canada
par l'entremise du Programme d'aide au développement de l'industrie
de l'édition (PADIÉ) pour nos activités d'édition.

Gouvernement du Québec – Programme de crédit d'impôt pour
l'édition de livres – Gestion SODEC.

Les Éditions Québec Amérique bénéficient du programme de subvention
globale du Conseil des Arts du Canada. Elles tiennent également à
remercier la SODEC pour son appui financier.

Québec Amérique
329, rue de la Commune Ouest, 3ᵉ étage
Montréal (Québec) Canada H2Y 2E1
Téléphone : (514) 499-3000, télécopieur : (514) 499-3010

Dépôt légal : 3ᵉ trimestre 2005
Bibliothèque nationale du Québec
Bibliothèque nationale du Canada

Révision linguistique : Monique Thouin
Mise en pages : André Vallée – Atelier typo Jane

À toutes les jeunes filles du Québec
Aux gars aussi
Et à toutes les personnes qui accompagnent
Aident à vivre
Et laissent vivre

Livre I
J'ai besoin de personne

La rentrée

Septembre 1985.

Cette année-là, quand Ève Paradis essaya d'ouvrir la porte de sa future polyvalente, une certaine résistance se fit sentir. Il n'y avait pourtant personne de l'autre côté pour s'opposer à son entrée... quoique le soleil reflété par les grandes vitres l'empêchât de bien voir.

Plus ou moins vêtus de la même façon, des essaims de jeunes affluaient du quartier autour et convergeaient en chahutant vers leur école commune. Par nuées, les filles et les gars, la plupart en jeans, passaient près d'Ève sans la voir. Et juste avant de pénétrer pour de bon dans le monde scolaire, comme pour se garder en vacances encore quelques minutes, ils attardaient leur excitation dehors. Puis se dispersaient en traversant les six rectangles vitrés de l'ENTRÉE DES ÉTUDIANTS.

Tout près, un gars s'était mis à crier :

— V'là Dany Beaumont... Dany! Dany! T'es-tu content de r'commencer l'école?

— Parle-moé-z-en pas, tabarnac! Moé, j't'avertis, c't'année, j'foire. Y a pas un prof qui va m'faire travailler, man!... Aïe! T'check' la Blondeau! Y as-tu vu la paire?

— Laisse-la donc tranquille, Dany, t'es toujours après.

— OK, on la suit jusqu'aux casiers, pis là on met l'feu dans ses affaires ? Come on ! Let's go ! On va s'faire du fun.

— T'es pété, Dany. Commence pas ton année d'même.

— T'es rien qu'un chieux !

Et déjà Dany s'éloignait, se confondant avec les autres groupes qui arrivaient.

Cependant, au milieu de toutes les couleurs banales, quelques taches vives avaient surpris le regard d'Ève. Certaines filles, peu nombreuses en réalité, faisaient un drôle d'effet au milieu de tout ça. On aurait dit de grandes poupées. C'étaient les preppies.

Se tenant par petits groupes et ne suivant pas le mouvement général, elles portaient des costumes amples aux couleurs pâles, avec des rubans jusque dans les cheveux. Des cheveux bizarrement coupés d'ailleurs, comme en balai, mais d'un seul côté, avec une mèche par-dessus l'oreille, l'autre étant dégagée par un vilain coup de rasoir.

Elles papotaient et frétillaient. Les tissus lançaient des flammèches. Les souvenirs d'été fusaient de toutes parts, par bribes, et se perdaient dans l'air. C'étaient des histoires avec des garçons.

Mais le regard d'Ève s'était attaché à une fille en particulier, qui se tenait un peu à l'écart. Et qui était plus grande. Plus belle aussi. Les yeux fermés, elle dansait sur place, subtilement, presque pas, comme si elle entendait un rythme intérieur. Absente aux papotages des autres, elle bougeait aussi les lèvres, comme si les paroles d'une chanson lui traversaient la tête.

Dans son imagination encore naïve, Ève se la représentait sous les réflecteurs. Comme une grande chanteuse.

Pendant ce temps, les jeunes continuaient à pénétrer dans la polyvalente, de plus en plus nombreux et à un rythme incroyable.

Tête basse et le dos voûté, un sombre personnage dégingandé et solitaire passa, laissant derrière lui des effluves plutôt... personnels. Quand il ouvrit la porte de l'école, on entendit, tout à coup très forte, une musique entraînante. Ève put distinguer quelque chose comme

Somehow I made it through... avant que la porte se referme et assourdisse le rythme de la chanson.

Des cris terriblement aigus se firent alors entendre : « Madonna !!! Madonna !!! »... et le paquet de preppies s'engouffra dans l'ouverture d'une seule porte. Les tissus et les rubans firent un bouquet de fleurs lumineuses avalées par la bâtisse. On put encore entendre... *touched for the very first time...* et, derrière les portes, des reflets excités se dandinèrent et disparurent dans le noir profond de la polyvalente.

La grande fille les avait suivies, un peu en arrière.

Elle ne s'appelait pas Madonna. Ça, Ève le savait.

En réalité, elle s'appelait Marie Bouliane... Marie... comme sa mère.

Ève sursauta de nouveau.

Un épouvantable bruit de moteur se répercutant sur les murs de l'école lui avait bondi aux oreilles. Elle tourna la tête et vit une immense moto. C'est-à-dire qu'elle lui parut immense. À cause du bruit épouvantable sûrement. Mais aussi parce que le gamin qui la chevauchait n'était guère imposant. Elle était noire, étincelante et lourde.

Tordant résolument la poignée, le garçon la fit vrombir sur place. Il laissa ensuite baisser les révolutions jusqu'à ce que le moteur ne fasse qu'un bruit sourd qu'il fit mourir en dégageant la clé. Il appuya l'engin sur son pied à l'endroit exact où se trouvaient les preppies tout à l'heure. La moto apparut sur un fond sombre, comme dans une vitrine.

Un détail attira l'attention d'Ève. Sur le réservoir à essence, il y avait une sorte de dessin évoquant des mouvements d'eau... ou de vent.

Le garçon avait gardé son casque, dont la visière teintée lui cachait le visage. Ève se sentit observée.

— Qu'est-ce que t'as ? T'es toute rouge !

— C'est mon teint naturel, tu sauras ! répondit-elle promptement.

— Pis t'es pas ben grande.

— C'est naturel, ça aussi !

Une idée sembla surgir à l'esprit du motocycliste, mais il la retint. Il finit par dire simplement :

— Tu m'rappelles quelqu'un.

À ce moment, dans la voix du garçon, Ève crut lire un accent de tristesse. Mais il s'éloignait déjà.

Il ne retira son casque qu'au moment où il ouvrit la porte de l'école. Ève reçut de plein fouet le rayon de soleil projeté par la vitre qui pivotait, ainsi que les derniers *like a virgin* de la chanson. Et tout cela ne laissa qu'un rectangle aveugle au fond de ses yeux et de sourdes vibrations à ses oreilles.

À son doigt, il y avait un anneau. Une cornaline y était enchâssée. Ève avait l'habitude de la regarder en certaines occasions. Le reflet rouge et familier lui donna un peu de courage. Elle rajusta son sac à dos qui commençait à lui peser et s'attaqua au solide battant de métal et de verre qui lui avait résisté tout à l'heure.

Les semelles de ses souliers neufs glissèrent un peu sur le ciment gris du seuil. Elle fit basculer le rectangle de soleil et se retrouva à l'intérieur, prisonnière entre deux séries de portes.

Elle pivota. Le sac à dos décrivit un demi-cercle et la force centrifuge l'obligea à un petit pas de rétablissement vers l'arrière. Elle jeta un coup d'œil autour d'elle. Personne ne semblait l'avoir vue. Elle prit une profonde inspiration. Il lui fallait maintenant s'attaquer à la dernière porte qui la séparait encore du monde scolaire.

Elle fonça mais ne vit pas le grand gars qui arrivait derrière elle. Il poussa au même instant la même porte. Ève ne sentit que le vide s'ouvrir et fut aspirée vers l'intérieur par son propre élan. Elle fit deux pas de géant et son front alla heurter le ceinturon d'un rocker accoté sur une colonne de ciment.

C'était le grand gars foncé et malodorant de tout à l'heure. Ève porta sa main à son visage.

— Eh ! la p'tite rouss'lée ! La maternelle, c'pas icitte !

Le son inarticulé provenait d'un visage blême ponctué de boutons, auréolé de couettes graisseuses et émergeant d'un veston noir nauséabond dont le cuir clouté flottait autour d'un long squelette tenant en équilibre dans une paire de pantalons bouchonnés, aux extrémités desquels s'ouvraient deux gigantesques bottes de travail renforcées d'acier.

— Allons, Vesse de Cuir, laisse-la tranquille, répliqua le grand qui était entré en même temps qu'Ève.

— Toé, l'grand flanc, mêle-toé pas de t'ça ! Pis appelle-moé pas d'même, OK ?

Aussitôt, le « grand flanc » saisit les revers du blouson noir, les referma solidement sur la maigre poitrine, expulsant par le collet une bouffée fétide qu'il reçut en plein visage. Dégoûté, il repoussa l'épouvantail, dont la tignasse huileuse fouetta la vitre d'une porte, y laissant une traînée de reflets bleutés.

— C'est pas des boutons qu'elle a dans'face, elle, lança le grand. C'est des taches de rousseur ! T'as vu ? Ça donne des couleurs, pis ça fait plus propre !

Ève s'était tenue à l'écart, ne comprenant pas bien comment le gars avait pu tenir en équilibre tout l'attirail qu'il avait sur le dos. Heureusement, il s'était éloigné, toujours voûté et apparemment secoué par la poigne de l'autre. L'incident semblait clos et l'odeur qu'il avait laissée ne flotta dans l'air que quelques secondes car elle fut dispersée par le passage d'un vieux professeur chauve et affairé, qui leva un nez interrogateur avant de poursuivre son chemin. C'était monsieur Olivier, professeur de français.

Ève, qui avait une main sur le côté de son visage, n'avait assisté à toute cette scène que d'un œil, mais n'en avait rien perdu. Elle leva la tête et s'aperçut que le « grand flanc » était encore plus grand que prévu. Les courroies de son sac à dos lui tirèrent les épaules.

— Ça va, la p'tite ?

— La p'tite ?... Ça, c'est rien qu'une question de point de vue.

Et n'obtenant aucune réponse, elle ajouta :

— Tu m'entends, là-haut ?... sur le même ton agressif que tout à l'heure, et sans y penser davantage d'ailleurs.

Elle pivota de nouveau, prenant bien soin de compenser vers l'avant le poids du sac d'école. Elle choisit un corridor au hasard et s'éloigna dans toute la dignité que lui permettait sa petite taille, étonnée elle-même par le ton abrupt de toutes ses répliques.

Le « grand flanc » resta là, bouche bée, pendant qu'au loin, se perdant dans la multitude et le bruit, un sac à dos bondissait énergiquement, bientôt englouti dans le carrefour-entonnoir que formait l'approche de la salle des casiers, au cœur de l'école.

Un ami dans la foule

S on nom, au «grand flanc», c'était Christophe. Ça, Ève ne le savait pas. Elle n'aurait su dire non plus si c'était le hasard ou le mouvement général qui la menait ainsi vers le centre de l'école.

La densité humaine augmentait à chaque pas. Plus elle s'engouffrait, plus elle perdait contact avec le soleil extérieur, qui continuait à jouer dans les portes et les fenêtres encastrées dans le ciment et le métal. Tout devenait ocre et la lumière artificielle s'était faite omniprésente.

Le flot des étudiants glissa par une autre série de portes d'architecture semblable à celle de l'ENTRÉE DES ÉTUDIANTS et derrière laquelle se profilaient, sur un plafond aveuglant, de longues ombres immobiles. C'étaient les casiers, entre lesquels grouillait une population bruyante qui semblait s'agiter follement.

Ève n'eut besoin de pousser aucune porte pour pénétrer là. Elle y avait été pour ainsi dire... entraînée.

De son point de vue, les armoires de métal parurent étroites et vertigineusement hautes. Sa tâche consistait à y trouver la N-214 qui lui avait été assignée par une fiche informatisée qu'elle avait reçue chez elle, quelques jours plus tôt, et à y placer son cadenas.

Aucun tapis, aucun rideau n'amortissait le bruit des milliers de portes de tôle, parfois violemment manipulées. De longues séries de néons suspendus au plafond aveuglaient le regard. Des cris perçants traversaient sporadiquement le tumulte des voix. Une fille sursautait, un gars rugissait, un autre éclatait d'un rire d'hyène. Et Ève encaissait en silence toutes ces agressions qui faisaient vibrer sa poitrine déjà bien éprouvée par toutes les émotions de ce matin de septembre.

Elle se sentit un peu étourdie.

Elle soulagea ses épaules de son sac à dos et s'assit sur un des longs bancs d'église, à l'extrémité sud de la salle. L'image de son père lui vint alors et elle eut l'impression d'avoir été abandonnée là, dans un milieu hostile.

Ne lui restait que l'anneau, mais la cornaline était terne. L'eau lui vint au regard. Et c'est ainsi qu'elle vit, comme dans un brouillard, un vieux surveillant d'élèves qui accourait avec un extincteur chimique vers un casier enfumé... et qu'elle entendit, de façon feutrée, les cris hystériques de « la Blondeau » qui sautillait sur place, les bras au ciel, les seins battants, juchée sur des talons aiguilles et coincée dans des jeans si serrés que c'était à se demander si la crise était provoquée par la fumée qui faisait couler son rimmel ou par l'inconfort de ses pantalons.

Ève eut un sourire. Un certain calme l'envahit. L'anneau lui avait apporté son aide après tout. Elle remercia dans son cœur la femme qui le lui avait donné. Marie... sa pauvre mère disparue.

Ève n'avait qu'une idée confuse du phénomène qui venait encore de se produire. Une fois, son père avait tenté de lui expliquer que la cornaline avait un pouvoir sur les larmes.

Mais ce jour-là, en l'écoutant, Ève avait trouvé son père... crispé.

Marie, elle, n'était jamais crispée. Elle parlait beaucoup moins aussi. Elle avait simplement dit qu'il suffisait de porter l'anneau... et de ne penser à rien.

Pendant ce temps, Christophe s'était assis à côté d'elle. En silence.

Il aurait voulu lui parler. Elle avait l'air d'une extraterrestre dans un décor de science-fiction. Peut-être avait-elle besoin d'aide.

Christophe se faisait cette idée-là. Christophe s'en faisait souvent, comme ça, des idées.

Puis aussi, il y avait ce visage rousselé. Plus que rousselé. En fait, un mot lui était venu : « constellé ».

Mais il se contenta de regarder avec elle l'agitation des étudiants.

Il était pourtant habitué, lui, à ce vacarme. Il commençait son secondaire 5, année terminale. Cela faisait des années qu'il venait dans cette salle, six à huit fois par jour.

Pourtant, jamais il n'avait remarqué cette bruyante folie collective autant qu'aujourd'hui.

Ils sursautèrent tous les deux. Un timbre puissant venait de retentir. Le premier cours allait commencer dans cinq minutes. Le remue-ménage eut un dernier soubresaut. Il y eut encore quelques éclats et peu à peu l'atmosphère s'apaisa, les jeunes se dispersant vers l'aile nord, l'aile est et l'aile ouest du bâtiment.

La cornaline eut un nouvel éclat.

Ève se leva, endossa son sac et, soudain munie d'une énergie inattendue, se dirigea exactement vers le N-214, qu'elle cadenassa après y avoir jeté quelques affaires. Elle prit ensuite la direction de l'aile nord où l'attendait son premier cours. Il devait bien s'y trouver une fenêtre donnant sur le soleil extérieur.

Christophe eut à peine le temps de la voir disparaître. Quelques secondes lui avaient encore échappé. Mais sur sa rétine, dans un coin, au fond de son œil et de sa mémoire, un reflet de cornaline issu de l'anneau venait de s'incruster à jamais.

Progressant dans le grand labyrinthe, Ève Paradis se demandait déjà si ça lui serait un jour possible de se faire des amis dans un tel endroit.

Elle ignorait que c'était déjà commencé.

Paul

M onsieur Olivier venait d'imposer une composition à ses trente et un élèves : une courte description de leur première journée à la polyvalente.

Il y avait eu plusieurs minutes de protestations désordonnées qui avaient surpris Ève, guère habituée à cette résistance à l'autorité, d'autant plus que cela avait pris, vers la fin, une tournure franchement embarrassante pour elle :

— En combien de pages, la compo ?

— En deux lignes, m'as t'faire ça, moé !

— Les fautes comptent-ti ? Moé, si les fautes comptent, ça donne rien, j'la fa's pas... m'as encore avoir zéro.

— C'est pas juste, m'sieur ! Elle, la p'tite nouvelle, en avant, avec des taches dans 'face, ça fait rien qu'une semaine qu'est là !

Tous et toutes s'étaient du coup retournés. Ève se leva.

— Eh ! les gars ! Chus pas sûr, mais j'pense qu'est deboutte ! lança un certain Paul Letendre, du fond de la classe, et le désordre voulut s'installer.

— Taisez-vous ! lança le vieux professeur.

Un silence relatif s'établit.

— Tu veux parler, ma petite ?

— Oui, monsieur Olivier, répondit-elle posément, malgré son cœur qui battait très fort. Justement, j'aimerais qu'on arrête de m'appeler «la p'tite». J'aime pas ça.

— Bien, c'est très bien ça... euh! Excuse-moi... mais tu es nouvelle, je pense. C'est quoi ton nom déjà?

— Ève!

Et le chahut de reprendre :

— Ousse qu'i'est, Adam?

— Eh, la p'tite! J'ai une belle pomme dans ma culotte! Ça t'tente-ti? ajouta Paul Letendre.

L'hilarité générale éclata. Plusieurs répétaient la plaisanterie au profit de ceux qui n'avaient pas bien compris. Quelques filles eurent un sourire gêné et reçurent des propositions obscènes. La plupart ajoutèrent les vulgarités qui leur passaient par la tête. Peu à peu, le silence se rétablit. On était curieux de voir comment réagirait le prof. On le testait. Il ne pouvait laisser passer ça :

— Dis donc, toi, en arrière, tu ne manques pas d'imagination.

Il y avait un tremblement dans sa voix. Tout le monde le sentit.

— C'est vrai, m'sieur! Des fois, j'me d'mande si je suis pas un rêve.

Et de saluer, les deux mains levées, comme si on l'applaudissait. Monsieur Olivier sentit une douleur à l'estomac.

— Tu m'sembles un peu plus vieux que les autres. Quel âge as-tu?

Il y eut un moment d'affrontement qui dura une éternité aux yeux d'Ève, toujours debout.

— Un peu plus jeune que vous, j'pense.

Ève fut abasourdie par l'audace de la réplique. Le professeur ne broncha pas. Il avait juste un peu fermé les yeux :

— Mon pauvre ami, je vais devoir te faire un rapport.

— Allez-y, gênez-vous pas! J'ai l'dos large!

Monsieur Olivier écrivit quelques mots. Sa main aussi tremblait.

— Voici un billet. Rends-toi au bureau de monsieur Zouvie. Tu lui raconteras ton histoire. Mon rapport suivra.

— Vous avez vu ça, les gars ? C'est pas moi qui vas avoir une compo à faire... c'est lui !

Il prit le billet et quitta la classe en claquant la porte. Mais il la rouvrit aussitôt :

— À bientôt, les gars ! Pis toi, la p'tite... merci pour le congé ! Pis j'te trouve ben belle... avec tes taches que t'as partout-partout... J'pense que j't'aime !

Il lui lança un baiser. Ève se rassit, troublée comme elle ne l'avait jamais été. Elle venait de reconnaître le motocycliste de la rentrée.

De longues secondes s'écoulèrent.

— Bon ! les amis, lança le professeur, il faut maintenant penser à votre composition.

Nouveau brouhaha inarticulé pour rouspéter.

— Écoutez, ajouta-t-il, afin de raviver l'intérêt. Racontez-moi ça comme c'est arrivé. Avec des mots ordinaires, puis des phrases courtes.

Monsieur Olivier s'interrompit quelques instants :

— Des questions ?

Personne n'avait vraiment porté attention. On pensait à ce Paul dont l'audace dépassait ce qu'on avait l'habitude de voir.

— Et ne vous en faites pas, ajouta monsieur Olivier, comme s'il profitait de ce silence qui lui permettait de se vider le cœur. Vous n'aurez pas beaucoup de compositions à faire cette année. Vous savez, avec quatre groupes comme le vôtre, quand je donne un tel travail, je dois corriger cent vingt textes et...

S'apercevant qu'on l'écoutait peut-être, il se laissa emporter par l'amertume :

— Vous savez, je vieillis, moi. Mes élèves, jamais. Chaque année, ils ont toujours quatorze ans... comme vous... et...

Il se sentit alors très fatigué. Ce qu'il venait de dire était maladroit, il le savait. Il observa les trente têtes devant lui. Pas une n'était pareille à l'autre. L'écoutait-on vraiment ? Allez savoir. En tout cas, on se taisait. Ça, au moins, c'était quelque chose.

Ève Paradis, assise tout près, avait particulièrement bien écouté... et compris. Parce que les propos que le professeur venait de tenir ressemblaient étrangement à ceux de son père... Mais Pierre n'avait pas l'air d'un homme abattu, lui.

— Excusez-moi. Vous ne pouvez comprendre. Allez! Au travail!

Mais timidement, un doigt s'était levé.

— Moi, monsieur, je crois que j'ai compris un peu, lança doucement Ève, qui ne mentait jamais.

— Merci, ma petite... euh!... je veux dire... Ève. Tu es gentille.

Il se tut et commença le rapport disciplinaire de Paul, persuadé que cela ne ferait qu'envenimer le problème. Mais avait-il le choix? Il devait l'abandonner aux autres... à ses parents... s'il en avait, ou alors aux divers services de l'école... ou enfin au directeur à la vie étudiante, monsieur Zouvie. Mais là, c'était l'extrême limite. Après lui, c'était la porte.

De son côté, Ève pensait : « J'pense que j't'aime... » On ne plaisante pas avec ces mots-là.

Et elle n'écrivit rien, paralysée devant sa feuille encore blanche.

— Monsieur, je peux vous poser une question?

— Bien sûr.

— Dans ma compo, je peux vraiment raconter ce que j'ai vu le jour de la rentrée?

— Oui, oui, répondit monsieur Olivier, un peu agacé par cette question qui lui paraissait ne mener nulle part.

— Même si ce n'était pas très beau?

— Ça ne devait pas être si affreux que ça, tout de même.

— Si, monsieur, ça m'a paru affreux!

Monsieur Olivier laissa tomber son crayon. Ses petits yeux exprimaient tout à coup de l'intérêt.

— Oui, Ève, tu peux décrire le monde tel que tu le vois. En le décrivant, tu peux refaire le monde.

Monsieur Olivier eut peur qu'elle ne comprenne pas.

— Écoute, tu me racontes ça comme tu l'as vu. Si tu fais ça, ta composition va être réussie! s'exclama-t-il un peu fort.

Il se sentit observé par les élèves.

— Allez, tout le monde! Au travail!

Et les têtes, une à une, se penchèrent sur les bureaux. Les crayons s'activèrent sur le papier. Le calme était enfin revenu.

Monsieur Olivier secoua la tête, visiblement las.

Ève tenta de se concentrer, mais en vain. C'est qu'il n'y avait pas vraiment silence. En tout cas, pas le silence auquel elle était habituée. Un bruit qu'elle ne pouvait pas bien identifier s'imposait. C'était dans les murs de la classe. Ou peut-être dans le plafond. Personne autour ne semblait l'entendre.

— C'est un bel anneau que tu as là, chuchota monsieur Olivier.

— Merci, monsieur. C'est... c'est un porte-bonheur que m'a donné ma mère.

— C'est bien, ça... très bien... excellent!

— Monsieur, dites-moi, c'est quoi tout ce bruit?

— Quel bruit?

— Ce bruit, là, dans les murs...

— Je ne comprends pas.

— Écoutez bien. C'est pas possible, vous devez l'entendre.

Le vieux professeur se tut. Au bout d'un long moment, il s'exclama :

— Tu veux parler de la ventilation?

— La ventilation?

— Oui, la ventilation... le système de chauffage.

— Vous pouvez l'arrêter? Ça me distrait pour ma composition.

— Arrêter le système?

Monsieur Olivier regarda Ève d'un air particulier.

— C'est quoi ton nom de famille déjà?

— Paradis.

— Ève Paradis... Tu dois être heureuse avec un nom pareil!

C'était une plaisanterie qu'elle avait souvent entendue.

— C'est le nom de ma mère.

Elle avala sa salive et ajouta :

— Elle est morte.

— Ah! Je suis désolé.

— Mon père est professeur. Il travaille ici... enfin, il travaillait ici. C'est un professeur de mathématiques. Il s'appelle Pierre Tremblay.

— Pierre! ah! mais bien sûr. Que devient-il? On ne le voit plus.

— Il s'est arrêté. Il s'était mis à parler comme vous, tout à l'heure, puis il a pris congé... pour quelque temps.

Un timbre élevé lui coupa la parole. Ève crut que c'était la fin du cours. Pas tout à fait. À l'horloge de la classe, il restait encore trois minutes.

Une voix joyeuse comme celle du père Noël retentit, venant d'un petit haut-parleur placé sous l'horloge de la classe. C'était monsieur Zouvie à l'interphone :

— Je m'excuse auprès des professeurs... J'ai un message important pour les élèves de secondaire 5... Vous savez, ceux que je vais mettre à la porte en juin... Ha, ha, ha!... Je m'adresse aux finissants... ceux qui sont finis, quoi... Ha, ha, ha!... C'est au sujet de la photographie pour l'album de fin d'année et...

Dans la classe, déjà, on n'écoutait plus. On ramassait ses affaires et on s'attroupait près de la porte pour attendre le timbre de la fin du cours.

Assise seule à sa place, Ève trouvait qu'il s'en était passé, des choses, dans les cinquante dernières minutes.

Mais sa feuille était toujours blanche.

Sous *La Bombe*

Vendredi, seize heures trente.

Dans le hall central de la polyvalente, deux silhouettes solitaires attendent sous une gigantesque murale de béton. Les derniers élèves courent vers la sortie. La flotte jaune et noir de quelque trente autobus va bientôt s'ébranler et disperser la population étudiante dans les quartiers environnants.

Une des deux silhouettes se trouve dans une posture étrange. À la fois assis sur les reins et couché sur les coudes, Vesse de Cuir n'a pas quitté ses grandes bottes, gueules ouvertes, langues sorties, ainsi que son veston noir trop grand dont le col, vu la posture, forme un demi-cercle à hauteur des oreilles. Dans sa cervelle chaussée d'une paire de petits haut-parleurs, le baladeur enfonce son heavy metal à grands coups de guitare solidement assenés. Mais de temps à autre, dans son imagination saturée de vidéoclips, l'image d'une douce preppie s'impose... Marie Bouliane.

Glissant discrètement sur le banc, l'autre silhouette, plus discrète, cherche à s'éloigner. Elle a un rendez-vous. Un rendez-vous qui lui donne des palpitations. Avec Paul Letendre.

Ève s'était rendue à l'endroit convenu : le hall central. Et s'était assise sous cette murale représentant un grand village planétaire dont les habitants de toutes races se tiennent par la main, d'où le titre de l'œuvre, *La Ronde*, surnommée « *La Bombe* » par l'instinct infaillible des élèves, à cause de sa forme rappelant une sorte d'ogive nucléaire oblongue dont on célébrerait les vertus pacifiques dans une grande fête internationale.

La murale était aussi haute que le hall lui-même. Elle en couvrait les trois étages.

Ève déplia le petit papier et relut, peut-être pour la douzième fois :

> *Ève,*
> *Je voudrais te parler.*
> *Attends-moi, sous* La Bombe, *après le dernier cours, vendredi.*
> *Paul*

Elle avait été émue en recevant le message. Elle s'était retournée vers Paul, les yeux grands ouverts au milieu de toutes ses taches. Il venait de lui glisser ça au creux de la main.

Elle baissa les yeux : on était en plein cours de français. Elle cacha le papier dans son étui à crayons et laissa s'écouler le temps, sans écouter, le regard vide, le cœur battant.

Lorsque monsieur Olivier l'avait envoyé chez le directeur, Paul avait dit : « À bientôt, les gars ! » De ça, Ève se souvenait clairement. Mais il n'était revenu que deux semaines plus tard.

Et quand Ève l'avait vu réapparaître dans la porte de la classe, son cœur avait fait un drôle de bond. Elle avait aussitôt reconnu le visage malin, les yeux noirs et brillants... et les cheveux anarchiques.

Paul s'était dirigé vers le bureau de monsieur Olivier. Toute la classe s'attendait à quelque frasque, mais il lui avait simplement tendu un mot du directeur... et s'était excusé.

— Très bien, Paul, avait dit le professeur, je suis heureux de te voir de retour. Tu peux aller à ta place.

— Merci, m'sieur. J'peux m'asseoir en avant ?

L'étonnement fut alors général : il n'y a que les « bollés » qui veulent ces places-là d'habitude...

Et Paul se retrouva à côté d'Ève.

Quelques minutes plus tard, il lui glissait son message dans la main.

Ève leva les yeux. Un grand gars se tenait devant elle, silencieux et souriant. Il affichait un visage familier. Au même moment, Marie Bouliane traversait le hall central. Son costume léger flottait sur elle.

Vesse de Cuir déplia ses articulations. Se donnant l'air de rien, il éloigna d'un pas nonchalant sa longue carcasse habitée d'images magnétoscopiques ahurissantes. Ses bottes battirent la mesure le long de *La Bombe*. Tournant un coin, il disparut derrière le béton de la murale, se dandinant dans le large rayon de soleil issu des grandes portes. Pendant un moment, la lumière encore pleine de la poussière soulevée par la sortie des étudiants bougea dans un rythme ambigu mêlant la violence à la tendresse.

À une altitude indéterminée, au-dessus d'Ève, flottait toujours ce sourire qui ne voulait pas se décrocher.

— Bonjour, finit-il par dire doucement.

— Bonjour, répondit-elle, regardant ailleurs.

— Tu attends quelqu'un?

— C'est ça, oui. J'attends quelqu'un.

— Paul?

Elle fut surprise mais chercha à n'en rien montrer.

— Comment le sais-tu?

— Tu ne me reconnais pas? dit-il, ignorant la question.

— Oui, oui, je suis pas myope. Je peux voir de loin.

La réplique l'amusa. Elle était raide, comme celles du jour de la rentrée. Mais il ne se laissa pas démonter cette fois-ci :

— Je m'appelle Christophe. Je suis son grand frère.

— Je l'savais.

— Tu savais que j'étais le frère de Paul?

— Je savais que t'étais grand.

— Allons, Ève, cesse de plaisanter.

— Ne m'appelle pas comme ça!

Elle perdait un peu contenance. Il s'en aperçut.

— Tu veux pas que je t'appelle «la p'tite» toujours?

Elle ne répondit pas.

— Écoute, je sais que la poly a été dure pour toi. Tu es agressée depuis ton arrivée. J'ai vu ça dès le premier jour...

— Arrête tes discours et dis-moi c'que tu veux!

Il comprit qu'elle n'allait pas se laisser apprivoiser.

— Tu es l'amie de Paul?

Elle voulut répondre très vite en levant la tête.

— Je ne suis pas son amie... c'est-à-dire que... je ne sais pas.

— Il ne viendra pas. Il ne faut plus l'attendre, c'est inutile.

— Si j'ai envie d'attendre, j'attends.

— Tu es bien dure avec moi. J'étais seulement venu pour te dire que Paul ne viendra pas.

— Tu l'as dit.

— Bon, dans ce cas, je m'en vais. Mais avant, laisse-moi te dire une chose, Ève Paradis. Tu n'arriveras à rien en bousculant les gens comme tu le fais, avec tes p'tits mots, pis tes farces plates...

Puis il se radoucit un peu :

— De toute façon, c'est impossible de voir Paul actuellement. Même moi, je ne sais plus où il est.

Ève le regardait avec intensité. Christophe sentit qu'il pouvait dire ce qu'il avait prévu.

— Tu vois, c'est... c'est à cause de sa petite sœur qu'il a perdue... je veux dire, que nous avons perdue, il y a trois ans. Tu comprends? Ça lui a donné un choc. Je pense qu'il s'en ressent encore aujourd'hui. C'est pour ça qu'il agit comme ça. Mais là, je ne sais plus ce qui se passe, il se calme dès qu'il est question de toi, Ève Paradis... ou alors c'est le contraire, il s'enrage encore plus. Il ne viendra pas aujourd'hui. Avant de partir, il l'a dit : «J'y vas pas. J'ai besoin de personne!»

Christophe se sentait maladroit. Il regarda Ève, qui avait l'air de ne rien comprendre. Puis, comme si tout cela lui paraissait subitement inutile, il lança :

— Tu m'as entendu? Il viendra pas! J'ai fait le message.

Ève ne put réagir tout de suite. Brandissant le petit papier, elle ne sut que crier :

— Il viendra! C'est écrit, là!

Mais elle ne vit que le soleil osciller au détour de *La Bombe*. Elle s'effondra sur le banc.

Paul ne viendrait pas, elle le comprit. Et dans son entêtement, elle ne saurait même pas pourquoi. Une larme lui échappa... à travers laquelle un nouveau reflet de cornaline s'étoila.

Mais rien ne se produisit.

Sauf peut-être ce cauchemar qu'elle allait avoir, cette nuit-là.

La falaise

L'homme avait ramené sa fille dans la forêt de son enfance. Il respirait bien. Elle était heureuse. Ils marchaient dans un sentier odorant qui déboucha sur les bords d'un lac bleu.

L'homme retrouva facilement le canot dans le sous-bois. Il s'en coiffa la tête et les épaules. Les dessins étranges sur les deux flancs ne semblaient pas avoir souffert des intempéries. En quelques pas, l'homme fut au bord de l'eau et fit basculer l'embarcation, qui se posa en silence sur l'onde. Il en sortit deux avirons pareillement ornés de dessins évoquant le souffle du vent et les mouvements de l'eau.

L'homme sauta dans le canot, qui le reçut moelleusement. Il tendit la main à sa fille. Elle avança sur les cailloux de la rive et, dans un bond affectueusement guidé, se retrouva dans l'embarcation, un aviron à la main et prête à y consacrer toutes les forces de ses petits bras. Elle sentit aussitôt la poussée du premier coup d'aviron. Elle plongea le sien profondément dans l'eau bleue du lac.

Au rythme régulier de leurs efforts communs, l'embarcation mit le cap sur un point brillant, au pied d'une falaise, de l'autre côté. À mi-chemin entre l'eau et le sommet de la falaise, une immense éclaboussure pourpre formait une grande étoile dont les rayons d'inégales grosseurs serpentaient en tous sens, suivant les reliefs du rocher.

Le point brillant, au bas de la falaise, se posa en équilibre, dans le prolongement de la pince avant du canot. Il grandissait sans perdre sa luminosité et devint bientôt une sorte de grande surface dont la couleur argentée se répandait dans l'eau... que le canot toucha. Et, comme si ce contact pouvait avoir un effet, cela s'ouvrit. Sans bruit.

Ève cessa d'avironner, mais l'homme propulsa le canot dans l'ouverture. Ils s'enfoncèrent dans la falaise. Ève tourna la tête et vit un pan d'ombre s'abattre sur l'homme, qui n'était plus qu'une silhouette noire sur fond d'éclats de soleil.

Ève se retourna vers l'avant. Elle ne voyait plus l'eau glisser sous l'embarcation. Les coups d'aviron s'accentuèrent et le canot devint une lance fendant le vide.

Puis s'éleva un sinistre grondement issu de nulle part... du cœur même de la falaise. Ève en chercha l'origine. C'était autour d'elle. C'était... c'était... derrière elle.

Dans sa tête, elle se retourna. Mais seulement dans sa tête.

La poitrine de l'homme se présenta à elle, comme un mur. Elle voulut avoir un cri. Elle serra les bords du canot... et les étoiles se mirent à poindre, devant, et à tournoyer...

Ève vit alors le visage de son père. Pendant une seconde, elle éprouva une peur qui la replongea dans son cauchemar, mais elle rebondit aussitôt dans la réalité. La figure barbouillée de larmes, elle reconnut, dans le regard de Pierre, la couleur même de ses propres yeux. Elle leva les bras, se lança à son cou et s'y accrocha comme à sa dernière bouée.

— Papa !

— Ma petite, tu rêvais... tu as eu un cauchemar.

— C'était toi. Tu étais dans mon rêve... Tu me menaçais. Je n'avais plus personne... Même toi... tu m'avais abandonnée. J'étais seule...

L'homme laissa le mot se perdre dans la pièce.

— Dis, papa, tu es avec moi ?

— Le plus que je peux, Ève, le plus que je peux. Mais...

Les mots lui restaient dans la gorge. Il avait envie de lui dire des choses.

— Il te faudra apprendre à vivre avec la solitude... Un jour peut-être... il t'arrivera de ne plus la sentir. Cela durera quelques jours. Tu appelleras cela «être en amour». Mais elle reviendra... elle revient toujours, la solitude.

— Mais pourquoi?

Sur cette question impossible, l'homme perdit toute envie d'expliquer.

— Je n'sais pas. Peut-être parce que tu es unique au monde.

Il avait dit cela avec calme. Il n'était pas crispé.

Ève eut alors une inspiration qui l'étonna, la prenant comme par surprise.

— Papa, je me sens toute drôle. Avant, c'était l'anneau de maman qui faisait ça, tu me l'avais expliqué. Mais là, quand tu m'as dit que j'étais unique au monde, ça m'est venu, comme ça, sans raison. Sans l'anneau. Sans rien.

— Ah oui, l'anneau...

L'homme hésitait avant de poursuivre. Il parla lentement :

— Tu sais, la cornaline, c'était rien qu'un conte... un conte de fées qu'on te faisait quand tu étais petite. C'était pour que tu croies à la magie... pour que tu te sentes moins seule. Mais c'est fini, tout ça.

Les yeux d'Ève se remplirent d'eau. Son menton se contractait.

— Je vais pleurer, papa. Je vais encore pleurer. Pourquoi?

— Pourquoi? Tu veux vraiment une explication, Ève?

— Il y en a une, dis?

— Ton pauvre professeur de père ne peut guère t'en donner.

Les larmes sont les larmes sont les larmes sont les larmes...

Que le meilleur gagne !

Ce mardi matin-là, le bureau de monsieur Zouvie était plein d'élèves. Situation exceptionnelle car le directeur à la vie étudiante ne reçoit en général qu'un seul élève à la fois, la plupart du temps expulsé de sa classe pour indiscipline. Mais là, près d'une dizaine de jeunes étaient rassemblés, un petit papier à la main et s'observant d'un air gêné. Des jeunes de secondaire 1 à 5. Tous bien coiffés et relativement chic... « pognés », diraient certains. Il y avait six filles. Et deux gars, dont Christophe Letendre, le seul qui n'avait aucun papier. Le seul aussi avec une attitude à peu près décontractée.

Monsieur Zouvie n'était pas grand, aussi portait-il des souliers à semelles épaisses munies de talons surélevés. Quand il arpentait les corridors de l'école, il flottait à quelque cent trente centimètres du sol, taille qu'il avait atteinte à l'âge de treize ans et qu'il n'avait jamais dépassée. Il glissait sur les parquets sans sautiller, comme s'il se déplaçait sur un coussin d'air. Il avait de petites jambes maigres et un gros ventre qui formait avec sa tête, ronde et sans cou, une sorte de ballon. Les couleurs vives de ses costumes lui donnaient l'allure d'une montgolfière.

Il se glissa dans son fauteuil, surélevé lui aussi, le fit basculer pour obtenir un meilleur angle d'observation, puis balaya d'un regard panoramique le groupe de jeunes qui se présentait à lui. En général, cela impressionnait.

— Qu'est-ce qui se passe à matin ? Un prof en a mis une dizaine à la porte d'un seul coup ? Ha, ha, ha !

Pendant ce temps, à l'autre bout de l'école, Ève Paradis n'avait pas l'esprit à plaisanter. Elle se rendait à son cours de mathématiques, où ses relations avec l'enseignante étaient pénibles. Discrètement, elle s'assit près d'une fenêtre d'où elle pourrait regarder l'automne qui s'apprêtait à flamboyer dehors.

Depuis le cauchemar de la falaise, Ève s'était attendue à voir sa vie bouleversée, mais l'horaire imperturbable à six périodes quotidiennes l'avait menée en octobre sans histoire.

Le timbre du début du cours traversa la polyvalente et atteignit tous les élèves jusque dans les plus lointains locaux. Mademoiselle Houazarre ouvrit son cahier d'appel. En un coup d'œil, elle vit que tout le monde était là.

— Je vois qu'il ne manque personne ce matin.

Ève ressentit là un reproche dirigé contre elle. Elle se tourna vers l'enseignante, dont le regard l'accueillit froidement.

Par bonheur, le grésillement de l'interphone vint mettre un terme à cet affrontement.

— Bonjour, bonjour, tout le monde ! Vous me reconnaissez, n'est-ce pas ? Ici monsieur Zouvie, votre directeur préféré... Ha, ha, ha !

— Ha, ha, ha ! répétèrent certains élèves, par dérision.

Le directeur continua comme s'il n'avait rien entendu. En réalité, il n'avait rien entendu.

— Nous allons maintenant procéder à une petite cérémonie durant laquelle vous entendrez les candidats et candidates qui veulent se présenter au conseil étudiant. Ils sont huit et vous devrez en élire cinq. Un par niveau. Vous écouterez bien ce qu'ils ont à vous dire. Et à la fin, vous entendrez le futur président de la polyvalente de Saint-Rédempteur, Christophe Letendre, qui sera élu par acclamation puisque personne ne se présente contre lui.

Le nom de Christophe avait frappé Ève. Lui revint aussitôt à la mémoire cette rencontre ratée sous *La Bombe*. Et pendant que le directeur présentait les deux plus jeunes candidates, sa mémoire se balada au hasard des souvenirs qu'elle avait accumulés depuis la rentrée. Après quelques zigzags fortuits, elle s'arrêta bizarrement sur une idée qui s'imposa.

Ève se leva et se présenta devant son professeur.

— Je m'excuse, je dois m'absenter pour quelques minutes.

Mademoiselle Houazarre n'eut pas le temps d'ouvrir la bouche.

Et pendant que la deuxième candidate de secondaire 1 achevait de réciter timidement à l'interphone son petit discours, qu'elle termina par l'inévitable «J'espère que vous allez voter pour moi», Ève entreprenait sa traversée de la polyvalente.

Elle allait mener son premier combat contre la solitude. La décision était sienne, uniquement. Elle l'avait prise sans l'aide de l'anneau, sans l'aide de son père... toute seule.

Elle arpenta un premier corridor vide, au bout duquel une paire de portes l'attendait. La première candidate de secondaire 2 commençait: «Mon nom, c'est Nathalie, pis j'me présente parce que...» La porte bascula facilement, livrant passage à Ève Paradis, qui se demanda si elle ne s'était pas ouverte toute seule. Un autre corridor vide, une autre paire de portes donnant accès à une imposante cage d'escalier également vide, au bas de laquelle une troisième paire de portes... «pis j'espère ben que vous allez voter pour moé! Vous le r'grett'rez pas!» Ève avait pris la mesure et le rythme de la polyvalente et il ne lui restait plus que quelques portes à franchir avant d'atteindre son but. L'interphone continuait à répercuter son écho.

Ève s'engagea enfin dans un corridor plus lumineux, signe qu'elle approchait de la périphérie sud de l'école, où s'était installée la direction, entourée de son secrétariat et des divers services aux étudiants: psychologues, orienteurs, infirmière, magasinier, travailleur social, aumônier. Quelques personnes affairées circulaient là, traversant d'un bureau à l'autre, un dossier à la main.

Puis ce furent les bureaux des directeurs: administratif, aux études professionnelles, aux études générales, à la vie étudiante... À la vie étudiante! Ève y était enfin. Elle entra. Au-delà, ne restait qu'une grande porte capitonnée... et close. Celle du principal de l'école.

L'unique candidate de secondaire 3 était en train de parler. Quand monsieur Zouvie aperçut Ève, il crut à une enfant de l'élémentaire perdue dans la grande école :

— Allons, ma petite, que fais-tu là ?

— Je suis en secondaire 3 et je voudrais être candidate.

— Mais c'est impossible, il fallait donner ton nom avant.

— M'excuse, 'suis nouvelle.

— C'est quoi ton nom ? demanda enfin le directeur, qui devait la juger bien inoffensive.

— Ève Paradis.

— Il faudrait parler à l'interphone, là, tout de suite.

— D'accord !

Cette réponse assurée étonna le directeur, qui saisit le combiné tout en observant du coin de l'œil cette étrange petite créature rousse aux yeux verts.

— Eh bien, les amis, j'ai une fort bonne nouvelle pour les élèves de secondaire 3. Vous allez pouvoir voter ! En effet, à la toute dernière minute, une deuxième candidate s'est présentée pour faire la lutte à Nathalie Baribeau. Il s'agit de la petite Ève Paradis. Je lui cède immédiatement la parole. Écoutez-la bien, carrrr... c'est dans les p'tits pots qu'on trouve les meilleurs onguents !... Ha, ha, ha !

Mademoiselle Houazarre, à l'autre bout de l'école, eut un sourire.

Monsieur Zouvie tendait l'appareil. Ève s'approcha, se frayant un chemin au milieu des autres candidats, qui s'écartèrent, ne comprenant pas très bien ce qui arrivait. Elle saisit le combiné, se retourna et entrevit le regard interrogateur de Christophe.

— Bonjour, tout le monde, lança-t-elle, la bouche trop près du combiné.

Elle entendit sa voix se répercuter dans la polyvalente. Elle fut surprise, mais se ressaisit aussitôt.

— Mon nom est Ève Paradis, comme monsieur le directeur vient de le dire, et je suis bien petite, c'est vrai. En fait, on pourrait dire que je suis plus petite que lui.

Un éclat de rire secoua l'école.

— Mais c'est pas grave, je suppose, d'être petite... ou d'être rien qu'en secondaire 3. Ce qui est grave, c'est que monsieur le directeur s'est trompé tantôt.

Maintenant, on écoutait vraiment avec attention.

— C'est que je ne veux pas faire la lutte à Nathalie Baribeau en secondaire 3. En fait, je lui laisse la place. Elle fera très bien l'affaire, j'en suis sûre. Non, ce que je veux, c'est me présenter à la présidence de l'école.

Là, ce fut le silence total. L'école s'était arrêtée. Les secrétaires avaient stoppé leur travail. Monsieur Zouvie sentit le sol se dérober sous ses talons.

— J'aimerais me présenter contre Christophe Letendre, qui, comme vous le savez tous, est bien plus grand que... que moi et monsieur Zouvie réunis.

Un deuxième éclat traversa l'école, qui tombait dans un état de réjouissance rare.

— Pour l'instant, je n'ai pas grand-chose à vous dire mais, puisqu'il y aura élection à la présidence, je voudrais demander une faveur à monsieur le directeur.

Elle s'arrêta un instant, pour bien peser ses mots :

— Il me semble que ce serait intéressant si un débat contradictoire était organisé à l'amphithéâtre de la polyvalente... entre Christophe Letendre et moi.

À la seconde même, un grand cri d'enthousiasme souleva l'école tout entière. Un sourire se dessina sur les lèvres des professeurs, qui comprenaient l'impasse dans laquelle le directeur se trouvait placé. Cela dura près d'une minute.

Monsieur Zouvie récupéra un peu sèchement le combiné, mais il affichait tout de même un sourire. Il attendit que le calme se rétablisse. Cela se fit assez vite car on voulait encore entendre Ève Paradis.

— Ha, ha, ha! Voilà une demande bien intéressante. Mais il faut comprendre que cela implique l'annulation d'un cours et...

Un autre cri collectif et unanime accueillit cette idée. Monsieur Zouvie était dans l'eau chaude.

— Je comprends très bien votre emballement, mais il faut savoir qu'il est difficile d'improviser ainsi des congés dans l'horaire d'une grande école comme la nôtre. C'est plus compliqué que vous ne le croyez. De tels projets doivent d'abord être soumis au Comité local de participation, qui doit étudier la question et ensuite...

Un murmure de mécontentement monta au fur et à mesure que l'on comprenait que le directeur voulait éluder la question. Cela se répandit comme une traînée de poudre. Dans toutes les classes maintenant, on chahutait, on tapait sur les tables, on n'écoutait plus. Le directeur ne pouvait plus parler. Aucun argument ne serait entendu. L'idée d'un débat contradictoire et d'un petit congé était entrée dans la tête de deux mille cinq cents jeunes. Rien ne les ferait changer d'avis. Ils mettraient l'école à l'envers plutôt que de céder. On verrait et entendrait cette «petite» Ève Paradis. Et le grand Christophe Letendre n'avait qu'à bien se tenir.

C'est alors que l'on entendit quelqu'un crier dans l'interphone. D'abord, on pensa que monsieur Zouvie s'était fâché :

— S'il vous plaît, écoutez-moi. Ici Christophe Letendre...

Le calme revint lentement.

— Je voudrais dire quelques mots au sujet de la demande de ma... de mon adversaire. Il faut comprendre la situation difficile de monsieur Zouvie.

À travers l'école, il y eut un malaise, mais on garda le silence. Monsieur Zouvie se bomba de plaisir.

— Je souhaiterais que tout le monde se calme et laisse un peu de temps à la direction pour qu'elle se penche sur la proposition de mademoiselle Paradis.

Monsieur Zouvie lui faisait de grands signes d'approbation.

— Mais je pense tout de même que nous pouvons attendre une réponse, disons, pour demain... n'est-ce pas, monsieur Zouvie?

Le directeur s'assombrit, mais poursuivit ses signes affirmatifs.

— Je vois monsieur le directeur qui me fait signe que oui. Bravo, monsieur Zouvie! Quant à moi, je me joins à ma petite mais non négligeable adversaire pour souhaiter que la réponse soit affirmative. Et que le meilleur... ou la meilleure l'emporte!

L'enthousiasme collectif s'empara de nouveau de l'école. Monsieur Zouvie se dégonfla sensiblement.

Pendant ce temps. Ève s'était approchée de Christophe et avait levé les bras. Par réflexe, il s'était penché et avait reçu un baiser sur la joue. Abasourdi, il porta la main à son visage. Dans le bureau, on se mit à applaudir.

Heureusement que les élections n'avaient pas lieu immédiatement. Ève Paradis serait devenue sur-le-champ la plus jeune présidente de toute l'histoire de la polyvalente de Saint-Rédempteur.

Monsieur Zouvie, lui, n'avait pas applaudi. Il récupérait le combiné de l'interphone comme on récupère le pouvoir. Jalousement.

Toute seule

Jamais Ève ne se sentit si seule qu'en cette journée où elle devint une célébrité dans toute l'école. Quand les jeunes se fabriquent une vedette, il n'y a aucun compromis. Cela se fait sans nuances. D'un bloc, l'école avait eu le coup de foudre pour cette voix frêle, née spontanément de l'interphone. Sûrement qu'elle battrait le « grand » de secondaire 5.

Les jeunes de secondaire 3 en particulier jubilaient. Dans la poly, ils existaient pour la première fois. Ève Paradis était devenue leur idole. Tout de suite.

— Ève ! Toé, tu l'as l'affaire !

— Lâche pas ! On est toutes avec toé !

— Donnes-y 'a claque, la p'tite, t'es super !

Mais ils n'arrivaient qu'à l'isoler davantage.

Qu'allait-elle bien pouvoir dire, dans ce débat auquel elle ne pourrait jamais se dérober sans voir la honte s'abattre sur elle ?

Décidément, ce matin-là lui parut bien long. Elle avait hâte de se retrouver avec son père.

À midi, Ève fut la première à atteindre le large trottoir longeant le boulevard Jacques-Cartier, devant l'école.

Derrière elle, la polyvalente expulsait sa turbulente masse de jeunes et, à côté d'elle, il y avait ce boulevard éclatant de lumière et curieusement désert.

Puis un bruit s'imposa. Sourd et profond. Ève se retourna et vit un éclat de lumière argentée. Une motocyclette approchait à grande vitesse et le vrombissement du moteur freina l'élan des élèves qui sortaient. La moto arriva à la hauteur d'Ève sans ralentir. Sur le réservoir à essence, il y avait des dessins imitant le mouvement de l'air... ou de l'eau.

Le motocycliste alla s'immobiliser cent mètres plus loin, où un grand gars l'attendait. Il enleva son casque et jeta un coup d'œil vers la jeune fille qui déjà traversait le boulevard Jacques-Cartier.

Le petit appartement se trouvait juste en face de la poly. En ouvrant la porte, Ève prit conscience des fortes émotions liées aux apparitions toujours imprévisibles de ce Paul Letendre.

Un mot l'attendait sur la table basse du petit salon.

Ève,
Je ne serai pas là ce midi.
Serai de retour au souper.
Suis sûr que tu peux te débrouiller comme une grande.
Je t'embrasse,
Pierre

Ève s'attendait tellement à être « maternée » par son père qu'une profonde lassitude s'abattit sur elle. Elle s'effondra dans une causeuse et ne pensa plus qu'à dormir. Un souvenir lui revint.

C'était aussi l'automne, mais il faisait froid et il n'y avait pas de soleil. Dans une grande maison, Marie était dans les bras de Pierre :

— Ce que je suis malheureuse, Pierre. La petite...

— Oui, c'est atroce, mais ne dis rien.

— C'est de ma faute. J'aurais dû me rendre compte.

— Tu n'as rien à te reprocher. Pense à toi.

— Mais elle est morte, Pierre, elle est morte maintenant !

Marie pleurait dans le gilet de Pierre et sa voix s'en échappait pour s'entrelacer avec la fureur du vent dans les vitres.

Puis cette vision fut remplacée par une autre... à l'intérieur de la polyvalente, cette fois.

Chevauchant sa motocyclette, un jeune garçon avançait lentement dans un corridor vide. Les reflets des fluorescents glissaient le long du fuselage, effleuraient les dessins sur le réservoir à essence, serpentaient de chaque côté avant de s'évanouir derrière. La grande moto progressait en plein centre de l'allée, triomphale et solennelle. Elle jetait des éclairs muets.

Le motocycliste ne bronchait pas, gardant une posture impassible sous les cuirs noirs de son costume. Les bottes solidement ancrées dans les étriers et les deux mains majestueusement gantées, il soutenait une vitesse inflexible. Devant lui, toutes les portes étaient ouvertes. Sur la moto ne glissaient que les sinuosités du corridor.

Au bout, formant impasse, une grande porte capitonnée... et close.

Il immobilisa son engin mais laissa tourner le moteur, dont le ronflement baissa, laissant présager une puissance effrayante. Il y eut un long instant d'intense réflexion. Derrière la visière, le regard était fixé sur cette porte, au fond.

Tout à coup, d'un seul mouvement, sa main tordit la poignée, ses pieds se replacèrent sur les étriers, la roue arrière se mit à mordre dans le plancher, qui s'effrita. Des morceaux furent violemment projetés vers l'arrière. Le jeune homme s'enfonça sur son siège et dut se tenir solidement aux guidons pour ne pas basculer. La roue avant quitta le sol de quelques centimètres et se reposa aussitôt. La poussée fut foudroyante. La roue motrice creusa un sillon qui se fit de moins en moins profond. Un crépitement de cailloux percutant en tous sens se fit entendre. Le motocycliste et son engin ne faisaient plus qu'un. Les portes ouvertes défilaient à un rythme vertigineux.

Au bout, le cul-de-sac.

D'un ultime coup de poignet, il accéléra encore. Les lignes de lumière devinrent horizontales. Et au même instant, la moto, phosphorescente, atteignait la porte. Qui se fracassa.

Et devant le garçon toujours attaché à son engin s'ouvrit l'espace.

Un horizon infini coupait le paysage désertique. En haut, un ciel vert et sans nuage. En bas, de l'asphalte bleu, à perte de vue. Et au milieu de tout, rien d'autre que Paul sur sa moto, minuscule, progressant dans le vide à une vitesse phénoménale, et pourtant parfaitement immobile au centre du grand cercle que formait la ligne droite de l'horizon.

Derrière lui, la polyvalente n'était plus qu'un point. Presque rien. Une idée désagréable... Même pas. Et il fonçait droit devant, à la poursuite d'un mirage. Croyant aller très vite, il n'avançait pas. Mais Ève pouvait voir, reflétée dans la visière, une falaise marquée d'une grande étoile rouge.

Le mot de son père toujours à la main, Ève ouvrit les yeux. Il était déjà treize heures dix et elle n'avait pas encore mangé. Les cours reprenaient dans vingt minutes.

Elle engouffra un sandwich au jambon qui traînait au fond du frigo et se vida un verre de lait froid dans l'estomac. Elle attrapa au passage une pomme dans laquelle elle mordit tout de suite. Elle ferma la porte à clé et se retrouva sur le trottoir, face à son école, dont les corridors allaient la mener à son cours de catéchèse. Elle alla s'asseoir à sa table, dans son coin. Le professeur allait commencer, mais il fut interrompu par l'interphone.

D'une voix difficilement enthousiaste, monsieur Zouvie annonçait que vendredi après-midi prochain, à la dernière période, il y aurait gel de cours et débat contradictoire entre Ève Paradis et Christophe Letendre, candidate et candidat à la présidence de l'école.

L'école eut encore un cri de joie et toute la classe se retourna vers Ève.

Mais elle ne vit que le sourire de Christophe, et les reflets changeants qu'il avait quelquefois dans les yeux.

Star Wars

Même s'il faisait très beau dehors, l'amphithéâtre était plein à craquer.

Monsieur Zouvie s'était d'abord réjoui, car le beau temps permettrait sûrement d'avoir une petite cérémonie bien tranquille dans une salle à demi vide. Mais quand il entra en coulisses et vit, par l'ouverture du rideau, la foule d'étudiants massés sur les bancs et assis dans les allées, il souhaita qu'aucun accident ne survienne car les assurances ne paieraient sûrement pas, d'autant plus que le système de climatisation venait d'être arrêté pour la période hivernale. La ventilation n'arrivait qu'à déplacer un peu d'air chaud.

Il y avait du monde partout. On commençait même à s'installer sur les marches, de chaque côté. Au fond, par les portes laissées ouvertes, quelques « grands » de secondaire 5 repoussaient un groupe de « petits » de secondaire 3.

Monsieur Zouvie se retrouvait pratiquement seul, dans un local surpeuplé et surchauffé, responsable de cinq cents jeunes qui se promettaient du « fun à mort ».

Derrière lui, la petite Ève toussa discrètement afin de manifester sa présence. Christophe s'approcha. Monsieur Zouvie se retourna et fut heureux de les voir :

— Ah! vous voilà! C'est bien. Vous restez là. Je vais dire quelques mots, puis je vous présente. Après, on fait ce qui a été convenu. Ça va?

— Ça va! dit aussitôt Christophe.

Ève avait un gros motton dans la gorge.

— Ça va! finit-elle par prononcer.

Le directeur glissa alors résolument sur la scène. Quand les élèves reconnurent la silhouette ronde et colorée, un grand cri percé de sifflements s'éleva en une clameur étourdissante.

La table prévue pour les candidats était prête, ainsi que le microphone. Monsieur Zouvie le saisit, le tint sur son ventre et, dans sa démarche particulière, flotta jusqu'au bord de la scène, se donnant l'impression de grandir.

Il ne parla pas tout de suite. Il laissa la clameur descendre d'elle-même. Autour de lui. à ses pieds, plusieurs centaines de jeunes attendaient qu'il parle. Il leur servit son long regard panoramique. Malheureusement, il avait pris une seconde de trop:

— Envouèye, crisse! Dis quèqu'chose! cria quelqu'un.

— Dany Beaumont, tu vas encore te retrouver à mon bureau! lança aussitôt monsieur Zouvie.

Cette réplique rapide jeta un froid dans l'espace et l'ambiance de fête fut un peu coupée. Le directeur en profita pour enchaîner:

— Si vous êtes venus si nombreux, c'est pas pour me voir, je suppose?

On lui répondit en criant et en huant. Le bal avait repris de plus belle mais, cette fois-ci, le directeur en avait le contrôle.

Monsieur Zouvie, au fond, était populaire. Il donnait aux étudiants l'occasion de lâcher leur fou.

— Il fait pas mal chaud, mais on peut pas dire qu'il manque d'énergie dans la salle après-midi.

Nouveau cri qui s'apaisa plus rapidement.

— Bon! On va passer aux choses sérieuses. C'est pour ça que vous êtes là, han?

Et il prit un ton plus officiel:

— Aujourd'hui est un jour extraordinaire. Un événement sans précédent va se dérouler sous vos yeux. Pour la première fois à la polyvalente de Saint-Rédempteur, un débat contradictoire est organisé entre deux candidats à la présidence. Comme vous le savez tous, monsieur Christophe Letendre et mademoiselle Ève Paradis se présenteront devant vous tout à l'heure pour vous exprimer leurs idées sur la façon dont on pourrait rendre la vie plus agréable à l'intérieur de la poly. Quant à moi, je promets solennellement de me joindre à celui ou à celle que vous élirez. Déjà d'ailleurs, je peux vous annoncer qu'un grandiose party d'Halloween sera organisé à la fin du mois et que le futur président... ou la future présidente aura à travailler fort avec moi dans le but d'en faire une réussite historique.

Les jeunes trouvèrent là une autre occasion de manifester, ce qu'ils firent avec une véhémence accrue par le silence qu'ils venaient de garder.

— Et j'ai bien de la chance... je serai le seul à ne pas avoir besoin de me déguiser... Ha, ha, ha !

Et les élèves, spontanément, de scander : « Ha, ha, ha ! Ha, ha, ha ! »

Le directeur connaissait bien cette façon qu'avaient les élèves, depuis l'an passé, d'exprimer toutes sortes de choses. Quelquefois, c'était de l'ironie. Mais là, c'était leur approbation totale. Il se sentit heureux d'avoir été à l'origine de ce cri qui pénétrait dans les mœurs de Saint-Rédempteur. Il leva les bras afin de demander le calme. Le chahut s'apaisa. Il se dirigea derrière la table et reprit :

— Bon, maintenant, laissez-moi vous présenter les candidats tant attendus.

À ce moment, toutes les lumières s'éteignirent et un projecteur de poursuite, manipulé par un certain Boissineault au fond de la salle, s'alluma. Autour de monsieur Zouvie, qui avait reçu de plein fouet le cercle de lumière, un halo provoqué par les couleurs vives de son habit chatoya. La musique de *Star Wars* retentit. Le directeur resta impassible.

« Franchement, *La Guerre des étoiles*... Ils exagèrent un peu », pensa-t-il.

Il attendit que la musique baisse et commença. Il allait être interrompu à chacune de ses phrases :

— D'abord, je voudrais commencer par celle qui a établi plusieurs records avant même que débute cette cérémonie. Depuis dix ans qu'existe la polyvalente de Saint-Rédempteur, sachez que c'est la première fois qu'une candidate se présente dès son entrée à l'école. De plus, et c'est peut-être ce qui est le plus extraordinaire, jamais auparavant il n'y a eu une candidate de secondaire 3 à la présidence. Je ne vous fais pas attendre davantage. Tous, vous connaissez déjà sa voix... et je vous promets que vous n'oublierez pas son visage. J'ai le plaisir de vous présenter nulle autre que... mademoiselle Ève Paradis.

L'ambiance atteignit à ce moment un paroxysme nouveau. Dans un sourd roulement de timbales, la musique de *Star Wars* s'amplifia au-delà de ce qu'étaient capables de supporter les caisses de son. Le cercle de lumière abandonna monsieur Zouvie, glissa maladroitement vers la gauche, chercha celle qui aurait dû se trouver là, dans l'ouverture du rideau, et, comme si tout avait été calculé à la fraction de seconde, la repéra à l'instant même où un magistral coup de cymbale retentissait pour marquer l'arrivée d'un vaisseau spatial sauveteur... Ce n'était que la petite Ève Paradis qui avançait dans le halo, se dirigeant vers la table où l'attendait le directeur.

Un papier à la main, elle marchait un peu de côté, pour faire face à la salle. Son visage était illuminé d'un sourire modeste, mais oh combien juste et vrai. Et chacun fut touché par cette attitude simple de laquelle rien d'arrogant ou de timide ne se dégageait. Oui, chacun fut touché... un en particulier, caché au milieu d'un groupe d'élèves complices. Paul...

Paul, qui ressentait un plaisir intense à voir Ève ainsi acclamée à tout rompre. Cette joie le surprit un peu et lui monta au visage. Il contint le flot qui l'envahissait et, pour le secouer, faillit se mettre à crier avec les autres. Mais il sut se retenir à temps. Ce n'était pas le moment d'attirer l'attention sur lui.

Maintenant arrivée aux côtés de monsieur Zouvie, qui était à peine plus grand, Ève parut tout à coup moins petite. Les cris s'amplifièrent encore et accompagnèrent la finale grandiose du morceau *The Last Battle,* qui marquait la victoire de Luke Skywalker et de la princesse Leïa contre Darth Vader et la Planète Noire.

Les cinq cents jeunes étaient au comble de l'euphorie. Il n'y avait plus d'école, plus de directeurs, plus de professeurs, plus d'horaire, plus de cours, plus de règlements. Dans le noir de cet espace traversé par un seul rayon de lumière au bout duquel se trouvait leur nouvelle idole, ils clamaient tout ce qu'ils avaient en eux d'énergie accumulée. C'était un instant de totale liberté qu'ils vivaient là, pleinement, comme seuls les jeunes savent le faire. L'épouvantable chaleur ne les atteignait même pas.

Pendant ce temps, Ève, les mains dans le dos, soutenait son sourire, baissait de temps à autre les yeux et la tête en guise d'appréciation et se tenait debout au milieu de cette clameur qui ne semblait pas vouloir s'achever.

Étranglé dans son col, monsieur Zouvie sentait l'eau lui couler au visage, qui se mit à reluire sous le projecteur braqué sur lui pour l'autre présentation. Il était content. Le temps passait bien. Il reprit la parole. La salle s'était maintenant calmée, au bout de son acclamation. On n'allait pas l'interrompre cette fois-ci :

— Celui que je vais vous présenter maintenant mérite certainement une ovation tout aussi extraordinaire. Vous le connaissez très bien car il est impossible que vous ne l'ayez jamais vu : il dépasse tout le monde d'une tête... et moi de deux... Ha, ha, ha !

Il n'y eut aucune réaction. Il sentit la chaleur monter encore. Il poursuivit aussitôt :

— C'est un vieux de la vieille qui est là, parmi nous, depuis cinq ans. Il s'est engagé dans tous les mouvements de jeunes qui se sont formés ici à la polyvalente. Un gars qui n'a jamais compté son temps quand il s'agissait de travailler pour les loisirs. Il a de nombreuses réalisations à son actif et je me permets de vous en rappeler une qui fut à elle seule un événement mémorable... début juin l'an passé, l'incroyable party hot dogs qui marqua la fin des cours et qui rapporta près de cinq cents dollars. Eh oui, cinq cents dollars qui seront, sachez-le, réinvestis pour vous cette année dans

la vie étudiante. Mes chers amis, j'ai le plaisir de vous présenter...
Christophe Letendre.

La musique reprit de plus belle, entraînant avec elle une nouvelle
vague de cris et d'applaudissements qui s'avéra cependant moins
forte. Quelques huées se firent même entendre ici et là. Le projecteur de poursuite alla chercher Christophe, qui se rendit en deux
enjambées à la droite de monsieur Zouvie. L'ovation fut plus courte
aussi. Christophe leva quand même la main pour saluer tout le
monde et prononcer des « merci ! » qu'on ne pouvait entendre.

La plupart des jeunes le connaissaient et avaient du respect pour
Christophe Letendre. On savait sa loyauté. À maintes reprises, il
avait défendu quelques-uns des leurs qui s'étaient trouvés dans des
situations difficiles. Christophe avait toujours su discuter avec les
autorités et avait souvent obtenu gain de cause. Mais il avait su aussi
prendre la part des directeurs dans certains cas qu'il avait jugés
excessifs. C'était un diplomate et une partie de la salle était consciente
de sa valeur dans l'école. Aussi, plusieurs de ses amis manifestèrent-
ils un enthousiasme qui dépassa celui de la majorité présente, qui ne
jurait maintenant plus que par Ève Paradis.

Le débat

L e silence revint peu à peu. Monsieur Zouvie invita Ève et Christophe à s'asseoir à la table. Il resta debout.

— Bon, nous voilà enfin en présence des deux candidats, qui pourront exprimer leurs idées dans une minute. Je vous rappelle que le vote aura lieu lundi prochain dans le grand hall, où seront installées, pendant toute la journée, plusieurs boîtes dans lesquelles vous exprimerez votre choix.

Le directeur sentit l'agacement monter dans l'audience. On avait hâte de les entendre.

— Nous allons maintenant procéder au tirage qui déterminera qui s'exprimera le premier ou la première.

Il sortit une pièce de sa poche et la montra à Ève :

— Les dames d'abord ! Ève ?...

— Face !

— Pile donc pour Christophe !

Monsieur Zouvie lança la pièce devant lui. Elle retomba sur la table. Le directeur se pencha.

— Face ! annonça-t-il. Ève ! À toi de décider !

— Je vais parler la première.

Il lui tendit le micro.

Il y eut encore quelques cris vite muselés. La plupart sentaient que le moment crucial approchait. Allait-elle être à la hauteur ? Un

silence terrible se fit. Ève prit une profonde inspiration et eut l'idée
de regarder son anneau mais ne le fit pas. Elle rassembla tout ce
qu'elle avait en elle d'énergie et, sans s'occuper du discours qu'elle
avait préparé :

— Si j'ai choisi d'être la première, commença-t-elle un peu
timidement, c'est que tout à l'heure, derrière le rideau, Christophe
et moi avons parlé... et qu'on s'est mis d'accord pour que ce soit moi
qui parle la première.

Christophe faisait un signe affirmatif que tout le monde put
voir.

« Qu'est-ce que cette petite a encore inventé ? » pensa monsieur
Zouvie.

— Nous avons parlé, poursuivit-elle. Nous avons parlé de
l'école. Enfin, plutôt, Christophe m'a parlé de « son » école. Vous
allez me dire que ce n'est pas un sujet bien intéressant. Je ne le crois
pas. En tout cas, c'est un sujet qui le passionne, lui. Je l'ai vu dans
son regard.

Il y eut quelques sifflements isolés. On fit comprendre aux élèves
bruyants qu'on voulait écouter. Ève d'ailleurs poursuivait :

— La polyvalente de Saint-Rédempteur, c'est une partie de sa
vie, vous devez le savoir. Moi, j'suis rien qu'une petite nouvelle.

Elle entendit l'écho de ses paroles se répercuter dans tout
l'édifice. Le silence était tel qu'elle perçut même l'éternel bruit de
la ventilation qui cherchait vainement à rafraîchir l'atmosphère.

— L'école, vous savez, ça m'a fait bien peur. Je suis ici depuis
un mois et demi et tout ce que j'ai vu, c'est de la violence. Mais
c'était peut-être moi qui la provoquais, cette violence... Enfin, je
ne sais pas... Je m'excuse... je ne sais pas bien de quoi je parle... je
devrais me taire...

Elle s'arrêta un instant mais comprit que décidément on ne
voulait pas qu'elle se taise. Elle brandit le papier qu'elle avait préparé.

— Je voulais vous parler d'amour. Croyez-le ou non ! D'amour !
Rien que ça ! C'est le mot que j'avais choisi. Je m'étais dit : « Avec
l'amour, le respect reviendrait... comme ça... par magie. »

Mais ce n'était pas ça qu'elle voulait dire non plus.

— Oui, Christophe m'a parlé tout à l'heure. Il m'a parlé de son frère Paul.

Il y eut un mouvement dans la salle.

— Vous le connaissez, han, Paul. Il est en secondaire 3, comme moi. Tout le monde le connaît, Paul, bien entendu. Monsieur le directeur surtout... qui lui a monté un dossier disciplinaire bien épais.

Monsieur Zouvie se sentit très mal à l'aise.

— Oh, monsieur, personne ne vous en veut vraiment. Vous faites votre travail, je suppose.

Elle sentit qu'elle perdait le fil de ses pensées. Il ne fallait pas. Son regard s'embrouilla et elle ne voyait qu'une tache chancelante de lumière flottant dans l'espace, devant. Elle entendit sa propre respiration dans le microphone qui attendait ses prochaines paroles. Ce qu'elle voulait dire était si compliqué... et pourtant si simple ! Les yeux lui brûlaient et elle vit quelque chose s'agiter. C'était un papier mouchoir que lui tendait Christophe. Elle s'assécha le regard.

— Oui, Christophe tout à l'heure m'a parlé de Paul, son jeune frère. En fait, c'était la deuxième fois qu'il m'en parlait. La première fois, je n'ai pas voulu écouter. Je croyais qu'il m'agressait. Je voyais tout comme ça alors. Mais tantôt, j'ai vu les choses autrement. J'ai vu l'affection telle que jamais je n'aurais su vous en parler dans mon petit discours sur l'amour.

Elle en avait assez dit. Elle alla droit au but :

— En un mot, j'ai vu le seul président que mérite notre école.

Elle laissa ses dernières paroles faire leur chemin dans la conscience de chacun et lança :

— Que ceux qui sont d'accord avec moi lèvent la main !

Elle leva elle-même la main.

Les jeunes étaient décontenancés. Une à une cependant, les mains se levèrent, hautes et fières. Dans un curieux silence, on votait tout de suite. Au bout de trente secondes, tous et toutes appuyaient Christophe. Personne n'avait envie d'applaudir ou de crier. Monsieur Zouvie ne savait que faire.

Christophe attendit que les mains se baissent et prit la parole :

— Comme vous, je suis bouleversé par la tournure des événements. C'est vrai qu'Ève et moi avions pris tout à l'heure une entente... qu'elle parlerait la première... et me laisserait la place de président.

Sa voix vibrait dans les haut-parleurs.

— Mais maintenant, je voudrais dire autre chose... une idée qui m'est venue en écoutant avec vous. Voici... Je pense que l'école perdrait beaucoup en écartant Ève Paradis de son organisation. Moi, je pense qu'Ève Paradis doit faire partie du conseil étudiant...

La salle était paralysée par tous ces rebondissements contradictoires. On venait de voter pour l'un et celui-ci demandait qu'on vote pour l'autre ? Voyant cela, Christophe ajouta, pour bien clarifier la situation :

— C'est pourquoi je demande à monsieur le directeur, ici présent, de bien vouloir accepter de créer un nouveau poste au conseil étudiant... celui de vice-présidente.

Monsieur Zouvie chancela. Sa chemise était trempée. Il serra les dents. Il y a des limites, à la fin ! Il allait leur dire de retourner chez eux. Que les enfantillages, c'était fini. Qu'on ne pouvait faire ce qu'on voulait, comme ça, parce que des idées vous passent par la tête. Qu'ils n'étaient encore que des enfants capricieux. Et que...

Mais quand il vit Ève debout à côté de la table... et Christophe qui lui tendait le microphone, toute son intolérance fondit d'un seul coup. Et il prononça des mots qui lui venaient pour la première fois de sa vie :

— Je... je suis heureux cet après-midi de vous voir ainsi rassemblés. Je vous trouve tous beaux et belles. Et je vous dis oui, bien sûr. Ève Paradis sera la première vice-présidente de l'école... si tel est votre désir.

Là-dessus, deux rampes de spots de couleur s'allumèrent et jetèrent sur la scène une ambiance féerique. La musique finale accompagnant l'entrée triomphale de Luke Skywalker flanqué de Han Solo et du géant poilu Chewbacca dans la salle du trône de la princesse monta. On put voir monsieur Zouvie féliciter chaleureusement Ève et Christophe sous les acclamations de la foule qui était balayée en tous sens par le projecteur de Boissineault. Et dans le cercle de lumière qui zigzaguait, on pouvait voir, en plus de l'entendre, toute la frénésie qui soulevait les jeunes. Paul, littéralement abasourdi par la tournure des événements, ne put s'empêcher de se joindre à l'hystérie collective.

Mais quand il vit que l'enthousiasme perdait de l'ampleur, il se glissa discrètement vers la sortie pendant que chacun échangeait avec l'autre le plaisir qu'il venait d'avoir. On était content. On était heureux.

— As-tu vu la face de Zouvie quand l'grand lui a d'mandé pour la vice-présidente?

— J'l'ai trouvé pas pire quand même, Zouvie.

— Pis la p'tite Paradis, c'est quand qu'a parlé d'Paul... Ça, j'ai trouvé ça bon... Mais c'est qui donc ça, c'te Paul-là?

Et la lumière crue se fit dans la salle. Boissineault s'adressait à son chum :

— T'as-tu vu ça, quand j'ai pogné la p'tite dans l'follow?... Paf! En même temps qu'la musique !

Un vent de liberté

Monsieur Zouvie se trouvait encore sur la scène, entouré d'Ève et de Christophe. Son sourire était généreux.

— Venez, je vous accompagne. Il fait vraiment très chaud ici.

Dans l'écho des dernières portes que l'on referme à clé, ils arpentèrent une allée, écrasant dans la moquette quelques croustilles aux saveurs diverses. À la sortie, le directeur se retourna vers Ève et Christophe. Sous la lumière blafarde, il leur parut bien pâle :

— Voilà... et bravo encore! Je vous souhaite un bon congé. Je dois vous laisser. La semaine a été dure.

— Bonjour, monsieur Zouvie, dit Christophe.

— C'est ça... à la semaine prochaine.

— Bonjour, et merci pour tout, ajouta Ève.

— C'est rien, c'est rien, ma petite.

Et il se dirigea vers la section où se trouvait son bureau. Son costume froissé semblait terni. Sa démarche même avait perdu ses caractéristiques. Au tournant d'un corridor, son pied bascula. Ève eut un mouvement, comme pour l'empêcher de tomber. Puis elle regarda tristement Christophe, qui lui fit un sourire.

— Ne dis rien et attends-moi ici, dit-il. Je cours à mon casier chercher mes affaires, puis je t'accompagne.

Elle n'eut pas le temps de répondre, Christophe avait déjà disparu. Il revint presque aussitôt avec deux casques de motocycliste sous le bras. Côte à côte, ils se dirigèrent vers la sortie. Devant eux se dessinait un grand rectangle d'automne traversé de montants métalliques. De l'autre côté, dans le soleil, Christophe indiqua une moto stationnée là, le long d'un mur. Un jeune garçon était appuyé dessus. C'était Paul.

Ève eut un haut-le-cœur qui la paralysa sur place. Paul se releva, très ému lui aussi. Plusieurs secondes s'écoulèrent, qui furent brisées par Christophe :

— Vous avez déjà fait connaissance, je pense.

Ni l'un ni l'autre ne savait que faire. Ce fut Ève qui tendit la main. Paul, hésitant, la saisit.

— Bonjour, Paul, dit-elle simplement.

— Bonjour, Ève. Ça... ça m'fait plaisir de t'parler. J'aurais ben voulu avant, mais c'était pas possible... J'te raconterai.

Apparemment gêné, il se tourna vers son grand frère, comme pour lui demander secours.

— C'est ça, dit enfin Christophe, je suis sûr que vous avez des tas de choses à vous raconter. Tenez, prenez la moto. Moi, je rentrerai à pied. Il fait beau d'abord... on dirait une fin de semaine d'été.

Et il leur tendit les deux casques. Ève hésita une seconde. Elle prit le casque et se l'ajusta sur la tête. Christophe éclata de rire.

— Qu'est-ce que t'as à rire de même ? demanda-t-elle.

— T'as l'air d'une extraterrestre !

— Je suis une extraterrestre.

— On y va ? lança Paul, qui enfourcha la moto.

Le moteur gronda tout de suite et Ève s'aperçut qu'avec le casque le bruit était bien supportable. Elle s'approcha de l'engin. Christophe déploya les supports pour les pieds. Se cramponnant sur le montant arrière, Ève se donna un élan et se retrouva assise derrière Paul. Elle sentit aussitôt sous elle les sourdes vibrations de l'engin. Cela l'inquiéta un peu.

— Place tes bras autour de moi ! hurla Paul.

Elle le fit. Déjà elle se sentait mieux.

— Prête ?

— Oui !

Paul leva les pieds et embraya lentement. La motocyclette contourna Christophe, qui se sentit tout drôle de les voir ainsi.

— Soyez prudents! lança-t-il, bien inutilement.

Rendu sur le bord du boulevard Jacques-Cartier, Paul cria :

— On va-tu au Parc des Stones? On va être tranquilles pour parler!

Une idée vint à Ève :

— Non! hurla-t-elle. Tourne plutôt à droite. Je vais t'indiquer le chemin. Dans une heure, on va être là.

Paul fut surpris de cette réponse. Il fit basculer l'engin de l'autre côté et accéléra devant l'école. Ève sentit la forte poussée, qui l'obligea à se cramponner à son ami. Sous elle, les vibrations montaient et baissaient. Sur le casque de Paul, dans le reflet bombé, tout Saint-Rédempteur défila, faisant souffler un vent de liberté qui emporta avec lui toute la chaleur de cette incroyable cérémonie déjà lointaine.

Aux différentes intersections, elle donna des instructions à Paul qui obéissait comme il n'avait jamais obéi. Les maisons se firent plus rares et bientôt ils s'engagèrent sur une route de campagne.

Au rythme du soleil qui baissait à l'horizon, Ève s'abandonna tout entière aux sensations multiples qui lui envahissaient l'âme. Tous ses sens s'étaient comme réunis en un seul pour laisser pénétrer les sons, les images, les odeurs, les couleurs... qui gagnèrent le fond de son être comme on gagne le cœur de quelqu'un.

Appuyant sa poitrine sur le dos de Paul, elle amplifia son étreinte. Et un bonheur bien palpable lui monta au ventre, exactement comme les larmes vous montent aux yeux.

Couchers de soleil

La route s'était mise à zigzaguer. Paul avait ralenti l'allure. À chaque courbe, la moto s'inclinait harmonieusement sur la gauche, puis sur la droite. Dans un mouvement de balancier, elle traçait de longues arabesques et berçait les deux enfants. Devant eux, entre les montagnes, une bande rouge apparaissait et disparaissait à l'horizon. Sur la visière de Paul, les couchers de soleil se succédaient au rythme des montées et des descentes. Derrière lui, Ève s'était tue.

Paul avait perdu toute notion du temps. Lui, un révolté contre tout, se sentait là en accord avec l'Univers entier. Il s'était mis à la poursuite du soleil et crut un moment qu'il avait immobilisé le jour.

Toujours accrochée à lui, Ève frissonna. Paul sentit l'air qui s'était rafraîchi et s'aperçut que plus d'une heure s'était écoulée. Il acheva sa montée et immobilisa la moto sur les cailloux de l'accotement, dans le haut d'une côte qui leur permit un dernier regard sur le dernier coucher de soleil.

Un drôle de silence tomba sur eux. Paul appuya l'engin sur son pied et descendit. On n'entendait plus que le bruit des cailloux sous ses pas. À l'horizon, Ève vit la bande pourpre qui résistait encore à la tombée de la nuit.

Paul enleva son casque, le posa sur le guidon. Elle déposa le sien sur le banc, devant elle. Il lui tendit la main. Elle y glissa la sienne et, dans un bond affectueusement guidé, se retrouva debout devant lui. Seuls leurs cheveux bougeaient sous la brise. Un côté du visage d'Ève recevait l'ultime lumière du jour. Ses taches de rousseur avaient des reflets chatoyants. Son regard vert brillait au milieu d'une chevelure somptueuse. Paul se pencha un peu. Ève ferma les yeux. Leurs lèvres se touchèrent...

Lorsqu'elle ouvrit les yeux, elle vit par-dessus l'épaule de son ami une montagne dont le sommet tentait de retenir le dernier rayon du soleil. Une inquiétude lui vint, qui brisa le charme. Avec douceur, elle se retira de l'étreinte et regarda d'un côté, puis de l'autre. Puis se retourna vers Paul dont elle vit l'agitation des cheveux :

— Nous sommes allés trop loin.

Paul resta muet. Ève comprit l'équivoque de ce qu'elle venait de dire :

— Je veux dire qu'on a dépassé la route où il aurait fallu tourner. Mais je voudrais d'abord te montrer quelque chose... Regarde.

Près de la route, au bas de la côte, on pouvait voir une petite école installée au milieu d'une vaste éclaircie. Derrière, il y avait une grande cour, puis la forêt. Paul, en reconnaissant ce lieu, fut profondément ému, mais il chercha à cacher son émotion.

— C'était mon école, dit Ève, c'était l'école de ma mère aussi. Elle s'appelle l'école Marie-Paradis.

— Avant, c'était l'école Saint-Albert.

— Oui, c'est vrai, mais comment sais-tu ça ?

— C'est... c'est parce que je suis déjà venu une fois... il y a longtemps. C'est une vieille histoire qui est pas très drôle... je te raconterai. Mais, dis-moi, pourquoi elle s'appelle l'école Marie-Paradis ?

— C'est le nom de ma mère. C'est parce qu'elle s'est battue pour l'avoir, sa petite école. Mais ça aussi, c'est une vieille histoire pas très drôle... Viens.

— Où m'amènes-tu ?

— Je t'amène chez nous.

— Je croyais que tu restais en face de la poly.

— Non, ça c'est pas ma maison. Ma maison, elle est pas loin d'ici, dans le bois, près d'un lac. Viens! Je vais te montrer.

Ils remontèrent sur la moto et laissèrent derrière eux un décor noir et vide de sens.

Dans la nuit perturbée par le son isolé d'une moto ne luisait plus que le faisceau d'un phare oscillant sur une route obscure.

L'homme descendait les marches. À peine était-il arrivé au bas de l'escalier que sa fille lui sautait dans les bras, manquant l'assommer.

— Eh! Attention! Ton casque!

— M'excuse.

— T'as l'air d'une astronaute, de même.

— Une extraterrestre, corrigea-t-elle en riant et en secouant ses cheveux qu'elle libérait.

— Toi, ma fille, t'as gagné tes élections!

— On te contera ça tantôt. Viens. Je vais te présenter mon ami.

Quand son père fut bien en face de Paul, Ève annonça :

— Papa, je te présente Paul... Paul Letendre. C'est mon ami. Et toi, Paul, je te présente mon père. Pierre... Pierre Tremblay. C'est mon ami. Vous êtes mes deux amis, quoi!

Ils se serrèrent la main avec vigueur. Ève était contente.

— C'est le frère de Christophe, poursuivit Ève.

Paul intervint un peu timidement :

— Je peux, moi aussi, faire une présentation?

— Bien sûr! dit Pierre, un peu intrigué.

— Monsieur Tremblay, j'ai le plaisir de vous présenter Ève Paradis, vice-présidente de la polyvalente de Saint-Rédempteur!

— Vice-présidente! Mais ça n'existe pas!

— Ça existe maintenant... et vous l'avez devant vous!

— Qu'est-ce que c'est que ces histoires?

— C'est comme il dit.

Au bout de quelques secondes d'étonnement, il éclata de rire :

— Mais dites-moi donc, vous autres. Il s'en est passé des choses aujourd'hui. Vous allez me raconter ça, hein?

— Sûr qu'on va te raconter ça, dit Ève.

Mais elle savait déjà qu'elle ne raconterait pas tout.

Quelques minutes plus tard, les flammes d'un brasier montaient droit au ciel et Pierre Tremblay apprenait comment sa fille était devenue vice-présidente. C'était raconté dans le désordre, selon le caprice des souvenirs qui resurgissaient dans leur mémoire euphorique. Paul et Ève, à tour de rôle, rappelaient un détail que l'autre omettait, et leurs éclats de rire mêlés aux crépitements de l'attisée se répercutaient en écho dans les Laurentides environnantes.

La nuit avança et ils devinrent bientôt silencieux, comme hypnotisés par le vif mouvement des flammes. Puis, tous les trois, un à un, suivirent la folle ascension des étincelles, qui mena leur regard vers le ciel constellé. Isolés dans leurs pensées, ils revécurent le passé, imaginèrent l'avenir, mais s'installèrent dans le présent, à la fine pointe de ce vide intersidéral qui s'ouvrait au-dessus d'eux en un cône inversé, comme si l'espace infini cherchait à s'abîmer en ce minuscule triangle formé par trois êtres fragiles et temporaires, fortuitement réunis autour d'un feu, au bord d'un lac, quelque part au nord de l'Amérique du Nord.

Rouvrir les plaies

Au bout d'un temps indéfinissable, Pierre se sentit moins bien :
— Mes enfants, je vais me coucher !

— Papa, est-ce que Paul peut rester cette nuit ? Il pourrait s'installer dans le salon, sur le divan. On a toutes les couvertures nécessaires, j'pense.

Il les regarda avec des pensées de parent inquiet. Il les chassa et dit simplement :

— Oui, bien sûr.

Il avait failli ajouter : « Je vous fais confiance. »

Sa vie de père était bien bouleversée tout à coup. Il se dirigea vers la maison après leur avoir souhaité bonne nuit. Plusieurs minutes s'écoulèrent encore, pendant lesquelles Ève et Paul se remirent à l'écoute de la nuit ambiante, cherchant vainement à en saisir toutes les dimensions.

— Ève, il y a des choses que je voudrais te dire... des choses qui me sont revenues tantôt, en voyant la petite école Saint-Albert.

Elle se tourna vers lui. Il regardait encore les étoiles.

— Ce sont des choses que tu dois savoir sur moi... des choses que je voulais te dire dès la première journée.

Ève resta silencieuse. Le profil de Paul dansait sous la lueur changeante de la flamme.

— Ce que je vais te dire, c'est une sorte de secret. C'était pour ça, le billet que je t'avais donné. Mais j'ai pas voulu me rendre au rendez-vous sous *La Bombe*. C'était au sujet de ma sœur qui est morte. Mon grand frère a déjà essayé de t'en parler, je pense. Tu lui ressembles tellement. Elle était pas rousse comme toi... elle avait pas tes yeux non plus. Mais elle était petite, elle aussi... et fragile.

Il s'embrouilla un peu :

— C'est difficile à dire. J'suis pas habitué à parler de ça. Même Christophe pis moi, on n'en parle jamais. Des fois, on y pense, mais on évite d'en parler... comme si on avait peur que ça nous fasse mal. Christophe s'en est sorti sans trop de mal, lui... Ma mère est en Europe maintenant. C'est elle qui nous envoie de l'argent... enfin, qui envoie de l'argent à notre tuteur. Mais en fait, c'est Christophe qui est le responsable de ce qui reste de notre famille. Il prend soin de moi, c'est mon ami... mais je lui donne bien du mal. C'est compliqué, han ?

Il s'arrêta un instant. Il aurait voulu mettre de l'ordre dans tout ça.

— Et mon père, il est quelque part en Ontario, j'pense... pis j'm'en fous. Ma mère, elle, au moins, venait des fois, mais on parlait de niaiseries. Évidemment, on parlait jamais d'Hélène... Hélène, c'est le nom de ma petite sœur... peut-être que Christophe te l'a déjà dit.

Il s'embrouillait. Son visage fut envahi par une sorte de colère.

— Saint-Rédempteur... Tu t'rends-tu compte, Ève, comment c'est rien qu'un trou avec une grosse maudite folie volante dedans ? Pis à part ça, son maudit argent qu'a nous envoye tout l'temps, a peut ben s'le mett' quèqu'part !

Le langage de ses instincts refaisait surface. Ève demeurait muette.

— J'te trouve ben belle. J'te l'ai d'jà dit, tu t'souviens ? En classe de français. Pauvre monsieur Olivier ! J'aurais jamais dû lui faire ça. C'est un bon vieux dans le fond. Mais il commence à être un peu mêlé, j'pense.

— Tu penses ?

— Peut-être pas... Pis Zouvie astheure... Tu parles d'un bouffon !

— Tu voulais me parler de ta sœur.

— Oui... Hélène. C'est que, quand j'y pense, j'viens en maudit contre toute.

Il s'arrêta un peu. Il sut qu'il allait maintenant dire une chose énorme.

— Parce que tu vois... ma petite sœur... c'est l'école qui l'a tuée. Ma petite sœur, elle est morte à cause de l'école, pis à cause de mes parents aussi. Pis ça s'est passé juste ici, tout près, dans ta petite école de Saint-Albert.

Il s'arrêta un moment et lança enfin :

— Elle s'est suicidée, Ève. M'entends-tu bien là ?... Suicidée !

Et il se tut, laissant ce dernier mot faire son chemin dans la nuit... et dans l'âme de son amie. Et il se remit à parler, longuement, d'un trait :

— Ève, chus tanné... faut toujours que j'me sauve. C't'année encore, j'ai pas pu rester plus d'une semaine à l'école... jusqu'à c'que j'insulte monsieur Olivier. Tu l'sais, tu l'as vu, t'étais là. Je me suis même attaqué à toi. Après, j'me suis même pas rendu au bureau d'Zouvie... Ç'aurait fait encore plein d'histoires. Christophe leur a dit que j'étais malade. Puis j'me suis promené en moto... avec un gars d'une autre école qui est un peu comme moi, mais plus silencieux. On a faite la ville aussi, dans tou'é sens. Une fois, j'me suis même faite essayer par un vieux maqu'reau. J'ai manqué l'tuer, Ève, j'te l'dis, si j'avais eu un couteau, je l'taillais en pièces.

Ève sentit qu'il l'aurait fait.

Elle se tourna, comme lui, vers les étoiles, pour mieux comprendre ses pensées.

— Puis on est montés dans les Laurentides. Mon chum pis moi, on parlait presque pas. J'voulais plus rien savoir de personne. Mais dans ma tête, j'te revoyais, le jour d'la rentrée, en train d'assister à toute cette mascarade qui r'commençait, avec les preppies, les rockers, pis les autres. C'est là que ça m'a frappé, comment tu lui ressemblais... Sur ma moto, les paysages défilaient sans que j'm'en aperçoive. T'étais toujours dans ma tête. Pis j'ai décidé qu'il fallait que j'arrête de faire le fou. Il fallait que j'te parle. On est r'descendus en ville. Mon chum a ben ri d'moi quand j'lui ai dit que c'était à cause d'une fille. Rendu chez nous, j'ai dit à Christophe que j'voulais rentrer à l'école. Il est allé voir le directeur. Il lui a dit que je m'excusais pour l'histoire avec monsieur Olivier. Je suis rentré en classe. Je t'ai glissé le billet dans la main, pis j'me suis même pas rendu au rendez-vous. J'ai pas pu. Je me disais : « T'es en train de t'faire avoir encore. Laisse-toé pas attendrir par c'te p'tite-là ! » J'en ai parlé à Christophe. Il voulait que j'y aille pareil. Mais dans ma tête de cochon, j'avais décidé que non. Il a dit qu'il irait à ma place. J'ai dit : « Correct ! » pis j'suis r'parti. D'mande-moi pas où j'suis allé. J'me suis encore étourdi un bon coup... jusqu'à mardi passé quand Christophe m'a conté que tu te présentais contre lui. Là, c'est moi qui a ri d'lui.

Sa pensée s'arrêta un moment.

— Pis j'ai réussi à me faufiler dans l'amphi. J't'ai vue dans la lumière du spot, pis dans la musique. C'est quand t'as parlé de moi, devant tout l'monde, que j'suis resté bête. J'm'attendais pas à ça. J'ai eu l'impression que tout l'monde allait se r'tourner. Mais non, personne. Les gars autour de moi faisaient semblant de rien. Des gars qui savaient que j'me cachais, pis qui m'ont aidé, comme ça, pour rien. C'est là que j'ai compris quelque chose que je connaissais pas... que je sais pas comment dire... y a un mot pour ça...

— De la... solidarité ?

— Oui, j'pense qu'on pourrait appeler ça d'même. Mais où c'est que t'as été pêcher ça, un mot pareil ?

— Mon père le prononçait souvent, quand il s'occupait du syndicat des profs.

— Eh ben ! S'rais-tu une p'tite bollée par hasard ?

— Une p'tite bollée ?

— Moi aussi, j'connais des mots que tu connais pas. Être bollée, ça veut dire être parfaite... étudier fort pis avoir des bonnes notes partout. Être une p'tite fille modèle, quoi !

— Est-ce que ça se dit au masculin ?

— Ben certain !

— Ton frère Christophe... c'est un bollé ?

— Oui... dans son genre.

— Puis toi ?

— T'es folle ! Jamais d'la vie !

— Tu veux pas ?

— Jamais ! Moi, j'sus poche. On me l'a assez dit. Tu regarderas mes bulletins... tu vas voir qu'y a pas d'doute possible là-d'sus.

— Moi, j'suis pas d'accord avec tes bulletins.

Du coup, Paul se calma. Il approcha son visage. D'un signe, Ève l'arrêta. Ce fut elle qui approcha le sien. Une main plongée dans la chevelure noire qui s'apaisa, ce fut elle qui donna le baiser... un effleurement, à peine un peu plus long... à peine un peu plus appuyé, mais sous l'émotion sensuelle charriée par cette subtile caresse des lèvres, Paul ressentit en lui des élans contradictoires.

Quand la petite figure rougeoyante lui apparut tout entière sur fond de nuit, il dit :

— Ève, viens, j't'amène avec moi. On s'en va ensemble. Je vais te montrer la ville, puis après on f'ra les Laurentides. Tu vas voir comme c'est beau, la liberté. Reste pas là ! Viens avec moi ! Moi, j'peux pas rester icitte. J'ai un peu d'argent... assez pour la fin de semaine. Le soleil va revenir demain. Ton père est bien sympathique, mais avec lui ça sent trop la famille... ça sent trop le prof... pis l'école.

Elle attendit qu'il eût bien fini. Elle le regarda droit dans les yeux où cillait encore le reflet mourant du brasier.

— Je reste ici !

Le visage de Paul changea. Il prit son casque et enfourcha sa moto. Au bord des larmes, Ève lui cria :

— Je suis pas ta p'tite sœur, tu sauras !

Mais le moteur vrombit et le faisceau balaya le visage défait d'Ève. De la terre fut projetée à ses pieds.

La motocyclette traversa le rideau de conifères pour disparaître dans la nuit. Et toute la nature entendit la fureur de Paul prendre la direction de la ville.

Halloween

C'était la première soirée vraiment froide de la saison. On sentait que la neige aurait pu commencer à tomber. Mais elle allait encore s'abstenir plusieurs semaines. On n'était que le 31 octobre.

La polyvalente était illuminée pour recevoir d'étranges visiteurs. L'édifice rutilait sous les projecteurs braqués sur la façade, qui prenait des allures fantomatiques tout à fait de circonstance. C'était l'Halloween.

Les automobiles déversaient un flot ininterrompu de personnages bigarrés, quelques-uns flottant dans des vêtements amples, et d'autres serrés sous de grands collants aux couleurs vives. Tous se hâtaient vers les grandes portes qui leur promettaient la chaleur de l'école. On pouvait voir de petits nuages de buée s'échapper par les ouvertures des masques.

La plupart des visages cependant étaient peints. D'incroyables déploiements de couleurs évoquaient tantôt l'univers vampirique de Kiss, tantôt le monde douillet de Nathalie Simard.

Debout à la fenêtre, face à l'école, Ève faisait plutôt partie de celui des animaux en peluche... quoique la luminosité spectrale reflétée par la façade de la polyvalente donnât à son visage, derrière le rideau, une pâleur livide. Elle pensait à Christophe.

Hier soir, ils avaient eu un plaisir fou à organiser cette Halloween. Aidés de plusieurs amis, ils avaient transformé la vaste cafétéria en salle de bal. À la fin de la soirée, ils s'étaient retrouvés seuls. Christophe avait fermé les portes de la cafétéria avec la clé que lui avait confiée monsieur Zouvie.

À l'extérieur, la nuit leur avait rempli les poumons d'air frais. Ils avaient traversé le stationnement. Christophe avait enlevé la chaîne sur sa bicyclette. Et un drôle de couple dont les ombres s'étiraient sur l'asphalte avait contourné une polyvalente désertée qui reprenait son souffle pour le tumulte du lendemain.

Christophe avait laissé Ève devant sa porte :

— Il va revenir... il revient toujours. Ne sois pas triste.

Et sur sa bicyclette, pour laquelle ses jambes étaient vraiment trop longues, il s'était dirigé vers le centre de Saint-Rédempteur endormi.

Et ce soir, déjà, c'était l'effervescence. Toute la série de fenêtres, près de l'entrée, luisait sous la lueur orangée d'une dizaine de citrouilles en plastique. Presque toute la faune hétéroclite était passée maintenant. Ève entrevit la silhouette rebondie d'Élisabeth Blondeau. Des ombres s'agitaient autour d'elle.

Ève se dirigea vers la salle de bains pour s'observer une dernière fois dans la glace.

À la suggestion de Christophe, elle avait revêtu la robe et les souliers vernis qu'elle portait le jour de la rentrée. Elle avait accentué quelque peu ses taches de rousseur et s'était attaché de part et d'autre de la tête la moitié de sa chevelure dans de larges rubans assortis. Elle avait l'air d'une fillette.

« Si j'en rajoute encore, je vais atteindre l'époque où maman... »

C'est la pensée qui lui vint au moment où elle allait se décider à partir.

Elle saisit alors le pot de démaquillant, en prit une bonne motte et se l'étendit sur tout le visage.

Ils la prendraient telle qu'elle serait... triste ou pas.

Elle défit ses cheveux et jeta les rubans dans la poubelle.

Puis se dirigea vers une vieille malle.

Une demi-heure plus tard, elle longeait les fenêtres aux citrouilles. Un groupe de jeunes garçons se tenaient là dans une posture nonchalante. En la voyant approcher, ils s'animèrent :

— Hé! les gars! V'là notre vice! J'pense qu'est en pydjama.

Se sentant agressée comme au début de l'année, Ève se raidit :

— Pourquoi vous changez pas de déguisement, pour une fois... ça vous f'rait pas tort!

— Qu'osse tu veux dire par là, la p'tite?

— Je sais pas, moi... en preppies... 'me semble que vous feriez fureur.

Elle entendit alors un cri bref. Elle se retourna du côté d'où cela provenait, derrière les jeunes, et entendit :

— Lâchez-moi... laissez-moi tranquille.

Elle accourut mais fut arrêtée par le groupe :

— Où tu vas?

— Y a une fille, là, qui a crié.

— T'as entendu crier quelqu'un, toé? fit l'un des jeunes à un autre.

— Moé, rien... pis toé, Dany?

— T'sé comment chus bouché, 'stie! J 'comprends jama' rien.

— T'as compris, la p'tite? Tu passes ton chemin!

Ils s'étaient regroupés et avançaient sur elle. Elle recula un peu, mais aussitôt se mit à courir. Avant qu'ils puissent réagir, elle les avait contournés. Dans l'ombre formée par l'angle de l'école, elle eut le temps de voir deux autres gars immobilisant une fille contre le mur. Les autres s'interposèrent. Ils avaient cette fois un air franchement menaçant.

— Écoute... tu rentres à ton beau grand party, pis tu oublies ça, sinon...

Elle jeta un dernier coup d'œil et reconnut Élisabeth Blondeau.

— Ça va, j'ai compris... je m'en vais.

Et elle s'éloigna lentement.

En entrant, elle se dirigea vers la salle où la fête battait déjà son plein. Elle aperçut monsieur Zouvie en train de plaisanter avec les filles responsables des billets à l'entrée.

— Monsieur Zouvie, venez, j'ai quelque chose à vous dire.

— Ah! ma petite Ève. Mais quelle sorte de déguisement c'est ça? C'est bien trop grand pour toi!

— Je vous expliquerai. Il se passe quelque chose de grave dehors.

— Mon Dieu que t'as l'air énervée. Qu'est-ce qu'y a?

— C'est des gars qui retiennent une fille... Élisabeth Blondeau. Elle a crié. Je pense qu'ils lui font du mal!

— Allons, allons... la Blondeau... 'est capable de se défendre toute seule.

— Ils sont plusieurs, monsieur, il faut y aller. Ils veulent pas la lâcher.

— Comment ça, ils veulent pas la lâcher?

— Je ne sais pas. Il faut y aller.

— Bon, bon, j'y vais... je m'en occupe. T'inquiète pas!

— Je vous accompagne.

— C'est pas nécessaire, je suis habitué à ce genre de problème. Où est-ce qu'ils sont au juste?

— Dehors, près des fenêtres avec les citrouilles.

— Très bien, pas d'problème. Tu peux aller rejoindre Christophe... il t'attend.

Il se dirigea vers l'entrée. Au bout du corridor, il vit Ève, toujours plantée au même endroit. Il lui fit signe de s'en aller. Elle hésitait à le faire. Elle ne connaissait guère Élisabeth Blondeau, mais ressentait une sorte de peur pour elle. Mais voyant que le directeur ne sortirait pas avant de l'avoir vue s'éloigner, Ève tourna les talons et prit la direction de la fête.

La salle sautait au rythme d'un orchestre endiablé qu'elle ne pouvait pas voir, à l'autre bout, au-delà d'une multitude de têtes disparates. Même assourdis par la foule, les accords qui lui parvenaient lui ébranlaient la poitrine.

Elle vit alors une tête qui dominait toutes les autres. Une longue plume plantée dans un chapeau balayait l'air au-dessus de lui. En s'approchant encore, Ève vit que l'individu portait une longue cape qui lui flottait dans le dos.

Tout à coup, une forte lumière illumina le personnage, dont le costume flambloya sous l'éclat du projecteur de poursuite de Boissineault. Sur un fond rouge violent, l'habillement était parcouru d'inextricables torsades en fil d'argent recouvrant tout le corps de lignes étourdissantes. Ève fut saisie. Sa stupéfaction fit rire le petit groupe qui s'était formé autour. Christophe fit signe à Boissineault que ça suffisait pour l'éclairage.

— Comment tu trouves mon costume ?

— Je... j'sais pas, Christophe... Ahurissant, j'pense.

— Il fait son p'tit effet, non ?

— Y a pas à dire ! Un peu plus pis j'app'lais les pompiers pour t'éteindre.

Christophe trouva la remarque franchement comique.

— Tiens, c'est pas bête ça, les pompiers. Ils pourraient t'arroser par la même occasion. Peut-être que ça ferait fouler ton costume.

— C'est vrai qu'il est un peu... ample.

— Pis tes pantalons, comment ils font pour pas tomber ?

Mais Ève trouva que les plaisanteries allaient un peu loin.

— C'est du linge à ma mère.

Christophe saisit aussitôt l'importance particulière que son amie attachait à son déguisement.

Dans la vieille malle, Ève avait trouvé des vêtements. Elle avait reconnu un tricot de coton vert que Marie portait souvent en septembre, lors des premières soirées fraîches de la saison.

Sa mère avait l'habitude de se pelotonner dedans... et dans les bras de Pierre. Tous les deux, ainsi unis, laissaient filer le temps, pendant que leur petite Ève s'amusait sur le plancher de bois, un casse-tête éparpillé devant les yeux.

Ce qui se passait dans la tête de ses parents pendant ces heures heureuses ? Penchée entre deux rideaux opaques de cheveux roux, Ève était à une éternité de s'en douter.

Une éternité ?... Pas vraiment. Quelques années à peine.

Christophe la regardait d'un œil ému. Il s'aperçut que la couleur du gilet correspondait exactement au regard et se dit qu'elle était la plus belle fille qu'il ait jamais vue. Il avança les bras. Elle s'approcha et disparut sous la cape, que Christophe ferma sur elle. Autour d'eux, un rock endiablé faisait rage et ils semblaient danser sur une musique douce. Tenant serrée la taille mince de son ami, Ève, dans le noir, pensait à Paul.

Au bout d'un moment, Christophe repoussa la cape et dit :

— Il est revenu.

Ève leva la tête et voulut questionner, mais il la retint :

— Ne dis rien. Il va venir ce soir... plus tard.

— Quand ?

— Je ne sais pas exactement... plus tard. Il m'a fait promettre de ne rien dire, même à toi. Si je t'en parle, c'est parce que je ne sais plus quoi faire. Il est tanné de tourner en rond... il veut en finir... comme Hélène. C'est ce qu'il m'a dit... comme Hélène.

Ève se souvenait du mot qu'avait prononcé Paul dans la nuit. Cela éveilla en elle de terribles échos.

— Il a dit qu'il ferait sauter l'école. D'habitude, dans sa bouche, c'est rien qu'une façon de parler, mais là... Il faut faire quelque chose, Ève. Il a dit que ça se passerait ce soir, quand tout l'monde s'rait soûl ou ben stone.

Ève était étourdie par ces paroles absurdes.

— Pourquoi il est venu me dire tout ça ? lança Christophe tout à coup. Hein, pourquoi ? C'est moi qui en souffre, c'est pas le système qu'il veut détruire.

— Peut-être qu'il voulait que tu m'en parles...

Christophe fut saisi par la remarque. Ève aussi d'ailleurs. Elle n'avait pas bien pensé à ce qu'elle venait de dire.

— Tu... tu crois ?

— Je sais pas. Qu'est-ce que t'en penses ?

— Ben... là... tu m'as ! Je... je l'sais pas. Peut-être. Mais ça change quoi, ça ?

— Peut-être que Paul veut que quelqu'un l'arrête... sinon il l'aurait dit à personne.

À ces mots, Christophe sortit de l'abattement qui l'avait assailli. Un espoir venait de jaillir en lui.

Ils se turent. Plus moyen de parler. Ils se trouvaient devant l'orchestre. Les musiciens amorçaient un vieux rock qui avait une puissance terrible pour faire danser. Dès les premiers coups de batterie, quelques jeunes se mirent à sauter sur place en jetant des cris sauvages. Pendant plus de cinq minutes, l'orchestre allait tenir la salle en haleine sur les trois accords qui soutenaient tout le morceau.

Le soliste intervenait de temps à autre pour hurler quelques mots aigus dont l'origine anglaise se perdait sous son accent québécois. Et quand les deux guitaristes s'avançaient, la salle bondissait de plus belle. À tour de rôle et toujours soutenu par les trois éternels accords, chacun des instrumentistes eut l'occasion de montrer ses talents dans un solo tordu et amplifié par toute une savante gymnastique faciale.

Boissineault, de son côté, prenait son rôle au sérieux, convaincu que le succès de l'orchestre dépendait de son projecteur de poursuite.

Quelques jeunes avaient installé leurs chaises devant chacune des grandes caisses. Ils fumaient et on pouvait voir leurs cheveux osciller sous les vibrations des basses notes. Plusieurs filles semblaient danser avec précaution, bougeant à peine, de peur de briser la beauté qu'elles s'étaient faite au prix de nombreuses heures devant le miroir. D'autres se démenaient comme des diables.

À l'autre bout de la salle, un professeur avait dit à son voisin :
— Ah ! s'ils mettaient autant d'énergie à faire leurs devoirs !

L'orchestre en arrivait maintenant à la finale du morceau. Cela s'éleva en une cacophonie apocalyptique où les haut-parleurs furent sollicités au maximum... jusqu'à l'accord ultime joué au signal du chanteur, qui se projeta à genoux sur l'estrade, en une pose spectaculaire, recroquevillé sur son micro, un bras au ciel.

Et les cris de fuser de toutes parts, particulièrement d'un petit groupe d'admiratrices assises à côté de l'orchestre de leurs chums... les Starfighters de Saint-Rédempteur.

À travers tout ce chahut, les pensées d'Ève avaient vagabondé. Elle songea de nouveau à Élisabeth Blondeau.

— Tu veux me prêter la clé de l'école?

— La clé de l'école! Mais je peux pas. Monsieur Zouvie ne...

Ève l'interrompit :

— Veux-tu?

— Mais... pour quoi faire?

— Veux-tu me la prêter sans poser de questions, juste parce que tu me fais confiance?

Christophe eut envie de s'objecter, mais quelque chose le retint. Il ouvrit un petit sac accroché à sa ceinture, en sortit un anneau dans lequel était enfilée une clé qui scintilla.

— Merci, dit-elle.

Et Christophe la vit se faufiler sur la piste de danse, entre les couples enlacés qui bougeaient à peine sous le rythme languissant d'un slow caramel mou dont les Starfighters étiraient indécemment les notes au moyen d'un synthétiseur Yamaha.

La Blondeau

Au moment où Ève quittait la salle de bal, monsieur Zouvie lui lança :

— T'en fais pas, ma p'tite, tout est réglé. C'était pas grave. La Blondeau est sauvée !

Un faisceau de lumière jaune lui tomba alors dessus et, sous le projecteur obstiné de Boissineault, il se rendit sur l'estrade. On l'acclama comme il se doit. Les élèves scandaient : « Ha, ha, ha !... » Puis, se servant du microphone du chanteur des Starfighters, le directeur annonça le début du concours pour le plus beau costume, le plus beau maquillage et le plus beau masque de la soirée.

Le grand prix serait un magnifique veston de cuir noir.

Dans la lumière blanche du corridor, Ève s'éloignait d'un pas décidé. Derrière elle, le tumulte de la fête s'affaiblissait. Le corridor devenait jaune. Elle reconnut l'endroit et repéra la porte qu'elle cherchait. Local 1218. S'assurant de ne pas avoir été suivie, elle fit tourner la clé dans la serrure. La porte s'ouvrit. Ce devait être la clé maîtresse. Tout allait bien. Elle entra, referma la porte et se trouva dans une pièce sombre.

Une faible lumière jetait une lueur orangée sur les objets disparates qui encombraient le local. Par terre, il y avait des gallons de peinture et un certain nombre d'outils qui avaient servi, la veille, à la décoration de la cafétéria.

« Quel fouillis ! » se dit-elle.

Les citrouilles électriques fournissaient une lumière suffisante pour qu'Ève puisse facilement se diriger. Tout était calme. Quelques ombres bougeaient dans une fenêtre, au fond, à l'extrême gauche.

Ève ressentit une désagréable appréhension.

Elle se glissa vers l'angle du local, souleva un coin du rideau et vit, sous l'éclairage bleuâtre du stationnement, Élisabeth Blondeau entourée de cinq jeunes garçons.

Elle ne semblait plus leur résister. Au contraire même, Ève crut lire sur son visage blême un demi-sourire.

Vu l'angle, les physionomies étaient un peu déformées par les imperfections de la vitre. De plus, Ève n'entendait rien et assistait à une scène muette. Les gars se souriaient, mais leurs regards furtifs témoignaient d'une certaine inquiétude.

Un des garçons posa sa main sur la bouche d'Élisabeth mais, tournant la tête, elle continua à parler, apparemment toute seule, le regard vide. Le garçon s'approcha davantage et laissa descendre sa main sur sa poitrine. Élisabeth ne réagit aucunement. Adossée au mur, elle balançait la tête, les deux bras pendants. Cela dura de longues secondes.

De l'autre côté de la vitre, Ève s'était mise à respirer anxieusement. Un malaise qui ressemblait à de la honte lui inondait le cœur. Elle ne pouvait détacher ses yeux de la scène intolérable qui se déroulait là.

Lentement et tout en guettant la physionomie de la jeune fille, l'adolescent détacha le chemisier. Ève crut voir une larme s'échapper sur la joue d'Élisabeth, mais c'était peut-être la vitre qui créait cette illusion... ou alors toute l'eau qui lui montait au visage. Mais quand le garçon ouvrit le corsage, Ève faillit perdre connaissance tant la honte lui faisait mal à l'âme. Elle avait l'impression que c'était à elle qu'on faisait ça.

Un autre garçon approcha une bouteille de la bouche d'Élisabeth, qui, les yeux fermés, se mit à boire avec ardeur, comme pour trouver l'inconscience qui lui permettait de s'arracher à ce simulacre d'amour qu'on lui faisait là.

Sur l'estrade, les finalistes paradaient devant la table du jury, auquel avait dû se joindre Christophe, en tant que président.

Il regardait défiler les costumes, les masques et les maquillages, mais il n'avait pas le cœur à cela. Ces artifices lui semblaient saugrenus et insensés. Ces extravagances lui paraissaient gratuites, sans fondement, absurdes. À ses yeux, cette faune bigarrée et burlesque, évoquant maladroitement toute une série de fantasmes naissants, n'était l'expression que d'une civilisation décadente et inconsciente. Le machisme y était représenté dans toute sa splendeur, autant par les filles que par les garçons. Le romantisme fleur bleue aussi. Christophe avait les deux en horreur.

Et des idées noires le gagnaient au fur et à mesure que la mascarade progressait et allait atteindre son point culminant, sur fond de musique cucul. Quand il vit apparaître un couple en costume de mariés, il fut secoué d'un fou rire incontrôlable et quitta la salle.

Une longue automobile américaine, d'un vieux modèle, s'immobilisa non loin. Un homme aux cheveux longs et gris dans le cou en sortit. Il portait des habits élégants et un chapeau mou. Il s'accota sur l'aile arrière de la voiture et s'alluma une cigarette.

Un garçon se dirigea vers lui. Il parlementa et revint auprès des quatre autres, qui semblaient maintenant très tendus. Il demanda qu'on tienne la fille. Il ouvrit un petit sac et en vida le contenu sur le dos de son poing fermé, qu'il approcha du nez d'Élisabeth. Il lui plaça un doigt sur la narine et elle aspira par l'autre la poudre blanche, qui disparut d'un seul trait.

Les cinq garçons s'éloignèrent aussitôt, abandonnant derrière eux la pauvre Élisabeth débraillée qui, un peu en déséquilibre, tentait de rattacher son chemisier.

Ève, n'en pouvant plus, se mit à courir vers la porte du local pour venir en aide à la malheureuse fille, mais elle buta contre un outil et tomba. Son front heurta un gallon de peinture. Elle crut perdre connaissance.

Quand elle revint à elle, il ne s'était passé que quelques secondes mais cela avait été suffisant pour la désorienter. Elle retourna à la fenêtre, où elle ne vit plus rien... plus personne.

Un peu perdue, elle quitta la pièce, referma le local à clé et se dirigea vers la fête qui se poursuivait. Dans un coin isolé, le long d'un corridor, elle vit un couple qui s'embrassait. Le gars était dos au mur et ses mains étaient posées mollement sur les fesses de la fille dont la cuisse lui montait entre les jambes. Ève en eut l'estomac chaviré et se mit à courir. Elle pénétra dans les toilettes et vomit dans le premier lavabo. En deux hoquets, elle rejeta tout le dégoût qui lui barbouillait le cœur.

Quand elle releva la tête, elle se retrouva devant elle-même, livide. Une mince traînée de sang marquait son front. Quelques gouttes étaient tombées sur le gilet de sa mère. Sur son sein gauche, une petite tache pourpre se déployait.

Elle fit couler l'eau froide. À deux mains, elle s'en jeta au visage et en avala quelques bonnes lampées. Les couleurs lui revinrent.

Ève aperçut un tampon hygiénique souillé, abandonné sur le plancher.

Elle sortit et se dirigea vers un petit comptoir de fortune. Elle demanda une tablette de chocolat. Elle avait besoin de se refaire des forces.

Dans la salle de bal, le concours achevait. Ève s'approcha et entendit monsieur Zouvie annoncer le nom de la grande gagnante.

— Marie-Soleil Bisson !

Il y eut un grand rire. Une preppie venait de gagner le veston de rocker.

— Bon ! et maintenant, commença le directeur, une petite surprise qui va vous plaire, j'en suis sûr.

Un homme et une femme d'un certain âge s'étaient installés sur l'estrade. Lui, assis sur un tabouret, derrière un microphone sur pied, tenait une guitare. Elle, sagement, attendait devant le piano qu'on avait transporté des locaux de musique. Monsieur Zouvie poursuivit :

— Accompagnée des deux professeurs de musique de la polyvalente, monsieur Alphonse Galarneau à la guitare et madame Rose Poirier au piano, je vous présente une jeune fille qui va vous interpréter une chanson que vous n'êtes pas près d'oublier. Et j'ai nommé... Marie Bouliane !

À ces mots, une grande fille s'approcha sous le projecteur bleu de Boissineault. Elle saisit le microphone que lui tendait monsieur Zouvie et attendit le moment de commencer. Elle avait un sourire calme et apaisant. Ève la reconnut tout de suite. C'était la fille qui se tenait près des preppies, le jour de la rentrée. Celle qui dansait sur place sur une musique imaginaire. Ève la trouva encore plus belle sous le projecteur que sous le soleil de septembre.

Au premier rang dans la salle, Vesse de Cuir avait descendu ses écouteurs autour de son cou. Les yeux rivés sur sa Marie, il s'avança un peu plus que les autres et se trouva bientôt à ses pieds. Son allure était moins délabrée que de coutume. On voyait qu'il avait fait un effort. Ses cheveux étaient moins graisseux. Il portait de simples espadrilles. Ses jeans étaient neufs, mais son veston de cuir, celui qui avait pris la forme de son corps, ne l'avait pas quitté.

Les lumières baissèrent dans la salle et monsieur Galarneau se pencha sur sa guitare dont il pinça les cordes. Les frêles accords qui s'en échappèrent envahirent toute la salle, lui imposant un silence unique. Et les centaines de têtes s'immobilisèrent dans l'obscurité. Le piano de madame Poirier se joignit à la guitare de son confrère. Et Marie Bouliane chanta d'une voix juste et sobre, sur une musique de Germain Gauthier, les paroles de Luc Plamondon. C'était comme une prière qu'elle adressait à sa mère et où elle lui répétait qu'elle avait douze ans... déjà.

« *J'ai douze ans, maman...* »

Au bout d'un temps indéfinissable, sa voix s'éteignit.

Monsieur Galarneau pinça une dernière corde. Sa main s'éleva lentement puis retomba sur son genou. Il leva la tête. Madame

Poirier se tourna lentement vers le public, qui ne se permit d'applaudir que lorsque le regard de la chanteuse revint à lui. Ce fut un moment unique. Un moment qui avait chaviré tous les cœurs... en particulier celui de Vesse de Cuir, qui regardait Marie Bouliane saluer sans le voir.

Et les mots de la chanson avaient tout mélangé dans la tête d'Ève Paradis : maman, l'école, l'amour, l'enfance, les fusées et les bombes.

Elle se retourna et reconnut Paul, immédiatement, malgré le masque.

Éclaboussures

À l'entrée, les deux jeunes préposées avaient perdu le contrôle. En principe, il fallait leur montrer un billet en franchissant les portes, mais de petits groupes de flâneurs s'étaient accumulés, attirés par les lumières de la fête et par la musique de l'orchestre. C'étaient les éternelles âmes perdues de Saint-Rédempteur, qui avaient vite trouvé le moyen de se glisser à l'intérieur. D'autres avaient suivi, de sorte qu'à partir d'un certain moment l'entrée devint carrément libre.

Cette nouvelle situation transforma l'atmosphère. Sur la piste de danse, les jeunes trouvèrent là l'occasion de se coller davantage.

Et en même temps que les flâneurs, la boisson s'était introduite. Sous les blousons, dans des sacs de dépanneur, sous forme de canettes ou de bouteilles de boissons gazeuses, l'alcool, subtilement, clandestinement, se mêlait à la fête... et exacerbait l'euphorie collective.

Au milieu de tout ça, un couple était bien loin de toute cette agitation. Ève attendait le moment où Paul dirait quelque chose.

Mais Paul aussi attendait.

Quand elle s'était trouvée devant lui, Paul avait enlevé son masque et lui avait tendu la main comme il l'avait déjà fait une fois. Tout de suite dans les bras l'un de l'autre, ils goûtèrent de brefs instants de nostalgie.

Paul, le visage plongé dans la chevelure de son amie, humait, cherchant à retrouver l'odeur familière qui lui avait envahi la mémoire, jadis. La tête sur l'épaule de son ami, les yeux grands ouverts sur le party qui dégénérait autour d'eux, Ève laissait vagabonder son esprit, espérant que quelque miracle se produirait. Paul vit la petite tache sombre sur le gilet.

— Ève, dis-moi, qu'est-ce que c'est... là, sur ton gilet... cette tache?

— Ah, c'est pas grave.

— Une tache de sang, on dirait.

— T'en fais pas, c'est quand j'suis tombée tantôt.

— T'es tombée?

— C'est rien... au 1218... il y avait des outils pis des gallons de peinture.

— Mais comment t'as fait pour entrer là?

— Ben... Christophe m'a prêté la clé. J'en avais besoin pour...

— T'as la clé de la poly?

Sans trop comprendre pourquoi, Ève s'écarta un peu et souleva l'anneau. Paul s'en saisit.

— Je... je reviens tout de suite.

Une heure plus tard, il n'était pas revenu. Monsieur Zouvie avait fait monter légèrement les lumières. On ne s'occupait plus guère des Starfighters qui, ayant épuisé leur répertoire, jouaient maintenant dans le vide.

Dans un coin, quelques filles s'étaient groupées autour de Marie Bouliane et parlaient d'un orchestre qu'elles pourraient former. Monsieur Galarneau était resté, leur prodiguant quelques conseils et se rappelant l'époque où sa tâche lui permettait encore de s'occuper de jeunes à l'extérieur des périodes de cours.

Vesse de Cuir, un peu à l'écart, avait retrouvé son heavy metal.

Par petits groupes maintenant, on commençait à quitter la salle. Monsieur Zouvie aurait voulu qu'on remercie les organisateurs, mais les jeunes s'échappaient. Même Boissineault débranchait son projecteur.

Le directeur demanda qu'on allume. La salle s'illumina... pratiquement vide. Elle faisait mal aux yeux... elle faisait peine à voir. Au fond, les gars de l'orchestre ramassaient leur stock.

Monsieur Zouvie s'approcha d'Ève, qui se tenait debout, intérieurement chancelante, au milieu des lamentables vestiges de son party.

— Es-tu contente?

— 'sais pas.

Décontenancé par cette réponse, il ne sut que dire. Dans la porte d'entrée, il vit Christophe qui ne portait plus son costume.

— Ah, te voilà, toi. Tu nous as désertés?

— À vrai dire, j'm'ennuyais pas mal. Ça m'tentait plus de rester. J'ai été me changer.

— Pourtant, quand t'es parti, t'avais l'air d'avoir pas mal de fun.

— Vous savez, moi, les mariés...

— Ben, c'est justement les mariés qui ont gagné. Marie-Soleil Bisson s'est r'trouvée avec un veston de rocker sur le dos.

— La soirée fut un succès, à ce que je vois.

— Oui, si on veut... mais c'est pas l'opinion de ta p'tite amie, là-bas.

Christophe aperçut une fillette dans le gilet de sa mère. Monsieur Zouvie quitta la salle. Christophe s'approcha d'Ève.

— Voilà... c'est fini. Il reste plus que des souvenirs.

— ... puis de la saleté, compléta Ève.

— T'en fais pas, ça va être nettoyé... puis lundi, ça paraîtra plus.

— ... comme s'il ne s'était rien passé.

— Bien, il va rester les souvenirs.

— Oui, parlons-en des souvenirs.

— Quoi, qu'est-ce qui est arrivé?

— Paul... ton frère Paul... voilà c'qui est arrivé.

— Il est v'nu?

— Oui, et t'étais même pas là quand il est venu. Tu t'es sauvé ou quoi?

Ils furent interrompus:

— La chicane est pognée, on dirait.

Ève et Christophe se retournèrent et virent Paul tenant la clé au bout de ses doigts.

— Alors, tu la reprends pas, ta clé?

— La clé! Comment ça que t'as la clé d'la poly?

Christophe regarda Ève d'un air sévère.

— Elle t'a été utile au moins?

— Tu parles!

Cette réponse ébranla Christophe.

— T'en fais pas, frérot, j'ai pas fait d'bêtise. V'nez, je vais vous montrer quelque chose. J'pense que vous allez trouver ça pas pire.

Il prit Ève par la main et l'entraîna vers le cœur de l'école. Il criait:

— Christophe, tu viens nous r'joindre dans le hall central, en d'sous d'*La Bombe,* OK?

— J'ai pas envie qu'a m'tombe su'a tête, ta *Bombe,* lança Christophe, qui entendit à peine la réponse qu'on lui hurlait:

— Y a pas d'danger! Pus d'danger!

Il éteignit, oblitérant d'un seul coup le pitoyable décor déserté.

Le hall était plongé dans une pénombre ponctuée de six taches de lumière symétriquement réparties dans ce grand espace. Dans une de ces taches, Paul et Ève se tenaient encore par la main.

— Christophe, demanda Paul, tu sais comment faire pour ouvrir toutes les lumières?

— Toutes les lumières?

— Oui, toutes les lumières du hall.

— Pour quoi faire?

— Laisse faire les pourquoi, pis allume-les, veux-tu!

Christophe regarda Ève, qui ne semblait guère comprendre davantage.

— C'est bon... je les allume. C'est par là.

— Attends, je t'accompagne, dit Ève, lâchant la main de son ami.

Tous les deux, ils se dirigèrent vers la droite de la murale, où Christophe repéra un petit panneau métallique. Il glissa la pointe de la clé dans l'interstice, près de la serrure, et poussa le pêne, qui se dégagea facilement. Le panneau s'ouvrit. Il cria :

— Voilà, j'y suis... J'allume !

Il mit ses mains de telle sorte que tous les interrupteurs s'ouvrent du même coup. Ève était inquiète. Des idées d'explosion lui venaient. Christophe appuya.

Au bout de longues secondes terriblement silencieuses, tous les fluorescents des trois étages remplirent de leur blanche clarté ce grand espace vertical traversé par un gigantesque morceau de ciment gris. Au même moment, une profonde vibration se fit entendre. C'était le concert de centaines de tubes fluorescents. Ève se sentit toute drôle. Elle regarda Christophe d'un air étonné comme si elle ne comprenait plus ce qui se passait.

— Ya-houuuu !!!

Ils se retournèrent et virent Paul. La tête en l'air, il dansait de joie, tapait dans ses mains. Laissant Ève derrière, Christophe s'approcha de son frère et regarda vers le haut, dans la direction de *La Bombe*. Il ne semblait pouvoir en détacher son regard.

Ève ne bougea pas tout de suite. Elle tourna la tête et vit la murale, de profil. Elle ne remarqua rien de particulier. Elle avança sans la quitter des yeux. L'angle peu à peu changea... comme si elle glissait sur une surface plane.

Et elle vit une petite tache de peinture rouge qui s'allongeait au fur et à mesure qu'elle avançait, et qui se révéla être une des extrémités d'une grande éclaboussure en forme d'étoile dont les nombreux rayons d'inégales grosseurs serpentaient en tous sens, suivant les reliefs de la masse de ciment sculptée.

Un conte et une histoire

Ce fut un automne qui s'écoula dans le vent et la pluie. Ce fut une grande bulle inconfortable, habitée du froid tourment de l'eau menacée par le gel de l'hiver imminent. Les feuilles humides collaient à tout et tapissaient le décor gris de couleurs mortes.

Ce fut aussi un automne percé de vives flambées de soleil qui crevaient ces jours d'eau au milieu desquels trônait la polyvalente. Quand un rayon filtrait, les arêtes métalliques de l'école lançaient leurs pointes acérées de lumière. Le voile se déchirait alors et les feuilles secouaient leurs couleurs, qui se mettaient à onduler. Mais aussitôt le vent et la pluie les reprenaient dans leur mortelle froidure pour enfin les écraser toutes et pour toujours sur les ciments des hommes. Elles se décomposaient là, absorbées par l'élément où le hasard les avait menées.

Les arbres dépouillés ne faisaient que rayer la banlieue de leurs fines lignes noires piquées dans le ciel gris. Les immeubles tout autour imposaient leur présence rectiligne à travers cette sinueuse ramification.

Et la polyvalente, au milieu de ses vastes stationnements, se faisait encore plus imposante, habitant le paysage gris de toute sa masse grise sous laquelle une imposante population de jeunes parfaitement encadrés circulaient d'une porte à l'autre, d'un prof à l'autre, plus ou moins tristement, chacun ayant contre l'ennui son propre système de défense… le tout sous la saison étale des néons et de la ventilation.

Telles étaient les couleurs des pensées de Pierre Tremblay, début novembre.

L'homme était debout à la fenêtre. Il observait depuis plus d'une heure ce monument érigé de l'autre côté du boulevard. Sous les nuages bas et tourmentés, on se serait cru le soir, entre chien et loup. Pourtant, il était presque midi. Devant ses yeux, la polyvalente s'enfonçait lentement dans l'hiver, cette interminable saison où les jeunes ne voient le soleil qu'en fin de semaine, et quelquefois tôt le matin, par la fenêtre de leur jaune et brinquebalant autobus scolaire.

C'était un matin si sombre que les trois séries de fenêtres qui traversaient la façade jetaient une lumière jaunâtre qui se reflétait sur la pelouse humide, au pied des deux mâts nationaux au bout desquels le bleu et le rouge flottaient en harmonie. Et dans cette étrange luminosité, Pierre pouvait facilement observer la vie qui se menait dans une trentaine de compartiments mesurant six tables sur six.

Un bruit se fit entendre derrière lui. La clé de l'appartement jouait dans la serrure. Ève entrait, apparemment essoufflée.

— T'as vu le vent qu'il fait dehors ? Terrible !

— As-tu peur que la poly s'envole ?

— Pas d'danger… 'est plantée là pour longtemps !

Ève se débarrassa de son manteau. Les cheveux en bataille, on lui voyait à peine le visage. Elle s'approcha de son père et l'embrassa sur la joue.

— Qu'est-ce que tu faisais ?

— Oh, rien, je me racontais des histoires… je rêvais.

— À propos de rêves et d'histoires, il va falloir que j'écrive un conte. C'est le devoir du mois, en français. Vas-tu m'aider ?

Elle disait ça sans sérieux aucun, sans attendre de réponse. Déjà elle avait la tête plongée dans le garde-manger.

— Qu'est-ce qu'on mange à midi? As-tu préparé d'quoi?

— T'aider à rêver... ça, je veux bien... je suis pas mal bon là-d'dans.

Ève s'aperçut que son père n'était pas d'humeur légère comme elle.

— Tout le monde aime ça, rêver. Moi, j'passe mon temps à rêver! Des fois, j'suis même pas endormie, pis j'rêve. Dans la poly, l'aut' bord, c'est plein d'jeunes qui rêvent. Comment veux-tu autrement? Sans ça, ce s'rait pas vivable. Penses-y! Six fois cinquante minutes par jour, rien qu'à réfléchir, c'est pas possible. Il faut rêver.

Elle hésita avant de poursuivre.

— Pense à maman par exemple...

La présence de Marie dans cet échange faisait remonter des choses.

— Elle voulait une petite école pour secondaire 1 et 2... puis elle l'a eue, sa petite école. J'y suis allée pendant deux ans. Elle porte son nom aujourd'hui... L'école Marie-Paradis, là-bas, dans la montagne, à une heure d'ici. C'est quoi ça? Un rêve? Pis toi, ton rêve, c'est quoi?

— 'sais pas.

— Oui, tu l'sais... pis j'vas te l'dire à part ça. C't'une polyvalente, ton rêve. Une vraie. Une poly où on fait pas rien qu'réfléchir... une poly où on peut rêver aussi.

— Tu es bien naïve.

— Non! j'suis pas naïve! Pis il va se réaliser, ton rêve... par amour à part de t'ça. Y a pas d'autre chemin!

— Oui, l'amour... tu as sûrement raison.

— C'est pas une question de raison! C't'une question d'cœur!

Elle avait presque crié et ce cri l'avait ébranlée elle-même.

Elle s'arrêta. Tous les deux ensemble, ils s'apercevaient de l'absence définitive de Marie. Au bout d'un certain temps, Ève releva la tête. Très calme, elle dit:

— Tu vas m'le dire, hein, ce qui est réellement arrivé à maman? Moi, je sais rien. Tu m'as juste dit qu'elle était morte. J'avais onze ans et j'ai rien compris. Ça m'a juste fait un grand mal, c'est tout. Mais là, j'veux savoir, tu comprends... j'veux tout savoir !

Cet après-midi-là, Ève Paradis n'allait pas retourner à la polyvalente.

Le journal

«Lundi 3 novembre...

Cet après-midi mon père m'a parlé de maman et j'ai décidé d'écrire. Mais c'est pas de ça que je veux parler. Je veux juste écrire mon journal. C'est une idée que monsieur Olivier nous a donnée. Il nous a dit qu'un journal c'est comme un album de photographies. Plus tard tu te relis et tu revois le portrait de ce que tu pensais dix ans plus tôt. Je l'aime beaucoup monsieur Olivier. Même s'il est bizarre des fois. Mais je pense que je suis la seule dans la classe. Avec Paul.

Paul est revenu à l'école. Il se tient tranquille. La grande tache rouge sur *La Bombe* lui fait bien plaisir. Aujourd'hui on est passés cinq fois devant. Ce matin tous les élèves s'étaient rassemblés autour. Ils ne voulaient pas rentrer en classe. Ils voulaient savoir qui avait fait ça. Paul m'a dit que c'était la première fois qu'on appréciait ce qu'il faisait. Moi je pense qu'il exagère. Puis je suis partie dîner à l'appartement mais je ne suis pas revenue à cause de tout ce que mon père m'a raconté.

N'empêche que ça m'a fait un choc quand j'ai appris que la mort de maman et celle de la petite Hélène, c'était la même histoire.

Mardi 4 novembre...

Aujourd'hui les directeurs sont venus voir *La Bombe éclatée*.
C'est comme ça que tout le monde l'appelle maintenant. Puis les
secrétaires. Ça faisait drôle de les voir là. Elles viennent jamais d'habitude. Un groupe de monsieurs est venu aussi un peu plus tard. Des
commissaires je pense. Ou des directeurs. C'était la première fois
que j'en voyais. Ils ne m'ont pas semblé bien méchants. Ils faisaient
des farces avec monsieur Zouvie qui leur montrait la tache rouge
comme s'il en était fier.

Papa m'a dit ce soir qu'il allait bientôt recommencer à enseigner. J'ai tapé dans mes mains puis on s'est embrassés. Ensuite je
suis allée dans ma chambre pour écrire mon journal. Papa pense
peut-être que je fais mes devoirs mais j'en ai à peu près jamais.

Mercredi 5 novembre...

Entre chaque cours, Paul et moi on se donne rendez-vous sous
La Bombe éclatée. Pour parler. Il y a du bruit et on peut se dire tous
les secrets qu'on veut. Mais aujourd'hui Paul a voulu m'embrasser.
J'ai pas aimé ça avec tout le monde qu'il y avait autour. Je le lui ai
dit. Il n'a pas insisté. Alors je lui ai raconté ce que j'avais vu dans
le local aux citrouilles. Cela n'a pas semblé l'intéresser beaucoup.
Mais quand j'ai parlé d'un monsieur aux cheveux longs et gris dans
le cou, Paul m'a posé des questions sur l'automobile. Je lui ai dit que
c'était une grande voiture avec des ailes. Paul est devenu nerveux
il me semble et le timbre a sonné.

Jeudi 6 novembre...

Ce matin j'ai revu Élisabeth Blondeau mais je n'ai pas osé l'approcher. Elle porte des talons si hauts. Elle ne me semble pas souffrir
de ce qu'on lui a fait le soir de l'Halloween. Les gars disent des choses
méchantes à son sujet mais cela semble l'amuser. On dirait qu'elle
a besoin de personne. Je ne suis pas contente de moi. Il faudrait que
je fasse quelque chose. Paul dit qu'il n'y a rien à faire. Moi je pense
que si. On dirait que Paul veut que j'oublie ça. Je pourrai jamais.

Vendredi 7 novembre...

Aujourd'hui à la dernière période il y avait le chahut. Monsieur Olivier s'est fâché. Il donnait ses directives pour le conte. Personne l'écoutait et il s'est fâché. Il ne devrait pas parce que après c'est encore pire. Mais là tout le monde l'a écouté parce que son visage est devenu tout rouge de colère. Il nous a traités de vulgaires consommateurs. Il nous a dit qu'on consommait les livres comme des Big Macs... et qu'on pensait rien qu'à manger puis à... ici je crois qu'il a failli dire " chier ". Il a dit que nous ne pourrions jamais connaître la jouissance d'un livre. Ça, jouissance, il n'aurait pas dû dire ce mot. Au fond de la classe quelqu'un a sifflé. Et monsieur Olivier a crié que oui ce mot venait du verbe jouir. Puis il a dit que nous ne savions même pas faire ça et que l'école devrait nous le montrer. Là il s'est laissé tomber assis sur sa chaise. Quelqu'un a lancé qu'il voulait apprendre à jouir. Paul s'est levé et leur a crié : " Farmez vos grands yeules ! " Ça m'a fait un grand plaisir. Je pense que j'ai joui parce que Paul était beau quand il a crié ça.

Samedi 8 novembre...

Papa nous a amenés à la campagne, Christophe, Paul et moi.

On est arrivés à midi et il ventait encore comme lundi passé. Christophe avait l'air d'une grande asperge dans son petit coupe-vent. Le vent entrait par toutes les fentes. On lui a trouvé un grand gilet de laine et une paire de mitaines. Ça faisait très chic. On a transporté du bois puis on a fait un feu dans la cheminée.

Après on a parlé beaucoup parce que Christophe a voulu expliquer à papa comment il vivait avec Paul. Moi, je comprends ça qu'un grand frère s'occupe de son petit frère mais papa ne comprenait pas parce que normalement il faut un adulte. Christophe a expliqué qu'il s'agissait d'un arrangement avec un oncle. C'est un peu compliqué à expliquer parce que c'est pas très honnête. Ça s'est passé quand leurs parents se sont séparés il y a cinq ans. L'oncle est devenu le tuteur. Il a accepté parce que beaucoup d'argent lui viendrait des parents de Paul et de Christophe. Surtout de la mère. Mais après, l'oncle est allé rester avec une autre femme et il a continué quand même à signer tous les papiers. Mais j'ai l'impression que Christophe n'a pas raconté toute l'histoire. On dirait qu'il manque des bouts. Papa et moi on s'est regardés et on a décidé de ne pas parler d'Hélène. Le passé c'est le passé.

Je ne peux pas dormir. Tantôt Paul est venu cogner à ma porte. On s'est retrouvés debout au milieu de ma chambre. On savait pas quoi faire, alors on s'est embrassés. Je ne sais pas bien faire ça et je pense que Paul non plus. Ses mains étaient dans mon dos et moi je le serrais fort. Nos lèvres étaient ensemble et je pensais à rien. Nous avions fermé les yeux. Je veux dire que j'avais fermé les yeux parce que je ne sais pas pour lui. J'avais un peu mal dans le cou. Puis je lui ai dit qu'il fallait qu'il s'en aille et il m'a chuchoté quelque chose dans l'oreille qui m'a tellement fait drôle. Il a dit : " Un jour, Ève, nous allons faire l'amour ensemble. Ça c'est certain. Moi j'y pense souvent parce que je t'aime. " Puis après il est parti comme s'il se sauvait et je me suis retrouvée seule avec ces mots-là dans ma tête qui m'empêchent de dormir et qui m'obligent à écrire écrire écrire.

Paul et moi. Faire l'amour. Je sais comment on fait les enfants mais je ne sais pas comment on fait l'amour. J'en ai jamais entendu parler à l'école. Je pense qu'il faudra que j'apprenne toute seule. Je pense qu'il faut se caresser et s'embrasser partout-partout et faire comme pour faire un enfant. En tout cas je sais que ça me fait tout drôle en dedans quand j'y pense. Oui peut-être un jour on va faire l'amour ensemble. Mais avant il faudrait qu'on apprenne à s'embrasser un peu mieux.

Dimanche 9 novembre...

Me voilà de retour en ville avec la polyvalente de l'autre côté de la rue.

Ce matin on était encore à la campagne. Il n'y avait plus de vent. Plus du tout. C'était facile de ramasser les feuilles. Puis vers onze heures le soleil est apparu. Alors on a fait une bataille. Il s'agissait de mettre les feuilles dans le gilet de l'autre. C'était pas facile d'atteindre le cou de Christophe. Une fois Paul m'en a mis une poignée dans le dos. Il y avait des gouttes dedans et ça m'a coulé sur les fesses. J'étais gênée. Je me suis mise à rire avec eux autres. Christophe se tordait parce que j'avais lâché un petit cri. Ça faisait drôle de le voir. Il se roulait par terre dans les feuilles. Ensuite on est devenus plus calmes et on les a fait brûler.

Lundi 10 novembre...
Aujourd'hui Paul a reçu le résultat d'un examen de mathématiques. Il a obtenu une des meilleures notes de la classe. Cela l'a amusé un peu mais pas autant que je l'aurais souhaité.
Papa a recommencé à enseigner. Il semble très content.

Mardi 11 novembre...
Me voilà maintenant porteuse d'un grand secret. Heureusement je peux le confier à mon journal.
À la période de bibliothèque ce matin, on a parlé Paul et moi. Monsieur Olivier n'a rien dit. Monsieur Olivier ne dit plus grand-chose. En réalité c'est surtout Paul qui a parlé. Il m'a parlé de son tuteur et c'est là qu'il m'a dit que le monsieur à la poudre blanche, c'était son oncle Raymond. Il ne pouvait pas y avoir d'erreur à cause des cheveux longs et gris dans le cou et de la grande voiture américaine. Puis, sans s'arrêter, Paul m'a dit que la poudre blanche c'était de la drogue et que son oncle cherchait sans doute à accrocher la Blondeau. Je ne comprenais pas grand-chose et je lui ai répété qu'elle s'appelait Élisabeth, pas " la Blondeau ", et que c'était pas une mauvaise fille parce qu'elle a de gros seins. Il m'a répondu que dans quelques mois elle s'appellerait probablement *Babette from Quebec* et danserait nue dans une boîte de Toronto. Là, j'ai cru que Paul violait Élisabeth. Je me suis levée et je suis sortie de la bibliothèque sans demander la permission à monsieur Olivier. Paul m'a suivie. Je pense que je pleurais. Paul m'a rattrapée dans le corridor et il s'est excusé. Il m'a prise dans ses bras. J'ai essuyé mes yeux dans sa chemise. On est restés comme ça longtemps. Un moment donné j'ai dit qu'il faudrait avertir la police. Paul a répondu qu'il ne fallait pas parce que ça briserait sa vie et celle de Christophe. Si

on découvrait cette histoire de drogue, l'oncle ne pourrait plus être leur tuteur et on les logerait dans une maison pleine d'adultes. Et il a ajouté qu'il ne fallait pas que j'en parle à mon père non plus. Il a exigé une promesse. Dans ma tête tout était mêlé et j'ai promis. Alors le timbre a sonné et le corridor a été envahi. Je n'ai plus revu Paul de la journée.

Heureusement je n'ai pas promis de ne pas écrire ça.

Mercredi 12 novembre...
Aujourd'hui c'est comme si je n'avais pas vu Paul. Quatre fois je me suis trouvée seule sous *La Bombe*. Il était là à côté de moi mais il ne disait rien. Alors c'était comme si j'étais toute seule.

J'ai pas beaucoup envie d'écrire ce soir. Je vais me coucher.

Jeudi 13 novembre...
Ce matin j'ai vu papa partir avec mademoiselle Houazarre. Ils étaient dans son auto à elle et j'ai vu qu'elle riait très fort.

Ils pensent peut-être que je ne me suis pas aperçue de leur absence à tous les deux à l'école aujourd'hui. Oui, papa, je le sais que tu as passé la journée avec la Houazarre. À faire l'amour ensemble. Puis ça me fait mal. Voilà.

C'est Xavière qu'elle s'appelle, je pense. Pas la Houazarre. C'est pas une mauvaise femme parce qu'elle rit fort dans son auto avec mon papa.

Mais si maman était encore là, je pense que je ne t'aimerais plus, papa.

Vendredi 14 novembre...
Aujourd'hui j'ai dit à Paul que je ne briserais pas ma promesse si j'en parlais à Christophe. Il n'a pas aimé ça. Mais j'ai quand même raconté à Christophe toute l'histoire de la nuit d'Halloween.

Après, Christophe a eu un long silence puis il a dit que l'homme était bien leur oncle et qu'il fallait le dénoncer. Alors il y a eu une dispute entre les deux frères. Mais quand Paul a menacé de tout lâcher, Christophe m'a regardée et j'ai compris qu'il allait abandonner. Ils ont parlé encore un peu et finalement Christophe m'a demandé de continuer à tenir ma promesse. Je ne l'ai pas aimé à ce moment-là.

Il m'a expliqué que cet oncle leur permettait d'échapper au système. Je lui ai demandé c'était quoi le système. Il a juste répondu que c'étaient les adultes. Moi j'ai dit que j'étais tannée de les entendre toujours parler contre les adultes. Mais là j'ai pensé à mon père avec la Houazarre. Alors Christophe m'a expliqué que c'était un arrangement. J'ai dit que c'était rien qu'un autre système et j'ai exigé une promesse. J'ai le droit d'exiger moi aussi. Alors ils m'ont promis tous les deux qu'ils dénonceraient leur oncle avant la fin de l'année. Il leur reste un mois et demi. Mais quand même je trouve que c'est une promesse bien lourde à porter.

Samedi 15 novembre...
Voilà c'est fait. Paul est parti. Il est au courant de tout. De tout ce que je sais en tout cas. Papa était pas là. Ça s'est passé dans ma chambre. En ville. Je lui ai tout raconté. J'ai fait comme si j'étais sa sœur. Pour qu'il comprenne bien, j'ai fait comme un professeur. J'ai dit : "Imagine que je suis Hélène..."

Pour ça, il fallait que je lui parle aussi de maman. Mais je ne lui ai pas parlé de la lettre qu'Hélène avait écrite à ma mère avant de mourir. Il m'a écoutée sans dire un mot. Après nous nous sommes encore embrassés comme si nous étions obligés. Je ne sais pas ce qu'il pense.

Quand papa est revenu tantôt, il était seul. Alors je lui ai sauté au cou comme une petite fille. Mais là je suis en train d'écrire comme une grande fille et je me dis que j'étais contente seulement parce que mademoiselle Houazarre n'était pas avec lui.

Dimanche 16 novembre...
J'ai passé une bien belle journée à la campagne. Seule avec papa. On est allés faire un tour de canot sur le lac.

Lundi 17 novembre...

Ce matin, il a neigé un peu. C'était la première neige de l'année et monsieur Olivier expliquait que dans un conte on a le droit de faire toutes les fantaisies qu'on veut. Alors il nous a montré les hautes fenêtres de la classe et nous, on a vu la neige qui tombait. Tout le monde s'est mis à crier de joie. Monsieur Olivier a attendu que le calme revienne. Il nous a dit :

— Vous voyez la neige ? Vous pensez peut-être que c'est la neige qui tombe ? Eh bien non ! Moi je vous dis que c'est la polyvalente qui monte ! Regardez bien !

Pendant une fraction de seconde on a tous été surpris. On a regardé. Bêtement. Et on a tous eu peur que monsieur Olivier dise vrai. Dans le fond de la classe, quelqu'un a crié :

— Y capote, le vieux !

Monsieur Olivier a baissé la tête mais moi je dis qu'il a réussi à soulever la polyvalente. Pendant une seconde toute la classe y a cru. Ça j'en suis persuadée même s'ils ne voudront jamais l'admettre. Et pour le reste de la période j'ai gardé les yeux sur la haute fenêtre. Et dans ma tête la polyvalente s'élevait en silence dans le ciel gris avec les pâles étoiles de neige.

Je me demande si je vais continuer ce journal. De toute façon j'ai un conte à écrire. Aujourd'hui une idée m'est venue. »

Deux âmes égarées

L'étoile sur la murale est devenue terne. La peinture rouge, imprégnée dans le ciment, ne fait plus qu'une grande tache sombre aux contours indécis. Le rythme normal de la polyvalente a repris. Les autorités scolaires ont décidé de laisser tomber l'enquête pour trouver le «vandale» qui a fait ça. De toute façon, les jeunes ne tournent plus guère la tête vers *La Bombe éclatée.*

Pourtant, un réseau de fines fissures s'y est installé. À peine visible, un vaste fendillement couvre maintenant l'ancienne étoile rouge devenue pourpre.

Hier encore, les élèves ne parlaient plus que d'une chose. L'exploit de Vesse de Cuir qui a avalé cinq Big Macs en trois minutes cinquante-deux secondes. Quelques élèves avaient eu l'idée de faire venir les gens du *Livre Guinness des records.* Le pauvre garçon voulait surtout impressionner Marie Bouliane, mais celle-ci a trouvé cela ridicule.

Twisted Sister avait repris un ancien succès des années cinquante, *Leader of the Pack.* Ça sonnait dur. La tête coincée dans l'étau de ses écouteurs, Vesse de Cuir se remit à hanter les corridors de la poly, sourd à tout. Pendant ce temps, monsieur Zouvie recevait un appel de la Régionale lui suggérant de favoriser discrètement la venue des gens du *Livre Guinness.*

En raccrochant, il fit la moue en songeant à cette nouvelle politique de promotion de l'école publique.

À un moment donné, Élisabeth Blondeau s'était retrouvée à son bureau. Elle se promenait d'un cours à l'autre, la poitrine libre sous un chandail imprimé aux couleurs de la Californie. Il communiqua avec ses surveillants d'élèves afin qu'on la lui amène. Vingt minutes plus tard, elle allait pénétrer dans son bureau.

La jeune fille ne semblait exprimer aucune honte pour sa tenue. Les mains sur les hanches, elle prenait de profondes inspirations. Avançant vers le directeur en une démarche houleuse, la poitrine surplomba bientôt les dossiers empilés sur le bureau, envahissant le quotidien d'une ombre menaçante. La jeune fille s'immobilisa un instant, la taille cambrée. Et cligna de l'œil. Le cil ainsi agité provoqua une brise qui souleva quelques feuilles que le pauvre homme chercha à saisir au vol. Mais la fille contournait déjà le bureau, laissant dans l'espace des traces d'ombre à paupières. Des doigts bagués aux ongles nacrés tapotèrent le crâne du directeur. La délicate pointe d'un sein lui traversa la nuque et une fesse se posa sur le buvard. Monsieur Zouvie fut pris de vertige. Élisabeth Blondeau se penchait sur lui. L'échancrure du gilet s'ouvrit. Il perdit pied, bascula dedans et se retrouva en équilibre sur la pointe du deuxième A de *CALIFORNIA*.

Il revint à lui quand il entendit frapper. Le vieux surveillant apparut :

— Monsieur, je vous amène Élisabeth Blondeau. Elle me semble très mal en point. Il faudrait peut-être appeler...

— Faites-la entrer, interrompit le directeur, je m'occupe de tout.

— Bien, monsieur.

Le surveillant fit un signe et Élisabeth pénétra dans le bureau.

La vision qui s'offrit aux yeux du directeur n'avait rien à voir avec celle que venait de concevoir son imagination fatiguée. C'était une pauvre enfant abandonnée à elle-même, la tête appuyée sur le cadre de la porte, les cheveux lui tombant en désordre sur le visage, le dos voûté, un talon cassé. Il se leva, souleva la chevelure et vit un visage légèrement tuméfié. La jeune fille faillit glisser de côté et monsieur Zouvie dirigea sa chute vers le fauteuil le plus près. Sa tête ballotta un instant, puis retomba sur son épaule. Ses deux mains glissèrent de chaque côté de ses cuisses et s'immobilisèrent sur le siège, paumes vers le ciel. Monsieur Zouvie s'assura qu'elle respirait bien, vit que la poitrine se soulevait régulièrement et s'aperçut qu'en effet la jeune fille ne portait pas de soutien-gorge.

«Cette pauvre fille a des seins énormes... presque une infirmité, pensa le directeur. Quelle misère! Et moi, tout à l'heure, qui...»

Monsieur Zouvie se souvint alors d'Ève Paradis qui, le soir de l'Halloween, lui avait demandé d'aller voir ce qui se passait dehors. Et lui qui avait fait semblant d'intervenir, pour éviter les histoires avec les petits voyous de Saint-Rédempteur. Il eut honte.

C'est alors que, du haut de ses cent trente centimètres, le directeur adjoint à la vie étudiante se jura de démasquer ceux qui avaient mis Élisabeth Blondeau dans cet état... s'il ne faisait que ça de toute l'année scolaire!

À ce moment, la jeune fille secoua la tête. Le directeur eut peur qu'elle heurte les montants du fauteuil. Elle eut un soubresaut. Ouvrit les yeux. Pendant un instant, elle ne sembla pas voir ce qu'il y avait devant elle. Son regard cilla et monsieur Zouvie vit qu'elle reprenait contact avec la réalité. Et quand elle comprit la situation dans laquelle elle se trouvait, elle se recroquevilla, croisant les bras sur sa poitrine.

— Élisabeth, ne t'en fais pas, tu n'as rien à craindre. Je suis là pour t'aider.

— Monsieur Zouvie...

— Comment te sens-tu?

— Je... je ne sais pas.

— Tu as besoin de quelque chose?

— Non!

Elle avait dit ça avec énergie, comme si elle se ressaisissait.

— Tu veux me dire ce qui se passe?

— Il se passe rien, lança-t-elle d'un ton sec, ayant repris une posture moins timide. Je veux m'en aller.

— Tu ne peux pas t'en aller comme ça... ta tenue...

— Ma tenue! Qu'est-ce qu'elle a, ma tenue?

— Je peux pas te laisser aller comme ça.

— Je sais, vous pouvez pas... vous pouvez rien. Je veux m'en aller.

— Écoute, tu as sûrement pris quelque chose pour être dans cet état. Il faudrait me dire...

À ces mots, le regard d'Élisabeth se glaça. Le directeur était devenu un flic. Elle ne dirait plus un seul mot. Monsieur Zouvie le comprit.

— Bon, d'accord! Je vais appeler tes parents pour qu'ils viennent te chercher.

— Mes parents! Vous voulez rire!

Le directeur se rappela en effet que, dans son cas, cela ne donnerait rien. Il retourna à son fauteuil, décrocha l'interphone et demanda à l'infirmière de venir. Quand il raccrocha, un silence pénible s'établit dans le bureau.

Là, face à face, deux étrangers se toisaient. Pendant que monsieur Zouvie se renforçait dans sa résolution de mener une guerre sans merci aux petits pushers de son école, Élisabeth se voyait armée de lames de rasoir, tailladant le costume coloré de ce gros ballon de directeur qui avait l'air d'avoir pitié d'elle. Mais elle n'arrivait pas à le faire crever.

On cogna à la porte. C'était l'infirmière.

— Amenez mademoiselle Blondeau à la salle de repos, dit le directeur. Vous la gardez sous surveillance et veillez à ce qu'elle se repose bien d'ici la fin des cours. Puis vous lui trouvez un gilet quelconque pour son retour à la maison. Ça va?

— Oui, monsieur, ça va. J'ai compris.

L'infirmière se tourna vers la jeune fille et dit :

— Élisabeth, tu veux venir avec moi?

Elle lui tendait la main. Élisabeth leva les yeux, chercha quelque piège dans ce geste mais ne vit qu'un regard accueillant. Elle se leva, sortit, et monsieur Zouvie aperçut encore l'incroyable silhouette de femme qu'elle avait.

« Cette pauvre fille ne pourra jamais circuler nulle part sans soulever des passions épouvantables. Son destin est tout tracé dans les lignes tumultueuses de son corps. Si au moins elle s'habillait discrètement. Mais non, il fallait qu'elle obéisse à tous les impératifs mâles qui circulent dans cette école. Comment toutes ces idées-là ont-elles bien pu s'introduire ici ? »

À la porte, de nouveau, on cognait.

— Entrez !

C'était Paul Letendre, les cheveux plus indisciplinés que jamais.

— Qu'est-ce que tu fais là, toi ? T'es pas encore à la porte, toujours ?

— Ben, voyons !

— Qu'est-ce que t'as encore fait cette fois ?

— C'est l'prof de techno qui capote pour rien !

— Ah oui ? Alors, c'est toi qui aurais dû le mettre à la porte, si je comprends bien.

— C'est pas à moi de faire ça. C'est à vous ! C't'un con.

— Un con, han ? Mais pour qui tu t'prends, toi, pour décider qui est con, pis qui l'est pas ?

— C'est facile... y a juste à regarder l'âge !

— Ah oui ! j'oubliais, monsieur est jeune, monsieur n'est pas encore un con ! Mais ça va pas tarder, j'pense.

— À c'moment-là, j'disparaîtrai d'la carte !

— Mais comment tu vas faire pour le savoir, que t'es devenu con ? Tu pourras pas t'en apercevoir... puisque tu seras con !

— Ça va être facile, lâcha Paul, les yeux froids. Quand j'aurai votre âge.

Monsieur Zouvie se tut. Cette dernière réplique dépassait tout. Sans réfléchir, il lança :

— Tu es à la porte de l'école.

— C'est pas trop tôt !

Monsieur Zouvie regarda ce pauvre enfant à la chevelure hirsute. Il se rappela soudain... cette chose terrible qui lui était arrivée, trois ans auparavant. Le directeur eut envie d'avoir pitié, mais il continua quand même sur sa lancée. Tant pis si ça faisait mal.

— Pis à part ça, reviens-en donc, de ta sœur qui est morte, batince ! Ça fait trois ans ! Arrête de nous écœurer avec ça !

Paul fut pris au dépourvu. Le directeur lui désignait la porte.

— Voilà ! C'est par là !

De toute évidence, monsieur Zouvie attendait qu'il sorte. Il n'y aurait aucun retour possible. Paul prit l'attitude la plus indépendante qu'il put.

— Salut !

Et sortit.

Le directeur tomba dans son fauteuil, lessivé. Dieu que pendant les dernières secondes il avait eu du mal à réprimer son envie de revenir sur sa décision. Il se disait que ce pauvre garçon n'allait qu'assombrir les statistiques sur la délinquance.

« Tant pis ! qu'il se débrouille ! J'ai droit à mes sentiments, moi aussi. Ce n'est pas parce que je suis directeur que je dois accepter les insultes sans broncher. »

Et, au risque de faire chialer les profs, il saisit le combiné de l'interphone et fit un appel à travers toute la polyvalente :

— Christophe Letendre est demandé au bureau de monsieur Zouvie... Christophe Letendre, à mon bureau. Merci.

Et il raccrocha.

Cinq minutes plus tard, monsieur Zouvie ne s'était pas encore calmé. Christophe frappait à sa porte.

Une famille nouveau genre

Quand il toucha le trottoir, de l'autre côté du boulevard Jacques-Cartier, Pierre Tremblay se retourna et se mit à l'écoute.

Dans la grisaille de cette fin de novembre, les autobus se remplissaient d'ombres furtives. Les cônes de leurs phares faisaient briller un fin brouillard dans lequel plongeaient des nuées d'élèves qui s'illuminaient avant de s'engouffrer dans le noir des portières ouvertes.

Une trentaine de moteurs tournaient à l'unisson dans un grondement obstiné. Le ciel était immobile. Aucun vent. Rien ne semblait bouger malgré l'agitation des jeunes, là-bas. Le ciel était bas aussi. Curieusement bas. Il semblait s'être posé sur la polyvalente.

Sur le trottoir, en face, une femme en blanc soutenait un gilet sur le dos d'une jeune fille qui boitillait parce que son talon était cassé. Un taxi noir freina et ouvrit sa portière arrière. Élisabeth Blondeau monta. L'infirmière donna quelques instructions et le taxi s'éloigna en silence, emportant avec lui, comme dans un corbillard, la dépouille d'une pauvre fille. La femme en blanc frissonna et se mit à courir vers l'école.

Tout à coup, il y eut un changement et l'équilibre s'écroula. Un vent sauta au visage de Pierre en même temps que des cris stridents. Ses cheveux s'agitèrent. Un autobus rempli d'enfants excités venait de lui couper le regard. Il frissonna à son tour.

Ses pensées étaient encore bien grises.

— Pierre, qu'est-ce qui s'passe? Tu n'es pas bien?

Une petite automobile s'était immobilisée devant lui. La vitre de la portière était baissée. Il se pencha.

— Xavière! C'est toi!

— Ça va, Pierre?

— Oui... enfin, je crois.

— Si tu veux, je peux rester.

— Oui... j'aimerais bien.

Et pendant qu'elle stationnait, il monta chez lui.

Un billet de sa fille l'attendait sur la table basse du salon :

Papa,
Je suis partie avec Christophe. Paul est à la porte de l'école. On est inquiets. On espère le trouver chez lui. Christophe croit bien qu'il pourra arranger ça. Moi je suis pas sûre. Je l'accompagne parce que je veux faire partie de ce qui va leur arriver. Je veux me débrouiller comme une grande.
Ève

Xavière arrivait derrière lui. Pierre lui tendit le papier. Elle lut. Quand elle leva les yeux, il la tenait dans ses bras.

Ils s'embrassèrent et firent l'amour.

Sur la poitrine de la femme, l'homme vit de subtiles rougeurs qui lui rappelèrent l'euphorie de leurs anciennes amours qui avaient fait tant de mal.

Plus tard, il n'y avait que du désordre autour de la causeuse sur laquelle ils s'étaient retrouvés. La porte de l'appartement s'ouvrit.

Les bras chargés de grands sacs bruns, Paul et Christophe avançaient dans le petit salon. Xavière et Pierre eurent à peine le temps de se couvrir que déjà les deux jeunes se trouvaient là, devant eux.

La tête entre les sacs qu'ils portaient, les deux frères se retournèrent. Derrière, Ève était encore occupée à dégager la clé de la porte.

Elle leva la tête et vit, entre ses deux amis qui s'écartaient, les épaules blanches d'une femme et le torse nu de son père.

Xavière faillit baisser le regard, mais ne le fit pas. Ève n'y lut que de la franchise... et la plus parfaite transparence. Xavière avait le dos droit. Ses bras étaient croisés sur sa poitrine. Il y avait, dans son attitude, tout à la fois de la modestie et de la dignité.

Réfléchissant à peine à ce qu'elle disait, Ève se mit à parler :

— On a trouvé Paul chez lui puis on est allés faire le marché, tous les trois. J'ai pensé que si on se faisait une bonne petite bouffe ensemble, ce s'rait bien. J'ai acheté tout c'qu'i' faut pour nous quatre, mais... il y en aurait facilement pour cinq... je veux dire, si mademoiselle Houazarre veut se joindre à nous. Puis, vous devez avoir faim, là, non?

Elle se sentit un peu gênée d'avoir dit ça.

— En tout cas, nous, on est affamés. On va aller porter ça dans la cuisinette, puis on va tout préparer. Vous serez nos invités, d'accord? Mais soyez pas trop difficiles. Ça va être improvisé pas mal.

Pierre se sentit un peu ridicule. Il fit un geste vers sa fille, mais déjà elle s'était retournée, poussant devant elle deux marionnettes géantes. Ils faillirent tout échapper en passant par la porte. Ils posèrent enfin leur fardeau sur la table et se regardèrent un moment. Ève parla encore :

— Ben quoi? Qu'est-ce que vous avez, tous les deux, avec vos grands yeux de poissons? C'était juste mon père avec un autre prof de maths. Ils ont bien le droit de faire autre chose que des mathématiques!

Plus tard, une grande nappe blanche couvrait la table. Elle était en papier. Le couvert était mis. Pour cinq. Au milieu, entre deux courtes chandelles, une minuscule cruche avait de la peine à tenir en équilibre une longue rose rouge, à demi ouverte. Il y avait le sel et le poivre. Un sucrier. Une bouteille de vin rouge aussi... et des verres à moutarde. Enfin les assiettes et les ustensiles... parfaitement disposés.

Quand on baissa les lumières, la lueur des chandelles se répandit, jetant des reflets vacillants. Les verres et les ustensiles scintillèrent. Le cœur de « I ♥ *New York* », sur le tablier d'Ève, devint phosphorescent. Et Christophe crut voir son amie devenir blonde, tout comme la rose, au centre de la table.

C'est à ce moment que Xavière apparut. Elle s'était arrêtée dans le cadre de la porte. Malgré le contre-jour, la lueur des chandelles lui envahit le visage, qui était doux. Elle était belle.

— Mademoiselle Houazarre, bienvenue chez nous.

Ève lui indiqua une place et l'invita à prendre le verre de vin devant elle. Les autres en firent autant. Paul approcha prudemment le verre de son nez et retint une grimace. Avec appréhension, il jeta un coup d'œil vers son amie, qui se mit à parler :

— On est là, tous ensemble... par un très beau hasard. Quand on y pense, on pourrait dire qu'en septembre les chances de se trouver là, tous les cinq ensemble, étaient nulles.

Personne ne répondit. Chacun avait les yeux dans les sombres reflets de son vin. Ève approcha le sien de ses lèvres, ferma les yeux et le vida d'une seule lampée. Les autres, sans réfléchir, en firent autant. Paul n'eut pas le temps de comprendre ce qui venait de lui passer par la gorge. Les yeux hébétés, il avait l'air stupéfait de ce qu'il venait d'avaler.

Pierre secoua l'émotion qui voulait les assaillir.

— Moi, j'ai une faim terrible. J'attaque !

— Attention, dit Paul, ça pourrait contre-attaquer.

Et au milieu de la cuisinette ils eurent un éclat de rire qui fit à Paul un plaisir profond. Pour la première fois de sa vie, il se sentait bien en... famille.

Il se mit à couper sa viande. Elle était tendre... « Comme Ève », pensa-t-il. Il en porta un morceau à sa bouche et fut attentif au goût que cela avait. C'était étrange, c'était nouveau.

On n'entendait plus que le tintement des ustensiles.

Une des deux chandelles mourut au fond de sa soucoupe. Au milieu de la table, la rose rouge s'était ouverte. Une odeur de cire et de chair de fleur se répandit. Un à un, ils se rendirent compte que l'anneau était passé au doigt de Paul. Personne n'en fit la remarque. L'autre chandelle mourut.

Après le dessert, ils se retrouvèrent au salon, autour de la causeuse.

— Qu'est-ce qu'on fait pour Paul? demanda Ève.

La Folie volante

«Dimanche 30 novembre...

On s'est installés tous les cinq à Saint-Albert pour cacher Paul. Ç'a été toute une affaire. Les quatre pièces de l'étage sont occupées. J'ai retrouvé ma chambre de quand j'étais petite. Paul et Christophe se partagent la plus grande, celle pour les invités. Papa a repris la sienne. Tout seul parce que Xavière ne voulait pas s'installer là. Peut-être à cause de maman mais peut-être aussi à cause de moi. Elle s'est installée dans celle qui servait autrefois de bureau à mes parents.

On a déménagé les affaires de Paul et de Christophe, mais pas la moto. Paul était un peu triste. Il a passé sa main sur le banc arrière. Ce geste m'a troublée un peu.

On va s'arranger pour que Paul ait tout ce qu'il faut pour étudier. Quand papa a eu cette idée, Paul n'a pas aimé ça. Je lui ai dit que je l'aiderais. Il a dit qu'il avait besoin de personne, mais ça n'a plus autant d'importance qu'avant quand il dit ça.

Lundi 1er décembre...
Aujourd'hui Christophe est allé voir monsieur Zouvie pour lui expliquer notre idée. Ça lui a beaucoup plu. Il est d'accord pour laisser croire à l'oncle Raymond que tout continue comme avant.

En français, monsieur Olivier a ramassé les contes en retard. Ensuite il a essayé de donner un cours mais il n'a pas pu. Il a écrit au tableau " J'entends les oiseaux chanter ". Les gars au fond faisaient " pitt! pitt! " Et il a essayé de nous dire que c'était une phrase complexe et qu'il y avait une principale et une subordonnée complétive infinitive. À la fin, la classe ressemblait à une basse-cour. Puis il est parti en disant : " Salut! je m'en vais écouter les oiseaux chanter! "

Mardi 2 décembre...
Monsieur Olivier n'est pas revenu aujourd'hui. C'est une suppléante qui l'a remplacé. Je lui ai demandé ce qui arrivait avec nos contes. Elle a dit qu'elle les corrigerait. Je lui ai répondu que c'était pas pour elle que j'avais écrit le mien.

Mercredi 3 décembre...
La suppléante en français m'a dit qu'elle n'avait pas trouvé mon conte dans la pile qu'on lui a donnée. D'abord j'ai pensé qu'elle mentait. Puis je me suis dit que monsieur Olivier l'avait peut-être gardé à cause de ce qu'il y avait dedans.

Jeudi 4 décembre...
J'ai appelé monsieur Olivier tout à l'heure mais ça ne répondait pas.

Pierre et Xavière ont apporté une pile de manuels et Paul fait ses devoirs régulièrement. Sans problèmes. Moi je lui résume ce qu'on a fait dans la journée. Il s'en tire avec deux ou trois heures de travail par jour. Brillamment.

Des fois je me prends à regarder Paul sans qu'il s'en aperçoive. Je regarde ses cheveux noirs jamais peignés, ses mains, son nez un peu rond, sa peau foncée. Puis sa façon sautillante de marcher. Ça c'est drôle. Je regarde aussi son torse un peu maigre et même la forme de ses fesses. Il a de petites fesses rondes qui me semblent bien dures. Et des jambes fortes et un peu arquées. Il n'est pas grand lui non plus.

Aujourd'hui pendant la vaisselle j'ai eu l'impression que Christophe me regardait comme ça lui aussi.

Vendredi 5 décembre...

Tantôt j'étais avec Paul puis on a téléphoné chez monsieur Olivier. C'est une madame qui a répondu. Elle avait l'air triste. Elle nous a dit qu'il était malade. Je lui ai dit que c'étaient deux de ses élèves. Alors la madame a crié de le laisser tranquille. J'ai voulu lui dire que nous on l'aimait mais elle avait déjà raccroché. J'ai tenté de rappeler mais ça ne répondait plus. Je n'aime pas ça. Il me faudrait son adresse.

Dans sa chambre, Xavière a trouvé des dessins que j'ai faits à la petite école. Elle pense que Marie devait demander à mes professeurs de les lui garder. Ça m'a fait drôle d'entendre Xavière parler de maman. Je suis contente qu'elle puisse parler de Marie sans gêne. Ce soir on a apporté les dessins sur la table de la cuisine. Il y avait beaucoup de bleu. Mes petits bonshommes avaient toujours l'air heureux avec une grosse tête et beaucoup de cheveux. On a bien ri.

Ça me rappelle qu'hier dans la nuit papa est allé dans la chambre de Xavière mais je ne suis pas sûre. Peut-être que j'ai rêvé ça. De toute façon ça n'a plus d'importance.

Paul m'a dit à l'oreille qu'il a le goût, des fois, de venir me rejoindre dans ma chambre. Je n'ai rien répondu.

Samedi 6 décembre...

Aujourd'hui il est tombé de gros flocons. Il faisait doux mais pas assez pour que ça fonde. C'est Paul qui a vu ça le premier. Pendant le déjeuner il ne tenait pas en place. Puis il est sorti en courant. Presque pas habillé dans ses vieux souliers. À mains nues il prenait de la neige sur l'automobile puis tirait des mottes au loin dans les conifères. Elles se brisaient dans les branches. Puis il s'est mis à les tirer en l'air au-dessus de lui. Il y en a une qui lui a écrasé les cheveux. Nous on riait à l'intérieur. Ça lui faisait une drôle de tête. Il était content. Puis il a commencé à faire rouler une boule par terre qui est devenue grosse très vite parce que la neige était collante. En forçant beaucoup il a réussi à l'amener devant nous de l'autre côté de la fenêtre. On est allés le trouver puis on a fait un bonhomme rond comme monsieur Zouvie avec une cravate large et colorée. Alors Paul est entré dans la maison. Il a écrit " POLY " sur un carton. Après il est venu piquer ça sur le ventre du bonhomme. Puis là on s'est rassemblés tout autour. Papa a dit qu'on pourrait faire une photo de famille. Xavière avait un appareil à déclenchement retardé. On s'est serrés de chaque côté du bonhomme. On a tous mis un bras sur son épaule. On a fait des grimaces et l'appareil de Xavière a fait clic !

Dimanche 7 décembre...
Ça m'a fait tout drôle quand j'ai vu monsieur Zouvie arriver chez nous dans sa grosse automobile. Il a lâché un énorme " Ha, ha, ha ! " quand il a vu le bonhomme de neige. " C'est moi, ça ? " il a dit.

Madame Zouvie n'est pas venue parce qu'elle est partie il y a longtemps.

Plus tard, le téléphone a sonné. C'était la madame à la voix triste qui voulait me parler. Elle a dit que monsieur Olivier voulait me voir. Elle m'a donné l'adresse. Et elle insistait pour que j'y aille le plus vite possible. Toute seule. Et elle a raccroché. J'ai expliqué à papa le téléphone que je venais d'avoir. Il m'a dit qu'il irait me reconduire demain matin. Papa accepte parfois que je manque l'école. Mais ça dépend pourquoi.

On a soupé ensemble tous les six. Ce fut très gai. Monsieur Zouvie a raconté une histoire cochonne. Après j'ai observé qu'il ne mangeait pas beaucoup. Il a parlé d'un ulcère à l'estomac. Et la bonne humeur est revenue.

Puis on a mis au point nos plans pour coincer l'oncle Raymond.

Lundi 8 décembre...
Ce matin j'ai vu monsieur Olivier et ça m'a fait beaucoup de peine. Il était dans son lit et il y avait tout plein de médicaments

sur sa table de chevet. Je pense que c'est sa femme qui m'a ouvert la porte. Elle avait l'air aussi triste que sa voix au téléphone.

Alors j'ai vu le vieil homme, à demi assis, un crayon rouge à la main. Je me suis placée dans la ligne de son regard mais il n'a pas semblé me voir.

J'ai eu un frisson parce que son regard m'a rappelé celui que maman avait... vers la fin.

La femme à côté de moi a éclaté en sanglots et s'est enfuie vers la cuisine. Je me suis approchée de monsieur Olivier. Par-dessus les draps, sur ses cuisses, il y avait mon conte, disposé en éventail.

J'ai chuchoté à son oreille :

— Monsieur Olivier ! C'est moi... Ève... Ève Paradis !

Alors son regard est devenu présent comme s'il avait été aspiré d'un seul coup vers moi. C'est drôle de raconter ça comme ça, mais c'est comme ça que je l'ai vu.

Il m'a souri. Puis il m'a parlé en hésitant. Il prononçait mal les mots... peut-être à cause des médicaments :

— Ève ! Ma petite ! Comme tu es belle... avec tes cheveux... avec tes yeux aussi. Tu es venue voir ton vieux professeur de français ? J'étais justement en train de corriger ton conte, là. J'ai beaucoup aimé ça, tu sais... *La Folie volante*, c'est original.

— J'aime ça écrire, monsieur Olivier. Mon père m'a aidée un peu aussi. Mais c'est vous qui m'avez donné le goût d'écrire.

— C'est bien, ça. Très bien. Excellent. On n'entend pas ça souvent, nous les professeurs. Tu es gentille. Je vais toujours me souvenir de toi.

— Un élève n'entend pas ça souvent non plus.

— C'est bien, ça. Très bien. Excellent. Et je n'ai trouvé aucune erreur d'orthographe. Mon crayon rouge a servi à rien. J'aurais voulu te faire une remarque dans la marge, mais je me suis retenu. Je suis content de m'être retenu. J'ai pas mis de note non plus. Alors j'ai rien mis... rien. Voilà ta note, ma petite Ève. C'est pas grand-chose mais c'est le mieux que je peux faire pour toi... rien.

Et avec difficulté, il a griffonné les quatre lettres dans le coin de la page du titre. Il m'a tendu les feuilles et le crayon. Mais avant de lâcher prise, il a regardé mes mains :

— Tu n'as plus ton anneau ?

— Non, j'ai répondu, c'est mon ami Paul Letendre qui le porte maintenant.

— Bien. C'est très bien, ça. Excellent.

Et il est retourné dans son monde à lui. Je l'ai laissé aller.

Je suis repartie en reculant. Monsieur Olivier avait les yeux fixes. J'ai encore traversé son regard. Il n'avait plus de feuilles ni de crayon rouge mais ses mains avaient repris leur position.

Alors j'ai vu la pauvre dame qui me regardait, les yeux pleins d'eau, le bas du visage enfoui dans son tablier qu'elle mordait.

Et je me suis sauvée.

Ça ne s'est peut-être pas passé comme je le raconte mais c'est comme ça que je l'ai vu.

" En le décrivant, on peut refaire le monde ", avait dit monsieur Olivier.

Pourtant, ce soir, à côté de mon journal. il y a bien un crayon rouge posé sur le conte que j'ai fait au mois de novembre.

Et dans un coin de la page du titre. Il y a " RIEN " d'écrit. »

La Folie volante

conte présenté par
Ève Paradis

à monsieur Christian Olivier

Français 316-08

Polyvalente de Saint-Rédempteur
Novembre 1985

Il était une fois, dans une maison carrée face à la mer, un petit garçon du nom de Jean-Sébastien. Derrière sa maison, il y avait la forêt.

Chacun des murs de sa maison était percé d'une fenêtre par laquelle l'enfant pouvait voir de l'eau à perte de vue, des arbres à perte de vue, ou encore une ligne droite à perte de vue, séparant l'eau et les arbres. En haut, le ciel était bleu sur les quatre côtés.

Un jour, Jean-Sébastien atteignit l'âge de se rendre à la Ville. Mais il ne savait pas si la Ville était du côté de la mer ou du côté de la forêt. Il décida donc de sortir de sa maison.

Il brisa ses quatre fenêtres et sortit.

Alors la ligne entre la mer et la forêt devint une plage avec des galets et des rochers sur lesquels se brisaient les vagues. Il vit sauter des poissons. Les feuilles de la forêt bougeaient sous le vent. Il y avait toutes sortes d'arbres avec des ombres nouvelles à cause des nuages dans le ciel. Jean-Sébastien vit aussi une volée d'oiseaux.

Mais sa maison avait disparu.

À la place, il y avait un grand vieillard qui portait un chapeau pointu et une longue tunique rouge avec un grand « S » noir dessus. Ses pieds nus ne touchaient pas le sol.

Il parla comme s'il avait entendu les interrogations de Jean-Sébastien au sujet de la Ville :

— *Mon enfant, commença-t-il d'une voix creuse, avant d'aller à la Ville, il faut que tu apprennes à vivre avec les autres.*

— *Comment vous vous appelez? demanda l'enfant.*

— *Monsieur Système.*

— *Dites-moi, monsieur Système, pourquoi je veux aller à la Ville? J'étais bien dans ma maison. Tout était simple et facile. Vous venez de la Ville, vous?*

— *Moi, je n'existe pas. Je n'apparais aux gens que quand ils brisent quelque chose. Des fois, c'est pour les mettre en prison. Mais les enfants comme toi, je ne les mets jamais en prison. Quand ils cassent leurs fenêtres, je leur montre cet appareil.*

Le vieillard avait levé le bras vers un objet énorme, échoué non loin de là, sur les galets de la plage.

C'était un grand bloc de ciment auquel étaient vissés des centaines de mécanismes complexes. C'était immobile, laid et inquiétant. C'était tentaculaire, hétéroclite et en apparence inutilisable. On aurait dit un gigantesque outil abandonné. Jean-Sébastien se demandait bien à quoi cela pouvait servir.

— *C'est une sorte de véhicule pour se rendre à la Ville, dit le vieillard, qui entendait toujours les pensées de l'enfant.*

— *Ça m'a l'air compliqué.*

— *Oui, en effet... ça s'appelle une Folie volante.*

— *Mais ça ne pourra jamais voler... ça n'a même pas d'ailes!*

— *Il te faut pourtant la faire voler.*

— *Ça fonctionne comment?*

— *Je ne sais pas très bien. Dans ma jeunesse, c'était plus simple. Il y avait seulement un professeur avec des livres, du papier et des crayons. Même avant ma naissance, il paraît que ça existait. Mon ami Histoire 214 parle de promenades dans la nature, mais je ne suis sûr de rien... Allez, viens! N'aie pas peur! Ç'a été construit pour toi. C'est comme un modèle réduit de la Ville.*

La voix du vieillard était moins impressionnante. Son dos se courbait. Ses pieds nus frôlaient le sol. Sa toge rouge était devenue terne aussi. On distinguait à peine le « S » noir. Et le chapeau était brisé près de la pointe.

Ensemble, ils firent le tour de la machine qui leur cachait la moitié du ciel. Tout en marchant, monsieur Système désignait un à un les mécanismes vissés au bloc central. Jean-Sébastien écoutait avec attention, mais il avait bien du mal à suivre.

— Tu vois, ça, c'est la grande fournaise à l'huile, pour l'hiver. Puis là tu vois l'autobus scolaire et, à côté, le tableau et la craie. Voilà le rayon de la bibliothèque avec le livre. Puis le rétroprojecteur. Et ça, un peu à droite, c'est le casier avec le cadenas. Là-bas, il y a le gymnase, le ballon et la douche. Puis aussi, le magnétophone. Il y a la moppe et le produit fort, pour nettoyer, avec le seau. Voilà le tube fluorescent et l'interphone. Et puis là, presque au centre, l'horloge, la sonnerie et le trousseau de clés. On peut voir aussi le microscope, la bouteille d'acide et la série de fioles. Il faudra faire attention. Puis le grand fichier avec ton dossier. Tu peux voir aussi la grande cuisine pour la cafétéria, le four à micro-ondes, la grande friteuse et tout. Voilà la grande carte du monde et le dictionnaire. Sur cette Folie volante-là, il y a aussi une grande machine à tordre le métal. Il y a les toilettes, bien entendu, et le corridor. L'escalier et la porte, avec la série de numéros. Puis aussi ça, que tu connais bien, la fenêtre. Mais il ne faut pas la briser. Il faut te contenter de regarder dans le cadre. Il y a aussi le pot de gouache et le tuba. Puis enfin au centre, le grand ordinateur et le papier... Ah oui, j'oubliais, là-bas, entre la laveuse de tapis et le fauteuil du principal, c'est difficile à voir d'ici, c'est très petit... ta chaise et ta table. C'est là que tu vas t'asseoir demain. C'est de là que tu vas faire voler tout ça. Voilà! Je suis bien fatigué. Je disparais. Bonne chance!

— Mais, monsieur Système, il n'y a personne! C'est inhabité!

— T'en fais pas, demain, il y aura au moins deux cents adultes. Mais il ne faut pas t'inquiéter si ça ne bouge pas tout de suite. Pendant plusieurs jours, ça ne bronchera même pas malgré toute l'agitation autour de toi. Un jour, cependant, tu auras trouvé un moyen de l'ébranler. Mais ça ne marchera pas comme tu veux. La Folie volante va s'élever un peu et s'écraser tout de suite. Ou bien elle va tourner à l'envers, buter contre une montagne ou tomber dans la mer ou la forêt. Mais tu vas maîtriser de plus en plus ses mouvements. Tu feras de petits vols de quelques minutes. Puis, peu à peu, c'est toi qui commanderas.

Toute cette population d'adultes ronronnera et t'amènera avec tout l'attirail. Tu chevaucheras la Folie volante. Selon ta volonté, elle suivra la route que tu auras choisie. Elle s'inclinera harmonieusement sur la gauche, puis sur la droite. Dans un mouvement de balancier, elle tracera de longues arabesques... Et un jour, tu seras prêt à te poser. Tu descendras. Ce sera la Ville.

— *Et qu'est-ce que je vais faire cette nuit, en attendant ? J'ai peur.*

— *Tu regarderas les étoiles. Profites-en bien car demain, on va commencer à te les nommer et à te les dénombrer.*

Et le vieillard disparut, laissant l'enfant dans l'ombre de la Folie volante.

Jean-Sébastien s'éloigna. Il chercha à retrouver l'emplacement de sa maison, mais il n'était sûr de rien. Il s'étendit quelque part sur le sol, face au ciel, et attendit que la nuit tombe sur lui.

Les étoiles apparurent. Il y en avait partout. Dans le ciel et dans sa tête. Partout, sauf d'un côté, où la silhouette de la Folie volante se découpait au bout de la Voie lactée, comme un astre noir couvert de ferraille.

FIN

Verglas

Ce soir-là, Ève relut tout ce qu'elle avait écrit depuis le début de novembre. Monsieur Olivier avait dit qu'un journal, c'était comme un album de photographies. Quand on le relit, on revoit le portrait de ce qu'on était, dix ans plus tôt. Mais il ne s'était pas passé dix ans. À peine plus d'un mois.

Il était deux heures du matin quand elle referma le cahier. Ses paupières se faisaient lourdes. Elle quitta ses vêtements, éteignit et se glissa sous les couvertures fraîches.

Elle attendit le sommeil... qui ne vint pas.

Tout près, Ève discernait un imperceptible gémissement. C'était comme une femme qui aurait retenu sa plainte... ou qui aurait murmuré sa résistance... à quelqu'un qui n'aurait pas voulu lâcher prise. Cela ressemblait à une lamentation incertaine, oscillant entre le refus et l'abandon, et sous laquelle Ève devinait la présence silencieuse et entêtée... d'un autre. À travers le râle ténu de la femme, Ève percevait une deuxième pulsion encore mal définie. Elle aurait voulu que cela ne l'atteigne pas... que cette rumeur soit coupée net. Par le mur. Mais les deux êtres continuaient obstinément à se chercher un équilibre, se moquant du désarroi de l'enfant. Un bruissement de draps se mêlait à la respiration sémillante de la femme. Désemparée et palpitante, Ève voyait percer de petits éclats de lumière qui traversaient sa nuit comme de fines coupures faites par les sons vifs que la femme laissait échapper lorsque l'homme lui effleurait l'âme. Ève se sentait impuissante devant cet assaut vertigineux, ce flot irréversible, ces élans qui montaient de nulle part et venaient flotter dans la pénombre, autour de sa couche. Émanant en volutes de l'autre chambre, un filet de voix animale s'enroulait autour d'Ève... et s'insinuait sous ses couvertures.

Alors Ève eut peur parce qu'elle croyait que la femme aussi avait peur. Elle voyait ses yeux exorbités dans la nuit. L'homme se cramponnait. Ève plaça ses mains de chaque côté de son bassin, comme pour tenir en équilibre un vase plein à ras bords d'un liquide instable et sur le point de s'échapper en tous sens. La femme, de l'autre côté, perdit pied... et bascula dans un vertigineux soulagement qui secoua violemment le lit, qui buta contre le mur. Ève entendit alors un cri étouffé. Très court. Complètement différent. Elle s'assit dans son lit. En sueur. Elle venait de reconnaître la voix de son père. C'était un cri, comme si Pierre venait de se blesser.

Dans le silence de sa chambre, Ève ouvrit la bouche, se demandant quelle émotion lui attaquait encore le cœur. Se bloquant la gorge, elle put freiner quelques secondes ce débordement irrépressible. Mais d'un seul coup, toutes ses écluses cédèrent et, assise dans son lit, elle se mit à brailler à fendre l'âme, comme elle avait vu sa mère le faire, un jour d'automne, autrefois. Comme Ève, Marie avait dû entendre, au-delà des années, les gémissements de Xavière dans les bras de Pierre. Elle ne pouvait pas ne pas les avoir entendus... parce que ce sont des cris qui traversent les murs et l'espace... et le temps... et parce que Marie aussi était d'une terrible sensibilité et cela avait dû lui faire tellement mal... tellement mal que... qu'elle s'était laissée mourir... comme Ève maintenant se laissait pleurer.

— Maman! ma pauvre petite maman!... Marie!

Et Ève s'abandonna à ce qui n'avait peut-être aucun sens. Elle laissa déferler sur elle une longue vague d'amertume qui lui débarbouilla le cœur. Au bout de quelques minutes, ses pensées se déplacèrent, achevant de la calmer.

Le lendemain matin, au déjeuner, l'atmosphère était à la gaieté. Ève observait son père... et Xavière. Pierre l'avait embrassée sur la joue, tendrement. Elle lui avait souri, discrètement. Et ils avaient déjeuné en parlant de choses anodines.

— Ève, sors de la lune. Il faut partir.

C'était Pierre, qui lui avait mis la main sur l'épaule. Xavière se tenait tout à côté, toujours élégante. Ève n'arrivait pas à croire que cette femme-là avait jeté, dans la nuit passée, tous ces sons de bête... et que son père s'était ainsi agrippé à elle.

Ève regarda Paul, qui s'était approché. Elle se leva, lui sauta au cou et l'embrassa aussi fort qu'elle put. Il ne comprenait pas ce qui lui arrivait. Il se laissa faire, la serra un peu, regardant bêtement les autres. Ève aima son incompréhension. Elle saisit son manteau et son sac à dos. Et se sauva dans le froid intense vers l'auto, où elle essuya ses larmes.

— Merde! Pourquoi il faut tout l'temps que j'pleure?

— Parce que tu es une bonne fille.

Elle se retourna et vit Christophe sur le siège arrière.

— J'ai encore dit pourquoi, j'pense, hein?

— Arrête de t'en faire avec les pourquoi.

— Je voudrais t'embrasser, toi aussi, Christophe.

Elle se mit à genoux sur le banc et tendit les bras vers son ami. Il s'avança et dit, la serrant fort par-dessus le dossier :

— Ève, tu es belle ce matin. Tu es la plus belle fille que je connaisse.

— Oh! misère! Christophe... Je pleure encore... Aide-moi!

— Je pleure avec toi.

La portière de l'auto s'ouvrit et un nuage de buée s'engouffra. Pierre prit sa place de chauffeur mais, avant de faire tourner le moteur, vit Ève qui reniflait très fort et Christophe, la tête tournée vers l'extérieur. Il ne pouvait rien voir, la vitre était givrée.

— Attention à la grippe! Elle est mauvaise cette année.

— C'est rien, p'pa, j'suis juste un peu fatiguée. J'ai mal dormi.

Elle disait ça comme ça, sans y penser. Pierre jeta un coup d'œil vers Xavière. Il démarra, fit le tour de l'auto armé d'un grattoir, cassa la glace, qui tomba comme de la vitre à ses pieds. Et dans le pare-brise lui apparut le visage de sa fille. Pendant une seconde, il crut voir Marie.

Paul, debout dans la fenêtre, face au bonhomme de neige à demi effondré, les regarda partir.

Pierre conduisait vite. Il n'aimait pas être en retard. La route était glacée par endroits et il ralentissait à peine. Xavière lui disait :

— Ne va pas si vite, Pierre !

À ce moment, l'auto passa sur une longue plaque de glace. Ne sentant plus le véhicule en contact avec la route, Ève s'expulsa de ses pensées et s'aperçut que son père n'avait plus le contrôle. Dès qu'il touchait les freins, l'auto se mettait à dévier de sa trajectoire. Il avait les mains crispées sur le volant et s'était avancé sur le siège. Il y avait une courbe devant. Ève aussi avait perdu le contrôle. L'auto s'engagea dans la courbe. Les pneus mordirent l'asphalte mouillé. On avait mis du sel. Pierre ralentit et se recula sur son siège. Tout le monde se sentit soulagé... mais commença à ressentir la peur.

L'automobile s'engagea sur le boulevard Jacques-Cartier.

Il n'y avait plus d'électricité.

Déjà plus de la moitié des élèves étaient rendus. On hurlait à la lune dans le hall central, sous l'éclairage de sécurité. À l'extérieur, les autobus scolaires arrivaient un à un, mais plusieurs manquaient à l'appel, échoués sur le bord d'un trottoir. Dans les autobus, les jeunes sautaient et certains groupes arrivaient même à déplacer le véhicule, malgré les cris du conducteur qui tenait les freins coincés. Sur le stationnement transformé en patinoire, on pouvait voir quelques professeurs marcher avec des précautions de vieillards et quelques jeunes s'élancer et traverser des distances phénoménales sur les fesses.

Le verglas avait fait son œuvre. De grosses branches d'arbres avaient cédé sous le poids de la glace et avaient entraîné dans leur chute les fils électriques. La panne était totale dans Saint-Rédempteur et la direction régionale avait trop retardé sa décision d'annuler les cours.

Pierre gara l'automobile à une certaine distance de l'école. Il était inutile de s'embourber dans ce fouillis.

— Tiens, on va écouter un peu la radio. À CKRC, Arthur Lévidant doit jubiler.

Il ouvrit le poste. L'aiguille fut happée par un bruissement terrible et une voix d'homme autoritaire. Il baissa le volume :

— ... on attend toujours un coup de fil du directeur général de la Régionale Parchemin en personne, qui doit s'expliquer. Mais auparavant, je vois mon ami Simon Neault qui arrive avec des nouvelles fraîches. Vas-y, mon cher Simon.

— Mon cher Lévidant, ça ne s'améliore pas. Hydro-Québec nous a appelés puis ils m'ont dit qu'on travaillait très fort, mais que la situation ne serait revenue à la normale qu'en fin d'après-midi. Cependant, les amateurs de sports peuvent être rassurés, le match Canadiens-Nordiques ne sera pas menacé... les joueurs sont arrivés à l'aéroport hier soir. Plusieurs équipes de l'Hydro travaillent déjà autour du Colisée.

— On dirait ben, mon cher Neault, que les directeurs de la Ligne nationale écoutent plus la météo que les directeurs d'école... Ah ! tiens ! nous recevons justement un communiqué de la Régionale Parchemin. Les cours sont annulés pour la journée. Tout le monde retourne à la maison. Y est à peu près temps !

Et on put percevoir une clameur s'élever de la polyvalente, comme si les jeunes venaient eux aussi d'entendre Arthur Lévidant. Pierre ferma le poste et dit :

— Bon... qu'est-ce qu'on fait maintenant ?

— On fonce ? risqua Ève, se tournant vers Christophe.

— C'est vrai ça, ajouta Pierre, c'est peut-être le moment. Christophe, tu te sens d'attaque ?

— On fonce !

Pierre quitta le boulevard Jacques-Cartier et avec précaution se dirigea vers le centre de Saint-Rédempteur. Ils entraient dans un quartier plus ancien... et plus pauvre aussi. Les arbres étincelaient cependant. Ils ressemblaient à des lustres plantés à l'envers dans le sol.

Christophe, qui était le seul à savoir où aller, donnait ses indications à Pierre. Ce n'était pas compliqué. Il fallait se rendre dans la 88e Rue, entre la 6e et la 7e Avenue. Au 3046.

— C'est là-bas! dit Christophe. Laissez-moi descendre ici. Je dois avoir l'air d'être venu à pied... ou en autobus.

— D'accord! dit Pierre. Mais je vais attendre ici encore quelques minutes... au cas où il n'y aurait personne.

— Oui, mais après, vous partez. Je me débrouillerai tout seul pour revenir à la poly. Rendez-vous au bureau de monsieur Zouvie.

Il n'y avait rien à redire à cela. Il sortit de l'auto.

Dans le froid mordant, il avançait sur le trottoir luisant qui bordait une série d'immeubles auxquels était accroché un réseau inextricable de ferrures tordues. Au loin, à la hauteur d'une longue auto américaine en stationnement, il glissa et faillit tomber. Ève eut la désagréable impression que les événements, eux aussi, dérapaient.

Mais Christophe grimpait déjà à travers l'enchevêtrement de métal.

L'oncle Raymond

Christophe s'arrêta longtemps au deuxième étage, le cœur palpitant. Il relut le nom inscrit sous le bouton de la sonnette : «Raymond Dupire». Il ne pouvait plus reculer. Il appuya et entendit une sonnerie électrique se répercuter dans l'appartement... qui resta silencieux. À travers les rideaux jaunis, il ne vit rien bouger. Il appuya de nouveau. Cette fois, une ombre s'agita dans le corridor qui communiquait avec l'arrière. Christophe pouvait entendre maugréer :

— Qu'osse c'est ça ? Tu parles d'une heure, toé !

Un homme ouvrit. Une barbe de trois jours lui couvrait le bas du visage, où était planté un bout de cigare. Il portait une camisole aussi jaune que les rideaux. Des bretelles pendaient sur ses pantalons. Il avait une bouteille de bière au poing. Ses cheveux étaient longs et gris dans le cou.

— Christophe ! Qu'osse tu fais icitte ? T'as pas d'école ?

— Non, les cours sont annulés. L'électricité...

— Ah oui... l'électricité. T'es-tu v'nu pour des papiers à signer ? J't'ai dit de m'avartir avant de v'nir icitte !

— Non, c'est pas pour des papiers, mon oncle, c'est pour Paul.

— Me semble qu'on avait dit que tu t'en occuperais, de ton p'tit frère.

— Oui, mais là, c'est grave. Il s'est fait mettre à la porte de l'école... puis je ne sais plus où il est.

— Cibole! Entre un peu. I' fa'-tu frette à ton goût! Farme la porte, là. Donnes-y un bon coup, pis a va clencher! Johanne! Johanne! Viens icitte!

L'oncle Raymond se tourna vers Christophe. Le bout de cigare, dans sa bouche, sautillait à chaque mot.

— Tiens, Christophe, assis-toé sur le divan. Tu connais Johanne, han, j'pense?

— Je croyais qu'elle s'appelait Nathalie.

— Nathalie! Parle-moé pus jamais de c'te folle-là. 'Est partie, pis chus ben content... Johanne! M'entends-tu? Tu fas-tu exprès ou quoi? Viens icitte, j'te dis!

— J'arrive, mon pitou, j'arrive...

C'était une petite voix flûtée. Christophe entendit un léger chuintement sur le plancher et un léger tintement qui approchaient dans l'étroit corridor. Lorsque Johanne apparut dans l'angle du salon, Christophe vit une large jaquette de flanelle qui tombait sur une paire de babouches en fourrure ornées de grelots. Une tartine à la main, Johanne avait la bouche pleine. Elle paraissait très jeune.

— Allez, Johanne, approche. T'as pas l'habitude d'être farouche de même avec ton pitou. Viens, j'vas t'présenter mon n'veu.

L'oncle Raymond se tapait le genou. Elle vint s'asseoir, tout en mordant dans la confiture.

— Ma p'tite Johanne, j'te présente Christophe... Dis-lui bonjour.

— Bonjour, Christophe.

— Bonjour, mademoiselle...

— Je m'excuse, là, j'ai les doigts tout collés.

— C'est pas grave... je comprends.

Christophe ne savait quoi dire. Ça ne tournait pas comme il voulait. Il fallait trouver autre chose. Le bout de cigare se mit à sautiller de nouveau.

— Johanne pis moé, on est ensemble depuis un mois... pis ça marche ben, not' affaire, han, Jojo?

Sans avertissement, il posa sa main sur un sein qu'il secoua rudement. Christophe fut abasourdi par le geste. Johanne poussait de petits cris.

— Arrête donc, hi! hi! hi! tu vas gêner le petit.

— Le petit? T'as pas ben r'gardé, mon lapin. I' touche au plafond.

Christophe ne savait que faire pour mener l'oncle Raymond dans son histoire. Il risqua :

— C'est monsieur Zouvie qui l'a mis à la porte.

— Zouvie?... Ça me dit quèqu'chose, c'nom-là.

— C'est le directeur de la poly. On s'est toujours bien entendus ensemble pour régler les folies de Paul. Mais là, mon frère est allé trop loin avec le prof de techno. Je pense qu'il l'a frappé.

Christophe se demandait s'il en mettait trop. Il plongea :

— Monsieur Zouvie voulait voir nos parents. Je lui ai dit que c'était impossible... que nous avions un tuteur. Il l'avait oublié. Alors, il a dit qu'il voulait voir le tuteur.

— Cibole! Jojo! Tu vas nous préparer deux bons cafés. J'ai besoin d'être ben réveillé, là.

Il lui donna une tape sur une fesse. Johanne, docile, fit glisser ses babouches vers le corridor.

— Elle, 'est accrochée correct. Si tu voyais c'qu'a met dans ses confitures.

L'oncle Raymond écrasa son bout de cigare, cala sa bière, rota :

— Bon, astheure qu'y a pus d'femme dins environs... vas-y... crache le morceau, mon grand!

Christophe comprit que c'était maintenant que tout allait se jouer.

— C'est comme je vous dis... Monsieur Zouvie, on a pu le déjouer longtemps, mais là je crois qu'il se doute de quelque chose... quelque chose de grave à part ça.

— Comment ça, grave? Paul a frappé le prof de techno... y a rien là! J'vas aller l'voir, moé, ton prof de techno, pis i' va chier dans ses culottes. Les profs, c'est toutes des chieux!

Christophe s'aperçut qu'il lui fallait en mettre plus.

— C'est pas rien que ça, mon oncle. Si ça s'arrange pas, vous serez plus notre tuteur... puis nous, on va être placés.

L'oncle Raymond pensa à tout l'argent que sa sœur lui envoyait.

— Écoute, Christophe... Ton p'tit Paul, je vas t'le r'trouver, moé. Je connais du monde.

— Et si vous le retrouvez pas?

— Ben j'irai l'voir, ton Zouvie, pis tu vas voir que ton oncle Raymond, i' peut s'habiller comme 'faut.

Christophe était déçu. L'oncle Raymond gardait son calme. Il ne lui restait plus beaucoup de cartes à jouer.

— Ah! et puis, j'y pense... il y a autre chose. C'est pas ben ben drôle... pis vous pourrez pas m'aider, mais j'vous en parle parce que le directeur va sûrement vous poser des questions là-dessus.

— Envoye... dis-lé, cibole!

— C'est que Paul, il a commencé à prendre de la drogue. Il a déjà fumé du crack au moins une fois... pis j'ai peur qu'il soit déjà accroché.

— Du crack, tu dis?

— Ben, je suis sûr de rien. C'est l'autre semaine... il m'a dit qu'il avait rencontré une fille hallucinante à l'école. Il me parlait tout l'temps de c'te fille-là. Puis il avait les yeux bizarres, pis la figure un peu enflée.

— Comment qu'a s'appelle, la fille?

— Élisabeth, j'pense... Élisabeth Blondeau.

Christophe vit le regard de l'oncle s'intensifier. Il ne fallait pas lâcher. Au bout d'un moment, l'oncle Raymond sortit de ses réflexions, plus sérieux que jamais:

— Bon, écoute ben, mon grand... J'vas m'occuper de tout ça. Tu vas dire à ton Zouvie que j'arrive vendredi d'un voyage d'affaires... pis dis-y que j'vas aller le voir en arrivant. J'pense ben qu'i' va se t'nir tranquille jusque-là. Pour ce qui est de Paul, m'as le r'trouver, pis m'as lui faire passer le goût pour le crack, j't'en passe un papier. Pis toute va r'venir comme avant... compte su' moé! Toé, en attendant, tu fas semblant de rien... tu tiens ça mort.

À ce moment, Christophe entendit les grelots et le chuintement des babouches. Il se tourna et vit Johanne tenant un petit plateau. Elle avait une tartine entre les dents. Elle voulut dire que le café était prêt. Elle bafouilla et la tartine tomba dans le sucrier.

Quelques minutes plus tard. Christophe se trouvait sur la galerie.

Il dévala l'escalier en colimaçon et arpenta le trottoir glacé de la 88ᵉ Rue. Il faisait des pas de plus en plus grands. Il tourna sur la 7ᵉ Avenue. L'envie lui prit de courir. Tout avait tellement bien marché. Il regarda les arbres de cristal.

Il en vit un, fendu en deux jusqu'au tronc, une moitié suspendue aux fils électriques.

Une demi-heure plus tard, il traversait le hall central de la poly. De nombreux éclats de ciment s'accumulaient au pied de *La Bombe*. Il n'y porta pas attention.

Il retrouva ses amis dans le bureau de monsieur Zouvie. La température avait déjà commencé à baisser. Ils avaient pour seul éclairage une étroite fenêtre s'ouvrant sur l'aile sud de la polyvalente, illuminée d'un violent soleil oblique. Les rayons dérapaient sur la patine du verglas couvrant les briques.

Il leur raconta toute son aventure.

Plus tard, Pierre sautait dans son auto où déjà s'étaient installés Ève, Christophe et Xavière... exactement aux mêmes places que le matin même.

Il démarra et prit la direction de Saint-Albert. Quelque chose les oppressait tous les quatre. L'après-midi commençait. Le soleil était déjà bas. Sur le chemin, ils n'échangèrent aucune parole.

En arrivant, avec l'aile arrière de son auto, Pierre toucha POLY, dont la tête roula dans l'entrée, s'immobilisant un peu plus loin, face contre terre.

Avec une hâte désagréable, ils entrèrent dans la maison chaude. Paul n'était plus là.

Lettre à Marie

La maison était chaude seulement parce que l'électricité n'avait pas fait défaut à Saint-Albert. Chaude... mais vide.

Ève était entrée la première, presque en courant. Elle avait crié : «Paul!... Paul!...» mais le nom de son ami lui était revenu... sans réponse. Elle n'avait pas aimé cela.

Avant même que les autres entrent dans la maison, elle avait gravi les escaliers, enjambant les marches deux à deux. À l'étage, elle avait fait le tour des chambres. Personne. Mais dans celle de son père, sur la table de chevet, elle avait remarqué un papier chiffonné.

Tout, dans la chambre, était en ordre. Tout sauf ce papier. Elle approcha. Et lut.

C'était une écriture fine qu'elle ne connaissait pas. Les majuscules avaient à peine plus d'ampleur que les minuscules. C'était une écriture gênée... qui avait l'air de s'excuser de ce qu'elle disait.

C'était une lettre vieille de trois ans. Qui s'adressait à Marie... ...et signée Hélène.

Chaque mot était terrifiant. Tout était là, en un paquet. Sans ordre. C'était comme la première page qu'Ève avait écrite, dans son journal, en novembre. Mais celle-là, c'était la dernière page d'Hélène Letendre.

Quand elle arriva à la petite signature tremblotante, une peur atroce la saisit. Abasourdie, elle leva les yeux et vit son père derrière un rideau d'émotions déconcertantes.

— Papa, cette lettre... c'est épouvantable... Paul l'a lue.

— J'ai... j'ai peur que oui. Je suis navré.

— Tu es navré...

— Je voulais la relire... je voulais comprendre.

Mais Pierre cessa de parler. Il cherchait à se justifier. Il ajouta simplement :

— Oui, Ève, je suis désolé... c'est ma faute... je m'excuse.

— Mais Paul, lui... continuait Ève, qui n'avait qu'une idée en tête.

— Je ne sais pas comment il a pu la découvrir. Il n'en connaissait même pas l'existence. Il l'a trouvée par hasard. Personne n'était au courant. Marie n'a jamais montré cette lettre à qui que ce soit. Moi-même, je ne l'ai lue qu'après...

— Après ?

— Après sa... sa mort. Et je l'ai gardée... pour comprendre. J'en ai parlé à personne... sauf à toi.

— Alors, Paul, comment il a su ?

— Je ne sais pas. Peut-être que Christophe...

— Non ! intervint Christophe qui venait d'entrer, je ne sais pas ce que c'est que cette lettre. Paul non plus d'ailleurs... enfin je veux dire... il ne le savait pas avant aujourd'hui.

Ève lui tendait la lettre. Il devint hésitant. Dans sa main, le papier trembla. Il vit le père et la fille qui le regardaient... et Xavière qui venait de se joindre à eux. Il se pencha sur la feuille et lut à voix haute.

On aurait dit qu'il connaissait les mots d'avance.

Saint-Rédempteur, 8 octobre 1982
Madame Paradis, vous êtes mon professeur et vous ne me connaissez pas. Mais ce n'est pas grave. Je ne vous connais pas non plus. J'aime votre nom et vous avez l'air triste. Triste comme moi aujourd'hui parce que je vais mourir demain. Mais vous, je ne sais pas pourquoi vous êtes triste. J'espère que vous n'allez pas mourir à cause de votre tristesse.

Moi, je vais vous dire pourquoi je suis triste et pourquoi je vais mourir. Vous nous avez demandé de vous écrire une lettre. Je vous écris une lettre. Mais je veux vous dire que vous avez un beau sourire des fois et que c'est pour ça aussi que je vous écris, pas seulement parce que c'est un devoir. Et aussi parce qu'il y a personne d'autre. Vous avez dit que mon intention dans ma lettre devait être de me faire connaître. Je ne sais pas si vous voulez vraiment me connaître ou si c'est seulement parce que vous faites votre travail de professeure. Je ne vous fais pas confiance parce que vous êtes une grande personne. Je vous écris cette lettre quand même parce que vous sentez bon. Les grandes personnes sentent si mauvais. Le vieux cigare et la bière. Et elles me font mal. Mes deux frères sont à la polyvalente. Paul entre en secondaire 1 et Christophe est en secondaire 3. Je les aime beaucoup mais ils sont si loin de moi. Je ne les vois même plus chaque soir après l'école. Christophe travaille et Paul dit toujours qu'il a besoin de personne. Mes parents sont partis et maman vient rarement me voir. Je n'ai plus personne et je veux mourir. Demain je vous donne ma lettre et à la récréation je rentre dans la forêt et je marche jusqu'à ce que je rencontre un ami. Alors vous me connaîtrez.

Hélène Letendre

Le lendemain, après la récréation, Marie signalait l'absence d'Hélène. La directrice communiqua avec le tuteur. Le soir même, l'oncle Raymond se présentait à la petite école Saint-Albert, visiblement inquiet. On lança des recherches vers le sud de l'école. Une autre enfant avait vu Hélène s'éloigner dans cette direction. Une pluie froide s'était mise à tomber sur la terre chaude, créant un brouillard qui entrava le travail des équipes de secours. On fit venir les deux frères. Le soleil se coucha. Paul, le plus jeune, cria le nom d'Hélène dans la cour de récréation. Le grand Christophe, lui, pleura en silence, assis sur le banc de classe de sa petite sœur, cherchant une explication dans les manuels et les cahiers d'exercices. L'oncle Raymond faisait les cent pas dans le bureau de la directrice, où était restée Marie. Il posait des questions : « Elle ne vous a rien dit ?... Vous a-t-elle parlé de quelque chose qui... qui aurait pu annoncer ça ?... »

Mais les deux femmes, pitoyables, n'avaient rien remarqué. Le lendemain, le soleil se levait sur la campagne. Et c'est la figure couverte de perles de rosée que l'on trouva le corps d'Hélène, coincée par la nuque et suspendue dans le vide, entre deux roches acérées. Elle avait apparemment glissé sur une fine couche d'humus et avait vu le ciel avant de perdre la vie. Sa petite robe sentait la menthe.

Le lendemain, la presse annonçait la mort accidentelle d'une fillette de treize ans, Hélène Letendre, domiciliée au 145, rue Boivin, à Saint-Rédempteur. Ce n'était qu'une série de détails scabreux et cruels que Paul déchira en morceaux.

On ne réussit pas à rejoindre le père. On croyait qu'il vivait en Ontario. Mais la mère de l'enfant arriva le surlendemain. C'était une grande dame élégante qui avait difficilement interrompu ses activités en Europe. On l'interrogea et elle s'en remit à l'oncle Raymond, qui était devenu le tuteur officiel. On fit une enquête et on ne trouva rien d'irrégulier. L'oncle Raymond demeurait encore avec les trois enfants Letendre, rue Boivin. Il semblait s'en occuper correctement. De plus, il était bouleversé par la mort de sa petite nièce qu'il gâtait énormément.

Paul et Christophe étaient devenus muets.

Pendant ce temps, Marie n'avait pu apporter aucun renseignement utile à l'enquête, qui devait conclure à l'accident. La petite Hélène, toujours silencieuse et solitaire, aurait eu l'idée de s'éloigner des autres. Elle se serait aventurée un peu trop loin, se serait trouvée désorientée et, au lieu de se rapprocher de l'école, s'en serait éloignée. Elle aurait glissé sur de la mousse, basculé vers l'arrière et se serait brisé le cou dans la mortelle échancrure.

Soulagée, la grande dame s'en retourna outre-mer vaquer à ses importantes occupations.

Marie était si bouleversée qu'elle cessa d'enseigner pendant une semaine. Elle pensait à son mari, Pierre, qui semblait ne rien comprendre à tout cela et qui disait toujours : « Pense à toi... » Pierre, qu'elle aimait tant, et qui couchait avec une autre femme, et qui ne savait pas qu'elle savait, et qui ne comprenait rien de rien.

La veille de son retour à l'école, Marie repensa aux lettres de ses élèves et se dit qu'il faudrait bien qu'elle les lise... qu'elle les corrige. Mais tout à coup, elle pensa à celle d'Hélène, qui devait se trouver dans la pile. Fébrilement, elle la chercha. Et la lut.

Le choc fut terrible. Dans sa classe, elle n'avait même pas vu le drame qui se préparait. De tous les signes que la petite Hélène lui avait faits depuis septembre, elle n'en avait capté aucun. Son rêve s'effondrait. Elle annonça à la directrice qu'elle prenait encore un mois de repos. Elle jeta toutes les autres lettres qui lui parlaient de vedettes sportives, de collections de timbres, de groupes rock et de chaînes stéréo. Elle voulut réfléchir mais ne réussit qu'à s'enfoncer elle-même dans un désarroi qui lui coupa tout appétit. Elle ne mangeait plus, elle ne faisait plus l'amour, elle n'enseignait plus. Marie perdait la vie... lentement.

Les médecins s'en mêlèrent. Ils agitèrent toute leur science autour d'elle, donnèrent le spectacle de la réflexion scientifique et de la conclusion impuissante, puis se mirent à parler de dépression nerveuse... de *burnout.*

Et une nuit, dans une chambre d'un très grand hôpital, au centre-ville, alors que la petite Ève, la joue écrasée sur un montant de chrome, dormait dans le fauteuil au cuir luisant, Pierre vit s'éteindre Marie, sans rien comprendre, en disant encore qu'il s'excusait... qu'il s'excusait d'être un homme... rien qu'un homme dépassé, à l'esprit rigide et au cœur sec. Il s'excusait de s'appeler Pierre.

Quand Ève se réveilla, Marie était morte. Elle était morte doucement, sans faire de reproches. Ève avait onze ans. Elle se laissa prendre dans les bras de son père. Ils sortirent ainsi de l'hôpital.

Chez le notaire, un peu plus tard, Pierre prenait connaissance des dernières volontés de son épouse. C'était un testament réalisé à peine une semaine avant le décès. Elle avait tout fait à son insu. Le notaire demanda à Pierre d'ouvrir une enveloppe. Elle contenait la lettre de la petite Hélène. C'était la seule chose que lui léguait Marie. Tout le reste irait à sa fille unique, Ève Paradis.

Pierre alla retrouver sa fille. Ils pleurèrent souvent. Pierre lui cacha la lettre.

Christophe et Paul, de leur côté, ratèrent leur année scolaire. Christophe, parce qu'il travaillait tous les soirs et toutes les fins de semaine au *McDonald's* de Saint-Rédempteur. Paul, lui, perturbait tous les cours auxquels il assistait. Cette année-là, il fut expulsé deux fois de l'école. À Pâques, ses notes étaient devenues si pitoyables qu'on lui donna congé jusqu'en septembre. Christophe, n'y arrivant plus, accepta finalement de vivre aux crochets de l'oncle Raymond «...un peu comme tous les enfants qui vivent aux crochets de leurs parents», se disait-il. Les années suivantes furent plus calmes. Christophe s'engagea dans la vie étudiante et se rapprocha du directeur, ce qui lui permit de couvrir les frasques encore fréquentes de son jeune frère. Paul, à la fin de son secondaire 2, qu'il réussit de justesse, finit par convaincre son grand frère d'acheter une moto. L'oncle Raymond signerait. L'oncle Raymond n'avait plus de conscience. Il signa.

Pendant ce temps, la petite école Saint-Albert avait pris le nom de Marie. Parce qu'elle s'était battue contre le ministère de l'Éducation pour que les jeunes de sa région y entreprennent leurs études secondaires.

Ève y fit discrètement son secondaire 1 et 2... en même temps que Paul.

L'année suivante, elle faisait son entrée à la polyvalente.

Et un certain lundi, début novembre, exactement trois ans après la mort de sa mère, elle rentrait à l'appartement avec tout plein de questions sur le passé.

Un jeu

À peine Christophe s'était-il tu, après la lecture de l'ultime lettre de sa sœur, que la mémoire de chacun avait déjà tout reconstitué.

Pierre, en particulier, était bouleversé. Même s'il connaissait chaque mot par cœur, il venait de percevoir un tas de choses nouvelles.

Personne dans la chambre n'eut envie de parler. Il n'y avait maintenant qu'une seule chose qui comptait. Paul n'était plus là. Ce fut Ève qui brisa le silence.

— Paul est en fugue... encore. Il faut que ce soit la dernière.

Tous la regardèrent avec un air d'incompréhension totale.

— Descendons, dit Pierre. On parlera en bas, en préparant le souper. Je suis sûr qu'on va trouver quelque chose.

Mais le souper n'apporta que peu de réponses. Il ne leur permit que de se soulager des émotions récentes.

— Écoutez, dit finalement Pierre. Attendons simplement demain. Paul va peut-être revenir ce soir même.

Personne ne croyait vraiment en cette possibilité, mais la décision était prise : on attendrait le lendemain. On chercha à ne plus parler de tout ça. On se sépara. Christophe monta le premier dans sa chambre.

Ève le suivit, pas longtemps après. Sous le pas de sa porte, elle vit de la lumière. Elle frappa. Personne ne répondit. Elle ouvrit lentement et le vit, assis sur le bord de son lit, la tête entre les mains.

— Christophe... chuchota-t-elle.

Il leva la tête.

— Ève ! Je ne me sens pas bien.

— Tu es malade ?

— Non, c'est pas ça. J'ai... J'ai peur de quelque chose.

— Tu as peur ?

— Oui, j'ai peur. Il me semble que je suis sur le bord d'une explication... pour Paul, je veux dire... mais en même temps, j'ai peur de cette explication.

— Tu veux qu'on parle ?

— Ça me pèse ici, au milieu de la poitrine.

— Dis-moi quelque chose, suggéra Ève, n'importe quoi... ce qui te passe par la tête.

— Je ne sais pas, moi... euh... J'aime Paul, hasarda-t-il. Comme ça ?

— Oui, comme ça. Moi aussi, j'aime Paul... et je t'aime aussi.

— Moi aussi, je t'aime.

Il la regardait d'un drôle d'air. Ève s'assit à côté de lui. Sa main dans son dos lui atteignait à peine l'épaule.

— Tu veux qu'on poursuive le jeu ? demanda-t-elle.

— Euh, oui... vas-y, c'est à toi.

— OK, j'commence. Écoute bien ! Il faut dire n'importe quoi, même si ça n'a pas de sens. Euh... Cet automne, j'ai vu une asperge en coupe-vent ! Qu'est-ce que t'en penses ?

— Ouais, pas pire. À moi... Cet automne, j'ai vu... un cri pointu dans les feuilles.

— Parfait !... Le ballon du directeur s'est perdu dans l'interphone.

— La guitare a fait une grimace et l'oreille s'est tordu le nez.

— Trop logique ! dit Ève. Écoute bien... La brique de craie lance et compte !

— Le tableau coule à flots.

— Stéphanie pousse un vent de preppie.

— Son tracteur tire un flanc de rocker.

— Attention, là, Christophe, tu copies.

— M'excuse. J'ai pas fait exprès.

— Les messieurs dans l'arbre tricotent une école de cravates.

— Ève, t'exagères un peu, là, non?

— OK, d'accord! Je continue... euh... Le règlement se roule d'ennui... en plein jour.

— L'opinion du corridor se limite à ses murs.

— Paul est beau quand il revient.

— Hélène a vu le ciel avant de mourir.

— Marie sentait bon... Xavière aussi sent bon... mais c'est pas la même senteur.

— L'oncle Raymond sent le vieux cigare et la bière chaude.

— Au fond de la cour, à l'école de maman, il y avait un champ de menthe. Lorsque le vent venait du sud, ça sentait bon dans la classe.

— Hélène détestait les cadeaux de l'oncle Raymond parce qu'il puait et parce qu'il lui faisait mal.

— Paul trouve que je ressemble à Hélène, mais je ne suis pas sa petite sœur.

— L'amie de mon oncle Raymond s'appelle Johanne et elle mange beaucoup de confitures. C'est encore une enfant.

Ève s'aperçut alors que la peur était revenue sur le visage de Christophe. Elle interrompit l'étrange dialogue et demanda :

— Tu as encore mal?

— Oui... ça me reprend dans la poitrine... parce qu'elle est là... tout près... l'explication... elle vient...

— Tu veux me la dire?

— Je la connaissais depuis toujours, cette explication... et je me la cachais... je ne voulais pas y croire. Mais là, Ève, je la vois... elle devient claire... et si effrayante. Aide-moi à la dire. Il faut que je te la dise... à toi. Écoute-moi bien... je ne pourrai pas la répéter... c'est Hélène... ma pauvre petite sœur... et mon oncle Raymond qui... tu comprends pas?... Dis-moi que tu comprends!

Ève restait silencieuse, mais déjà un malaise commençait à se répandre en elle. Christophe se sentait encore tout seul avec son désarroi. Il lui fallait continuer. Il lâcha tout d'un bloc :

— Le salaud... il a abusé de ma petite sœur... il a abusé de son silence... il a paralysé Hélène qui a tout refoulé dans elle... Le sale écœurant ! Il a violé Hélène... Tu m'entends, Ève ! Et moi qui le savais très bien et qui ai fermé les yeux. Et moi qui ai ça dans moi depuis... depuis si longtemps. Hélène a été violée... Ève ! Je vais le tuer !

— Arrête, Christophe ! Arrête !

— Pourquoi arrêter ? Penses-tu que Paul va s'arrêter, lui ?

— Qu'est-ce que tu dis ?

— Je dis que pour Paul ça s'est pas passé comme pour moi. Il a tout compris d'un seul coup, lui. Juste le temps de lire la lettre et paf ! Ces choses-là sont faciles à imaginer pour lui, tu sais.

— Mais, tout à l'heure... tu voulais...

Elle ne finit pas sa phrase. Déjà elle courait vers la chambre de Pierre :

— Papa ! Vite ! Il faut faire quelque chose. Paul va faire une bêtise... il faut l'en empêcher. Vite ! Prends les clés de la voiture... amène-nous en ville !

— Mais...

— Non, pose pas de questions... on t'expliquera dans l'auto. Dépêche-toi ! Je t'en prie !

Devant le regard affolé de sa fille et celui de Christophe qui arrivait derrière, il s'habilla en vitesse. Avant de descendre, il vit Xavière dans la porte de sa chambre.

— Vas-y, Pierre... moi, je reste ici. J'attends de vos nouvelles.

Deux minutes plus tard, ils étaient en route et Pierre prenait conscience du drame qui s'annonçait. Ils allèrent très vite. On avait répandu beaucoup de sel.

Moins d'une heure plus tard, Christophe gravissait l'escalier dans la 88e Rue. Ève et Pierre suivaient. Ils trouvèrent la porte entrouverte sur un appartement noir. Le cœur battant, Christophe appela d'une voix retenue :

— Mon oncle! Mon oncle!

Aucune réponse. Il chercha l'interrupteur. La lumière se fit. Il n'y avait personne. Il entendit une petite voix haute :

— C'est toi, mon pitou?

Et apparut Johanne, dans sa jaquette et ses pichous.

— Mon oncle Raymond est là? demanda Christophe.

— Ben, oui, il est là... vous l'avez pas vu?

Il y eut alors un cri perçant derrière, dehors. Christophe se retourna.

Dans ses bras, sur sa poitrine, Pierre tenait sa fille. À l'extrémité de la galerie, Ève venait de voir un homme, la nuque brisée dans l'angle du garde-fou. Il semblait encore regarder le ciel.

C'est un accident

La police était venue. C'est Christophe qui avait appelé.
En voyant Ève, la tête enfouie et les mains agrippées aux basques de son père, il s'était avancé et lui étaient apparus, à la lueur d'une fenêtre, les pieds nus d'un homme qui semblait assis par terre.

De chaque côté de ses cuisses, ses mains étaient inertes sur le plancher glacé. Une bouteille de bière avait roulé à côté. Sur la rampe étroite, la tête était renversée vers l'arrière, d'une façon exagérée. Il avait les yeux ouverts sur la voûte céleste qui commençait à se couvrir. Son postérieur ne touchait pas le sol. Christophe venait de reconnaître l'oncle Raymond, suspendu dans le vide par l'arrière du cou. Autour de lui planait une odeur d'urine.

Une fine neige lui tombait sur le visage.

Ils entrèrent tous les trois dans l'appartement et trouvèrent Johanne, encore au milieu de la pièce. Elle les regardait d'un air hébété.

— Où est le téléphone? demanda Christophe.

Johanne restait là, parfaitement ahurie. Christophe fit venir la police, leur indiquant le nom et l'adresse, spécifiant qu'il n'y avait aucun blessé... seulement un mort... que c'était un accident. Il alla ensuite s'asseoir à côté de Pierre qui berçait sa fille sur un vieux sofa.

Il se renfrogna dans le dossier et regarda la pauvre Johanne qui avançait lentement vers la porte restée ouverte. Il entendit le déplorable chuintement de la jaquette et des babouches en fourrure. Le tintement des grelots lui parut d'une grande tristesse. Bientôt, il ne sentit que le grincement des ressorts qui gémissaient sous le mouvement de va-et-vient de ses deux amis. Dans son corps, il se laissa entraîner par ce rythme rassurant qui chassait la raison... qui chassait la pensée qui s'imposait.

Au bout d'un temps indéterminé, il fut secoué par le bruit de deux véhicules qui s'immobilisaient en bas. Dans la porte lui apparut la ronde silhouette de Johanne, auréolée de lumières tournoyantes. La police arrivait. L'escalier était ébranlé. Un géant en uniforme s'interposa, une main posée sur son arme. Il demanda :

— Qui est Christophe Letendre ?

— C'est moi. Je vous ai appelés à cause de mon oncle...

— Et vous, qui êtes-vous ?

— Ce sont mes amis. Ève Paradis et son père, Pierre Tremblay.

Pendant ce temps, deux autres hommes étaient passés derrière le policier et s'étaient approchés du corps. Un de ceux-là était revenu et avait annoncé :

— Il est mort.

— Très bien. Ne touchez à rien. On attend l'inspecteur, dit le policier.

Il s'adressa ensuite à Christophe :

— Et toi, mon grand ? Tu connais le monsieur, sur la galerie ?

— C'est mon oncle... Raymond Dupire... le frère de ma mère. C'est un accident.

— On verra ça.

Le policier devint silencieux. Impressionnant, il s'était avancé dans l'appartement. Derrière lui, un autre policier faisait entrer Johanne, grelottante.

— Tu l'amènes ailleurs, d'accord ? ordonna le premier policier. Je ne veux pas qu'elle entende ce que ceux-là ont à dire. Après, tu appelles le labo. Ça va ?

— OK.

Pendant que son collègue conduisait Johanne dans une autre pièce, le policier se tourna vers le vieux sofa et dit, d'une voix un peu mécanique :

— Je suis le constable Cardinal... Marc Cardinal.

— C'est un accident, je vous dis ! interrompit Christophe.

— Tu l'as vu, cet accident ?

— Non... je veux dire, oui, je l'ai vu... c'est... c'est moi qui l'ai poussé...

Pierre se tourna vers Christophe qui déjà continuait :

— Je me suis chicané avec mon oncle... on s'est battus... je l'ai poussé... il a glissé... puis il est tombé à la renverse et...

— Arrête, Christophe, intervint Pierre, ne dis plus rien.

— Et vous ? Vous étiez là ? Vous avez vu ça ?

— Nous ne dirons plus rien, monsieur.

Le policier se tourna vers Christophe qui baissa la tête. Il regarda Ève.

— Bon, d'accord, c'est votre droit. Mais ne bougez pas de là.

Le policier se dirigea vers l'extérieur. Les trois amis se retrouvèrent seuls.

— Christophe ! Tu es fou ! Qu'est-ce qui te prend ? demanda Pierre.

— Mais vous ne comprenez donc pas... c'est Paul qui...

— Comment, Paul ? Pas nécessairement. C'est sûrement un accident, voilà tout.

— Mais la manière dont il est mort... c'est... c'est comme... Hélène !

— Allons, Christophe, arrête de t'imaginer des choses.

— Paul est venu, j'en suis sûr.

— Même s'il était venu ici... ça ne veut rien dire. C'est peut-être arrivé avant qu'il soit venu, ou après... ou... ou... c'est arrivé comme tu l'as expliqué tantôt... ils se sont disputés... ils se sont battus, puis l'oncle a glissé. Pourquoi pas ? Ce serait encore rien qu'un accident, non ? Écoute, c'est simple... ils vont retrouver Paul. Ils vont l'interroger, puis tout va s'arranger. Paul n'est pas méchant, tu le sais, ça.

Ce qu'il a fait... ce qu'il a peut-être fait, je veux dire... c'est... c'est compréhensible. Tu es bien placé pour le savoir.

— Oui, mais les policiers, eux, vont-ils comprendre?

— Si Paul a quelque chose à voir là-dedans, on va lui donner toutes les chances de s'expliquer. Puis, nous trois, on sera là pour l'aider.

Pendant ce temps, sur la galerie, d'autres hommes étaient montés. Il y eut des éclairs de flashs. Un homme en civil se tenait dans le cadre de la porte. Il donnait des ordres. D'autres hommes arrivèrent encore, qui voulaient lui poser des questions. Il les chassa. Le policier qui avait reconduit Johanne traversa l'appartement et alla directement vers cet homme, pour lui montrer quelque chose. À celui-là aussi, il donna un ordre. Finalement il entra.

— Je me présente. Inspecteur Jules Desbiens. J'aimerais vous poser quelques questions.

Il montrait une sorte de carte officielle.

— Nous allons répondre, dit Pierre.

— Désirez-vous que l'on reconduise votre petite fille à votre domicile?

— Je ne suis pas une petite fille! dit Ève. Je reste.

— Elle reste, confirma Pierre.

— Bon, comme vous voulez. Vous savez que vous n'êtes pas obligés de répondre?

— Oui.

— Bien... je viens justement de parler au constable Cardinal et...

— C'est pas vrai, intervint Christophe, ce que je lui ai dit. Mon oncle était mort quand on est arrivés.

— Pourquoi alors vous avez dit que vous aviez poussé votre oncle?

Cette question, Pierre et Christophe se rendirent bien compte qu'elle allait les entraîner droit vers la vérité.

— Pour protéger mon petit frère, finit par dire Christophe.

Et il raconta tout... depuis la mort d'Hélène... et même avant. Depuis le divorce des parents Letendre et l'arrangement avec l'oncle Raymond. Tout... y compris leur récente installation à Saint-Albert.

Et la découverte de la lettre que Paul avait faite, aujourd'hui même. Et le choc qu'il avait eu... et aussi les pensées qui lui étaient venues. Tout... même son tempérament impulsif... pour que l'inspecteur comprenne bien. Pour qu'il ne se trompe pas. Pour qu'il ne lui fasse aucun mal.

L'homme écoutait attentivement et ne posait aucune question. Ce n'était pas nécessaire. Christophe parlait, parlait. Ève, dans les bras de son père, n'aimait pas ça. Elle avait l'impression que les choses recommençaient à déraper.

À la fin, Christophe demanda :

— Vous nous croyez, n'est-ce pas ?

— Je n'ai aucune raison de ne pas vous croire. Le problème, c'est que ton petit frère, on ne sait pas où il est. Cependant, on devrait le retrouver assez vite. Un jeune sur une moto en plein mois de décembre, ça devrait être repéré facilement.

— En moto ! s'exclama Christophe.

— Oui, en moto. Quand tu nous as appelés, on est aussi allés voir chez vous, rue Boivin. C'est l'adresse officielle du tuteur, ça, non ?

— Oui, avoua simplement Christophe.

— Puis là, on a trouvé la porte d'un petit hangar ouverte... puis des traces de pneus...

L'inspecteur s'était arrêté un moment, songeur. Intérieurement, il prenait une décision.

— Puis... il y a autre chose... je peux bien vous le dire maintenant... une chose bien plus grave que tout ça... et qui fera peut-être de cette affaire une affaire criminelle.

Ève leva la tête et regarda l'homme droit dans les yeux.

— Tout à l'heure sur la galerie, continua-t-il, j'ai discuté avec un expert du labo... et il m'a dit que ça n'était pas un accident. Selon lui, il faut qu'une autre personne soit intervenue pour causer une telle mort. Je m'excuse de vous parler de détails aussi cruels, mais pour que la nuque se brise de cette façon, il a fallu que quelqu'un appuie sur la tête de la victime... quelqu'un de très fort ou...

— Ou ?... demanda Christophe.

— ... ou de très fâché.

Ève eut très peur. Elle venait de reconnaître Paul. Le détective Desbiens s'en aperçut. Il ajouta :

— Mais il ne faut pas trop regretter la mort de ce Raymond Dupire, vous savez. Après tout ce que je viens d'apprendre, c'est un bon débarras. On vient de trouver plein de drogue, dans la chambre à côté. Il y en a pour plusieurs milliers de dollars. Dommage que ça ne soit pas arrivé avant.

— Que voulez-vous dire ? demanda Christophe.

— Eh bien, mon grand, le système dont tu viens de me parler, ce système de tutorat avec l'oncle Raymond... tout le monde n'y a vu que du feu, tu sais. L'école et la police. Tout le monde. Parce que ton oncle Raymond... crois-le ou non... il a un dossier vierge chez nous. Même pas une contravention pour excès de vitesse. Nous autres, on ne le connaissait même pas... sinon on aurait enquêté bien avant.

Christophe ne bronchait pas. L'homme continua, pour bien se faire comprendre :

— Grâce à tes astuces, Paul et toi avez réussi à vivre pendant plus de trois ans en dehors de tout système.

Pour Christophe, ces paroles étaient terribles. Il resta tout de même impassible. Il finit par dire :

— Autrement dit, sans moi, tout ceci ne serait jamais arrivé.

— En tout cas, ce serait une autre histoire.

Le policier fit alors mine de s'en aller, mais avant, il ajouta :

— ... sauf que je ne sais pas si cette histoire-là aurait été plus reluisante que celle-ci. On ne le saura jamais d'ailleurs. Il n'y a que l'histoire qui arrive qui compte, vous savez.

Une longue nuit

Plus tard, ils retrouvèrent Xavière qui avait fait un feu. Elle n'avait pu s'endormir. Le souvenir des yeux inquiets de ses trois amis avait suffi pour la tenir éveillée.

En entrant, Ève avait jeté son manteau sur le fauteuil le plus proche et avait annoncé qu'elle voulait dormir. Christophe l'avait suivie. Seul Pierre resta en bas, avec Xavière... pour parler.

Dans sa chambre, Ève aperçut son journal. Elle le lança violemment au fond d'un tiroir. À son doigt, l'absence de l'anneau l'exaspéra.

Au milieu de sa chambre, elle eut un moment d'arrêt. Elle regarda autour d'elle, un peu perdue. Brusquement, elle enleva ses vêtements qui lui collaient à la peau. Elle saisit une paire de serviettes, ouvrit la porte de sa chambre et, sans même regarder s'il y avait quelqu'un, se dirigea vers la salle de bains de l'étage.

Cela lui rappela sa traversée de la polyvalente.

Elle se fit couler un bain. Très chaud. Et se retrouva devant un miroir... aussi grand qu'elle.

Elle regarda son visage. Ses cheveux étaient aplatis sur sa tête. Les pointes humides lui touchaient les épaules. Quelques mèches collées faisaient des dessins sur son front et sur ses pommettes saillantes.

Elle regarda ensuite son corps... presque courtaud. Il n'avait certes pas la délicatesse de celui de Marie. Et cet inéluctable nuage de taches qui se déployait sur sa poitrine... devenant imperceptible sur son ventre... et réapparaissant faiblement sur ses cuisses...

Puis... à peine visible sous la buée qui se formait dans la glace, cet aérien triangle aux reflets de cornaline... inversé.

Ève se laissa gagner par l'impression qu'elle était belle. Belle ? Non !... « Désirable » est le mot qui lui était venu. Mais là, l'humidité s'était faite si intense qu'elle ne percevait plus devant elle qu'une ombre de couleur chair sur fond bleuâtre.

Elle se retourna. La vieille baignoire était remplie jusqu'au bord. Ève ferma les robinets et observa l'eau qui cherchait à s'immobiliser. Au bout d'un moment, son visage cessa de danser à la surface. Alors elle tenta d'évaluer si elle pourrait y pénétrer sans en renverser par terre.

Elle introduisit un pied. L'eau lui brûlait presque la peau. Son pied toucha le fond. Le niveau, dans la baignoire, n'avait guère monté. Elle se dit qu'elle y arriverait.

Avec d'infinies précautions, et tout en supportant difficilement l'étrange brûlure de l'eau, elle s'introduisit jusqu'au cou. Puis, basculant la tête vers l'arrière, plongea ses cheveux jusqu'à ce qu'il n'y ait plus que son visage qui émerge. Elle sentit alors une ligne se fixer, comme les limites d'un masque. Une ligne qui formait un cercle autour de son visage. Comme un horizon. Sous l'eau, ses oreilles ne percevaient plus que les pulsations de son cœur et le son de son corps frôlant les parois de la baignoire.

Ève ferma les yeux et écouta. Aucune pensée ne l'habitait. Pendant que tout son être se concentrait sur l'idée de ne pas renverser l'eau de la baignoire, toute l'histoire dans laquelle elle se débattait s'évanouit.

Entre deux eaux, une exigence nouvelle s'imposa dans le bas de son ventre. Elle voulut ne pas bouger, mais cet effort provoqua une grande marée qui la traversa tout entière. Il y eut un grand « flac ! » sur le sol, à côté, mais elle n'y pensa pas. Et laissa passer la houle qui déferlait.

Quand elle rouvrit les yeux, l'eau avait cessé de s'agiter.

Elle s'assit et entreprit sa toilette. Se lava les cheveux et le corps. Se rinça. S'essuya et fit sécher ses cheveux. Se brossa les dents. S'enroula enfin dans la deuxième serviette et se dirigea vers sa chambre, où un lit propre l'attendait.

Elle eut alors sa première pensée pour Paul. Le temps, dans la salle de bains, s'était écoulé sans lui.

Au cadran, les aiguilles marquaient deux heures vingt. Cette nuit longue de décembre était loin d'être terminée. Elle éteignit la lumière, se débarrassa de la serviette et sauta dans son lit, où un nouvel oubli l'attendait.

Demain, on verrait bien.

Elle s'étendit sur le dos et s'endormit aussitôt. Ce fut un sommeil profond qui ne fut interrompu que par un rêve bizarre et d'apparence très réelle.

Derrière le rideau de conifères, une lumière blanche s'était momentanément agitée. Puis plus rien.

Une ombre bougea entre les sapins. Un enfant emmitouflé avançait péniblement dans le froid de la nuit. Devant lui, il y avait une grande maison où tout semblait dormir… tout sauf une lueur rougeâtre, dans les fenêtres du rez-de-chaussée.

Par terre, sur son chemin, il y avait une tête. Il donna un coup de pied et elle vola en éclats.

Il atteignit facilement la porte de la maison. Elle n'était pas fermée à clé. Un couple était endormi devant le feu mourant dans l'âtre. Il se plaça derrière, un moment. C'était bien. Sur la gauche, il y avait un escalier.

En haut de l'escalier, dans le noir, il y avait deux portes. Il choisit la plus désirable. À l'intérieur de la chambre, il faisait encore plus noir. Dans le lit, il y avait son amie qui dormait… et qui faisait un rêve bizarre et d'apparence très réelle.

Sa main était posée par-dessus la couverture. À son doigt, il fit glisser un anneau…

La cornaline manquait.

Ses vêtements tombèrent sur le sol, lourdement. Il souleva les draps. Et découvrit la nuit... et les étoiles... qui sentaient bon.

Dehors, le matin allait se lever. À l'horizon, au-delà de la montagne, une ligne rougeâtre cherchait à s'intensifier. La lumière du jour éteignait les étoiles... une à une. L'enfant quitta le lit, abandonnant son amie à son rêve.

Il s'habilla chaudement pour affronter la froidure de l'hiver. Il descendit l'escalier. Le couple était toujours endormi... devant des cendres. Il passa.

Au-delà de la porte, sur le chemin du retour, il vit les débris de la tête et devant, un peu plus loin, le sombre rideau de conifères qu'il retraversa.

Il monta sur l'engin, qui eut un grondement terrible. Il atteignit la chaussée humide. Accéléra.

Derrière lui, le soleil se levait. En haut de la première côte, il se retourna et vit une lueur rouge et jaune, qui tournoyait.

Il y eut une longue descente. Derrière lui, le soleil s'était recouché. La lueur avait disparu. L'enfant recommençait à monter. Il entendit une sirène. Poussa l'engin au maximum. Un rayon éclaboussa l'arrière de son casque. La lumière glissa le long du fuselage et traça des dessins d'eau et de vent.

En atteignant le haut de la côte, l'engin n'avait plus de poids. En retombant, il dérapa et fit un bond violent. Ce fut une ruade puissante qui propulsa l'enfant dans le ciel, où il traça un grand arc de cercle.

Ève se réveilla en sursaut.

Dans la fenêtre, le soleil dardait ses rayons obliques. En bas, quelqu'un cognait. Elle enfila une chemise et descendit.

Son père était déjà devant la porte, face à un policier en uniforme. Qui avait enlevé son casque.

Xavière était tout à côté. Christophe s'était arrêté dans l'escalier. Pierre se retourna.

Le policier les conduisit sur les lieux.

Sur le vaste remblai de neige longeant la route, il y avait une motocyclette désarticulée et, un peu plus loin, le corps d'un enfant brisé.

À une centaine de mètres de là, on pouvait apercevoir, blottie dans le creux d'un calme paysage de neige, la petite école Marie-Paradis qui attendait ses enfants qui devaient arriver dans quelques minutes.

On brûle tout !

La vie de Christophe venait de se casser. Sur le bord de la route, son grand corps fut traversé d'un mauvais frisson.

Ève chancelait. L'image de Paul, inerte sur la neige, avait sapé ses dernières énergies. Elle faillit tomber. Xavière s'en aperçut la première. En accourant, elle criait :

— Pierre ! La petite !

Tous les deux arrivèrent en même temps auprès de l'enfant éblouie par le ciel éclatant.

— Ève ! ma petite Ève ! disait Pierre doucement. Ça va, dis, ça va ?

Elle les regarda longuement, à tour de rôle. Au-dessus d'eux s'ajouta la longue silhouette de Christophe. Elle attendit de bien les reconnaître, tous les trois. À la fin, elle dit... très calmement... trop presque :

— Oui, ça va. Je veux rentrer chez moi.

Pierre voulut la prendre dans ses bras mais Ève refusa brutalement :

— Non, pas ça ! J'ai besoin de personne !

Tous les trois avaient reculé.

Ils se retrouvèrent dans le véhicule de police qui les ramena à la maison, laissant derrière eux les deux misérables dépouilles autour desquelles s'affairaient déjà les policiers, les ambulanciers et les journalistes.

L'inspecteur Desbiens attendait devant la porte, un chapeau à la main.

Descendant de l'automobile, Ève avança la première.

— Vous pouvez nous laisser tranquilles maintenant... il n'y a plus rien à faire ici.

— Je suis désolé.

— Ça ne donne rien d'être désolé... il n'y a que l'histoire qui arrive qui compte, vous savez.

L'homme n'avait rien à ajouter là-dessus. De toute façon, Ève était déjà entrée dans la maison. Christophe la suivait, ainsi que Xavière. Pierre ne savait pas s'il devait saluer cet homme.

— Monsieur Tremblay, je peux vous parler?

— Je ne vois pas ce qu'on pourrait avoir à se dire maintenant.

— Évidemment rien de bien utile. Cependant...

Plus tard, Pierre retrouvait Ève, Christophe et Xavière, assis en silence. Dans sa main, il y avait un vieux carton détrempé par la neige. Les lettres noires avaient souffert. Ève crut lire «FOLY».

— On fait un feu! lança-t-elle. On brûle tout!

Les autres la regardaient.

— On brûle tout! répéta-t-elle. Ils n'auront pas ça, eux autres dehors. Attendez-moi!

Elle courut à l'étage et revint deux minutes plus tard.

— Voilà!

Ève venait d'apporter tous ses dessins d'enfant qui étaient encore dans la chambre de Xavière. Et son journal intime, dans lequel il y avait tous ces événements absurdes... et ce conte qu'elle avait fait pour monsieur Olivier. Puis aussi, les derniers mots d'une enfant perdue... la lettre d'Hélène.

— Papa... on brûle tout.

Et d'un commun accord, les quatre amis firent dans l'âtre un feu éblouissant qui ne dura que quelques secondes.

Quand la lueur sur leur visage fut bien éteinte, Pierre dit :

— Bon ! et maintenant, les journalistes.

Il ne reçut aucune réponse. Il comprit qu'on lui faisait confiance.

— Vous me laissez parler, mais n'écoutez pas trop ce que je vais dire... ça n'a pas d'importance... parce que ça va être plein de mensonges. C'est pour finir de brûler le passé. L'inspecteur Desbiens est avec nous... tout comme monsieur Zouvie.

Au bout de deux heures, les journalistes quittaient les lieux, satisfaits des informations qu'ils avaient pu obtenir et convaincus d'avoir soutiré le maximum de cette histoire.

Ne restait plus que l'inspecteur Desbiens. Pierre l'amena devant le foyer et lui montra les cendres.

— Voilà !

L'inspecteur regarda Pierre, puis les autres.

— Dans mon métier, on rencontre assez peu de gens comme vous.

— Et comme vous, il y en a beaucoup ?

L'homme ne répondit pas. Simplement, il dit :

— Il ne reste plus qu'à lire les journaux. Si tout marche comme prévu, je pense qu'on pourra considérer l'affaire comme classée. Je regrette.

Mais avant de s'en aller, il se retourna :

— Ah ! oui ! Hier, j'ai trouvé ceci, dans la neige, sur la 88e Rue. Je crois que c'est à vous.

Il glissa quelque chose dans la main de Pierre, qui n'eut pas le temps de voir ce que c'était. L'inspecteur avait déjà disparu. Pierre ouvrit la main et vit un reflet rouge. Se retournant vers sa fille, il dit :

— Ça te revient, je crois.

Et il lui remit la cornaline.

Après, il y eut le souper.

Pierre voulait que ce soit un bon souper. Il devait y avoir de l'activité. Il ne voulait pas que ses amis deviennent oisifs. Lui non plus d'ailleurs. Mais ce fut une demi-réussite. Chaque fois qu'il y avait un silence, la pensée se mettait à s'affoler. Vers la fin du repas, l'esprit de chacun vacillait au bord de la détresse.

À la porte, quelqu'un cogna. Ils sursautèrent et se regardèrent. Pierre alla ouvrir. C'était monsieur Zouvie. Tout le monde fut heureux de cette diversion. Pierre l'invita à se joindre à eux pour le café.

Monsieur Zouvie tendait la main :

— Pierre...

— Monsieur Zouvie... restez pas là... venez...

Christophe s'était levé :

— Mon grand... mon pauvre grand président... laisse-moi te serrer la main. Je suis triste pour ton frère... puis pour toi... puis pour tout le système d'éducation aussi, qui devrait être en deuil aujourd'hui.

Monsieur Zouvie se tourna vers Ève. Il s'approcha et l'embrassa, de chaque côté du visage.

— Ève, ma petite, je... je souhaite que tu reviennes avec Christophe réanimer la poly.

— Vous en faites pas, monsieur, je vais revenir.

Monsieur Zouvie salua avec respect Xavière qui préparait le café. Ils s'installèrent ensuite autour de la table et parlèrent.

Ève ne disait rien. Sa mémoire réaménageait ses souvenirs.

Tout à coup, sortant de sa méditation, elle interrompit la conversation... pour exprimer une idée.

Et les cinq personnes réunies là reprirent vie. Par moments, il y eut de l'enthousiasme que l'on réprima à peine. Bientôt, tous les détails furent au point. Monsieur Zouvie pourrait faire l'annonce à l'interphone dès le lendemain.

Ils se séparèrent. Personne n'avait le visage triste.

Pour la première fois, Xavière alla directement dormir avec Pierre. Avant de disparaître, Christophe salua Ève d'un grand sourire. Ève, de son côté, sauta dans son lit et tomba dans un sommeil profond et sans rêve.

Mais au milieu de la nuit, elle se réveilla. Quelqu'un pleurait. Elle alla pleurer avec lui.

La une

Le lendemain, l'école avait repris et monsieur Zouvie réglait les petits problèmes habituels. Le système de contrôle des absences avait des failles que certains élèves avaient commencé à exploiter. Imitation de signatures de parents, faux téléphone fait par un ami...

Sur le coin de son bureau, il y avait *Le Journal de Québec*. À la une, des lettres rouges se superposaient à une photographie grise :

UN BOND DE CINQUANTE MÈTRES AU MOINS
(pages 4 et 5)

Comme les milliers d'autres qui avaient précédé, la fin tragique de Paul, en ce 11 décembre, en était réduite aux couleurs ternes d'un journal du matin qui allait alimenter les conversations de toute une ville. Ce n'était que de l'encre sale sur du papier éphémère. Cela ne durerait qu'une journée. Juste le temps de distraire le citadin. Le lendemain, il y aurait inévitablement une autre tragédie qui s'abîmerait dans le même gouffre, format tabloïd.

La photographie montrait une vague forme humaine dans un sombre habit de motoneige, échouée comme une épave sur le haut d'un monticule, au bord d'une route de campagne. Sur la visière fermée du casque brillait une petite étoile de soleil. Malgré cela, tout autour, le ciel paraissait gris et la neige sale.

Monsieur Zouvie ouvrit aux pages 4 et 5.

D'autres images grises l'attendaient, surplombées d'un deuxième titre :

PAUL LETENDRE AURAIT ÉTÉ UN ÉLÈVE BRILLANT

MALHEUREUSEMENT IL LUI MANQUAIT UNE FAMILLE

Ce matin-là, le photographe avait fait du zèle. On pouvait voir la motocyclette brisée laissant échapper une traînée d'huile. La roue avant était tordue. Un guidon pointait vers le ciel. Une autre photo, plus petite et superposée dans un coin de la première, montrait un défaut de la chaussée contre lequel aurait buté la motocyclette. Finalement, une dernière image montrait une petite fille debout au milieu de la chaussée. En dessous, on pouvait lire :

La petite Ève Paradis a été fortement ébranlée par la perte de son compagnon. Ils étaient dans la même classe, à la polyvalente de Saint-Rédempteur. On la voit ici, quelques minutes après l'accident. « Ils étaient très attachés l'un à l'autre », devait nous confier son père par la suite.

Et les sous-titres se succédaient :

Il se fracasse la colonne vertébrale.
La polyvalente sera nettoyée.
« Aucun lien avec la mort de Raymond Dupire »,
affirme l'inspecteur Desbiens.
Les profs n'arrivaient plus à le contenir.
Une famille extraordinaire qui a pris des risques.

Monsieur Zouvie lut tout et se sentit curieusement heureux. « Bravo! exulta-t-il intérieurement. Bien joué, Pierre. Le monde va avoir son compte d'émotions pour la journée, puis tout ça va aller se consumer dans le grand incinérateur municipal. Puis en haut, ils pourront rien faire contre nous, sinon l'opinion publique va leur tomber dessus. »

Mais il s'arrêta net dans sa jubilation. Il venait d'oublier qu'un enfant était mort. Et qu'il y avait un projet en marche. Il décrocha l'interphone et composa le numéro de la pastorale de l'école. Il voulait parler à l'aumônier, qui était un bon ami. Les choses s'arrangèrent très vite. L'aumônier avait l'esprit ouvert. Lorsqu'il quitta son bureau, tout était en place.

Sans regarder l'heure, monsieur Zouvie décrocha de nouveau l'interphone pour s'adresser à toute l'école. Il prit une grande inspiration et parla calmement :

— Chers étudiants, chères étudiantes... Je sais que depuis hier, dans vos têtes et dans vos cœurs, il n'y a qu'une pensée... et qu'elle est pour le jeune Paul Letendre, décédé dans des circonstances tragiques. Tout le monde le connaissait à cause de ses... différences. Je ne veux pas faire de discours... je veux juste demander que toute l'école s'arrête pendant une minute... et que tous ensemble nous fassions une courte fugue par la pensée... à la mémoire de ce jeune garçon qui nous a posé tant de questions auxquelles nous n'avons pas su répondre.

Et pendant une minute, la polyvalente s'arrêta. Il n'y avait plus que la vibration des néons et le grondement de la ventilation qui planaient sur les deux mille cinq cents jeunes rassemblés là. Toute activité était suspendue. Un ballon s'immobilisa dans le gymnase. L'eau de la piscine dansait en silence. Les guitares et les pianos s'étaient tus. Les projecteurs s'étaient arrêtés. Les craies étaient posées. Les mots et les formules sur les tableaux devinrent absurdes. Les manuels et les cahiers, ouverts sur les tables, dérisoires.

Monsieur Zouvie reprit le combiné :

— Je vous remercie du grand respect que vous venez de témoigner. Je vous aime tous.

À ces mots inhabituels qui venaient de traverser la polyvalente, le silence se poursuivit encore quelques secondes. Monsieur Zouvie continua :

— Pour ceux qui le voudraient, je signale qu'il y aura une cérémonie toute simple, lundi matin prochain, à dix heures, ici à la polyvalente, dans la cafétéria... afin de saluer une dernière fois notre copain à tous, Paul Letendre.

Avant de raccrocher, il ajouta :

— Aucune présence ne sera prise.

La dernière fugue

È ve et Christophe avaient installé l'autel sur la petite estrade, à l'endroit même où les Starfighters, dans toute leur splendeur grimaçante, avaient craché leurs décibels lors du party de l'Halloween.

Cependant, la cafétéria ne présentait plus le même visage. La grande salle était dépouillée de toute décoration. Derrière l'estrade, les rideaux, ouverts sur une haute fenêtre, laissaient pénétrer une lumière éclatante, à contre-jour. Dehors, de gros flocons de neige tombaient verticalement mais, de l'intérieur, le regard ébloui ne pouvait guère les percevoir. L'autel lui-même, de facture rudimentaire et simplement couvert d'un grand drap brodé, n'était qu'un sombre rectangle, à peine moins lumineux que le reste du décor.

À gauche de l'estrade, Rose Poirier était assise devant un petit orgue électrique. Alphonse Galarneau se tenait debout, à côté.

La cérémonie allait bientôt commencer. La salle était pleine de jeunes. Il y avait quelques adultes aussi. Une rumeur contenue planait. On parlait avec le respect que commandaient les lieux et les circonstances.

Les chaises de métal avaient été disposées de telle sorte qu'une large allée s'ouvrait au centre, traversant toute la salle, jusqu'au pied de l'autel.

Là, sur une petite table haute, on pouvait voir un coffret.

L'aumônier, vêtu de blanc, monta sur l'estrade. Tout le monde se leva dans un court remue-ménage. Rose Poirier attendit que le silence revienne, puis, de son petit orgue s'éleva une première note, puis une autre, puis beaucoup d'autres encore, qui allaient habiter toute la cérémonie.

Au premier rang, sur le bord de l'allée, il y avait Christophe... puis une dame élégante qu'on était allé chercher aux petites heures du matin à l'aéroport. À côté de la dame, il y avait Ève Paradis, Pierre Tremblay et enfin Xavière Houazarre. De l'autre côté, le directeur général de la Commission scolaire régionale, puis le principal de la polyvalente. À moins que ce soit l'inverse. Ensuite, monsieur Zouvie... puis d'autres personnes encore, des directeurs adjoints, par ordre hiérarchique peut-être. Enfin, quelques commissaires, ou des parents, ou les deux.

Et derrière, il y avait les jeunes. Mille et un jeunes.

Parmi eux, Vesse de Cuir pour qui le sigle de Twisted Sister s'était évanoui. À ses oreilles éreintées, la musique délicate de Rose Poirier paraissait... flyée. Son veston flottait mollement sur ses épaules, sans le toucher. Les pieds bien calés au fond de ses bottes de travail, il s'était installé aux côtés de Marie Bouliane.

Dans un autre coin de la salle, il y avait Élisabeth Blondeau, qui portait une tunique ample. Tenant le bras d'un garçon, elle avait la tête appuyée sur son épaule. Elle lui souriait de temps à autre. Le garçon répondait toujours par un autre sourire, plus doux encore. Quelquefois, il posait sa main sur la joue de sa compagne. Élisabeth était émue. Le respect, elle n'avait jamais connu ça. Elle fermait alors les yeux et plongeait sa joue au creux de la caresse.

Et partout dans la salle il y avait des centaines d'autres jeunes... comme Boissineault par exemple, privé de son projecteur de poursuite... ou comme Dany Beaumont, dont l'envie de sacrer s'était évanouie... ou encore comme ces dizaines de Nathalie et ces dizaines de Stéphane qui avaient eu des centaines de petites aventures amplifiées par des milliers de commérages.

Et ces filles aussi, aux mèches pâles dans des cheveux brossés vers l'arrière, à la Farah Fawcett... au fin visage lourdement maquillé et aux jambes maigres étroitement sanglées dans des jeans afin de satisfaire à l'idée que se font des «femelles» les petits rockers de même taille.

Et ces centaines d'autres encore... de tout acabit... «granolas», «bollés», «preppies», «Ozzie», «poches», «straights», «heavy» ou autres... pas toujours sympathiques au premier abord, mais finalement toujours étonnants à connaître. Oui, des centaines de jeunes rassemblés là par un événement fortuit dont ils savaient vraiment peu de chose.

Et à l'avant, au centre de tout, sous une lumière éblouissante, les cendres de Paul reposaient dans le coffret. Elles se trouvaient là parce que la polyvalente dans laquelle il avait vécu était catholique, mais surtout parce que la cendre était la substance choisie par ses amis.

Une photographie était appuyée sur le coffret.

Elle représentait une seconde heureuse où cinq amis avaient fait des grimaces autour d'un bonhomme de neige baptisé POLY.

La cérémonie se déroulait dans le silence. Seul un filet de notes s'échappait du petit orgue. Monsieur Galarneau tournait les pages pour sa vieille collègue.

Derrière le vaste rectangle dépouillé de l'autel, l'aumônier, assisté de deux enfants, officiait. Apparemment, il s'agissait d'une cérémonie à caractère religieux. Cependant, aucune parole n'était prononcée. Aucun sermon ne serait fait. Et s'il devait y avoir des prières, elles seraient toutes intérieures. C'était l'entente qu'avait eue l'aumônier avec monsieur Zouvie. Chacun serait laissé libre dans sa méditation. Pas un mot ne serait prononcé. Ève Paradis en avait eu l'idée.

Le directeur général de la Régionale, probablement celui qui s'était habillé de façon impeccable, était content. Dans un communiqué officiel unanimement entériné par les commissaires, il avait publiquement approuvé l'initiative de son directeur à la vie étudiante, monsieur Zouvie, et du professeur Pierre Tremblay, et ceci, malgré l'issue « malheureuse ». Il s'agissait d'une « tentative ultime et louable, pleine de courage et de générosité, mais qui avait avorté dans un stupide accident ». Le communiqué parlait de destinée, de fatalité et des choses de la vie. Puis aussi de décentralisation dans les décisions de la Régionale. Arthur Lévidant, de CKRC, l'avait lu en ondes et l'avait approuvé avec conviction.

Le principal de l'école, ce devait être l'autre. Absent durant les événements, il était heureux d'avoir pu s'en remettre aux autres. Il avait été amené à Trois-Rivières pour un congrès sur le thème : « Utilisation des ressources humaines dans l'école secondaire publique au Québec ». À l'accueil, il avait remarqué une jeune femme très belle et ils avaient soupé ensemble, le dernier soir, aux frais de la Commission scolaire.

La dame élégante, à côté de Christophe, se demandait pourquoi aucune parole n'était prononcée. Elle n'aimait pas cela. Elle craignait les pensées de tous ces gens autour d'elle. Elle aurait voulu ne plus être là, n'être jamais venue dans ce tribunal où elle se sentait au banc des accusés.

Elle quitta sa place et arpenta l'allée. Elle leur laissait les cendres de son fils. C'était tout ce qu'ils méritaient. Et ils n'auraient pas un centime de plus !

Monsieur Zouvie, quand il vit la place laissée libre, quitta les rangs des personnages officiels, fit un temps d'arrêt devant l'autel et se retrouva entre Christophe et Ève, du côté des gens qu'il aimait.

Tout le monde dans la salle avait aperçu la silhouette ronde et familière glisser comme un ballon au-dessus des vifs reflets du parquet. Personne n'avait ri.

En avant, l'aumônier baignait dans la lumière. On distinguait à peine une ombre aux gestes amples et empreints de dignité... qui élevait un objet.

Dans la salle, quelques personnes baissèrent la tête.

Mais pas Ève Paradis.

Entraînant avec elle ses amis, qui étaient nombreux, elle pénétra l'aveuglant rectangle vertical qui dominait tout d'une lumière agitée par les mouvements insolites de l'aumônier... et chercha quelque chose... qui était au-dessus, au-delà.

Et, dans l'intense fenêtre blanche produite par l'hiver, elle vit la neige, qui n'était que des points blancs sur fond blanc.

Alors, subtilement, un mouvement se fit sentir. Imperceptible mais indéniable, quelque chose, nettement, avait bougé. La sensation était ambiguë... comme une vague impression d'apesanteur.

« Est-ce vraiment la neige qui tombe ? Ne serait-ce pas plutôt... la polyvalente qui monte ? »

À ces mots, la grande structure de béton et d'acier s'était mise en suspens. Puis, silencieuse, s'était arrachée à ses amarres de ciment.

Et avait entrepris un voyage parmi les pâles étoiles de neige.

Apparemment sans capitaine, elle s'inclina sur la gauche, puis sur la droite. Traça de grandes arabesques au-dessus de Saint-Rédempteur. Et suivit un chemin aux ondulations semblables à celles des Laurentides.

Québec, en bas, n'était plus rien. Même plus un point. Rien. À peine une idée désagréable... même pas.

Au fond de la salle, un vieux professeur en particulier sentait l'école planer, comme autrefois il avait entendu les oiseaux chanter.

« C'est bien, ma petite, c'est très bien, ça. Excellent », chuchotait-il.

Et plus tard, bien plus tard, sans bruit, la polyvalente s'était reposée au même endroit, dans les mêmes fondations.

Une dernière note s'échappa du petit orgue. Il y eut un silence. C'était fini. Personne ne bougea de sa place.

Dans la salle, on s'était retourné vers l'autre.

Quelque part, Vesse de Cuir se retrouva devant Marie Bouliane... et la plus belle preppie embrassa le rocker le plus horrible de l'école.

Pour Vesse de Cuir, ce devait être là le plus tendre souvenir de sa vie. Parce que Marie Bouliane allait devenir Marie-Liane, chanteuse à la mode, et qu'un jour, il pourrait dire à ses chums :

— Moé, les gars, Marie-Liane, j'l'ai t'nue dans mes bras... pis a m'a serré su' elle, vous pouvez pas savoir comment !

Ève regarda ses amis. Dans leurs yeux, elle vit encore beaucoup de lumière blanche.

Plus tard, ils allaient traverser le grand hall central, piétinant les derniers éclats de ciment issus de la murale.

Puis, levant la tête, ils verraient la grande étoile de Paul... gravée dans le béton.

Livre II
Le Secret d'Ève

L'enfant sous la neige

Lui, le très grand, c'était son jeune frère qui venait de mourir. Elle, c'était son premier amour. Ils se tenaient par la main... « pour pas pleurer ».

C'est vrai que Christophe Letendre avait l'air très grand dans le rouge vif de sa courte cagoule d'hiver, mais cela dépendait un peu d'Ève Paradis, qui était bien petite à côté, dans son long manteau noir. Par contre, tous les deux, ils étaient de grands amis, justement à cause de quelques grands contrastes comme ça.

Derrière eux, la polyvalente était couverte d'une neige légère qui tombait en silence, formant de volumineuses masses blanches accrochées aux toits. Enfoui au cœur de ces amas de lumière, le sombre édifice semblait vouloir disparaître. Autour, il y avait le calme sourd qu'imposaient tous ces flocons qui naissaient du gris éclatant de ce ciel de mi-décembre. Partout, les bruits étaient étouffés. Même le désarroi qui habitait Ève et Christophe semblait amorti. Malgré leur tristesse, ils se sentaient envahis par une paix qui les mettait à l'écoute de tout ce qui se trouvait là.

Alignés sur le vaste terrain de stationnement, une trentaine d'autobus jaune et noir grondaient sur place. Bondés de jeunes, ils attendaient l'heure de partir pendant que les automobiles glissaient doucement à côté, comme de lentes chaloupes surchargées dont on ne voyait les pneus qu'au moment où elles s'engageaient sur le boulevard Jacques-Cartier, devant l'école. Les vivants, avec leurs pressantes occupations, reprenaient leurs droits. La cérémonie religieuse qui avait fait de Paul Letendre un souvenir définitif venait de se terminer. Un adolescent venait de mourir. Il ne devrait plus compter.

Pour personne.

Tout à coup, quelque part, un cri aigu se répercuta : « Heee ! »

Au même instant, une tranche de neige se détacha de l'école, s'écrasant au sol en un choc muet. Ève et Christophe se retournèrent. Tout le long de la bâtisse, un nuage de poussière blanche déployait ses dentelles tournoyantes, qui s'affaissèrent lentement sur le remblai de neige nouvellement formé. Il y eut un temps d'arrêt. Puis une vieille dame se mit à crier :

— Y a un enfant là-d'sous ! Vite ! À l'aide !

On accourut.

— Par ici ! hurlait-elle d'une voix qui déraillait. Je l'ai vu disparaître ! C'était un p'tit gars !

Piquée dans la neige, elle pointait son doigt de toutes ses forces pendant que Christophe faisait de grandes enjambées vers l'endroit indiqué. Il fut le premier arrivé et se mit à sonder le remblai de ses longues jambes.

Ève s'était immobilisée non loin. Les yeux grands ouverts au milieu de taches de rousseur, elle regardait son ami qui exécutait une danse frénétique, un coup de pied à gauche, un coup de pied à droite. Comme un pendule fou qui aurait voulu aller trop vite, Christophe bousculait la neige et Ève n'aimait pas ces secondes où les pieds de son ami ne rencontraient que la faible résistance d'une neige folle. Elle alla se joindre à lui, avec d'autres, et ensemble, une dizaine de jeunes se mirent à saccager le remblai, qui fut bientôt dévasté sur une large surface. Mais ils ne trouvèrent que du vide et de l'absence. Quelques-uns s'arrêtèrent, puis se retournèrent vers la vieille dame qui baissait lentement son bras.

— J'vous assure... y avait un p'tit gars... là !

Tous s'étaient immobilisés. Tous sauf Ève Paradis, dont les cheveux roux balayaient encore l'air au-dessus de cette blancheur muette. Quand elle releva la tête, elle s'aperçut qu'elle était la seule encore à s'énerver. Le souffle court, elle figea et le silence de tout à l'heure se réinstalla. Les pans noirs de son manteau étaient maculés de neige et pendaient lamentablement. Ses cheveux en désordre cachaient la moitié de son visage. Sa poitrine haletait à un rythme exagéré.

C'est alors qu'il y eut un mouvement sous son manteau. Elle eut un soubresaut. Par l'ouverture de son vêtement, entre ses jambes, la tête d'un petit bonhomme venait de surgir. Ève bascula et tomba à la renverse.

L'instant d'après, un drôle d'enfant se tenait debout dans la neige aplatie, souriant et triomphant, comme pour apprécier l'effet produit sur tous ces gens qui avaient accouru et s'étaient affolés. Il était enveloppé dans un habit gonflé de duvet et fait d'un nylon aux reflets dorés. Comme pris d'un pain, il faisait pivoter son corps afin de regarder tout le monde.

Puis il se retourna vers Ève, dont il s'approcha un peu.

Des brins noirs de cheveux drus jaillissaient de l'ouverture plissée du capuchon dont la corde tendue enserrait un visage coloré par le froid. Au milieu de cette auréole hirsute chatoyaient deux grands yeux bleus... bleus comme des reflets dans de la neige qui fond.

Ève Paradis, toujours sur le dos, regardait ce visage d'enfant. Elle le connaissait. C'était un visage d'une candeur inouïe. Et là, chacun des deux êtres, face à face, traversa le regard liquide de l'autre. Le vert des yeux d'Ève n'offrit aucune résistance et une image de totale innocence vint s'installer en elle.

Cet échange ne dura qu'une seconde. L'enfant déjà s'ébrouait, chassant la neige qui le couvrait encore. Puis, lâchant de petits cris : « Heee !... heee ! », il disparut par bonds étonnants le long du remblai de neige formé par l'avalanche qu'il avait provoquée. Quand la neige se fut apaisée derrière lui, chacun se demanda s'il n'avait pas rêvé. Mais il y avait cet endroit profané, témoin d'un événement tumultueux et bien réel.

Au milieu, Ève Paradis s'était levée, chancelante, toujours envahie par la présence de cet enfant. Mais bientôt cette image devait s'évanouir et laisser toute la place à celle de Paul Letendre... son premier amour, son seul amour... qui se superposa, qui s'imposa. Plus vibrante encore.

Car lui aussi s'était installé en elle. Il y était encore tellement vivant.

Alexandra sur la neige

Autour d'Ève, le cercle s'était refermé. Les gens s'approchaient, se demandant si elle s'était fait mal en tombant. Ce fut Christophe qui brisa le silence.

— Ça va ?

Aussitôt, le regard d'Ève revint à lui. Christophe, rassuré, poursuivit :

— J'ai pas eu l'temps de l'attraper. Il a filé trop vite.

Son grand ami, penché sur elle, lui cachait tout un côté du ciel gris. Non loin, la vieille dame parlait encore :

— Je m'excuse si j'vous ai fait peur, mais le p'tit garçon, sous la neige... j'ai cru qu'il allait étouffer. Je...

Quelques personnes s'étaient approchées. Ève reconnut entre autres monsieur Zouvie, le directeur à la vie étudiante, dont la silhouette ronde et colorée semblait posée comme un ballon de plage sur la neige. Et aussi monsieur Olivier, le vieux professeur de français dont le regard terne sous les lunettes rondes n'arrivait pas à saisir tout ce qui se passait.

C'est alors qu'une remarque acide fendit l'air froid :

— La p'tite rouss'lée est tombée su' l'cul... comme c't'intéressant !

On se retourna. Un être hérissé se tenait un peu à l'écart. C'était peut-être une fille. Autour, la neige voulait fondre. On pouvait même voir un peu de gazon mort sous les espadrilles, l'une noire, l'autre blanche. Dessus, deux mots étaient tracés en lettres hachurées : « *FUCK* », « *OFF!* » C'était une sorte de créature inculte lézardant l'atmosphère par sa présence tout en lignes brisées. Elle était couverte d'un rude poncho auquel étaient épinglées quelques breloques d'inspiration sadomasochiste au travers desquelles on pouvait lire des gentillesses du type « PISSE-*LOVE* », « GROS JAMBON ! », « SIDATIK » et « JE MEURS-TUMEUR ». Dans l'ouverture du poncho, autour d'un nombril découvert, se dessinait un tatouage rond à trois hélices : « Danger : radioactivité ! » et sous les pics des cheveux irradiant le vert et le brun, la figure, blanche et anémique, était marquée d'une bouche noire et d'yeux plus noirs encore. L'ensemble distillait un impitoyable mépris. La jeune fille – car c'était bien une fille – se retourna vers Ève et prononça avec un sang-froid plus froid que tout l'hiver québécois :

— Pis, la Paradis ?... t'as pas trop mal aux fesses ?

Christophe se sentit alors soulevé par une violente envie de traiter cet être de déchet, de lui sauter dessus et de lui faire avaler ses breloques, avec le poncho et les espadrilles. Mais Ève, qui ne comprenait rien à cette attaque sauvage dont elle était l'objet, s'aperçut que le regard, lui, chancelait.

— T'es qui, toi ? On t'a jamais vue à la poly...

— À poly ? Tu veux rire ! Faudrait qu'on m'accepte comme que chus, pis ça, c'est pas pour demain... han, Zouvie ?

Le directeur baissa les yeux et la créature fit volte-face. Dans son dos, un soleil rouge était malhabilement cousu. Par-dessus, à l'aide de fils blancs, étaient brodés deux autres mots : « *HERE* » et « *NOW* ». Ève se tourna vers le directeur :

— Monsieur Zouvie, vite, dites-moi son nom ! Vous l'savez, je l'sais !

— Alexandra.

Et Ève cria aussitôt :

— Alexandra !

Furieuse, celle-ci se retourna. Ève attendit que les breloques se soient immobilisées. Les yeux noirs jetaient des éclairs.

— Joyeux Noël, Alexandra !

La jeune fille ne s'attendait pas à ça.

— Noël ! Tu veux parler du p'tit Jésus conçu par le Saint-Esprit !
En v'là une autre belle niaiserie ! Ça prend ben une niaiseuse comme
toé pour croire des affaires de même. Moé, si tu veux savoir, c'est
au père Noël que j'croué ! Au moins, lui, on sait c'que c'est... un
pauvre type qui s'fait suer en d'sous d'un costume de bouffon pour
faire marcher les magasins d'bebelles. C'est comme l'aut' bonhomme
qui va arriver après, pour le Carnaval, avec ses p'tites duchesses
quétaines... à la Ève Paradis !

Elle s'arrêta un moment, comme pour se donner un nouvel
élan :

— Pis à part ça, tes souhaits, tu peux ben t'les mett' où j'pense !
J'en ai rien à foutre de tes souhaits ! Pis Noël, si tu veux savoir c'est
quoi, t'as rien qu'à venir chez nous, à Noël ! J't'invite ! Mais tu
viendras pas, t'es ben trop niaiseuse !

Et elle leva le majeur. Droit et haut.

D'un bras raide et oblique, un être révolté enculait l'Univers.

Mais la neige, avec une intensité accrue, continuait à tomber
en silence et de jolis flocons se posèrent sur le doigt levé. Alexandra
sentit alors qu'elle avait atteint le bout de sa hargne. L'eau lui revenait au regard. Mais ce n'était plus du venin.

Alors elle leur fit, à tous, un bras d'honneur. Puis, se retournant
avec une élégance de mousquetaire, elle traversa la vaste étendue
de neige encore vierge devant l'école. Et tout sembla fondre sur le
passage de cette silhouette brinquebalante au milieu de laquelle
vacillait un soleil rouge.

Paul Letendre

On allait perdre Alexandra de vue lorsque quelque chose passa en trombe. Christophe pensa à une motoneige, mais cela ne faisait aucun bruit. C'était l'enfant de tout à l'heure qui, n'hésitant pas un instant, s'élançait sur le boulevard. Il y eut un coup de klaxon et une automobile quitta le chemin et alla faire pouf! dans la neige, où elle s'échoua de travers, à moitié ensevelie. Une autre, qui dérapait, buta contre quelque chose et se retrouva immobilisée en sens inverse. Une autre enfin alla s'arrêter doucement sur un grand lampadaire, dans un bruit assourdi de verre cassé.

Tout le long du boulevard, la circulation s'immobilisa. Quelques hommes sortirent de leur véhicule en jurant. À travers l'opacité de plus en plus grande de la neige percèrent quelques bribes de violentes injures. Et Ève et Christophe, et d'autres aussi, aperçurent, de l'autre côté du boulevard, debout sur le remblai, l'imperceptible silhouette ronde de l'enfant qui sautait sur place en battant des bras.

On crut d'abord qu'il bondissait en signe de victoire. Mais il gesticulait avec une telle énergie qu'Ève, curieusement, ressentit cela comme un appel qui lui était destiné. Un signe. Comme pour lui demander de le suivre. Puis, il y eut un long moment, au bout duquel elle ne vit plus rien tant la neige était devenue abondante.

Une femme s'était approchée. C'était la professeure de mathématiques d'Ève. Mais c'était aussi, et surtout, l'amie de son père.

— Ève, tu viens ? Pierre nous attend dans le stationnement.

— Oui, Xavière... Allez, Christophe, c'est assez, on y va !

Et les trois personnes se dirigèrent vers un haut véhicule.

Quand chacun fut bien installé, Pierre Tremblay, au volant, prononça une banalité :

— J'ai jamais vu tant de neige de ma vie. On dirait que tout le ciel va nous tomber dessus.

— Ça, tu peux l'dire, p'pa. D'après moi, dans une heure, il y aura plus de ciel du tout.

Personne n'eut envie d'ajouter quoi que ce soit.

Se joignant au chapelet d'autobus qui s'étaient ébranlés, le véhicule s'engagea avec une lenteur désespérante sur le boulevard Jacques-Cartier et traversa avec patience l'embouteillage causé par l'inimaginable enfant... qui avait disparu. Des lumières tournoyantes et colorées illuminaient la chute dense de la neige au milieu de laquelle un policier dirigeait la circulation. Là, ce fut Christophe qui, sans réfléchir, prononça :

— C'est curieux comme tout ça me rappelle Paul.

— Oui, poursuivit Ève, ça le fait revivre, on dirait. J'aime pas ça.

Xavière et Pierre, qui avaient tout vécu avec eux, échangèrent un regard.

Mais ne dirent rien.

Dix minutes plus tard ne restait plus, devant eux, qu'un petit autobus scolaire, tous les autres s'étant dispersés. Ils laissèrent ainsi, loin derrière, toute la ville de Québec dans son incroyable agitation annonçant les fêtes. Peu à peu, la route se fit plus sinueuse et les maisons plus rares. On prenait de l'altitude. On abordait les Laurentides. On traversa les nuages et un coin de ciel bleu s'ouvrit sur des montagnes d'arbres croulant sous la neige.

Pierre lança :

— Eh ! regardez, en avant, dans l'autobus... le p'tit Meilleur !

Ève s'avança mais ne vit d'abord qu'un miroir dans lequel l'ombre des sapins glissait à une vitesse folle. Elle scruta davantage la fenêtre arrière du petit autobus et aperçut tout à coup une tête ronde qui clignotait. À genoux sur le banc arrière, le front collé à la vitre, l'enfant aux yeux bleus la regardait encore. C'était Jean-Sébastien Meilleur. Le petit gars du village.

Après s'être suivis ainsi pendant près d'une heure, les deux véhicules se séparèrent. Ève et ses amis quittèrent la route principale et s'engagèrent dans un sentier bordé de conifères dont les rameaux, glissant sur les flancs du véhicule, se libérèrent de leur poids. Puis ils débouchèrent sur un espace blanc où était sise une maison de campagne, foyer d'Ève Paradis et lieu de tant de drames.

Le véhicule alla se poser sur la neige, devant l'entrée. Tous les quatre, ils sortirent. Là, dans ce nouveau silence éclatant de lumière, ils eurent une inspiration qui apaisa leur mémoire fatiguée par tous les regrets inutiles. Aussitôt, en eux, ne resta plus de Paul Letendre qu'une image heureuse, franche et énergique, ponctuée de vifs yeux noirs et auréolée de cheveux indisciplinés.

Mais en Ève Paradis s'était installée plus qu'une image de Paul Letendre. Bien plus...

Dans sa tête. Dans son cœur...

Dans son ventre.

Un arbre de Noël

En entrant, Ève se sentit chez elle. Toutes les émotions de la matinée s'étaient évanouies sur le seuil de cette maison qui était la sienne. Elle se trouvait avec ses amis. Ceux qui comptaient le plus pour elle. Sa famille.

Bien sûr, sa mère manquait. Marie Paradis. Dont Ève avait adopté le nom. Et qui était morte, trois ans plus tôt, de deux terribles désillusions, amèrement trompée dans sa vocation d'enseignante, mais aussi par Pierre, son mari. À sa place, il y avait maintenant Xavière, justement cette femme dont Pierre était alors tombé amoureux.

Comme Ève avait détesté cette femme!

Mais la vie avait fait de drôles de bonds et Ève avait bientôt compris que Xavière n'était pas mauvaise. «Après tout, elle ne connaissait pas maman... ni le mal qu'elle faisait.» Pierre non plus, d'ailleurs, ne s'était pas rendu compte, à cette époque, de la détresse de Marie. Comme Xavière, il n'avait pensé qu'à lui. N'empêche que Marie en était morte... d'une certaine manière. «Elle était si délicate, si sensible.» Il avait bien fallu se donner des raisons.

Et le temps avait passé. Il y a quelques mois, Pierre et Xavière s'étaient retrouvés. Et avaient recommencé à faire l'amour. Et tous les quatre vivaient maintenant ensemble, dans cette maison de campagne, à proximité de Saint-Albert, paisibles.

Heureusement, dans tout ça, Ève s'était fait un ami. Un grand frère. Christophe. Et toute cette nouvelle famille se retrouvait maintenant à table, devant un repas fumant, et parlait de choses et d'autres. Les ustensiles tintaient discrètement. Tout à coup, Ève s'exclama :

— Un arbre de Noël! Faut faire un arbre de Noël! P'pa, après-midi, on coupe un sapin!

Christophe leva les yeux.

— Oh oui! ce serait l'fun, un sapin! J'ai jamais vu ça... euh!... dans une maison, j'veux dire.

Xavière souriait. Elle espérait que ce serait possible. Pierre hésitait.

— On n'a plus de décorations. On a tout jeté, Ève, tu t'en souviens?

— Oui, p'pa, j'm'en souviens, mais ça fait rien, on va en acheter d'autres au village. Puis on va faire le plus beau sapin du monde. On va le mettre là, devant la grande fenêtre, pour qu'on le voie de dehors. Avec beaucoup de lumières. Puis des boules partout...

— ... et une grande étoile en haut.

C'est Christophe qui avait ajouté cela.

— ... et une crèche en dessous.

Cette fois, c'était Xavière.

— Oui, oui! jubilait Ève.

Dans les yeux de sa fille, Pierre voyait déjà l'arbre scintiller. Il dit :

— La crèche, je pense qu'on l'a pas jetée.

Ève savait très bien qu'on ne l'avait pas jetée. C'était Marie qui l'avait faite.

— Bon, c'est d'accord.

Et le repas se termina joyeusement. La vaisselle fut expédiée en un tournemain.

— P'pa, avec toute cette neige-là, ça va prendre des raquettes.

— Moi, m'sieur Tremblay, proposa Christophe, j'aimerais ça, y aller, couper l'sapin.

— D'accord, mon grand, tu viens avec moi.

— Ah non! coupa Ève. J'veux l'choisir, moi, le sapin! P'pa, j'veux y aller avec lui!

Sa fille semblait déterminée et, dans la tête de Christophe, l'idée de partir seul avec Ève prenait un drôle d'attrait :

— On va vous en couper un beau, vous allez voir.

Pierre regarda Xavière, qui tourna la tête pour le laisser seul avec sa décision.

— Bon, d'accord, finit-il par dire. Les raquettes sont dans la remise dehors, avec le traîneau et la hache. Mais soyez prudents! La hache vient d'être aiguisée.

Xavière se sentit alors habitée d'un bonheur que personne ne pouvait encore comprendre. Elle eut un sourire qui échappa à tout le monde.

La fouille

Même s'il était bas, le soleil n'était encore qu'un point brillant dans le ciel bleu. Ses rayons ricochaient sur le lac et bondissaient au visage des deux amis, en raquettes, qui tiraient un traîneau sur lequel était attachée une hache. Sous une tuque au pompon énorme, Christophe semblait marcher dans de grandes galoches mal ajustées. À chaque pas, il avait l'air de vouloir s'en débarrasser. Ève, plus habile, devait tout de même marcher les jambes un peu ouvertes. C'étaient de bien grandes raquettes.

Bientôt ils furent sur le lac, longeant une rive où des arbres obliques et brisés, tordus par les glaces, cherchaient à relever la tête. Là, même les conifères étaient dépouillés. Au-delà cependant, la forêt semblait noire et impénétrable.

— Je connais un sentier, un peu plus loin, dit Ève. C'est un sentier qui mène au village. L'été, c'est plein de moustiques et d'amoureux. Les amoureux de Saint-Albert. Justement, ça s'appelle le Sentier des amoureux.

Ève prit alors un rythme de marche militaire. Avançant seule devant, levant haut les bras, elle se mit à scander comme un sergent-major :

— Les amoureux/de Saint-Albert... ne sont pas tous/des militaires... C'est dans le bois/de Saint-Albert... qu'ils ont appris/ce qu'il faut faire...

Derrière, Christophe voulut emboîter le pas, mais une de ses raquettes se coinça sous le traîneau qu'il tirait. Dans son effort pour se dégager, son pied sortit de sa botte et il faillit se donner un furieux coup de genou au menton. Ce fut la fouille. Ses bras s'enfoncèrent dans la neige et il s'étala en pleine face, de tout son long.

Quand Ève se retourna, une raquette et une chaussette folle battaient l'air. Christophe exécutait une sorte de crawl arrière d'une efficacité douteuse. Elle accourut, saisit au vol un des bras qui s'agitaient et tira. Christophe, qui travaillait à se dégager dans l'autre sens, replongea et sa figure racla la neige. Ève, toujours agrippée, tomba sur le dos. Entre ses raquettes, la tête ébahie de Christophe émergea enfin et Ève lui lança :

— Ta tuque ! T'as perdu ta tuque !

Sous les cheveux aplatis, la figure aux joues garnies de deux longues plaques rouges était envahie d'une grande incompréhension.

— Ma tuque ?

— Ben oui, ta tuque... où elle est ?

Là, les yeux s'alignèrent un peu. Ève poursuivit, comme pour orienter son ami :

— Écoute-moi bien. En haut, c'est le ciel... en bas, c'est la neige... tu me suis ?

Décidément, dans la tête de Christophe, les deux éléments ne semblaient pas vouloir reprendre leur place. Il chercha à se lever mais son bras s'enfonça de nouveau.

— Appuie-toi sur ma raquette, proposa Ève, puis assis-toi sur la tienne.

Avec ses yeux ronds, il la regarda de nouveau :

— T'es en train de rire de moé, là, han ?

— Ben non, ben non.

— Tu veux que j'm'assoie sur ta raquette ?

— C'est pas ça que j'ai dit ! Tu m'écoutes pas, là ! En haut, c'est le ciel... en bas...

— Oui, je sais ! En bas, c'est la neige... pis tout l'tour, c'est les arbres ! C'est ça ?

— Oui! Puis là, au milieu... ta tuque!

Elle la brandissait dans sa mitaine.

Bourru, Christophe la lui arracha, la secoua, puis se l'enfonça sur la tête.

— Là! T'es contente?

Fou rire

Les deux amis avaient repris leur route et marchaient côte à côte. Ève avait du mal à réprimer une incroyable envie de rire qui commençait à lui faire mal aux joues. Elle voyait encore Christophe nager dans la confusion... et sa tête chercher sa tuque. Elle avait peine à parler :

— On arrive au sentier, Christophe. C'est là, à gauche.

— Han ? Où ça ?

Les deux plaques rouges n'avaient pas disparu, ni les yeux ronds. Cela faisait comme deux points d'exclamation à l'envers. Ève pouffa dans ses mitaines :

— Hi, hi, hi !

Elle aurait bien voulu rire autrement, ou ne pas rire du tout. Mais c'était impossible. C'était comme ça qu'elle riait, elle.

Christophe se regarda les pieds. Releva la tête. Le pompon ballotta.

— Bon, qu'est-ce qu'y a encore ? Pourquoi tu ris d'même ?

Ève prit une profonde inspiration afin de contenir l'hilarité qui la submergeait.

— C'est rien, Christophe, c'est rien. C'est le sentier, il est là.

— Pis ? Qu'est-ce qu'y a d'drôle là-d'dans ?

— Rien, rien. Vas-y, j'te suis.

Difficilement, elle avait repris son sérieux, mais quand Christophe se fut retrouvé devant elle l'incontrôlable jubilation la reprit. Un peu frustré, Christophe faisait semblant de ne pas entendre, mais quand ils s'engagèrent dans le sentier Ève n'arrivait pas encore à se maîtriser. Christophe n'avait plus de doute. Elle se payait sa tête. Mais il n'arrivait pas à se fâcher vraiment.

— Tu peux ben rire. On voit que tu sais pas c'est quoi, d'être grand.

Plus hilare que jamais, elle réussit tout de même à prononcer :

— Non, j'sais pas. C'est quoi ?

— Ben, en raquettes, c'est pas commode, tu sauras, d'être grand.

— Comment ça ?

— Parce que moi, continuait Christophe avec le plus grand sérieux, mon centre de gravité, il est plus haut, tu comprends ? Alors l'équilibre...

— Hiiiiiiii !...

Ève tomba à genoux.

— C'est ça, t'as compris. Plus ton centre de gravité est bas, plus c'est facile. Mais là, t'exagères !

— Hiiiiiiaarrête !

Elle voulut s'appuyer sur ses mains, mais ses bras s'enfoncèrent.

— Ça surprend, han ?

Il y eut alors un silence. Ève, à quatre pattes, ne riait plus.

— Christophe, viens m'aider !

Il y avait dans sa voix quelque chose de différent. Christophe s'approcha, un peu inquiet. Ève gardait la tête penchée sur la neige.

— Qu'est-ce que t'as ? T'es malade ?

— Je sais pas. Aide-moi.

Elle levait un bras pour qu'il le saisisse. Avec précaution, il la remit sur ses pieds. Il commençait à s'inquiéter vraiment.

— Ça va, dis ?

Ève ne répondait toujours pas et gardait la tête basse. Soudain, se cramponnant au bras de son ami, elle tira de toutes ses forces.

Christophe se sentit happé et tomba sur elle.

— J'veux qu'tu nages encore !

Couchée sur le dos, Ève riait, riait. Cela faisait dans l'air du sentier de drôles d'éclats. Ses taches de rousseur chatoyaient dans la lumière. Des mèches de cheveux roux se déployaient sur la neige.

— Pas question, dit Christophe. J'nage p'us !

— Avoue que j't'ai eu.

— Ouais, tu m'as eu. Mais là, la natation, c'est terminé !

Dans les yeux d'Ève, Christophe voyait deux joyeux morceaux de ciel vert. Puis le rire de son amie se calma.

— T'es drôle, Christophe. Tu m'fais rire.

Une larme coulait sur sa joue. Devant elle, il y avait encore cette étrange ponctuation dans la figure de son ami. Mais ce n'était plus drôle du tout.

— Christophe... j'aime ça être avec toi... j'me sens bien...

Sous la tuque et le pompon qui s'immobilisaient, les yeux ronds de Christophe furent alors envahis par une idée troublante et des paroles d'une grande simplicité lui vinrent. Toute la nature s'arrêta :

— Je t'aime.

Les mots avaient été prononcés comme une question. Ève le regarda, étonnée.

Au bout d'un moment, Christophe glissa ses mains dans le dos de son amie. Elle le laissa faire. Sur la neige, il y eut un bruissement de nylon froissé qu'ils furent les seuls à entendre. Et un bruit de raquettes qui s'entrechoquent. Ce devaient être les premiers sons de leur intimité.

Alors, tout l'espace de ces deux enfants couchés dans un sentier perdu se fit petit, privé, secret. Coupés du ciel, de la neige et des sapins autour, deux enfants se blottissaient, se recroquevillaient, se lovaient et, au milieu de cet enchevêtrement mouvant, deux bouches appuyées l'une sur l'autre se goûtaient pour la première fois. Dans la tête de Christophe, c'était devenu tout blanc. Un grand apaisement inonda le cœur d'Ève.

Au bout d'un moment, Christophe ouvrit les yeux. Ils étaient si près l'un de l'autre qu'ils en louchaient. Christophe voulut alors rouler dans la neige, avec Ève, pour lui montrer tout son bonheur. Mais dès le premier tour, il reçut un coup de raquette sur le tibia.

— Ayoye!

— Woups!

— C'est pas grave.

— Hi, hi, hi!... m'excuse.

Christophe se frottait la jambe.

— C'est ça, «Hi, hi, hi! m'excuse»... continue, ça m'soulage!

Elle aurait bien voulu rire autrement, ou ne pas rire du tout. Mais c'était impossible. C'était comme ça qu'elle riait, Ève.

Le sapin

I ls étaient assis maintenant, côte à côte, dans le sentier. Calmes. Ève eut alors une pensée pour Paul. Quelque chose comme un scrupule. Mais déjà elle le chassait : « Il ne faut pas qu'il m'empêche de vivre... il ne faut pas ! »

Devant, le sentier bifurquait. Dans l'angle, un sapin, un peu isolé, se détachait. Il était fourni, équilibré. Juste de la bonne hauteur.

— Christophe ! C'est lui qu'on prend !

Ève était déjà debout sur ses raquettes et galopait vers l'arbre.

— Apporte la hache ! C'est lui qu'on coupe !

À proximité du sapin, elle ralentit le pas, surprise par les paroles qu'elle venait de crier. Toute la forêt avait dû les entendre. Elle se retourna.

Se gonflant la poitrine, cherchant à se faire large d'épaules en écartant les bras, Christophe imitait un gros bûcheron :

— Attention, ma p'tite fille, v'là l'Homme ! J'm'appelle Les Bras, pis j'transporte mes binnes... beaucoup d'binnes... icitte !

Il se tapait la bedaine. Mais Ève ne riait plus. Christophe arrêta aussitôt son jeu. Il détacha la hache du traîneau. La leva. Elle était longue. Menaçante.

— Dépêche-toi, Christophe, le soleil descend. J'ai froid.

— Oui, d'accord. Soulève les branches du bas, veux-tu ?

Avant de frapper, Christophe regarda son amie. Ève avait les yeux posés sur le bois tendre du tronc qu'elle dégageait. Christophe alla appuyer doucement la tranche de la cognée sur l'endroit visé. Puis il fit quelques mouvements ralentis, afin de s'assurer de ne pas toucher son amie, de bien calculer l'angle et la distance.

— Attention, j'y vais !

L'instrument dessina un grand arc de cercle. Tenant toujours les branches, Ève leva les yeux et vit le soleil glisser sur la cognée qui s'abattait. Il y eut un choc sourd. Le jeune tronc fut traversé d'un coup et Ève eut un cri, comme si elle avait été frappée. Elle lâcha tout.

Quand Christophe se retourna, Ève avait la bouche ouverte et les yeux qui ne comprenaient rien.

— C'est fini, Ève, c'est fini, là !

Le sapin était toujours debout, planté dans la neige, à côté de sa base.

Un quart d'heure plus tard, les deux amis atteignaient un lac déchiré entre l'ombre et la lumière. Dans leur hâte d'atteindre le soleil, ils marchaient vite. Sur ses raquettes, Christophe avait pris de l'assurance au point qu'il devait attendre son amie :

— Lambineuse !

Derrière eux, un jeune sapin était couché sur le traîneau.

Quand ils quittèrent l'ombre de la montagne, ils recommencèrent à se taquiner, à rire. Leurs cris se répercutaient. Dans l'heureuse fatigue qui les gagnait, ils sentirent une réconfortante chaleur se répandre dans leur dos. Devant, il y avait la maison. Dans la fenêtre principale, Xavière et Pierre étaient en train de s'embrasser. Ève les aperçut, illuminés qu'ils étaient par le soleil qui arrivait en oblique.

— Regarde, Christophe, c'est en plein là qu'on va faire notre arbre de Noël. On va le voir de loin.

— C'est beau l'amour, tu trouves pas ?

Agacée, Ève voulut le pousser. Mais il l'esquiva. Ce fut elle qui tomba.

— Regarde, Pierre, comme ils sont heureux.
— Oui, ils s'amusent comme des enfants.
— Tu crois?
— Ils se chamaillent.
— Oui, Pierre, ils se chamaillent... comme des amoureux.
— Comme des amoureux?
— Comme nous.
— On se chamaille pas, nous.
— C'est vrai.
— Tu as l'air heureuse, Xavière.
— Oui, Pierre, je le suis.
— Il y a une raison?
— Il y en a une.
— ...
— Je suis enceinte.

Saint-Albert

Sur toute la campagne, il faisait nuit profonde. Devant la maison, un moteur vrombit. Deux phares posèrent leur traînée de lumière sur la neige et un morceau de forêt s'illumina. Embrayant, le véhicule traça un demi-cercle. Étiré, le pâle trait de lumière balaya le lac jusqu'à la rive opposée, puis plongea dans un trou béant où il fut englouti. Émergeant de l'autre côté, devant la route menant au village, le véhicule s'immobilisa.

— C'est à droite, Christophe.

— Oui, je sais.

Tous les deux ravalèrent une drôle d'émotion. Dans deux minutes, ils allaient passer devant l'endroit où Paul s'était tué sur sa moto. Qui était aussi, pour Ève, l'endroit où elle avait donné son premier baiser.

Leurs yeux étaient fixés droit devant, dans le faisceau des phares qui oscillaient sur la route blanche. Dans la mémoire d'Ève, tout cela avait un goût doux-amer car elle revoyait ce jour où Paul était mort. Ce jour qui était aussi celui où elle avait fait l'amour pour la première fois de sa vie. Tout cela s'était passé si vite.

— Dans cinq minutes, on va être là, dit-elle. J'espère que les magasins sont ouverts le soir, comme en ville.

— Saint-Albert, c'est-tu si p'tit qu'ça?

— Non, mais quand même, c'est un village. Noël, pour ces gens-là, c'est pas rien qu'une affaire de magasins. C'est surtout une affaire de famille. Tout le monde se connaît.

— Comme dans l'ancien temps?

— Oui, c'est ça, comme dans l'ancien temps.

— Peut-être qu'ils vont nous vendre des chandelles pour mettre dans l'arbre?

— Te moque pas! C'est du bon monde, tu vas voir.

— On aurait dû venir en carriole. On va leur faire peur avec notre quatre-par-quatre. On n'a pas d'grelots!

Droit devant, au-delà du tournant, on pouvait distinguer une forte lumière. Christophe ralentit l'allure.

— Oh! Christophe, regarde!

Sur le bord de la route, à côté du large panneau «BIENVENUE À SAINT-ALBERT», un grand sapin constellé de petites lumières blanches jetait dans la nuit une vive luminosité. Les sombres conifères, autour, ressemblaient à des fantômes. Vu du véhicule, l'arbre de lumières semblait pivoter sur lui-même, étincelant. Christophe en fut presque aveuglé. Il ne vit pas l'enfant…

Devant le véhicule, de vifs reflets dorés glissèrent. Puis un choc sourd retentit. Christophe eut un cri. Les freins coincés, le véhicule s'immobilisa un peu plus loin.

— Ève, je l'ai frappé! L'enfant! je l'ai frappé! Ça s'peut pas!

Déjà, il bondissait hors du véhicule et courait sur la route. Les pieds lui partaient en tous sens.

— Où il est? Où il est? Je l'vois pas!

Ève arrivait derrière :

— Qu'est-ce qu'y a?

Christophe regardait partout autour. Dans son affolement, il ne voyait rien. Ève non plus, d'ailleurs. Sur la route, le véhicule ronronnait toujours. Les gaz d'échappement montaient tranquillement dans la lumière rouge des feux arrière.

— Qu'est-ce qu'y s'passe?

— L'enfant! Il s'est jeté devant moi! Je pouvais pas l'éviter!

— L'enfant?

— Oui. Pis j'pense qu'il a fait exprès, à part ça.

— Pourquoi tu dis « l'enfant » ? Quel enfant ?

— L'enfant d'à matin, Ève. Celui qui t'a fait tomber dans 'neige, à poly.

— Allons donc !

— Je l'ai reconnu, j'te dis. Il avait encore sa cagoule gonflée pis... Regarde ! Il est là !

Une silhouette ronde se tenait debout à côté du véhicule.

— Eh ! Toi, là-bas ! lança Christophe.

Aussitôt le petit être fit un bond, puis un autre. Prestement, l'enfant sauta par-dessus le fossé et s'engouffra dans la forêt. Ève et Christophe s'approchèrent et scrutèrent le sous-bois. Plus rien ne bougeait.

— Tu parles ! dit Christophe.

— En tout cas, avec des bonds pareils, il est sûrement pas blessé.

— Un vrai kangourou, t'as-tu vu ça ?

— Allez, viens-t'en, on a assez niaisé comme ça.

— J'me demande comment ça s'fait qu'il est pas blessé. J'ai entendu un gros boum ! me semble, tantôt.

— Laisse tomber, Christophe, on va être en retard.

— En tout cas, si je l'accroche !

Quelques minutes plus tard, Ève annonçait :

— Saint-Albert !

Devant eux, au fond d'une petite vallée, plusieurs centaines de maisons traversées par une artère principale se blottissaient autour d'un clocher. Le village se préparait pour les fêtes.

— Tu parles, Ève, toutes les maisons sont décorées !

Et il y eut une longue descente. Puis ils firent une entrée remarquée dans le village. Sur leur passage, les villageois se retournaient comme s'ils n'avaient jamais vu un tel véhicule.

— J'te l'avais dit qu'on leur f'rait peur avec le truck.

— Ralentis, Christophe, on arrive au magasin Meilleur. C'est là.

Lorsqu'ils descendirent, leur attention fut attirée par un froissement derrière le véhicule. Ève se retourna. C'était encore l'enfant. Les mêmes yeux liquides et le même sourire indéfinissable flottaient dans l'ouverture plissée du capuchon. Sans quitter Ève du regard, il se pencha et fit une motte de neige.

— Attention, Ève! lança Christophe.

— Non! Christophe! Bouge pas!

Christophe s'immobilisa. Alors, d'un geste sec, l'enfant lança la motte sur le véhicule, boum! puis, en un bond, disparut... «Heee!»

— Le p'tit batince!

— C'est un enfant. Il s'amuse.

— Il s'amuse, il s'amuse! Un vrai Road Runner! On peut pas courir si vite. On était à deux kilomètres, y a deux minutes. Ça s'peut pas!

— C'est nous qui l'avons amené.

— Comment ça, amené?

— Regarde.

Ève montrait deux traces dans la neige.

— Il s'est accroché au pare-chocs.

— Le p'tit batince!

Madame Meilleur

En entrant dans le magasin Meilleur, Christophe eut l'impression de reculer de cent ans. Les planchers en bois, usés par le temps, craquaient. Il y avait de tout. C'était une sorte de magasin général, un drôle de capharnaüm, curieusement sombre et désert.

À l'entrée, dans un grand comptoir encombré de présentoirs divers, était encastrée une ancienne caisse enregistreuse devant laquelle une grosse femme en tablier s'affairait. Le nez rond vissé entre deux bajoues, elle était aussi imposante que l'appareil qu'elle manipulait avec énergie pour faire le bilan de la journée.

— On est en retard, madame Meilleur ? demanda Ève.

— Non, non, ma p'tite Ève, vas-y. Je mettrai ça sur la journée de demain.

— C'est Christophe, mon ami.

Elle leva les yeux.

— Ouais ! t'es prends pas p'tits !

La femme essuya ses doigts sur le tablier. Par-dessus le comptoir, entre les gommes à mâcher et les pastilles, elle tendit une main épaisse et rouge. Christophe, inquiet, y inséra la sienne. La secousse déséquilibra sa tuque.

— 'soir, m'dame !

— Bienvenue à Saint-Albert, mon grand.

Puis, les regardant à tour de rôle :

— Toué deux, vous m'faites penser à Mutt and Jeff. En tout cas, allez-y, moi, j'barre les portes. Ma journée est faite. Vous pouvez prendre tout vot' temps.

Se glissant de justesse par l'ouverture à l'extrémité du comptoir, la femme déboucha dans l'allée. Un grand rectangle de tissu fleuri lui servait de robe et un trousseau de clés accroché à sa hanche tintait à chaque pas qu'elle faisait. Sous les plaintes du plancher, elle se balança jusqu'aux portes comme un gros métronome.

Puis, se retournant, elle demanda :

— Qu'est-ce que vous êtes venus chercher ?

— Des décorations, dit Ève, pour notre arbre de Noël.

— Des décorations ? Pas d'problème ! J'en ai presque pas vendu c't'année.

— Mais, intervint Christophe, toutes les maisons...

— Eh ben, mon grand, tu sauras qu'à Saint-Albert on jette rien. On doit avoir les plus p'tites vidanges en Amérique du Nord. C'est pas beau, ça ? Mais, pour le commerce, c'est pas vargeux. En tout cas, les décorations de Noël, c'est la dernière allée, au fond, en face des grandes poupées. Vous pouvez pas les manquer.

— Merci, dit Ève.

Et les deux amis suivirent les indications de madame Meilleur.

— C'est qui ça, Ève, Mutt and Jeff ?

— Je sais pas. Des personnages de bande dessinée, j'pense. Un p'tit pis un grand, j'suppose.

— Ben, moi, ta madame Meilleur, c'est ben simple, a m'fait penser à Obélix. A vend-tu des menhirs ?

— Te moque pas. Madame Meilleur est une femme extra-ordinaire. Tu sais ce qu'elle faisait quand elle était plus jeune... puis que sa mère faisait aussi ?

— Non, quoi ?

— Sage-femme.

— Sage-femme ?

— À elles deux, elles ont mis au monde presque tous les enfants des environs... enfin... dans l'temps.

— Elle le fait plus ?

— Non, maintenant c'est impossible... les docteurs veulent pas.

Au bout de la dernière allée, c'était le coin le moins éclairé du magasin. D'un côté, de très grandes poupées, debout, avaient les yeux ouverts sur les étagères en face, où étaient empilées les décorations de Noël.

— R'garde ça, Ève, les vieilles affaires! Ça doit traîner là depuis des siècles.

Christophe prit une boîte et l'ouvrit. Neuf objets miniatures et délicats reposaient sur du papier de soie.

— J'ai jamais vu des boules pareilles! Des vraies antiquités!

Il en sortit une et la tint par la ficelle. Elle était peinte et avait la forme d'une cabane ronde sous la neige. Et dans les divers compartiments de la boîte, il trouva, comme ça, un moineau bouffi, une tête d'ange joufflue, une cocotte ventrue, une étoile boulotte, une chandelle enflée...

— Celles-là, on les prend, d'accord?

— Oui, Christophe.

Ève avait répondu distraitement. Pendant que Christophe continuait à fouiller, elle examinait les grandes poupées en face. Chacune était installée dans une boîte sans couvercle. Alignées comme une rangée de soldats, elles regardaient droit devant. Leur regard n'était troublé que par l'ombre agitée de Christophe. Ève eut l'idée de les passer en revue. S'arrêtant devant chacune, elle ajustait tantôt le petit bouquet de corsage, tantôt les plis dans la chemisette ou la robe, pour qu'elles soient belles, à la fois uniques et semblables. Ève se sentait l'âme d'une mère mignotant ses petits.

La dernière poupée était couverte de longues banderoles argentées. Ève allait boutonner son col quand tout à coup elle eut l'impression que les yeux avaient bougé. Elle leva la tête. La poupée la regardait. Le bleu des yeux emplissait tout le haut de la boîte. Ève sursauta.

— Qu'est-ce qu'il y a? demanda Christophe, occupé à tester les circuits de lumières.

— Rien, Christophe, rien.

— Dis-moi, Ève, si on prenait rien que des rouges, pis des bleues?

— Comme tu veux, Christophe, comme tu veux.

— Ç'a pas l'air de t'intéresser ben ben.

Christophe tourna alors la tête. Il n'eut pas le temps de réagir. L'enfant, sorti de sa boîte, lui tendait une grande étoile argentée. Sans réfléchir, Christophe l'accepta. «Heee!» Puis l'enfant le contourna et courut vers la sortie du magasin, une traînée de banderoles à ses trousses.

— I' m'énerve! prononça Christophe, les dents serrées.

Mais, obturant le bout de l'allée, madame Meilleur s'était interposée. L'enfant la heurta violemment et tomba sur les fesses. Se relevant d'un bond, voyant qu'il était coincé, il se jeta dans les jupes de la femme et s'y agrippa. La tête enfouie dans le tablier, il trépignait. Les grosses mains rouges dégagèrent alors sa tête du capuchon et plongèrent dans la chevelure raide et noire qui en avait jailli. Le geste était empreint de fermeté et de tendresse.

— Allons, mon p'tit, allons...

Et l'enfant se calma aussitôt.

— Excusez-le, c'est pas sa faute. Il est malade, vous savez.

— Moi, dit Christophe, j'le trouve pas mal en santé.

— Oui, bien sûr, pour courir, il est en pleine forme. Mais pour le reste...

Jean-Sébastien

Les décorations étaient empilées sur le comptoir. On avait ajouté les banderoles et l'étoile. Le tout se trouvait maintenant dans des boîtes de diverses grandeurs.

— Ces boîtes-là, dit Ève, ça va être parfait pour faire les montagnes en d'sous d'la crèche.

Mais madame Meilleur avait la tête ailleurs. Dans un silence embarrassé, elle avait fait deux piles. Tirant une forte ficelle de sous le comptoir, elle la fit tourner dans les deux sens autour des boîtes. Entre ses mains, après quelques savantes rotations, les piles furent ficelées. Sur le dessus, la corde nouée fut enroulée autour de son index. D'un mouvement sec, elle la cassa, puis tendit les deux piles, l'une à Ève, l'autre à Christophe.

— Vous êtes triste, on dirait, m'am' Meilleur.

— Oh, ma p'tite, c'est la fatigue. C'est dur de tenir le magasin, tu sais... surtout dans l'temps des fêtes. Et puis il y a le p'tit qui parle jamais.

— Pourquoi il parle jamais?

— Oh ça, je sais pas. Les gens disent que c'est depuis que mon mari est parti. Mais moi, j'pense que c'est bien avant ça... depuis sa naissance.

Ève voulut changer de sujet :

— Votre mari, c'était un peintre, non?

— Oui. Un peintre en bâtiment, comme on disait. T'as une bonne mémoire, toi! Ça fait au moins dix ans de t'ça.

— Il faisait aussi de la peinture... je veux dire... des tableaux?

— Ah, oui, les tableaux...

Mais la pauvre femme n'arrivait pas à quitter le sujet de ses préoccupations :

— Mon pauvre petit, il va être comme ça pour le restant de sa vie. Les docteurs me l'ont dit, y a rien à faire.

— Qu'est-ce qu'il a?

Madame Meilleur se lança alors dans une explication laborieuse :

— Oh, Ève, c'est difficile à dire. Il y a un mot savant, mais je l'ai oublié. C'est comme s'il avait perdu le contact avec nous autres. Aucun moyen de l'atteindre. Puis lui non plus, il peut pas nous atteindre, on dirait. Il est là, mais en même temps, il est pas là, tu comprends? En plus, il fait toujours des affaires dangereuses. Il manque se tuer trois quatre fois par jour. On dirait qu'il aime ça, mettre le monde sur les nerfs. Au début, je voulais mourir. Une fois, il s'est jeté dans le banneau du camion de vidanges. Le cœur me débat encore, rien que d'y penser. Heureusement, j'me suis tranquillisée avec ça. Mais depuis que je m'énerve plus, il va faire ça aux autres. C'est pas mieux! Ce qu'il aime le plus, i' paraît, c'est courir en avant des voitures, imagine.

Ève et Christophe n'avaient pas besoin d'imaginer. La femme poursuivait :

— Et puis, il a aucun talent... à part courir dans 'neige. Ah! si vous l'voyiez! Un vrai Ski-doo!

— Oui, on a vu ça à l'école.

— Ah oui, l'école! En v'là une autre belle affaire! Imagine-toi qu'en ville ils ont décidé de l'envoyer dans une grosse polyvalente, à Saint-Rédempteur. Ç'a pas d'saint bon sens! J'suis tellement fatiguée. Je sais plus quoi faire. Des fois, j'me d'mande jusqu'à quand i' va falloir que j'm'en occupe.

Sans comprendre pourquoi, Ève écoutait très attentivement. Les paroles de cette pauvre mère lui faisaient un drôle d'effet. La dame s'arrêta une seconde. Puis, s'essuyant le coin de l'œil :

— Je m'excuse, han, j'parle trop. Tenez, v'là vos paquets. Vous m'paierez une autre fois. J'mettrai ça sur le compte de ton père.

— Vous êtes gentille, madame Meilleur, et merci... je suis contente que vous m'ayez parlé comme ça. On va revenir. Joyeux Noël !

— Joyeux Noël à toi et à toute ta famille ! Attendez, j'vous débarre.

Avant de sortir, Christophe demanda :

— Comment il s'appelle, donc, votre fils ?

— Jean-Sébastien, répondit la femme. Mais ça donne rien de l'appeler, il répond jamais.

Le retour se fit silencieusement. À côté du panneau « AU REVOIR », l'arbre de lumières étincelait toujours. Au moment d'atteindre la courbe qui suivait, Christophe jeta un coup d'œil dans le rétroviseur. Au milieu de la route, il aperçut Jean-Sébastien qui sautait sur place et battait des bras. De dépit, il secoua la tête.

Quelques minutes plus tard, les deux amis s'engageaient dans le tunnel de conifères. La maison devant le lac dormait. Dans la fenêtre, un jeune sapin dénudé se tenait debout. En entrant, ils jetèrent leurs manteaux sur un fauteuil et posèrent les boîtes de décorations au pied de l'arbre, comme des cadeaux. Ève se laissa tomber sur le divan.

— J'suis crevée ! Si j'm'écoutais, j'dormirais ici.

Christophe alla s'asseoir, tout près, avec une drôle d'idée en tête. Posant ses mains sur les coussins, de chaque côté de son amie, il prononça, le cœur battant :

— J'aimerais ça... dormir avec toi.

Ève ne comprit pas tout de suite la demande. Mais au bout d'un moment d'émotions étranges, elle leva les bras et attira Christophe vers elle. Il se laissa entraîner. Et c'est la figure plongée dans le gilet de son amie, sur sa poitrine, qu'il l'entendit lui répondre :

— Non, Christophe, 'faut que j'dorme toute seule. Je pourrais tomber enceinte. Mère à quatorze ans et demi, ç'a pas d'bon sens. J'suis rien qu'en secondaire 3.

Le dernier cours

L a dernière journée d'école avant les vacances coïncidait, cette année-là, avec le solstice d'hiver. Le sommet de la Terre était plongé dans les ténèbres et le père Noël avait déserté le pôle Nord. Tout le Québec, envahi de milliers d'imposteurs à barbe blanche, était couvert d'une vaste dépression immobile. Les lumières de Noël luisaient dans la grisaille et, en ce milieu d'après-midi, les fenêtres de la polyvalente jetaient dehors une lueur jaunâtre qui n'allait pas encore bien loin. Les lampadaires, le long du boulevard, avaient déjà envie de s'allumer.

Quatre directeurs et trois surveillants d'élèves arpentaient les corridors aux endroits stratégiques. C'était le dernier cours avant les fêtes et le système de contrôle des absences s'était effondré. Monsieur Zouvie était triste. Tout ce travail de répression lui paraissait tellement absurde.

Dans la lumière homogène d'une classe, quelque part, les vingt élèves présents s'étaient mis à siffler en voyant le professeur de français se battre contre la porte afin d'y introduire un haut chariot sur lequel était juché un téléviseur. La sueur perlait sur le crâne chauve de monsieur Olivier. Il savait que ce cours-là serait pénible. Très pénible. Les jeunes n'avaient que les vacances en tête. Heureusement, une bonne douzaine d'élèves manquaient. Non, onze, puisque Ève Paradis arrivait à la course.

— M'excuse, m'sieur !

Elle alla s'asseoir à sa place, devant le professeur, pendant que les gars, derrière, criaient n'importe quoi :

— C'est quoi, l'vidéo, m'sieur ?... *Crumb Sucker ?*... *Voïvod ?*

— Moé, j'gage que c'est du Gilles Vigneault encore !

Sur les épaules du vieil homme, une pression terrible s'abattit. Ève le vit courber l'échine. Elle aurait voulu l'aider, mais ne savait que faire.

Monsieur Olivier leva la tête et regarda sa classe. Ce n'était pas beau à voir. Quelques tables déjà étaient renversées, d'autres empilées. Au fond, un groupe s'était installé par terre et jouait aux cartes. Le professeur eut alors une inspiration mal maîtrisée. Puis se mit à parler. Sa voix tremblait :

— Écoutez, les amis, si vous voulez reprendre vos places...

On se retourna à peine. Seule Ève vit la détresse qui accablait le visage de monsieur Olivier... et la goutte de sueur qui lui brûlait l'œil. À demi aveuglé, le pauvre homme fouilla dans ses poches. Ève sortit un mouchoir de son sac.

— Tenez, monsieur, v'là un Kleenex.

Puis, se retournant vers la classe, elle lança, de toutes ses forces :

— Hé, vous autres ! Farmez-vous donc !

Tout le monde s'immobilisa. C'est alors que, du groupe assis par terre, se leva un être hirsute :

— Eh ben, la p'tite Paradis, j'te connaissais pas c'te langage-là. Bravo !

C'était Alexandra. Debout au milieu des autres, un jeu de cartes à la main, elle avait l'air d'une madone qu'on aurait retournée comme un gant. Rien ne manquait. Elle portait tout l'attirail de l'autre jour, depuis les couleurs caca pointu dans les cheveux jusqu'aux apostrophes et objets d'art rivés à son poncho inca. Un vrai sapin de Noël punk. Quand les yeux de monsieur Olivier se posèrent sur elle, sa mâchoire s'affaissa. Croyant halluciner, il bafouilla :

— Que... qu'est-ce que c'est ?

Ève, qui était la seule à l'avoir entendu, répondit fort, pour que tout le monde entende :

— Ça, monsieur, c'est mon amie Alexandra!

Les yeux noirs eurent de drôles de reflets.

— Mais, demanda le professeur abasourdi, qu'est-ce que tu fais là?

— Depuis hier, j'fais partie de vot' classe, lança Alexandra. Y m'ont enfin acceptée. Y a eu un échange culturel avec mon ancienne poly. On a envoyé une demi-douzaine de bums là-bas, pis moé, ben, chus v'nue les remplacer icitte. Vous êtes obligé de vous occuper d'moé jusqu'à seize ans. Vous êtes pas content?

Puis, fusillant Ève du regard, elle ajouta:

— Pis elle, la preppie en avant, j'veux rien savoir!

Et elle se rassit au milieu des autres.

— Bon, à qui l'tour?

— Moi!

— Moi!

— Bon, OK toé!

Et elle déposa le jeu de cartes devant celui qu'elle venait de désigner:

— Tu coupes!

Pendant ce temps, monsieur Olivier trouva la force de dire:

— Bon, écoutez, je vous demande de ne pas être trop bruyants pour ne pas déranger les autres classes.

Mais personne n'écoutait. On s'était rassemblé autour d'Alexandra qui dirigeait un jeu. On voulait connaître son avenir.

— Qu'est-ce que c'était, monsieur, demanda Ève, le film que vous vouliez nous montrer?

— Oh, rien, Ève. Un documentaire sur la disparition des moulins à vent. À la fin, il y a un vieux meunier qui récite un poème qu'il a fait quand il était jeune. C'est tellement beau. Mais les moulins à vent, c'est fini, tout ça.

Il s'arrêta un instant. Ses pensées se troublaient:

— Des fois, j'me sens comme Don Quichotte...

Ève le regarda. Mais déjà il ne la voyait plus. Il parlait tout seul:

— Il me reste six mois. En juin, tout va être fini. Je vais prendre ma retraite. Mais je sais pas si je pourrai tenir jusque-là. Six mois de moulins à vent...

Pendant que le pauvre homme déraillait et qu'Ève recueillait ses étranges paroles, deux gars qui s'étaient approchés du chariot se mirent à jouer avec le magnétoscope. Furtivement, ils allumèrent les appareils et subtilisèrent la télécommande. Monsieur Olivier revint alors à la réalité :

— C'est une bien drôle d'amie que tu as là.

— Alexandra ? C'est pas vraiment mon amie. C'est peut-être même ma pire ennemie. Mais elle veut tellement me haïr que ça s'peut pas.

— C'est drôle, Ève, tu trouves pas ? On dirait que c'est toujours les plus révoltés qui t'attirent le plus.

— Vous voulez parler de Paul ?

— Je m'excuse. Je voulais pas te faire de peine.

— Oh, c'est pas grave. Et puis, vous avez raison. Ceux qui sont pas pareils, je sais pas pourquoi, j'arrive pas à les détester.

— Moi, ça fait trente ans que j'essaie de les aimer. Mais c'est impossible. Regarde ce qu'ils me font !

— C'est pas à vous qu'ils font ça.

— Pas à moi ? Et ton Alexandra, han, pourquoi elle s'habille comme ça ?

— Je sais pas, m'sieur. Ça, vraiment, je l'sais pas encore. Mais je suis sûre que c'est pas contre vous. Et puis, vous en faites donc pas ! Dans une demi-heure, ça va être les vacances, là.

Ces mots pourtant bienveillants ébranlèrent le vieil homme. Pris d'un soudain malaise, il quitta la classe. C'est alors que quelqu'un lança :

— Eh ! la p'tite chouchou en avant, viens-tu ? J'vas t'tirer aux cartes !

Ève se retourna et vit deux yeux noirs qui la défiaient.

— Oui, Alexandra, j'arrive.

Les cartes

È ve se dirigea vers le groupe au milieu duquel trônait Alexandra. Un silence s'était établi dans la classe, comme si un affrontement allait se dérouler. On ouvrit le cercle. Ève s'assit par terre. On referma le cercle et les deux regards se soudèrent.

Imperturbable, Alexandra brassait les cartes. Elle déposa le jeu devant Ève, puis l'étendit en éventail. Quelque chose avait changé dans son attitude.

— Tu t'souviens de l'invitation que j't'ai faite pour Noël ? Ça tient toujours, t'sais... Prends une carte.

Ève prit une carte au hasard. La retourna. C'était le 2 de cœur. Alexandra demanda un stylo et griffonna quelque chose.

— Le 2 de cœur, c'est ta carte ! C't'à toé ! Perds-la pas, y a mon adresse dessus. Faut passer par en arrière. Tu vas v'nir ?

— Je sais pas. On verra.

Alexandra ramassa les cartes et fit disparaître le paquet sous son poncho. En un tournemain, elle en avait déposé un autre devant Ève, qui se demandait bien où cette fille voulait en venir. Son attitude avait drôlement changé.

— Tu sais que j'peux voir l'avenir dans les cartes ?

— L'avenir ? Ça m'surprendrait !

— Coupe ! Tu vas voir !

Ève, prenant tout son temps, tapa sur le jeu et le laissa tel quel.

— Tu veux que ce soit ma main qui décide?... Bon! À ta guise.

Alexandra posa la pointe d'un ongle noir sur le paquet. Avec son pouce, elle souleva la carte du dessus. La retourna.

Valet de pique!

Un brin d'ironie étincela dans ses yeux.

— Tiens, tiens... un gars jeune, agressif, fougueux... les cheveux noirs probablement.

Ève fut ébranlée par ces mots énoncés si vite, mais ne broncha pas.

— Ça, dit-elle, c'est le passé!

Alexandra se penchait déjà pour tourner la carte suivante.

— Non! s'interposa Ève. Cette fois, je coupe!

Alexandra retira sa main. Un sourire se dessina sur ses lèvres noires. Sarcastique, elle invita Ève à s'exécuter. Le cœur battant, celle-ci captura tout le paquet entre ses doigts, le souleva et le déposa à côté. Au milieu du groupe, une seule carte restait, face contre terre.

Alexandra posa sa main dessus, la tira vers elle. Se pencha. Vit la carte. Et éclata de rire en la jetant au sol pour que chacun la voie :

As de cœur!

— Ève, ma p'tite Ève... tu sais c'que ça veut dire, l'as de cœur, après le valet de pique?

Personne ne dit mot. Ève cherchait à percer la carapace de l'être qui se trouvait devant elle. Au-delà de l'accoutrement provocateur, au-delà du visage blanc et noir, au-delà du regard victorieux qui fusait, elle aurait voulu découvrir une faille. Mais Alexandra coupa net et lança, pesant chaque mot :

— Ève Paradis, là, c'que j'vas te dire, ça porte sur l'avenir en maudit!

Ève restait silencieuse. Alexandra déclara enfin :

— T'es enceinte!

Curieusement, il n'y eut aucun éclat. Cette incroyable révélation était tombée dans le groupe comme une masse.

Mais cela ne dura pas car un petit rocker lançait, pour briser le malaise qui gagnait tout le monde :

— Wow! Ève Paradis, les jambes ouvertes! Ça flashe!

L'embarras n'en fut que décuplé et Alexandra surprit tout le monde en rétorquant :

— Farme ta yeule, niaiseux ! Tu comprends rien de rien !

— Moé, j'comprends rien ? protesta le rocker. Eh ben, Punky, veux-tu que j'te raconte une histoire ?

— Tes histoires de cul, on les connaît toutes !

— Celle-là, c't'une vraie... qui m'est arrivée hier soir à part ça ! J'étais couché, tout nu dans mon litte...

— Tu vas pas encore nous parler d'ta queue ?

Furieux, le gars saisit un pan du poncho et tira Alexandra à lui.

— Qu'est-ce que vous dites ? Arrêtez !

C'est Ève qui avait crié. Le rocker lâcha le poncho et dit :

— Tu vois, Punky, tes cartes, ça vaut rien ! Elle sait même pas de quoi on parle.

— Vous parliez pas d'amour, là, han ?

— Avec ce cave-là ? Impossible ! I' sait même pas c'est quoi !

— Et toi, Alexandra, tu l'sais peut-être ?

Incapable de soutenir cette question inattendue qui soulevait en elle de si terribles choses, Alexandra cilla. Mais personne ne s'en aperçut car toute l'attention s'était portée sur Ève Paradis, qui venait de poser une question qui ne se pose pas.

Il y eut alors un imperceptible son qui brisa la gravité des choses. Le magnétoscope venait d'être déclenché à distance. De petits rires se firent dans le fond de la classe et par-dessus l'épaule d'Alexandra. Ève vit alors apparaître, sur l'écran du téléviseur, une femme nue à genoux qui débouclait fébrilement la ceinture d'un homme debout. Ève cessa de respirer. Tous les jeunes présents suivirent son regard ébahi et, devant les gestes d'une incroyable avidité que la femme nue exécutait sous la moustache triomphante de l'homme, tout un univers s'écroula en Ève. Elle faillit perdre connaissance. La scène muette qui se déroulait là était impossible. Elle ne pouvait pas la voir.

Ce fut Alexandra qui se tourna la dernière vers l'écran. À ce moment, sous l'horloge qui marquait seize heures, l'interphone grésilla : « Ha, ha, ha !... c'est le père Noël qui vous parle ! » Dans la classe, il y eut un flottement. Tout le monde avait reconnu la voix faussement joviale de monsieur Zouvie qui allait annoncer la fin prématurée du dernier cours. Mal à l'aise, les jeunes commencèrent à sortir pendant que la cassette pornographique tournait toujours en silence. « L'amour... avec Paul... c'était pas ça ! » Dans la classe désertée, Ève se retourna vers Alexandra pendant que les souhaits de monsieur Zouvie sombraient dans le vide :

— Reposez-vous bien... et soyez sages ! Ha, ha, ha !...

Ève voulut se sauver mais, en sortant, elle lança à monsieur Olivier, qui revenait :

— Moi aussi, je les déteste ! Comme vous, je les déteste ! Toutes !

Le dernier mot, carrément, il était pour Alexandra.

Niaiseuse !

Dans une autre classe, une jeune femme assise au milieu d'un petit groupe racontait une histoire à quelques jeunes suspendus à ses lèvres. Dans une autre encore, on jetait gaiement les assiettes de carton et les verres de plastique ayant servi à la petite fête improvisée par l'enseignant. Et dans une autre, plus loin, un professeur menaçait ses élèves de leur donner zéro s'ils ne terminaient pas l'examen.

Toutes les autres classes s'étaient vidées dès les premiers mots du directeur dans l'interphone, y compris celle de monsieur Olivier, dont les yeux s'étaient arrêtés sur les images génitales qui défilaient encore à l'écran. Cela lui fit si mal qu'il faillit s'attaquer au chariot... comme à un moulin à vent.

— Y paraît qu'on appelle ça des films pour adultes ! lança Alexandra. Ça m'surprend pas !

Elle s'arrêta. Pour la première fois depuis longtemps, elle n'était pas fière de la méchanceté qu'elle venait de prononcer. Mais elle n'y pouvait rien. Dire des méchancetés, c'était dans sa nature.

Pendant ce temps, Ève Paradis traversait la polyvalente. Arpentant les corridors jonchés de papiers abandonnés, elle n'avait qu'une chose en tête : sortir de là, prendre l'air, oublier... mais surtout expulser ces scènes absurdes qui venaient de violer sa mémoire.

Au cœur de l'école, la salle des casiers était pratiquement déserte. Quelques jeunes s'y chamaillaient encore. Leurs cris se perdaient en échos. Ève atteignit son casier. Christophe, les bras croisés, était appuyé dessus. Il attendait. Son imagination oisive baignait dans une douce sensualité agrémentée de taches de rousseur. Son cœur battait au rythme des belles vacances qui s'annonçaient.

Ève s'était arrêtée devant lui, les yeux froids :

— Tu t'tasses, oui?

Dans le ton aussi, il y avait de l'eau glacée. L'indolente euphorie de Christophe en eut la chair de poule. Tous ses rêves de tendresse se ratatinèrent d'un coup. Il fit un pas de côté et Ève se retrouva devant la haute porte de métal bosselée, ornée de graffiti obscènes et munie d'un cadenas à combinaison.

— C'est ouvert, dit Christophe.

Dans un soupir d'impatience, Ève décrocha le cadenas :

— J'aime pas ça qu'on fouille dans mes affaires!

— C'est toi qui m'as donné la combinaison, tu t'en souviens pas? Qu'est-ce que t'as? Ç'a pas l'air d'aller.

Dans un fracas de métal, la haute porte alla heurter le casier d'à côté.

— J'aime pas ça qu'on fouille dans mes affaires! Pis là, y a du monde qui fouille dans mes affaires! Dans mes affaires à moi! À moi toute seule!

Et elle referma la porte avec violence. Puis la cadenassa :

— T'oublies la combinaison, OK!

Sur le boulevard Jacques-Cartier, ce qui devait être la nuit la plus longue de l'année tombait déjà. Devant le vaste stationnement, Ève Paradis cherchait le haut véhicule de son père qui devait la ramener au lac.

— Pierre et Xavière sont partis, dit Christophe qui arrivait derrière.

— Comment ça, partis?

— Ton père est allé reconduire Xavière chez elle. Il a pas voulu me dire pourquoi. Je lui ai dit qu'on se débrouillerait.

Ève se sentit désarçonnée.

— Comment on va faire pour rentrer? Moi, je veux retrouver ma chambre, chez nous, pis mes affaires.

— T'en fais pas, on va s'arranger. Mais dis-moi au moins c'que t'as. T'as l'air toute perdue.

Ève regardait partout et nulle part. Elle cherchait un point de repère, mais ne trouva que son ami.

— Christophe, j'suis niaiseuse... tellement niaiseuse!

Ne trouvant rien d'autre à faire, elle lui sauta à la taille et serra fort.

— Niaiseuse? Comment ça, niaiseuse?

— Je sais pas, Christophe, tout est mêlé dans ma tête.

— Tu veux-tu m'en parler?

Elle leva les yeux. Quelques lampadaires s'y reflétaient.

— Non, Christophe, j'veux juste oublier.

Puis elle se leva sur la pointe des pieds et reçut son ami dans un baiser. Et le corps de Christophe fut repris par les images sensuelles de tout à l'heure.

— Viens, dit-il enfin, on va aller faire un tour chez Tony. C'est pas bien loin, à pied.

Chez Tony

Les deux amis parcouraient un quartier résidentiel riche et huppé. La grande maison blanche devant laquelle ils s'arrêtèrent était illuminée de puissants projecteurs et annonçait un luxe extrême. Dans l'entrée de garage, une Mercedes rutilait.

Le tout aurait pu laisser croire au calme et à la tranquillité mais, dans les fenêtres, des ombres sautaient au son d'un rock puissant. Traversée de cris aigus, toute la charpente de la maison, haute et moderne, vibrait au rythme des notes basses.

— Comme tu vois, c'est l'gros party, dit Christophe. Là-dedans, tu t'entendras même p'us penser.

— Exactement c'que ça m'prend !

Mais Christophe eut beau cogner, à l'intérieur la foire gardait sa cadence et restait sourde à tout. Il décida d'ouvrir. La porte, aussitôt entrebâillée, lui jeta à la figure une tempête de décibels qui le fit reculer. Un peu à l'écart sur le perron, Ève grimaça, la tête enfoncée dans les épaules. Avant de pénétrer dans l'agitation qui se découpait dans la porte, Christophe prononça quelque chose en direction de son amie, qui, hésitante, le suivit. Il lui ouvrit le passage et ils se frayèrent un chemin dans le tumulte qui remplissait le salon.

Ils débouchèrent enfin sur la salle à manger, qui présentait un décor de bouteilles de bière. Sur la table et le buffet, il y en avait plus d'une centaine. Vides. Dans le coin, une dizaine de caisses étaient empilées. Des constellations de bouchons couvraient le plancher.

Les quelques chaises étaient occupées par des jeunes effondrés sur la table, la tête plongée au milieu des bouteilles vides. Au bout, un garçon assis semblait se tenir après la sienne pour ne pas tomber. Il avait les yeux ouverts sur un horizon de cadavres.

Christophe contourna la table et alla le rejoindre. Il le connaissait bien. C'était Antoine. On était chez lui.

Une senteur amère s'était installée. La foire devait durer depuis le début de l'après-midi. Plusieurs avaient déjà défoncé leur quota. De temps à autre, quelqu'un venait prendre une bière chaude dans la caisse du dessus et repartait vers le salon. Au milieu de tout ça, Ève s'était mise à l'écoute de cette musique puissante qu'elle encaissait dans sa poitrine et dans son ventre. Puis elle regarda les jeunes rassemblés là, dans un paquet, qui sautaient sur place, piétinant la moquette, l'air indifférent, isolés dans leur imaginaire, chacun dansant avec sa bouteille. Puis ce fut la fin du morceau. On s'immobilisa un peu.

Mais déjà les premières notes d'un autre rock se firent entendre. On reconnut tout de suite *The Heart of Rock'n Roll*. Huey Lewis allait propulser tout le monde dans son rythme implacable, entraînant même la petite Ève Paradis de Saint-Albert, qui avait jeté son manteau sur une chaise et poussé ses bottes en dessous. Se souciant assez peu d'être accompagnée, Ève se mit à sauter sur place avec une énergie qui lui faisait du bien, une énergie égale au volume de la musique crachée par les quatre colonnes de haut-parleurs. Bientôt il n'y eut plus de disproportion entre elle et ce rock. Elle était aussi grande, aussi forte, aussi simple et aussi transparente que l'âme américaine qui s'en dégageait. Ses cheveux s'étaient animés et fouettaient l'air autour de ses yeux fermés. Dans un oubli total, elle sautait, sautait, de plus en plus belle, sous l'impulsion imperturbable du batteur.

Aujourd'hui, elle devait avoir ses règles. Absolument.

Open house

Un zombi s'était levé à la recherche de la salle de bains. Christophe avait pris sa chaise et s'était assis près d'Antoine. Il lui secoua l'épaule mais n'arriva pas à le sortir de sa torpeur. Pour se faire entendre, il lui fallait crier :

— Hé! Tony! Qu'est-ce que t'as? Tu devrais être content, ça swingne au boutte! C'est pas ça qu'tu voulais? Tony!

Le pauvre garçon tourna la tête. La bière dans sa main molle faillit se renverser. Christophe la récupéra à temps, puis se pencha pour bien entendre ce qu'il disait. Mais Tony avait la bouche aussi molle que la main :

— Christophe... faut qu'tu fasses què'qu'chose... i' vont toutt' briser... J'suis chez nous, pis on m'écoute p'us... y a du monde partout, jusque dans' cave...

— Tes parents, où ils sont?

— En Floride... pour deux s'maines... et moi qui m'pensais fin avec mon « *Open house*, prix d'entrée : une caisse de vingt-quatre ». Wow! j'étais superfin. Pendant toute la semaine, j'étais au boutt' de toutt'...

Christophe ne distinguait plus très bien les paroles d'Antoine. Dans le salon, l'hystérie atteignait son paroxysme. Le groupe avait une telle densité qu'il semblait bondir d'un bloc. Au milieu, Ève Paradis se démenait avec un rythme étonnant et semblait tous les entraîner avec elle. Christophe la regardait, se sentant d'abord heureux de la voir ainsi, parfaitement insouciante. Mais, au bout d'un temps, il perçut quelque chose d'excessif dans sa façon de bouger. Ève était déchaînée.

Quand les haut-parleurs se turent, elle ouvrit les yeux et chancela. Elle semblait surexcitée. Elle en voulait davantage. Christophe s'approcha :

— Eh ben, tu l'as, l'beat, toi, quand tu veux. T'es toute une danseuse !

Ève sautillait toujours, comme si elle avait envie d'uriner, et parlait sans regarder son ami :

— Une danseuse, moi ? Tu veux rire. J'suis ben trop p'tite. Mais ça fait du bien, sauter d'même. Et ça donne soif. J'espère qu'i' vont mettre d'autres rocks... Une bière ! J'veux une bière ! Christophe, va m'chercher une bière !

Christophe n'était pas sûr d'avoir bien entendu. « Ève... une bière ! »

Une musique lente avait repris et son amie se referma dans le rythme languissant qui naissait. Mollement, elle se berçait devant lui, persuadée qu'il était parti lui chercher sa bouteille. Mais Christophe n'avait pas bougé.

Il voulut la prendre dans ses bras pour danser, mais elle le repoussa. Il s'avança encore :

— Une bière, j'te dis ! Va m'chercher une bière !

— Non ! J'y vas pas ! J'veux pas t'voir avec une bière !

Voyant que Christophe ne bronchait pas, elle le contourna et, d'un pas décidé, se dirigea vers la haute pile de caisses. Elle allongea le bras, ouvrit le rabat de carton et plongea la main. Se retournant vers son ami, elle brandit la bouteille et, sans le quitter des yeux, dévissa le bouchon, qui lui fit mal à la paume. Puis, approchant la bouteille de ses lèvres, elle ferma les yeux. Et leva le coude. Haut. Dans sa bouche, le liquide amer pétilla et Ève s'efforça de ne pas goûter. Elle avala en ne pensant à rien, mais dès la deuxième gorgée, incapable de supporter l'âcre effervescence, elle flancha. Dans une grimace, elle attendit que s'évanouissent les dernières bulles. Dans ses joues, ses oreilles et son nez, le calme revint enfin. Elle releva la tête.

Sidéré par la détermination du geste, Christophe chercha dans le regard de son amie une sorte de regret. Tranquillisée, Ève lui souriait, contente de ce qu'elle venait de faire. Elle lui ouvrit les bras, l'invitant à venir.

Et il vint.

Dans le dos de Christophe, Ève tenait sa bouteille. À son oreille, elle chuchotait des choses qui se mêlaient à la musique langoureuse. Dans cette façon de s'accrocher à lui, il y avait un abandon qui le désarmait. Cette tendresse soudaine lui faisait plaisir, mais en même temps lui faisait peur. Il ne reconnaissait plus son amie. De temps à autre, elle se détachait un peu pour prendre une gorgée. Puis s'agrippait de nouveau, se collant davantage.

— J'veux une autre bière, chuchota-t-elle. Ça goûte la merde, mais j'en veux une autre.

Et il alla en chercher une autre.

Le morceau, qui était long, se poursuivait, fusionnant les couples, qui bougeaient à peine. Ève et Christophe se serrèrent encore plus étroitement. Leurs bouches s'unirent et s'ouvrirent. Et chacun livra à l'autre un peu plus de son intimité.

Et les rocks reprirent.

Plus tard, l'atmosphère s'était apaisée de nouveau. Elle était devenue secrète... coupable, aurait-on dit. Il y avait moins de monde et la musique se faisait plus douce. Plusieurs avaient quitté sans même remercier Antoine, qui se sentait à chaque départ plus soulagé. Personne ne lui offrit son aide pour nettoyer, mais il s'en moquait : «Pourvu qu'ils partent sans faire de dégâts!»

Mais beaucoup de couples restaient encore, évachés sur les fauteuils, flirtant avec de plus en plus d'impudeur. Certains s'étaient même retirés dans les chambres, afin d'aller plus loin. Dans l'escalier du sous-sol, une odeur de pot se répandait, mêlée à celle de la bière morte.

Soudain, le cri d'une femme attaquée par un monstre pustuleux aux griffes d'acier traversa la maison. C'était un film d'horreur. Les filles firent semblant d'avoir peur pour faire plaisir à leurs chums auxquels elles s'agrippèrent. Ceux-ci, contents, montrèrent tout leur courage :

— Voyons donc, y a rien là !

Sur un divan, Christophe avait la figure plongée dans le cou de son amie. Sur eux, des lumières rouges et bleues tournoyaient tranquillement. Il avait pris quelques bières, lui aussi. Il se sentait bien. L'odeur âpre et corsée qui se dégageait du corps d'Ève lui paraissait curieusement agréable. Sur sa langue se dissolvait un peu de sel. Sa main caressante, glissée sous le gilet, hésitait à atteindre la poitrine.

Éreintée par toutes les danses, Ève se laissa aller. Sa jambe s'ouvrit un peu et la hanche de Christophe s'appuya sur son pubis. Et son autre jambe se releva, sous le sien. Vangelis, dans les haut-parleurs, étirait ses notes et le couple fut pris d'un imperceptible mouvement. Transportés par les vapeurs de l'alcool et par des nuées de paix qui montaient en eux, Ève Paradis et Christophe Letendre, seuls au monde, se berçaient dans une aura dont le cœur battait au rythme du frottement de leurs sexes. Une grande plénitude les envahissait. Ils ne savaient plus où ils en étaient. Ni ce qu'ils faisaient. Ils laissaient les choses aller... et leur respiration se précipiter. Soudain Ève s'agrippa à Christophe dont une main s'était posée sur un de ses seins, et leurs bouches s'ouvrirent en un court spasme qui mourut dans les coussins.

Quand ils revinrent à eux, ils se regardèrent. Ève sauta au cou de son ami, qu'elle ramena de force sur elle. Christophe, les yeux grands ouverts, l'entendait rire ou pleurer. Autour d'eux, les lumières de couleur tournoyaient toujours sur les autres couples qui ne bougeaient plus. Christophe s'arracha de l'étreinte de son amie :

— M'excuse, i' faut qu'j'aille aux toilettes !

Quand il revint, Ève était devant la porte de la maison. Elle avait revêtu son manteau et chaussé ses bottes. Il s'approcha :

— On s'en va?

— Oui. C'est assez comme ça.

Christophe eut peur qu'elle soit fâchée.

— D'accord, on s'en va, mais laisse-moi saluer Tony avant de partir.

— J't'attends dehors.

Dans la rue, Ève fut abasourdie par le silence qui régnait et par la pureté de l'air. Par la détente de son corps aussi. Elle se sentait bien. Heureuse. Elle respirait profondément. Et ne savait trop pourquoi. La vie était belle.

La musique, tout à coup, lui revint aux oreilles. La porte de la maison s'était rouverte. Christophe arrivait.

— Ça va? demanda-t-il.

— Oui, ça va... comme toi.

— Bon, ben, moi aussi, ça va... comme toi.

— Parfait.

Elle tourna les talons pour cacher la joie qui montait en elle. Christophe l'arrêta :

— On prend la Mercedes.

— La Mercedes?

— Ben oui, la Mercedes. Tony m'a passé les clés. Il a peur que la gang ait l'idée de faire un tour en ville avec. J'ai parlé à certains, pour que la foire aille pas trop loin. On va pouvoir rentrer.

Nouveau silence. Ève avait baissé la tête.

— T'es pas ben ben jasante.

— ...

— Écoute, je m'excuse pour tantôt.

— Pour tantôt?

— Ben oui, Ève, pour tantôt, là... tu sais ce que j'veux dire.

— Ben non... j'comprends pas.

— Tu m'fais marcher, là, han?

Il n'avait pas tort.

— Voyons, Ève, tantôt, sur le divan.

À ce moment, un profond bonheur traversa Ève, mais devant le silence qu'elle gardait Christophe se fâcha :

— C'est ça, dis rien! Je t'aime, Ève! Tu m'entends-tu, à la fin?

— Hi, hi, hi!

— Bon, ça y est, c'est r'parti!

— Te fâche pas, Christophe. Surtout, t'excuse pas. Faut rien regretter.

Là, elle avait envie de pleurer. Christophe était déconcerté.

— Oh, Christophe! j'me sens si bien ce soir... comprends-tu?

Là, il ne la suivait plus du tout. Alors elle ajouta, pour simplifier :

— Christophe, c'est pas compliqué...

Elle hésita encore. Il la regardait tellement fort, avec ses deux points d'exclamation à l'envers.

— J'pense que j't'aime.

C'était la première fois qu'elle disait ça. Même à Paul, elle ne l'avait jamais dit. Au milieu de la rue, Christophe chancela.

Ève s'approcha et le serra. Pour le soutenir.

Elle eut envie de lui dire : «Christophe, ça s'peut pas... j'pense que j'suis enceinte», mais ne le fit pas. Cela ressemblait trop à une mauvaise plaisanterie.

Une carte tomba alors dans la rue, aux pieds du couple enlacé. C'était le 2 de cœur. Quand Ève ouvrit les yeux, son regard tomba sur l'adresse qui était griffonnée dessus.

La famille d'Alexandra

Immobilisée dans l'étroite ruelle, face à un tas de neige truffé d'immondices, la Mercedes avait l'air d'une anomalie devant ce petit dépotoir s'élevant au milieu d'un carré de maisons délabrées. Planté en plein dans le tas de détritus, un lampadaire municipal jetait sur l'ensemble sa lumière plate.

Christophe n'avait pas aimé engager l'automobile dans ces cours, mais Alexandra avait précisé qu'on ne pouvait pas entrer par l'avant.

— Ça doit être là, au troisième, à gauche.

Ève désignait une maison masquée par un escalier couvert coincé entre des tambours superposés et badigeonnés de lumière blafarde.

— Écoute, Ève, il est minuit passé, là. Tu trouves pas que...

— Non, Christophe. Elle m'a invitée. À Noël, on va être au lac, je pourrai pas venir. Alors je viens tout de suite. Pour me déniaiser. Et puis, y a des choses que je veux savoir.

— Des choses?

— Oui, des choses!

— Bon, d'accord, des choses. Mais on reste pas longtemps.

Dans la neige sale de la cour, un sentier les mena à l'escalier intérieur. Là, ils se sentirent comme dans le froid d'une glacière. Au deuxième palier, un chien pelé aboya sans conviction. En haut, l'escalier s'ouvrait sur une galerie encombrée de vieux meubles. On entendait de lointains coups de feu mêlés à des galops de chevaux. Quelque part, quelqu'un écoutait un western.

— Regarde, Christophe... dans la cuisine !

À travers les rideaux, Ève avait aperçu un homme. Écrasé dans une berçante, bouteille à la main, il somnolait devant le téléviseur ouvert. Il avait le visage penché sur sa bedaine. Un filet de salive luisait à son menton. Seules les lueurs bleuâtres du film s'agitaient autour de lui.

— Écoute, Ève, c'est assez pour à soir. On reviendra une autre fois.

Mais Ève avait déjà ouvert la porte-moustiquaire et s'apprêtait à cogner dans la vitre. Derrière eux, une voix se fit entendre :

— Qu'est-ce que vous foutez là, vous autres ?

Ils se retournèrent. Alexandra, dans la pénombre, se découpait. On ne pouvait voir son visage, mais la silhouette caractéristique ne pouvait tromper. Le chien pelé se tenait à ses pieds.

— Je suis venue pour te voir, Alexandra. Tu m'as invitée, tu t'souviens ?

— J'avais dit à Noël, me semble.

— Oui, je sais, mais à Noël, je pourrai pas. Je vais être avec ma famille.

— Ah oui, la famille... De toute façon, ç'a pas d'importance. Aujourd'hui ou Noël, pour moé, c'est pareil.

Elle avança. Rendue près de la porte, elle se retourna vers le chien pelé :

— Allez, Ajax, viens-t'en !

Mais le chien ne bougeait pas.

— Vous lui faites peur avec vos habits d'preppies.

— Il a l'air essoufflé, remarqua Ève.

— Il est p'us ben ben jeune. En fait, il est plus vieux qu'moé. C't'un vieux bâtard.

Alexandra utilisait des mots qu'Ève n'aimait pas.

— Allez !

Le chien se décida enfin. Boitant légèrement, il passa devant les nouveaux venus, puis disparut par la porte que sa maîtresse avait ouverte.

— Restez pas là ! On vous mangera pas !

Et les deux amis se retrouvèrent au milieu de la cuisine, à côté de l'homme endormi.

— Bon, ben, j'vous présente ma famille. Est toute là, dans' chaise. Mais dérangez-la pas. Parce qu'est malade, ma famille, ben malade.

— On pourrait fermer la télé, proposa Ève.

— Surtout pas ! Des plans pour le réveiller !

Christophe regardait autour de lui. C'était misérable.

— Pis ça, mon grand, c'est mon décor de Noël. Qu'est-ce que t'en penses ?

N'attendant aucune réponse, elle déroula son long foulard et fit passer son poncho par-dessus sa tête. Elle le laissa tomber dans un coin. En dessous, une courte veste lacée lui enserrait la poitrine. Ses bras nus portaient une dizaine de bracelets de pacotille qui s'entre-choquaient. Elle plongea ensuite ses doigts dans ce qui lui servait de chevelure et frotta avec énergie. Les bracelets tintèrent et les pointes vertes et brunes s'ébouriffèrent en une rude crinière. Lorsqu'elle fit ce geste, Ève s'aperçut qu'autour de son nombril le tatouage s'était presque effacé. Ensuite Alexandra arracha les espadrilles de ses pieds et les lança par-dessus le poncho, dans l'ordre : « *FUCK* », « *OFF!* ». Puis elle détacha sa lourde jupe qui tomba à ses pieds. Elle portait de petites culottes de fantaisie, comme celles que l'on trouve dans les sex-shops. Son cynisme, décidément, allait très loin. Et Christophe se rendit compte que c'était bien une fille.

— Attendez-moé icitte. Je r'viens.

Alexandra ouvrit alors une porte qu'elle ne referma pas. La lumière de ce qui semblait être une petite chambre s'alluma. Quelque part, de l'eau se mit à couler. Ajax s'était assis sur le seuil, face à Ève et Christophe. Sur son dos, de grandes plaques donnaient l'impression qu'on avait jeté de l'acide sur lui. Ils avaient l'air de trois chiens de faïence.

Tout à coup, il y eut un bruit sur le sol. L'homme dans la chaise avait échappé sa bouteille, qui roula sur le plancher en déversant un liquide pétillant. Un bruit de blocs de bois qui se heurtent se mêlait à des hennissements. Sur le petit écran, deux cowboys se bagarraient dans la poussière. L'homme, dans son inconscience, eut un grognement et poursuivit son hibernation. La bouteille s'était arrêtée sur le poncho, d'où quelques cartes étaient sorties. Toutes des 2 de cœur.

C'est alors qu'Alexandra réapparut dans le cadre de la porte. Elle avait revêtu une robe de chambre qui tombait sur des pantoufles d'homme. Ses cheveux, collés sur sa tête, étaient lissés et dégageaient un visage démaquillé. C'était un visage d'une douceur inattendue malgré les vifs reflets qui persistaient dans les yeux noirs. Ève et Christophe eurent de la peine à la reconnaître.

— Qu'osse qu'y a? Pourquoi vous me r'gardez d'même?

Imagine que t'es une fille

Les trois adolescents étaient assis autour de la table. Dans la cuisine, il y avait maintenant beaucoup de silence. Sur la silhouette inclinée de l'homme, la lumière bleue du téléviseur grésillait. Les émissions étaient terminées. Alexandra avait versé à chacun un grand verre d'eau. Ève l'avait vidé d'un trait, puis, le déposant, brisa la gêne qui voulait s'installer :

— Je pensais jamais que j'aurais encore soif à soir !

— L'eau, dit Alexandra, c'est parfait après une cuite. L'eau chaude surtout. Ça évite d'avoir mal au bloc le lendemain, pis ça aide à digérer.

Puis elle ajouta :

— C'est pas des affaires qu'on apprend à l'école, ça, han ?

Ève la regardait, intriguée. Christophe, à côté, sentait qu'il se passait quelque chose entre elles. Il n'aurait su dire quoi et cela l'agaçait un peu.

— Qu'est-ce tu veux dire ? demanda Ève.

— Vous autres, vous êtes instruits, mais y a des choses que vous savez pas, on dirait... pis qui sont tellement importantes.

— Comme quoi, par exemple ? intervint Christophe.

Alexandra se tourna vers lui et prit un ton plus froid :

— Ben, par exemple, t'aperçois-tu qu'à l'école, c'qu'i' enseignent, ç'a pas rapport ben ben ?

246 Livre II - Le Secret d'Ève

— Comment ça, pas rapport ?

— Pas rapport avec la vraie vie.

— Allons donc !

— Écoute, j'vas t'donner un exemple pis tu vas comprendre. Mais j't'avertis, ça va pas être facile... parce que c'est pas un problème de preppies.

Christophe décida de prendre ça comme un jeu :

— Envouèye ! Shoote !

— Bon. Imagine que t'es une fille.

Christophe ouvrit grands les yeux.

— Tu vois, déjà, c'est pas facile.

— Bon, d'accord, j'suis une fille. Pis après ?

— T'es une fille, pis t'as quinze ans... pis ton père est un chômeur alcoolique impuissant. Tu m'suis ?

Là, Christophe comprit que ce n'était pas un jeu. Imperturbable, Alexandra poursuivait :

— Pis en plus, ton grand frère pis tes deux grandes sœurs ont sacré leu' camp chacun d'leu' bord parce qu'i' voulaient p'us s'occuper d'toé, ni du vieux. Fa que t'es as toutes envoyés chier, pis tu t'es r'trouvée toute seule avec ton père, pis un vieux chien galeux.

Alexandra avait lancé ça d'un trait. Sa voix, à la fin, avait un peu tremblé. Ève et Christophe restaient muets.

— Jusque-là, ça va ? Mais écoutez ben la suite.

Alexandra s'arrêta une seconde, pour reprendre son souffle.

— La suite, c'est que ton père, quand il est soûl... ben... il est pas toujours impuissant.

— Arrête ! lança Ève.

Alexandra se tut. Immédiatement. De toute façon, elle ne serait pas allée plus loin. Jamais, d'ailleurs, elle n'était allée si loin.

L'homme, dans la chaise, avait failli se réveiller. Les trois jeunes s'étaient immobilisés.

Au bout d'un temps, quand l'homme eut bien replongé dans sa bouillie intérieure, Christophe lança, chuchotant fort :

— Pourquoi tu restes là ? Ç'a pas d'bon sens ! Il est facile, ton problème ! T'as rien qu'à sacrer ton camp d'icitte !

— Tu dis ça, mon grand, parce que tu connais pas la suite. Le problème, il est pas fini. I' t'en manque encore des gros bouttes ! J't'ai pas encore parlé d'ma mère.

— Non, intervint Ève. J'veux pas la connaître, la suite. J'm'en fous, d'la suite !

Ève cherchait une idée. Et en trouva une. C'était une idée qu'elle avait déjà eue, avec Paul :

— Viens avec nous autres à Saint-Albert pour Noël. C'est à mon tour de t'inviter. Viens passer les fêtes chez nous. On va s'occuper de toi, on a tout ce qu'il faut.

— Ouais, ouais.

— Oui, Alexandra, tout ce qu'il faut pour oublier. C'est bon d'oublier, des fois. Ton problème, il est trop compliqué pour moi. Je voudrais juste que t'acceptes de venir. Ça me ferait plaisir. Même que ça me ferait du bien. Puis c'est drôle, en plus, on dirait que... que... j'ai besoin qu'tu viennes.

— Moé, j'ai besoin d'personne !

— Dis pas ça ! Paul disait ça, lui aussi, pis regarde ce qui est arrivé !

Alexandra ne répondait plus. Ève poursuivit :

— Ça va être comme des vacances pour toi. Ça te tente pas de te reposer un peu ? On va le dire à personne. Ça va être un secret.

De toute évidence, Alexandra hésitait.

— Mais Ajax ?

— Ajax ? On va l'amener ! Pis t'auras jamais vu un chien heureux d'même de toute ta vie. Là-bas, il va avoir tellement d'espace pour courir qu'il va devenir beau à force d'avoir du fun !

— Tu veux l'tuer ou quoi ? Des plans pour qu'i' vire fou !

— Fou, mais heureux !

— Le bonheur, c'est pas pour nous autres !

Là-dessus, Ève se tut. Dans la tête et le cœur d'Alexandra, les idées et les émotions se bousculaient. Son agressivité se retournait contre elle. Jamais elle ne s'était confiée autant et jamais elle n'avait tant senti le poids de ce qu'elle retenait encore. Les larmes lui montaient aux yeux et une émotion lui échappa en apercevant son père :

— Crisse que chus-t-écœurée!

Alors, sans mot dire, Ève saisit le poncho dans le coin et le jeta sur une patère, près de l'entrée.

— Tiens, dit-elle, ça lui fera un arbre de Noël.

Puis elle plaça les espadrilles au pied de la patère, les deux mots bien en vue, comme un cadeau d'adieu.

— Comment tu trouves ça, d'même? Allez, viens-t'en!

— Mais j'ai rien. La robe de chambre pis les pantoufles, c'est tout c'que j'ai... à part Ajax.

— Arrête de discuter, pis viens-t'en donc!

Et elle vint, ne comprenant pas pourquoi elle hésitait ainsi à abandonner son père.

Une grosse famille

Une heure plus tard, la Mercedes s'arrêtait dans la neige, devant la maison du lac. Trois jeunes et un chien perdu en descendirent. Le plus grand avait couru pour ouvrir la porte aux deux autres. Le chien, ne voyant d'autre issue, s'y était engouffré le premier pendant que les jeunes filles arrivaient derrière. L'une d'elles perdit une pantoufle dans l'escalier. Cela les fit rire. Mais ce n'était pas exactement un conte de fées qui commençait.

Le père d'Ève était debout au milieu du salon. Ajax, la queue folle, tournait autour de lui. Ses petites pattes dérapaient sur le plancher de bois franc. Il y eut un flottement.

— Papa, je... je m'excuse. J'espère que tu vas comprendre. C'est un peu imprévu. Je vais t'expliquer.

Voyant que son père attendait vraiment une explication, Ève poursuivit :

— Voilà... je te présente Alexandra. C'est une amie. Puis ça, c'est son chien. Il s'appelle Ajax. Je les ai invités à venir passer les fêtes avec nous autres... C'est parce que...

Pierre restait drôlement impassible.

— Qu'est-ce que t'as, p'pa ? On dirait que t'es pas content.

— Je devrais être content ?

— Ben, on va être une grosse famille pour Noël. Tu vas voir, Alexandra est gentille. Puis son chien, il est fou... tu vas l'aimer.

— Une grosse famille ? Mais ça me tente peut-être pas, moi, d'avoir une grosse famille... 'Est assez grosse de même !

Christophe se sentit alors très gêné. Mais pour Ève, ces mots avaient une signification tellement plus terrible. Et Pierre poursuivait :

— 'Me semble que t'aurais pu me demander avant.

Il s'arrêta. Des larmes montaient aux yeux de sa fille. Il céda :

— Bon, c'est correct, ils peuvent rester. On en reparlera demain.

Et il tourna les talons.

Ève se trouva abandonnée au milieu du salon. Consternée, elle regarda Alexandra, qui lança, très froidement :

— Un vieux, c't'un vieux ! Y a rien à faire avec ça. Écoute, c'est pas grave. J'vas coucher là, su'l'divan, pis demain, de bonne heure, je r'partirai. Ajax couchera par terre, à côté. On va rien salir pis ça paraîtra même pas qu'on est v'nus.

— Non, Alexandra ! C'était pas mon père, ça. Il est pas comme ça, mon père. Puis je veux pas que tu retournes là-bas. On va te trouver des couvertures, on va ouvrir le divan-lit, pis tu vas t'installer comme faut. Demain, je te présenterai mon vrai papa.

Aidée de Christophe, elle s'affaira aussitôt à la besogne. Alexandra n'avait plus envie de résister. Elle les regarda faire. Bientôt, le lit fut prêt.

Plus tard, dans le corridor de l'étage, Ève donna un baiser à son ami... mais c'était un baiser absent. Christophe avait l'impression de ne plus exister. Il entra seul dans sa chambre pendant qu'Ève s'attardait devant celle de son père. Sous le seuil de la porte, il y avait encore de la lumière. Délicatement, elle cogna.

— Papa, c'est moi, je voudrais te parler. J'aime pas ça quand t'es fâché.

Et la porte s'ouvrit. Mais Pierre n'était plus fâché. Il était seulement triste.

— Xavière est pas là ?

— Non. Xavière est partie. Elle reviendra plus.

— Plus jamais ?

— Je crois pas.

— C'est triste.

— Oui, je l'aimais.

— Tu ne l'aimes plus?

— Oui, Ève, je l'aime encore.

— Alors, c'est elle qui t'aime plus.

— Non, c'est pas ça.

— Je comprends pas... Vous vous aimez et vous restez plus ensemble?

Pierre eut une hésitation avant de poursuivre :

— C'est que Xavière... est enceinte. Elle va avoir un enfant.

— Un enfant!

— Oui, un enfant... de moi.

— T'as pas l'air content.

— C'est que... des enfants... j'en veux plus. La famille, pour moi, c'est fini!

Voyant le visage incrédule de sa fille, Pierre se rendit compte de la bêtise qu'il venait de prononcer :

— Je m'excuse, Ève... je parle pas de toi, là. Toi, t'as presque quinze ans. Dans quelques années, tu vas t'en aller, c'est normal. T'es déjà presque une femme. Mais un p'tit bébé, ici, dans la maison, c'est plus possible. Non, ça, je veux pas!

Ève sentait une peur monter en elle. Elle chercha une question à poser.

— Mais... le bébé de Xavière?

— C'est elle qui va s'en occuper.

— Mais c'est ton enfant.

— C'est elle qui veut ça comme ça. Elle vient d'avoir trente ans et elle voulait un enfant. De moi ou d'un autre, elle en voulait un. Même s'il fallait qu'elle s'en occupe toute seule. Elle est contente que ce soit un enfant de moi, parce qu'elle m'aime. Elle savait que je lui aurais toujours refusé ça. Elle avait raison. Les femmes ont tellement raison, des fois. Alors elle m'a trompé. Elle a arrêté de prendre la pilule. Puis l'autre jour, elle m'a dit qu'elle était enceinte. Qu'elle était heureuse. Elle m'a rien demandé. Elle est partie. Je l'ai pas retenue. Maintenant, pour qu'elle revienne, il faudrait que j'accepte cet enfant qui fait partie d'elle-même. Et ça, je pourrai jamais.

— L'enfant... il fait partie d'elle-même ?

— Oui... elle le désire tellement... si tu savais ! Elle et le bébé, c'est la même chose maintenant. Ça va ensemble... c'est pas séparable.

Ève baissa la tête.

— Je m'excuse, c'est des histoires d'adultes, tout ça. Une petite fille comme toi...

— Un petite fille ? Tantôt, t'as dit que j'étais une femme.

— J'ai dit « presque ».

— Oui, c'est vrai, « presque une femme », c'est c'que t'as dit.

Entre le père et la fille s'était installée une distance. Ève chercha un autre sujet. Ses yeux se posèrent sur la commode.

— C'est quoi, là, la p'tite boîte rose ?

— Oh, ça, c'est à Xavière. C'est un test de grossesse, j'pense. Elle en avait acheté deux. Le premier était tellement positif qu'elle a oublié l'autre ici.

— Je peux la voir ?

— Pourquoi ?

— Oh, rien... j'suis curieuse... c'est une belle p'tite boîte rose.

— T'es pas enceinte, là, toujours ?

— Ben voyons, p'pa, t'es fou !

Et la distance entre eux s'accentua davantage.

Logique !

L e lendemain de son arrivée, Alexandra avait voulu retourner chez elle, mais Pierre s'était levé le premier et s'était excusé de l'accueil qu'il lui avait réservé. Ce matin-là, c'est lui qui avait préparé le déjeuner et on s'était encore retrouvés quatre à table. Alexandra avait pris la place de Xavière.

Ajax, lui, avait collé son nez à la porte-fenêtre qui donnait sur le lac. Quand Pierre lui avait ouvert, il était allé se réfugier en glapissant sous la chaise de sa maîtresse. L'espace qui s'était offert à lui était si vaste qu'il avait eu peur de tomber dedans.

— Allons, Ajax, calme-toi.

Saisissant une poignée dans le flanc de son chien, Alexandra l'avait brassé et avait ri un peu. Cela avait fait du bien à tout le monde. Ce fut un déjeuner heureux. Une nouvelle vie semblait vouloir s'organiser.

Après le déjeuner, Pierre proposa d'amener Alexandra au village faire quelques emplettes. Ajax leur imposa sa présence en secouant sa queue. Ève et Christophe, de leur côté, ramenèrent la Mercedes en ville, chez Antoine, qu'ils trouvèrent seul, misérablement en train de rassembler sur la galerie une quantité incroyable de bouteilles vides. Ils lui proposèrent leur aide.

Pendant que Christophe aidait Antoine à ranger les bouteilles dans les caisses, Ève se promenait dans toute la maison, un grand sac à ordures à ses trousses. À un moment donné, elle fit irruption dans une chambre où un jeune couple était endormi. Ève s'arrêta net. Recula. Puis referma la porte. Au bout d'un temps, elle se décida et cogna :

— Je m'excuse, là, mais on fait le ménage !

Dans la chambre, il y eut des mouvements précipités, puis la porte s'ouvrit pour laisser passer un garçon qui entraînait sa copine. Dans un silence embarrassé, ils sautèrent dans leurs bottes et attrapèrent au passage leur manteau, qu'ils enfilèrent dehors. Par la fenêtre, Ève les observa. Dans la rue, ils avaient l'air de se sauver dans la honte et la direction qu'ils prenaient ne semblait mener nulle part. Ève en eut froid dans le dos et se remit aussitôt à l'ouvrage.

Les draps de presque tous les lits avaient été souillés. La laveuse n'arrêtait pas. Ève trouva aussi quelques condoms dégoûtants. Au bout d'une heure, elle avait rempli cinq sacs de cochonneries diverses. Puis elle s'était mise à la recherche de tout ce que la maison contenait de torchons et de produits nettoyants.

Elle s'attaqua à la besogne avec une ardeur qui voulait effacer toute trace de cette beuverie. Dès qu'elle avait terminé une pièce, Christophe arrivait derrière, armé d'un aspirateur. Antoine s'occupait du sous-sol. Il ne resta plus bientôt que le salon, où les dégâts paraissaient les plus importants. Ève se trouva alors devant le divan qui semblait encore porter les marques de leurs ébats. Elle secoua les coussins pour qu'ils reprennent leur forme gonflée et les disposa bien en ordre sur le meuble. Puis se retourna. Christophe arrivait avec l'aspirateur. Et un sourire gêné.

— Écoute, dit Ève, si on faisait venir une pizza, avec d'la liqueur ? On finira le salon après-midi.

— OK, mais on va s'installer dans' cuisine. Ici, ça sent l'fond d'tonne.

Ces mots firent mauvaise impression sur Ève, mais elle acquiesça tout de même.

La pizza était garnie et chaude. Le Pepsi, pétillant et glacé. Menu qui les remit sur la même longueur d'onde, celle de la sérénité.

— Je pense qu'il est venu au moins cent personnes, estima Antoine. J'te jure qu'il va falloir que j'reçoive au moins cent invitations avant d'organiser un autre party d'même.

— Logique! conclut Christophe.

Mais Ève se demandait bien ce que la logique venait faire là-dedans. Parce que Ève commençait à trouver que la logique ne lui servait pas à grand-chose ces temps-ci.

À la fin du repas, personne n'avait envie de se remettre à la tâche.

— Écoutez, dit Antoine, laissez faire pour le reste. Le pire est fait. La femme de ménage vient demain. Je vais aller vous reconduire.

«La femme de ménage, songea Ève. Pourquoi il dit la "femme de ménage", lui? Pis à part ça, pourquoi je m'énerve avec tout ce qu'ils disent, ces deux-là?»

Durant le trajet, renfrognée sur la banquette arrière, Ève s'était montrée taciturne. En avant, Christophe et Antoine plaisantaient et parlaient de choses qui l'excluaient. Des histoires de gars.

À Saint-Albert, elle sauta la première dans la neige, grimpa les marches, traversa le salon et monta dans sa chambre. Là, elle se dévêtit. Enroulée dans une grande serviette, elle courut vers la salle de bains et s'y enferma. Elle jeta le tampon sans même le regarder. C'était inutile, elle le savait. Et pendant que l'eau coulait dans la baignoire, elle quitta la serviette et se retrouva devant la glace. Et se présenta à elle le corps qui était le sien. Un peu courtaud. Elle se calma.

La peau laiteuse portait toujours de subtiles taches de rousseur au visage, sur la poitrine et le devant des cuisses. C'était par ce corps qu'elle avait toujours si bien respiré. Il était le siège de tout ce qu'elle ressentait. C'était son instrument à elle, c'était elle tout entière. Mais ses seins lui parurent un peu plus gonflés que d'habitude... Non! c'était sûrement une illusion. Son ventre était toujours aussi plat.

«C'est pas pour maintenant, c'est impossible. Allons donc! Paul est mort, entièrement mort. Il est venu dans mon lit, mais c'était juste pour faire l'amour. Rien que l'amour. Parce qu'on s'aimait. C'était juste une grande caresse. Il se sauvait de la police. J'ai juste voulu le calmer, pour qu'il arrête d'en vouloir au monde entier, pour lui montrer qu'on pouvait l'aimer. C'était pas pour faire un enfant ! »

Mais Ève n'arrivait pas à admettre certaines choses :

« Et puis on a pas fait l'amour, ça s'peut pas ! Je l'aurais pas laissé faire. C'était une affaire à laquelle j'avais déjà pensé. J'en avais parlé avec papa. On avait parlé de pilules, mais j'avais dit que j'étais pas pressée pour ça, que c'était pas pour tout de suite. Et puis, il aurait fallu que Paul me... »

À ce mot impossible, Ève se retourna et ferma les robinets. Comme l'eau qui coulait, ses pensées furent stoppées net. Et elle prit un bain vigoureux.

Dix minutes plus tard, propre et sèche, Ève récurait la baignoire. Et tous ses souvenirs disparurent en tournoyant dans le renvoi.

Plus tard, dans sa chambre, elle s'enfouit sous les draps, où elle pleura un peu. Puis se mit en boule et se retira dans un monde sans rêve et sans responsabilité... Ève Paradis avait cette étonnante capacité de s'endormir dès que ses pensées devenaient oppressantes.

Il faut dire aussi que c'était le lit où elle avait reçu Paul. Une fois. Rien qu'une.

Don Quichotte

En se réveillant quelques heures plus tard, Ève fut aveuglée par la lampe qu'elle avait laissée allumée. Au-delà des rideaux blancs de sa chambre, la brunante régnait déjà. La jeune fille se sentit un peu perdue. Sur la table de nuit, la petite boîte rose attendait son heure.

Assise sur le bord de son lit, elle chercha à s'écouter et s'aperçut bientôt qu'elle voulait simplement se retrouver avec ses amis. Elle s'habilla et descendit.

Antoine n'était plus là. Il était reparti vers la ville avec sa Mercedes et sa solitude d'enfant riche. Pierre venait d'arriver du village, avec Alexandra et Ajax. Ils avaient acheté de la nourriture pour chiens et tout ce qu'il fallait pour le réveillon. Et aussi quelques affaires pour Alexandra.

— Nous sommes allés au presbytère de Saint-Albert, annonça Pierre, qui brandissait une enveloppe. J'ai nos laissez-passer pour la messe de minuit. Alexandra va pouvoir venir. Es-tu contente ?

— Oui, lança froidement Ève, qui se doutait bien que le billet d'Alexandra, c'était celui de Xavière.

Elle se mit alors à fouiller bruyamment dans les grands sacs qu'ils rapportaient.

— On s'entend bien, tu sais, tous les deux, continua Pierre. On a beaucoup parlé, Alexandra et moi. Si elle veut, elle peut rester chez nous le temps qu'elle veut.

Une petite plainte s'éleva derrière lui.

— Ajax aussi, bien entendu.

À ces mots, Ève abandonna les sacs derrière lesquels elle cachait son désarroi.

— Et puis tu sais quoi? poursuivit Pierre. J'ai appelé Xavière. Elle va pouvoir venir aussi. On va être réunis... toute la famille. J'ai obtenu un laissez-passer supplém...

Pierre n'eut pas le temps de finir sa phrase.

— Oh! p'pa!

Toute inquiétude dans le cœur d'Ève s'était dissipée d'un coup. Comme si la présence de Xavière allait tout changer. Elle pouvait encore compter sur son père. C'était un homme et il était fort. Et bon.

Mais là, Pierre, vraiment, ne se sentait ni fort... ni bon.

La soirée fut joyeuse. Alexandra improvisa un petit défilé de mode. Ève lui servait d'habilleuse et Christophe s'occupait de la musique. Furent ainsi présentés quelques vêtements, dont un habit de jogging en coton ouaté.

C'était dans ce nouvel habit qu'Alexandra paradait maintenant. Elle prenait des airs de mannequin sophistiqué et se dandinait à travers le salon. Elle semblait bien loin de son ancienne vie. Pincée et jetant autour d'elle des regards hautains, elle marchait en sautillant dans ses espadrilles neuves sur une musique disco choisie par Christophe et planait au-dessus des applaudissements de Pierre pendant qu'Ève, plantée derrière, commentait :

— Mesdames et messieurs, voici le numéro 8 de notre collection Métamorphoses. Il s'agit d'un ensemble rose pourpre, fait d'un haut et d'un bas. Nous vous prions de noter la ligne Pydjama sportif. Nous avons baptisé ce modèle Sancho Panza.

Le lendemain, c'était dimanche. Toute la journée, il y avait eu du soleil à faire mal aux yeux. Dans la soirée, les quatre amis s'étaient retrouvés accroupis dans la pénombre, autour du sapin de Noël.

C'était la première fois qu'ils s'arrêtaient vraiment pour le regarder. Là, sous un rideau épars de fils d'argent, un cône imprécis était animé de lumières rouges et bleues qui ricochaient à la surface des boules. Si on ne bougeait pas, l'arbre se figeait étrangement et exprimait ses origines en exhalant des effluves de forêt.

L'arbre abritait un village minuscule et quand on regardait le village, celui-ci semblait dominé par un sapin géant. Les proportions des choses se perdaient. La dimension humaine devenait imprécise. Entre l'étoile piquée dans la nuit, au sommet de tout, et cet enfant couché au fond de la crèche et entouré de personnages en plâtre peint, impossible de se situer. C'était beau. C'était comme quand Marie était vivante. Marie, la mère d'Ève. Et tout cela représentait la naissance d'un enfant. C'était magique. Une magie qui disait à Ève que tout allait s'arranger.

— C'est rien qu'un conte de fées, tout ça.

Ève se tourna vers Alexandra.

— Tu trouves pas ça beau?

— Ouais, c'est pas pire.

— Pourquoi tu dis ça?

— J'suis Sancho Panza, Ève, oublie-lé pas! C'est toi qui m'as baptisée d'même, hier.

— C'est de ça que t'avais l'air dans ton gros costume de jogging.

— T'as ben raison... Sancho, il était gros comme le gros bon sens, mais il était triste aussi... à cause de Don Quichotte qui capotait.

— Pour une fille qui aime pas l'école, t'en connais, toi, des affaires!

— J'ai lu ça dans un livre. Les livres, c'est mieux que l'école, j'trouve. Ça nous laisse libres de penser comme on veut.

Ève eut soudain une pensée pour son professeur de français :

— Pauvre monsieur Olivier!

— Ça lui prendrait un Sancho, à ton monsieur Olivier. Parce qu'un Sancho, ça sert à ramener les Don Quichotte su'a Terre. Les Don Quichotte, ça s'fait tellement d'idées. C'est rien que des grands romantiques!

Toutes les deux s'étaient alors tournées vers Christophe, qui avait les yeux plongés dans la crèche.

Plus tard dans la soirée, Pierre demanda à sa fille ce qu'elle désirait pour Noël. Incapable de penser à quoi que ce soit, Ève lança ce qui lui vint à l'esprit :

— Une moto, p'pa ! J'veux une grosse moto ! Une vraie !... Vroum ! Vroum !

Et Pierre et Christophe, encore plus tard dans la nuit, s'étaient les premiers retirés dans leurs chambres, en haut. Ève s'était retrouvée seule avec sa nouvelle amie.

Elles avaient tant à se dire, mais elles ne s'étaient rien dit. Ève aida Alexandra à ouvrir le divan-lit, près du sapin. Il n'y eut que le bruit des ressorts qui se tendent et le froissement des draps.

Quand tout fut prêt, elles se donnèrent la main, mais la poignée ne se défit pas tout de suite. Les deux jeunes filles se regardaient, au bord de paroles inutiles.

Puis Ève monta à sa chambre. Avant de disparaître dans l'escalier, elle entendit son nom. Elle s'arrêta, puis se retourna vers Alexandra qui avait remonté les draps sous son menton.

— Tu veux éteindre l'arbre ?

Ève lui répondit :

— Non, c'est toi qui éteins les arbres.

Et il y avait eu le lundi et le mardi dont Ève ne se souvenait que vaguement. Ils avaient joué dans la neige, mangé, ri. Ils n'avaient parlé que de choses sans importance. Ève ne pensait plus qu'à la petite boîte rose qui attendait toujours son heure.

La petite boîte rose

La petite boîte rose disait : « *N'utilisez que trois jours après le jour où vous attendez vos menstruations.* » Pour Ève, ces trois jours étaient amplement écoulés. À l'intérieur, la feuille disait : « *Recueillez une petite quantité de votre première urine du matin.* »

On était le 24 décembre. Il était près de sept heures. Il faisait encore nuit. Dans la maison, personne encore n'était levé, sauf Ève, qui lisait : « *Le résultat du test peut être obtenu en une heure.* »

Ève se rendait compte qu'elle allait exécuter un geste qui lui révélerait un énorme morceau de son avenir... et que ce serait bien plus sûr que les cartes d'Alexandra.

Alors elle se concentra sur les diverses étapes du test de grossesse, dont elle accomplit avec minutie les instructions comme si elle préparait un mélange explosif. Elle avait l'impression d'être au laboratoire de chimie, à l'école. Mais là, c'était un peu d'elle-même qui fusionnait avec quelques produits chimiques.

Cinq minutes plus tard, tout était en place. Il n'y avait plus qu'à attendre.

L'éprouvette était accrochée à son support au-dessus d'un miroir permettant d'en observer le fond. Tout était petit, mais le résultat serait tellement énorme. Dans moins d'une heure, si des anneaux concentriques se dessinaient au fond du mélange, Ève serait enceinte... ou plutôt elle saurait qu'elle l'était. Mais ne le savait-elle pas déjà ? L'Univers entier, d'ailleurs, ne le savait-il pas déjà ?

Et ce fut au moment où le soleil se leva que la petite boîte rose commença à s'exprimer.

Les petits cercles concentriques apparurent.

Les yeux fixés sur l'impitoyable reflet du petit miroir, Ève, dans la solitude de sa chambre d'enfant, vit trois petits anneaux s'accentuer implacablement.

Elle aurait tellement voulu ne pas les voir.

J'ai besoin de personne

En bas, à côté de l'arbre éteint, Alexandra dormait paisiblement. Ève passa sans bruit et se dirigea vers la grande garde-robe. Un sombre habit de motoneige y était suspendu. C'était celui de Paul. Elle commença à l'enfiler. Lourde de son secret, elle ne voulait éveiller personne, mais il lui semblait que les froissements du nylon faisaient un bruit terrible. Elle jetait de temps à autre un coup d'œil sur son amie. Alexandra ne bougeait pas.

Puis, sur la pointe des pieds dans ses gros bas de laine, elle traversa le salon vers la porte d'entrée. Elle chaussa ses bottes. C'est à ce moment qu'elle entendit bouger. Se retournant, elle vit Alexandra, assise dans les draps, qui ne disait rien.

— Je... je vais prendre l'air. J'ai pris l'habit de Paul parce que...

— T'as rien à m'expliquer, Ève. Tu veux que j'vienne avec toi ?

— J'ai besoin de personne !

C'était sorti comme ça, d'un coup. Aussitôt, elle sentit qu'elle venait de dire une bêtise et qu'elle venait peut-être aussi de montrer sa détresse. Ne pouvant soutenir le regard persistant d'Alexandra, elle ouvrit la porte et se trouva dehors pendant que son amie, accroupie dans le lit, prononçait pour elle-même :

— Dis pas ça, Ève ! Dis pas ça !

Ève ouvrit la remise et trouva les raquettes. Quand Alexandra se décida à venir à la fenêtre, elle était déjà sur le lac et longeait la rive, comme l'autre jour avec Christophe. Mais cette fois, elle n'était qu'un point noir et solitaire progressant sur une grande nappe étale, blanche et ronde.

Le Sentier des amoureux s'enfonçait là, tout près. Avant de s'y engager, Ève se retourna une dernière fois. Sa maison était à peine visible dans l'ombre de la montagne, qui se découpait sur l'éclaboussure lumineuse du matin. Ève ne pouvait distinguer son amie, debout à la fenêtre et pleine de compassion.

Elle se retourna et emprunta le sentier, dont le nom lui parut bien ironique. Il y régnait un silence qui écrasait le bruit des raquettes et le froufrou du nylon. Ève arrivait presque à le palper, ce silence. Il imprégnait l'espace grisâtre et baignait tout d'une intensité oppressante. C'était pourtant le même endroit que celui qu'elle avait connu avec Christophe. Mais il n'y avait plus rien d'insouciant. C'était maintenant un monde grave, traversé par un étrange couloir de neige, étroit et sans fourche. Sans choix.

Devant, le corridor de conifères bifurquait et Ève reconnut l'endroit où Christophe avait coupé le sapin de Noël, jadis, en cette journée heureuse. Elle s'arrêta net.

Là, debout à la place du jeune sapin, un enfant aux yeux bleus, immobile dans son habit doré, se tenait planté. Jean-Sébastien! Et surgit en Ève l'émoi éprouvé quand le petit arbre avait été fauché à sa base. Sa mémoire chancela, traversée par l'éclat de soleil sur la cognée qui s'était abattue et le choc sourd dans le bois tendre du tronc.

Devant l'apparente impassibilité du regard bleu, Ève était habitée de sentiments qui semaient l'anarchie dans ses pensées. Elle se sentait si petite au milieu de cette immensité muette que son esprit se mit en déroute. Elle pensa fuir mais l'affolement la paralysait dans cette curieuse situation, à la fois si banale et si troublante, où un enfant simple d'esprit la regardait, elle, en train de chercher en vain un moyen de s'échapper.

Il y eut un long face-à-face. Le singulier silence avait repris toute sa place. Dedans se tenaient deux silhouettes immobiles, l'une noire, l'autre or.

Au bord de l'évanouissement, Ève prononça ce qui lui vint à l'esprit :

— Jean-Sébastien... aide-moi !

Alexandra avait fait son lit et l'avait retransformé en divan, avec précaution, pour ne pas éveiller les autres. Malgré une certaine inquiétude, elle sentait qu'Ève avait besoin de cette solitude vers laquelle elle s'était sauvée. Si les autres se levaient, il y aurait des questions et des alarmes inutiles. Et puis il y avait cette parole prononcée par Ève, avant de partir, et dont Alexandra connaissait tellement bien la signification. Elle l'avait elle-même déjà si souvent lancée. Elle savait que c'était un cri. Un cri maladroit et désespéré. Contre une injustice.

D'habitude, c'étaient des jeunes révoltés comme elle qui proféraient cela. Ou comme ce Paul Letendre qu'Ève avait tant aimé. D'habitude, ces mots-là ne venaient jamais de filles sages comme Ève Paradis. Alexandra se dit que l'injustice devait être bien grande. Elle commençait d'ailleurs à en deviner la nature.

Là où un sentier bifurquait, une jeune fille désemparée avait demandé de l'aide à un enfant, mais l'enfant n'avait pas bronché et son regard était resté de glace. Comme pour se dérober, la jeune fille avait fait quelques pas de côté. Les yeux d'acier avaient suivi le mouvement. Parfaitement attaché aux moindres gestes de la jeune fille, l'enfant avait pivoté, sans un cillement, jusqu'à ce qu'elle s'arrête. Aussitôt, Ève comprit qu'elle ne pourrait jamais échapper à la vérité, ni ne pourrait cacher quelque chose à cet inéluctable enfant du silence qui avait l'air de flotter devant elle, au-delà des mots.

Alors, habitée d'un grand vertige, elle se mit à parler. Abondamment.

Ce fut Pierre qui descendit le premier. Alexandra était dans la cuisine à presser des oranges.

— Bonjour, Alexandra.

— 'jour, m'sieur Tremblay.

— T'es matinale, toi.

— J'aime ça, me lever d'bonne heure... pis me coucher tard aussi. C'est une habitude que j'ai. Chez nous, j'ai jamais dormi ben ben, 'savez.

— Tu te sens bien?

— Çartain, m'sieur Tremblay. Ça m'fait du bien d'être icitte. Vous êtes ben fins. Mais ça durera pas. Un jour, va ben falloir que j'y r'tourne, dans mon trou.

Pierre voulut répliquer, mais changea plutôt de sujet :

— En attendant, on a encore une belle journée devant nous. Si on allait réveiller les autres pour qu'ils en profitent?

— Moi, j'suis pour qu'on les laisse dormir. Savez, le sommeil, c'est bon pour oublier.

— C'est vrai, ça... surtout ma fille. Elle en a tellement besoin.

Évidemment, en disant cela, Pierre pensait à la mort de Paul.

Paul est pas mort

Dans le sentier, même si cela n'avait aucun sens, Ève parlait à un enfant qui ne comprenait probablement rien :

— Paul est pas mort, tu comprends ? Une partie de lui est encore vivante, là, dans mon ventre. Tu te rends compte de ce que je te dis là ? Grâce à moi, il est pas mort. Il va revivre. Parce qu'une petite partie de lui s'est accrochée à une partie de moi, et que cette petite partie, c'est Paul. C'est ses cheveux en désordre, ses yeux noirs, sa peau foncée. Son sourire aussi. Puis sa colère. Puis son amour pour la nature, et les Laurentides. Puis aussi sa passion pour la moto. Tu vois, c'est tout ça que j'ai dans le ventre et qui veut se mêler à moi. J'ai même déjà commencé à parler comme lui. Déjà je suis moins sage, puis moins raisonnable.

Et là, plus rien ne semblant l'arrêter, Ève s'emporta :

— Imagine ! Je suis pleine de Paul. Pleine de ce qu'il m'a donné et que je désirais tant. Pleine pour de vrai ! J'me sens responsable de ce que je porte là. J'me sens importante aussi. Un enfant à moi ! Penses-y ! Pouvoir le cajoler, le dorloter, l'aimer. C'est si beau. Parce que Paul, il m'a aimée, tu comprends ? Bien sûr, maman et papa aussi, ils m'ont aimée, mais ils m'ont jamais désirée, eux autres. Comme Paul, j'veux dire. Paul me désirait, lui. Avec Paul, j'étais une femme. Pas une enfant !

Jean-Sébastien la regardait toujours. Ève se sentait libre de parler. Elle s'emporta. Ses paroles frôlaient l'hystérie :

— Je veux me nourrir de Paul. M'en nourrir jusqu'à être grosse. Tu m'entends ? Grosse et fière de l'être, à part ça ! Puis j'me cacherai jamais. À la poly, ils vont tous me voir. Jusqu'au dernier mois. Ça leur apprendra ! Surtout les adultes. Ils vont voir que Paul est pas mort. Qu'ils ont pas réussi à le tuer. J'vas leur en mettre plein la vue avec ma bedaine. Il va y avoir des fleurs dessus... j'vas me promener comme une reine !

Ève était prise par une vision qui enflammait son imagination. L'enfant, devant elle, ne bronchait toujours pas.

Christophe descendait l'escalier. Il n'avait guère dormi. Pendant toute la nuit, il avait pensé à Ève. Il avait revécu cette si belle journée dans le Sentier des amoureux, et ce moment intime où Ève et lui s'étaient embrassés pour la première fois dans la neige. Et aussi ce moment d'abandon, sur le divan, chez Tony. Et surtout ces paroles incroyables qu'Ève avait prononcées après, dans la rue : « J'pense que j't'aime. » Christophe s'en souvenait bien, c'était hier. Mais depuis, quelque chose n'allait plus. Ève était ailleurs.

— Ç'a pas l'air de filer fort, mon grand, lança Pierre.

— Non, pas terrib'... j'ai pas beaucoup dormi.

— En tout cas, il y en a une, en haut, qui a pas de problème avec ça, on dirait.

— Ouais.

Alexandra, qui écoutait discrètement, avait vu le dur regard de Christophe.

— Alexandra nous a préparé un jus d'orange.

Christophe prit son verre et vit, sur la table, celui d'Ève.

— Monsieur Tremblay, j'aurais quelque chose à vous dire, au sujet de vot' fille.

Le ton semblait grave. Le grand garçon eut un moment d'hésitation à cause d'Alexandra qui le regardait. Puis il plongea :

— Voilà. J'suis amoureux ! C'est épouvantable, mais j'pense rien qu'à Ève depuis une semaine. J'vous l'dis, j'en ai pas dormi de la nuit. Même là encore, je pense rien qu'à elle, qui dort en haut. Je la trouve tellement belle que ç'a pas d'bon sens. J'ai le cœur à l'envers. Moi, le grand échalote, pis elle, qui est si p'tite. On fait une drôle de salade. On ressemble à Mutt and Jeff, à c'qu'i' paraît. Mais ça fait rien. Je l'aime. C'est ben simple, j'me marierais avec si ça avait du bon sens. Pis elle aussi, elle m'aime. Elle me l'a dit. J'vous l'jure. On était dans rue. Je devais avoir l'air d'un vrai fou tellement j'étais content. Mais là, ça marche pus.

Il reprit son souffle et poursuivit :

— J'aime pas ça, dire ça, mais depuis qu't'es là, Alexandra, on dirait que j'existe p'us !

— T'es sûr que c'est à cause de moé?

Le Sentier des amoureux

Debout dans la neige du sentier, devant l'enfant, Ève s'imaginait déjà, durant les grandes chaleurs de juin, en robe de maternité ample et légère, la bedaine bien en avant, ronde et fière de l'être, avançant sur les pelouses de la polyvalente et s'ouvrant un chemin au milieu de la foule qui s'écarterait avec respect à la vue du miracle incroyable... Le retour de Paul !

Cette vision fut interrompue de façon abrupte par Jean-Sébastien, qui, en deux bonds subits, avait disparu... « Heee ! »

Ève n'eut pas le temps de s'étonner, le sol se dérobait sous ses pieds et ses raquettes basculaient vers le ciel. Elle se retrouva encore une fois sur le dos. Et lui réapparut l'enfant, debout devant elle, comme un trophée, le sourire figé.

— Pourquoi tu fais ça ?

Pour toute réponse, l'enfant se retourna et se mit à courir, disparaissant dans la neige qu'il soulevait lui-même. Au bout d'un moment, la tornade se calma et Ève vit la ronde silhouette, plus loin, au tournant du sentier.

Elle se leva, lui jeta un dernier regard et fit mine de s'en retourner chez elle. Aussitôt, l'enfant se mit à sauter sur place et à battre des bras. Comme devant l'école. Ses grosses mitaines tapaient avec force sur les côtés de son habit doré. Ève s'immobilisa. Il cessa son mouvement. Elle haussa les épaules et voulut repartir, mais l'enfant reprit son manège avec une violence accrue. Le bruit résonnait en écho dans l'air du matin, comme une protestation. Ève s'arrêta. Elle l'observa de nouveau. Il s'était encore immobilisé.

Ne sachant trop que faire, elle se dirigea vers lui, mais quand elle ne fut plus qu'à quelques mètres il détala de nouveau et alla s'arrêter au tournant suivant.

Ève continua à marcher, mais dès qu'elle approchait de l'enfant il déguerpissait. Le manège se répéta ainsi de nombreuses fois. De toute évidence, Jean-Sébastien voulait qu'Ève le suive.

Pourquoi ? Ça, elle n'aurait su le dire. Pas plus d'ailleurs qu'elle n'aurait su dire pourquoi elle le suivait. Ce sentier-là menait à Saint-Albert.

Ève sentait que quelque chose l'attirait vers ce village qui échappe au temps.

Ève marchait depuis une demi-heure. Elle avait adopté un rythme régulier qui ne se préoccupait guère des départs et des arrêts de l'enfant. Au début, elle s'était demandé comment il faisait pour évoluer ainsi sur la neige, sans s'enfoncer. Mais la question lui parut futile et elle se mit tout entière à l'attention de son corps et de sa respiration. Bien oxygénée, elle progressait avec efficacité. Chaque pas était semblable à tous les autres, en ampleur et en durée. Unis dans un tempo uniforme, tous ses membres répondaient bien et une chanson lui monta à la tête : « Les amoureux/de Saint-Albert... ne sont pas tous/des militaires !... » Et cette marche vivifiante expulsa toute pensée en elle, créant dans son esprit un vide au milieu duquel se mirent à flotter quelques cellules intimement liées, issues de deux êtres humains cherchant déjà l'unité.

Le sentier passait par un vallon, entre deux montagnes. Ève suivait toujours aveuglément l'enfant, dont la manœuvre, têtue, ne souffrait aucune variation. Dès qu'Ève s'approchait de lui, Jean-Sébastien filait comme une trombe et allait se planter un peu plus loin, sans le moindre brin d'impatience. Alors Ève levait la tête pour s'assurer qu'il était toujours là. Puis rabaissait les yeux sur la neige jusqu'à ce que son guide décampe de nouveau.

Tous les deux, ils longèrent ainsi la montagne. Ils progressaient maintenant sur un de ses flancs. Ève allait encore une fois atteindre Jean-Sébastien. Encore une fois, elle sentit qu'il repartait. Elle fit quelques pas. Puis leva les yeux. Mais ne le vit plus. Le sentier continuait, mais il était vide...

Plus d'enfant.

Elle poursuivit tout de même sa marche jusqu'au prochain tournant. Là encore, personne. Jean-Sébastien avait disparu. Ève s'arrêta. Se retourna. Le sentier, derrière elle, était tout aussi désert. Au-dessus, entre les deux montagnes, le soleil cherchait à percer le voile du matin. Silence. Ève revint sur ses pas, à l'endroit où elle avait vu l'enfant pour la dernière fois. S'arrêta et se mit à l'écoute.

D'abord, elle n'entendit rien. Puis un léger bruit monta à ses oreilles. C'étaient des coups sourds et réguliers, comme les battements d'un cœur. Elle en chercha l'origine. Cela semblait venir de nulle part. Il lui était même impossible de dire s'ils provenaient de très loin ou de très près. Elle regarda autour d'elle.

C'est alors qu'elle vit, entre les arbres qui s'ouvraient, le village. Oui, Saint-Albert reposait là, devant elle, calme au creux de sa petite vallée.

À ce moment, derrière Ève, le voile dans le ciel se déchira et un rayon de soleil fila au-dessus de sa tête. Le village le reçut de plein fouet. Saint-Albert devint intense et la neige qui le recouvrait se fit presque rose. Cela faisait mal aux yeux. Ève baissa le regard entre les arbres, au pied de la montagne. Et vit l'enfant. Il sautait sur place et battait des bras.

Il s'agitait avec une telle véhémence qu'Ève eut envie de lui crier d'arrêter de s'énerver, qu'elle arrivait. Elle se retint et chercha plutôt à comprendre par où il était passé. Elle le comprit très vite. Entre les arbres se dessinait une longue trace dans la neige. Jean-Sébastien s'était laissé glisser dans cette allée naturelle, une pente longue et abrupte.

En bas, l'enfant ne se calmait pas. Ève n'aimait pas cela. Elle regarda à droite, à gauche, cherchant une issue. Retourner à la maison? Elle s'était rendue déjà beaucoup trop loin pour faire demi-tour. Poursuivre dans le sentier? Cela l'obligerait à un détour inutile. S'engager dans cette descente avec des raquettes? Elle risquait de se blesser. Et pendant qu'elle hésitait ainsi, Jean-Sébastien, au pied de la montagne, accentuait sa danse frénétique. Le choc des mitaines sur l'habit lui parvenait avec une fraction de seconde de retard. Il y avait quelque chose d'étrange dans l'air.

Alors, suivant un curieux instinct, Ève se pencha et détacha les sangles de ses raquettes, qu'elle planta dans la neige, à côté d'elle. Puis elle avança sur le bord de la pente.

L'espace, devant elle, lui parut vertigineux. Elle jeta un dernier coup d'œil sur le village. Et elle pensa à celui qui dormait sous le sapin, chez elle.

Puis, avec précaution, elle s'assit sur le bord et avança ses bottes. Jean-Sébastien, en bas, se calma un peu. Et, fermant presque les yeux, ne se demandant surtout pas pourquoi elle faisait cela, Ève se laissa glisser dans le précipice.

Dans la maison en face du lac, le déjeuner s'était poursuivi dans le silence. Plongé dans ses pensées, Pierre Tremblay sentait que des heures cruciales étaient en train de se dérouler. Il songeait à Xavière, à cet amour qui s'éloignait de lui, et qui allait être mère d'un enfant, le sien. Mais également il pensait à ce grand Christophe qu'il aimait bien et qui venait de se déclarer amoureux de sa petite Ève.

Il se leva pour aller chercher sa fille qui dormait en haut.

Cette fois-ci, Alexandra savait qu'elle ne pourrait le retenir.

Couchée sur le dos, les pieds en avant et les bras en croix, Ève tentait de freiner sa chute. La neige, quoique lourde, n'était pas dure, mais Ève en charriait une grande quantité avec elle, et cela s'ajoutait à son poids et lui faisait prendre de la vitesse. Avec ses bras pour gouvernail, elle cherchait à garder ses pieds en direction du bas de la pente.

Mais soudain elle se mit à basculer. Elle eut beau faire des efforts de rétablissement, la neige qui roulait autour augmenta son inclinaison. Elle perdit alors le contrôle et se mit à dériver dangereusement sur le côté, vers les arbres. Elle voulut se raidir, mais le mouvement irrésistible l'entraînait. L'enfant, en bas, ne bougeait plus. La tête vers l'arrière, il regardait. Bousculée dans le grondement de toute cette neige qui dégringolait avec elle, Ève sentait que ça allait vite. Très vite. Les secousses se faisaient rudes et la neige mouvante l'ensevelissait de plus en plus. Elle continuait à dévier du centre de l'allée. Elle allait atteindre le bas de la montagne. Son corps inerte, emporté dans le tourbillon, frôlait les arbres. Dans son abandon, elle évita de justesse le dernier sapin. Elle fonçait sur l'enfant et un énorme pouf! fit jaillir une gerbe de neige.

Et tout s'immobilisa.

Il n'y avait plus maintenant qu'un enfant cloué sur place, debout dans un habit aux reflets dorés qui chatoyaient au soleil. Avec du blanc impassible tout autour. Du blanc qui cherchait à se faire rose.

Des nouveaux mots

Pierre Tremblay descendait l'escalier et tenait dans sa main un support auquel était accrochée une éprouvette. Sous l'éprouvette, il y avait un miroir qui permettait d'en observer le fond. Dans l'autre main, il tenait un grand papier qui disait, tout bonnement :

« *Si l'image que vous observez dans le miroir présente des anneaux concentriques bien nets comme sur l'illustration B, le test est positif et l'hormone de grossesse a été décelée.* »

Il déposa le tout sur la table. Alexandra comprit tout de suite. Christophe s'approcha.

— C'est tout ce que j'ai trouvé dans sa chambre, prononça enfin Pierre. Ève est pas là.

— Je sais.

On se retourna vers Alexandra.

— Elle est partie en raquettes à matin, de bonne heure. Mais vous inquiétez pas... elle a besoin de pers... euh... elle a besoin d'être toute seule.

— Pourquoi tu nous l'as pas dit avant ?

— Elle va revenir, vous en faites pas. Elle veut juss' qu'on la laisse tranquille. Mettez-vous à sa place.

Là, Christophe, abasourdi et dépassé, lança :

— Mettez-vous à sa place! Mettez-vous à sa place! Cou'don, c't'une vraie manie que t'as, toé, de tout l'temps nous d'mander d'imaginer qu'on est une fille?

À ces mots, Alexandra sentit monter l'acide de son ancienne révolte. Ses yeux noirs eurent de mauvais éclats. En un instant, l'être hérissé enfoui en elle refit surface.

— C'est pas facile d'être une fille, han?

— Ève est enceinte, là, c'est grave!

— Qu'osse tu connais là-d'dans, toé, d'être enceinte?... T'as déjà été enceinte?... Bon, ben tu s'rais mieux d'la farmer, Don Quichotte! Ève, est capab' de s'débrouiller tu seule! C't'une femme! Des problèmes de même, on connaît ça, nous autres!

— Ben oui... on sait ben... toé, tu connais toutt'!

— Non! j'connais pas toutt'! Mais être enceinte, ça...

Sa gorge se serra pour étouffer les paroles qui voulaient crier leur vérité. Tout son corps se contracta pour les réduire au silence. Mais ce nouveau refoulement était bien au-dessus de ses forces. Alexandra ne pouvait contenir toute l'avalanche des mots qui surgissaient.

— Ben, si tu veux toutt' savoir... je l'ai déjà été, moé 'si, enceinte!

Ce fut comme un bouchon qui sautait:

— Pis enceinte de mon père, à part ça! Fa' que j'ai pas eu l'choix: a fallu que j'me fasse avorter! C'est ça, t'as compris... avorter... c'est comme ça qu'ça s'appelle. Tu voé-tu une autre possibilité, toé? J'avais treize ans... j'aurais eu un fils qui aurait été mon p'tit frère... ou une fille qui aurait été ma p'tite sœur! Ça, ça s'appelle l'inceste. C'est l'fun, han?... T'apprends des nouveaux mots. Pis t'es apprends en crisse! C'est pas comme à l'école! Là, c'est pour de vrai! Pis c'est là qu'j'ai commencé à être lette!

Christophe faisait ses yeux ronds qui ne comprennent rien. Alexandra continuait:

— Pis en plus, ça s'est passé dans les ment'ries. Moé, j'faisais accroire à la travailleuse sociale que c'était pas mon père, que c'était un autre gars. Pis mon père, lui, faisait semblant d'être en ostie cont' le gars. Pas pire, han? Moé, j'avais pas l'choix. Mon père me menaçait...

Puis elle lâcha tout le reste :

— J'ai jamais eu l'choix de toute façon! J'ai même pas eu l'choix d'naître! Tu m'entends-tu, là? J'ai même pas eu l'choix d'naître! Parce que ma mère... ma maman à moé... 'est morte à ma naissance. Elle avait quarante ans pis elle a jamais voulu prendre la pilule, pis encore moins se faire avorter. 'Est morte à cause de ses principes. Pis c'est elle qui est morte... pas moé... Elle! pas moé! Ah... aaahh... wwéééééé...

La figure d'Alexandra n'était plus qu'une grimace. Son nez coulait et les larmes jaillissaient. Les joues inondées, son corps braillait toute son énergie. Sa bouche tordue essayait d'articuler des mots, mais ce n'étaient que des voyelles informes.

Les deux hommes faisaient pitié à voir. Secouée de soubresauts, Alexandra leur tendait les bras, mais elle ne trouva que le vide.

Épuisées, ses mains croulèrent sur la table.

Le village

Au pied de la montagne et de l'enfant, quelque chose avait bougé dans la neige. C'était la tête d'Ève Paradis qui émergeait. « En haut, le ciel... en bas, la neige ! Devant, le village... derrière, la montagne ! Puis au milieu, l'enfant... en plein milieu ! » Ève reprenait ses esprits.

Aussitôt, Jean-Sébastien, implacable, déguerpissait. Il atteignit la route qui faisait une courbe tout près. Ève se leva avec précaution. Le dernier choc avait été énorme mais tout son corps semblait l'avoir bien absorbé. Sûrement à cause de la grande quantité de neige.

Elle fit quelques mouvements. Tout semblait correct. Rien de cassé. Et elle pensa à son ventre. Elle posa ses mitaines dessus. Elle eut alors une sueur froide qu'elle ne comprit pas. Un frisson ambigu...

Entre la peur et le soulagement.

Dans le village de Saint-Albert, ce jour-là, les gens paraissaient particulièrement heureux. Noël arrivait. Dans leur tête, c'était la fête et quand ils aperçurent Jean-Sébastien qui courait dans la rue principale leur joie fut décuplée par ce petit bonhomme rond et vif qui faisait partie de leur vie.

Tous les véhicules se mirent à ralentir. On connaissait la fâcheuse habitude qu'avait l'enfant de se jeter devant, ou de lancer des mottes dessus. Quelques-uns même s'étaient immobilisés, attendant qu'il s'éloigne. Ce n'était jamais très long et il n'y avait aucune impatience. À Saint-Albert, personne n'était pressé.

D'un pas régulier, Ève Paradis arrivait derrière. Quelques villageois la reconnurent. Et la saluèrent. Ève répondait par «Joyeux Noël! monsieur Galarneau» ou «Heureuses fêtes! madame Robitaille». Elle passa devant l'église. Dans ce village, c'était l'édifice qui dominait encore.

Pendant ce temps, Jean-Sébastien arrivait devant le magasin de sa mère. Les clients sortaient, les bras chargés de paquets. Noël, c'était demain. C'était cette nuit. Quand Ève arriva, l'enfant entra. Elle le suivit.

Madame Meilleur trônait toujours au même endroit, devant sa vieille caisse enregistreuse dont le sourd tintamarre était marqué de tintements de clochette. La pauvre femme faisait tout avec un sourire qu'Ève jugea forcé. Elle entrait les prix, faisait les paquets, donnait la monnaie et le coupon, et exprimait de généreux souhaits en saluant les gens. Elle les connaissait tous par leur nom. Et le tiroir-caisse allait et venait avec fracas. De temps à autre, elle essuyait ses doigts sur son tablier. Ève eut envie de la saluer, mais n'osa pas la déranger. Elle chercha plutôt l'enfant. Il avait encore disparu.

Ève se mit à parcourir le magasin, mais tout de suite une idée lui vint. Elle se dirigea vers la dernière allée. Comme l'autre fois, il n'y avait personne. Elle se trouva entre les décorations de Noël et les grandes poupées. C'était toujours très sombre. Les poupées étaient alignées, belles comme elle les avait laissées l'autre jour. Jean-Sébastien se tenait debout dans sa boîte.

Ève se plaça devant lui et avança les mains pour le toucher. Ses doigts allaient atteindre la joue... mais l'enfant lui échappa encore. La grande boîte était vide et une lumière bleue frappa Ève au visage.

Elle eut un court vertige. Elle prit un moment avant de réaliser ce qui s'était passé. Le fond de la boîte s'était ouvert. C'était une porte. Il n'y avait plus qu'un trou lumineux devant elle.

L'hésitation ne l'arrêta pas longtemps. Ève fit un pas en avant. Puis un autre. Et pénétra dans le monde bleu de Jean-Sébastien.

Xavière

Pierre était allé chercher des mouchoirs. Christophe était resté là, sans bouger. Alexandra se mouchait bruyamment. Sa respiration avait des soubresauts. D'ultimes sanglots la secouaient encore. À ses pieds, les mouchoirs tombaient comme de gros flocons de papier blanc. Christophe, ne sachant trop que faire, alla chercher une petite poubelle et se mit à les ramasser. Sous la table, Ajax, les yeux mouillés, le regardait faire.

Alexandra prit quelques profondes inspirations qui n'arrivaient pas à la calmer tout à fait. Elle leva les yeux. Ils étaient rouges. Pierre avait de la misère à soutenir ce regard. Un bruit d'automobile se fit entendre. Il se leva et alla voir à la fenêtre. Il se retourna et annonça, souriant :

— Xavière !

Alexandra n'avait jamais rencontré cette femme, mais quand elle vit apparaître dans la porte cette douce et élégante silhouette, une onde de soulagement acheva de l'apaiser. Xavière avait un sourire calme et respirait le bonheur d'être ce qu'elle était et d'avoir ce qu'elle voulait. Pierre s'était approché et avait eu envie de la prendre dans ses bras, mais l'avait simplement embrassée sur la joue :

— Xavière, tu es resplendissante. Tu me donnes ton manteau ?

— Merci, Pierre.

— Je suis content que tu sois là. On a une nouvelle pensionnaire que tu connais pas, j'pense. Elle s'appelle Alexandra. Elle est ici depuis quelques jours.

Alexandra avait baissé la tête, peut-être pour cacher ses yeux rouges. Xavière s'était avancée.

— Ça me fait plaisir de te rencontrer, Alexandra. C'est un nom d'empereur que tu as là.

Alexandra leva les yeux et saisit la main qu'on lui tendait.

— 'jour, m'dam'.

— Tu peux m'appeler Xavière si tu veux.

— Xavière! C'est la première fois que j'entends un nom d'même.

— Alexandra, c'est rare aussi.

— C'est drôle, toué deux, on a un *x* dans not' nom.

Xavière sourit, puis se retourna vers Christophe qui tenait la petite poubelle sur sa poitrine.

— Qu'est-ce que t'as là? As-tu peur qu'on te vole?

— Oh, c'est rien... je faisais un peu de ménage.

— Tu m'embrasses pas?

— Oh oui, bien sûr, Xavière. C'est l'fun que tu sois venue.

Il déposa la poubelle, s'approcha et lui fit la bise.

— Eh bien, mon grand, j'espère que tu mets plus de chaleur que ça quand tu embrasses ta blonde.

L'image d'Ève lui sauta à la tête. Il fut troublé.

— Eh bien, tous les trois, vous en faites, une tête. C'est Noël, là. On a un réveillon à préparer. C'est pour ça que je suis venue de bonne heure. On a pas mal de popote à faire, non? Mais, dites-moi, Ève, où elle est?

Pour toute réponse, elle entendit un gémissement sous la table. Elle se pencha et vit Ajax.

— C'est mon chien, dit Alexandra. Il s'appelle Ajax. Il est très vieux. Il a un *x* dans son nom, lui 'si.

Le monde bleu de l'enfant

Quand Ève mit le pied dans la chambre de Jean-Sébastien, ce fut comme si elle avait mis le pied dans de la lumière bleue. Une très large bande de soleil illuminait la moitié du plancher. Orientée franc sud, la pièce était inondée de clarté. Devant, Ève aperçut un mur à peine plus haut qu'elle. Au-dessus et sur toute la longueur s'élevait une sorte de verrière avec des montants. Pour atteindre le plafond, qui était haut, elle faisait un angle de quarante-cinq degrés. On n'y voyait qu'un ciel plus bleu que bleu. Toute la lumière venait de là. Ève pensa à un atelier de peintre. À l'intérieur, tout paraissait bleu, mais tout y était peut-être blanc. Le plancher, le plafond et les murs nus. Chaque objet semblait enveloppé d'azur.

En vérité, bien peu de choses meublaient la chambre. Quelques cubes étaient disposés symétriquement, le long du petit mur, sous la verrière. Au centre, une grande chaise berçante allongeait son ombre sur le plancher. Et à droite, près d'une porte fermée, il y avait le rectangle d'un lit aux dimensions modestes. Aucun jouet, aucune décoration, rien d'autre que ces quelques formes dépouillées avec, en plein milieu, près de la berceuse, l'enfant, auréolé de lumière dans son habit doré.

Ève avança vers lui avec un brin d'appréhension. Depuis le matin, elle se rendait compte qu'elle avançait ainsi vers l'enfant, sans jamais l'atteindre. Cela ressemblait à un rêve. Et là, encore une fois, juste au moment où elle allait le toucher, il s'esquiva et alla s'immobiliser près du lit.

Ève se dirigea de nouveau vers lui. Aussitôt, dans le froufrou de son habit de nylon, il s'échappa pour aller s'arrêter près de la berceuse. Aucun des deux ne bougea. Cela dura de longues secondes. À la fin, Ève dit simplement :

— Je suis épuisée. J'abandonne. Je sais pas où tu veux en venir. On a traversé toute la montagne. Il faut que je me repose un peu.

À ces mots, comme s'il avait compris quelque chose, l'enfant porta une main à son cou et tira sur la ficelle. Le capuchon se relâcha. Il porta ensuite la main à sa tête. D'un vif mouvement vers l'arrière, il dégagea ses cheveux raides qui lui firent une couronne noire, ébouriffée.

— Paul! s'exclama Ève.

Évidemment non, ce n'était pas Paul Letendre qui se tenait là, devant Ève Paradis. C'était, bien sûr, le fils de madame Meilleur, qui s'appelait Jean-Sébastien. Mais ce court moment de confusion permit à Ève de réaliser toute la fatigue qu'elle avait accumulée depuis le matin alors qu'elle s'était levée avant le soleil pour exécuter le test de la petite boîte rose.

Éprouvant une extrême lassitude, elle s'assit sur un coin du lit et observa Jean-Sébastien, près de la berceuse, qui s'était débarrassé de ses mitaines et de ses bottes d'hiver. Il était en train d'ouvrir son habit de neige. En deux mouvements, le vêtement tomba à ses pieds. En dessous, il portait un collant qui le couvrait en entier. Il avait l'apparence d'un gringalet qui ne devait pas peser plus de quarante kilos. Mais beaucoup d'énergie semblait sourdre de ce petit corps vigoureux aux muscles fins. Puis, sans avertissement, l'enfant alla s'asseoir sur la chaise et commença à se bercer avec vigueur, regardant droit devant.

La berceuse obéissait aux aller-retour têtus de l'enfant. Au bout de chaque mouvement, le bois faisait tic-tic! et l'ombre sur le plancher allait et venait, comme un long pendule.

Et c'est ainsi que le temps se mit à s'écouler...

Tic-tic!... tic-tic!... tic-tic!...

Dernière illusion

È ve regarda autour d'elle. Il n'y avait que le lit sur lequel elle était assise, inondé de soleil. Les draps semblaient propres. Un coin était même ouvert, comme pour l'inviter. Elle n'en pouvait plus. Elle ne résista pas. Elle enleva ses bottes et ôta son habit de neige noir. Convaincue que l'enfant était parti dans son monde et ne pouvait la voir, elle se débarrassa de tous ses vêtements, qui étaient humides. Elle sauta enfin dans le lit et se coucha sur le dos, remontant le drap par-dessus sa tête.

Là, baignant dans une lumière marquée d'un point intense qui jouait dans le tissu, elle ferma les yeux et se mit à l'écoute. Et s'assoupit aussitôt, comme c'était son habitude...

Déjà, on cognait à la porte de son sommeil : Tic-tic !... tic-tic !... tic-tic !... et elle laissa venir à elle ce rêve insistant qui se trouvait au-delà du rideau blanc, qu'elle abaissa.

Devant elle, l'été s'étendait sur les Laurentides. Une brise chaude lui caressait le visage et soulevait sa chevelure. Elle fit un pas et se trouva dans un champ. De longues herbes lui fouettaient délicatement les jambes. Une route déserte passait tout près et allait se perdre en ondoyant dans les verts tendres des montagnes. Au-dessus, aucun nuage. En plein zénith, le soleil était enfoncé comme un clou dans l'azur infini.

Ève avança jusqu'au bord de la route. Elle n'entendait que le bruit des galets sous ses pieds nus et le zéphyr qui lui murmurait à l'oreille une lointaine rumeur. Elle tourna la tête. De sa main, elle dégagea son regard.

Au loin, là où la route se perdait dans les montagnes, elle aperçut un petit éclair qui s'éteignit aussitôt. Elle avança sur l'asphalte brûlant, pour mieux voir. Sous ses pas, elle ne sentait rien et ses yeux cherchèrent à percer le paysage là-bas. Et le petit éclair réapparut, et cette fois persista, se changeant en un vif scintillement.

Alors la rumeur du vent se transforma en un lointain vrombissement. La lumière sur la route s'intensifia. Presque immobile, le tout se transforma en une sorte de bolide étincelant qui flottait dans la vapeur, juste au-dessus d'un fin mirage liquide. Ève se sentait clouée sur place.

Là-bas, le bruit et la lumière s'amplifiaient et cherchaient à s'unir. Cela prenait la forme d'une motocyclette chevauchée par un être aux cuirs luisants... et au casque à la visière baissée. Cela fonçait sur elle, comme une bombe. Le bruit et la lumière faisaient vibrer tout l'espace. Fragile et vulnérable, elle porta les mains à ses oreilles. Le grondement était devenu une épouvantable stridulation. Elle ferma les yeux et fut aussitôt traversée par la vision foudroyante. Une éblouissante déflagration se produisit. En une seconde, tout, en Ève, flamba comme de la poudre. Pour s'éteindre aussitôt.

Elle chancela sur la route. Sa chevelure se calma et son corps ressentit la brise chaude qui était de retour. Elle ouvrit les yeux. Puis se retourna.

L'engin, qui avait fait demi-tour au loin, lentement revenait vers elle, dans un grondement tranquille. Puis alla s'immobiliser sur l'accotement. Le motocycliste posa une botte par terre. De sa main gantée il tourna la clé. Le moteur s'éteignit et le silence tomba. Le motocycliste appuya l'engin sur son support. Sous sa semelle, il n'y avait que le crissement des galets.

Il était maintenant debout devant la jeune fille. Dans un coin de la visière, Ève vit la réflexion de sa propre image... comme jadis. Dans le reflet, elle était nue, mais cela ne la gênait pas. Le motocycliste posa alors ses mains de chaque côté de son casque. Puis dégagea sa tête. Et ses cheveux firent une couronne noire, ébouriffée.

Solennellement, le garçon déposa son casque sur le guidon de la moto. Puis s'approcha. Dans ses cuirs noirs qui craquaient, il marchait lourdement. Ève se mit à parler rapidement. Trop rapidement :

— Oh, Paul! Je suis heureuse... tu es là... tout s'arrange... il fait si beau. Dans mon cauchemar, c'était l'hiver et c'était plein de neige partout. J'étais seule... j'étais mal... je savais pas quoi faire. Mais là, avec toi, tout va s'arranger... on va partir tous les deux... comme autrefois... on va faire les Laurentides... on va penser à rien. Oh oui, Paul, prends-moi... amène-moi loin d'ici...

À ces mots, le jeune homme enleva un gant et lui tendit la main. Elle crut qu'il allait l'amener sur sa moto, mais il l'attira vers le champ. Elle se laissa entraîner... car n'importe où, avec lui, elle irait. Pourvu que ce soit dans l'insouciance.

Il la prit dans ses bras et la coucha sur l'herbe. Elle ferma les yeux et sentit un baiser se poser sur son visage... et l'herbe caresser son corps. Elle s'abandonna à ces effleurements. Autour d'elle, la lumière avait baissé. Tout s'était assombri. Le soleil sur son corps semblait s'être éteint. C'était Paul, sûrement, qui le lui cachait. Elle ouvrit les yeux...

Madame Meilleur était penchée sur elle.

— Oh!

— Qu'est-ce qu'y a, ma p'tite? Ça va pas?

— Non, ça va pas... ça va pas du tout. Je... je suis enceinte!

Madame Meilleur eut besoin de quelques secondes avant de comprendre :

—Ma pauvre enfant!

Premières inquiétudes

Calmement, Alexandra avait repris toute son histoire pour Xavière. Rien que pour elle. Parce que, dès l'arrivée de cette femme, elle s'était sentie en sécurité et avait eu envie de se confier. Toutes les deux, elles s'étaient assises à l'écart, sur le divan. Pendant tout le récit, la femme avait tenu la main de la jeune fille. Ajax, à leurs pieds, ne perdait pas un mot.

Pierre et Christophe avaient fait la vaisselle et nettoyé la cuisine. Surtout, ils avaient écouté en silence le filet de voix par lequel s'était de nouveau échappée cette histoire incroyable. Mais était-ce vraiment la même histoire ? La première fois, ç'avait été une tornade qui les avait soufflés. Maintenant, parce qu'elles étaient livrées sans violence, toutes ces monstrueuses vérités leur paraissaient presque possibles.

Quand la voix d'Alexandra s'éteignit, plus rien n'était comme avant. Christophe renifla un bon coup et se retira aux toilettes. Pierre regardait bêtement devant lui. Les deux femmes, sur le divan, étaient penchées sur leurs mains unies. Au bout d'un moment, il sentit monter en lui une autre histoire. Une histoire pressante. Il y avait là une femme qui pouvait la recevoir :

— Xavière...

Elle se tourna vers lui. Christophe revenait des toilettes.

— C'est Ève, commença-t-il. Elle est enceinte. Je sais pas quoi faire avec ça. Puis là, en plus, je sais même pas où elle est rendue.

Christophe ouvrit la bouche pour ajouter quelque chose, mais il fut coupé par la sonnerie du téléphone. Deux fois, trois fois encore, l'appel se répéta dans l'espace. Le tintement insolite arrachait de longues tranches à leur silence. Pierre fut le premier à réagir :

— J'y vais.

Il décrocha et une voix de femme répondit à son « Oui, bonjour » :

— Monsieur Tremblay... c'est madame Meilleur... de Saint-Albert. Je vous appelle au sujet de votre fille, Ève.

Pierre eut un sursaut d'inquiétude. Les autres s'en aperçurent.

— Ève ? Qu'est-ce qu'y a ?

— Il y a rien, monsieur Tremblay. Justement, je vous appelle pour vous dire de pas vous inquiéter. Votre fille est chez nous.

— Mais... qu'est-ce qu'elle fait là ?

— Vous en faites pas, elle est en sécurité. Elle est venue au village par le Sentier des amoureux, j'pense.

— Je vais la chercher. Dans un quart d'heure, je suis là.

Madame Meilleur ne le laissa pas raccrocher.

— C'est que... monsieur Tremblay... elle veut pas.

— Comment ça, elle veut pas ?

— Elle veut pas que vous veniez la chercher... enfin, pas tout de suite. C'est elle qui m'a demandé de vous dire ça. Elle a beaucoup insisté.

— Mais ç'a pas d'bon sens !

— Je m'excuse, monsieur. Ça semble très important pour elle que vous veniez pas tout de suite.

— Mais c'est Noël, là... J'veux lui parler !

— C'est que... elle dort... elle est épuisée. Cette longue marche dans la montagne, vous comprenez.

Pierre ne savait plus quoi dire. Madame Meilleur continuait :

— Je vous assure... elle dort paisiblement. Vous pouvez me faire confiance, vous me connaissez, elle est en sécurité chez nous.

— Elle est correcte, vous êtes sûre ?

— Elle se repose. Elle aimerait juste que vous veniez la chercher pour la messe de minuit, ce soir. Elle voudrait son ensemble marine, puis son manteau noir... puis...

Madame Meilleur s'était arrêtée.

— Puis ?

— Elle a dit qu'elle s'excusait.

Pierre regarda les autres qui le regardaient. Au bout d'un temps, il dit :

— Bon, d'accord, je vous la confie. Quand elle se réveillera, vous lui direz que... que je l'aime... voilà... puis aussi, qu'on l'aime tous ici... et qu'elle a pas besoin de s'excuser.

— Comptez sur moi, monsieur Tremblay... et... je l'aime aussi, 'savez, vot' fille.

— Merci, madame Meilleur... vous êtes bien bonne. À onze heures, on va être là.

Pleine et ronde

Madame Meilleur raccrocha le combiné à l'appareil fixé au mur. Elle fit une pause, prit une bonne inspiration, essuya ses mains sur son tablier, puis se dirigea vers le fond du magasin désert. Les craquements du plancher accompagnaient l'extrême solitude de cette femme dont les épaules ployaient déjà sous l'âge. Pourtant, elle n'était pas si vieille que ça, madame Meilleur.

Entre les grandes poupées et les décorations de Noël, elle s'arrêta, pour souffler un peu. Elle écouta :

Tic-tic !... tic-tic !... tic-tic !...

Ce bruit la rassura. Elle le connaissait bien. Mais en même temps cela ramena à elle tout le poids de son destin de mère. Elle se dirigea enfin vers l'arrière du magasin, où elle avait commencé à laver le linge d'Ève.

Recroquevillée au milieu du lit, Ève dormait. Sans rêve ni vision. S'être confiée à madame Meilleur l'avait apaisée et son monde d'images s'était évanoui pour laisser place à un grand vide étoilé où elle se laissait flotter. Seuls les minuscules tic-tic ! de la berceuse habitaient cette paix infinie. À côté d'elle, avec une ponctualité d'horloger, Jean-Sébastien piquait le temps qui passe, comme s'il traçait une fine bordure entre la veille et le sommeil. À ce rythme, les secondes, uniformes, suivaient exactement le déclin du soleil qui disparaissait derrière la montagne. L'ultime lumière du jour dérapa sur la neige du paysage. Une grande ombre s'allongea et posa sa main sur le village. Les réverbères eurent quelques hésitations et se joignirent aux lumières de Noël. Saint-Albert, au creux de sa vallée, tissait sa toile étincelante pour la nuit qui naissait.

L'enfant, la tête appuyée sur le dossier de la chaise, balayait le ciel de son regard. Au-delà de la verrière, il y avait encore plein de lumière bleue, à travers laquelle une première étoile perça. Puis deux. Puis quatre. Puis huit. Puis seize... À chaque balancement, le nombre d'étoiles doublait. Tic-tic!... tic-tic!... tic-tic!... Et bientôt le ciel fut saturé.

Alors, l'enfant s'arrêta. Se leva. Il s'approcha du lit et observa Ève qui flottait dans une nuit étoilée en tous points semblable à celle qu'il venait de créer. Ensuite, dans le noir presque total de la chambre, il se dirigea vers l'autre porte, qu'il entrouvrit pour pénétrer dans une nuit plus noire encore.

À quelques kilomètres de là, une maison seule sise au bord d'un lac résistait elle aussi à la nuit qui venait de tomber. Dans la fenêtre, un sapin s'illumina et quelques ombres s'agitèrent autour de lui.

Il aurait été bien difficile de dire, juste comme ça, si les personnes qui l'habitaient avaient vraiment l'esprit à la fête.

Plus tard, à l'est de Saint-Albert, la lune, face au soleil disparu, s'était levée. Elle était pleine. Tel un rond et lointain miroir de femme, elle projetait sa lumière, bleuâtre et pâle, à travers les montants d'une verrière, dans une chambre d'enfant.

Puis, plus tard encore, inondée par la lumière zébrée, une jeune fille se réveilla soudain. Entre deux montants de la verrière, elle vit la lune, haute et brillante, qui avait effacé toutes les étoiles.

Alors elle se leva, entraînant le vaste drap blanc dont elle entoura son corps. Elle assembla autour d'elle tout le tissu que ses bras pouvaient contenir et glissa ainsi, en direction de la lune. Elle grimpa sur un cube qui se trouvait là. Le drap couvrait tout. Le cube et la jeune fille. Ève était grande. Et elle reçut en plein visage toute cette lumière blanche, qu'elle aspira. Sa tête et ses épaules en furent éclaboussées. Ses narines palpitèrent et la jeune fille fut envahie par un profond bien-être...

Comme la lune, elle se sentait. Pleine et ronde.

Et plus tard encore, quand elle se retourna, elle vit une autre lumière, sous le seuil de la porte, près du lit. Elle descendit de son piédestal. Traversa la chambre. L'ombre des montants de la verrière glissa sur elle.

Elle posa la main sur la poignée.

Et pénétra plus loin encore dans le monde de l'enfant.

La dinde

Dès le moment où le sapin s'était allumé, les idées noires s'étaient envolées. D'abord, le fait de savoir Ève en sécurité, à Saint-Albert, avait soulagé tout le monde. Et puis Alexandra s'était calmée. Assise sur une chaise de cuisine, elle caressait doucement le cou d'Ajax qui s'accrochait à elle comme à sa vie. Elle venait d'évacuer sa tragique histoire et sa mémoire allégée ne conservait maintenant plus qu'un méchant souvenir partagé avec quelques amis de fortune.

Chacun savait bien que cette histoire ne pouvait se terminer là. Qu'un jour ou l'autre, elle aurait une suite, et une fin. Tout comme celle d'Ève Paradis. Pour l'instant, Noël arrivait. Ce fut Xavière qui donna le signal :

— Allons, tout le monde ! Le réveillon ne se fera pas tout seul.

Cette idée mobilisa immédiatement toutes les têtes, mais on ne savait trop par où commencer. Pierre annonça :

— La dinde est dans le frigo. Je vous avertis, c'est une dinde fraîche de Saint-Albert.

Christophe ouvrit la porte et prit l'animal. Avec peine, il le brandit devant les autres.

— Tu parles d'un bétail. Ça pèse une tonne, pis c'est pas ben beau à voir.

— En effet, dit Xavière, c'est pas une Butterball. À quoi t'as pensé, donc, Pierre ?

— Ben... j'ai voulu faire traditionnel. Je suis allé chez l'éleveur.

— Ça existe encore, ça?

— À Saint-Albert, il y en a un.

— Dans ce cas, il faut commencer à la préparer tout de suite.

— La préparer! Comment ça? intervint Christophe. A vient-tu à messe avec nous autres?

Cette remarque changea l'ambiance.

— Ça s'peut ben qu'a vienne, répliqua Pierre, parce qu'avec la tête que t'as, on pourrait s'tromper d'dinde.

Alexandra éclata de rire. Ajax leva le museau et Christophe faillit échapper la volaille. Alexandra n'arrêtait pas de rire.

— Ben, voyons, qu'est-ce que t'as? C'est-tu si drôle que ça?

— C'est ta façon de regarder devant toé... T'as tellement l'air de pas comprendre c'qui s'passe. C'est tes yeux ronds qui font ça, j'pense.

Alexandra s'arrêta un moment. Puis, sur le ton de l'amitié, elle ajouta :

— J'trouve ça l'fun, avec toé.

Christophe pensa à Ève qui avait tellement ri, avec lui, dans le sentier. Il fut touché. Mais Pierre s'interposa :

— Si on s'occupait de la dinde? Elle s'ennuie, là.

— Moi, proposa Xavière, je pense que ça devrait être le traditionnel qui s'en occupe.

— Bon d'accord, dit Pierre. Mais 'faudrait me dire par quel bout commencer.

— C'est pas une mince affaire, je t'avertis. J'ai vu ma mère faire ça une fois. Il y en a pour une heure de travail avant de la mettre au four. D'abord, si je me souviens bien, tu enlèves les chicots avec une pince.

Pierre leva des yeux incrédules :

— Des pinces?

— Non, non... une pince à épiler. Après, tu brûles les poils.

Cette fois il la regardait, carrément hébété.

Voyant qu'elle n'en tirerait rien, Xavière se dirigea vers une étagère où se trouvait l'*Encyclopédie de la cuisine canadienne* de

Jehane Benoît. Elle trouva la page concernant la dinde de Noël. Pierre eut un soupir. Après avoir relevé avec soin ses manches, Xavière mit un tablier.

— Toi, Alexandra, tu vas préparer la farce.

— J'vous garantis pas qu'a va être ben drôle.

— T'as juste à regarder dans le livre, avec Pierre. Christophe et moi, on va s'occuper de la tourtière.

— La tourtière! s'enthousiasma Christophe. J'm'occupe de la pâte! J'ai un truc terrib' pour la faire feuilletée.

— Parfait! Moi, je m'occupe de ce qu'on va mettre dedans.

Quelques minutes plus tard, tout le monde était à l'œuvre, chacun à son affaire. Christophe, installé à la table de cuisine, s'adonnait à de savantes manipulations par lesquelles la farine et l'eau glacée s'amalgamaient en une pâte qu'il pétrissait avec ardeur malgré ses doigts qui gelaient. Xavière, de son côté, après avoir assaisonné la viande, la mit à cuire tout en la remuant afin que les saveurs s'harmonisent bien. Ajax tournait autour d'elle.

Alexandra, elle, suivait son instinct, car les instructions du gros livre étaient vagues :

« *La quantité d'ingrédients, mesurés ou non, n'a aucune importance dans cette recette; la farce reste toujours bonne et légère.* »

Cela la fit sourire.

Pierre, de son côté, avait pris de l'assurance avec la dinde. Au début, il l'avait approchée comme s'il avait eu peur qu'elle le morde. Mais maintenant, il y allait franchement, et c'est ainsi que la bête eut les chicots épilés, le poil grillé, le cou coupé, puis l'intérieur vidé et l'extérieur lavé au vinaigre. Pierre s'était même mis à lire tout haut :

— « *Saler légèrement l'intérieur... Frotter l'extérieur avec un morceau de muscade et une moitié de citron...* » Voilà! annonça-t-il enfin. Est prête à partir... euh!... à farcir!

À côté de lui, Alexandra était en train de passer quelques abattis au hache-viande. Voyant qu'elle allait ajouter ça à la recette, Pierre s'écria :

— Mais qu'est-ce que tu fais là, pour l'amour ?

— Ben... c'est ça qu'i' disent de faire.

— C't'une farce ?

— En plein ça, c't'une farce ! 'Est bonne, han ?

Pendant ce temps, Christophe, armé d'un rouleau, abaissait la pâte. De la farine lui garnissait déjà le bout du nez. Xavière le regardait.

— Eh bien, mon cher Christophe, t'es un as.

— Pis nous autres, lança Pierre, de quoi on a l'air ?

Il tenait à deux mains la dinde farcie pendant qu'Alexandra, avec une application d'écolière, recousait les ouvertures avec du gros fil.

— Oubliez pas ! lança Christophe qui disposait la pâte dans l'assiette à tarte. Bien attacher les pattes avec du lard salé ! 'Est pas supposée v'nir à messe !

Après, Xavière plaça la viande égouttée dans l'assiette. Christophe la recouvrit. Puis, faisant pivoter le tout sur le bout des doigts d'une seule main, il coupa l'excédent, qui tomba sur son bras en une longue lisière. De son côté, Alexandra enfournait la dinde :

— Vouaaa-là ! y a plus rien à craindre. 'Est morte de rire !

Le visage blanc de farine, Christophe se retourna. Couteau au poing, il tenait la tourtière comme un étendard. La petite banderole accrochée à son bras lui donnait fière allure. Sur un destrier, il aurait fait un superbe Don Quichotte.

Et dans la maison du lac, le bonheur se réinstalla.

Temporairement.

Désarroi

C hristophe se tenait maintenant devant la porte-fenêtre. Les mains dans les poches, il semblait regarder dehors, mais tout ce qu'il pouvait voir, c'était sa propre image dans la vitre.

Il pensait à Ève qui se trouvait seule, là-bas, quelque part au-delà de la montagne, habitée d'un problème insoluble. Il avait hâte de la revoir, de la toucher et de lui dire encore qu'il l'aimait, et surtout qu'il était avec elle, qu'il voulait l'aider. Mais sa tête se troublait dès qu'il essayait d'imaginer la suite et toute son impuissance lui apparut dans la vitre. Elle avait les mains dans les poches et elle était bien grande.

À côté de lui, Ajax geignait sur le seuil de la porte.

— Faut encore que j'aille promener mon chien, dit Alexandra. Y est rendu comme un p'tit vieux. Un vrai pisse-minute !

— Laisse-moi y aller, proposa Christophe.

— Si tu veux. Mais tu vas voir, ce s'ra pas long. Il va lâcher què'qu' gouttes, pis toutt' va être fini. Ça vaut même pas la peine que tu t'habilles.

Christophe déjà endossait sa cagoule d'hiver :

— Ça m'tente de prendre l'air.

La tuque enfoncée sur les oreilles, il enfila ses bottes. Il semblait pressé. Pierre proposa :

— On pourrait aller faire un tour dehors. C'est la pleine lune, ce soir. Le lac doit être splendide.

Faisant glisser la porte pour Ajax, Christophe disparaissait dans la nuit comme s'il ne voulait rien entendre. Ce départ laissa une impression de fuite.

Le garçon s'arrêta sur la galerie. Grâce aux lumières de la maison, il aperçut quelques traces isolées dans la neige. Il comprit que c'étaient les pas laissés par Ève, le matin même. Ne s'occupant guère d'Ajax qui était allé rôder autour des véhicules, il décida de suivre ce chemin, comme si, au bout, pouvait se trouver une réponse. Cela le conduisit à la remise. Puis les traces de raquettes le menèrent au bord du lac, où il dut s'arrêter. Au-delà, tout était trop noir.

Pendant ce temps, Xavière s'était approchée de la porte-fenêtre.

— Pierre, tu peux fermer les lumières? Ça pourrait peut-être aider Christophe à y voir plus clair.

Pierre ne comprenait pas comment on pouvait voir plus clair en fermant les lumières. Quoi qu'il en soit, il éteignit. La maison et ses alentours sombrèrent dans le noir. Debout sous la lune, Christophe vit alors le paysage, devant lui, qui surgissait des ténèbres. En lui, une idée émergea et son désarroi commença à s'évanouir.

Il serait le père de cet enfant. Parce que, être père, il connaissait ça. Il avait joué si longtemps ce rôle-là... et le rôle de mère aussi... pour Paul.

Dans la maison, Pierre avait mis la main sur l'épaule de Xavière. Tous les deux, ils pouvaient apercevoir Ajax, les oreilles folles, qui faisait des bonds laborieux dans la neige afin d'aller rejoindre la longue silhouette en bordure du lac. Quand le chien se trouva tout près, Christophe se pencha et eut un geste affectueux.

Alexandra, elle, s'était approchée de la fenêtre où se trouvait l'arbre. Autour de la crèche, quelques cadeaux attendaient Noël. Il y en avait même un pour elle.

— J'aimerais ça, faire un cadeau à Ève, prononça-t-elle tout bas.

Pierre l'avait entendue :

— Ça pourrait s'arranger, ça, mais ce serait aussi un cadeau pour Christophe.

Et il leur expliqua son idée. Elle n'était pas compliquée, et vraiment particulière. Alexandra en fut enchantée :

— J'm'occupe d'écrire la carte !

Xavière n'était pas sûre que c'était une si bonne idée.

Dehors, Christophe avait pris Ajax dans ses bras. Curieusement, le petit chien s'était laissé faire. Son cœur battait très vite.

— Eh ben, mon vieux, des courses de même, c'est p'us ben ben d'ton âge. Allez, on rentre.

Se retournant, il leva les yeux. Sous la lumière blafarde de la lune, toute la maison était éteinte. Seule une grappe de points rouges et bleus chatoyait dans une des fenêtres.

Le tableau

Sur un long banc, deux enfants étaient assis côte à côte. La jeune fille avait le corps enroulé dans un grand drap blanc. Le frêle garçon, dans son collant, se tenait droit. Ils se touchaient presque. Devant eux était accroché un tableau éclairé par quelques réflecteurs. On se serait cru dans une salle de cinéma miniature.

Mais sur l'écran, le film était fixe et muet.

L'image, tracée par un peintre qui ne s'était servi que de pinceaux grossiers, oscillait entre le paysage et le portrait d'enfant. Deux yeux, démesurés et bleus, s'étalaient comme une mer au-dessus de laquelle se déployait une explosion de cheveux noirs. Les traits creux du visage dessinaient les flancs des montagnes entre lesquelles une sombre commotion se produisait en permanence sur un océan de sérénité. Les deux jeunes spectateurs étaient fascinés par cette image dont tous les excès, curieusement, s'apaisaient en une heureuse harmonie. On aurait dit que l'artiste avait atteint l'équilibre par la constante poursuite de deux choses, le visage et le paysage, la violence et la paix, la jeunesse et la mort, de sorte qu'il n'émanait finalement de ce tableau qu'une innocence envahissante qui imposait le silence et l'immobilité. Sous tous ces gros traits déployés pointait une manière de génie qui faisait taire la raison.

Quand madame Meilleur ouvrit la porte, elle eut l'impression d'entrer dans un endroit dont le caractère sacré aurait commandé le recueillement. Un grand respect pour l'état de contemplation dans lequel se trouvaient plongés les deux enfants l'envahit aussitôt. Pendant un moment, elle se tut.

— Ça va ? chuchota-t-elle finalement.

Ève eut un soubresaut et se retourna :

— Oh ! madame Meilleur, c'est vous.

— Je m'excuse. Je t'ai fait peur, là, han ?

— Non, non.

— Je t'ai rapporté ton linge, là. Tout est propre. Puis ton grand Christophe, il est dehors qui attend. Il dit qu'il va nous amener à la messe de minuit. Il faudrait se dépêcher.

— Oui, mais avant, dites-moi... c'est quoi, le tableau, là, sur le mur ?

— Ben, c'est une peinture de mon mari... rien que du barbouillage sans importance.

— Ça représente quoi ?

— Je sais pas, mais Jean-Sébastien y tient beaucoup. C'est lui qui a installé ça comme ça. Il a tout pris dans le magasin. Je l'ai laissé faire. Ça le tient tranquille pendant des heures. Il vient s'asseoir ici, puis il regarde le tableau. Au moins, là, il risque pas de se faire écraser.

Madame Meilleur s'arrêta un moment, puis ajouta :

— C'est la dernière toile que mon mari a faite.

— Il en a fait d'autres ?

— Oh oui ! il y en a d'autres au grenier, mais c'est celle-là que Jean-Sébastien préfère.

— C'est beau, vous trouvez pas ?

— Je sais pas. Moi, je connais rien là-dedans. Puis ça me rappelle rien que des méchants souvenirs. Des fois, j'ai envie de les jeter aux poubelles, toutes ces toiles-là. Si je les jette pas, c'est à cause de Jean-Sébastien... parce que ça lui ferait de la peine, j'pense. Mais je suis sûre de rien. Il s'exprime jamais.

— Oh, non ! madame Meilleur, dites pas ça. Votre fils s'exprime beaucoup, moi, j'trouve. Et puis les tableaux, je suis pas sûre qu'ils valent rien.

— Allons donc ! Mon mari a jamais été à l'école. Il savait seulement peinturer les murs.

— Oh, l'école, vous savez...

Ève fut interrompue. À côté d'elle, Jean-Sébastien s'était levé. Il se tenait devant le tableau. Levant les bras, il le décrocha puis l'appuya sur sa poitrine. Enfin, il se retourna vers Ève et, dans un geste brusque, le lui tendit.

Ève resta muette un moment. Madame Meilleur prononça :

— Tiens, Ève ! Ton premier cadeau de Noël !

Ève était indécise.

— Oh oui, madame Meilleur... il s'exprime beaucoup, vot' fils !

Seigneur, aie pitié!

S urplombant la nuit immobile, le carillon de l'église Saint-Albert
retentissait en échos dans une envolée qui agonisait. Il achevait
son appel. Les cloches eurent encore quelques battements, puis leurs
vibrations s'espacèrent... et enfin se turent. Un haut véhicule traversait le village déserté.

Christophe était au volant. Madame Meilleur était assise à côté
de lui. En arrière, il y avait Ève Paradis et Jean-Sébastien. Le véhicule
s'arrêta près de l'église. Ève ouvrit la portière et fut saisie par l'imposant silence de cet édifice dont le clocher pointait son aiguille vers
le milieu de la nuit, comme pour indiquer l'heure. La messe allait
bientôt commencer.

Tout le village était rassemblé à l'intérieur. À peine audible, un
chant d'accueil montait d'un chœur d'enfants. Christophe aida
madame Meilleur à descendre pendant que Jean-Sébastien traversait la rue sans regarder. Minuscules sur le parvis, Alexandra, Xavière
et Pierre les attendaient. L'enfant passa à côté d'eux sans les voir et
ouvrit un battant du portail central par lequel s'échappa un morceau
de cantique. De l'autre côté de la rue, près du véhicule, trois silhouettes des plus dissemblables s'étaient donné le bras. Soutenu par
Mutt and Jeff, Obélix gravissait les marches de l'église.

Réunie au seuil de Noël, cette curieuse famille porteuse d'un
lourd secret n'échangea aucune parole. Sentant que tout ce silence

pouvait tomber sur les épaules de sa fille, Pierre s'approcha de la porte et l'ouvrit bien grande. Les voix des enfants, portées par une onde d'orgue, se répandirent dehors pour les accueillir. Madame Meilleur passa la première, suivie de Xavière et d'Alexandra. Derrière, Ève et Christophe s'étaient donné la main. Ensemble, ils pénétrèrent sous le porche. Le lourd battant de bois se referma derrière eux et Pierre, voyant sa fille avancer aux côtés de son grand ami, eut une vision de mariage.

Dans la lumière et le chant, les six personnes arpentaient maintenant l'allée centrale d'une église bondée. Trouvant son fils assis à sa place, madame Meilleur voulut le pousser plus loin sur le banc, mais Jean-Sébastien s'agrippa à l'accotoir latéral afin d'occuper le bord de l'allée. À cause du tapage qu'il pourrait faire, la mère se résigna à enjamber son fils. Quelques personnes crurent un moment qu'elle allait s'asseoir dessus.

Un peu plus loin, Pierre chuchota aux autres que c'était là, à gauche. Ils se glissèrent discrètement sur le banc vide. C'était le dernier. Dans la tribune arrière, l'hymne s'acheva et l'orgue se tut. Tous les échos tombèrent d'un coup, laissant la place à ce solennel rassemblement de villageois heureux de répondre à cette tradition deux fois millénaire qui consiste à saluer la naissance d'un enfant à l'origine de toute une ère.

Se répercutant dans le grand espace, il n'y avait plus que les craquements dans les vieux planchers de bois et quelques éternuements qui explosaient ici et là. En avant, un homme portant l'aube fit un geste. Dans un long remue-ménage, toute l'assemblée se leva. Autour d'Ève Paradis, une forêt de personnes se dressa. Elle leva la tête mais ne put voir que la grande voûte. Aux diverses croisées, les hélices de lents ventilateurs tournaient, faisant subtilement osciller la lumière.

Une voix inarticulée retentit alors dans la nef. C'étaient les premières paroles de l'officiant qui parlait dans un microphone fixé à l'autel. Ève n'y comprit rien car le système de haut-parleurs était mal adapté à l'acoustique de cette église plus que centenaire. Afin de mieux voir, elle monta sur l'agenouilloir et se donna une taille à peu près normale. De ce poste d'observation, sur le bout de ses pieds, elle fit un tour d'horizon. Au-delà des têtes, elle ne vit rien qui vaille. Sauf peut-être cette chaire vide agrippée à une énorme colonne.

Ève redescendit et retrouva sa taille réelle. C'était à ce niveau qu'elle se sentait le plus d'aplomb. Elle comprenait qu'une heure allait s'écouler ainsi, dans ce recueillement marqué de paroles inaudibles, de chants célestes, de *Prions en l'Église* feuilletés et de branle-bas collectifs. C'était heureux car elle avait beaucoup à méditer. Déjà d'ailleurs, les réflexions l'assaillaient.

Une seule cependant était claire. Elle était enceinte et ses amis le savaient. Si elle n'avait pas caché le test de grossesse, dans sa chambre, c'était bien pour qu'ils le découvrent. Certes, dans le silence qu'ils avaient tenu depuis qu'elle les avait retrouvés, Ève n'avait ressenti aucun reproche, mais elle aurait bien aimé connaître leurs pensées. Surtout celles de son père... son père qui lui avait dit qu'il ne voulait plus d'enfants... que pour lui, la famille, c'était fini : « Est assez grosse de même. »

Comme ces paroles lui avaient paru cruelles!

Bien sûr, Pierre parlait alors du bébé de Xavière... mais justement... « Le bébé de Xavière! »

Voilà l'image qui s'imposa à l'esprit d'Ève. Cet enfant désiré, attendu. Et elle observa cette femme qui se tenait debout à côté d'elle : « Xavière! tu as dans ton ventre ce que tu veux et tu ne demandes rien d'autre. Tu es heureuse et ça te rend si belle. Je t'en prie, dis-moi pourquoi c'est pas pareil pour moi. » En posant la question, Ève avait déjà sa réponse. Xavière, son choix était fait. Et le sien ne l'était pas. Mais quel choix?... Garder l'enfant... ou... ou... le donner en adoption... ou... ou...

Ève fut alors prise d'un malaise profond.

En arrière, l'orgue s'éleva et les enfants entonnèrent le *Kyrie eleison*. Ève se laissa porter par les immortelles modulations que dessinaient les jeunes voix. À la fin, elle s'était mise à chanter avec eux, car elle savait bien ce que signifiaient les sept syllabes sacrées :

— « Seigneur, aie pitié! »

Tout fruit est déjà dans le germe

P lus tard, Ève leva les yeux. L'homme portant l'aube se tenait debout dans la chaire. Il allait parler. Ève eut un serrement au cœur. L'assemblée était assise et l'homme attendait que toute l'attention se porte sur lui. Il prononça les premiers mots :

— Mes bien chers amis, nous célébrons aujourd'hui une grande naissance...

On l'entendait très distinctement. Il avait une voix solide qui portait. Aucun système d'amplification n'était nécessaire. Juché comme il l'était, Ève pouvait très bien le voir et, dès la première phrase prononcée, elle eut l'impression que le regard de l'homme avait croisé le sien et que toute l'homélie allait s'adresser à elle seule.

L'homme parla longtemps, faisant de longues pauses pour que chaque phrase puisse faire son chemin dans la conscience de chacun. Il parla de l'humanité sauvée par l'innocence de cet enfant né à Bethléem :

— Toute naissance sauve l'homme de la mort...

Il parla ensuite des conditions modestes et humbles dans lesquelles cette naissance avait eu lieu et de l'extrême dépouillement des parents. Et aussi de la fragilité de ce petit être :

— Ce petit être déjà menacé par tous les préjugés de l'époque.

Il parla aussi de la force infinie qui émanait de cette naissance. Une force qui avait d'abord été donnée à Marie et à Joseph, à ces gens simples qui savaient au plus profond d'eux-mêmes que toute vie est un don de Dieu :

— Un don qui doit être accueilli, accepté.

Enfin, il parla du principe de vie qui doit être mis au-dessus de tout. Puis le sermon fit un bond dans le monde moderne, qui place l'individualisme au sommet de toutes les valeurs :

— Heureusement, l'homme éclairé d'aujourd'hui comprend bien que c'est la vie qu'il faut d'abord protéger... l'air que l'on respire, l'eau que l'on boit... et l'enfant qui va naître.

La pause se fit alors très longue :

— Car c'est un homme déjà, ce qui doit devenir un homme... « de même que tout fruit est déjà dans le germe ».

Et c'est sur cet extrait de l'Apologétique de Tertullien que le prêtre enfin s'était tu... et qu'Ève avait baissé la tête.

À côté, Alexandra avait gardé la sienne bien haute. Ses yeux lançaient des éclairs.

Quand Ève leva les yeux, la chaire était vide. Elle tourna la tête et vit l'enfant. Jean-Sébastien avait quitté sa place et se tenait dans l'allée, au bout du banc, en face d'elle. Le bleu de ses yeux excédait son visage.

Madame Meilleur vint le chercher et le ramena rudement à son banc.

Mais un peu de bleu continua à flotter dans l'allée.

Et la cérémonie se poursuivit. Ève n'était plus là. Tel un manège, sept mots n'arrêtaient pas de tourner dans sa tête :

« Tout fruit est déjà dans le germe. »

... et pas nécessairement dans cet ordre.

Alléluia

Puis ce fut le moment de la communion. Jean-Sébastien bondit de sa place et arriva le premier en avant. Et il y eut, derrière lui, le long défilé, auquel se joignirent deux femmes qui portaient un enfant et qui reçurent «le corps du Christ». Retournant à leur place, Ève et Xavière échangèrent un regard et eurent une autre communion. Par la pensée.

Alexandra était restée seule, assise sur le banc, tendue. En avant, les derniers villageois recevaient l'hostie. Subitement, elle se leva et marcha très vite dans l'allée. Au bout, le dernier prêtre s'en retournait. C'était celui qui avait prononcé l'homélie. Elle fit : « Psst ! » L'homme à l'aube se retourna. S'approchant avec un sourire bienveillant, il déposa quelque chose au creux de sa main :

— *Corpus Christi,* prononça-t-il.

Alexandra se pencha et ne vit qu'une fine rondelle blanche un peu écaillée. Elle leva les yeux sur l'homme qui attendait et eut un moment d'hésitation. Enfin, elle porta l'hostie à sa bouche afin que l'homme comprenne qu'elle était du côté d'Ève et non du sien.

Et la cérémonie se poursuivit...

« *Ite missa est.* »

Les villageois commençaient déjà à sortir.

Là-haut, derrière, l'orgue s'éleva. Quelques puissantes notes remplirent subitement tout l'espace et le chœur d'enfants entonna avec force :

« Aaaaaa-lléluia !... Aaaaaaa-lléluia !... »

Saisis par l'attaque des voix, les gens ralentirent dans l'allée, puis s'arrêtèrent. Dans toute l'église, peu à peu, on leva la tête. Ève ne voyait plus rien. Le cœur battant, elle grimpa sur le banc et s'appuya sur l'épaule de son ami Christophe. Au milieu de l'église, elle dépassait tout le monde d'une tête. Et elle aperçut, sur la haute tribune arrière, le chœur d'enfants. Ils portaient, tous et toutes, l'aube.

Alignés sur quatre rangées, les petits chanteurs formaient un bloc serré. Les yeux rivés sur un chef de chœur énergique, cinquante enfants faisaient bondir et s'entrecroiser les « Alléluia ! » qui se répercutaient avec autorité, exactement comme Haendel avait dû les imaginer. Leurs voix étaient pures et hautes. Derrière, quelques hommes, basses et ténors, ajoutaient une impressionnante profondeur à ce chant divin. Et les voix des enfants, ainsi soutenues, se mirent à monter très haut. Puis à redescendre. Et les derniers « Alléluia » se succédèrent, vigoureux et enthousiastes, dans l'allégresse de la finale imminente. Puis se turent. Complètement.

Dans l'église, plus personne ne bougeait. Ce fut une sorte d'attente, chacun étant suspendu aux bras toujours ouverts du chef de chœur... qui donna enfin le signal.

D'un bloc, l'orgue et les voix entonnèrent l'ultime « Alléluia »... et le soutinrent avec intensité. Dense et grandiose, il tonna au-dessus de l'assemblée ébahie. Puis fut coupé net. Les vibrations tombèrent d'un coup et ne resta plus que cette lumière qui vacillait dans le silence, au-dessus de la tête rousse d'Ève Paradis, où les derniers doutes venaient d'être balayés.

La sérénité venait de s'installer en elle.

Son choix était fait.

Le paquet brun

Dès qu'il avait entendu le moteur du véhicule, Ajax était venu coller son museau sur son reflet dans la porte-fenêtre. Il allait à droite et à gauche afin de déjouer le chien fou, dans la vitre, qui faisait tout pour l'empêcher de voir.

Tout à coup, les reflets furent balayés. Sur la galerie, plusieurs paires de jambes piétinaient dans la neige. Ce fut Alexandra qui se pencha la première. Elle prit la tête d'Ajax entre ses mains. Avec ses pouces, elle lui étira un sourire. Les oreilles abandonnées, le pauvre chien ferma les yeux. C'était une caresse qu'il attendait depuis plus de deux heures.

Pendant ce temps, les autres étaient entrés. Christophe portait un gros paquet enveloppé de papier brun. Il l'accota sur le mur, près de l'arbre. Chacun se débarrassa de ses habits d'hiver. Pierre approcha ensuite un plateau d'argent sur lequel étaient disposées cinq coupes. Puis il alla chercher dans le frigo une bouteille de champagne qu'il plaça dans un seau rempli de glace. Il habilla le tout d'un linge blanc.

— Je voudrais porter un toast, dit-il en dépouillant le bouchon.

D'une main solide, il tourna celui-ci, le dégageant à moitié.

— Attention ! Ça va péter !

On recula un peu. Le bouchon sauta en un pop! sonore et percuta contre le plafond. Du champagne en bulles monta au goulot et déborda légèrement.

— C'est important, 'paraît, d'en perdre un peu.

Déjà Pierre remplissait les coupes sur le plateau. Dans la main de chacun, le champagne pétilla, puis se calma. Pierre leva sa coupe. Il hésita un moment, puis prononça haut et clair :

— À la famille!

Habités de sentiments divers, ils burent tous... « À la famille! »

— Moi, j'ai eu mon premier cadeau, annonça Ève tout à coup.

— Ouais, lança Christophe, t'es pas mal chanceuse!

— C'est quoi donc, ce gros paquet brun? demanda Pierre.

— Attendez, intervint Xavière. Avant d'ouvrir les cadeaux, on va mettre la tourtière au four. J'aurais besoin d'un peu d'aide pour la dinde.

— Ah oui! s'exclama Christophe. La dinde! Faut pas l'oublier, celle-là! Elle pourrait s'ennuyer.

— Hi, hi, hi!

Heureux de ce rire qu'il n'avait pas entendu depuis longtemps, Christophe rejoignit Xavière à la cuisine, enfila de grosses mitaines et sortit du four la dinde qui venait d'y passer plus de six heures à feu doux. Il ouvrit le couvercle. Étroitement pelotonnée dans la rôtissoire, la dinde dorée laissa échapper un fumet que Christophe reçut en pleine face.

— Wow! lança-t-il en se relevant. Laissez-moi vous dire qu'elle a de la personnalité!

Xavière augmenta le feu et plaça la tourtière dans le four. Ève, déjà, ouvrait le paquet brun.

— Regardez ce que j'ai eu... c'est une peinture de monsieur Meilleur. C'est Jean-Sébastien qui me l'a donnée. Madame Meilleur était d'accord. C'est elle qui l'a enveloppée.

Ève tenait le tableau debout au milieu de tout le papier qu'elle venait de déchirer.

— Christophe, qu'est-ce que t'en penses?

— Ben, euh... j'sais pas.

Chacun était désarçonné devant cette image étrange qui contenait un souvenir mal défini. Xavière surtout. Elle s'était approchée du tableau. Elle avait l'impression de voir quelque chose d'inédit. Ève s'en aperçut :

— Toi, Xavière, tu connais ça, la peinture. Qu'est-ce que t'en penses ?

— Je sais pas, Ève. J'ai jamais vu une affaire comme ça. C'est... étonnant.

Une idée de preppie

Le tableau fut placé sur le dossier du divan. Puis on l'oublia. C'est qu'il y avait encore tous ces cadeaux qui attendaient sous l'arbre. Impatiente, Ève alla chercher une boîte et se dirigea vers Alexandra :

— Tiens, Alexandra, c'est pour toi... de nous tous.

— Je ne sais pas ce que c'est, dit Xavière, mais je me joins à eux pour te l'offrir.

— J'espère que tu vas aimer ça, dit Pierre. Ève m'a dit que ce serait une bonne idée.

— Avec ça, intervint Christophe, tu nous demanderas p'us jamais d'imaginer qu'on est une fille.

Alexandra eut alors envie de dire qu'ils étaient trop généreux avec elle, qu'elle ne pourrait jamais leur rendre la pareille, mais elle sentit aussitôt que ces paroles n'auraient été que fausse politesse. Elle ne voulait pas ça, surtout avec eux :

— Merci, dit-elle simplement.

Elle arracha le ruban et défit l'emballage. Et la boîte s'ouvrit... sur une robe.

Une vague, issue du fond d'elle-même, lui monta au visage et noya ses yeux. Alexandra, bouche bée, était penchée au-dessus de ce vêtement qui représentait tout ce qu'elle avait toujours méprisé. Elle n'entendait pas ce que Pierre lui disait :

— Je me suis fié à la taille des autres vêtements qu'on a achetés ensemble, la semaine passée. Ça devrait t'aller comme un gant.

Alexandra ne bougeait pas. Xavière s'était rapprochée. Ève sentait que quelque chose n'allait pas. Ajax aussi. Il avait posé son museau dans la boîte et reniflait le parfum délicat de la robe. Il n'était pas habitué à ce genre d'odeur.

— Qu'est-ce qui se passe? demanda Christophe. T'aimes pas ça?

Profondément bouleversée, Alexandra lâcha :

— Non!... ça, j'suis pas capable!

Prostrée, elle jeta la boîte de côté et se mit à pleurer doucement pendant qu'Ève prenait conscience de la gaffe qu'elle venait de commettre. Pierre et Christophe ne pouvaient faire mieux que se taire. Xavière fut la première à oser parler :

— Alexandra, je peux te dire quelque chose?

Les pleurs diminuèrent aussitôt.

— Si tu veux, pour tout de suite, on va oublier la robe. C'est pas important, la robe... c'est juste pour se déguiser. Tu connais ça, toi, le déguisement, non?

Xavière ne recevait pas de réponse, mais Alexandra ne pleurait déjà presque plus.

— Si t'as pas envie de mettre la robe, c'est correct. C'est pas grave. Personne te demande de mettre une robe. C'est juste pour le jour où t'aurais envie d'en mettre une... Juste pour rire, bien entendu.

Alexandra ne bougeait plus. Pierre était allé chercher les papiers mouchoirs. Christophe arrivait avec sa poubelle. Ève, de son côté, replaçait la robe dans sa boîte et refermait le couvercle, le cœur plein de regrets. Alexandra se mouchait bruyamment. Quelques flocons de papier se retrouvèrent sur le sol. Christophe les ramassait sous l'œil perplexe d'Ajax.

Puis Alexandra, lentement, se leva et vit Ève qui tenait la boîte. Elle ne semblait pas savoir où la poser.

— M'excuse, han, balbutiait Ève. J'ai pas voulu... C'est une idée d'preppie que j'ai eue là...

Alexandra s'approcha, prit la boîte et la déposa sur une table basse.

— T'excuse pas. C'est moi qui fais tout l'temps des crises pour rien.

Elle s'avança encore et embrassa son amie.

— J'te promets qu'un jour, j'la mettrai, la robe. Pour le fun. Mais pas tout d'suite. J'ai assez l'air folle de même.

Puis elle embrassa les autres.

Quand ce fut son tour, Ajax voulut faire le beau, mais glissa sur le plancher de bois et se cogna la gueule. Il rebondit sur ses pattes et Alexandra le calma en lui faisant une profonde caresse.

Une Letendre

L'échange de cadeaux qui suivit se déroula dans la sérénité. Quand Ève ouvrit le paquet contenant une série de romans, elle se demanda si elle pourrait encore s'intéresser à toutes ces histoires inventées.

Xavière reçut du linge pour bébé. Il y avait des affaires de gars et des affaires de fille, mais ce n'était pas grave. Elle fit remarquer que les bébés ne sont pas sexistes. Christophe, lui, reçut une paire de raquettes et Pierre, un bon d'achat dans une agence de voyages. Il eut un peu l'impression qu'on le chassait de chez lui, mais n'en laissa rien paraître.

Même Ajax ne fut pas oublié. Fébrile, il déchira l'emballage de son cadeau avec ses griffes – ses dents n'étaient plus très bonnes. C'étaient des boîtes de conserve. Mais son enthousiasme fut tempéré quand il aperçut sur l'étiquette la tête d'un caniche tout blanc avec des rubans roses aux oreilles.

Un peu plus tard ne restait plus qu'une très petite boîte soigneusement emballée qu'Ève retournait entre ses doigts. Christophe tenait l'enveloppe qui y était attachée et sur laquelle était écrit : « Une Letendre. Pour Christophe et pour Ève. »

Ève secoua la boîte près de son oreille et entendit un tintement :

— J'gage que c'est un bijou.

— Ben voyons, dit Christophe, qu'est-ce que tu veux que j'fasse avec un bijou?

— Le cadeau et l'enveloppe vont ensemble, annonça Pierre, mais il faut d'abord lire la carte. C'est Alexandra qui l'a écrite.

Christophe déchira l'enveloppe. Ève s'approcha et put lire, en même temps que lui :

Dans le paquet vous allez trouver deux clés pour une Letendre. Là vous comprenez pas ce que ça veut dire mais moi je dis que c'est comme une paire de libertés. Je trouve ça super un cadeau de même. J'espère qu'au printemps vous allez m'amener faire un tour. Mais il faut pas faire de folies avec ça. Parce que c'est dangereux la liberté des fois. Avec elle on peut jamais reculer. Mais c'est tellement trippant aussi la liberté. Fa que joyeux Noël d'Alexandra. Votre pire ennemie. Autrement dit votre meilleure amie.

Et il y avait toutes les autres signatures.

— Envoye, Ève, ouvre! lança Alexandra.

La boîte fut vite ouverte. Ève y trouva un anneau dans lequel étaient enfilées deux clés semblables. Elle les souleva et les reconnut tout de suite. Christophe aussi d'ailleurs. C'étaient les clés d'une moto... la moto qui avait jadis appartenu à Christophe... et sur laquelle Paul s'était tué. Les deux amis ne comprenaient pas bien ce que cela signifiait. Pierre s'empressa de parler :

— Lundi, je suis allé à Saint-Albert, chez le détaillant où on avait laissé la moto accidentée. Je lui ai demandé si elle pouvait être réparée. Il est allé l'examiner dans l'entrepôt, puis il m'a fait un prix. J'ai accepté. Je lui ai fait promettre qu'elle serait prête pour le printemps.

Personne ne parlait. Alors Pierre poursuivit :

— C'est quand Ève m'a dit qu'elle voulait une moto que j'ai eu cette idée-là. Bien entendu, Ève a pas l'âge de conduire une moto, mais en attendant je me suis dit que Christophe pourrait la récupérer. C'est la sienne après tout. Et il pourrait amener Ève, des fois...

Devant le silence qui persistait, Pierre sentait qu'il devait continuer :

— Je sais, il y a un grand malheur de rattaché à cette moto. Mais le passé, c'est le passé. Voilà ce que je pense.

Christophe, ébranlé, prononça :

— Moi, j'suis sûr que Paul aimerait pas ça qu'on laisse dormir un bel engin d'même au fond d'un hangar.

Il se tourna vers son amie. Ève, à côté, se sentait toute drôle. Avec ce cadeau, son père repoussait le passé, mais en même temps le faisait tellement revenir. Sans réfléchir, elle prononça :

— Oui, p'pa... merci... c'est formidable! Cette moto-là... ça le garde en vie.

Mais elle n'était pas sûre que c'était cela qu'elle avait voulu dire.

Le réveillon

À un volume très bas, Pierre avait mis des chants grégoriens. Avec une efficacité étonnante, Christophe faisait le service. Il avait beaucoup travaillé dans les restaurants. Xavière lui fournissait les pointes de tourtière, qui, après quelques arabesques, vinrent atterrir sans encombre devant chacun des convives. Puis on mit la dinde à réchauffer. Christophe était habité d'un bonheur qui lui donnait de l'entrain.

Accompagnée d'une première bouteille de vin blanc très léger, la tourtière, avec sa pâte feuilletée, eut un beau succès, même auprès d'Ajax, dont les oreilles pendaient au-dessus de l'assiette qu'on lui avait faite. Profondément concentré, il mastiquait avec ardeur.

— Xavière, dit Christophe, tes assaisonnements pour la viande... génial!

Puis, plus tard, ce fut la dinde dans sa rôtissoire qui vint se poser au milieu de la table, suivie de la casserole fumante de légumes.

— Ça, Ève, c'est le bétail d'oiseau que ton père a acheté au village, lança Christophe, armé d'une fourchette à découper et d'un grand couteau. T'aurais dû voir l'animal quand je l'ai sorti du frigo! C'était pas drôle à voir.

— Mais là, ça va être ben plus drôle, intervint Alexandra. Parce que vous allez voir c'que j'ai mis dedans.

Pierre arrivait derrière avec une deuxième bouteille de vin :

— Moi, je l'sais ce qu'Alexandra a mis dedans, mais j'aime autant pas vous l'dire.

Et il versa le vin. Christophe garnissait les assiettes de dinde et d'un peu de farce. Il arrosait copieusement le tout de sauce. Xavière ajoutait les légumes et une cuillerée de gelée d'atoca. Alexandra s'était levée pour distribuer les assiettes. Ajax, l'œil aux aguets, eut encore droit à sa part.

Le repas se poursuivit dans la bonne humeur. Seule Ève ne disait pas grand-chose. Ni ne faisait grand-chose. Pierre veillait à ce que personne ne manque de vin. Il s'aperçut que c'était le verre de sa fille qu'il devait remplir le plus souvent.

— Attention, fille! Tu vas finir en dessous de la table.

— T'inquiète pas, p'pa, j'suis une grande fille maintenant.

Chacun avait senti le sous-entendu. Christophe fit dévier la conversation :

— C'est ton père qui a préparé la dinde. Ç'a été tout un combat! T'aurais dû voir ça... ti-ta-nesque!

— C'est qui qui a gagné? demanda Ève qui ne voulait pas assombrir le réveillon.

— Ben, au début, c'est la dinde qui a eu le dessus, j'pense, han, monsieur Tremblay?

— Ah oui, ça, je dois avouer.

— Mais par après, ç'a été une autre affaire. L'animal s'est fait secouer les puces solide. De la vraie lutte professionnelle. Même qu'à la fin, ils se sont mis à deux pour l'achever. L'arbitre a rien vu.

Christophe s'arrêta. Ses efforts pour faire rire étaient excessifs. Ève d'ailleurs ne riait pas. Elle lui souriait, pour qu'il comprenne qu'elle appréciait ses efforts afin qu'elle oublie ce qu'elle ne pouvait oublier. Finalement, elle prononça :

— Ç'a dû être le fun pour vous autres, de préparer tout ça. Je regrette de pas avoir été là. C'est une belle réussite. Même la dinde est tendre.

Et elle fut prise d'une irrésistible envie de parler. Le champagne, puis maintenant le vin, y étaient certainement pour quelque chose. Elle se laissa aller à ce qui l'habitait :

— J'ai fait une maudite bêtise, han, vous trouvez pas ? J'ai l'air fine, là. J'suis même plus capable de m'amuser avec vous autres.

Et elle lâcha le morceau :

— Je suis enceinte... de Paul. Même si vous dites rien, je sais que vous l'savez. Ma vie va plus jamais être pareille. Le temps des p'tites filles, c'est fini pour moi. J'aurai même pas eu le temps de vivre ma jeunesse.

Elle baissa la tête. Il y avait tellement de vérité dans ce qu'elle venait de dire que tous se turent. Personne n'avait envie de résister à ces évidences. Au bout d'un temps de silence, quelqu'un dit :

— On est avec toi, on va t'aider. T'es pas toute seule, on est là. Regarde, on est quatre... Cinq avec Ajax.

Mais Ève semblait ne rien entendre. Elle dit :

— C'était une belle journée, hier, vous trouvez pas ?

Personne ne répondant à cette question bizarre, Ève poursuivit comme si elle réfléchissait tout haut, mais son langage n'était guère logique :

— Moi, j'en ai fait, du chemin, hier. J'ai beaucoup réfléchi, savez. Je suis retournée dans le sentier. J'ai revu l'endroit où on a coupé le sapin. Il reste rien qu'un p'tit bout d'tronc. Puis j'ai rencontré l'enfant. D'abord je lui ai parlé de ce qui m'arrivait. Je lui ai dit que Paul était pas mort. Mais je pense qu'il a pas compris. Alors je l'ai suivi. J'avais besoin d'une réponse à une question. Mais la question, je la connaissais pas encore. Dans mon ventre, pendant que je marchais, il y avait un petit être qui se formait. Et je me suis jetée dans un précipice. Mais ç'a pas marché. Alors j'ai continué à suivre l'enfant. Jusque dans son village. Partout les gens étaient heureux. Puis j'ai traversé les poupées. Là, j'ai eu peur. Heureusement, dans le lit, il y avait un rêve. C'était l'été. Paul sur sa moto en feu m'a traversée. Ça s'est passé tellement vite. Puis il m'a abandonnée dans un champ. Plus tard, j'ai vu la lune qui s'était levée. J'ai respiré la lumière. Je me sentais bien. Pleine et ronde, j'étais. Mais autre chose encore est arrivé. De l'autre côté d'une porte. Une image. Avec un enfant dessus. Et une explosion dedans...

Puis, tout à coup, le discours redevint logique :

— Ensuite Christophe est venu me chercher. Puis il y a eu la messe. C'est là que j'ai compris c'était quoi, la question. Puis c'est là aussi que j'ai trouvé la réponse.

Chacun savait quelle était la question. Même Christophe. Autour de la table flotta alors une appréhension, comme la peur de ce qu'Ève allait dire :

— Dans neuf mois, je vais avoir un enfant. Puis après, je vais m'en occuper. Comme Alexandra l'a dit, la liberté, c'est comme une moto, ça recule pas. Tant pis pour moi !

Il n'y avait rien à redire. Ce sont là des choses qui ne se discutent pas.

Chacun se pencha sur son assiette et acheva de manger en silence. On avalait difficilement. Ajax, lui, s'était arrêté. La tête de travers, il observait ces gens autour de la table qui ne parlaient plus.

Qui méditaient.

Lointain, un chant grégorien planait en écho. On se serait cru dans un monastère.

Ajax

Ne sachant trop que faire, Christophe se leva et commença à ramasser les assiettes. Il se sentait maladroit. Son grand corps était habité d'un grand malaise. La décision d'Ève aurait pourtant dû le rendre heureux. C'était exactement ce qu'il avait souhaité. Mais depuis les dernières paroles de son amie, il y avait ce silence qui n'en finissait plus dans la salle à manger. Ève avait la tête penchée et Christophe se disait qu'on ne pouvait rester là indéfiniment, à ne rien dire. Il faudrait bien que quelqu'un parle un jour. Xavière avait fait le tour de la table et se tenait derrière Ève. Les mains sur ses épaules, elle lui dit, simplement :

— Je suis enceinte, moi aussi. Tu le sais, ça ?

— Oui, papa me l'a dit.

— Moi, je pense qu'on devrait s'embrasser, toutes les deux, tu trouves pas ?

Ève se leva aussitôt et posa sa tête sur la poitrine de cette femme qu'elle trouvait si belle. Christophe s'était approché. Il laissa un peu de temps s'écouler avant de parler :

— Même si c'est pas le mien, j'aimerais ça pouvoir m'en occuper, moi aussi.

Ève se tourna vers lui et il ajouta :

— Je voudrais pas être seulement son oncle, tu comprends ?

Le sens de ses paroles bizarres ne la gagna que lentement. Ce fut une grande joie qui monta en elle et qu'elle alla épancher dans sa chemise. Un peu à l'écart, Pierre, ne sachant trop que dire, essaya de plaisanter :

— Si j'comprends bien, je vais être père et grand-père en même temps. Vous m'en demandez pas mal d'un coup, j'trouve.

— Oh! p'pa!

Ève eut envie de lui sauter au cou comme quand elle était petite. Et elle le fit. Après tout, elle était encore petite et la scène, même ridicule, eut le don de réjouir tout le monde.

Quand Ève remit pied à terre, elle était un peu étourdie. Et les autres un peu gênés. Son amie Alexandra s'était approchée et l'avait serrée contre elle. Avec intensité. Ève prit quelques secondes avant de saisir le sens de cette étreinte. Et elle serra, elle aussi. Fort. Son amie acceptait son choix.

— Bon, lança Christophe. Maintenant, la bûche!

À cette annonce, Ajax fit demi-tour et alla s'étendre dans un coin tranquille, sous une lampe torchère. Il n'avait plus faim. Toute cette nourriture riche l'avait curieusement appesanti. Ses vieux os commençaient à lui faire mal.

Le museau appuyé sur une patte, la physionomie et les oreilles affaissées sous la lumière jaunâtre de la lampe, Ajax paraissait terne. Seuls ses yeux étaient vifs. Comme deux billes noires sous leurs arcades hirsutes, ils clignotaient rapidement. C'était comme un tic dans le visage d'un vieillard et, sous le crin, dans le reflet de l'œil, on pouvait sporadiquement apercevoir l'image d'une table illuminée autour de laquelle des gens heureux fêtaient dans la nuit.

Peu à peu, le clignotement s'apaisa et l'image de la fête devint trouble. Ajax sombra dans une torpeur où le mal dans ses os se confondit avec les éclats de la fête. Avant de couler, son regard croisa celui de sa maîtresse. Elle était souriante et cette bienveillance fusionna avec tout le reste. Le vieux chien ferma alors les yeux et s'éteignit sous la vieille lampe.

Il venait simplement de s'endormir, habité de rêves de chiots.

Quand il ouvrit l'œil, la fête était finie. La table, abandonnée, était éteinte. Dans les fenêtres, il n'y avait plus que la neige, bleue sous la lune, qui traçait ses lignes douces et silencieuses. Et ce drôle d'arbre, à l'intérieur, avec des points brillants dedans.

Quelque part, quelqu'un parlait.

Ajax reconnut tout de suite la voix d'Alexandra qui chuchotait dans le combiné. Elle était oppressée.

Le chien s'approcha. Il mit deux pattes sur la cuisse de sa maîtresse. Elle lui fit « Schhht » et posa la main sur sa tête. Mais la caresse était absente. Ajax eut beau trifouiller du museau, cela n'eut aucun effet. Alexandra était absorbée par cette conversation coupable marquée d'intonations étouffées.

Dépité, le vieux chien revint sous sa lampe. Il tourna sur place un moment, puis se coucha. Il aurait voulu retrouver la même position et se rendormir, mais le mal, aux articulations, l'empêchait de se laisser emporter dans les gambades à travers champs que ses rêves lui permettaient quelquefois. Tous ses sens, même émoussés par la ville, n'arrivaient pas à se détacher des chuchotements anxieux de sa maîtresse au téléphone. Son flair, aiguisé par l'expérience, lui indiquait que quelque chose n'allait pas. Subitement, il leva la tête.

Il venait de sentir la présence d'une autre personne, en haut de l'escalier, tapie dans l'ombre. Qui ne parlait pas. Qui écoutait. Alexandra également l'avait perçue. Et avait raccroché.

Et la morale dans tout ça?

— È ve, c'est toi?
— Oui, Alexandra, c'est moi... j'peux pas dormir.
— Ouais, j'imagine. De toute façon, moi non plus.

Il y eut un autre moment de silence. Ève descendait l'escalier :

— Tu téléphonais...
— J'parlais au vieux. J'l'ai appelé. Je... j'voulais lui dire joyeux Noël.
— Joyeux Noël?
— Ben oui. C'est mon père après toutt'. J'étais pas capable de l'imaginer, dans cuisine, le soir de Noël, tout seul avec sa bière pis sa télé noir et blanc. À Noël, me semble que ç'a pas d'bon sens. À part ça, Ève, mon père, il est malade, t'sais... pis pas mal plus que tu penses.
— Malade?
— Ouais... malade dans son ventre. T'as vu la bedaine qu'il a? C'est pas une bedaine de bière, ça... c'est l'cancer. C'est ça qu'ils lui ont dit à l'hôpital. Mais il veut rien savoir des docteurs. D'après lui, c'est toutt' des voleurs. Imagine, Ève, tu l'croiras pas... « J'ai besoin de personne! »... C'est ça que mon père leu-z-a dit, aux docteurs.
— Mais, Alexandra, faut faire quelque chose!

— Faut faire què'qu'chose, t'as ben raison. Dire qu'y a pas si longtemps j'l'aurais aidé à crever, le tabarnak! Mais là, j'trouve que ç'a pas d'bon sens de l'laisser mourir comme un chien.

— Ben non, il va pas mourir. On va l'aider, tu vas voir.

— C'est ça, on va faire une p'tite prière, pis toutt' va s'arranger... Allons, Ève, réveille! Ça marche pas d'même dans vie!

Ève baissa la tête.

— T'en fais pas, j'vas m'en occuper, du vieux! J'lui dois ben ça. Pis à part ça, depuis que j'suis icitte, y m'vient des drôles d'idées. J'ai comme des remords de l'avoir laissé là, en ville.

— Des remords...

— Des fois, c'est fou, j'me prends à l'imaginer quand il était jeune, quand il trouvait ma mère de son goût, pis qu'il la désirait... pis quand ils ont eu leur premier bébé. Je sais pas c'qui s'est passé après. Rendu à moé, on dirait que ç'a toutt' fouèré.

— ...

— Tu dis rien? De toute façon, y a rien à dire. Pis j'vous ai assez écœurés d'même avec mes histoires. Demain, j'débarrasse le plancher, pis je r'tourne en ville pour m'occuper d'lui. C'était super de m'garder icitte, mais là, il faut que j'm'en retourne. De toute façon, la vie va toujours me rattraper... À part ça, t'as assez d'problèmes de même.

— Des problèmes?

— Allons, Ève, tu sais d'quoi j'parle.

— Tu veux dire le bébé?

— Non, pas le bébé. Le bébé, il existe pas encore.

— Si! Il existe! Il est là, dans mon ventre!

— C'est pas un bébé, ça.

— Ça va en devenir un! C'est ce que j'ai décidé! Pis j'vas m'en occuper comme 'faut!

Alexandra eut alors envie de se fâcher, mais elle se tut. Il y avait dans les yeux de son amie une telle détermination. Sur un ton sec, elle lâcha :

— Bon, ben, moé j'me couche, y est assez tard. C'est pas une heure pour les p'tites filles.

— T'es fâchée, là.

— Non, Ève, chus pas fâchée! J'ai pas d'affaire à être fâchée! C'est juss' que j'vois pas les choses comme toi, c'est toutt'. Pis c'qui t'arrive, ça me r'garde pas. J'ai pas un mot à dire là-d'dans... Personne a un mot à dire là-d'dans.

— Mais si j'te demandais quand même d'en dire un, mot?

— Non, Ève. C'est ton problème! Il va falloir que tu l'règles tu seule, ton problème! Pis moé, la morale, t'sais.

Alexandra voulait s'esquiver, mais Ève insistait:

— Oui, la morale, justement, fais-moi la morale! J'veux entendre ta morale avant de m'coucher.

— T'as la tête dure, toé!

Ève la regardait toujours. Elle attendait. Alexandra lâcha enfin:

— Évite les menteries! Voilà! t'es contente? Tu l'as eue, là, ta leçon de morale! Demande-moé-z-en pas plus! J'me couche!

Elle sauta dans le divan-lit et plongea dans l'oreiller.

Ève comprit qu'elle ne tirerait plus rien d'elle.

— C'est drôle, quand même, dit-elle en montant l'escalier. Peut-être qu'on voit les choses de la même façon finalement.

Enfouie sous les couvertures, Alexandra lui tournait le dos.

— C'est ça, c'est ça... bonne nuit!

— Bonne nuit, Alexandra.

Arrivée au palier de l'étage, Ève crut entendre: «Le plus dur, au sujet des menteries, c'est de pas s'en conter à soi-même.» Mais c'était peut-être elle-même qui s'était dit ça. Elle était très forte, Ève, en morale, à l'école.

Et elle se retrouva dans le couloir sur lequel donnaient toutes les chambres de l'étage. Elle allait entrer dans la sienne quand elle entendit un bruit. Ou plutôt des bruits. Elle s'approcha de la porte d'où cela venait. C'était la chambre de son père. De l'autre côté, dans des draps qui bruissaient, une respiration de femme se précipitait. Ève s'immobilisa.

Pierre et Xavière faisaient l'amour. Là. Maintenant. Tout à côté.

Ève recula. Puis se retrouva au milieu de sa propre chambre, la tête pleine d'idées troubles: «Comment peuvent-ils faire ça?»

Mais aussitôt elle se calma : « Ils s'aiment et ils font l'amour. Voilà tout. C'est normal. Et puis... et puis... ils peuvent bien faire l'amour. Xavière, elle peut pas tomber enceinte... elle l'est déjà. »

Et Ève se coucha. Mais les gémissements de Xavière se poursuivirent encore longtemps...

« Et la morale dans tout ça ? »

Le départ d'Alexandra

La maison avait dormi tard dans l'avant-midi de ce jour de Noël. Alexandra s'était levée la première et avait retrouvé son chien. Elle avait défait son lit, fermé le divan-lit et porté les draps à nettoyer. Puis, en silence, elle avait mis la table pour le déjeuner. Ensuite, elle avait pressé les oranges. Les oranges, c'était sa responsabilité.

Un à un, ses amis étaient descendus la rejoindre. Christophe, puis Ève. Enfin, Xavière et Pierre. Et il y avait eu ce déjeuner, rempli de paroles. À un moment donné, Alexandra révéla sa décision d'aller rejoindre son père qui était malade en ville. Il fut convenu qu'elle laisserait Ajax ici. Ève prit en note son numéro de téléphone.

Après le repas, on s'était entendus sur un tas de choses et Ève trouva un beau sac dans lequel son amie pourrait rapporter ses affaires. Tout le monde s'habilla et sortit. Ajax suivit. Dehors, près de la voiture de Xavière, les cinq personnes emmitouflées s'embrassèrent encore.

Un peu à l'écart, les pattes fichées dans la neige, Ajax ne se sentait pas bien. Tout se passait si vite. Dans sa pauvre caboche, ce rassemblement ne correspondait à rien de familier. La langue haletante et les yeux cherchant un signe rassurant, il se sentait oublié. Mais quand il vit Alexandra s'approcher de lui, il crut qu'il était sauvé, que tout s'arrangeait. Elle s'accroupit et lui prit la tête. Puis se mit à dire des tas de choses incompréhensibles.

Qu'il ne comprenne rien, ça, ce n'était pas grave. Il n'avait jamais rien compris de toute façon. Ce qui lui faisait mal, c'était que les paroles d'Alexandra ne l'apaisaient pas. Dans la voix il y avait quelque chose de différent. On ne trompe pas un vieux chien comme Ajax. Et puis le froid de la neige lui montait dans les pattes arrière, jusqu'aux flancs, avec une douleur sourde. Il aurait tellement voulu lancer un appel de détresse, mais il ne savait pas comment faire ça. Il ne l'avait jamais fait de sa vie. Il n'arrivait qu'à se raidir davantage.

Et il assista, muselé, au départ d'Alexandra qui semblait ne s'apercevoir de rien. Elle montait dans la voiture de Xavière. Et quand elle disparut dans le trou entre les sapins, un grand vide se créa en lui. Il ouvrit la gueule. Et aboya. Un coup. Un seul. Très court.

Le cri atteignit le suraigu et lui lacéra l'intérieur de la poitrine. Ève, éberluée par cette incroyable déchirure dans l'air froid, se retourna et vit le pauvre chien, les pattes vibrantes et tendues jusqu'aux ergots. Elle eut l'impression qu'il s'était enfoncé dans la neige. Elle s'approcha et dit encore des choses :

— T'en fais pas, Ajax, elle a promis de revenir. Si on te garde, c'est justement parce qu'on veut qu'elle revienne vite. Nous, on va prendre soin de toi. Puis elle, elle va pouvoir prendre soin de son père, tu comprends ?

Bien entendu, Ajax ne comprenait pas davantage le langage d'Ève. Quelque chose, irrémédiablement, s'était cassé en lui. Il se coucha dans la neige.

Ève voulut le prendre pour l'amener dans la maison. Mais les mains sur ses flancs lui firent si mal qu'il se débattit et s'échappa vers l'escalier. Il glissa sur la première marche et se coinça une patte entre deux planches. Un vif pincement lui sillonna le corps et le recroquevilla.

Ève, Christophe et Pierre coururent vers lui. La peur et l'élancement paralysaient le chien retourné sur sa blessure. Ève voulut encore le prendre. Il geignit misérablement. Elle recula.

— P'pa ! Ça va pas, j'pense.

— Sa patte! dit Christophe. 'Est coincée!

Pierre s'approcha et constata la douleur terrible.

— Il faut le dégager!

Il enleva ses gants.

— Attention! cria Christophe. Il va vous mordre!

Pierre posa sa main sur la tête du chien.

— Allons, petit, fais-moi confiance... on va t'arranger ça.

Ajax leva la tête et se mit aussitôt à lécher la main. À lécher avec ardeur. Pierre fit glisser le chien dans un autre angle et dégagea la patte. Un petit bout d'os perçait la peau. Un peu de sang souillait le poil.

— Vite! Trouvez-moi une boîte pour le transporter! Et des serviettes! On l'amène au village, chez le vétérinaire!

Ève déjà avait disparu dans la maison. Christophe n'en revenait pas de voir Ajax qui léchait toujours la main de Pierre. Cela ressemblait à une demande. Et le chien soufflait très fort. De temps en temps, il devait s'arrêter de lécher pour reprendre son souffle. Sa langue palpitante était presque bleue. Ses yeux implorant l'impossible allaient de Christophe à Pierre, de Pierre à Christophe. Il cherchait le visage d'Alexandra. Ève s'était arrêtée sur la galerie avec une boîte de carton et des serviettes.

— Allez, Ève, place les serviettes au fond de la boîte!

Ève exécuta l'ordre lancé par son père. Le chien fut placé dans la boîte et la boîte transportée sur la banquette arrière du véhicule. Pierre prit le volant. Christophe s'assit à côté de lui. Et Ève s'installa en arrière, près d'Ajax dont le regard suppliant ne comprenait toujours rien. Pierre démarra.

Ils traversèrent les conifères et bondirent sur la route de Saint-Albert.

La traversée du village

È ve approcha sa main et le chien, ballotté par les cahots du véhicule, se mit aussitôt à lécher. Pitoyablement. Ève était troublée.
Elle se demandait si Ajax éprouvait vraiment les sentiments qu'elle
lui prêtait.

Personne n'aperçut le grand sapin de lumières. Pierre allait très
vite. De toute façon, l'arbre était éteint. Déjà ils descendaient dans
Saint-Albert. Pierre ralentit à peine l'allure. L'artère principale du
village était pratiquement déserte en ce jeudi midi de Noël. Le véhicule,
aveugle, passa à côté de l'église. On allait bientôt arriver à la hauteur
du magasin Meilleur. Le vétérinaire restait à l'autre bout du village.
Pierre fonçait toujours. Se tenant en plein centre de la chaussée
blanche, il guettait tout piéton qui pourrait surgir. Il avait allumé ses
phares pour être bien vu. Ève était penchée sur Ajax, dans sa boîte.
Le chien n'avait plus, comme point de repère, que cette triste figure
piquée de taches de rousseur au milieu de tous ces cheveux. Sur la
banquette avant, Christophe, ne sachant trop pourquoi, devint alors
très anxieux. Une peur indicible l'envahissait. Le magasin Meilleur
était là, à cent mètres. Tout près, une silhouette ronde et dorée...

Il cria :

— Monsieur Tremblay !... 'ttention !... l'enfant !

Ève leva la tête. La figure pleine d'effroi, Christophe avait mis
une main sur le tableau de bord. Pierre bloqua les quatre roues. Sur

la droite, l'enfant surgissait. Le véhicule ralentit à peine. Il dérapait.
Pierre lâcha les freins. Le véhicule reprit aussitôt sa trajectoire. Pierre
rétrograda, mais la vitesse acquise entraînait toujours le véhicule
droit sur l'étourdi qui traversait la rue. Le point d'impact était là,
devant, inévitable. Pierre donna alors un autre coup de freins, plus
délicatement cette fois. Il lui sembla que les pneus touchèrent le pavé
sous la neige. Le véhicule résista un peu à l'élan fatal. Sourdement,
un boum! retentit. Pierre continua à freiner par petits coups. Le
véhicule s'immobilisa enfin, vingt mètres plus loin.

— Je l'ai frappé!

— Non, p'pa… Regarde, derrière…

En plein milieu de la rue, Jean-Sébastien sautait sur place et
battait des bras. Violemment. Christophe comprit que l'enfant
n'avait rien. Mais ce n'était pas comme l'autre fois.

— Ève… il est furieux!

— Non, Christophe, il est pas furieux. Il veut juste que j'aille
le trouver.

— Comment ça, le trouver?

— Il est pas d'accord avec ce qu'on est en train de faire là.

— Allons, Ève…

À ces mots, Ève sortit du véhicule. Jean-Sébastien aussitôt se
calma.

— Jean-Sébastien! cria-t-elle. Je peux pas aller avec toi aujour-
d'hui. Y a un chien, là, qui est blessé. Il faut le soigner.

Elle remonta :

— Allez, p'pa, on y va!

— Mais le p'tit gars, il a rien? T'es sûre?

— Non, il a rien. C'était juste une motte de neige. Allez! Vite!
Chez le vétérinaire!

Pierre embraya et le véhicule reprit sa route. Mais par la lunette
arrière, Ève vit l'enfant. Il était retombé dans une grande fureur.
Elle se renfrogna sur la banquette et pensa :

« Tant pis pour lui s'il comprend rien! Y a toujours ben des
limites! Y a des choses qui sont plus importantes que d'autres! »

Adolphe Magnan

La maison du vétérinaire ne faisait pas vraiment partie du village. Elle était située juste au-delà du panneau «AU REVOIR».

— C'est là, annonça simplement Pierre.

«ADOLPHE MAGNAN, VÉTÉRINAIRE»

Le haut véhicule s'engagea dans l'entrée et les trois passagers virent une maison modeste sise auprès d'un énorme bâtiment de ferme.

— Vous allez voir, c'est un colosse.

Ce fut Pierre qui sonna. Christophe arrivait derrière, avec Ajax dans la boîte. Ève suivait. Sur la galerie, il y eut un moment d'attente. Pierre sonna de nouveau en appuyant plus fort sur le bouton. Il fallait absolument que l'homme soit là. Ils entendirent des pas. Lourds. La porte s'ouvrit sur un homme grand et large comme une armoire ancienne.

Tout aussi imposante que ses épaules, sa voix tonna :

— Oui?

Elle avait tout de même une intonation accueillante. Ce fut Pierre qui parla :

— On s'excuse, monsieur Magnan, de vous déranger comme ça, en plein jour de Noël. Mais c'est une urgence. C'est not' chien... il a la patte cassée.

Déjà le regard broussailleux du géant s'était posé sur Ajax dont les yeux, éperdus, se brouillaient à la vue de cet homme démesuré dont la chevelure blanche était à l'opposé de celle qu'il aurait tant voulu retrouver.

— Hum! Il a l'air bien mal en point. Entrez.

Dans le vestibule, l'homme regarda un peu la blessure. Puis il glissa sa grande main sous la poitrine d'Ajax qu'il souleva légèrement. Il s'arrêta un moment. Il semblait écouter ce que lui disait sa main. Le chien, aussitôt, ressentit un bien-être étrange et s'abandonna à l'étonnante caresse. L'autre main longea sa colonne vertébrale et s'arrêta sur le flanc. Là, avec deux doigts, monsieur Magnan appuya un peu, à un endroit précis. Il sentit Ajax se raidir. L'homme reposa le chien dans les serviettes.

— Il est pas jeune, han.

— Il est un peu plus vieux que moi, intervint Ève.

— Ça, c'est très vieux pour un chien. En fait, ma p'tite, il est plus vieux que moi, ton chien.

— C'est pas mon chien. C'est à une amie, en ville.

— En ville... je vois.

La main de l'homme, doucement, avait glissé vers la tête d'Ajax. Avec fermeté mais sans brutalité, il força l'ouverture de la gueule.

— Il s'appelle comment?

L'homme parlait tout en examinant la langue, les dents, la gorge. Avec dextérité, il manipulait la tête du chien. Lui tâtait le cou. Et Ève lui répondait comme si cela pouvait l'aider :

— Il s'appelle Ajax. Il s'est fait mal à la patte dans l'escalier, chez nous.

— Oui, la patte... s'il n'y avait que ça.

L'homme continuait l'auscultation dans la boîte que Christophe tenait toujours. Enfin, avec ses pouces, il souleva les paupières.

— Il a l'œil vif, vot' Ajax... mais pour le reste...

Il leur fit un signe :

— Suivez-moi, il faut le soulager un peu. Cette pauvre bête souffre beaucoup.

En entrant, Ève sentit que l'homme aux yeux clairs avait déjà tout compris.

Elle se mit à avoir peur.

Encore un nouveau mot

L e géant les amena dans une pièce qui recevait toute sa lumière d'une seule fenêtre au bas de laquelle aboutissait une longue et solide table métallique dont la surface rutilait. Ève pensa à une table d'opération.

— Posez-le là.

— Avec la boîte? demanda Christophe.

— Non, pas de boîte... et pas de serviettes.

Christophe s'exécuta et Ajax se retrouva tout nu sur la surface froide.

— Je vais tout de suite lui donner quelque chose pour le soulager. Après, on parlera.

— Mais, dit Christophe, c'est pas notre chien.

— Il souffre, répéta l'homme un peu durement.

Christophe baissa les yeux. Ève regardait son père. Puis, se tournant vers le vétérinaire, elle prononça :

— Oui, c'est ça, monsieur... Dépêchez-vous, soulagez-le.

Monsieur Magnan déjà ouvrait une armoire vitrée et en sortait une ampoule. Avec son pouce, il cassa la partie supérieure. Puis, d'un tiroir, au-dessous, il sortit une seringue jetable qu'il développa d'une seule main.

— C'est du Demerol. Une petite injection et votre chien va se sentir mieux... pendant quelques heures en tout cas.

Il plongea l'aiguille dans l'ampoule et en soutira le liquide. Puis, tenant la seringue devant ses yeux, aiguille vers le haut, il s'assura par quelques coups d'ongle qu'aucune bulle ne restât. Enfin, il poussa le piston jusqu'à ce qu'une goutte apparaisse, sur la pointe. Il avait l'air de préparer un tour de magie.

Christophe et Pierre s'écartèrent pour laisser passer l'imposant personnage. Ève, dans un coin, entrevit Ajax dont le museau se leva dans les reflets métalliques, pour disparaître aussitôt derrière la silhouette de l'homme. Dans la pièce, il y eut un moment d'immobilité.

— Voilà mon vieux... c'est terminé.

Adolphe Magnan s'écarta. Sur la table, il ne semblait plus y avoir qu'une dépouille abattue. Ève eut encore une appréhension. Elle s'approcha et vit les deux billes noires sous le crin, qui la regardaient avec calme. Elle se sentit elle-même soulagée. Le vétérinaire jeta la seringue et se retourna.

— Maintenant, il faudrait parler un peu.

Cet homme, même s'il avait vécu cette situation des dizaines de fois, n'avait pas oublié l'importance que cela revêtait, surtout pour une jeune fille.

— Tu veux me dire ton nom?

— Ève.

— Ève... tu m'as dit que c'était pas ton chien. Mais tu l'aimes bien, je crois.

— Oui.

— Et ton amie, en ville, tu l'aimes bien aussi?

— Oh oui! Elle s'appelle Alexandra.

— Eh bien, Alexandra, il faudrait lui parler parce que là, vois-tu, il y a une décision à prendre... pour le chien.

— Une décision? Quelle décision? Y a juste à le soigner, c'est simple! On n'a pas besoin de demander la permission à Alexandra.

— C'est qu'il y a deux façons de le soigner.

— Deux façons?

— Oui, deux. Une façon qui est violente... et temporaire. Et une autre qui est douce... et définitive.

— Je comprends pas !

La voix d'Ève avait failli dérailler. Cela fit de la peine à Pierre de voir ainsi sa fille qui refusait de comprendre ce qu'elle avait déjà très bien compris au fond. Heureusement, il y avait ce grand homme qui savait quoi dire :

— Écoute, Ève, je vais t'expliquer. Ajax, il a le cœur faible... l'œdème pulmonaire s'est déjà installé. Il faudrait commencer à lui donner des médicaments pour le soutenir. Des médicaments puissants...

— C'est ça, faites-le !

— Et puis, il y a ses articulations... il souffre de dysplasie et ça lui fait mal. Il faudrait une chirurgie coûteuse et incertaine... ou beaucoup de cortisone pour le soulager... tout le temps.

— Pourquoi vous m'dites ça ? Vous voulez pas l'faire ?

— Et puis il y a sa patte cassée. À son âge, tu sais, c'est difficile...

— Où c'est qu'vous voulez en venir ?

— J'essaie seulement de t'expliquer une façon de le soigner. Et cette façon-là ne lui donnerait que quelques mois de plus... quelques mois d'une vie bien difficile.

— Une vie, c't'une vie ! Faut la sauver !

Têtue comme une enfant, Ève croisa les bras.

— Tu veux que je te parle de l'autre façon ?

— Non, j'veux pas ! Pis à part ça, je l'sais c'est quoi, votre autre façon... vous voulez l'tuer !

Toute sa figure retenait des larmes de colère.

— Moi, Ève, je veux rien.

— Bon, ben, soignez-le !

C'est alors que l'homme lâcha le mot :

— L'euthanasie, c'est aussi une façon de soigner.

— D'la merde avec l'euthanasie ! J'veux rien savoir d'l'euthanasie ! Soignez-le, j'vous dis !

Ève s'était renfrognée. Elle venait de parler comme Alexandra. Son menton tremblait et son regard était noyé. Mais ses yeux vacillants s'étaient résolument levés sur cet homme qui détenait une trop grande puissance. Déterminée, elle allait lui tenir tête de toute sa taille.

— C'est que... c'est pas à toi de décider ça.

— C'est à vous peut-être ?

— Non, c'est à Alexandra.

— Alexandra ! Pas d'problème ! Alexandra, vous saurez, elle pense comme moi, Alexandra ! C'est mon amie !

— Il faudrait la joindre et lui demander. C'est son chien. Je ferai ce qu'elle dira.

— La rejoindre ? Facile ! J'ai justement son numéro, là.

Elle brandissait son carnet.

— Le téléphone est là, derrière toi, sur le meuble.

Ève se retourna et fouilla dans les pages du carnet. Elle trouva les sept numéros, soigneusement alignés à côté du nom d'Alexandra. Une vraie écriture de preppie ! Jamais elle n'aurait cru que ces chiffres-là serviraient à ça. Elle les composa. Le premier timbre vibra à son oreille. Puis un autre. Déclic :

— Oui.

— Alexandra, c'est toi ?

À ce nom, Ajax leva la tête.

— Oui, Ève, c'est moi. Qu'est-ce qu'y a ?

— C'est Ajax... il a eu un accident... il s'est cassé une patte chez nous. On l'a amené chez le vétérinaire... il va le soigner.

— Une patte cassée ?

— Oui, pis d'autres affaires aussi... une maladie qui lui fait un peu mal dans les pattes... mais on va le faire opérer, pis après, ça va être réglé. Là, déjà, ça lui fait moins mal... le docteur lui a donné quelque chose.

Au bout du fil, Alexandra s'était tue.

— Et puis il y a son cœur aussi... il est un peu faible, paraît... mais y a plein de médicaments pour ça. On s'en occupe... t'en fais pas.

— Passe-moi le docteur, Ève.

— Comment ça ?

— Passe-moi l'docteur, j'te dis ! J'te parlerai après.

— Mais...

— Ève ! c'est mon chien ! Passe-moi l'docteur !

Impuissante devant cette demande, Ève tendit le combiné à monsieur Magnan. Celui-ci approcha. Ève se dirigea vers la table où gisait le vieux chien. L'homme porta l'appareil à son oreille.

— Oui, mademoiselle...

Et pendant que l'homme parlait, Ève se mit à caresser le chien. Sa main frottait son corps, dans le sens du poil et à l'envers. Pour le bercer. Pour le rassurer...

Pour le tromper.

Tout à coup, l'homme dit :

— Ève... ton amie voudrait te parler.

— Dites-lui que je flatte Ajax. Je l'aime, moi.

— Elle aussi, elle l'aime. Je le sais maintenant.

La voix de l'homme avait des résonances profondes. Ève s'approcha et reprit le combiné.

— Ève, tu m'entends ? C'est ton amie, Alexandra. Écoute, j'ai pris une décision... pour Ajax. Et je pense que tu sais laquelle. Tu seras pas d'accord, mais c'est mieux comme ça...

Ève n'écoutait pas. Elle regardait l'homme qui lui tournait le dos et qui ouvrait l'armoire vitrée. Ce n'était plus un magicien. C'était comme un prêtre devant l'autel.

— Il va pas souffrir, le docteur me l'a promis...

L'homme levait quelque chose devant ses yeux.

— Il va juste l'endormir...

L'homme, lourd de silence, se dirigeait maintenant vers la table.

— Puis après, Ajax va arrêter de respirer. Puis ses souffrances, elles vont toutes être finies... pour tout l'temps...

L'homme se pencha un peu.

— Pis nous, on va garder un bon souvenir de lui, han ? Rien qu'un bon souvenir. Ève, tu m'entends-tu, là ?...

— ...

— Ajax, sa vie, elle aura eu un sens jusqu'à la fin. C'est ça, l'important, Ève, que sa vie ait un sens. Y aura juste les dernières minutes qu'il aura pas comprises. Mais nous, on va avoir compris, non ?...

L'homme se retira.

— Pis aussi, sa vie, elle aura été utile. C'est cette vie-là qui m'a le plus aidée à passer à travers la mienne, tu sais...

Sur la table, Ève voyait la poitrine d'Ajax qui se soulevait encore.

— Pis je lui devais ben ça, à Ajax, tu trouves pas? Il m'a jamais fait de mal, lui. Alors pourquoi j'le laisserais souffrir, han?...

La main d'Ève, sur le combiné, se ramollit. Devant ses yeux, l'image s'était arrêtée, comme au cinéma, avec les grains immobilisés sur la pellicule. Même les reflets métalliques dans lesquels reposait Ajax s'étaient arrêtés.

Le combiné glissa et percuta le plancher.

Puis se balança, inerte, au bout de son fil.

Deux décisions

Adolphe Magnan avait lui-même replacé le corps d'Ajax dans la boîte. Puis il avait étendu une des serviettes par-dessus. Comme un linceul.

— Vous voulez l'incinérer ? Je peux m'occuper de ça.

— Non, avait répondu Ève.

— Bon.

Et il avait porté la boîte dehors. Ève, Pierre et Christophe l'avaient suivi. Pierre ouvrit la portière arrière du véhicule et l'homme posa la boîte au centre de l'espace vide.

— Voilà... je suis navré.

Sa voix grondait toujours, mais conservait cet accent de grande humanité. Pierre, qui avait d'abord pris l'initiative, se sentait petit. Même Christophe, pourtant aussi grand que cet homme, éprouvait son extrême fragilité et toute son inexpérience de la vie.

Ils lui serrèrent la main. L'homme était avec eux et son sourire le disait bien. Dans la poignée de main, il n'y avait ni mollesse ni rudesse. Il n'y avait que franche sympathie. Et quand ses yeux clairs, sous les arcades ébouriffées, se posèrent sur Ève Paradis, il y eut un temps d'arrêt. L'homme s'assura qu'elle le regardait bien. Avec fermeté, sa grande main enveloppait la petite main. Alors il ferma les yeux, juste un instant, puis esquissa un dernier sourire qui acheva d'apaiser la jeune fille.

Une minute plus tard, Ève se trouvait assise sur la banquette arrière, avec Christophe. Au moment où Pierre engageait le véhicule sur la route du village, elle entrevit le géant, les mains sur les hanches, qui les regardait partir. Elle fut saisie par le respect dans lequel toute cette chose s'était déroulée.

Ils traversèrent le village, très lentement, à l'allure d'un corbillard. Ils ne revirent pas l'enfant. Ève se pelotonna dans les bras de Christophe. Ses bras étaient plongés sous la cagoule ouverte et ses mains s'agrippaient au gilet. Sa tristesse était grande, mais elle ne lui faisait pas mal. Christophe lui caressait les cheveux et le dos.

Quand le véhicule s'immobilisa devant la maison, Ève avait pris deux décisions et, même si le vent s'était levé, elle voulut en exécuter une tout de suite :

— Christophe, les raquettes que t'as eues en cadeau, ça te tente de les étrenner ?

— Euh... oui... comment ça ?

— Va les chercher. On va aller faire un p'tit tour.

— Où ça ? Il fait pas ben ben beau.

— On va aller enterrer Ajax. J'ai pensé à un endroit, pas loin. Ce sera pas long. Je veux faire ça tout de suite.

— Mais, Ève, intervint Pierre, ça peut attendre, non ? Il va faire noir dans une heure.

— Non, p'pa, ça peut pas attendre. Pis dans une heure, on va être revenus, t'inquiète pas.

Pierre vit bien que sa fille était décidée. Il céda. Mais il se serait certainement opposé s'il avait vu les nuages sombres qui s'accumulaient de l'autre côté de la montagne.

Pendant que Christophe et Pierre entraient dans la maison, Ève se dirigea vers la remise. Elle prit la paire de raquettes qui restait et l'ajusta à ses pieds. Elle trouva ensuite une pelle et quelques cordes qu'elle plaça sur le traîneau qui avait été laissé à côté. Puis elle amena le tout près du véhicule, dont elle ouvrit la portière arrière. Elle saisit la boîte à bras-le-corps et la posa sur le traîneau. Avec les cordes, elle l'attacha aux montants latéraux.

Pendant ce temps, Christophe était sorti de la maison et avait mis ses raquettes neuves. Puis il s'était approché et avait saisi la corde du traîneau. Il avait deviné l'endroit qu'avait prévu Ève pour ensevelir la dépouille d'Ajax. En silence, ils prirent la direction du lac. Une bourrasque souleva alors une volée de fine neige qui leur monta au visage. Christophe ferma son col et Ève mit le bonnet qui se trouvait dans sa poche. Ils pressèrent le pas.

Sur le lac, le nordet déployait déjà ses longues effilochures. La poudrerie courait sur toute la surface. Elle filait entre les jambes, soulevait les pans de manteau et faisait battre les pantalons.

Quand Ève et Christophe approchèrent du Sentier des amoureux, une rafale souffla dans les sapins et fit tourbillonner une neige qui s'infiltra par les ouvertures de leurs vêtements. Ils tendirent leurs muscles pour pénétrer dans la forêt. Là, à l'abri des arbres, ils trouvèrent l'accalmie. Ils se secouèrent un peu, comme quand on entre dans une maison. Le tumulte, derrière eux, sur le lac, était devenu subitement lointain et inoffensif.

Ils se regardèrent et reprirent aussitôt leur chemin. La brunante se faisait bien hâtive. Quelques minutes plus tard, ils se trouvèrent à l'endroit choisi. Ève regarda Christophe.

Sans un mot, il prit la pelle sur le traîneau et s'approcha du tronc qu'il avait lui-même sectionné, dix jours auparavant. Puis il enleva ses raquettes et se mit à déblayer le terrain tout autour. Même s'il y avait beaucoup de neige, c'était facile car elle était légère. Mais la pelle pénétrait difficilement dans le sol gelé. En quelques coups énergiques, Christophe arriva tout de même à soulever le tronc, avec les racines. C'était un arbre bien tendre qu'ils avaient coupé là. Il posa ensuite le chicot à côté, sur la neige. Déjà, devant lui, il y avait un trou dans la terre. Il travailla à l'agrandir, à lui donner la dimension voulue. En dessous, la terre était meuble. Ce ne fut guère long. Ève avait enlevé ses raquettes et portait la boîte.

Elle s'avança et déposa le petit cercueil au fond du trou. Christophe plaça le chicot par-dessus, bien droit, dans la même position qu'auparavant. Et Ève jeta une première pelletée de terre. Puis d'autres.

Bientôt tout fut enseveli. Seul le tronc émergeait. Comme avant. Ils tassèrent ensuite la terre avec leurs bottes. Puis Christophe reprit la pelle et étendit la neige. Enfin, tous les deux, ils reculèrent et se prirent la main.

Issue d'une tempête qui faisait rage au-dessus de leurs têtes, à la cime des arbres, la neige doucement tombait sur eux, de plus en plus abondante, et recouvrait déjà les souillures de terre laissées par cet enterrement sommaire. Ève trouva tout à coup bizarre de se trouver là une troisième fois.

Mais la rumeur lointaine de la tempête l'arracha à cette pensée. Et lui revint l'autre décision qu'elle avait prise. Elle se tourna vers son ami et enleva son bonnet :

— Christophe, embrasse-moi.

Il l'embrassa avec tendresse. La lumière ambiante, dans le sentier, baissa encore. Le couple enlacé ne se détachait presque plus de cette pâle bande de neige qui serpentait entre un lac et un village. Christophe avait une main plongée dans les cheveux d'Ève. L'autre lui caressait le dos. Elles demandaient des choses sans les nommer. Ce fut Ève qui mit un terme à ce baiser rempli d'attentes :

— Oui, Christophe, c'est d'accord. Cette nuit, dans ma chambre. Ma porte sera ouverte. Maintenant, il faut rentrer. Le temps se gâte.

Elle remit son bonnet, puis ses raquettes. Et s'en retourna, tirant le traîneau vide. Christophe, dans un moment de totale incompréhension, la regarda s'éloigner. Sa figure hésitait entre le point d'interrogation et le point d'exclamation. Fébrile, il chaussa ses raquettes et courut la rejoindre. Il faillit faire une autre culbute. Il était habité d'un émoi sans nom.

Un phare dans la tempête

Le lac aurait dû se trouver là, devant Ève et Christophe, dans l'ouverture entre les sapins, mais il n'y avait qu'un trou hurlant traversé de violentes lignes de neige dont certaines s'engouffraient dans l'embouchure pour venir virevolter autour d'eux, créant d'éphémères géants blancs qui se dressaient. Du coup, toute sensualité fut balayée en eux.

Les deux amis avancèrent un peu dans ce blizzard et cherchèrent les lumières de la maison, mais ils furent aussitôt aveuglés. Ils retournèrent dans le sentier. Christophe, en quelques mots, évalua la situation. Il lui fallait crier à cause des arbres qui sifflaient :

— On peut pas rester là !

— Non, Christophe, on peut pas.

— Une tempête de même, ça peut durer longtemps.

Tout à coup perdus, ils se regardaient. Christophe risqua :

— J'ai l'impression qu'il va falloir foncer quand même.

— Foncer là-d'dans !

— C'est juste un grand coup à donner. La maison est là, juste en face.

— Juste en face ! Où ça, en face ?

Christophe s'aperçut qu'il venait de dire une bêtise. La nuit achevait de tomber. Le regard d'Ève s'affola.

— Christophe... C'est pas comme ça que c'était supposé se passer!

Il faisait très sombre maintenant, mais ce n'était pas vraiment la nuit qui tombait. C'était la tempête qui s'intensifiait, bloquant la lumière du soleil qui pourtant illuminait encore le bleu infini qui régnait au-dessus de tout ça.

De l'autre côté du lac, surpris par la soudaineté de la tempête, Pierre avait allumé les lumières de la maison pour qu'elle soit vue de loin, mais il se rendit vite compte de l'inutilité de ce geste.

Pendant un moment, il tourna en rond. Enfin, il se dirigea vers la porte-fenêtre, mais la vitre ne lui renvoya que sa détresse. Submergé par l'inquiétude, il s'habilla et sortit avec une lampe de poche. Sur la galerie, il fut accueilli par une furieuse rafale.

Il se dirigea tout de même vers la rive du lac, où il se mit à crier en faisant de grands cercles avec la lumière. Mais tout était emporté dans la tourmente.

Alors, il se tourna vers la maison. Devant lui, elle sombra dans le noir. D'un coup. C'était la panne générale. Pierre crut alors perdre la maîtrise de ses pensées. Que faire?

Le véhicule! Oui! le véhicule!

La portière, en s'ouvrant, faillit être arrachée par le vent. Pierre monta, fit démarrer le moteur. Il alluma les phares, tous les phares, y compris les jaunes pour le brouillard. Puis il mit la puissance sur les quatre roues, embraya et dirigea le véhicule vers le lac.

Mais les bancs de neige qui s'accumulaient étaient déjà trop hauts, même pour ce véhicule-là. Il s'arrêta, recula et se plaça sur une butte dégagée par le vent.

Les yeux éperdus, il chercha à percer la tempête qui s'intensifiait encore sur le lac. Les essuie-glace ne servaient à rien. La neige rayait l'espace et formait un écran opaque. Désespéré, Pierre posa la main sur le klaxon et l'y maintint. Cela monta dans la nuit comme un hurlement de loup. Cet ultime appel, comme tout le reste d'ailleurs, était irrémédiablement balayé vers le sud-ouest.

Ève, pour se calmer, avait fermé les yeux et s'était mise à l'écoute de ce tumulte forcené qui semblait doté d'un souffle inépuisable.

Tout à coup, elle capta quelque chose d'à peine audible, qui se mêlait à cette furie. Et, en même temps, elle sentit monter en elle un espoir. Un espoir qui avait sa source dans une fine intuition. Une intuition qui se transforma bientôt en certitude. Elle ouvrit les yeux et lança :

— Christophe ! Je suis sûre de pouvoir retrouver la maison !

— T'es sûre ? Comment ça ?

— Écoute, t'entends pas ?… Le son, dans la tempête…

Elle indiquait un point, au cœur de la tourmente. Christophe écouta :

— Non… franchement…

— Si je l'entends, tu dois bien l'entendre !

— Moi, j'entends rien que le vacarme dans les arbres.

Il semblait vraiment ne rien entendre. Ève demanda :

— Dis, tu m'fais confiance ?

— Ben… oui.

— Alors, enfonce ta tuque, on y va ! T'auras qu'à me suivre.

— Mais…

— As-tu autre chose à proposer ?

— Euh…

Il se sentait tout bête.

— On va laisser le traîneau là.

Il était d'accord.

— Pour y arriver, il faut être bien habillé.

Bien sûr.

— Aide-moi à m'attacher, veux-tu.

Et ils s'emmaillotèrent mutuellement avec un soin méticuleux.

Il devenait inutile de parler. Toute parole serait étouffée par les cols relevés et les foulards entortillés. Bientôt on ne vit plus que leurs yeux.

Ensuite, Ève se pencha et prit une corde sur le traîneau. Elle se l'attacha autour de la taille, laissant un grand bout libre qu'elle plaça dans la main de Christophe, qui comprit que c'était le meilleur moyen de ne pas se perdre. Puis elle se tourna vers le lac et se remit à l'écoute. Aussitôt elle avança et Christophe, penché, la suivit.

Dès qu'ils sortirent du sentier, la poudrerie leur sauta aux yeux. Ils tournèrent la tête de côté. Au bout de dix mètres, Ève s'arrêta pour écouter. Christophe jeta un coup d'œil derrière. C'était comme devant. C'était comme à droite ou comme à gauche. Plus un seul sapin n'était visible, mais il se rappela : « En haut, le ciel... en bas, la neige... pis tout l'tour, les arbres. »

Il sentit alors la corde qui tirait. Il se laissa entraîner et le petit cortège parcourut encore dix mètres. Il y eut un autre temps d'arrêt. Il ne fallait pas qu'il soit trop long car les raquettes immobiles étaient aussitôt ensevelies. Puis ils repartirent. Le soleil à l'ouest touchait l'horizon et allait bientôt les abandonner à leur instinct... « En haut, la neige... en bas, la neige... pis tout l'tour, la neige. » Dix mètres furent encore franchis et un doute terrible traversa l'esprit d'Ève : « Le vent ! Le vent ! Me trompe-t-il ?... Ce son ! Serait-il dévié par le vent ?... Provient-il vraiment d'où je pense ?... »

Mais il n'était plus question de faire demi-tour. Ou même d'avoir un seul doute. Car maintenant... « En haut, le noir... en bas, le noir... pis tout l'tour, encore le noir. » Ils pouvaient fermer les yeux, c'était pareil. Et leurs arrêts devenaient plus longs. Ève prenait de plus en plus de temps pour repérer le son.

Une fois même, elle eut l'impression qu'il provenait d'elle-même. Qu'il était produit par sa propre imagination. Mais elle rejeta cette idée folle et aussitôt la direction lui fut redonnée. C'était un peu comme la foi en quelque chose, ou en quelqu'un. Et tous les deux, ils arrachèrent leurs raquettes à l'emprise de la neige pour franchir encore une dizaine de mètres. Christophe ne pensait plus qu'à cette corde qu'il tenait et qui l'entraînait vers...

C'est alors qu'elle lui échappa !

Il s'arrêta, paralysé. Les yeux grands ouverts, il ne voyait rien. Il cria :

— Ève ! Èèèèèèève !

Elle devait se trouver dix mètres plus loin, mais dans quelle direction? Il ne se rappelait plus. Il fit une dizaine de mètres et cria encore :

— Èèèèèève!

L'effort de crier sapait son énergie. Il ne recevait aucune réponse.

L'épouvante le submergea. Totalement. Ses pensées s'affolèrent et il sombra dans la terreur. La terreur de perdre Ève... ou de mourir. Il ne savait pas. Cette corde était toute sa vie. Il ne la tenait plus. Il s'accroupit alors sur ses raquettes. Dos au vent, il se recroquevilla. Les mains sur la nuque et la tête plongée sur son propre giron, il essaya de penser.

La neige, devant lui, faisait déjà un petit dôme. Il devait écouter. Il devait, lui aussi, entendre le son. Et il l'entendit.

C'était un son presque inaudible, mais têtu et régulier. Filtré par le vent et la neige, il n'en restait presque rien. Mais il l'entendait! C'était là, quelque part. Mais où?

Il leva la tête. Noir total. Non. Il voyait quelque chose. La neige! Il voyait la neige s'agiter devant ses yeux! Il la voyait! Mais comment? Il tourna la tête à gauche, puis à droite. Oui, à droite! Il y avait une lueur diffuse. Et le son!... le son!

Bondissant sur ses pieds, Christophe voulut se mettre à courir, mais ses raquettes enfouies ne bougèrent pas et un pied sortit de sa botte. Il tomba. Fébriles, ses mains fouillèrent dans la neige et il dégagea son autre pied.

Et il se mit à avancer vers la lumière et le son.

À chaque pas, il s'enfonçait. Quelquefois son pied touchait la surface glacée du lac. Il devait s'aider avec ses mains... nager. Et la lumière se fit plus forte. Le son aussi. Et l'espoir.

Puisant ses dernières énergies, il vit enfin une déchirure dans la tempête... et deux points blancs, et deux jaunes.

Pierre, prostré sur le volant, leva la tête et vit Christophe, à quatre pattes, qui s'écroulait dans un dernier effort. Il s'élança hors du véhicule et alla à son secours. Il l'aida à reprendre pied. Christophe n'avait plus de forces. Pierre le traîna jusqu'au véhicule et le fit asseoir à sa place.

— Ève!... Où est Ève?

Il criait. Christophe, à bout de forces, ne comprenait pas ce qui arrivait. Pierre le secouait :

— Christophe! je t'en prie... dis-moi... Ève! Où elle est?

Il avait peur d'entendre le pire. Christophe arriva à prononcer :

— Elle est là... pas loin... en avant...

Pierre referma la portière, puis la rouvrit :

— Accote-toi su'l'criard... pis lâche-le pas!

Et il s'enfonça dans la tempête pendant que le klaxon reprenait son appel monocorde.

Devant Christophe, les essuie-glace, comme deux pendules à l'envers, comptaient les secondes. Au-delà, il n'y avait que des bariolures de neige. Dans la cabine où il se trouvait, il faisait moins froid et il pouvait respirer mieux. L'énergie lui revenait, ainsi que la conscience de la situation. Tout son être se concentra sur son amie. Sur son amour.

Mais cela le fit encore basculer dans la déroute. D'impuissance, il se mit à secouer le volant, à donner des coups sur le klaxon afin qu'arrête cette folie.

C'est alors qu'il vit, dans la lumière des phares, cette scène incroyable. Une scène surexposée et irréelle... Là, devant, un enfant, dans un habit doré, sautait sur place et battait des bras. Et lâchait des cris aigus. «Heee! Heee!» Christophe crut qu'il hallucinait. Il passa sa main dans son visage.

L'enfant avait disparu. À la place, il vit Ève, penchée vers l'avant, qui progressait dans la tempête. À ses trousses, son père tenait le bout d'une corde.

Comme un cordon ombilical.

Le feu dans l'âtre

À côté du véhicule, Pierre s'était accroupi pour aider Ève à enlever ses raquettes. Puis il les avait jetées sur la banquette arrière. Il avait ensuite aidé sa fille à monter sur le siège avant, à côté de Christophe.

— Tu sais comment ça marche, mon grand ! Tu nous ramènes à la maison ! C'est à deux pas ! Sur la gauche !

Et il était monté en arrière.

Christophe, reprenant ses esprits, repéra le levier de vitesse, les pédales, le volant. Il dégagea le frein à main et recula en braquant dans un sens. Le véhicule s'arrêta mollement dans un banc de neige. Braquant dans l'autre sens, il embraya vers l'avant. Presque aussitôt, il y eut un craquement. Il freina. C'était trop tard. Le véhicule s'était immobilisé sur l'escalier. Il avait embouti le garde-fou.

— Allez, lança Pierre, c'est pas grave ! Tout l'monde dans 'maison !

Christophe sauta dans la neige et fit le tour du véhicule. Ève l'attendait de l'autre côté. Ils se donnèrent la main et entrèrent ensemble.

Pierre reprit la lampe de poche sur la banquette et courut les rejoindre.

Quand la porte de la maison fut bien refermée, Pierre éclaira les deux enfants debout au milieu du salon. La lumière vacilla sur eux. Leurs vêtements étaient imprégnés d'une neige qui voulait fondre. Des pieds à la tête, ils faisaient peine à voir.

— Il faut vous déshabiller tout de suite. Je vous apporte ce qu'il faut.

Dans la lingerie, il trouva deux serviettes et deux couvertures. Il leur porta les serviettes et garda les couvertures.

— Toi, Christophe, tu vas là... et toi, ma fille, là.

Avec la lampe de poche, il leur avait indiqué chacune des extrémités du divan sur lequel était toujours appuyé le tableau de l'enfant.

— Moi, pendant ce temps-là, je prépare un feu.

Il se retourna et le divan retomba dans le noir. Il y eut un moment d'attente. Christophe regardait la silhouette tremblante de Pierre qui s'affairait autour du foyer. Il entendit alors le bruissement des vêtements d'Ève qui commençait à se dévêtir. Il eut envie de regarder, mais un mauvais frisson le traversa et il s'attaqua plutôt à sa propre cagoule d'hiver. Il était trempé jusqu'aux os.

Ses vêtements humides tombèrent un à un en un tas informe. Avec la serviette, il s'assécha vigoureusement, puis se l'enroula à la taille. Dans l'âtre, une lumière s'éleva tout à coup. Devant Pierre accroupi, le papier journal, sous les bûches, flambait. Christophe tourna alors la tête et vit Ève, nue, qui s'essuyait les jambes entre deux rideaux de cheveux sombres.

Le feu attaquait maintenant les bûches. La lumière, dans le salon, baissa légèrement. Ève se redressa. La tête plongée dans la serviette, elle se frictionnait les cheveux. Puis elle ralentit son geste pour observer le feu. Armé d'un tisonnier, son père veillait à ce que ça brûle bien. Les flammes, sémillantes, glissaient le long des bûches. Quand elle se retourna, elle vit Christophe qui la regardait. Et ils eurent, tous les deux, un petit sursaut.

— Oh!

Vivement, Ève se couvrit avec la serviette.

— Vous avez terminé, les enfants? demanda Pierre en se retournant. Voici des couvertures. Venez vous réchauffer.

Christophe, qui était plus près, saisit la couverture qu'on lui tendait.

— T'as l'air bizarre, mon grand... Ça va?

— Oui, m'sieur Tremblay, ça va... pas d'problème.

Il se couvrit, puis laissa tomber la serviette mouillée à ses pieds. Derrière lui, Ève s'enroulait dans sa couverture, abandonnant également sa serviette. Emmaillotée comme une momie, elle s'avança. À petits pas, elle passa à côté de son ami sans le regarder, puis alla s'asseoir par terre, en face du feu. Il s'approcha et fit de même. Ils avaient l'air de deux Amérindiens.

— Bon, écoutez, vous bougez pas de là. Moi aussi, il faut que je me change. Je reviens tout de suite.

Ils ne répondirent pas. Avec la lampe de poche, Pierre monta à l'étage.

Quand il revint, en pantoufles et kimono, il s'arrêta dans l'escalier. Les deux enfants semblaient ne pas avoir bougé.

C'est qu'il ne voyait pas leurs mains qui s'étaient unies sous les couvertures, ni n'entendait leur cœur qui battait fort dans leur poitrine à cause du rendez-vous qu'ils venaient de se donner.

Sous des apparences de grand calme, les deux enfants étaient profondément émus...

Dans leur tête. Dans leur cœur...

Dans leur ventre.

Le même regard

Dehors, la tempête faisait toujours rage. Furieux de ne pouvoir pénétrer dans cette maison, le vent avait des poussées qui faisaient craquer les murs et des griffes de neige qui cliquetaient dans les vitres. Ève et Christophe, sourds à ce déchaînement, laissaient danser les flammes devant et en eux, pendant que Pierre ramassait les vêtements qui traînaient et les étendait sur un support à linge qu'il avait déployé tout près. Puis, comme il l'avait fait à l'étage, il ferma tous les interrupteurs. Ensuite, il chercha une place où s'asseoir. Il vit le divan.

Il prit le tableau sur le dossier et le posa par terre contre le mur. Puis il fit glisser le meuble derrière le jeune couple. Enfin, s'écrasant dessus, en plein milieu :

— Ça vous tente pas de vous asseoir ?

— Non non, p'pa... on est bien, là.

— Bon... comme vous voulez... euh... Vous devez être fatigués, là, non ?

— Oui, p'pa... on va se coucher tantôt.

Pierre ne savait plus que dire. Il y avait de la gêne dans l'air. Il se tut. Il se mit à penser au danger que ces deux enfants venaient de courir et à la peur incroyable que lui-même avait ressentie pour sa fille... sa petite fille unique qu'il aurait pu perdre comme ça,

bêtement, d'un coup, après plus de quatorze années d'amour...
comme il avait perdu, jadis, la délicate et fragile Marie Paradis.

Mais Ève avait un caractère bien plus robuste que sa mère. Après
tout, elle venait de traverser une tempête. Et puis n'avait-elle pas
sauvé deux hommes de la mort? Deux hommes et un enfant. Oui,
cet enfant qu'elle porte en elle, si solidement... si obstinément.

— Vous l'avez échappé belle, chuchota-t-il sans y penser.

Et il reçut cette réponse :

— C'est l'enfant qui nous a sauvés.

— L'enfant?

Ève, sans se retourner, ajouta :

— C'est lui qui m'a montré le chemin.

Christophe ne savait plus très bien de quel enfant Ève parlait.
Elle ajouta :

— Faut toujours croire aux enfants.

Puis s'était tue.

Elle avait posé son regard sur les braises et Christophe se mit
à observer ce profil qui dansait au rythme des dernières flammes.

C'est alors que le grand garçon se retourna et vit le même regard.
Le même, mais de face. Celui de Pierre. L'homme avait les yeux
tellement ouverts qu'il semblait faire un effort pour laisser couler
ses larmes vers l'intérieur afin de noyer son désarroi.

Les trois amis ne bougeaient plus. Sous leurs paupières lourdes
mourait une dernière lueur entretenue par les braises au fond de
l'âtre. Derrière eux, l'enfant du tableau reposait au cœur de leurs
trois ombres énormes qui oscillaient sur le mur dans des reflets
d'aquarium. La tête d'Ève s'était mise à dodeliner. Sa main glissa
de celle de son ami.

— Je vais la transporter dans son lit, annonça Pierre. Elle tombe
de sommeil.

Christophe sortit alors de sa propre somnolence et vit Pierre qui
soulevait Ève dans la couverture. Il avait l'air de porter une petite
fille. Quand l'homme atteignit la dernière marche, Christophe ne
les distinguait plus.

Sans déposer sa fille, Pierre ramassa la lampe de poche qu'il avait laissée là. Au bout du corridor, il atteignit la chambre d'Ève et, de la hanche, poussa la porte. Il posa la lampe, allumée, sur la table de chevet. Puis, dans cette lumière immobile et fantomatique, il ouvrit les draps et y déposa son précieux paquet. Ève se tourna de l'autre côté. Pierre referma les draps sur elle et la serra, la bordant comme autrefois.

Il reprit ensuite la lampe et jeta un dernier coup d'œil. La respiration de sa fille était régulière. «La voilà partie pour la nuit.» En sortant, il laissa la porte bien ouverte. Puis éteignit sa lampe. À l'autre bout du corridor, une longue silhouette enroulée dans une couverture se détachait sur un fond rougeâtre. Cela l'irrita un peu.

— M'sieur Tremblay, je...

— Bonne nuit, mon grand. Dors bien.

Pierre passa à côté de Christophe. Il n'avait pas envie de parler. De toute façon, ses idées n'étaient pas très nettes.

Il savait bien que, pour parler, il n'y avait pas de doute là-dessus, ils auraient encore à parler beaucoup. Mais pas ce soir. Une autre fois.

Le rendez-vous

Penser à Ève en regardant le plafond. Nu sous d'épaisses couvertures, Christophe n'avait que ça à faire.

En fait, le plafond, il ne le voyait pas car, dans sa chambre, c'était noir comme chez le loup. Mais Ève, alors là, il ne voyait qu'elle. Ève penchée, qui s'essuie les jambes entre deux rideaux de flammes et qui se redresse pour se frictionner les cheveux avec la serviette. Ève dont la poitrine aux fines taches de rousseur chatoie de façon insensée quelque part au-dessus de ce point d'ombre qui tournoie follement au milieu de son ventre. Ève dont toute la nature se terre au creux de ce lieu obscur et secret, plus bas.

Christophe avait encore bien des minutes à remplir ainsi et n'arrivait pas à décider s'il voulait qu'elles passent vite ou lentement. C'est qu'il avait hâte d'aller rejoindre son amie. Mais en même temps, il avait peur. Et puis il y avait Pierre, en bas.

Christophe se tourna alors vers la porte de sa chambre. Dans le rectangle rougeâtre du corridor, il aperçut le commencement d'un autre rectangle, noir celui-là. C'était la chambre d'Ève, qui était ouverte pour lui.

Il se leva. Avança. Son cœur battait la chamade. D'en bas montait une chaude lueur. Il se retrouva dans le corridor.

Puis, il s'approcha du haut de l'escalier. Il n'y avait que le crépitement dans l'âtre... et Pierre, étendu sur le divan devant le feu, qui dormait.

Avec précaution, Christophe recula et, palpitant, se retrouva au seuil de la chambre de son amie.

D'abord il ne vit rien. Puis, peu à peu, la masse sombre du lit se détacha dans l'obscurité. Il approcha. À peine visible, une chevelure en désordre s'étalait sur l'oreiller.

Doucement, il s'assit sur le bord du lit, puis s'étendit de tout son long. Il resta comme ça... un temps. Puis il souleva le drap et se glissa en dessous. L'émotion de la savoir nue comme lui, là, tout près, le faisait trembler.

Il se tourna sur le côté et, à la manière d'un serpent sur le sable, la rejoignit. Et la découvrit, comme lui, couchée sur le côté, mais toujours enroulée dans la couverture de son père. Elle lui faisait dos. Dans le lit, son grand corps suivait la même courbe que le sien, le soulignant en quelque sorte. C'était comme si elle était assise sur ses genoux.

Hésitant, Christophe posa la main sur son épaule. Il avait peur qu'elle sursaute. Il se mit à lui caresser le bras, par-dessus la couverture, et à la serrer contre lui.

Il avait dix-sept ans et ne savait trop comment s'y prendre. Certes, il avait déjà pensé à ça. Beaucoup même. Mais il ne l'avait jamais fait. Et là, décidément, les choses ne se passaient pas comme dans le cinéma qui avait peuplé son imagination d'adolescent. Sous les draps, tout à coup, il la sentit bouger. Il relâcha son étreinte pour qu'elle puisse se retourner.

Et elle se retourna.

Dans le regard d'Ève, qui sortait d'un sommeil profond, il y eut d'abord de l'incompréhension. Puis une crainte :

— Papa?

— Il dort... en bas.

Alors, lentement, dans les yeux verts, le calme se rétablit.

Puis, au bout d'un temps, Ève dégagea ses bras et attira son ami vers elle. Il plongea sa figure dans son cou et la pressa contre lui. Il lui caressait les cheveux et le dos.

Ils restèrent ainsi un long moment. Heureux. Indécis. Des idées plein la tête...

Ça ne pouvait s'arrêter là.

Bientôt l'étreinte se relâcha et ils se regardèrent. Sous le toit des draps, ils étaient comme deux enfants dans une tente. Sur les lèvres de son amie, Christophe lisait un sourire qui disait tout ce qu'elle acceptait de faire avec lui. Croyant devenir fou de bonheur, il eut envie de dire qu'il était fou de bonheur. Ève ouvrit alors la couverture.

Il faillit regarder, mais se retint. Il ne fallait pas qu'elle croie que... Mais c'était absurde. Et son regard se posa sur le corps pâle de son amie.

Quand il releva les yeux, il se sentait tout bête. Ève lui tendait encore les bras. Il s'approcha pour ne pas qu'elle le voie si étonné. Et c'est comme ça qu'il découvrit la peau douce. Ève en avait partout.

C'était à peine croyable. Partout, Ève était douce. Partout! De plus, elle avait toutes ces choses fabuleuses qui viennent par deux... les yeux, les oreilles, les bras, les jambes, les seins, les fesses, les pieds... il ne manquait rien... pas même toutes ces choses inouïes qui viennent toutes seules... le nez, la bouche, le cou, le nombril... et quoi encore... d'innommable... quelque part... qui l'attendait, lui, Christophe. Il n'en croyait pas ses mains et Ève les laissait faire.

Maladroit et anxieux, il caressait son amie. Elle le caressait aussi. Il fallait bien continuer. Il fallait bien « le » faire un jour. Même gauchement. Alors pourquoi pas cette nuit? Et avec quelqu'un qu'on aime?

Ils poursuivirent ainsi leur exploration, à demi gênés, longtemps.

Tout à coup, Christophe, qui était tellement plus grand, s'immobilisa. Sur son ventre, Ève se frottait... et le regardait. Son regard était habité d'une immense demande.

Saisissant le sens de ce fol appel, le garçon eut une seconde de vertige. Devant lui, Ève, belle comme une femme, était à la recherche éperdue de leur union. Par les mouvements oppressés de son bas-ventre, elle exprimait tout son désir qu'il la rejoigne, là, tout de suite.

Alors il s'avança.

Mais ne trouva pas le chemin. C'était bête. Et il sentait quelque chose qui venait, qui pressait... quelque chose d'irréversible et d'affolant, qui montait en lui, avec urgence.

Sur le point de s'épancher, il aperçut le visage d'Ève. Le regard noyé de désir, elle le regardait toujours, le suppliant de faire quelque chose, d'être avec elle, dans elle. Mais Christophe, affolé, n'arrivait pas à l'atteindre. La rage au cœur, il aurait pleuré.

Ève, au bord de la déroute, se pencha alors sur les sexes et, de sa main, dirigea l'union. Ce coït subit lui fit mal et elle étouffa un cri. Grimaçant, Christophe croula sur sa poitrine et sa tête plongea dans la chevelure rousse. Aveuglé, il fut aussitôt traversé par l'orgasme. Et la vie s'écoula en une vive détente qui irradia en Ève comme une surprise inespérée, un cadeau inattendu.

L'intime conviction qu'elle était une femme venait de s'ancrer en elle. Elle aurait un enfant et serait heureuse.

C'est alors que son père, en bas, ouvrit les yeux.

Livre III
Le Choix d'Ève

On est pas dans un roman

« Vendredi 26 décembre...

Aujourd'hui, il s'est pas passé grand-chose. Par rapport à hier c'était pas mal mort. La tempête s'est arrêtée aussi vite qu'elle avait commencé, puis l'électricité est revenue. Tout est retombé dans l'ordre. Sauf que Christophe était fou comme d'la m... ben... disons qu'il portait plus à terre. C'est probablement à cause de ce qu'on a fait ensemble la nuit passée.

À tout bout d'champ, quand il me voyait, il lançait des p'tits cris. Puis il venait me donner des becs partout dans 'face. Il se retenait même pas devant papa. De toute façon, il aurait pas pu. C'était plus fort que lui. Un vrai fou. Il est amoureux.

Une fois, quand il s'est mis à crier comme ça en réparant le garde-fou, papa l'a entendu, puis je pense qu'il était pas content. Heureusement, il a pas dit un mot. Il a juste dit que le garde-fou allait être pas mal utile une fois réparé. Là, Christophe, il s'est concentré sur son clou. Il est drôle, Christophe, des fois. Surtout quand il le sait pas.

C'est comme hier justement, quand il avait ses grands yeux ouverts qui ont l'air de rien comprendre. Ça m'a tellement fait rire que j'ai manqué m'étouffer dans l'oreiller. 'Fallait surtout pas que papa se réveille en bas. Mais Christophe arrêtait pas de regarder comme ça, devant lui, dans le vide. Je pense qu'il le faisait exprès, pour me faire rire. Je ris tellement mal.

N'empêche qu'hier... ben... j'ai fait l'amour avec lui. Voilà.

Ce qui était bien, c'était que j'avais pas peur de tomber enceinte. Je l'suis déjà. Et encore moins d'attraper une maladie. Avec Christophe, y a pas de danger pour ça. À matin, 'a fallu que j'le pousse dans le corridor. Si je l'avais pas mis à la porte, je pense qu'il serait resté là toute la journée. Il voulait plus me laisser tranquille, puis je m'endormais tellement. En fin d'compte, il est parti et on a dormi chacun de son bord, jusque dans l'après-midi.

Papa, lui, il a dormi sur le divan, en bas... j'pense.

Un moment donné, aujourd'hui, quand on a été seuls tous les deux, papa a dit qu'il faudrait que je voie un docteur pour me faire "suivre". Il avait déjà obtenu un rendez-vous pour lundi matin. J'ai pas dit un mot. C'était ben correct de même.

N'empêche que j'avais jamais pensé qu'un étranger se mêlerait de ça. Surtout un docteur. J'ai pas besoin de docteur, moi. Je suis pas malade.

Même que je me suis jamais sentie aussi bien.

Après-midi, Christophe et moi, on s'amusait dans la neige sur le lac. On cherchait ses raquettes qu'il avait perdues dans la tempête. On a pelleté jusqu'à la glace. Y avait pas beaucoup de chances qu'on les retrouve, ses raquettes, vu que la tempête avait effacé toutes les traces, mais on cherchait quand même, pour le fun. C'était une fichue d'belle occasion pour s'embrasser encore. Dans le trou qu'on avait fait, on pouvait se cacher. Papa pouvait pas nous voir. On pouvait se faire les mêmes affaires que la nuit passée, mais par-dessus nos vêtements. C'était pas commode ben ben, mais c'était excitant pareil. Un moment donné, Christophe m'a dit qu'il voulait revenir dans ma chambre cette nuit. Là, j'ai dit non, que c'était beau comme ça, il fallait rien briser. J'avais peur de briser quelque chose.

Je pense qu'il a pas bien compris ce que je voulais dire. Moi non plus, d'ailleurs. Mais il s'est pas fâché. Il a juste dit qu'il arrêterait jamais d'avoir envie de moi. Parce que dans sa tête il y avait mes seins et tous ces mots gênants. Et ça me gênait pas. Sauf ce soir, là, un peu, quand j'en parle.

Et il arrêtait pas de parler et de m'embrasser en même temps. J'ai pas tout compris ce qu'il disait parce qu'il articulait pas bien. De toute façon, je pourrais pas répéter ça. C'était un peu cochon. Les gars et les filles, ça voit pas les choses de la même façon... des fois.

Quand il s'est arrêté, il a regardé autour. On était couchés sur la glace. On n'avait pas encore trouvé les raquettes. Christophe a dit : " On fait-tu une patinoire ? " Là, j'ai sauté sur mes pieds et j'ai tapé dans mes mitaines. Enfin... j'ai peut-être pas fait ça, mais c'est comme ça que j'me sentais. On a repris nos pelles puis on a tiré la neige au bout de nos bras, le plus loin possible dans le ciel. C'était pas très efficace, mais on trouvait que c'était une maudite bonne idée, la patinoire... même si on avait pas de patins, ni un ni l'autre.

Finalement, c'est moi qui ai trouvé les raquettes à Christophe. Notre patinoire était pas encore bien grande, mais on était crevés. On est rentrés.

Papa était au téléphone. Xavière lui promettait de venir durant la fin de semaine. J'étais contente. Alors j'ai pensé à Alexandra. Je l'ai appelée pour qu'elle vienne par la même occasion. Mais c'était pas possible. Son père était trop malade. On le rentrait à l'hôpital.

J'aurais bien aimé ça, l'aider, mais elle voulait rien savoir. Je comprends pas. C'est peut-être à cause de son chien Ajax qui est mort.

Quand je me suis retrouvée toute seule dans ma chambre, c'est là que j'ai pensé au petit magnétophone que maman avait quand elle enseignait. J'ai demandé à papa où il était et on l'a trouvé au fond d'une garde-robe avec pas mal de poussière dessus. Il marchait encore.

J'ai pris trois cassettes de Walt Disney et j'ai décidé de m'en servir pour parler parce que, même si j'ai rien à faire, j'ai tellement plein d'affaires à dire. Ces cassettes-là, j'me suis dit que ça me ferait une sorte de journal intime. Parce que j'me sens seule, mauditement seule.

Même si j'suis deux.

Samedi 27 décembre...

Aujourd'hui, on a vu Jean-Sébastien sur le lac. Papa avait sorti sa souffleuse pour agrandir la patinoire qu'on avait commencée hier. En moins d'une heure, on a eu un rond à patiner pas mal grand. Puis là, on a eu l'idée de jouer une partie de hockey. Mais on avait rien pour ça. Ni patins, ni bâtons, ni rondelle. Rien. On avait juste un ballon.

Le ballon, ç'a été une idée géniale parce que c'est pas possible, le fun qu'on a eu avec. On a fait une partie de soccer sur glace. Xavière pis papa, contre Christophe et moi. Nous autres, les femmes, on gardait les buts.

Ç'a pas pris d'temps qu'on tirait de l'arrière, parce que papa, il est pas mal bon au soccer. 'Faut dire aussi que Christophe vaut pas grand-chose. Pour le déjouer, papa avait juste à changer de direction. Christophe, lui, était pas capable. Il glissait tout le temps dans le mauvais sens. Alors, papa se retrouvait tout seul devant moi avec le ballon et il me le passait entre les pattes. Je riais ben trop... rien qu'à voir Christophe qui battait des bras en arrière pour pas tomber.

À l'autre bout, Xavière riait pas mal, elle aussi. N'empêche que je l'ai surprise quand j'ai fait mon lancer bord en bord d'la patinoire. C'est le seul point qu'on a fait. Christophe servait à rien.

C'est là que Jean-Sébastien est arrivé.

En fait, il devait nous regarder jouer depuis un moment quand je l'ai vu dans sa cagoule dorée. Ses yeux étaient bleus comme le ciel. Il était calme. Christophe a dit : " Tiens ! v'là du renfort ! " Tout de suite, l'enfant est descendu avec nous autres, puis là ç'a été une autre affaire parce que Jean-Sébastien, il est aussi bon sur la glace que sur la neige.

Son truc, c'était de s'appuyer sur les côtés de la patinoire et là il se donnait un élan pour traverser d'un coup. Sans perdre le ballon à part ça.

La première fois, papa l'a regardé faire. Devant ses buts, Xavière a essayé de suivre le mouvement. Mais quand Jean-Sébastien a donné son coup de pied, c'était tellement raide que le ballon a fait pouf! dans la neige et il est resté planté là. Xavière a rien vu et Christophe a encore manqué d'tomber.

Après, quand papa a essayé de traverser la patinoire avec le ballon, Jean-Sébastien est arrivé de travers puis il a fait une passe à Christophe. Mais quand Christophe a vu le ballon à ses pieds, il a perdu les pédales. Ses bottes ont fait zip! zip! et il est tombé bang! su'l'cul. Jean-Sébastien lui a encore lancé le ballon. Il l'a reçu sur le bord de la tête et il a marqué un point, le dos tourné. Il a rien vu.

Là, c'était rendu trois à trois dans les points. Jean-Sébastien s'est sauvé. On a eu juste le temps de le voir disparaître dans le Sentier des amoureux. Christophe, lui, pensait rien qu'à son derrière. Il se l'était sonné pas mal dur. Il avait un peu d'eau dans les yeux.

Plus tard, on a commencé à manger ensemble. On a beaucoup ri du style de Christophe sur la glace. J'étais contente, mais c'était bizarre, la nourriture, elle passait pas bien. Je devais pas être si contente que ça. Finalement, j'ai presque rien mangé. Ils s'en sont aperçus et ils ont rien dit. Ils sont gentils.

Pour digérer, j'ai pris un peu d'eau chaude, mais ça m'a fait penser à Alexandra et ça m'a rendue encore plus triste. Toute la soirée, j'ai senti dans moi quelque chose de tout croche. Surtout quand papa a fait un autre feu dans le foyer. Là, j'ai encore dit à Christophe de pas venir dans ma chambre, que je me sentais pas bien. Et c'était vrai.

Avant de me coucher, j'ai fait partir le magnétophone de maman, mais je pense que j'ai pas encore raconté ce que je voulais.

Dimanche 28 décembre...
Xavière vient tout juste de partir avec mon tableau. Elle l'amène chez elle en ville parce qu'elle veut le montrer à quelqu'un qui connaît ça, la peinture. Elle m'a demandé si elle pouvait l'emprunter quelques jours. J'ai dit oui, bien sûr.

Ça me fait plaisir de le lui prêter parce que aujourd'hui elle arrêtait pas de le regarder. Elle était là, devant, de longues minutes, à fixer l'enfant dans l'explosion. Après, elle revenait avec nous autres. Puis elle y retournait, comme pour s'assurer qu'elle avait bien vu.

Une fois, je lui ai demandé c'était quoi qui l'attirait d'même. Là, elle a un peu sursauté parce qu'elle pensait pas que je m'étais approchée. Puis elle m'a répondu que c'était à cause de ce visage d'enfant qui la regardait. Moi, je lui ai dit qu'il me regardait aussi, l'enfant. "Oui, qu'elle a ajouté, c'est vrai... l'enfant, il regarde toutes les femmes." "Et les hommes aussi, non?" que j'ai dit. "Je sais pas", qu'elle a répondu.

C'était une drôle de réponse. Ça m'a fait un drôle d'effet.

Puis je me suis mise à regarder avec elle l'enfant dans l'explosion. C'était plus comme quand j'avais vu le tableau pour la première fois, avec Jean-Sébastien, au fond de sa chambre. Là, avec Xavière, on aurait dit que je réfléchissais plus.

Cet après-midi, Christophe et moi, on est allés faire une autre excursion en raquettes. J'ai pensé que papa et Xavière en profiteraient pour faire l'amour. Enfin, je l'espérais. On a pris le Sentier des amoureux. Le traîneau qu'on avait abandonné le jour de la tempête était encore là. On le récupérerait en revenant. On est passés à côté du sapin coupé, puis on a continué en silence et on s'est retrouvés où je m'étais laissée glisser l'autre jour. Les raquettes que j'avais plantées là y étaient toujours. J'ai revu le village à mes pieds. Il était plus de la même couleur. Comme si c'était plus le même village.

Là, on s'est embrassés, mais c'était pas terrible. Puis on est revenus avec chacun une raquette sur l'épaule. Des images de Paul me revenaient.

Quand on est rentrés, Xavière était sur le point de partir pour la ville. C'est là qu'elle m'a demandé si elle pouvait apporter le tableau. C'est là aussi que j'ai senti que papa et elle, ils avaient pas fait l'amour du tout. Ils avaient juste parlé... et ça s'était mal terminé.

Je lui ai pas demandé pourquoi elle restait pas, je l'savais ben trop. C'était sûrement à cause de l'enfant qu'elle attend et dont papa veut pas. Christophe aussi le savait, j'pense. Parce que Christophe, il comprend de plus en plus les choses, on dirait.

Puis Xavière est partie avec le tableau et on a soupé tristement tous les trois.

Cette fois j'ai bien mangé. J'attendais le moment de retourner dans ma chambre et de faire partir le magnétophone pour dire enfin ce que j'ai sur le cœur, mais avant de monter papa m'a rappelé qu'il fallait se lever de bonne heure demain matin, à cause du rendez-vous avec le docteur.

Là, mon estomac a recommencé à faire des mottons. Parce que j'aime pas ça, y penser, moi, au docteur.

Lundi 29 décembre...

Ce soir, me semble que j'sens encore les doigts du docteur.

Il y avait une espèce de couchette froide avec un grand papier déroulé par-dessus. Il a fallu que je me couche là et que j'écarte les genoux. Le grand papier était pas mal rude et il faisait beaucoup de bruit dans mon dos.

Après, le docteur a enfilé un gant de plastique et a brisé un sachet. C'était une sorte de lubrifiant pour ses doigts. Puis, la main en l'air, il s'est assis sur un tabouret entre mes jambes. Là, il a dit que ce serait déplaisant mais que ça me ferait pas mal.

Quand on est arrivés, le docteur s'était même pas informé si j'avais déjà subi ça, moi, un examen d'même. Il a juste pris des notes sur ma santé en général. Papa lui a dit que j'étais probablement enceinte et que c'était pour ça qu'on venait. Le docteur était pas surpris. Il a demandé depuis combien de semaines. J'ai dit depuis la mi-décembre, mais déjà je l'aimais plus, le docteur.

Puis il m'a demandé de me déshabiller. J'ai regardé papa et j'ai compris qu'il fallait continuer, qu'il fallait passer par là. Le docteur m'a auscultée un peu dans le dos. J'avais presque rien pour me cacher. Puis il m'a dit de me coucher et il a mis ses doigts... J'ai regardé papa qui me tenait la main et qui devait se demander lui aussi ce qu'on faisait là. Je pense qu'on se sentait humiliés, tous les deux.

Après, le docteur a jeté le gant dans la poubelle et il a dit que tout semblait normal et que si je voulais le garder il y avait aucun problème.

Si j'veux l'garder ?... Tu parles d'une question !

Mais j'ai fait voir de rien... parce que ça, c'était pas ses affaires. Quand il a vu que je disais rien, il a demandé si on avait apporté l'urine pour le laboratoire. On lui a donné son pipi et on est partis. Avant qu'on parte, il a dit : " Vous pouvez attendre le résultat, ce sera pas long ". Mais papa a répondu : " Je téléphonerai " et il m'a ramenée chez nous en me promettant qu'on ne le reverrait plus, ce docteur-là.

Quand je suis rentrée, Christophe m'a regardée comme une bête étrange. C'est vrai que je devais avoir un drôle d'air. Il a voulu m'embrasser et j'ai tourné la tête. Après, la journée a été longue. J'ai envie de rien faire. C'est pas des vacances ben ben drôles.

Mardi 30 décembre...

Papa a téléphoné à l'hôpital. Je suis enceinte jusqu'aux oreilles.

Mais c'est pas ça qui m'a le plus dérangée aujourd'hui. C'est quand papa, tantôt, nous l'a dit clairement, à Christophe et à moi, qu'il aimait pas ça qu'on couche ensemble.

Ça nous a surpris pas mal, tous les deux, surtout à cause des mots directs. Mais j'étais contente que ça arrive parce que je savais plus trop quoi dire à Christophe pour pas qu'il vienne dans ma chambre. Aujourd'hui en tout cas, il insistait pas mal fort. Il comprenait pas pourquoi je voulais plus. C'était comme si je lui devais ça maintenant. Papa s'en est aperçu, je pense. Ou alors il a deviné. Je sais pas. C'est là qu'il est intervenu. Ça m'a vraiment fait plaisir.

Je l'aime, mon papa. Surtout quand il dit ce qu'il pense.

Mais il le fait pas très souvent.

Il y a une autre affaire aussi qui m'a fait plaisir aujourd'hui. C'est que Xavière a téléphoné à papa. Ils ont parlé longtemps longtemps. Quand papa a raccroché, il avait l'air plus heureux. Il a dit que

Xavière nous invitait chez elle, en ville, pour défoncer l'année. Et surtout il a dit qu'Alexandra serait là. Là, j'étais contente.

Mais c'est drôle, de c'temps-là, je suis jamais contente longtemps.

C'est que Christophe avait la binette basse. Je me suis demandé si c'était parce qu'on pouvait plus faire l'amour, ou à cause d'Alexandra qu'on allait revoir. Alors je lui ai dit que là, je voulais parler, et on a parlé longtemps longtemps, nous autres aussi, sur le divan. Papa nous a laissés faire. J'ai découvert que c'était pas du tout ce que je pensais, le problème de Christophe. C'était bien plus simple que ça...

Il se sent seul, lui aussi. Comme moi. C'est-ti assez bête!

Il a l'impression que j'veux régler mon problème toute seule, que j'veux pas qu'il m'aide, que j'veux rien savoir de lui.

Comment ça s'fait, maudite marde! qu'on a toujours l'impression que les autres veulent jamais rien savoir? C'est pas vrai, ça! Moi, j'ai besoin de Christophe et de papa... de maman aussi, tiens... même si elle est plus là... et de Paul aussi, tant qu'à faire!

Mais là, à la place, il y a Alexandra, qui ressemble tellement à Paul... et Xavière, qui va être une tellement belle maman.

"Et il y a toi, Christophe, que je lui ai dit. J'ai tellement besoin de toi. C'est vrai que je te parle pas beaucoup, mais je sais pas quoi dire. Tout ça est tellement compliqué. C'est un problème tellement gros pour ma p'tite tête. C'est ben beau, un bébé, mais il va falloir que je m'en occupe, du bébé... que je lâche l'école... puis que je travaille, ou que j'me mette sur le Bien-être... Christophe! c'est à toutes ces affaires-là que j'pense... et à d'autres aussi, ben plus compliquées encore."

Là, il m'a interrompue. J'pense même qu'il m'a interrompue avant que je dise tout ça. Il voulait me dire qu'il s'en occuperait du bébé... qu'il travaillerait s'il le fallait... qu'il s'arrangerait pour que je puisse continuer à étudier... pis que le Bien-être, c'était rien que d'la bullshit!

Après, il s'est calmé. Il est devenu plus doux. Il a dit que ce bébé-là, ça permettait à Paul de revivre. Oui! c'est comme ça qu'il l'a dit! Exactement comme je l'avais pensé jadis dans le Sentier des amoureux!

Quand il a dit ça, j'ai oublié toutes mes inquiétudes et mon cœur s'est encore emballé pour cet enfant-là qui s'en venait. Cet enfant qui sauvait Paul. Je me suis laissé emporter par les paroles rassurantes de Christophe qui rêvait tout haut... qui disait qu'il y avait quelque chose d'excitant dans ça... que souvent il avait pensé à ça, lui, avoir un enfant... un enfant qui aurait un meilleur sort que son frère Paul.

Là, je l'ai embrassé. Dans ma tête, j'avais même décidé d'arrêter de parler dans mes cassettes. Ce serait à lui maintenant que je parlerais. Je lui ferais même entendre ce que j'avais enregistré jusque-là. J'avais un peu envie de faire l'amour aussi... parce que, des fois, 'faut avouer que les gars et les filles, ça voit les choses de la même manière.

Puis il a continué à parler. Je pense que c'était à cause du baiser qui était bon. À la fin, il a dit qu'il avait hâte de tenir le bébé dans ses bras... que je pouvais lui faire confiance... qu'il serait un bon papa... le meilleur... et qu'il était content de la décision que j'avais prise de le garder... que ce serait un beau garçon!...

Là, j'ai dit : "Pourquoi pas une fille?"

Ça l'a surpris un peu. Il a répondu : "Oui... bien sûr... une fille... pourquoi pas?" Comme s'il avait jamais pensé à ça.

Et là, j'ai décidé de pas lui parler des cassettes... et de pas faire l'amour.

On dirait que Christophe, dans ses pensées, il est toujours un peu en retard. Pourtant, il a presque dix-huit ans, lui.

Tiens... v'là déjà un côté de cassette qui achève...

Mercredi 31 décembre...

Tantôt, on va aller chez Xavière. Ça va être la première fois que j'y vais. Je sais même pas où elle reste. Je sais juste que c'est dans un beau condo à Québec... Non! à Sainte-Foy. J'ai hâte de la revoir. Alexandra aussi, j'ai hâte de la revoir. Ça va être une belle fête. On va rire. Christophe est en pleine forme. Il est encore fou comme la m... euh... comme un balai.

Ça, c'est parce qu'il est encore arrivé des affaires, à matin, dans ma chambre avec lui. Des affaires qui lui font les yeux ronds. Mais moi, j'ai pas aimé ça autant que lui parce qu'en même temps j'ai eu tellement peur que papa nous surprenne. Ça, ç'aurait été terrible. C'était la première fois que je lui désobéissais. Et là, je le regrette un peu.

Mais ça donne rien de regretter maintenant que c'est fait. Il y a des affaires, de même, qu'on peut pas défaire. Même que je dirais que toutes les affaires qu'on fait, on peut pas les défaire. En tout cas...

Quand Christophe est venu dans ma chambre, il devait être quatre cinq heures du matin. Je lui ai tout de suite dit de s'en aller, mais il voulait pas. Alors je me suis mise à parler fort pour que papa se réveille. Christophe restait là. Il se sauvait pas. Ça, ça m'a surprise un peu. Alors j'ai arrêté de parler fort, mais je lui ai dit qu'on ferait pas l'amour. Pas question !

Il a répondu que c'était ben correct, qu'il voulait juste me parler.

Là, j'me suis sentie niaiseuse de m'être énervée d'même. Il a pris ma main. On a parlé un peu, mais finalement c'était pas exactement une envie de parler qu'on avait. C'est bizarre, tous les deux, on dirait qu'on peut pas se parler longtemps sans se toucher. Ç'a pas été long qu'on se touchait pas mal plus qu'on se parlait. On s'est encore retrouvés tout nus dans mon lit. J'en reviens pas encore comment ça s'passe vite, ces affaires-là.

Le problème, c'est qu'en même temps j'arrêtais pas de penser à papa qui s'était peut-être réveillé tantôt, quand j'avais parlé fort. Et là, 'fallait surtout pas qu'il se réveille parce qu'on était rendus pas mal loin...

Il y a eu le craquement dans le corridor.

Là, on a eu l'air fous. On a figé là. Si papa était entré dans ma chambre, j'aurais tellement eu honte. Christophe était tourné vers la porte. Il me tenait encore. Je pouvais pas bouger. J'aurais voulu disparaître dans le matelas. Sous la porte, la lumière du corridor s'est allumée. Ç'a pas duré deux minutes, mais maudit que j'ai trouvé ça long! On a entendu papa faire pipi, puis les toilettes sont parties. Il y a eu encore des craquements dans le corridor. Finalement, les lumières se sont éteintes. J'avais oublié où j'étais.

Là, il a fallu qu'on se sépare. J'ai juste fait " Shhhh! " à Christophe. Il fallait attendre que papa se rendorme. Dans le noir, je me sentais comme une criminelle.

Quand on y pense, de même, on doit avoir l'air pas mal fous quand on fait l'amour. Franchement, c'est pas tellement élégant. Je me demande comment ils font, les gens qui font des films avec ça. Avec toutes les lumières allumées, en plus. Et les gens qui regardent. Ça, vraiment, je comprends pas. En tout cas...

À matin, quand le soleil s'est levé dans ma chambre et que Christophe a recommencé à me faire l'amour, il y avait plus rien de compliqué. Jusqu'à temps que j'le sente, dans moi, qui éj... qui éjaculait. Mais je me demande si c'est vraiment Christophe qui a recomm...

— Ève, tu viens? On part, là!

— Euh... Oui, oui, p'pa, j'descends... une minute!

Maudit que j'haïs ça d'être obligée de toutt' faire en cachette! Me semble que c'est assez compliqué d'même. En plus, va falloir que je cache ces cassettes-là. S'il fallait que papa entende ça... Maudite marde!

Jeudi 1er janvier...

Xavière est encore plus belle quand elle est dans son appartement.

Mais c'est pas elle qu'on a vue la première, quand on est arrivés, hier soir. C'est Alexandra. C'est elle qui nous a ouvert la porte. J'ai failli pas la reconnaître. Elle avait mis la robe qu'on lui avait donnée en cadeau de Noël. Tu parles d'un choc qu'on a eu. Heureusement qu'elle a dit : " Allô! ". J'pensais qu'on s'était trompés d'porte.

Elle nous regardait avec un sourire. Elle était maquillée un peu, presque pas. Ses cheveux noirs étaient coupés pas mal court. Une belle coupe pas compliquée. Ses yeux brillaient comme d'habitude. Je pensais qu'elle était en train de rire de nous autres dans 'porte.

La robe lui faisait bien. Mais ça, j'étais pas sûre. Il y avait quelque chose qui allait pas.

— Voyons, qu'elle a dit, c'est juss' moé ! Restez pas plantés là...

Pas d'erreur, c'était bien elle.

Puis Xavière est apparue. On s'est avancés et on s'est embrassés, toute la gang... enfin... toute la famille, si on peut dire. Puis Christophe a lancé à Alexandra : "Là, au moins, t'as l'air d'une fille !"

J'ai bien peur que ça va lui arriver toute sa vie, à Christophe, de dire des bêtises. Heureusement, Alexandra a pas fait attention. Elle s'est juste tournée vers moi pour me demander comment je la trouvais dans son *outfit*. Mais j'avais la tête ailleurs parce que je guettais papa et Xavière qui s'embrassaient. Je voyais bien qu'ils étaient contents de se revoir. Papa chuchotait des affaires dans son oreille. Ça me faisait plaisir parce que c'est facile maintenant, pour moi, d'imaginer c'est quoi qu'il chuchotait. Alors j'ai dit à Alexandra que je la trouvais terrible dans sa robe.

— Tu trouves pas ça quétaine ? qu'elle m'a demandé.

— Ben sûr que c'est quétaine ! Mais l'important, c'est de le savoir, non ? Pis moi, j'ai pas l'air quétaine peut-être, avec la mienne, de robe ?

— Toé, c'est pas pareil, t'es une preppie ! Le linge quétaine, c'est parfait pour toé.

Je lui ai répondu de faire attention, parce qu'à force de porter du linge quétaine elle pourrait finir par en devenir une, preppie. Ça l'a fait rire.

— Pour ça, pas d'danger ! qu'elle a ajouté.

Après, je lui ai demandé comment son père allait. Là, elle a baissé les yeux et elle a dit que ça allait pas fort, qu'il était encore à l'hôpital, juste à côté, et qu'il était pas facile à soigner :

— Il veut rien savoir des docteurs. Mais ça lui fait tellement mal des fois que finalement il les prend pareil, ses médicaments. Il attend que l'infirmière soit partie, pis il les avale en cachette devant moé. Pis après, il me regarde jusqu'à temps qu'il s'endorme... C'est quand il me regarde comme ça que j'me sens mal. Tout le passé me revient. Pis j'suis sûre que ça lui revient, à lui aussi. Mais on en parle pas. On dirait que c'est sa façon à lui de payer pour ce qu'il m'a fait. Mais moé, ça m'tente pas, de l'voir payer... J'ai essayé de lui dire ça, une fois, mais va donc essayer de parler à une mule. J'te l'dis, Ève, il va lever les pattes avec toutes ses idées fixes... en regardant le hockey à 'télé. Depuis une semaine que j'm'occupe de lui, la télé, c'est la seule affaire qu'il a demandée. Des fois, j'ai envie d'lui acheter un gilet des Nordiques.

Je sais pas si c'est vraiment les mots qu'Alexandra a employés, mais ça ressemblait pas mal à ça. En l'écoutant, je cherchais ce qui avait changé chez elle. Tout à coup, j'ai trouvé... Alexandra s'était assagie !

Mais Paul aussi, avec moi, s'était assagi. Et tout ça avait bien mal tourné.

En tout cas...

Plus tard, je lui ai demandé pourquoi elle avait été raide avec moi, au téléphone, quand j'avais voulu l'aider pour son père. Là, je sais pas pourquoi, elle s'est cachée dans mon épaule pour pas montrer sa peine.

Je l'ai laissée faire. Parce que Alexandra, c'est Alexandra. On peut pas changer ça. Et c'est aussi bien comme ça.

Évidemment, c'est elle qui a arrêté les embrassades en disant qu'elle avait de la misère à endurer la robe : " Ce déguisement-là, c'est pas mieux que mon accoutrement d'avant. Ça me ressemble pas plus ! "

Là, j'ai vu sa coiffure et son maquillage qui étaient un peu défaits. Je lui ai conseillé d'aller se refaire une beauté. Ça aussi, ça l'a fait rire. Et elle y est allée.

Quand elle est revenue, elle avait plus de maquillage du tout. Elle s'était passé un coup de peigne et elle était encore plus belle. Surtout à cause de ses yeux noirs qui ont vraiment besoin de rien pour briller. Ça m'a fait plaisir de la voir un peu comme moi...

Mais là, ce soir, je sens qu'un jour, il faudra bien que je devienne aussi un peu comme elle. Et ça, ça me fait peur, j'dois dire.

Elle s'était rassise à côté de moi. On disait plus un mot. Christophe, au milieu du salon, faisait le pitre sur une musique de Bon Jovi. Alexandra essayait de tenir ses genoux collés, mais vraiment, elle y arrivait pas. Un moment donné, ç'a été plus fort que lui, Christophe a lancé :

— C'est pas facile, han, d'être une fille...

— D'être un gars non plus, c'est pas facile ! Moé, pendant des années j'ai essayé d'être un gars, pis j'pense que j'ai jamais réussi. Pis là, j'essaie d'être une fille, pis c'est pas mieux.

C'est alors que Christophe a invité Alexandra à danser avec lui. Là je l'ai aimé, mon grand ami. Je me suis rapprochée de papa et de Xavière. On les a regardés.

Alexandra, en robe, sur une musique de Bon Jovi ! Il fallait le voir pour le croire. Une vraie preppie avec tous les p'tits gestes pincés qu'il fallait...

J'pense qu'elle se moquait de moi.

Plus tard, il était presque minuit. On s'est approchés de la grande fenêtre qui donnait sur la ville. On était au douzième étage. En plus on était sur les hauteurs de Sainte-Foy. On voyait toute une partie de la ville. En fait, on voyait rien que ça. La ville. Il y avait pas de campagne nulle part. C'était pas comme à Saint-Albert. Il y avait pas d'église non plus. En tout cas, on la voyait pas. Elle devait être de l'autre côté. Ou bien cachée par d'autres édifices plus gros. C'était beau pareil. Il y avait des lumières partout. Des affiches avec des couleurs qui clignotent et des feux de circulation qui marchent pour rien.

Je serrais la main de Christophe et celle de papa. Alexandra est allée chercher les coupes pour le champagne. Xavière est arrivée avec le seau et la bouteille. Elle a demandé à Pierre de faire sauter le bouchon. Il avait l'habitude. Ça a fait pop ! et on a changé d'année.

Xavière a prononcé les souhaits. La ville était à nos pieds. L'Univers était à nos pieds. Tout devenait possible. Je rêvais d'une année merveilleuse, d'une nouvelle vie. Ça pétillait dans mon verre et dans mon cœur. Je me sentais tellement bien. Évidemment, j'avais encore envie de chialer. Alors j'ai dit que je voulais aller aux toilettes. J'suis partie comme une balle, la main dans face, mais je me suis trompée d'porte.

Au lieu de me retrouver dans la salle de bains, je suis arrivée dans une chambre. Une petite chambre d'enfant avec, au milieu, un berceau...

Je suis sortie à reculons. Mes rêves, ils venaient d'arrêter de pétiller d'un coup sec. Je suis allée aux toilettes.

Là, j'ai soigné mon image dans le miroir. Puis je suis retournée avec mes amis en faisant semblant de rien. Mais j'avais pris tellement de temps que, dans ma coupe aussi, ça s'était arrêté de pétiller.

Ils étaient rassemblés devant le tableau de l'enfant. Xavière l'avait accroché au-dessus du divan. Elle expliquait qu'un ami était venu. Elle l'avait appelé parce qu'il connaissait ça, la peinture, mais surtout parce qu'elle lui faisait confiance.

Le monsieur, ç'a l'air, a trouvé le tableau extraordinaire et il est revenu le lendemain avec un autre monsieur plus sérieux encore. Ils ont discuté. Même qu'à un moment donné le deuxième monsieur a dit qu'il voulait l'acheter. Il a dit un prix. Six cents dollars. Alors, Xavière a expliqué qu'il était pas à elle, le tableau. Le monsieur sérieux s'est mis à poser des tas de questions pour savoir à qui il était, d'où il venait, s'il y en avait d'autres.

Xavière a failli répondre, mais son ami lui a fait un signe et elle a rien dit. Alors le monsieur a fait une autre offre. Mille dollars! Mais Xavière a dit que le tableau était pas à vendre. Alors le monsieur a dit que c'était pas grave, mais que si un jour il était à vendre il serait probablement encore intéressé. Il a laissé sa carte.

Xavière s'est retrouvée toute seule avec son ami et ils ont discuté tranquillement. L'ami a expliqué à Xavière que si le monsieur sur la carte offrait tout cet argent, c'était parce que le tableau valait déjà plus que ça... et qu'il en vaudrait encore plus un jour. Parce que le monsieur, c'était pas rien qu'un marchand de tableaux, c'était aussi un connaisseur.

Xavière a répondu qu'il pouvait se tromper. Peut-être qu'il valait pas grand-chose, le tableau. Alors l'ami lui a dit de le regarder encore...

Et pendant que Xavière nous contait ça, on regardait le tableau. On était fascinés. Même papa et Christophe faisaient une drôle de tête. Moi, je me disais que madame Meilleur possédait un trésor dans son grenier avec toutes les toiles de son mari... et que Jean-Sébastien m'avait fait un drôle de cadeau. Mille dollars! Tu parles d'un chiffre! On doit être capable de vivre pendant un an avec ça. Va falloir que je lui redonne son tableau... et que je lui dise, à madame Meilleur, qu'un monsieur riche veut l'acheter.

J'en ai parlé à mes amis. Finalement, on a décidé de le laisser chez Xavière, le tableau. On irait voir madame Meilleur demain, ou en fin de semaine.

Puis la soirée a continué. La nuit, je devrais dire. On a eu du plaisir. Xavière a été une hôtesse extraordinaire. Alexandra l'aidait beaucoup. Avec élégance à part ça. La robe ne semblait plus l'ennuyer. Elle avait même préparé des petites choses à manger. C'était bon. On a beaucoup ri en repensant à la dinde de Noël. On a été tristes aussi un peu, parce que le souvenir d'Ajax nous est revenu. Mais c'était un bon souvenir finalement. Alexandra avait eu raison. J'étais heureuse. C'était une belle nuit. J'avais même oublié le berceau dans la chambre d'enfant.

Puis j'ai appris qu'Alexandra restait chez Xavière depuis quelques jours... et que c'était Xavière qui l'avait aidée à se coiffer et à se maquiller comme ça. Elles avaient eu ben du fun. Mais si Alexandra restait là, c'était surtout parce que c'était tout près de l'hôpital, pour son père. Elle couchait là, sur le divan, en dessous du tableau. C'était un divan-lit. Alexandra, c'est la championne des divans-lits. Puis, le matin, elle faisait le jus d'orange.

Plus tard, on a joué au dictionnaire. Vraiment, j'ai pas beaucoup de vocabulaire. Il y a tellement de mots que je connais pas. Mais j'ai gagné pareil.

Plus tard encore, j'arrivais plus à garder les yeux ouverts. Il était temps qu'on parte. J'ai dormi dans l'auto, dans les bras de Christophe. Je me souviens même plus comment je suis montée dans ma chambre...

C'est fou comme je m'endors vite des fois.

Quand je me suis réveillée, tantôt, il était quatre heures de l'après-midi. Le soleil se couchait. Christophe dormait encore. Papa était tout seul en bas. Je suis descendue. On a parlé. Il fallait bien. Qu'est-ce qu'on pouvait faire d'autre ? On a parlé de Xavière.

À cause de son âge, trente-huit ans, papa m'a dit qu'un médecin la suivait de près à l'hôpital, parce que c'est un peu dangereux, il paraît, d'avoir un bébé à cet âge-là. Xavière l'aimait beaucoup, ce médecin.

Là, j'ai demandé à papa si je pourrais pas avoir le même médecin. Il a dit oui tout de suite. Même qu'il avait son nom, là, dans sa poche. Il l'avait noté, au cas, des fois. J'étais contente. Si Xavière l'aimait, j'allais l'aimer aussi. Papa le savait bien. J'ai demandé à quel hôpital c'était. C'était le même que celui où était le père d'Alexandra, boulevard Laurier, pas loin du condo à Xavière.

Ce serait pratique, que je me suis dit. Je verrais Xavière et Alexandra et on pourrait parler tranquillement de toutes nos affaires de femmes.

Quand Christophe est venu nous rejoindre en bas, le soleil était couché depuis longtemps. Il a mangé un peu. Il voulait sa revanche au jeu du dictionnaire. Mais il y a rien à faire, on dirait que les gars valent pas grand-chose dans ça. Je les ai encore battus.

Quand Christophe a lu sa définition du mot *orteil*, on a croulé : "Bouts de pied" ! Papa riait tellement que ça lui faisait mal. Il se promenait autour de la table, plié en deux, la bouche ouverte. Il en sortait pas un son. Il rit pas mieux que moi, mon papa. Moi, j'en pouvais plus. Les larmes me coulaient dans 'face. Plus on riait, pire c'était. Christophe nous regardait avec ses yeux ronds : "Quoi ?

Quoi ? " et brandissait son petit papier, avec sa définition. Il pouvait pas placer un mot.

La partie s'est terminée là, mais ç'a pris du temps avant qu'on se calme. Parce que papa et moi, dès qu'on se regardait, on éclatait. On pensait rien qu'aux " bouts de pied " à Christophe.

Après une demi-heure, c'était fini. Christophe me tenait la main. On regardait papa qui faisait la vaisselle. Et je pensais... Je pensais à toutes les affaires qui étaient arrivées depuis hier. Il y en avait tellement que c'était mêlé dans ma tête. Alors j'ai pensé aux cassettes et j'ai dit que je montais dans ma chambre pour lire un peu. Il y avait les romans que j'avais eus en cadeau à Noël. J'allais en commencer un...

C'était pas vrai. Il y a juste mon histoire qui m'intéresse. Celle des autres, j'm'en fous. De toute façon, c'est rien que des histoires inventées.

Là, j'ai commencé à parler dans le magnétophone en disant que Xavière était belle dans sa robe... et j'ai parlé parlé, sans m'arrêter parce que je m'endormais pas du tout. Je sais pourquoi je m'endormais pas. C'est parce que j'arrêtais pas de penser au berceau que j'avais vu dans la chambre chez Xavière... puis qu'il allait bien falloir que j'en trouve un, moi aussi, un berceau pour mon bébé... pis des biberons... pis des couches... pis des tas d'affaires comme ça.

Pis en plus, il allait falloir demander de l'aide à papa... et à Christophe... qui sont même pas pères de cet enfant-là. Le pire, c'est qu'ils allaient toujours me dire oui... parce qu'ils m'aiment... pour m'aider... parce que j'suis malprise.

Eh ! que la vie est compliquée !

Il va être minuit, là. La deuxième journée de l'année va commencer dans cinq minutes et j'ai encore rien fait. Heureusement, il me reste encore huit mois et demi. Ça me donne jusqu'au mois d'août...

Je vais accoucher à la fin du mois d'août ! Tout l'été, je vais être grosse comme une citrouille ! C'est la première fois que je pense à ça.

Qu'est-ce que j'imaginais? Que j'aurais un bébé sans devenir grosse... et sans me coucher sur une couchette d'hôpital? Et que les couches allaient se laver toutes seules? Pis les biberons, que c'était gratis?

Je le nourrirai au sein, tiens! Ça règle au moins ça.

J'aime autant fermer l'enregistreuse! De toute façon, le ruban achève.

Pis la journée aussi.

Au moins, ce ruban-là, j'pourrai toujours l'effacer.

Vendredi 2 janvier...

Je viens d'écouter ma première cassette. Des deux bords.

Ça fait drôle de s'entendre dans un magnétophone. Au début, j'ai même pas reconnu ma voix. Je pensais que c'était une autre fille. Mais je me suis vite aperçue qu'il y avait pas d'erreur possible, à cause des affaires qu'elle disait, la fille.

Là, papa est venu frapper à ma porte pour me demander ce que j'avais à parler comme ça, toute seule. Je lui ai crié que je lisais mon roman à voix haute...

Ça, au moins, c'était pas tout à fait une menterie.

Après, j'ai baissé le volume et j'ai collé mon oreille sur le haut-parleur. J'ai écouté le reste comme si c'était un secret.

Mais j'ai pas bien compris c'était quoi, le secret. Franchement, j'ai pas compris c'était quoi qu'elle voulait dire, la fille, sur la cassette, avec toutes ses histoires.

Elle fait rien que parler d'affaires qui ont pas rapport. Les vraies affaires, elle arrive jamais à les dire. 'Est pas capable, on dirait. Des fois, elle passe proche mais elle passe toujours à côté. À 'place, elle se met à raconter toutes sortes d'histoires capotées. J'pense qu'est en train d'virer folle.

Et là, c'est rendu qu'elle écoute sa propre voix dans son lit et après, elle en parle comme si c'était pas elle. Au fond, elle sait très bien que la voix, dans l'appareil, c'est la sienne. Puis le secret aussi, elle sait très bien c'est quoi. Et elle a peur.

Alors elle a pris une deuxième cassette de Walt Disney et elle a recommencé à parler parler.

Pauvre elle !

Samedi 3 janvier...

Pauvre madame Meilleur. C'est terrible, ce qui lui arrive. Heureusement, on va pouvoir l'aider, j'pense.

Pourtant, quand on l'a vue qui traversait la rue pour aller déposer son chèque, elle semblait la femme la plus heureuse du monde. Dix mille dollars ! Tu parles !

Elle se rendait au guichet automatique de la caisse pop de Saint-Albert. Papa a arrêté le quatre par quatre. Moi, j'ai sauté dehors. J'ai couru après. Puis j'ai marché un bout avec elle. C'est là qu'elle m'a dit qu'elle était heureuse parce qu'elle venait de vendre tous les tableaux de son mari à un monsieur de la ville. Elle me souriait. Mais moi, j'étais pas certaine si je devais être heureuse avec elle. J'étais même pas sûre qu'elle était si heureuse que ça.

Je l'ai suivie jusque dans le guichet. Je l'ai vue signer au verso du chèque, où c'était écrit : " *Pour l'ensemble des œuvres du peintre Arthur Meilleur* ". Puis elle a mis le chèque dans l'enveloppe. Là, je sais pas pourquoi, j'ai crié de pas faire ça. Elle est restée figée. J'avais crié pas mal fort.

" Ma pauvre petite, qu'elle m'a dit, ça fait des années que je veux me débarrasser de ces vieilles traîneries-là. Depuis le temps que ça niaise dans le grenier. Un fou de la ville veut me les acheter. Pourquoi je refuserais ? À part ça, j'ai tellement besoin de cet argent pour rénover le magasin, puis aussi pour m'occuper de Jean-Sébastien. J'suis tellement fatiguée. "

Elle avait envie de pleurer, j'pense. Puis elle s'est approchée de la machine pour glisser l'enveloppe dans la fente.

Là, je lui ai arraché l'enveloppe des mains. 'A fallu que j'tire fort. Je me suis sauvée dans la rue vers papa qui nous attendait près du magasin avec Christophe. Dans ma mitaine, je serrais le bout de papier. Je voulais que papa le voie parce que j'étais sûre que madame Meilleur était en train de faire une bêtise...

Ce que je savais pas, c'est que la bêtise, elle était déjà faite.

Pauvre madame Meilleur. Quand elle nous a rejoints, elle était tout essoufflée. Papa, lui, avait tout compris d'un coup. Il a dit à la pauvre femme qu'elle devrait réfléchir avant d'encaisser le chèque. Il n'y aurait plus moyen de reculer après. " C'est l'œuvre de toute une vie ", qu'il a dit.

Et il lui a remis le chèque.

Madame Meilleur a baissé la tête. Moi, je me suis excusée pour ce que je venais de faire. Elle nous a regardés tous les trois, puis elle a débarré son magasin qu'elle venait de fermer pour la fin de semaine. On s'est installés autour du comptoir.

Là, madame Meilleur nous a raconté qu'un monsieur de la ville était venu, la veille, juste avant qu'elle ferme son magasin, à neuf heures. Il était bien habillé, poli. Il parlait du village qu'il trouvait beau, des gens qu'il trouvait sympathiques et des paysans qui font de si belles choses quelquefois.

Puis il a dit qu'il s'intéressait à l'artisanat et qu'il avait entendu dire que monsieur Meilleur avait fait des tableaux, qu'il aimerait les voir si c'était possible. Il a sorti sa carte pour montrer qu'il était sérieux.

Madame Meilleur lui a dit de revenir le lendemain matin parce que là, elle était trop fatiguée. Le monsieur a accepté avec politesse.

Madame Meilleur nous a montré la carte. C'était la même que celle du monsieur qui était venu chez Xavière, avant le jour de l'An. C'était aussi le même monsieur. Fritz... Hans Fritz, collectionneur.

Moi, je trouvais que ça sonnait faux. Fritz surtout.

Le lendemain, c'est-à-dire ce matin, le monsieur Fritz est revenu avant l'ouverture du magasin. Il portait une mallette noire. Il avait préparé des papiers. Madame Meilleur lui a ouvert et lui a indiqué le petit escalier menant au grenier. Il est monté tout seul en passant par une trappe. Il a vu toutes les toiles de monsieur Meilleur.

Quand il est redescendu, il éternuait dans son mouchoir. Il a failli débouler l'escalier. Son nez pis ses yeux coulaient. Il avait des taches de poussière sur son bel habit. Madame Meilleur lui a montré les toilettes et lui a donné des pilules contre les allergies. Quand il est revenu, ça s'était pas calmé. Il arrêtait pas de renifler.

Madame Meilleur lui a offert une chaise pour se reposer et il a passé une partie de l'avant-midi dans un coin du magasin, assis, à se moucher le nez et à s'essuyer les yeux. Les clients le regardaient d'un drôle d'air et riaient un peu en l'apercevant, la face défaite, la bouche ouverte, qui plongeait dans le mouchoir fripé. Quand madame Meilleur nous contait ça, on avait envie de rire, nous autres aussi. Elle faisait "Aahhhtt... tchi!", comme le monsieur. Après, elle nous a montré le papier qu'elle avait signé. Ça, c'était moins drôle.

C'était pas un papier compliqué. Ça disait simplement que madame Meilleur vendait tous les tableaux de son mari à ce monsieur Fritz pour dix mille dollars. Là, on avait l'air fous. Tous les trois, on regardait le papier sur le comptoir en espérant que les mots changeraient de sens. Mais ça changeait pas. Et monsieur Fritz en avait un autre pareil.

Madame Meilleur a éclaté en sanglots. Ça m'a fait tellement mal au cœur que j'ai failli me sauver. Mais je suis restée là, avec elle, en disant qu'on allait trouver un moyen, qu'elle avait juste à redonner le chèque au monsieur, c'était facile, et lui, il lui rendrait l'autre papier.

Mais je savais que je disais des bêtises. Ce qui est fait est fait. S'il y en a une qui sait ça, c'est bien moi.

C'est là que Jean-Sébastien est arrivé par-derrière. Il a pris le papier sur le comptoir et s'est sauvé dans le magasin. Personne a eu le temps de réagir. On s'est avancés un peu et on l'a vite trouvé, planté au bout de l'allée, entre les grandes poupées et les décorations de Noël. Il nous regardait avec le bleu de ses yeux. Puis il a mis le papier dans sa bouche. Et il a commencé à mâcher.

Là, on est restés bêtes. On savait pas quoi faire. Quand j'ai fait mine d'avancer, Jean-Sébastien a fait mine de se sauver. On pouvait plus bouger, personne. On a regardé le papier disparaître. Il mâchait, mâchait... Dieu que c'était long! Je faisais des efforts avec lui. Après, il a commencé à avaler. Il était temps. Quand ç'a été fini, il a fait "Heee!" et il est disparu dans sa boîte.

Là, tous les quatre, on s'est regardés. Personne a dit un mot. Alors moi, j'ai dit l'idée qui m'était venue en voyant Jean-Sébastien manger le papier. J'ai dit qu'il suffisait de trouver l'autre papier et de le détruire, lui aussi... puis de brûler le chèque. Quand ces papiers-là existeront plus, ce sera comme s'ils avaient jamais existé.

Là encore, j'étais pas tellement sûre de mon affaire. Parce que même quand tu détruis quelque chose, ça continue peut-être à exister après, d'une certaine manière, dans ta tête.

Christophe, lui, trouvait que c'était une maudite bonne idée que j'avais eue là. Je pense qu'il se voyait déjà en train de pénétrer dans les bureaux du terrible monsieur Fritz afin de lui dérober le fameux papier. J'ai failli lui dire de se calmer, qu'on était pas dans un roman, mais papa aussi trouvait que c'était une bonne idée. Il a dit qu'il y avait peut-être un moyen de mettre la main sur ce papier-là. Il fallait agir vite. Alors, il a demandé à madame Meilleur s'il pouvait téléphoner. Il a appelé Xavière en ville. Il lui a expliqué la situation. Il lui a dit son idée. C'était pour demain.

Nous autres, on a écouté et on a vite compris l'idée de papa. Il est pas mal intelligent, mon papa. Christophe trouvait ça génial. Moi, je savais pas. Finalement j'ai dit oui, que j'acceptais de le faire, même si je savais qu'il y avait pas beaucoup de chances que ça réussisse...

Mais là, ce soir, j'me demande si je suis pas en train d'inventer tout ça.

Tu parles d'une histoire!

En tout cas, ça me permet d'arrêter de penser rien qu'à mon nombril...

On va s'occuper de madame Meilleur. On va lui ramener son papier. Les tableaux de son mari, elle va pouvoir les garder. Pour le reste, on verra ben!

Dimanche 4 janvier...

Quand on est arrivés chez Xavière, j'étais pas mal nerveuse. Des affaires de même, j'avais jamais fait ça de ma vie. Heureusement que papa et Christophe étaient avec moi, et Alexandra. Avec eux autres pas loin, c'était moins pire.

Monsieur Fritz devait arriver dans une heure avec l'ami de Xavière... Serge... Serge Lanthier. Sans lui, rien pouvait être possible. C'est lui qui devait dire à monsieur Fritz que le tableau chez Xavière était maintenant à vendre... que la personne était même pressée de le vendre... qu'il devait venir tout de suite... et apporter ses papiers... et ses chèques... tout. On espérait surtout que le papier de madame Meilleur soit encore dans ses affaires. C'était ça le plus important. On était en fin de semaine, il y avait des chances. Quand ç'a cogné à la porte, j'ai fait un de ces sauts.

Comme convenu, Alexandra, Christophe et papa se sont retirés dans la chambre. Moi, je me suis assise dans le salon. Xavière est allée répondre. Le cœur me débattait sans bon sens. J'ai pris un grand respir. Xavière a ouvert la porte et Serge a laissé monsieur Fritz entrer en premier. Je me suis levée. Ça ressemblait à une pièce de théâtre. Je me suis approchée et Xavière m'a présentée.

Serge, lui, je devais faire semblant de le connaître déjà. C'était un homme grand et mince. Pas autant que Christophe, mais quand même. Il était très élégant. Monsieur Fritz aussi était bien habillé, mais l'élégance, ça, il l'avait pas. Dans sa façon de marcher surtout. En plus, ses cheveux étaient tout collés avec un produit et son nez, tout rouge parce qu'il s'était mouché toute la journée d'hier. Pour le reste du visage, il avait la peau luisante et les yeux en trous d'suce. Sa main était molle comme d'la guenille : " Bonjour, mademoiselle Paradis. "

Il m'a regardée un peu et il a baissé les yeux. Je me sentais déjà moins nerveuse : " Bonjour, m'sieur. " Dans son autre main, il tenait une mallette noire qu'il lâchait pas.

Xavière nous a offert à boire et on s'est retrouvés devant le tableau, un verre à la main. Dans le mien, il y avait juste du 7-Up. Monsieur Fritz a déposé sa mallette par terre.

Là, on lui a expliqué que le tableau, il était à moi, que je l'avais eu en cadeau de madame Meilleur parce que j'avais travaillé pour elle, l'été, au magasin... mais aussi parce qu'elle m'aimait bien et que le tableau, je le trouvais beau... puis aussi parce qu'elle savait pas trop quoi faire avec tous ces tableaux qui traînaient dans son grenier depuis des années.

Quand j'ai dit ça, j'ai vu un éclat au fond des petits yeux de monsieur Fritz. Il m'a demandé pourquoi je voulais le vendre.

Là, j'ai dit qu'au début je voulais pas le vendre. Je voulais juste savoir combien il valait. C'est pour ça que je l'avais prêté à Xavière... pour qu'elle le montre à des experts.

Dans les yeux de monsieur Fritz, ça brillait toujours. Ce que je disais semblait coller. Je me sentais pas mal hypocrite. Lui aussi, il l'était pas mal. Je me souviens des paroles exactes :

— Tu sais, ma petite, le tableau, il n'est peut-être pas à toi.

— Comment ça, pas à moi? Madame Meilleur me l'a donné, il est à moi.

— Oui, peut-être, mais il n'y a aucun papier qui le prouve.

— Elle me l'a donné! J'vous l'jure! Elle vous le dira elle-même!

— Oui, mais il faut un papier.

C'est là que ça devenait corsé. J'ai fait semblant de m'énerver :

— Un papier... un papier... c'est facile... J'suis sûre qu'elle va m'en faire un si je lui demande.

— C'est impossible.

— Comment ça, impossible?

— Parce que ce tableau-là ne lui appartient plus.

Monsieur Fritz, je le haïssais de plus en plus. J'étais contente. Comme ça, c'était plus facile. Je faisais celle qui comprend rien. J'étais pas mal bonne, j'pense.

— Ben voyons! c'est un tableau de son mari qui est disparu! Tous les tableaux de son mari sont à elle maintenant.

— Justement non, ils sont à moi... depuis hier. Je les ai achetés. Madame Meilleur me les a vendus... tous.

Je suis restée la bouche ouverte. Le cœur me débattait fort. Je savais que ce que je dirais maintenant ferait toute la différence. Il fallait que je garde mon sang-froid.

— Je vous crois pas! Elle a pas fait ça!... C'est impossible!... euh... euh... il faut un papier!

— Il y en a un.

— Je vous crois pas ! Je veux le voir ! Montrez-le-moi !

— C'est inutile. L'important, c'est qu'il existe.

Là, j'ai foncé.

— Vous êtes un menteur ! Il existe pas, le papier ! Il existe pas ! S'il existait, vous seriez pas venu !

Et là, j'ai fait comme si je comprenais tout à coup quelque chose :

— Ah ! je comprends pourquoi vous êtes venu ! Vous êtes venu vérifier si j'avais un papier pour ce tableau-là. Eh bien non ! J'en ai pas ! Vous êtes content, là ?

Et je me suis effondrée sur le fauteuil. J'ai vraiment des talents de comédienne, mais j'en mettais peut-être un peu trop.

Monsieur Fritz est resté bête en me voyant pleurer. Je pense même qu'il s'est senti gêné devant Serge qui le regardait et Xavière qui faisait semblant de me consoler. Alors, il a dit :

— Écoute, petite, je vais te l'acheter quand même, ton tableau.

J'ai levé la tête. Je devais faire pitié à voir. Je disais pas un mot.

— Cent dollars, qu'il a dit.

— Mais vous aviez dit mille !

— Je regrette. Dans les circonstances, je peux pas faire mieux.

Là, il fallait pas que je fasse d'erreur. J'ai essuyé mes yeux. Je me suis calmée... enfin... j'ai fait semblant de me calmer. Puis j'ai dit :

— Bon... d'accord. Mais au moins, montrez-moi le papier !

Il y a eu un long moment de silence. Monsieur Fritz a regardé Serge, puis Xavière, comme pour vérifier quelque chose. Puis, lentement, si lentement, il a pris sa mallette noire. Il l'a placée sur la table basse du salon. Puis l'a ouverte. Il a sorti le papier.

Il s'est mis à le lire... pour vérifier si c'était le bon. Puis il me l'a tendu.

Je me suis approchée. Ma main tremblait pour de vrai. J'ai lu le papier. Non, je l'ai pas lu, j'étais pas capable. Tout de suite, il fallait le détruire. Tout de suite !

Monsieur Fritz s'approchait pour me le reprendre. Il fallait que j'agisse vite. J'ai dit, c'est bizarre :

— Excusez-moi !

Et je me suis sauvée dans la salle de bains.

Vivement, j'ai barré la porte et j'ai pris le briquet Bic qu'on avait mis là exprès. Je me suis placée au-dessus du bol. Mais je sais pas ce qui est arrivé, le Bic est tombé dedans. J'ai plongé ma main dans l'eau. Il marchait plus. Je savais plus quoi faire. Quelqu'un secouait la poignée de la porte. Là, c'est fou, j'ai pensé à manger le papier. Mais finalement je me suis mise à le déchirer... en deux, en quatre, en huit... Après c'était plus difficile... le papier glissait entre mes doigts mouillés. J'ai fait des petits tas sur le réservoir et j'ai continué... en deux, en quatre, en huit... puis j'en ai jeté un peu dans l'eau... et j'ai fait partir la chaîne pendant que je déchirais le reste. Mais je pesais trop tôt sur le levier... ça marchait pas... l'eau remontait... fallait attendre que toute l'eau soit revenue. On cognait dans la porte. Monsieur Fritz criait de pas faire ça, "mademoiselle Paradis..." que ça donnait rien !

"Mademoiselle mon cul !" que j'ai pensé. L'eau repartait à tourbillonner dans le bol, emportant d'autres morceaux. J'étais étourdie. Il y avait du bruit partout et j'avais peur que les papiers remontent, mais quand l'eau est revenue, il restait plus rien dedans. Le bruit a cessé complètement.

Monsieur Fritz, de l'autre côté, s'était calmé. Comme l'eau dans le bol.

Alors j'ai flushé un autre bon coup pour être sûre que le papier revienne pas. Pour bien montrer que le passé, on peut flusher ça. Après, j'ai pris un bon respir devant le miroir. Je me suis essuyé la face et je me suis peignée un peu. Puis j'ai ouvert la porte.

Monsieur Fritz se tenait au milieu du salon. Il avait remis son manteau et son chapeau, prêt à partir avec sa mallette noire. Je pense qu'il attendait que je revienne. Autour de lui, il y avait tous mes amis... Xavière et Serge, papa, Christophe et Alexandra. On était six à le regarder. Mais je crois pas qu'on le haïssait vraiment. Il avait repris son attitude digne : "Vous le regretterez... vous le regretterez amèrement." Et il est parti.

Quand la porte s'est refermée, Christophe a crié : "Youppi !" Moi, je me suis approchée de papa et je l'ai serré... pour arrêter les mensonges. Alexandra arrêtait pas de dire : " T'es terrib', Ève... terrib'... Tu l'as eu, ç'a pas d'bon sens ! Tu parles d'un show que tu lui as fait, au Fritz ! Il a rien vu... la patate ! "

Moi, je me sentais pas si fière que ça. Mais tout le monde était tellement content... sauf Xavière peut-être, qui me regardait avec son bon sourire.

Après, on a téléphoné à madame Meilleur pour lui annoncer la bonne nouvelle. Elle avait plus qu'à brûler le chèque. Puis on a placoté et on a bien ri. On a fait de moi la future star du cinéma québécois : Ève Paradis dans *Autant en emportent les toilettes*. Mais j'ai trouvé ça un peu vulgaire. Puis on a pensé que demain, c'était lundi. Papa et Xavière devaient retourner au travail. C'était journée pédagogique. Moi, j'avais un premier rendez-vous avec le médecin de Xavière. Là, papa a dit qu'il irait pas travailler, qu'il serait " malade "... pour m'accompagner. Et puis les journées pédagogiques, elles sont plates à mort... et elles servent plus à rien. Xavière a dit qu'elle irait pas non plus. J'étais contente d'entendre ça, mais je m'endormais tellement. J'ai dit que je voulais retourner chez nous.

Durant le trajet, cette histoire-là s'est mise à me trotter drôlement dans la tête. Rendue dans ma chambre, je m'endormais plus. Alors j'ai pris le magnétophone pour raconter ça. À qui ? Je l'sais ben pas.

Je dois avoir l'air d'une vraie hystérique. Et puis je trouve que c'est pas très honnête, ce qu'on a fait là. Ça va sûrement se retourner contre nous.

En tout cas, je ferai plus jamais une autre comédie pareille. C'est trop fatigant de mentir comme ça, puis de jouer avec les sentiments des autres... puis avec les miens... puis... puis...

V'là un autre bord de cassette qui achève...

J'la laisse rouler avant de dire une autre menterie.

L'école recommence dans deux jours. Maudite marde !

Lundi 5 janvier...

Me voilà installée chez Xavière. C'est plus pratique comme ça, à cause de l'hôpital à côté. Pour d'autres raisons aussi.

Pour combien de temps ? Ça, je l'sais vraiment pas. Ça s'pourrait ben que ce soit pour un p'tit bout d'temps. Jusqu'à c'que...

C'est papa qui a eu l'idée. Au début, je voyais pas l'utilité, mais papa avait l'air tellement convaincu. Il disait que je pourrais facilement me rendre à l'hôpital s'il y avait des problèmes. Il aime pas ça, la façon dont on est isolés sur le bord du lac. Puis en ville, c'est plein de médecins partout.

Je lui ai répondu que Xavière voudrait peut-être pas mais, en disant ça, je trouvais que finalement c'était peut-être une bonne idée. Me rapprocher de Xavière, tout à coup, ça me plaisait. Xavière, je la trouve tellement... enceinte. Oui, c'est ça... tellement enceinte. Des fois, j'ai l'impression qu'elle est plus enceinte que moi.

Finalement, j'ai dit à papa que j'étais d'accord avec son idée, mais seulement si Xavière voulait. De toute façon, il fallait monter en ville pour mon rendez-vous avec le médecin.

Christophe, lui, voulait pas venir. Il disait qu'il aimait mieux rester là pour défaire l'arbre de Noël. Il boudait un peu, j'pense. On s'est embrassés quand même sur la galerie.

Là, c'est drôle, j'ai eu l'impression qu'on était sur le quai d'une gare, comme si on allait se quitter pour longtemps. On est partis pareil, papa et moi, avec les bagages. Papa était sûr que Xavière dirait oui.

Et c'est là que j'ai compris une autre affaire... peut-être que papa veut nous séparer, Christophe et moi, pour plus qu'on fasse l'amour.

Papa et moi, décidément, j'pense qu'on se parle pas assez.

C'est certain que, si je reste chez Xavière, faire l'amour avec Christophe, ça va être pas mal plus compliqué. Mais c'est drôle, je pense que ça fait mon affaire, de m'éloigner un peu de Christophe.

C'est pas que je l'aime pas. Oh non, ça, je l'aime. Et c'est pas que j'aime pas faire l'amour avec lui. Juste y penser, j'viens toute drôle en dedans. Non, c'est pas ça. C'est à cause de Christophe lui-même, on dirait. À cause de comment j'me sens quand j'suis avec lui...

Avec lui, tout est sous contrôle. Le passé, le présent, l'avenir. Tout est réglé d'avance. Tout est toujours si simple.

Mais justement... tout est trop simple. Je trouve que ç'a pas d'bon sens. Tout est trop facile. Ça m'empêche de réfléchir tranquillement. J'ai besoin qu'on me laisse penser comme je veux. Avec Christophe, on dirait que c'est pas possible. Je me sens obligée de penser comme lui.

Encore à matin, quand il m'a dit, avant qu'on parte, qu'on allait se voir à l'école demain matin, puis qu'il m'a donné rendez-vous à mon casier à neuf heures. D'abord ça m'a rassurée. Mais après, ça m'a énervée.

Avec lui, on dirait qu'il y a plus de place pour l'imprévu... Je vais pouvoir étudier, avoir une carrière comme je veux. Lui, il va travailler, il va s'occuper de moi et de l'enfant. Ça va être un beau garçon.

Un coup parti, pourquoi pas un pilote d'avion?

J'ai l'impression d'être déjà mariée. Tu vas trop vite, Christophe! Tu me berces. Tu me dorlotes. Tu me dis qu'il y a pas à m'en faire, que tu t'occupes de tout. Avec toi, tout est écrit d'avance. On est pas dans un roman, là! Je suis enceinte pour de vrai... tu comprends-tu ça?

Un jour, je te ferai entendre mes cassettes. Ça t'aidera à imaginer que t'es une fille... même si t'aimes pas ça.

Papa et moi, on est arrivés vers midi chez Xavière. On a pas discuté longtemps. Xavière a été d'accord tout de suite. On a monté mon bagage. Alexandra m'a aidée à m'installer. On devait avoir l'air de deux petites sœurs. Mais par moments, je regardais le berceau de travers. Il y avait des drôles d'ombres dedans.

Alexandra, Xavière et moi, vers deux heures, on devait partir pour l'hôpital ensemble. Alexandra, c'était pour aller voir son père. Xavière et moi, c'était pour rencontrer notre médecin. Papa voulait nous reconduire, mais Xavière a dit que c'était juste une petite marche de santé... et que la marche, c'était parfait pour les femmes enceintes. C'est important d'être en forme quand on attend un bébé. Papa est reparti pour Saint-Albert et l'atmosphère s'est détendue.

Dans la rue, toutes les trois, on marchait en dansant. On a chanté des chansons de colonie de vacances. Mais quand on est entrées dans le hall de l'hôpital, on s'est calmées. Surtout moi. Puis on s'est séparées. Alexandra s'est dirigée vers l'aile des malades chroniques. Nous autres, on a pris une autre direction. J'avais plus envie de parler pantoute. Ça me rappelait la première fois que j'étais entrée dans la poly en septembre dernier. C'était plein de monde. Je connaissais personne. Même Paul, je le connaissais pas encore. Ni Christophe. Il s'en est passé des choses depuis quatre mois !

Dans l'hôpital, c'était un peu pareil, sauf que c'était l'hiver et que c'était plus sale, parce que les gens entraient avec leurs bottes pleines de calcium et ils amenaient ça loin dans les corridors.

Un hôpital ! Je me demandais ce que je faisais là, dans un hôpital. Il y avait tellement de gens qui circulaient. On se serait cru dans un centre commercial. Xavière m'a expliqué que c'était à cause des fêtes qui finissaient. Les gens avaient trop mangé, trop bu. Ils étaient malades. Mais Xavière a ajouté que nous deux, en tout cas, on était pas malades.

Puis on est arrivées dans un coin de l'hôpital qui était plus calme. Il y avait une salle d'attente. Xavière s'est dirigée vers un comptoir. Au-dessus, c'était écrit : " Clinique de planification des naissances" avec une flèche. Xavière devait avoir l'air d'une mère qui s'occupe de sa petite fille. On a attendu un peu. Pas trop longtemps. Puis mon nom a résonné comme dans un aéroport. J'avais rien compris. C'est Xavière qui m'a dit que c'était notre tour. Salle 04.

C'était pas une salle. C'était une petite pièce comme la première fois que j'étais venue avec papa. Il y avait la couchette et le médecin était assis à un petit bureau dans un coin. Tout était tassé. L'homme écrivait. Il avait les cheveux blancs. Quand il a levé la tête, j'ai vu ses yeux bleus : " Bonjour, Ève. "

J'ai pas répondu. J'ai regardé Xavière. Et il s'est remis à parler doucement. Il a dit des choses comme ça : " Xavière m'a parlé de toi. Elle m'a dit que tu étais enceinte. Si tu es d'accord, je vais m'occuper de toi. Je suis pas un spécialiste. Je suis un médecin ordinaire. Mais je m'occupe des femmes qui sont enceintes. J'aime beaucoup les femmes enceintes. Elles sont la plus grande richesse naturelle du Québec, tu sais. "

Là, j'ai pas très bien compris ce qu'il voulait dire et on a parlé d'autres choses. Il nous a parlé de ses chevaux. Moi, je lui ai parlé de la campagne de Saint-Albert. J'ai appris qu'il aimait beaucoup l'hiver. Je lui ai dit que j'avais quatorze ans et demi et que j'étais en secondaire 3. Lui, il avait une fille qui finissait son cégep. Ses deux autres garçons étaient mariés. Il en avait un d'installé en Europe. Dans ses yeux, il y avait un peu de tristesse et beaucoup de fierté, ça se voyait. Puis il m'a demandé si je me sentais bien. J'ai dit : " Oh ! oui ! " et que j'aimerais ça qu'il s'occupe de moi comme de Xavière. Il a dit : " Oui, bien sûr ! " et je lui ai donné les dates de mes dernières menstruations et de ma relation sexuelle avec Paul. Il a écrit ça. Avant qu'il le demande, je lui ai dit que Paul était mort.

Je sais pas ce qu'il a compris quand j'ai dit ça, mais il a compris, c'est sûr. Il a pas posé de questions.

J'étais assise sur la couchette. J'étais certaine qu'il voudrait m'examiner. Mais non. Il a dit que c'était tout, qu'il me suffisait de revenir en même temps que Xavière.

Là, il s'est levé et m'a tendu la main. C'est un homme plutôt petit. J'ai serré sa main et on s'est regardés dans les yeux. Ça m'a rappelé les yeux d'Adolphe Magnan, le vétérinaire de Saint-Albert. Le même calme m'a envahie, toutes mes peurs sont parties d'un coup et je suis retournée dans la salle d'attente pendant qu'il examinait Xavière.

Alexandra était déjà là, qui nous attendait. J'ai dit : " Ç'a pas été long ! " Elle a dit : " Non, il dormait. On l'a encore bourré de médicaments. " J'ai pas insisté. On a attendu en silence. Au-dessus du comptoir, c'était encore écrit : " Clinique de planification des naissances " avec une flèche.

Xavière est venue nous rejoindre. Elle souriait. Tout allait bien. Là, j'ai eu une drôle d'idée. J'ai eu envie de dire à Xavière que le bébé, je le gardais un peu pour elle, au cas où ça irait mal pour le sien. Mais j'ai rien dit. Après, on est sorties.

On a traversé le boulevard. Il y avait plein de circulation. On a été prises entre les deux voies. On s'est fait éclabousser un peu, mais c'était pas grave, on se tenait par la main. Puis on est entrées dans un gros centre commercial. Gros comme trois polyvalentes et deux hôpitaux, j'exagère pas. Il y avait des stationnements tout l'tour. C'était plein d'autos et, en dedans, c'était plein d'monde. Tout était à moitié prix. Une vraie folie.

Ça nous a pas empêchées d'avoir un fun noir. Ç'a pas d'bon sens comme on a ri. Les gens devaient nous prendre pour trois folles. Alexandra prenait des affaires sur les comptoirs, n'importe quoi, et elle soulevait ça devant elle. Après, elle se retournait vers nous autres en faisant les yeux ronds à Christophe, pareil comme lui, l'air de dire : "Qu'osse c'est ça?... Comprends pas!"

C'est dans une boutique de vêtements érotiques qu'on a eu le plus de fun. Quand Alexandra a soulevé des jarretelles puis nous a regardées en disant que c'était des drôles de bretelles, ça s'pouvait pas.

Tout d'un coup, j'ai vu bouger une grosse blonde au comptoir. Elle avait des yeux de poupée fâchée. J'me demande si elle était pas en caoutchouc.

Après, on est allées s'asseoir sur un banc au milieu du hall. Xavière s'amusait autant que nous autres. Une vraie p'tite fille. Finalement, on s'est calmées et on a acheté vite quelques petites affaires qui nous manquaient. Puis on a mangé dans un casse-croûte. C'était pas terrible, pis c'était même pas à moitié prix.

Quand on a quitté le centre commercial, il faisait noir. Tout le monde voulait sortir en même temps. Une chance qu'on était pas en automobile. Un quart d'heure plus tard, on rentrait chez Xavière, mortes mais tellement heureuses.

Alors je leur ai dit que j'aimerais prendre ma douche la première parce qu'après j'avais besoin d'être seule un peu. Elles ont pas posé de questions.

Après ma douche, j'ai fait partir l'enregistreuse et j'ai commencé à me trouver toutes sortes de raisons pour expliquer pourquoi je suis venue chez Xavière. Mais c'étaient pas les vraies raisons. Parce que la vraie raison, la seule, je la connais maintenant.

Mais j'pense que j'oserai jamais la dire... même dans un magnétophone.

Elles ont fini leur douche. Elles m'attendent toutes les deux dans le salon. J'pense que Xavière nous a préparé une tisane. Ça sent bon ici.

Et tout est tellement plus simple entre femmes.

Mardi 6 janvier...

Voilà. J'ai fait entendre les deux cassettes à mes deux amies. C'est pas elles qui me l'ont demandé, c'est moi qui l'ai proposé.

Quand je suis arrivée dans le salon pour prendre la tisane, Alexandra m'a demandé si j'étais en train de parler aux fantômes. Quand elle a dit ça, j'ai trouvé ça dur, mais en même temps elle avait raison. Quand on parle, il faut que ce soit à quelqu'un. Alors, j'ai apporté mon magnétophone dans le salon. J'ai pesé sur " *PLAY* " et elles ont écouté les deux cassettes, des deux bords.

Moi, au début, je savais pas où m'mettre. Je voulais m'en aller. Mais finalement je suis restée et j'ai écouté avec elles.

Non ! j'ai pas écouté. Je les ai regardées écouter.

Il y avait des affaires qui les faisaient rire. D'autres qu'elles trouvaient pas drôles pantoute. Et c'était justement quand leur visage s'allongeait que je comprenais. Ça faisait des silences tellement épeurants.

Elles ont écouté jusqu'au bout. Jusqu'à temps que je dise que tout est tellement plus simple entre femmes. Là, j'ai pesé sur " *STOP* " et elles se sont tournées vers moi. Elles m'ont embrassée. Comme au réveillon.

Voilà... j'ai plus grand-chose à dire.

À cause de la tisane, on s'endormait pas mal toutes les trois. On est allées se coucher. Moi, je suis tombée comme une bûche en pensant à rien.

Quand je me suis réveillée dans le noir, j'ai pas tout de suite compris où j'étais. J'ai regardé le réveil mais j'ai rien vu. Le soleil était pas encore levé. Mes deux amies dormaient encore.

Alors j'ai pris le magnétophone que j'avais glissé sous mon lit, puis j'ai pesé sur " *RECORD* ", juste pour finir la deuxième cassette. Pour effacer la fin du conte de Walt Disney, là où c'est dit qu'ils se marièrent, vécurent heureux et eurent beaucoup d'enfants.

La troisième cassette, j'pense qu'elle servira jamais à rien. Parce que là, vraiment, ça me tente plus de parler aux fantômes.

De toute façon, j'ai compris ce que mes amies ont compris. C'est juste ça que je voulais. Comprendre. Juste comprendre.

Il me reste plus qu'à le dire.

Mon histoire est finie. Ma jeunesse aussi.

Ce qui va se passer après les cassettes, personne va le savoir. Ce qui s'est passé avant non plus. Sauf peut-être les fantômes. Et je m'en fous. L'école recommence. Ça va me permettre de penser à rien.

Il reste encore du ruban à effacer. Je sais plus quoi dire...

J'ai deux amies...

J'ai papa et Christophe aussi. Un jour, je vais tout leur raconter, à eux aussi. Parce que des vrais amis, ça juge pas.

Bientôt, il me restera plus qu'à peser sur " *EJECT* ".

Mais avant la fin du ruban, il faut que je le dise... une fois... rien qu'une.

L'enfant...

Je ne veux pas l'avoir. Je l'aurai pas !

Oh ! comme j'ai besoin d'aide !

On dirait que mes amis peuvent rien faire pour moi.

Et puis... Pourquoi les contes finissent tout le temps par " Ils se marièrent, vécurent heureux et eurent beaucoup d'enfants " ? Moi, c'est cette partie-là de la vie qui m'intéresse.

Pourquoi on la raconte jamais aux enfants ?... »

« La solution de Laurence »

Penchée sur le petit appareil, Ève regardait défiler le ruban. Elle ne parlait plus. Par la porte entrouverte, la lumière grise du matin envahissait doucement ce qui était devenu sa chambre. Rendue au bout de son rouleau, la cassette bloqua l'appareil. Ève appuya sur « *EJECT* ». Sur l'étiquette, c'était encore écrit « Cendrillon », en couleurs. Ève leva la tête. Alexandra se tenait dans la porte.

— Allez, 'tite sœur ! Debout, c'est l'heure !

— 'jour, Alex.

— J'espère que t'as le moral parce qu'à matin c'est l'école. Pis en plus i' mouille à sciaux.

Sans dire un mot, Ève se leva et rangea le magnétophone. Puis, se tournant vers son amie :

— Ça me dérange pas, qu'il pleuve. L'école pis l'mauvais temps, j'trouve que ça va très bien ensemble. C'est comme les vacances pis l'soleil.

— Pour ça, t'as ben raison ! Allez, 'tite sœur, viens-t'en, j'm'occupe du jus. Toé, tu nous fais une belle omelette, OK ?

Et c'est par un déjeuner coloré que fut scellé le début d'une seconde amitié entre « Alex » et «'tite sœur ». Et que débuta la journée d'hiver la plus mouilleuse qu'on puisse imaginer.

Xavière amena les deux jeunes filles à la polyvalente. En sortant de l'auto, Alexandra et Ève furent accueillies par une pluie fine qui les traversa. Elles coururent ensemble jusqu'à l'ENTRÉE DES ÉTUDIANTS, où des centaines d'étudiants s'engouffraient. Tout le monde était trempé. On s'ébrouait comme des chiens mouillés. On claquait des pieds. On criait. On riait. Il y avait un bruit d'enfer. L'année scolaire reprenait là où elle s'était arrêtée en décembre, comme s'il ne s'était rien passé entre-temps. Cours, casiers, cours, casiers, cours...

Ève devait rater quelques journées d'école en janvier pour aller voir le docteur Mélançon en même temps que Xavière, et aussi pour rencontrer Régine, une travailleuse sociale qui avait également son bureau à l'hôpital, à Sainte-Foy, du côté de la Clinique de planification des naissances. En réalité, Ève devait rater presque tous ses cours. Parce que, dans sa tête, elle était plutôt absente... sauf peut-être aux cours de mathématiques de Xavière.

Là, elle était présente parce que, avec Xavière, un problème de maths, c'était souvent une petite histoire avec un gars ou une fille aux prises avec une énigme à résoudre. Évidemment, la situation du jeune personnage n'était jamais tragique et à la fin il y avait toujours une solution heureuse, comme une petite victoire sur la vie. C'était ça surtout qui faisait du bien à Ève. Xavière le savait. Aussi prenait-elle bien son temps pour donner un nom au personnage du problème.

C'était la petite Laurence qui revenait le plus souvent. À tous les coups, Ève s'animait quand Xavière la faisait réapparaître :

— Vous vous souvenez de la petite Laurence qui avait eu une crevaison, en bicyclette, l'autre jour?... Eh bien, imaginez-vous qu'hier, en traversant le pont...

Et c'est ainsi que commençait un nouveau problème qui allait s'intituler, comme tous les autres, « La solution de Laurence ».

Cette petite Laurence était devenue la préférée de tous les élèves parce que, dans le problème, il y avait souvent un grand monsieur noir qui arrivait avec ses lunettes rondes, sa barbichette et son allure de professeur. Il s'appelait Éprouvantus, parlait fort et imposait toujours un problème compliqué. Laurence en avait un peu peur, mais elle détenait toujours la solution. C'est là que Xavière demandait c'était quoi, « la solution de Laurence ». Alors, vivement, les mains se levaient. Quand l'enseignante approuvait la réponse donnée, un moment de bonheur traversait la classe car l'affaire finissait toujours par la déconfiture d'Éprouvantus et par la victoire de l'héroïne.

Certes, à ce rythme, Xavière prenait un peu de retard dans le programme, mais qui se souciait du programme ? Et puis surtout, il y avait Ève qui se sentait rassurée par toutes ces petites histoires qui finissent bien. Comme de petits romans.

Évidemment, à un moment donné, il y avait la théorie. Alors, Xavière perdait Ève, dont le crayon se mettait à griffonner sur la feuille. Derrière les yeux de la jeune fille commençait à défiler un autre roman. Le sien. Beaucoup moins drôle, celui-là. Et qui aurait pu s'intituler *La Solution d'Ève*. Mais la solution... ça...

Dans ces moments de désarroi, Ève se penchait sur son bureau pour prendre des notes, mais aussitôt les griffonnages reprenaient sur la feuille et le roman dans sa tête. Ève se demandait comment la petite Laurence se sortirait d'une situation comme la sienne. Décidément, l'histoire d'Ève n'avait rien à voir avec les mathématiques.

Heureusement, il y avait Régine.

Une journée d'école

En janvier, Ève mena une vie où elle ne voyait vraiment Christophe que les fins de semaine. Chaque soir, elle prenait la direction de Sainte-Foy avec Xavière et Alexandra, et lui, celle de Saint-Albert avec Pierre. Le matin, quand ils se croisaient, ils se prenaient par la main, s'embrassaient furtivement et se séparaient aussitôt.

Ève allait à ses cours, mais rien ne l'intéressait. Un jour cependant, pendant le cours de biologie, alors que le professeur se débattait avec le squelette humain, Ève s'était mise à lire le manuel. Toute la troisième partie du volume était consacrée à la reproduction. Plus d'une centaine de pages. À un moment donné, elle arriva au chapitre intitulé « Les droits et les besoins de l'enfant à naître » et, au fil de quelques lignes, sa lecture devint lente :

À partir de quand un être humain commence-t-il son existence ? Est-ce dès la fécondation, alors qu'il se résume à une cellule dont l'évolution est inscrite dans les chromosomes ? Faut-il qu'il ait pris une forme humaine ? Faut-il que la mère le sente bouger ? Avoue que la question est difficile... Si nous nous y attardons, c'est parce qu'un autre droit humain s'est affirmé durant les dernières décennies. Il s'agit du droit de la femme de disposer d'elle-même, ce qui implique la liberté d'accepter ou de refuser une grossesse. Pour éviter les cas de conscience, la seule solution consiste à ne donner la vie que si elle est désirée. La science nous en donne les moyens et nous reviendrons sur cette question.

Et là, Ève se mit à lire avec avidité, surprise de tout comprendre du premier coup. Elle se trouva bientôt dans la section « Prévention de la grossesse » et, sous le titre « Convictions morales et religieuses », elle put lire :

Le droit à la contraception a déjà fait l'objet d'un important débat dans notre société, mais il est aujourd'hui de plus en plus reconnu. Il n'en est pas de même du droit à l'interruption volontaire de la grossesse (l'avortement). Cette question soulève actuellement bien des passions.

Ève leva la tête. À côté du professeur vociférant, un squelette accroché par le bout du crâne oscillait en souriant de toutes ses dents.

Puis ce fut le cours d'éducation physique. Là, quelquefois, Ève arrivait à oublier, surtout quand il y avait du basketball.

Ce jour-là, elle s'élança dans le gymnase avec une attitude de joueur de football. Elle fonçait sur tout ce qui bougeait. Surtout sur les gars. Elle ne supportait pas qu'on lui enlève le ballon. Quand elle l'avait, elle ne le passait pas. Quand c'était à son tour de s'asseoir sur le banc, elle trépignait pour retourner dans l'action. Alexandra, qui jouait dans l'équipe adverse, vint la trouver :

— Qu'est-ce que t'as ? T'es enragée ou quoi ?

Ève ne répondit pas et bondit dans le jeu. Tout de suite elle arracha le ballon des mains d'un gars et le propulsa hors du jeu. Le professeur siffla.

Furieux, le garçon se relevait. Se raidissant, Ève lui fit face. Elle était prête à se battre de toutes ses forces. Dans sa tête, elle l'étranglait déjà. Il fonçait sur elle.

Mais ce fut Alexandra qui sauta sur le gars et ils roulèrent par terre en un paquet déchaîné. Le professeur arriva pour les séparer. Alexandra s'agrippait comme une forcenée. Il y eut un craquement et elle se retrouva avec un morceau de maillot dans la main. Le gars se débattait dans les bras du professeur :

— M'as t'tuer, ma crisse!... m'as t'tuer!

Il avait une méchante éraflure à l'épaule. Alexandra criait :

— Ta yeule, morveux! Tiens! v'là què'qu'chose pour te moucher!

Et elle lui lança le lambeau de tissu.

Désignant Ève et Alexandra, le professeur lança :

— Vous deux! Allez vous rhabiller tout de suite! Toi, mon gars, tu t'assis là, pis tu t'calmes! Compris?

Peu après, dans la salle sonore, les deux amies se retrouvèrent seules. Mains dans la figure, Ève laissait couler l'eau sur elle.

— T'inquiète pas, 'tite sœur. S'il s'approche de toé, j'lui arrache la tête!

— Alex! parle pas comme ça!

— C'est vrai, t'as raison. Il a pas d'tête.

— «Tuer!» Il a dit : «tuer»!

— Y dit ça vingt fois par jour. Ça veut rien dire.

— Non, Alex! Tuer, c'est tuer! Tout l'temps! Puis tu sais quoi? Le gars, tantôt, j'voulais l'tuer! Si t'étais pas arrivée, j'pense que... que...

Puis il y eut le cours d'arts plastiques.

En entrant, Ève demanda une grande feuille à son professeur... un peu de bleu et du noir. Retirée dans un coin de la classe, elle traça au crayon vif un visage d'enfant. Elle aurait voulu qu'il ressemble à celui du tableau. Alors, avec beaucoup d'eau, elle dilua le bleu. Puis, à l'aide d'un large pinceau, elle en répandit partout sur le visage. La feuille absorbait ce qu'elle pouvait. Ève prit alors un petit pinceau qu'elle plongea dans le noir, puis elle en approcha le bout au-dessus de la paupière de l'enfant. Une goutte tomba et la tache se répandit dans le bleu. Cela fit une large taie sombre sur l'œil. La feuille commençait à sécher. Déjà elle gondolait. Ce n'était plus que de la cochonnerie. Ève, fébrilement, la jeta. Elle venait d'avoir une idée pour le cours d'initiation à la technologie qui suivait. Elle se construirait une petite guillotine.

Mais l'idée de la guillotine fut rejetée par l'enseignant. Ève se renfrogna et ne fit rien.

Le dernier cours, ce jour-là, devait être un cours de français. Monsieur Olivier était absent et un jeune suppléant se présenta à sa place. Il avait une carrure de lutteur et annonça tout de suite qu'il n'avait pas l'intention de se laisser « écœurer ». Il commença à distribuer des feuilles d'exercices, l'air de dire : « Aujourd'hui, vous allez apprendre quelque chose ! »

Ève se sentit mal. Elle se leva et quitta la classe. Alexandra la suivit. Elles retrouvèrent Xavière, qui les attendait au Département de mathématiques.

Et toutes les trois s'en retournèrent à Sainte-Foy.

Maman, ne me fais pas mourir

À partir de cette journée-là, Ève n'écouta plus, ne participa plus. Quelquefois, elle observait le professeur qui se démenait devant la classe, dans un univers lointain, dépensant une énergie folle pour expliquer toutes sortes d'affaires étranges et sans intérêt. Ils avaient tous l'air de dire : « Évoluez, vous autres ! Nous, on a fini. On sait tout ! » Alors Ève se tournait vers Alexandra, qui n'était jamais assise bien loin, et se rappelait les paroles que son amie avait prononcées au début des vacances de Noël, dans sa cuisine, à côté de son père malade et endormi devant la télé... ces paroles qui avaient marqué le début de leur amitié :

« T'sais, à l'école, c'qu'i' enseignent, ç'a pas ben ben rapport. »

Oui, heureusement qu'Alexandra lui souriait et qu'elle avait le même horaire... sauf en mathématiques et en catéchèse.

Pour Ève, en mathématiques, ce n'était pas grave de se trouver sans son amie. Il y avait Xavière et la petite Laurence. Mais en caté-chèse, elle n'avait vraiment personne. Alexandra était exemptée de ce cours parce que le contenu la hérissait. Avec mépris, elle appelait ça « d'la religion ! » et s'était trouvée en conflit avec le professeur. On l'avait assignée à la bibliothèque. Là, elle avait eu d'abord envie de piocher sur les tables, puis elle s'était mise à lire. Beaucoup. Secrète-ment et en silence. Religieusement, pourrait-on dire.

Pendant ce temps, en catéchèse, Ève se trouvait seule et amère. Pourtant, la catéchèse ressemblait assez aux cours de Xavière. Quelquefois, l'enseignante décrivait une situation dans laquelle un adolescent ou une adolescente pouvait se trouver. Puis il y avait une discussion. La plupart du temps, ça portait sur les relations avec les autres ou sur les choix qu'on doit faire dans la vie. Ève, avant les fêtes, était de ceux qui participaient le plus à ces échanges. Elle adorait ça. Mais là, rien. Toutes ses idées restaient curieusement bloquées en elle. Tout ce qu'elle entendait n'arrivait qu'à lui gonfler le cœur.

En fait, ce n'étaient pas les paroles de l'enseignante qui la troublaient le plus. C'étaient les réponses des élèves. C'étaient des réponses qui ressemblaient tellement à celles qu'elle donnait avant les fêtes... des réponses innocentes et qui commençaient invariablement par : « Moi, si j'étais à place du gars... » ou « Moi, si j'étais à place d'la fille... » Des réponses totales et définitives qui faisaient manifestement plaisir à l'enseignante, dont le visage s'illuminait comme si l'élève avait fait preuve d'humanité.

Ève n'arrivait pas à déterminer si c'était de l'hypocrisie ou de la naïveté. Elle avait juste envie de crier que ce n'étaient que des théories, tout ça, mais, les idées en bataille, elle n'arrivait qu'à se taire... jusqu'au jour où l'enseignante entra en classe avec un magnétophone exactement comme le sien.

Quand Ève vit l'appareil, une désagréable impression la saisit. Le visage de l'enseignante était curieusement souriant. Quand la femme commença à raconter son histoire, Ève se sentit défaillir. L'enseignante parlait d'une jeune fille qui était tombée enceinte :

— Quand le garçon avait appris ça, poursuivit-elle, il l'avait laissée et la jeune fille s'était retrouvée seule devant un choix terrible.

Déjà, dans la tête de chacun, le gars était un lâche et l'enseignante continua à parler de la fille, qui eut un jour une idée horrible, mais :

— Heureusement, elle a entendu la voix dans son ventre!

Ève ne voyait plus l'enseignante qu'à travers un brouillard. La femme s'approchait maintenant du magnétophone. Ève eut tout à coup très peur d'entendre sa propre voix. L'enseignante disait de bien écouter les paroles. Abasourdie, Ève ne savait comment réagir. L'enseignante appuya sur le bouton. C'était une chanson intitulée *Maman, ne me fais pas mourir* et ça commençait par : « *Depuis hier, on m'a donné la vie* ».

Aussitôt, Ève serra les lèvres et son menton se mit à frémir. Sous la lumière blafarde de la classe, elle s'efforçait de ne pas bouger, de ne pas se faire remarquer. Elle écouta malgré elle cette histoire chantée, ce roman impossible dont le personnage principal était un embryon-fille parlant à sa mère.

Ève n'arrivait plus à réfléchir correctement. Tout était brouillé dans sa tête. La ballade continuait, imperturbable. L'embryon disait que de longs cheveux avaient commencé à lui pousser et qu'il se sentait bien, là, au creux du ventre de sa maman. Il la suppliait de le laisser vivre.

Tout le corps d'Ève fut alors pris d'un incontrôlable tremblement. Son estomac recommençait à faire des mottons comme au début. C'est alors que la chansonnette dans le magnétophone tourna à l'horreur : « *Hier matin, je t'ai entendue parler avec un homme que tu paierais pour me tuer...* » Ève voulut alors se lever, mais quelque chose dans son ventre l'en empêcha. Elle se tourna de côté, pliée en deux. En avant de la classe, l'embryon sentait déjà la main qui allait délivrer sa mère et criait : « *Maman, ne me fais pas mourir !* »

Un violent hoquet contracta alors les côtes d'Ève. Croyant qu'elle allait perdre connaissance, elle se vida l'estomac d'un coup dans l'allée en un flac ! sonore. Tous se retournèrent. Il y eut quelques cris vite muselés. L'enseignante arrêta le magnétophone. Les élèves les plus proches s'étaient écartés avec dégoût, bousculant quelques chaises.

Lentement, Ève releva la tête. C'était le silence. Elle regarda tout le monde un instant. Personne ne savait que faire ou que dire. Même l'enseignante la regardait bêtement. Ève sentit alors que ses sens lui revenaient. Elle chercha un mouchoir dans ses affaires. Elle s'essuya la bouche et le menton, puis rassembla ses effets et sortit de la classe.

Elle alla droit aux toilettes, où elle but et cracha beaucoup d'eau. Elle s'aspergea abondamment le visage sans se regarder une seule fois dans la glace. Puis elle se dirigea vers la bibliothèque, où devait se trouver son amie Alexandra.

Mais devant la porte d'une petite classe, elle s'arrêta brusquement. Par la vitre, elle venait de voir une dizaine d'élèves aux regards absents et, parmi eux, Jean-Sébastien Meilleur. Il la regardait. Le bleu de ses yeux était grand et triste. Ève eut peur et se sauva.

Elle ouvrit la porte de la bibliothèque sans faire de bruit. Elle repéra Alexandra, qui était en train de lire un roman, et alla s'asseoir à une table d'où elle pourrait l'observer à loisir.

Pendant de longues minutes, Ève regarda le visage calme de son amie qui se faisait un beau film dans sa tête à cause des beaux mots dans le livre. Ève la trouva chanceuse. Mais la fatigue lui tomba dessus. Elle posa sa tête sur ses bras croisés et s'endormit sur la table, comme c'était son habitude...

Et dans sa tête rousse d'enfant, les images déjà s'enchevêtraient en un rêve insensé où des personnages fictifs et des personnes réelles se démenaient dans une histoire épuisante où tout se déroulait trop lentement. Une histoire qui n'aboutissait pas. Une histoire sans fin.

Une histoire qui tournait en rond.

Ski alpin

Le soir même, comme tous les vendredis de janvier, la « famille »
se retrouva à la maison du lac, près de Saint-Albert. Christophe
avait préparé un feu. Ève dit à son père qu'elle ne voulait plus aller
aux cours de catéchèse. Elle préférait lire à la bibliothèque, comme
Alexandra. Pierre ne discuta pas. Lundi, il irait demander l'exemp-
tion. Et l'obtiendrait.

Aussitôt l'ambiance redevint chaleureuse. Pendant le souper,
on parla de la fin de semaine qui s'amorçait. Tout le monde avait
envie de changer d'air, de décor. On pensa alors au lac Beauport, en
banlieue de Québec, et il fut décidé qu'on se coucherait tôt ce soir-là
et qu'on se ferait un beau samedi de ski alpin.

Christophe protesta un peu. Il n'avait jamais fait de ski alpin.

— Je suis pas très doué pour les sports d'hiver, savez.

On savait. À la dérobée, quelques regards furent échangés et
Christophe comprit qu'il serait encore le dindon de la farce. Déjà,
Ève étouffait son fou rire. Ça promettait. Mais Alexandra lança :

— T'inquiète pas, mon grand. Si t'as l'air fou, tu s'ras pas tout
seul !

— Je suis pas inquiet pantoute, tu sauras ! Pis demain, vous
allez voir ce que vous allez voir ! Si vous voulez rire de moé, vous
allez être déçus !

En effet, le lendemain, ils ont vu ce qu'ils ont vu, mais ne furent pas déçus. Déjà le matin, sur la pente-école aménagée pour les débutants, ils eurent une idée assez précise de ce que serait la journée. Genoux vers l'intérieur, talons vers l'extérieur, Christophe, penché vers l'avant, avait pris la position chasse-neige. Planté au beau milieu de la piste, il avait l'air d'attendre que ça descende tout seul.

Voyant qu'il ne se passait rien, il leva les yeux. Ses amis le regardaient avec un sourire entendu. Touché dans son orgueil, il donna un coup de hanches et ses skis décollèrent ensemble, se croisant sous ses yeux. Il fit : « Aaaah ! » et tomba à la renverse. Un grand X s'éleva dans la pente. Ève s'approcha et lui chuchota à l'oreille :

— Parfait ! Si t'as d'la misère, t'as rien qu'à faire une grande croix, comme ça, en l'air... pis on va v'nir t'aider.

— Très drôle ! Très très drôle !

Elle l'aida à se relever et lui donna quelques conseils supplémentaires. En particulier, elle lui rappela un principe bien connu :

— C'est comme pour la raquette : tu gardes ton centre de gravité le plus bas possible.

Un peu plus tard, Christophe arrivait à faire quelques mètres. Les bras en cercle devant lui, l'air de tenir un gros ballon, il allait où la pente l'entraînait... droit sur la clôture qui séparait les pistes. Ève cria : « Tourne ! Tourne ! » Christophe voulut pivoter mais, appuyant son poids sur le mauvais ski, l'autre se souleva et le pauvre se mit à descendre sur une seule jambe. Les gens s'écartèrent devant les bâtons qui battaient l'air et Christophe se retrouva dans le grillage orange, dont il arracha deux piquets.

Ce fut Pierre qui arriva le premier. Christophe, empêtré dans un long morceau de filet, se débattait comme une dinde.

— Ça va, Christophe ? Rien de cassé ?

— J'sais pas c'qui est arrivé... Ç'a pas tourné !

Quand il vit Ève arriver, il ajouta :

— Tu m'félicites pas ?

— Ben oui. Félicitations ! T'as même pas perdu ta tuque. Mais j'pense qu'on devrait faire évacuer les pistes. T'es vraiment trop dangereux !

Quinze minutes plus tard, Ève se retrouvait en haut de la montagne avec des dizaines d'autres skieurs. Elle avait laissé Pierre et Christophe se dépêtrer de la clôture. Deux patrouilleurs étaient venus les aider. Ils devaient trouver que c'était un drôle d'oiseau qu'ils avaient attrapé là. De ce sommet, Ève se mit à sourire et, en même temps, à aimer. À aimer Christophe en particulier. Et tous ses amis. Tous ses amis qu'elle allait bientôt décevoir... peut-être.

Elle regarda le bas de la piste et pensa à la dangereuse glissade qu'elle avait faite jadis près du village. Aussitôt, elle s'élança. Prudemment. Elle avait choisi une pente large et plutôt facile. Elle se sentit tout de suite heureuse et en harmonie. C'était sa première descente de la saison. Son corps obéissait bien. Elle avait de l'air frais plein les poumons. Se mêlant aux autres skieurs, elle dessina un ample slalom, exécutant des mouvements simples et sans fioritures. Traçant de vastes arabesques, elle se mit à l'écoute du bruit de la neige sous la semelle de ses skis et du vent autour de sa tête. De chaque côté de la piste, bien appuyée sur ses carres, elle repoussait solidement la neige et reprenait une autre diagonale. Elle avait l'impression d'aplanir la piste. D'aplanir la vie. Tout redevenait simple. Elle se laissait glisser. C'est tellement facile de se laisser glisser.

Au pied de la pente-école, Pierre suivait à la trace un Christophe chancelant qui arrivait tout de même à maîtriser à peu près sa direction. Xavière, un peu sur la gauche, expliquait un mouvement à Alexandra, qui aussitôt s'élança en un chasse-neige rigide mais tout à fait contrôlé. Elle vint s'immobiliser tout près d'Ève :

— Pis, comment tu m'trouves ? Moé, j'me sens prête à monter en haut. Ton chum, par exemple, ç'a pas l'air solide ben ben, son affaire... Hipp ! 'ttention !

Christophe arrivait sur elles. À la dernière seconde, il eut un mouvement heureux et freina. Puis, sous le pompon qui ballottait, il lâcha, fier de lui :

— Les vraies côtes, c'est pour quand ?

— Les vraies côtes cassées, tu veux dire.

Xavière et Pierre avaient entendu la question. Ils se regardèrent.

— Ben... hésitait Pierre, c'est que...

— Ben quoi? On a juste à choisir une côte pas trop dure.

Sur la montagne, Pierre proposa :

— Bon, Ève, je te le laisse. Xavière et moi, on va s'occuper d'Alexandra. On va prendre la familiale, la Un. D'accord?

— OK, p'pa! T'inquiète pas, j'm'en occupe.

— Soyez prudents!

Et ils s'éloignèrent. Ève se retourna vers son grand ami qui n'avait pas l'air très content.

— Ça va pas?

— «T'inquiète pas, j'm'en occupe»... Qu'est-ce tu veux dire par là, «j'm'en occupe»?

— Ben... ça veut dire que je m'occupe de toi.

— Ouais, ouais.

— T'aimes-tu mieux descendre tout seul? Je peux m'en aller si tu veux.

— C'est ça! J'vas faire un grand X si j'ai des problèmes!

— Bon, comme tu voudras!

Sur ces mots, Ève s'éloigna en patinant et poussant fort sur ses bâtons. Elle s'arrêta un moment en haut de la Deux. Là, sans se retourner, elle se propulsa et disparut. Christophe, médusé, ne s'attendait pas à ça. Il se retrouvait seul en haut de la montagne avec, pour toute technique, les quelques conseils rudimentaires donnés par Pierre.

«J'ai l'air fin, là!»

Ève, dans le haut de la Deux, s'arrêta immédiatement et s'engagea dans un sentier de traverse qui menait à la Un.

«J'espère qu'il va prendre la familiale, ce grand niaiseux-là!»

Arrivée aux abords de la piste, elle s'arrêta pour ne pas être vue. Là, à travers quelques arbres, elle aperçut Christophe en haut de la pente, en position de chasse-neige. Il avait l'air de réfléchir très fort. De temps en temps, il regardait les autres, mais personne ne semblait employer sa technique.

«Bon, ben, j'peux pas rester là toute la journée.»

Reprenant son ballon imaginaire, il s'ébranla. Un peu plus bas, Ève l'observait.

« Tu parles d'un style ! Ça s'peut pas ! »

Christophe glissa un peu puis, dans un prudent mouvement des hanches, il braqua son ballon vers la gauche et, à la manière d'une grosse chaloupe à rames, mit le cap sur Ève. La deuxième fois, il était si absorbé par les deux spatules de ses skis qu'il en oublia de tourner et plongea, en un paquet désarticulé, dans la neige folle en bordure de la piste. Le sapin sous lequel il atterrit se vida de toute sa neige. Ève, ne le voyant plus, eut envie d'intervenir, mais elle entendit :

— Batince !

De toute évidence, son ami n'était pas blessé. Déjà, sa tête pointait comme un périscope. Personne ne l'avait vu. Ève, tout près, retenait son fou rire. Christophe tentait de remonter sur la piste. Il avait l'air d'une grande araignée patinant sur une pente de sable. Il arriva enfin à se mettre debout. Derrière lui, la neige avait été dévastée sur une large surface. En se secouant, il faillit retomber dans le trou. Enfin, enfonçant sa tuque :

— Envouèye, mon grand, t'es capable !

Et, dans un geste déterminé, il s'accroupit dans une position de descente, les skis bien ouverts.

— M'as y montrer, moé !

Et il poussa avec précaution sur ses bâtons, s'éloignant avec une lenteur désespérante.

Ève décida de le suivre à distance. Il lui fallut beaucoup de patience pour ne pas le dépasser. Utilisant toute la largeur de la piste, Christophe effectuait sagement son chasse-neige, comme s'il était seul au monde. Autour de lui, des skieurs de toutes les tailles et de toutes les couleurs se croisaient gaiement. Obstiné, il semblait suivre une voie tracée d'avance, comme s'il était sur des rails. Une voie sûre et sans risque. Ève, derrière, reconnaissait bien là son grand ami, qui arriva sans encombres au pied des pistes. Elle se reprit à l'aimer et alla le rejoindre :

— Pis, comment ç'a été ?

— Ah ! t'es là !

— Ben oui... j'suis là.

— Si tu veux savoir, ç'a très bien été.

— T'es pas tombé ?

— Pas une minute ! Pis là, j'remonte dans le *T-bar*.

Ève eut alors envie de lui parler de la neige qu'il avait plein le capuchon, mais décida de n'en rien faire.

Christophe n'allait plus tomber de la journée. Il écoutait avec condescendance les conseils d'Ève. Au bout de trois descentes, il arriva à placer ses skis en parallèle. Il était de plus en plus sûr de lui.

En fin d'après-midi, il se risqua sur d'autres pistes plus difficiles. Concentré sur sa technique, il ne s'occupait de personne. De temps à autre, au hasard des descentes, il croisait Pierre, ou Xavière, qui le félicitait, qui l'encourageait. À un moment donné, il fit une descente aux côtés d'Alexandra. Nettement, il était meilleur. Sa fierté était restaurée. Au bas de la pente, il osa même quelques conseils, mais Alexandra le prit très mal :

— Pour qui tu t'prends, toé, pour m'donner des leçons de ski ? Tu t'es pas vu aller çartain !

C'est qu'Alexandra aussi avait sa fierté.

— M'excuse, là. J'pensais pas que t'étais susceptible de même.

Et il s'éloigna en patinant comme un pro. Abasourdie, Alexandra n'eut pas le temps de répliquer. Ève arrivait derrière.

— T'as-tu entendu celle-là ? C'est la meilleure !

— Quoi donc ?

— Imagine-toé que « môssieur »...

Retour au foyer

Le retour à la maison se fit dans la bonne humeur. On se moqua des premiers pas de Christophe, mais le grand garçon le prenait bien. Il était devenu fou du ski alpin.

— Vous avez vu ça, à la fin, le style?

— Ouais! j'ai vu ça! répliqua Alexandra. Tes skis portaient p'us à terre tellement tu t'trouvais bon.

En arrivant, Pierre fit un feu et, au souper, chacun se sentit apaisé. Il y avait beaucoup de couleurs sur les joues et peu de paroles furent échangées. Ève, pendant une seconde, pensa que c'était le moment de parler mais, trop fatiguée, elle décida d'attendre.

— Moi, j'en peux plus, annonça Christophe. Je fais ma toilette pis j'me couche. Laissez ça là. La vaisselle, je la ferai demain.

Personne de toute façon n'avait envie de faire la vaisselle. Xavière proposa une tisane.

Un quart d'heure plus tard, Christophe redescendait dans son pyjama trop court. Le divan se trouvait de nouveau devant le foyer et ça sentait bon la camomille dans toute la maison... En fait, ça sentait bon Xavière dans toute la maison.

Christophe s'écroula dans l'un des fauteuils qu'on avait approchés. Xavière arrivait avec un plateau et chacun se retrouva avec le nez au-dessus d'une tasse fumante. La somnolence se répandit avec les vapeurs de la tisane pendant que de subtiles odeurs de bois d'érable envahissaient les poumons et les cœurs.

— C'est mon tour... j'y vais... annonça doucement Alexandra.

Cela ne provoqua qu'une faible vague dans la méditation de chacun. Personne ne broncha. Les pensées indolentes reprirent leur cours.

Quand Alexandra revint, rien n'avait bougé, mais Christophe s'était endormi dans un coin du fauteuil, sa tasse vide accrochée au bout d'un doigt.

— Lui, j'le prendrai certainement pas dans mes bras pour le monter, précisa Pierre.

— Pas de problème, p'pa. On va s'en occuper, nous autres... Han, Alex?

— Ben oui, pauv' p'tit! On va s'en occuper.

— Bon, d'accord. Xavière et moi, on monte se coucher.

Et les deux adultes laissèrent les trois jeunes.

— Bon, et maintenant, 'tite sœur, qu'est-ce qu'on fait avec ce grand cadavre-là?

— On va le laisser dormir tranquille... j'aimerais te parler un peu.

— Ç'a l'air grave, ton affaire.

— Oui.

— Bon, ben, écoute... avant, aide-moi à ouvrir le divan-lit, OK?

Les deux amies tirèrent le divan à sa place. Tête renversée, bouche ouverte, Christophe ne broncha pas pendant qu'elles déployaient le lit et qu'il y avait le bruit familier des ressorts qui se détendent.

— Je monte faire un brin de toilette, annonça Ève. Je reviens.

— Prends ton temps, 'tite sœur. Je bouge pas de là.

Quand elle revint, Ève crut voir, dans les yeux noirs d'Alexandra enfouie sous les couvertures, quelques reflets ironiques:

— Dans ta jaquette, de même, t'as l'air d'un ange qui descend du ciel.

— Un ange? Tu veux rire.

Et Ève s'assit en Indien sur le bout du lit, la tête penchée. Deux rideaux de cheveux roux lui tombaient sur les genoux avec des reflets de feu dedans.

— T'as de beaux cheveux.

Ève releva la tête et sourit.

— T'as de beaux yeux.

— Tu t'moques de moé, là, han?

— Non, Alex, j'me moque pas. T'as vraiment de beaux yeux. Mais j'me rappelle qu'ils m'ont déjà fait peur.

— C'est ça que j'voulais.

— Tu voulais me faire peur.

— C'est au monde entier que j'voulais faire peur. Le monde entier, je l'envoyais se faire foutre dans c'temps-là. Pis toé avec, si tu veux savoir. Surtout quand j't'ai vue, la première fois, à poly. T'étais la preppie des preppies… avec ton beau linge pis tes p'tites manières.

— C'est vrai que j'ai l'air pas mal quétaine.

Puis Ève ajouta :

— Mais c'est pas devant l'école que tu m'as le plus fait peur. C'est quand tu m'as tirée aux cartes dans la classe de monsieur Olivier… et que t'as dit que j'étais enceinte. Là, j'suis restée bête.

— J'm'en souviens.

— Comment t'as fait pour deviner?

— J'ai dit n'importe quoi. De toute façon, on peut faire dire ce qu'on veut aux cartes. J'voulais juss' te provoquer. J'étais à des milles de penser que t'étais vraiment enceinte. Même que t'étais ben la dernière de qui j'aurais pensé ça. Mais quand je t'ai vue réagir, tout de suite j'ai compris que j'étais tombée pile.

Alors Ève amena son amie sur un autre terrain :

— Pis là, maintenant, si tu m'tirais aux cartes, qu'est-ce que tu dirais?

— Oh, là… je sais pas.

— Allons, Alex, fais un effort.

— Laisse faire, Ève.

— Essaie. Dis n'importe quoi. J'gage que tu vas encore tomber pile.

— Non, Ève! Arrête ce petit jeu-là! J'aime pas ça.

— Bon, comme tu veux. Alors c'est moi qui vas te l'dire, mon avenir.

Alexandra se tut et Ève parla sans détour :

— Voilà, mon avenir, c'est que je... je vais me faire avorter.

À ces mots, la tasse accrochée au doigt de Christophe tomba par terre.

Alexandra s'était assise d'un trait dans le lit. Les deux jeunes filles se faisaient face. Ève ajouta :

— Mais tu me gênes, Alex. Tu me gênes tellement.

— J'te gêne! Comment ça, j'te gêne?

— Parce que t'es mon amie, puis des fois j'me dis que si t'es en vie c'est à cause de ta mère... à cause de ses principes, tu comprends? Si ta mère avait pas eu ses principes, ben, tu serais pas là. T'existerais pas. Puis moi, ben, j'aurais pas d'amie.

Trois enfants endormis

Tête contre le mur, Alexandra caressait les cheveux d'Ève endormie. Son geste, machinal, ressemblait à celui qu'elle faisait autrefois à son vieux chien Ajax. Mais en elle, toute l'époque où elle avait été agressée par son père la remuait, ainsi que les infernales semaines de mensonges qui avaient suivi et qui l'avaient menée à cette opération minable par laquelle tout aurait dû être effacé.

Mais rien n'avait été effacé. Alexandra savait que ce passé était inscrit dans sa chair et que jamais elle ne saurait se l'arracher du ventre. Il ne lui restait qu'à s'en accommoder. Vivre avec. Et Ève devrait en faire autant.

C'est alors que sa tête, pernicieusement, l'entraîna vers l'autre histoire, entièrement forgée celle-là, où elle aurait gardé l'enfant... cet enfant qui aurait maintenant deux ans, avec des yeux et des cheveux noirs comme elle, et qui serait tellement intelligent, et tellement beau...

Et du coup sa haine d'antan lui rebondit à la tête. Cette haine qui s'était d'abord jetée sur son père, cet être qui l'avait forcée à vivre ces scènes indescriptibles dont toutes les issues étaient impossibles. Son père... ce pauvre homme aujourd'hui si gravement malade.

« Cibole que chus tannée d'haïr ! On dirait que c'est rien qu'ça que j'ai, en d'dans d'moé... du haïssement ! Pis j'sais même p'us quoi haïr... ni qui ! »

Et là, elle se mit à se haïr elle-même, comme s'il ne lui restait plus que ça à faire. Se haïr d'haïr. Se haïr de faire exister, par son imagination, cet enfant qui n'existait pas, qui n'avait jamais existé, et qui n'existerait jamais.

C'est alors qu'Alexandra prit une bien étrange résolution :

« Un jour m'as l'savoir, c'est quoi qu'i' faut haïr, même si pour ça i' faut que j'aille à l'école pendant des années ! »

Son regard tomba alors sur la tête sombre et tout en broussaille de son amie :

— Chus-t-avec toé, 'tite sœur ! Crisse que chus-t-avec toé !

Le lendemain matin, quand Pierre descendit, il trouva les trois enfants endormis. Christophe avait la joue écrasée sur l'accoudoir du fauteuil. Sur le lit, Alexandra était tombée de côté, la tête plongée dans les coussins. Ève, recroquevillée dans sa jaquette, faisait une boule par-dessus les draps. Pierre ramassa la tasse de Christophe. Faisant le moins de bruit possible, il vida la table et entreprit de laver la vaisselle.

Le soleil, derrière la maison, glissait au-delà de sa montagne du matin et, par la fenêtre où se trouvait jadis l'arbre de Noël, Pierre put observer le lac qui s'illuminait du côté du Sentier des amoureux. Les mains dans l'eau savonneuse et un linge sur l'épaule, il regarda ensuite cette lumière qui se répandait sur le sommeil de ces trois enfants... ces trois enfants pour qui la vie avait eu tant de bontés, mais aussi tant de méchancetés. Il se demanda... Aurait-il pu protéger sa fille davantage ? Aurait-il dû ? Et s'il était intervenu, s'il avait interdit, que serait-il arrivé ?

Rien. Il ne serait rien arrivé.

Mais est-ce bien ça, le bonheur... une vie où il n'arrive rien ? Et puis, que peut-on apprendre s'il n'arrive rien ?

Et une envie le prit de parler avec sa fille. Pour de bon. Mais quelqu'un avait pris le linge sur son épaule. Il se tourna. C'était Xavière. Elle chuchota :

— Ça va, Pierre ? T'as l'air loin.

— Dis-moi, Xavière... Ève, elle est heureuse chez toi, en ville ?

— Oui, j'pense.

— Est-ce qu'elle te parle des fois ? Moi, elle ne me dit jamais rien.

— Non, elle ne me parle pas... enfin... elle ne me parle pas de « ça ». Elle rencontre une travailleuse sociale, à l'hôpital, c'est tout ce que je sais. Elle ne parle pas à Alexandra non plus, tu sais. À cause de ce qui lui est déjà arrivé, probablement. Et pas plus à Christophe d'ailleurs.

— Et moi ? Pourquoi elle ne me parle pas ?

— Ça, je sais pas.

— Mais... cette... travailleuse sociale... comment elle est ?

— Je l'ai rencontrée, une fois, au début de janvier, avant qu'Ève commence à la voir. On a eu une petite conversation. Quelques minutes. Elle s'appelle Régine. Elle m'a parlé un peu de son travail auprès des jeunes filles enceintes. Moi, je lui ai parlé d'Ève... et de sa situation.

Xavière hésita avant de poursuivre :

— C'est une femme qui sait écouter. Je pense qu'elle a aimé Ève avant même de la rencontrer. Puis elle est partie. Un couple l'attendait. Je ne l'ai jamais revue. Ève m'en a reparlé, une fois, juste pour me dire qu'elle la trouvait « correcte ».

— Mais le bébé ?

— Je sais pas.

Pierre hésitait :

— Me semble que ç'a pas d'bon sens. Elle pourrait...

Il avait de la difficulté à continuer. Les mots étaient tellement difficiles. Il n'était pas habitué :

— Elle pourrait le donner en adoption. Y a tellement de couples qui en veulent, des enfants, pis qui peuvent pas.

— C'est vrai. Elle pourrait faire ça.

— La travailleuse sociale, elle doit le savoir, elle.

— Elle en sait sûrement beaucoup, mais tant qu'Ève l'exigera elle ne nous dira rien.

— Quoi ?

— Écoute, Pierre, c'est mieux qu'on s'en mêle pas. C'est si délicat. Nous, avec toutes nos idées, on ne ferait que troubler

Ève. Moi-même, je ne saurais pas comment m'y prendre. J'suis tellement... enceinte. Il faut avoir confiance.

— Avoir confiance ! Avoir confiance ! C'est ben beau, ça, mais Ève, elle a pas encore quinze ans ! Une affaire de même, elle ne peut pas décider ça toute seule !

— Pourtant elle devra bien.

— Et ta Régine, qu'est-ce que t'en fais ? Elle va l'influencer, c'est sûr !

— Je ne crois pas. Je l'ai vu dans le regard qu'elle avait... et dans les mots qu'elle m'a dits. C'est une femme... saine. Elle était tellement présente quand je lui ai parlé.

— Allons, Xavière ! tu vas pas encore me servir ton intuition féminine ?

— T'as mieux à proposer ? Ta logique masculine peut-être ?

Xavière regrettait d'avoir répondu de cette façon. Pierre la regardait, figé net dans sa tête.

— Écoute, Pierre, c'est pas le moment de se disputer. Je voulais juste te dire de quoi je suis convaincue. Qu'est-ce que je peux faire d'autre ?

Sur le divan, il y eut un mouvement. Enroulée dans sa jaquette au bout du lit, Ève bougea, mais Xavière poursuivit :

— Je crois que cette Régine ne fait rien d'autre qu'accompagner Ève. Voilà ce que je crois. Elle l'écoute. Elle lui donne de l'information.

— De l'information ?

— Oui, de l'information sur les voies qui s'offrent : garder l'enfant, ou ne pas le garder. Ève doit savoir. Elle doit connaître toutes les avenues... toutes.

— Mais c'est une enfant !

— « Presque une femme » ! C'est ce que tu lui as dit, non ? Tu avais tellement raison.

— Je parlais... comme ça.

— Il faut faire attention quand on parle. Des fois, ça peut être vrai.

Pierre n'entendait pas. Têtu, il ajoutait ce qui lui venait à l'esprit :

— Elle a pas la maturité pour...

— Et toi, tu l'as, la maturité ? Moi, en tout cas, je ne l'aurais pas. Et je suis bien contente de ne pas me trouver dans sa situation. Personne ne détient la sagesse nécessaire à une telle décision. Personne ! Pas plus Ève qu'une autre.

Pierre était surpris de voir Xavière se passionner pour cette affaire. Il y avait, dans l'air, un mot qui l'énervait :

— Une décision... quelle décision ?

— Tu le sais. Tu le sais depuis le début. Ève aussi le sait depuis le début. D'ailleurs, tout le monde le sait depuis le début. Même Christophe.

— Avorter ! c'est ça ?

— Avorter... ou ne pas avorter.

— Moi, ce mot-là, c'est ben simple, j'suis pas capable.

— Sûrement que ta fille a commencé à l'entendre, elle, et à y penser. Tu sais, Pierre, ta fille, ta belle petite Ève Paradis, c'est rien qu'un être humain ordinaire. C'est pas une héroïne de roman.

Pierre était abasourdi.

— Des fois, j'ai l'impression que je ne connais rien à la vie.

— On est tous en train d'apprendre.

Et Pierre se concentra sur la vaisselle. Le cœur de Xavière battait fort. Elle ne comprenait pas pourquoi elle s'était emportée ainsi. Ce n'était pas son habitude.

Pierre leva alors la tête et vit Ève à genoux sur le lit.

Derrière elle, Alexandra sortait de ses coussins, hébétée de sommeil. À côté, Christophe s'extirpait de son fauteuil en s'ajustant la mâchoire.

— Ça fait longtemps que t'es réveillée, toi ? demanda Pierre.

— Han ? Quoi ? marmonna Christophe.

— Oui, pas mal longtemps, répondit Ève.

Et Pierre comprit que la conversation qu'il voulait avoir avec sa fille, il venait de l'avoir avec Xavière.

Chez Germaine

En ce dimanche midi de fin janvier, la neige tombait avec une abondance telle que Christophe dut ralentir. Sur la route vers Saint-Albert, le haut véhicule avait l'air d'avancer dans un univers blanc. Toute cette neige aux flocons énormes rappelait le jour des funérailles de Paul, six semaines auparavant.

— C'est une drôle d'idée que t'as eue là, Ève, d'aller manger au restaurant à Saint-Albert.

— T'es mon chum, non? Faut que tu me sortes de temps en temps.

— Oui, mais pourquoi Saint-Albert? On aurait pu aller en ville!

— J'aime ça, moi, Saint-Albert. C'est un beau village. Comme dans l'ancien temps. C'est parfait pour les fréquentations.

— Les fréquentations?

— Tu connais pas ça? C'est un ancien mot. C'est quand un gars pis une fille sortent ensemble. D'une façon sérieuse, j'veux dire.

— Ah oui... ils se tiennent par la main pis se donnent des p'tits becs, c'est ça?

— Oui, si tu veux.

— T'es vieux jeu, toi, des fois.

Ève devint silencieuse et Christophe sentit naître en lui un brin d'inquiétude :

— Toi, t'as des affaires à m'dire.

Ève ne disait toujours rien. Tout à coup :

— Oh! Christophe, regarde! L'arbre!

Sur la gauche se dessinait, blanc sur blanc, à peine perceptible, le grand sapin dont la lumière avait illuminé leur chemin jadis. De lourds amas de neige étaient accrochés aux branches de sorte qu'on ne pouvait voir si le grand arbre portait encore ses innombrables lumières.

— C'est beau, han?

— Oui, mais j'suis mieux de faire attention, le p'tit Meilleur pourrait nous sauter dessus n'importe quand. On voit ni ciel ni terre.

Christophe alluma tous les phares. Devant, il se fit un trou dans la chute de neige, ce qui lui permit de voir un peu mieux la route. Arrivé au sommet de la côte aboutissant au village, Christophe dut immobiliser le véhicule. On n'y voyait vraiment plus rien.

Ève s'avança sur la banquette. Saint-Albert aurait dû se trouver là, en bas. Pendant un instant, elle douta de l'endroit où elle se trouvait.

— Allez! dit enfin Christophe, on connaît ça, nous autres, la neige. J'y vas! T'es prête?

Les deux amis s'engagèrent sur la longue pente.

Le moteur tournait très vite. Bien agrippé à la route enneigée, le véhicule progressait à peine et Ève ressentit un commencement de peur. La peur que le village ne soit plus là, en bas.

Mais bientôt elle reconnut les premières maisons et, devant, la masse sombre de l'église. Puis s'ouvrit l'épais rideau de neige sur la vie paisible de ce dimanche ordinaire dont la grand-messe venait de se terminer.

— Voilà, on est rendus! Où il est, ton restaurant? J'ai un creux, moi.

— C'est pas loin. C'est en face du magasin Meilleur.

— C'est-tu un *McDo*?

— Y a pas d'*McDonald's* ici. Y en aura jamais.

— Qu'est-ce que t'as contre les *McDo*?

— Rien. Mais ici, ç'a pas d'bon sens. Penses-y. Un grand *M* jaune planté au milieu de Saint-Albert. De toute façon, les villageois aiment pas ça, manger vite. Tiens, c'est là ! *Chez Germaine.* Pis la vaisselle est pas en styro-foam, tu vas voir.

— Oui, j'imagine... Pis Germaine, j'gage qu'est grosse.

— Dis pas de bêtises. C'est une Allemande.

— Une Allemande ! Tu veux rire.

— C'est pas son vrai nom. C'est juste pour son restaurant, ce nom-là. Parce que ça ressemble au nom de son pays... *Germany...* Germaine... c'est presque pareil. Et si la propriétaire est là, elle va te surprendre, tu vas voir. Parce qu'elle est pas grosse pantoute. Elle est pas blonde non plus. Et elle a pas d'tresses... ni des grosses fesses !

— J'ai jamais dit ça.

— Allez, viens. On est chanceux, y a pas l'air d'avoir trop d'monde.

Une fois sur le trottoir, Ève lui tendit la main :

— Allez, sois galant ! Tu m'ouvres les portes et tu t'occupes de mon manteau. C'est ça, fréquenter une fille.

— J'gage que j'vas payer la facture.

— T'inquiète pas, j'te passerai l'argent en dessous de la table.

Tout en courbettes, Christophe joua le jeu, mais décidément il manquait de souplesse. Et de pratique.

Ils se trouvèrent bientôt, face à face, assis au fond d'une longue banquette, devant une table pour quatre. Une femme assez âgée, souriante, vint mettre le couvert et, avec un léger accent, leur offrit le menu. Ève la connaissait bien et elles parlèrent un peu. Quand la femme se fut éloignée, Christophe demanda si c'était elle, Germaine.

— Il y a personne qui s'appelle Germaine ici, j'te dis. C'est juste le restaurant qui s'appelle comme ça. Elle, c'est Gertrüd... Gertrüd Rubenstein, la fille. Elle est née en Allemagne. Elle est venue s'installer au Québec après la guerre, avec sa mère. Le père est mort depuis longtemps. C'était un soldat. Elles ont gardé leur nom... comme toi tu garderais le tien si tu changeais de pays. Tu es un Letendre pour le reste de tes jours. Et moi, une Paradis.

Dans la tête de Christophe survint une drôle d'idée :

— Pis dans ton ventre, c'est quoi ? Un Letendre ou une Paradis ?

À cette question inattendue, le regard d'Ève vacilla. Heureusement, la soupe arrivait. Elle était aux légumes, chaude et généreuse.

— Wow ! lança Christophe. Rien qu'avec ça, j'vas être capable de m'rendre au souper !

Il était heureux. Ève prenait conscience de toutes les idées qui avaient pris racine dans la tête de son ami. Ça n'allait pas être facile. Avec conviction, il commença à manger. La voix d'Ève trembla un peu :

— Mange lentement. On est pas au *McDo*, là.

— T'avais pas què'qu'chose à m'dire, toi ?

— Oui, mais pas tout de suite.

Et le silence se fit, entrecoupé de « Est bonne, han, la soupe ? » ou de « Ça, c'est du pain d'ménage à mon goût ! » Ève ne répondait que par monosyllabes. Christophe s'en aperçut et voulut ranimer la conversation :

— Tu connais tout l'monde, toi, au village. Comment ça s'fait, donc, ça ?

— Depuis qu'on reste au lac, on est toujours venus faire nos courses ici, à Saint-Albert. Souvent je venais avec papa, ou avec maman, ou les deux. J'adorais ça parce que tout le monde était gentil. Il y avait toujours quelqu'un pour jouer avec moi. Madame Rubenstein par exemple, la mère de Gertrüd. Elle m'offrait toujours une pomme en tire et elle voulait jamais que je la paie. Elle m'appelait sa « p'tite rouquine ». Moi, je l'appelais « madame Lilie ». Elle doit avoir quatre-vingt-dix ans aujourd'hui.

— C'est pas jeune, ça !

— Évidemment, il y avait aussi madame Meilleur, qui déjà pouvait plus être sage-femme. Alors elle s'occupait du magasin général. Tout le monde l'aimait bien. Puis il y avait son pauvre mari, qui était peintre, et qui avait toujours l'air malheureux, et qui travaillait de moins en moins. À la fin, il faisait rien que des tableaux. Et puis, Jean-Sébastien... Pauvre madame Meilleur !

Ève tourna la tête un peu. Dehors, la neige tombait si abondamment qu'on ne voyait plus rien. Pendant un instant, Ève eut l'impression que le restaurant était isolé du monde et que ce n'était pas la neige qui tombait, mais le restaurant qui s'élevait. Christophe la sortit de ce curieux vertige :

— Qu'est-ce qu'il lui est arrivé, à son père ?

— Oh ça, c'est pas clair. C'était il y a une dizaine d'années. On a dit toutes sortes de choses. Tout ce que je sais, c'est qu'un jour il est parti et il est jamais revenu. C'était un pauvre homme.

— Je pensais qu'il était mort.

— C'est tout comme. C'est pas ben drôle comme histoire.

— Mais là, ça va s'arranger, non ? Avec les tableaux...

— Tu penses ?

Discrètement, Gertrüd était venue chercher les bols vides et les avait remplacés par deux assiettes fumantes.

— Merci, madame Gertrüd, dit Christophe. Vous faites d'la maudite bonne cuisine québécoise.

— Merci, jeune homme, vous êtes gentil.

Et elle s'éloigna.

— Dis-moi, Ève, depuis combien de temps vous restez au lac ?

— J'étais bien p'tite quand on est arrivés.

— T'étais p'tite ?

— Oui, oui, je sais... J'suis encore petite.

— Moi, je trouve ça parfait, que tu sois p'tite. Ça compense pour moi. J'suis tellement grand.

— « Ça compense » !... Comment ça, « ça compense » ?

— Ben oui... pour le bébé... Il va être juste de la bonne grandeur.

— Han ? Qu'est-ce tu dis ?

— Ben... je... euh...

— Christophe ! c'est pas toi, le père ! C'est Paul ! Ton frère ! Pour l'amour du ciel, arrête de rêver !

La fourchette lui était tombée des mains.

— Écoute, Christophe, tu t'es fait toutes sortes d'idées. Il faut absolument qu'on se parle. Depuis des semaines, on s'est presque pas parlé.

À ce moment, il y eut, dans la porte du restaurant, un grand fracas. Tous les deux, ils se retournèrent. Jean-Sébastien venait d'entrer, toujours enveloppé dans son habit doré dont le capuchon lui enserrait la figure. La porte, lentement, se referma derrière lui et les gens retournèrent à leur repas. De toute évidence, on était habitué à sa présence.

L'enfant balaya le restaurant de son regard immense. Quand il vit Ève, il s'immobilisa, puis s'avança et s'assit à côté de Christophe. Déjà le bleu exubérant de ses yeux envahissait tout l'espace. Il fixait Ève avec une intensité d'acier.

— Ça m'aurait surpris de pas l'voir apparaître, celui-là, lança Christophe.

Mais Ève n'entendait rien.

— Bonjour, Jean-Sébastien, prononça-t-elle enfin.

À ces mots, les yeux de l'enfant se mirent à vibrer et tournèrent au cobalt. Le temps d'un reflet, tout l'espace autour de sa figure en fut barbouillé. Puis le regard s'éteignit et se réinstalla dans son univers lointain.

— Ève! T'as-tu vu ça? Ses yeux...

Elle n'eut pas le temps de répondre :

— Il vous embête pas, j'espère?

C'était madame Meilleur qui se tenait au bout de la table. Ornée de neige, elle portait un manteau sombre, une large sacoche et un chapeau noir. Ce fut Ève qui répondit :

— Non, madame. Il est sage comme une image. Mais assoyez-vous donc avec nous.

— On vient juste pour une petite collation, comme tous les dimanches. Ça lui fait tellement plaisir... enfin, j'pense.

Un peu triste, elle désignait l'enfant. Ève ajouta, enjouée :

— Prenez place... C'est Christophe qui paie!

La femme eut un sourire. Elle alla se débarrasser de son manteau, qu'elle accrocha à une patère au fond du restaurant. Puis revint. Sur son chapeau qu'elle avait gardé, il y avait encore une couronne de neige et quand elle se pencha pour se glisser sur la banquette, la motte tomba dans l'assiette de Christophe.

— Oh!

— C'est rien, madame Meilleur. J'avais fini.

Gertrüd arrivait. Elle ramassa les assiettes.

— J'm'excuse, han.

— C'est pas grave, madame Meilleur. Je vous apporte la même chose que d'habitude?

— Oui, oui, bien sûr, Gertrüd, la même chose.

Quelques minutes plus tard, madame Meilleur se retrouvait devant quelques biscuits secs et une tasse de thé. Jean-Sébastien commençait déjà à engouffrer un énorme éclair au chocolat.

À chaque bouchée, la crème à la vanille bavait dangereusement, mais chaque fois, de justesse, l'enfant la récupérait d'un coup de langue. En deux temps trois mouvements, la pâtisserie fut engloutie ainsi qu'un grand verre de lait. Christophe n'eut pas le temps d'entreprendre son pouding chômeur, l'enfant filait dehors et disparaissait dans la neige.

— Comme c'est drôle, dit Ève pour elle-même. J'ai eu l'impression qu'il se jetait dans le vide.

— T'en fais pas, ma petite, y a pas de danger pour lui. Tu le connais. C'est le champion de l'hiver québécois.

— Aujourd'hui, je sais pas ce que j'ai, j'arrête pas de voir des drôles d'affaires... comme des flashs. Et chaque fois, j'ai le vertige.

Ève arrêta de parler. Elle venait de se rendre compte qu'on l'écoutait.

— Écoutez-moi pas, j'dis des bêtises.

Madame Meilleur, qui connaissait l'état d'Ève, posa sa cuillère dans la soucoupe :

— Non, c'est pas des bêtises. Tu dis ce que tu ressens. Ils sont rares, ceux qui font ça. Je sais pas où t'as appris ça.

— En tout cas, c'est pas à l'école! intervint Christophe, qui n'aimait pas la tournure de la conversation. «Sers-toi d'ta tête!», c'est tout ce qu'ils savent nous dire, à l'école! Comme si on était rien qu'une tête. Mais c'est pas vrai! On n'est pas rien qu'une tête! Pis la vie, ça se raisonne pas, han, Ève?

Ève, les yeux grands, regardait son ami. Elle trouvait naïf ce qu'il venait de dire, mais elle était émue. Il parlait exactement comme elle avait déjà parlé.

Alors, Ève n'eut pas le temps de penser comment les choses vont vite ou comme les chemins sont inattendus quelquefois. Elle plongea dans ce qui les avait amenés à Saint-Albert :

— Christophe, j'ai quelque chose à dire, quelque chose qui va pas te faire plaisir...

Les idées de Christophe s'arrêtèrent. Il comprit qu'elle lui dirait tout très vite. Il se fit un grand vide en lui et Ève y jeta ces quelques mots, tout simples :

— L'enfant... celui de Paul... je veux plus l'avoir... je l'aurai pas !

À côté, madame Meilleur avait baissé la tête.

Pitoyable, Christophe regardait Ève, qui, de toutes ses forces, soutint ce regard derrière lequel le monde s'écroulait. Son grand ami avait la bouche ouverte, mais aucun son ne sortait. C'eût été un cri de douleur qui l'aurait brisé. Il se leva. Recula. Puis se jeta dehors, dans la neige qui l'engloutit tout entier.

Il y eut quelques secondes pendant lesquelles Ève souhaita le voir revenir mais, à la place, ce fut une vieille, très vieille dame qui apparut.

— Madame Lilie !...

Madame Meilleur leva la tête :

— Allons, Ève, calme-toi. Madame Rubenstein ne sort jamais de chez elle... surtout l'hiver.

Pourtant, à travers la vitre de la porte, Ève voyait bien la vieille dame de son enfance, vêtue d'une robe légère dans une lumière d'été et portant un petit plateau sur lequel quatre bâtonnets étaient plantés dans autant de pommes rouges et luisantes :

— Ma p'tite rouquine, t'en veux une ?

À ce moment, l'électricité faiblit dans le restaurant.

Quand la lumière revint, la vieille dame avait disparu et la neige tombait toujours avec le même entêtement.

Paul est mort

— Excusez-moi, dit Ève, il faut que j'y aille.

Madame Meilleur se glissa hors de la banquette. Sous son œil triste, Ève laissa dix dollars et s'enfuit dehors.

Tous phares allumés, moteur en marche et essuie-glace à la vitesse maximum, le véhicule attendait. À l'intérieur, Christophe, le regard fixe, tenait le volant à deux mains. Le moteur vrombissait d'impatience.

Ève ouvrit la portière et monta. Muet, Christophe embraya et prit le chemin du retour. Le véhicule plongea furieusement dans la neige, qui virevolta avant de reprendre son rythme paisible. Dans la tête de Christophe, il y avait tempête et, sous son œil sec, un petit tremblement. Ève n'osait rien dire.

Tout à coup, il freina. Le véhicule dérapa légèrement et s'immobilisa le long du trottoir. Il y eut un long silence. Christophe regardait toujours droit devant lui. Ève était inquiète. Elle n'aimait pas ça. Elle regarda dehors. Christophe s'était arrêté à la hauteur de l'église. Elle se retourna vers lui :

— Christophe, qu'est-ce que tu veux?

Il ne la regardait toujours pas.

— C'est là que t'avais décidé de le garder, non?

Ève se souvenait très bien de cette seconde.

— Oui, c'est là, après la messe de minuit, pendant l'Alléluia.

Christophe attendit un moment, puis prononça, imperturbable :

— J'aimerais que tu y retournes.

— Que je retourne dans l'église?

— Oui... rien qu'une minute... toute seule... pour voir.

— Pour voir quoi?

— Je sais pas... juste pour voir... Je te demanderai rien d'autre.

— Je changerai pas d'idée, Christophe.

Il ne répliqua pas. Son regard plongé loin au-delà du pare-brise
indiquait qu'il ne prononcerait plus un mot. Ève se tut et pensa. Au
bout d'un temps, elle dit :

— D'accord, Christophe, j'y vais. Pour toi. Pour en finir une
fois pour toutes avec cette histoire. Mais avant, moi aussi je veux
quelque chose. Je veux que tu te retournes vers moi... et que tu
m'embrasses comme tu sais si bien le faire quand tu me fais l'amour.

Le tremblement sous son œil s'arrêta et sa figure fut inondée
d'émotion. Il se tourna vers Ève et voulut plonger la tête dans son
cou, là où c'était si bon, mais la ceinture de sécurité l'en empêcha et
la secousse fit tomber une larme. Arrêté dans son élan, il regardait
Ève comme pour l'appeler à l'aide. Elle vint lui donner un baiser en
soutenant sa tête dans ses mitaines. Puis elle dit :

— Bouge pas de là. Je reviens tout de suite.

Elle allait ouvrir la portière, mais Christophe, comme affolé,
la saisit par le bras :

— Non! Ève! Vas-y pas! C'est plus nécessaire. T'as vu comment
on s'aime, tous les deux. On va s'en occuper, de l'enfant. On est
capables. Tu peux pas faire ça! Ç'a pas d'bon sens! Pense à Paul!
C'est son enfant!

Brutalement, Ève dégagea son bras de l'emprise.

— Non, Christophe! C'est des bêtises, tout ça! Paul est mort!

Et elle se retrouva dehors dans la neige. Dans son long manteau
noir, elle pivota et avança d'un pas décidé vers l'église. Elle gravit
les marches et se trouva bientôt sur le parvis. Minuscule, elle tira
la grande porte et disparut de la vue de Christophe, qui, toujours
attaché, donna un furieux coup de poing sur la banquette vide.

Dans la nef, il n'y avait que la lumière venant des vitraux. Ici et là, une ou deux personnes priaient. Une très vieille dame quitta son banc. Le bruit de ses pas se répercutait sous la voûte. Elle s'arrêta devant une grappe de lampions oscillant dans la pénombre, puis disparut derrière une colonne.

Ève avançait dans l'allée centrale, à l'écoute de tout, mais l'ambiance de cette église désertée n'avait rien à voir avec celle de la nuit de Noël. Aucune lumière artificielle, aucun chant, aucun sermon n'agitait l'atmosphère. Il n'y avait qu'un lointain marmonnement ponctué par l'écho d'un banc qui craque ou d'un chapelet que l'on égrène contre le bois franc.

Ève repéra le banc où elle s'était trouvée pour la messe de minuit. Et s'assit. Puis leva la tête. Elle vit la chaire, toujours agrippée à sa colonne. Dedans, elle crut apercevoir une ombre qui bougeait. Le manège des mots de l'homélie se remit à tourner dans sa tête... « Car c'est un homme déjà, ce qui doit devenir un homme... de même que tout fruit est déjà dans le germe. »

— Bonjour, Ève, fit une voix, derrière elle.

Elle se retourna. C'était le prêtre de l'homélie. Il portait l'étole.

— Bonjour, monsieur. Vous connaissez mon nom ?

— Oui, je le connais.

— Comment ça ?

— Oh ! c'est tout simple. Après la messe de minuit, j'ai fouillé dans nos registres pour savoir qui avait réservé ce banc.

— Mais pourquoi ce banc ?

— Parce que je t'avais remarquée pendant l'homélie. Tu semblais m'écouter tellement. Il y avait aussi cette autre jeune fille, assise près de toi, avec des éclairs plein les yeux. Elle est venue communier la dernière.

— Alexandra ? C'est mon amie.

— J'ai été curieux, voilà tout. Tu ne m'en veux pas ? Ça me permet de connaître un peu mes paroissiens. Je suis nouveau ici.

Ève n'écoutait pas vraiment. D'autres idées lui trottaient dans la tête. Enfin, elle demanda :

— Dites-moi, monsieur... Dieu... est-ce qu'il pardonne tout ?

— Tu veux te confesser, Ève?

— Je voudrais juste parler de Dieu... un peu. Si je vous demande ça, c'est pour mon amie Alexandra.

— Dieu est miséricorde, tu sais, mais il faut se repentir.

— Se repentir?

— Oui... ressentir du regret et avoir le désir de ne plus recommencer.

— J'ai bien peur que mon amie ne se repente jamais. Mon amie, vous savez, elle a fait des choses tellement étonnantes pour son âge. Vous pouvez pas vous imaginer.

— Dieu pardonne tout. Ton amie n'a qu'à venir.

— Elle viendra jamais... ça, c'est sûr. Faut pas y compter.

L'homme prit alors un air grave. Ève demanda :

— Vous croyez qu'elle est perdue?

La question fit sortir l'homme de son recueillement. Ève le regardait. Elle attendait une réponse. Autour du visage de la jeune fille, un peu de vert flottait. L'homme prononça la réponse, évidente, comme si elle lui échappait :

— Non, bien sûr... ton amie n'est pas perdue.

Ève éprouva alors une sensation d'extrême bonheur.

— Oh, monsieur, merci. Vous pouvez pas savoir comment j'suis heureuse d'entendre ça. J'avais tellement peur... pour mon amie, je veux dire. Alexandra va être tellement contente!

Ève entendit alors son enthousiasme se répercuter en échos.

— Oups! je m'excuse. Je parle trop fort, là, han? Excusez-moi. Je m'en vais.

Et elle recula dans l'allée en faisant «Shhh!» avec son index sur la bouche. Puis elle se mit à marcher sur le bout des pieds, pour ne déranger personne. L'homme, chancelant, la regardait s'éloigner avec sa réponse. Une réponse qu'il ne pouvait plus lui soutirer. Alors Ève lança, juste avant de sortir de l'église :

— Ah oui, je voulais vous dire... Moi, c'est Alexandra. L'autre, avec les éclairs dans les yeux, c'est Ève. Mais ça fait rien... c'est pareil.

À quelques bancs de là, deux femmes baissèrent la tête sur leur chapelet ivoire.

Sur le parvis, Ève eut envie de faire quelques pas de danse, de tournoyer dans la neige qui tombait toujours, mais elle pensa à Christophe qui était là à l'attendre. Elle marcha simplement. Pourtant, une sorte de frénésie l'emportait. Pour la contenir, Ève se mit à fredonner : «Les amoureux/de Saint-Albert... ne sont pas tous/des militaires...», ce qui lui permit de maîtriser son pied, qu'elle avait bien léger. En montant dans le véhicule, elle avait encore un sourire qu'elle n'arrivait pas à camoufler tout à fait.

— Voilà, Christophe, c'est fait. On y va?

— T'as l'air de bonne humeur, toi.

— Je m'excuse. Faut pas m'en vouloir.

Le véhicule se détacha du trottoir et progressa lentement vers le bout du village. Les maisons furent bientôt dépassées et le rideau de neige se referma derrière, comme sur la fin d'un acte.

Vrombissant, le véhicule gravit la longue pente.

Un peu plus loin, une vision attendait les deux amis. Une vision étrange et désagréable. Ce fut Christophe qui réagit le premier :

— Regarde, Ève, l'arbre! On dirait qu'il s'est effondré!

Dehors, sur sa droite, le grand sapin de lumières avait perdu sa majesté. Il était toujours debout, mais ses branches s'étaient affaissées. Ce n'était plus qu'un long chicot à la pointe noire et dénudée. Toute la belle neige blanche qui le couvrait tout à l'heure s'était transformée en galettes sales accrochées aux bouts des rameaux. Il y avait dans l'air un étrange goût de cendre.

— Ève! c'est un court-circuit! L'arbre, il a brûlé par en d'dans!

Régine

Dans l'aile ouest de l'hôpital, Christophe et Pierre passèrent sous l'inscription « Clinique de planification des naissances » et suivirent la flèche. Le bureau devant lequel ils s'arrêtèrent était petit mais surtout étroit. La porte était ouverte et au fond ils pouvaient voir une haute fenêtre sous laquelle une femme aux cheveux noirs lisait à la lumière d'une lampe. Pierre frappa et la femme se leva pour les accueillir. Souriante, elle leur serra la main et les invita à entrer.

— Monsieur Tremblay, j'imagine... et Christophe...

— Oui, dit simplement Pierre.

— Je vous en prie, entrez, prenez place.

Ils pénétrèrent avec hésitation dans ce qui leur parut être une officine. Ils s'assirent. La femme reprit sa place devant la table qui lui servait de bureau. Elle repoussa le livre et tourna la lampe vers le mur, puis elle demanda simplement :

— Ève n'est pas avec vous ?

— Oui, elle arrive, dit Christophe un peu sèchement. 'Est aux toilettes.

— Bon, alors, j'en profite pour me présenter. Je suis Régine Montreuil, travailleuse sociale. Comme vous savez, depuis quelques semaines, je rencontre Ève... qui est votre fille, à vous... et ton amie, à toi.

— Ma grande amie, corrigea Christophe. Ève, c'est ma grande amie.

— Oui, c'est ce qu'Ève m'a dit. C'est elle qui a voulu que tu viennes.

Christophe la regardait avec ses yeux ronds. Il sentait déjà qu'il entretenait un vain espoir et que son air bête ne servirait à rien.

— Il y a deux autres amies qui lui sont chères, continua la femme. Elles s'appellent Xavière et Alexandra, je crois.

— Oui, dit simplement Pierre.

— Je dois les rencontrer, elles aussi… plus tard. Mais d'abord, je devais voir la famille immédiate, c'est-à-dire vous, monsieur.

Pierre eut un mouvement :

— Il est bien tard pour me consulter, vous ne trouvez pas ?

— Excusez ma rudesse, monsieur Tremblay, mais je ne vous consulte aucunement. Si je vous ai demandé de venir, c'est simplement pour vous informer.

Pierre serra les mâchoires et chercha de la méchanceté dans ce qu'il venait d'entendre. Il n'en trouva pas. Tout de même, il lâcha :

— On la connaît, vous savez, la décision d'Ève.

La femme ne nota pas la réflexion et poursuivit :

— C'est votre fille qui n'a pas voulu que vous veniez avant. Dès le début, elle m'a interdit de vous mêler à ça. « Je veux prendre ma décision toute seule, comme une grande ! », qu'elle me disait. C'est pourquoi, durant toutes ces semaines, j'ai été sa seule confidente. Même Xavière, que j'ai rencontrée une fois, avant de commencer à la voir, n'a rien su.

Elle fit une pause. Pierre l'observait. Dans la chevelure noire, il aperçut quelques brins blancs et dans la figure, quelques rides. Cette femme n'était pas aussi jeune qu'il l'avait d'abord cru.

— Vous savez, Ève aurait pu tout faire à votre insu. À quatorze ans, c'était son droit. Mais elle a choisi de tout vous dire. Je crois qu'elle a raison. C'est beaucoup mieux comme ça. Il n'y aura pas de cachette. Et vous pourrez l'aider… pour ce qui s'en vient.

Les derniers mots ébranlèrent Christophe.

— Ce qui s'en vient?

— Oui, ce qui s'en vient. Mais je ne veux pas parler en son absence. Il faut qu'Ève soit là et qu'elle entende tout. Vous devez savoir qu'elle est d'accord avec ce que je vais vous dire. C'est sa décision à elle, pas la mienne.

La femme se tut. Elle les regardait, l'un et l'autre, déjà dépassés par les événements. Elle ajouta :

— Elle vous aime beaucoup, vous savez.

La femme leva alors les yeux. Ève était dans la porte.

— Allez, viens. Ton père est là. Christophe aussi.

Ils se retournèrent et crurent voir une fillette.

Les yeux francs et le sourire discret, Ève referma la porte, puis avança vers eux. Sans hésiter, elle grimpa sur le radiateur et s'assit sur la tablette sous la haute fenêtre. À contre-jour, elle n'était plus qu'une silhouette qui se découpait sur un rectangle de lumière.

— Tu es sûre de vouloir t'installer là? Ça ne doit pas être très confortable.

— T'inquiète pas, Régine, ça va aller.

— Bon, d'accord, Ève.

Puis se retournant vers Pierre et Christophe :

— Comme vous voyez, c'est pas moi qui mène ici.

Les deux hommes restèrent de glace. Elle enchaîna :

— Écoutez, maintenant qu'Ève est là, je vais aller droit au but.

L'homme et le grand garçon devinrent alors très attentifs.

— Vous connaissez déjà la décision d'Ève. Elle vous l'a révélée, je crois, en fin de semaine passée.

Un lourd silence plana dans le petit bureau. Personne ne bougeait.

— Vous savez qu'Ève a décidé de ne pas avoir l'enfant... qu'elle a décidé d'interrompre sa grossesse. Et vous devez savoir que les raisons, pour ça, ne sont pas d'ordre médical. Le docteur Mélançon l'a suivie et Ève est en parfaite santé. En d'autres termes, Ève pourrait très bien accoucher si elle le désirait. Mais voilà... elle ne le désire pas. Ou plutôt, elle ne le désire plus... ou, plus exactement encore, elle a compris qu'elle ne l'a jamais désiré... et ce, pour des raisons que nous, dans notre jargon, qualifions de psychosociales.

Aucun des deux hommes ne broncha. Du moins en apparence. Agité intérieurement, Christophe n'était pas sûr de bien comprendre. Pierre, lui, n'était pas sûr de vouloir comprendre. D'expérience, la femme savait que chacun de ses mots était pesé et soupesé, même par Ève, dont l'ombre immobile planait sur toute la scène.

— Ève et moi, nous avons eu plusieurs rencontres même si, d'habitude, il n'y en a qu'une. Nous avons beaucoup parlé... enfin... Ève a parlé. Moi, je n'ai pas dit grand-chose. Je me suis contentée de répondre à ses questions quand il s'agissait d'informations. Pour les autres questions, qui étaient bien plus nombreuses, j'ai laissé votre fille répondre toute seule... jusqu'à ce qu'elle les ait toutes trouvées, ses réponses. Jusqu'à ce qu'il n'y ait plus d'ambivalence.

— C'est quoi, ça, encore?

C'est Christophe qui s'était exclamé. Régine se retourna vers lui.

— Je m'excuse, Christophe. J'aurais dû employer un autre mot. L'ambivalence, vois-tu, ça fait aussi partie de notre jargon.

La femme avait fait un geste vers le livre sur le bureau.

— Moi, vous savez, les livres, commença Christophe, c'est comme l'école, j'trouve que ç'a pas rapport ben ben.

Il avait peine à soutenir le regard de la femme, qui savait qu'elle ne devrait peut-être pas se lancer dans une telle discussion.

— Oui, Christophe, c'est vrai. La vie, c'est beaucoup plus compliqué que les livres. Mais, vois-tu, on n'a encore rien trouvé de mieux que les livres. Et si je lis des livres, c'est pour apprendre à laisser vivre.

Dans les yeux de la femme, il y avait de la passion, puis cela se changea en une sorte de tendresse :

— J'aimerais surtout te dire que j'ai été heureuse de travailler avec ton amie...

Sur la table, à côté du livre fermé, il y avait une boîte de papiers-mouchoirs destinée aux innombrables jeunes filles qui venaient s'asseoir là. Régine faillit en prendre un pour elle-même, mais elle se retint :

— Je me suis attachée à Ève. J'aurais peut-être pas dû. Dans mon métier, on ne doit pas faire ça. Ça vous épuise tellement. Mais, quelquefois, c'est impossible de faire autrement. Avec Ève, j'ai pas pu m'empêcher. Elle m'a tout dit... tout. J'étais pas habituée.

Elle prit alors une profonde inspiration, puis, s'étant complètement ressaisie, elle parla ainsi :

— Bon, écoutez... je vais vous dire ce que je dois vous dire. Vous allez voir, c'est tout simple et très technique. Voilà. La loi, dans ce pays, permet aux femmes d'obtenir un avortement pour des raisons psychosociales. Cette loi est basée sur l'idée que toute personne a le droit de disposer de son corps et de son avenir. C'est pourquoi, hier, au nom d'Ève, j'ai présenté au comité thérapeutique de cet établissement une demande pour une interruption volontaire de grossesse. Étant donné que j'ai indiqué dans mon rapport que plus aucune ambivalence n'était présente dans la décision de la jeune fille, la demande a été acceptée et l'intervention a été fixée à demain matin. C'est le docteur Mélançon qui opérera. Tout à l'heure, après notre rencontre, c'est lui qui va poser à Ève une tige laminaire pour dilater le col de l'utérus afin de rendre l'intervention de demain plus facile. Ève est déjà au courant de tout ça. J'ajouterai enfin que l'avortement thérapeutique tel que pratiqué ici se fait sous anesthésie locale, par dilatation, aspiration et curetage. Il s'agit d'une opération bénigne qui ne présente aucun risque pour la santé de la jeune fille. Ève pourra, plus tard, si elle le désire, avoir des enfants tout à fait normalement.

Pierre et Christophe étaient abasourdis devant une telle avalanche de renseignements. Débitée d'un trait et sans ménagement, la véritable décision d'Ève venait de leur tomber dessus. D'un bloc et pour de vrai. Impossible de discuter. Écrasés par la réalité, ils n'avaient plus qu'à se taire.

Devant eux, Régine aussi s'était tue. Pleine d'émotions contradictoires, elle observait ces deux hommes. Elle venait de pulvériser leurs dernières résistances. Elle venait de leur transmettre la vérité d'Ève, ainsi que toute sa détermination. Dans toute sa crudité. Pour être honnête, elle se devait d'agir ainsi. Elle se devait d'assassiner toute volonté d'intervenir dans la décision d'Ève. Ces deux hommes n'avaient rien à voir là-dedans. Ils devaient le savoir.

Derrière Régine, comme un oiseau perché, Ève avait assisté, émue, à ce silence qui venait de tomber. Elle venait d'entendre le résumé froid et objectif de sa propre décision. Elle en eut un frisson. Régine ne disait plus rien. Son père et son ami avaient levé les yeux vers elle. Elle ne laissa pas s'écouler une seconde de plus et prononça :

— Oui, c'est ma décision. Exactement comme Régine vient de le dire.

Ce n'est qu'à ce moment que Régine baissa les yeux. Toute la pression venait de retomber sur les épaules d'Ève, dont les deux hommes avalaient les dernières paroles.

Puis la femme leur demanda s'ils avaient des questions. Christophe avait la bouche entrouverte. Ses yeux n'en croyaient pas ses oreilles. Ce fut Pierre qui parla :

— Non, madame. Pas de questions. De toute façon, comme je connais ma fille, je suis sûr qu'elle vous les a déjà toutes posées. Mais... mais j'en aurais une, moi, pour elle...

Il se leva, puis s'approcha de sa fille pour bien voir ses yeux.

— Ève, dis-moi... Tout ça... c'est pas à cause de ce que je t'ai dit, tu te souviens, avant Noël ?

Ève se souvenait très bien.

— Oh non, p'pa, non ! Il faut me croire. Ma décision, c'est moi toute seule qui l'ai prise. Personne d'autre. C'est pas toi. C'est pas Régine non plus. C'est pas Xavière. Ni Alexandra... et c'est pas...

Elle eut un moment d'hésitation avant de poursuivre. Christophe s'était levé pour recevoir le reste de la phrase. Ève l'acheva :

— C'est pas Christophe non plus.

Le grand garçon eut un mouvement de recul. Oubliant la chaise, il faillit tomber dessus. Épuisée par les émotions, Ève laissa échapper un rire qui chavira en larmes. Christophe, ne comprenant plus rien, quitta le bureau sans même voir son amie, debout sur le radiateur, les bras vides, éclater en sanglots.

Pierre s'approcha pour la recueillir dans ses bras. Il la berça un peu pour qu'elle se calme. Ce fut Régine qui parla enfin :

— Monsieur Tremblay, j'imagine que vous allez accompagner votre fille.

— Oui.

— J'aimerais vous avertir. Tout cela va vous paraître bien expéditif. Il faut comprendre, il y a tant de jeunes filles... Je vais vous mener à la salle d'attente. Là, une infirmière va venir chercher Ève pour la mener au docteur Mélançon. Vous pouvez avoir confiance. Elle s'appelle Madeleine. C'est une amie à moi. Et le docteur Mélançon est un homme unique, vous verrez.

Dans la salle d'attente, un couple et une jeune fille seule se tournèrent vers eux. Pierre déposa sa fille avec la vague impression qu'un peu de honte planait en cet endroit. Régine invita la jeune fille seule à aller l'attendre dans son bureau. Celle-ci éteignit sa cigarette, puis se leva. Elle portait un court manteau de lapin et, sous la mini-jupe, des bas de nylon troués. Ses cheveux, brûlés par la teinture, tombaient sur un regard morne. Quand elle eut disparu dans l'angle du corridor, Régine se tourna vers Pierre et lui tendit la main :

— Monsieur Tremblay, j'ai été heureuse de vous connaître. Il est très possible qu'on se revoie après... parce que cette histoire n'est pas terminée, vous savez.

— Le sera-t-elle jamais ?

La femme ne répondit pas. Elle se pencha plutôt vers Ève et l'embrassa sur la joue.

— Bonne chance, Ève, et bon courage. Je suis avec toi. Tu pourras toujours compter sur moi. Et puis... je suis sûre que Christophe va comprendre.

— Oh oui, Régine, j'espère. Puis excuse-moi, han... j'ai pas été ben ben facile.

Elle lui répondit par un sourire bienveillant.

— Allez, je vous laisse. À bientôt.

Avant de se laisser reprendre par l'émotion, Régine tourna les talons pour disparaître dans l'angle du corridor.

Silencieux, Ève et Pierre prirent un siège. Devant eux, le couple se mit à regarder ailleurs, sur le mur, où une affiche invitait les femmes à se réunir, à se parler, à être solidaires... à cause du deuil... après l'avortement.

Ève avait la tête ailleurs. Elle eut une pensée pour Alexandra, qui s'était peut-être assise ici même, il y a quelques années, avec son père. Mais ça, c'était une autre histoire.

Déjà, une femme en blanc s'était approchée :

— Ève, si tu veux venir avec moi. Le docteur Mélançon nous attend.

Carnaval, Mardi gras

En mettant le pied dehors, Christophe se rendit compte qu'il ne savait pas où aller. Il devait laisser là le véhicule pour Ève et Pierre et, s'il voulait se rendre chez Xavière, il lui faudrait marcher. Mais il n'avait envie de voir personne. C'est alors qu'il aperçut les lumières du centre commercial, de l'autre côté du boulevard Laurier.

Ne prenant pas la peine de se rendre à l'intersection, il passa entre les véhicules paralysés dans l'embouteillage de fin d'après-midi puis disparut dans le terrain de stationnement couvert, avalé par une bouche de béton gris.

Quelques minutes plus tard, il était debout dans une immense quincaillerie violemment éclairée. À perte de vue sous les néons, c'était plein d'articles à vendre et le grand garçon se mit à errer sans but entre les innombrables îlots surchargés d'objets, incapable de s'imaginer qu'Ève, au même moment, s'étendait sur une couchette froide avec un grand papier rude déroulé dessus.

Tout à coup, une musique de parade surgit des entrailles du centre commercial. Dans la quincaillerie, tous les clients levèrent la tête. Plusieurs se mirent à marcher en direction de la fête qui les appelait. L'esprit vide, Christophe se joignit à eux, les dominant d'une tête.

Il se trouva bientôt dans un hall où des projecteurs puissants illuminaient une scène surélevée. Là, une fanfare colorée jouait en tapant du pied sans conviction. Devant, un gros bonhomme blanc au sourire figé tentait d'animer la foule en se dandinant au rythme de la musique... « Carnaval, Mardi gras, carnaval... » À côté de lui, le front luisant, une jeune fille portant un diadème étirait le rouge de ses lèvres sur un large rectangle de dents blanches. Elle secouait sa mitaine comme pour la faire sécher. À ses pieds, quelques « carnavaleux » carreautés faisaient la chaîne. Leurs tuques sautaient avec ardeur. Un énergumène souffla dans une longue trompette rouge braquée vers le plafond. Cela fit un « pouêêtt! » énorme qui traversa la musique et alla se perdre dans les hauteurs du hall. Autour de Christophe, les gens semblaient heureux de ce spectacle gratuit.

Ève, de l'autre côté du boulevard, tenait la main de l'infirmière pendant que le docteur la préparait pour l'intervention du lendemain.

Le morceau acheva et le bonhomme Carnaval se calma très vite. Il devait avoir très chaud. La jeune fille au diadème baissa son bras, mais garda le sourire. Armé d'un microphone, un animateur en tenue de soirée sauta sur la scène. Avec prestance, il se plaça entre le bonhomme et la reine. C'était la nouvelle coqueluche de la ville. Quelques dames eurent une expression de ravissement. Deux caméras avancèrent sur lui. Il exhiba sa dentition en un rictus triomphant. La lumière ricocha sur la patine de ses dents. Puis, guettant le signal du régisseur, il vérifia d'une main agile la sculpture de sa coiffure. Relevant son col, il se composa un profil à la Elvis. Le régisseur lui fit signe. Il approcha le micro de sa belle gueule et le posa sur le trou de son menton.

Aidée de l'infirmière, Ève se levait, écoutant le docteur qui lui assurait que tout se passerait bien. Mais Ève désirait plutôt entendre des nouvelles de Xavière. Le docteur la rassura. Xavière aurait un beau bébé. Il le lui garantissait personnellement.

La voix réverbérée de l'animateur s'éleva alors en échos dans le vaste espace. Christophe ne comprenait rien au bonheur que ces trois personnages de cirque engendraient. Se retournant avec énergie, il se fraya un chemin vers la sortie, progressant en sens inverse des gens qui affluaient encore. Dès qu'il quitta le hall, la voix de l'animateur se désarticula complètement et le grand garçon se retrouva dans la quincaillerie abandonnée. La lointaine rumeur de la foule eut alors une vague d'enthousiasme. Afin d'entretenir cet élan, l'animateur cria dans son microphone, mais sa voix fut oblitérée par le sourd barrissement de la trompette.

Devant un vaste comptoir vitré étalant divers boulons et écrous, la longue carcasse fatiguée de Christophe se mit à vaciller. Dans sa tête troublée, une étrange envie de résister prenait forme.

Ève Paradis achevait de se rhabiller. Madeleine, l'infirmière, lui faisait les dernières recommandations tout en l'aidant à enfiler son manteau noir. Pierre, impassible mais troublé, écoutait derrière. La voix de la femme était douce mais ferme.

— Il faut me promettre de bien te reposer ce soir et de te coucher de bonne heure, d'accord ?

— Oui, madame, vous inquiétez pas.

— À demain matin alors, neuf heures. Je serai là pour t'accueillir. C'est moi qui assisterai le docteur Mélançon.

— Merci, vous êtes gentille. Je serai pas en retard, vous en faites pas.

Pierre lui ouvrit la porte et ils quittèrent le bureau.

Dans le corridor, un homme aux cheveux blancs sous un chapeau mou achevait de boutonner son manteau. Ève le reconnut tout de suite. C'était le docteur Mélançon, celui qui venait de préparer son corps pour le lendemain. Il fermait la porte de son bureau et Ève l'observa. Le médecin était redevenu un homme ordinaire. Déjà, il s'éloignait. Anonyme, il se mêla au tumulte de cette fin de journée, soulevant son chapeau devant les collègues qu'il croisait. Ève se retourna vers son père :

— J'suis contente que ce soit lui.

Pierre ne répondit pas. En silence, ils traversèrent le centre hospitalier. Les planchers étaient barbouillés de résidus noirs de sloche et, dans le hall d'entrée, la crasse accumulée formait une couche épaisse. Les jours qui venaient seraient infernaux. Demain soir allait débuter la fin de semaine du défilé. Aux crises de foie et crises cardiaques habituelles s'ajouteraient tous ces jeunes, ivres morts, que l'on ramasserait. C'est en pensant à ce corps étranger qu'on venait de lui installer dans le bas-ventre qu'Ève Paradis, aux côtés de son père, sortit de l'hôpital.

Quelques minutes plus tard, le haut véhicule s'engageait péniblement sur le boulevard Laurier. Ève était songeuse. Elle pensait au docteur Mélançon qui avait été d'une extrême délicatesse avec elle. Pendant toute l'intervention, il lui avait expliqué ce qu'il faisait. Ève n'avait pas vraiment écouté parce que la voix posée de l'homme avait prononcé régulièrement son prénom... Ève... et cette petite syllabe, comme une affectueuse ponctuation, avait suffi pour calmer toutes ses pensées.

Mais là, dans le véhicule, Ève avait recommencé à cogiter. La tête appuyée sur la vitre, elle n'arrivait pas à empêcher ses idées de tourner et de tourner : «Rien n'est encore fait... Ta décision n'est pas encore réalité... Demain seulement...» Et Ève fut de nouveau emportée dans la spirale infinie des raisonnements stériles. Sa tête cherchait désespérément à récapituler, mais elle n'y arrivait pas. C'était fou. Toutes les émotions contradictoires expulsées une à une avec Régine voulaient encore l'entraîner dans leur valse-hésitation... Non !

Devant ses yeux apparut alors la longue silhouette de Christophe qui pataugeait dans la bouillie neigeuse, le long du boulevard. Pierre, de toute évidence, ne l'avait pas vu. Sans un mot, Ève tourna la tête et l'observa. Il faisait pitié à voir. Ève pensa alors au grand sapin brûlé par en dedans et fut prise de compassion.

Elle comprenait soudain la solidarité, la vraie. D'abord celle de Christophe, tout seul, là, dans la rue. Celle aussi de son père et celle de tous ses amis. Même celle du docteur Mélançon, et de Régine, et de Madeleine, l'infirmière. Ève comprenait la solidarité de tous ces gens qui, dans la seconde même, avec elle, partageaient un morceau de son destin. Ève baissa la vitre et lança :

— Christophe ! Viens ! Embarque !

Le grand garçon eut un moment d'arrêt, mais garda les yeux sur le trottoir. Il enfonça ses mains dans ses poches et reprit sa marche comme s'il n'avait rien entendu. Avec de petits coups de pied, il faisait éclater des mottes de neige sale. Lorsque Christophe arriva à la hauteur du véhicule, Ève voulut lui parler doucement, mais ne savait que dire.

— Christophe... je... je t'aime.

Le pas du garçon eut alors un moment d'incertitude. Comme pour reprendre contenance, il donna un furieux coup de pied dans le motton qui se trouvait là. Ève en reçut une éclaboussure au visage. S'essuyant la joue, elle remonta la vitre, puis, bourrue, se cala dans son siège :

— Allez, p'pa, t'en occupe pas. Tant pis s'il comprend rien ! Y a toujours ben des limites ! Y a des choses qui sont plus importantes que d'autres.

Deux minutes plus tard, ils sonnaient chez Xavière. Ce fut Alexandra qui leur ouvrit.

— Salut, 'tite sœur ! Ça va ?

— Oui, Alex, ça va.

— Xavière et moi, on vous a préparé un bon souper... aux p'tits oignons !

— Ça me fera pas de mal. J'ai une de ces faims.

— Parle-moé de t'ça ! Mais le grand, où il est ?

— Il s'en vient... ça devrait pas être ben long.

Quand ils eurent enlevé leurs manteaux, quelqu'un frappa à la porte. Ève s'empressa d'aller ouvrir. C'était Christophe. Il y eut un long face-à-face.

— Tu rentres pas ?

— Non, je rentre pas. Je voudrais parler à ton père.

Ève hésitait. La froideur de son ami lui faisait mal. Le regardant toujours dans les yeux, elle lança :

— P'pa! c'est Christophe! Il voudrait te parler!

Il y eut encore un long moment pendant lequel les deux amis faillirent flancher. Mais Pierre arrivait :

— Oui, mon grand, qu'est-ce qu'il y a? Tu rentres pas?

— Non, je voudrais vous demander quelque chose.

Ève restait là, à l'écoute. Avalant sa salive, Christophe poursuivit :

— Je sais qu'on devait manger ici ce soir... et coucher, mais j'aimerais mieux pas rester. J'ai pas envie. J'aimerais mieux m'en aller.

Pierre ne disait pas un mot. Ni Ève. Il devait continuer :

— Si vous vouliez me passer le véhicule, j'irais coucher au lac. Je vous attendrais là-bas demain... Après...

Il parlait comme si Ève n'était pas là. Pierre ne savait que répondre. Il aurait bien voulu qu'Ève dise quelque chose. Mais rien. Alors il dit :

— Moi, j'y vois pas d'objection. On utilisera l'automobile de Xavière. Je suppose qu'il n'y a pas de problème... si c'est vraiment ce que tu veux.

— Oui, monsieur Tremblay, c'est ce que je veux.

C'était dit avec un calme qui faisait mal et Pierre sentait toute la souffrance que ce grand garçon s'infligeait. À lui-même. Et à sa fille.

— Amène-moi avec toi!

Le regard de Christophe tomba alors sur le visage de son amie qui venait de parler. Ève répéta :

— Amène-moi avec toi!

— Comment ça, t'amener? Faut qu'tu sois à l'hôpital demain matin.

— Amène-moi, j'te dis!

Le grand garçon, dans le cadre de la porte, ne comprenait rien. Tout cela était tellement douloureux. C'est à ce moment qu'Ève se retourna et courut vers la chambre. Elle fouilla dans un tiroir. Puis revint. Et répéta :

— Amène-moi avec toi!

Elle lui tendait trois cassettes en couleurs.

— Tu commenceras par *La Belle au bois dormant*. Après, *Cendrillon*. Puis tu finiras par celle-là... C'est *Blanche-Neige*. Je l'ai faite exprès pour toi... parce qu'on se voyait plus, on se parlait plus. Amène-moi avec toi !

Elle lui mit les cassettes dans les mains, puis ferma ses doigts dessus.

— T'auras juste à peser sur « *PLAY* ». Mais j't'avertis, c'est pas des contes pour enfants.

Avec les yeux de son amie

Christophe jeta les trois cassettes sur le siège à côté de lui, puis il démarra. Essayant de ne penser à rien, il se confondit avec le flot des véhicules qui tentaient de quitter la ville par le boulevard Laurier. Devant, le soleil se couchait dans l'entrelacement des viaducs. Les citadins s'engouffraient vers les voies d'accès aux ponts, direction rive sud, mais le garçon se joignit plutôt à ceux qui se dispersaient direction nord-ouest, vers les Laurentides... et Saint-Albert. La circulation se fit tout de suite moins dense et Christophe se sentit l'esprit léger. Tournant résolument le dos à Ève, il alluma ses phares. Mais les cassettes, groupées au creux de la banquette, s'entre-choquaient légèrement, se donnant des airs de nécessité. Christophe sentait qu'il y avait là, sous ces trois enveloppes de plastique rigide, une décision qui revêtait un caractère fatal. Une décision en trois temps. Une bleue, une blanche et une rouge. Une décision à laquelle il voulait absolument résister.

La route devint alors très facile. Le garçon la connaissait par cœur. Il en avait encore pour près d'une heure de conduite. Hésitant, il prit la cassette bleue et l'introduisit dans le cassettophone. Aussitôt la voix d'Ève s'éleva dans les haut-parleurs. Chaude, pleine, intime. Dans la seconde même, Ève fut partout présente dans le véhicule et plongea Christophe dans une histoire qui se dévoila comme une confidence à un ami.

Ça n'avait rien à voir avec *La Belle au bois dormant.* Les personnages étaient réels et Christophe les connaissait bien. Il n'y avait aucune baguette magique. Aucune fée. Sauf peut-être Ève elle-même, qui était ailleurs et ici tout à la fois, dans le passé et le présent, partout, dans la tête et le cœur de Christophe.

Le garçon ne se rendait plus compte qu'il conduisait. La nuit achevait de tomber sur la longue file de feux rouges qui le précédait. Le récit et la route défilaient à la même vitesse. C'est à ce rythme qu'il revécut, mais avec les yeux de son amie, tous ces événements qu'il croyait si bien connaître.

La voix d'Ève leur donnait une dimension inattendue, étrange. Christophe n'avait jamais perçu les choses comme ça. Par moments, il avait l'impression que ce n'était pas la bonne histoire. Elle était beaucoup plus compliquée que celle dont il se souvenait... et tortueuse comme la route, devant lui, qui s'engageait dans les montagnes sombres.

Il ne comprenait même pas tout ce qu'Ève disait. Mais tout le touchait. Même que des fois il éclatait de rire. Des fois aussi, ça le menait au bord des larmes. Surtout quand il saisissait la solitude de son amie. Par moments, Christophe lançait : «Non! Ève!... c'est pas vrai!» ou bien : «Tu t'trompes!... faut pas dire ça!» Mais Ève, dans les haut-parleurs, continuait à parler parler, comme si elle n'avait rien entendu. Et lui, à rouler rouler, comme s'il n'entendait rien.

Tout à coup, la cassette bleue fut éjectée de l'appareil. Fébrilement, Christophe la retourna. Il approchait du lac. Le véhicule disparut dans le trou de conifères. De l'autre côté, la maison apparut, sans lumières et sans vie. Immobilisant le véhicule, le garçon fit le geste d'éteindre le moteur, mais la voix d'Ève l'en empêcha.

Il écouta encore, puis il y eut un long silence. L'appareil recracha la cassette.

Christophe dégagea alors la clé, le moteur se tut et un autre silence tomba. C'était celui de toute cette neige qui pesait sur le lac, devant. Cela faisait comme un vaste trou noir et le garçon fut saisi d'un vertige. Il se trouvait à l'endroit même où il avait cru devenir fou à l'idée de perdre son amie dans la tourmente. Une nouvelle panique, indicible, lui traversa le corps.

Avec rage, il écrasa le klaxon, dont la clameur s'éleva comme un long hurlement. Pendant une interminable minute, la pauvre plainte traversa la nuit. C'était comme l'envers d'une minute de silence. Quand il lâcha prise, Christophe entendit l'écho se perdre dans l'infini. Ève devait entendre cette ultime protestation.

Ève, en ville, avait levé la tête.

— Ève, ça va? lui demanda son père.

Xavière et Alexandra s'étaient retournées vers elle.

— Je voudrais que Christophe soit là, à côté de moi.

— Oui, je sais, mais je pense qu'il ne voit pas les choses comme toi.

— Et toi, papa, tu vois les choses comme moi?

— Il n'y a que toi qui vois les choses comme toi.

Ève se tut. Alexandra et Xavière la regardaient avec respect.

— Pourquoi tu l'appelles pas? proposa Pierre. Il doit être arrivé au lac, à l'heure qu'il est.

— Non! j'veux pas l'appeler.

Et elle retomba dans sa solitude.

Déterminé à suivre Ève jusqu'au bout, Christophe avait redémarré le moteur, puis avait enfoncé la cassette de *Cendrillon* dans l'appareil. C'était la blanche. La deuxième.

De ses deux mains, il saisit le volant, décidé à supporter toutes les paroles insoutenables. Puis il tourna la cassette. Mais quand il fut question de la Clinique de planification des naissances, Christophe se sentit vidé devant cette expression hypocrite qui cache une atrocité sans nom.

La voix d'Ève poursuivait sa narration, imperturbable, sans s'occuper de lui... et se tut enfin, en parlant de contes de fées, de mariage, de bonheur et d'enfants.

Christophe, abasourdi, abandonna le véhicule et marcha dans la neige en direction de la maison éteinte.

Des taches de rousseur au cœur

La maison était froide et Christophe n'avait pas envie de monter la température des thermostats comme c'était son habitude quand il arrivait de l'école avec Pierre, le soir. Il décida plutôt de faire un feu. La maison était trop sombre. Il alluma la lampe torchère. Puis, se dirigeant vers le foyer, il eut un moment de surprise.

Dans l'âtre, les bûches faisaient une belle pyramide bourrée de papier, prête à être allumée. Tout de suite il se souvint que c'était lui, la veille, qui avait préparé ce feu... pour accueillir les trois femmes, comme tous les vendredis soir, à leur retour de l'école. Maintenant, il comprenait que ce feu servirait plutôt à accueillir Ève à son retour de l'hôpital. Et ça, il ne le voulait pas.

Il saisit le paquet d'allumettes. En frotta une. Alluma le feu. Aussitôt, les flammes vives montèrent en vrillant le long des bûches. La lumière subite lui fit mal aux yeux. Il recula. Dans une poche de sa cagoule d'hiver, il y avait la dernière cassette. La rouge. Sa main, se posant dessus, lui donna des sueurs froides. Il décida de ne pas l'écouter.

Il enleva sa cagoule et la jeta sur le divan, puis il monta à l'étage et entra directement dans sa chambre. Là, il acheva de se déshabiller. Ne sentant pas le froid de la maison, il saisit une grande serviette et se dirigea vers la salle de bains, dont il ferma la porte. Tout de suite, il fit couler l'eau chaude dans la grande baignoire et attendit dans la lumière crue.

Nu devant le miroir, il se trouva grand... et tellement maigre. De la peau blanche sur des os blancs, le tout posé sur de grands pieds avec dix « bouts de pied »... et un sexe, dérisoire, recroquevillé au milieu d'une petite touffe noire. Il faillit éclater de rire.

Pourquoi Ève l'aimait-elle tant ? Ce n'était pas pour son physique en tout cas. C'était autre chose qu'elle aimait, sans doute. Mais quoi ? Lui qui n'avait jamais eu de succès auprès des filles. Lui qui n'avait jamais été aimé que par son jeune frère, Paul, à qui il avait vainement tout donné.

Et lui-même ? Pourquoi il aimait tant cette petite Ève Paradis de Saint-Albert ? Parce qu'elle était belle ? Pourtant non. Vraiment, Ève n'avait rien des filles qu'on voit dans les revues. Il l'aimait pour une autre raison, sûrement. Était-ce parce qu'elle possédait encore dans son ventre le pouvoir de faire vivre Paul ?

La vapeur montait dans le miroir et Christophe crut voir le corps d'Ève se substituer au sien. Il était beau. Il était plein. Rond de partout. Exactement le contraire du sien. Il la trouva belle parce qu'elle lui faisait des taches de rousseur au cœur. Elle était son oxygène.

Mais après-demain... l'aimerait-il encore ? Christophe vit alors, dans le haut du miroir, sa tête d'ahuri disparaître sous la buée.

La baignoire était presque pleine. Dans la petite pièce, c'était le bain turc. Christophe ferma les robinets, fit une grande enjambée et se retrouva debout dans l'eau chaude. Elle lui brûlait la peau, mais ça lui faisait du bien. Au risque de se voir changé en homard, il s'accroupit, puis s'immergea jusqu'au cou.

La première brûlure passée, il se détendit et se laissa flotter. Dans son grand corps maigre, le sang se mit à circuler profondément, envahissant toutes ses fibres jusqu'aux extrémités les plus fines. Puis il ferma les yeux, se calant profondément dans le présent. Il sentait ses tempes battre et tout son corps n'était plus qu'un paquet de sensations réunies en une seule. Sur son visage se dessina un léger sourire. Dans sa tête qui dodelinait hors de l'eau ne planait plus que la vertigineuse sensualité de son amie...

Beaucoup de temps passa ainsi.

Quand il ouvrit les yeux, l'eau était tiède. Il se lava. S'assécha. Il retourna dans sa chambre et enfila son pyjama trop court. Puis redescendit. Le feu dans l'âtre n'était plus que braise. Christophe ajouta une bûche et les pensées dans sa tête, comme surgissant de l'ombre, s'agitèrent de nouveau.

Le garçon s'installa sur le petit comptoir de la cuisine. Avec des viandes froides, des tomates et beaucoup de laitue-mayonnaise, il se fabriqua un énorme sous-marin qu'il avala avec un jus de légumes. Il était presque huit heures du soir. En lui, une idée se précisait.

Il remonta à l'étage. Hésitant à peine, il entra dans la chambre d'Ève et fouilla dans ses tiroirs, où il trouva ce qu'il cherchait. Du papier à lettres. Rendu en bas, il réalisa qu'il était rose avec de petits oursons dans le coin. Il fit glisser la table entre le foyer et la lampe torchère, pour la lumière et la chaleur, puis il commença à écrire sans s'occuper de la couleur du papier ni des oursons... à écrire gros.

Et les petites pages passèrent très vite.

Ève, quand tu es là, je sais pas quoi faire. C'est pour ça que je t'écris. Parce que j'ai des choses à te dire et je voudrais tellement être capable d'écrire aussi bien que toi tu parles dans tes cassettes. J'ai écouté les deux premières. La troisième, je vais pas l'écouter parce que je sais que tu vas essayer de me faire changer d'idée et que je changerai pas.

J'y arrive pas, moi, à m'enlever de la tête qu'il y a un enfant dans ton ventre et que tu vas le tuer. Voilà. C'est comme ça que je suis. Je suis un romantique. Dans ça, ce qui me fait le plus de peine, c'est notre amour qui va peut-être se briser. J'ai peur de te haïr après. Et te haïr, ça, je veux pas. Moi, je veux t'aimer, toute, au complet. Tu es si belle avec tes seins ronds et tout et tout.

Ève, je t'aime et j'ai de la peine. Je sais pas quoi faire. Je voudrais tant que tu penses comme moi. Ce serait tellement beau, me semble, notre affaire. Penses-y. Main dans la main, dans les corridors de la poly. Toi, avec ta grosse bedaine et tout le monde qui se retournerait, qui comprendrait rien et qui nous admirerait. On serait les héros de l'école. On parlerait que de nous. Moi, ça me ferait rien qu'on sache que c'est le bébé de Paul et pas le mien. On s'installerait dans un petit appartement. Tu le nourrirais au sein, comme tu dis dans la cassette. Moi, je travaillerais. Plus tard, tu reprendrais tes études. Ce serait un beau petit garçon qui grandirait. Ou une belle petite fille. Avec tes yeux. Ou ceux de Paul. Je sais pas. C'est pareil. On l'aimerait. Tu m'entends, Ève? On l'aimerait! On se demanderait comment on a fait pour seulement penser s'en débarrasser. Et on continuerait à faire l'amour. Puis on ferait un autre enfant qui aurait mes grands yeux niaiseux. Ce serait tellement drôle, me semble.

C'est vrai qu'il faudrait faire beaucoup de sacrifices. Au début, on serait pas riches, c'est sûr. Mais on aurait pris nos responsabilités. Je te jure que très vite on aurait plus besoin de demander rien à personne. On serait une belle petite famille. Heureuse. Sans histoire. Ça prendrait pas beaucoup de papier pour l'écrire.

Voilà. Je suis déjà rendu sur la dernière feuille. Il va falloir que j'écrive les derniers mots par-dessus les oursons. Mais c'est très bien comme ça. Parce que c'est exactement ce que tu vas faire, demain... écrire par-dessus les oursons.

Christophe n'avait plus de place pour signer, mais il savait que ce n'était pas nécessaire. Il avait rempli une bonne quinzaine de feuillets. Il tenta de les plier, mais ça faisait un petit rouleau impossible à entrer dans l'enveloppe. Alors il se leva, prit sa cagoule d'hiver sur le divan. Dans la poche vide, il fourra le paquet de feuilles roses. Demain matin, de bonne heure, il retournerait en ville et irait les porter à Ève.

De très bonne heure.

La tête du bonhomme

Christophe avait encore le soleil devant lui quand il aborda les grands boulevards menant à la ville, et menant à Ève. Il était huit heures et, malgré une nuit paisible au lac, ses pensées voguaient bien mal ce matin-là. Dans une de ses poches, il y avait une lettre. Dans l'autre, une cassette rouge. Il baissa le pare-soleil. Donner la lettre à Ève, ou écouter la cassette... entre les deux sa tête oscillait comme l'aiguille d'une balance.

Il se sentait comme Ève s'était sentie durant tout le mois de janvier. Entre deux vies... et devant l'obligation d'opter pour une et de renoncer à l'autre. Pour lui, cela signifiait être avec Ève, ou contre. C'était comme un grand coup de hache dans le tronc d'un jeune sapin : «Tu le coupes ou tu le coupes pas.» Il n'y a rien entre les deux.

Exaspéré, il prit la cassette rouge, l'enfonça dans l'appareil et retrouva la voix de son amie :

«Christophe, je sais pas quand tu vas écouter cette cassette-là. Je sais pas si ça va être avant... ou après. Je sais pas où tu vas te trouver ni comment tu vas te sentir. En plus, je sais même pas si tu vas l'écouter. En tout cas, je fais comme si t'étais là, à m'écouter... parce que je crois en toi.»

Tout de suite, Christophe arrêta l'appareil. L'émotion était trop forte. La voix d'Ève, rien que le timbre de la voix, venait de balayer tous les raisonnements. Dans ses yeux, le soleil sur le capot s'était mis à faire des cercles de lumière vive. Il ne voyait le boulevard qu'à travers des halos qui s'ouvraient les uns dans les autres. À sa gauche, il y eut un coup de klaxon qui le saisit. L'adrénaline le submergea et il donna un coup de volant, évitant l'accrochage de justesse. Il devait se concentrer sur ce qu'il faisait.

Il approchait de l'échangeur menant au boulevard Laurier. C'était un chemin complexe qu'il n'avait jamais suivi dans ce sens-là, aussi devait-il faire très attention aux panneaux indicateurs.

Tout à coup, alors qu'il croyait avoir trouvé la bonne voie, une figure de clown, ronde, énorme, joyeuse, s'éleva devant lui, à contre-jour, lui bouchant la moitié du ciel. Il entra dans l'ombre. Là, noir sur jaune, c'était écrit : « LARGEUR EXCESSIVE ».

Sur une vaste semi-remorque tirée par un puissant camion trônait la tête gigantesque du bonhomme Carnaval. Seulement la tête. Fraîchement peinte, elle étirait son sourire, rigide et large comme la route. De toute évidence, c'était un char allégorique que l'on amenait en ville pour le défilé de la fin de semaine. Il s'engageait dans l'enchevêtrement des viaducs. Christophe ne pouvait pas le dépasser. Il devait le suivre à pas de tortue. Il s'engouffra ainsi dans les courbes, sous les ponts.

L'incroyable fardier passait de justesse.

Le conducteur était un fier meneur, car les flancs de la semi-remorque frôlaient les bordures de ciment sans les toucher. Mais il restait un dernier viaduc sous lequel passer et qui semblait bien bas. L'homme ralentit encore. Le bonnet du bonhomme se mit à frotter sous le ciment. L'homme dut s'arrêter. Derrière Christophe, un autobus de touristes s'immobilisa. Puis des dizaines et des dizaines d'automobiles.

Chez Xavière, Ève achevait de s'habiller. Toute la nuit, elle avait eu mal au ventre à cause de la tige laminaire. Autour d'elle, les visages étaient un peu tristes, mais les sourires esquissés étaient bons.

— Je vais vous reconduire, proposa Xavière.

— J'embarque avec vous autres, ajouta Alexandra.

— Mais, objecta Ève, vous allez pas à l'école ? Papa va s'occuper de moi. Y a pas besoin que vous veniez.

— Franchement, à matin, lâche-nous la paix avec l'école !

— Mais, Alex, il faut que la vie continue.

Ça, c'était une drôle de remarque.

— Vraiment, j'aimerais mieux que vous veniez pas, continua Ève. Juste papa, ça va être assez. On va être revenus à midi. Puis, en plus, j'ai envie d'y aller à pied. On prendra même pas l'auto. On est en avance.

Alexandra comprenait. Tous les quatre, cela ressemblerait trop à un convoi funèbre.

— Bon, d'accord, 'tite sœur, on reste là, mais à une condition... tu nous donnes congé d'école.

— Pas d'problème. J'vous signerai un billet de maladie.

Alexandra aima cette réponse et embrassa son amie.

— Ça va ben aller, tu vas voir.

Puis Xavière s'approcha et Ève appuya sa tête sur sa poitrine. Tout de suite elle entendit son cœur. Il battait bien, avec calme. Elle se mit à serrer le ventre de cette femme qui promettait un enfant. Xavière comprit le sens de cette étreinte et prononça, en tenant bien sur elle la tête rousse :

— Oui, tout va bien se passer, je te le promets.

Pierre aimait mieux faire semblant de ne pas comprendre.

— Allez, Ève, viens, sinon on va être en retard.

— Oui, p'pa, j'arrive.

Cinq minutes plus tard, le père et la fille longeaient le boulevard Laurier en direction de l'hôpital. Ils n'échangèrent pas un mot, mais ils se tenaient par la main... «pour pas pleurer». Pour ne pas tomber aussi car toute la sloche de la veille avait gelé sur le trottoir et rendait la marche périlleuse. Ils arrivaient. Pierre se sentait gêné. Avant d'atteindre les terrains de stationnement, il chercha quelque chose à dire, n'importe quoi :

— Oh, regarde, Ève, là-bas, la tête du bonhomme. On dirait qu'elle est coincée sous le viaduc. Elle passe pas... est trop grosse.

Ève leva les yeux. En effet, elle pouvait distinguer une énorme sphère avec une anse, comme une grosse théière blanche illuminée par le soleil, avec un couvercle rouge dessus. C'était l'arrière de la tête du bonhomme Carnaval. Ève eut un moment de sérénité.

Mais cela ne dura pas. Une minute plus tard, elle croisait un groupe de manifestants devant l'entrée de l'hôpital. Heureusement, Ève n'avait pas la tête à lire ce qui était écrit sur les pancartes Pro-vie.

Sous le viaduc, Christophe était sorti du véhicule pour aller examiner la situation. Le conducteur, qui avait grimpé sur le toit de son tracteur, en redescendait, enragé noir :

— Ostie, ça s'peut pas, viarge ! J'leu-z-avais pourtant dit que ça passerait pas ! En pleine heure de pointe à part ça ! Sont fous, ma foi du bon Dieu, avec leu' crisse de carnaval ! « Faut absolument que le char soye là à neuf heures ! » Ben, qu'i' mangent un char ! parce que leu' maudite grosse coquille en papier mâché, a s'ra pas là à neuf heures ! Pis l'Carnaval, dans l'cul !

Il monta dans la cabine du camion, éteignit le moteur et croisa les bras. Christophe approcha.

— Monsieur... monsieur...

— Qu'osse-tu veux, toé ?

— Ben, il faut faire quelque chose. On peut pas rester là toute la journée.

— Qu'osse-tu suggères, mon grand ? Qu'on lui scie l'bonnet... ou ben qu'on dynamite le pont ?

— Ben, on pourrait...

Christophe pensa alors à la réponse qu'une petite fille avait faite un jour à un camionneur pris dans une situation semblable : « On pourrait dégonfler les pneus ! » mais, voyant que l'homme serait intraitable, il préféra retourner à son véhicule.

Derrière, l'autobus se vidait. C'étaient des touristes de Montréal. Quelques-uns portaient un capot de chat avec le bonnet rouge et la ceinture fléchée. Il y avait même un joyeux drille armé d'une longue trompette en plastique et qui voyait là une jolie occasion de s'amuser. Il fit résonner quelques « pouêêtt ! » qui se perdirent sous les ponts. Le conducteur de la semi-remorque, bourru, lui répondit par un énorme coup d'avertisseur qui les fit tous sursauter.

Christophe ferma la portière et monta sa vitre. Il n'avait pas le goût de se mêler à ça. Il regarda l'heure. Huit heures et demie. Son regard s'arrêta sur la cassette rouge à demi sortie de l'appareil. Il l'enfonça.

À la clinique, ce fut Madeleine qui accueillit Ève.

— Tu es un peu en avance. Le docteur n'est pas encore là. Mais ça ne fait rien. Il va arriver d'une minute à l'autre. Il est en train de faire sa tournée du matin. Vous pouvez accrocher vos manteaux, là. Vous, monsieur Tremblay, vous pouvez attendre ici, j'amène votre fille à côté pour la préparer. Je vous appellerai.

Ève entra dans la pièce adjacente avec l'infirmière. Il y avait la couchette sur laquelle elle s'était étendue hier, avec les étriers. Puis, à droite, il y avait la machine. Luisante et silencieuse.

Heureusement, l'infirmière n'arrêtait pas de parler, posant des questions dont elle n'attendait aucune réponse.

— Tu t'es bien reposée? Y a pas eu de problèmes? T'as pas trop mangé?

Puis elle lui tendit une jaquette blanche. Ève la saisit, tourna le dos à la machine et commença à se dévêtir. Puis enfila le vêtement rude. L'infirmière l'aida à attacher les cordons derrière.

— Je vais appeler ton père.

Quand Pierre entra, Ève avait une main dans le dos afin de garder la jaquette bien fermée. Elle cherchait à s'asseoir, mais c'était trop haut.

— Attends. Laisse-moi t'aider.

Ève se retourna. Pierre s'approcha et prit sa fille sous les bras. Il la souleva, puis la déposa. Une fois assise sur la couchette, Ève leva la tête. Sa chevelure s'écarta, dégageant sa figure. Pierre ne se souvenait pas d'avoir été aussi près de sa fille. Ève avait les mains sur les épaules de son père :

— Je m'excuse, han...

— Non, Ève, t'excuse pas... C'est ta vie... Je suis avec toi...

Et l'homme serra gauchement sa fille contre lui pendant que Madeleine, un peu triste, s'était arrêtée dans la porte. Elle attendit un moment avant d'annoncer :

— Le docteur Mélançon arrive. Il se lave les mains. On va pouvoir commencer.

Pendant ce temps, chez Xavière, Alexandra recevait un appel de l'hôpital. Elle devait venir immédiatement. Son père la réclamait. Elle raccrocha :

— Qu'est-ce qu'i' m'veut encore, celui-là ?

J'ai mal à l'âme

« Christophe, j'ai mal à l'âme et il y a personne pour me dire quoi faire. Ceux qui disent qu'ils savent savent rien... et ceux qui savent disent rien.

Personne peut savoir ce que j'ai. Même moi, j'arrive pas à le dire, ce que j'ai. Il y a pas de mots pour ça. Ça fait trois semaines que j'essaie d'en trouver avec Régine.

Non, Christophe, je me sens pas bien du tout. J'ai l'âme qui a le mal de mer. Ça arrête pas une seconde. Chaque fois que j'me penche d'un bord, le bateau bascule de l'autre. Me voilà repartie avec toutes mes valises qui glissent avec moi. J'arrive pas à les retenir. J'ai le cœur qui lève et l'âme qui coule. J'arrive pas à arrêter les vagues. C'est plein d'eau dans mon bateau.

La vie est pas juste! Pourquoi je suis dans ce bateau-là, han, pourquoi? J'ai rien fait de mal. J'ai juste fait l'amour avec Paul. C'était tellement romantique. Paul avait besoin de quelqu'un... et moi, j'étais là. Je voulais l'aider. On était tellement beaux. Rien pouvait nous arriver...

Mais c'est arrivé pareil. Paul est mort en plus. J'ai l'air fine, là.

Christophe, j'aimerais tellement mieux pas avoir à choisir. Des fois, j'aimerais qu'on m'oblige à l'avoir, l'enfant... par une loi.

J'aurais pas besoin de réfléchir. Ce serait tellement bien. Comme quand j'étais petite...

Mais là, je suis obligée de choisir. J'ai pas le choix.

Tu sais ce que je souhaite des fois ?... Un accident ! Ce serait bien, un accident, tu trouves pas ? Ça arrangerait tout. Une fois, j'ai failli réussir, mais c'était stupide, ç'aurait pas été un accident.

Tu sais, l'enfant de Paul, il est mort depuis longtemps. Déjà quand je dansais comme une folle, chez Tony, pour avoir mes règles, je le tuais...

Un enfant qu'on rejette, c'est un enfant qu'on tue. Un enfant, il faut le vouloir complètement, depuis le début et tout l'temps après. Qu'est-ce que t'en penses ?... On a pas le droit de pas le vouloir. Même pas une seconde.

Il faudra que tu le tues, toi aussi, cet enfant-là... dans ta tête, j'veux dire. Sinon on pourra jamais être heureux ensemble... ça va être impossible de s'aimer. Tous ceux qui veulent continuer à m'aimer, il va falloir qu'ils avortent, eux autres aussi, comme moi, de toutes leurs idées...

Christophe, si tu veux continuer à m'aimer, il va falloir que tu avortes !

Je m'excuse, Christophe, j'ai pas le droit de dire ça. Personne a le droit de demander à quelqu'un d'avorter. Même pas de ses idées. Personne !

Tu dois trouver que j'utilise des mots terribles, han ?... « avorter »... « tuer »... Si t'as écouté les deux autres cassettes, t'as dû voir que j'étais pas capable de les prononcer. Mais là, je peux. C'est les mots de ma vie... et c'est pas des mots romantiques...

« Accoucher » non plus, c'est pas romantique, tu sauras. Ni « naître » d'ailleurs. Les mots de la vie sont pas des mots romantiques. Personne devrait avoir le droit de toucher à ces mots-là !

Mais moi, j'suis obligée, tu comprends... J'suis obligée d'y toucher.

Des fois, j'essaie de les mettre dans des phrases, mais ça marche jamais. Chaque fois, j'viens toute mal, puis je m'embrouille sans bon sens.

Le problème, c'est que mes phrases, elles veulent toujours être logiques. Mais elles sont pas capables parce que la logique, on dirait qu'elle peut rien faire pour moi.

J'ai même essayé avec les phrases des autres. Tiens, je vais t'en dire une, écoute-la bien, ç'a été écrit il y a des siècles... « Tout fruit est déjà dans le germe. »

Le monsieur qui a écrit ça, il s'appelle Tertullien. C'est un drôle de nom, han ? Et un drôle de numéro aussi. Je l'ai cherché dans l'encyclopédie, à l'école. Il paraît que c'était une sorte de prêtre qui recherchait le martyre.

En tout cas, moi, si tu veux savoir, le martyre, ça m'tente pas trop trop.

Et puis sa phrase, ça voudrait-tu dire qu'on est obligé de faire tous les enfants qu'on peut faire ?

Peut-être que je la comprends mal, sa phrase, au Tertullien. Peut-être que je la lis mal. Mais qu'est-ce que tu veux ? C'est comme ça que je lis, moi. J'ai bien le droit de lire comme je veux. On lit comme on est, non ?

Et puis je suis pas mieux qu'une autre. Ce que j'entends, je l'arrange pour que ça fasse mon affaire. Puis ce que je veux pas entendre, je l'entends pas. T'es pas comme ça, toi ?

À part ça, le Tertullien, s'il est si fin qu'ça, qu'il vienne donc me l'expliquer, sa maudite phrase ! Par la même occasion, qu'il m'explique donc pourquoi son bon Dieu m'a placée dans une histoire où je comprends rien.

Moi, je dis que le Tertullien, il veut me dominer. Obliger les gens à avoir des enfants, c'est vouloir les dominer. Parce que après, une mère, c'est plus facile à menacer. C'est plus vulnérable... tu comprends ? C'est pour ça qu'il parle de même, le Tertullien.

Et en plus, il écrit comme s'il était le bon Dieu. Faut-tu avoir du front! Il dit que Dieu veut ci, que Dieu veut ça. Mais c'est pas vrai! Ce qui compte, c'est ce qu'Ève Paradis veut. Pis là, elle veut pas avoir d'enfant! Et elle en aura pas! Elle a pas envie!

Et pour commencer, Dieu, ça existe-tu seulement, han? Ce serait-tu pas encore une autre belle invention?

En tout cas, si ça existe, ça va me pardonner, c'est une affaire entendue! À Saint-Albert, y a un Tertullien qui me l'a dit.

Puis si ça existe pas, c'est pareil... j'me pardonnerai ben toute seule.

J'veux pas être enceinte une journée de plus!

J'm'excuse... j'parle fort, han...

Mais faut que j'me débarrasse de toutes mes vieilles idées... pis de l'embryon... Parce que moi, vois-tu, en plus de mes idées, il faut que j'me débarrasse de l'embryon. Si tu savais toutes les histoires qu'on peut se faire sur ça.

J'ai entendu une chanson pas croyable à l'école... un embryon d'un jour avec des cheveux... oui, oui, avec des cheveux... puis qui parle à sa maman. Un embryon qui a peur parce que sa maman veut le tuer. Imagine... un embryon d'une journée, avec la tête déjà toute pleine d'idées d'preppie!

N'empêche que c'est cet embryon-là qui me fait le plus peur parce que, des fois, j'ai le goût d'y croire. Oui, Christophe, c'est ça qui me donne mal au ventre. J'ai toujours un peu peur que ce soit vrai, cette histoire d'embryon qui a des pensées et des sentiments. Mon imagination de petite fille tombe si facilement dans ça. C'est tellement romantique.

Il faut que j'avorte de ça aussi. C'est un moyen lavement que je dois me faire là. Il faut que j'expulse tout ça. Ça fait mal, tu sais, détruire tous les romans que j'me suis faits et apprendre que mes idées sur la vie sont pas si importantes que ça... pis qu'elles peuvent changer.

J'aimerais donc ça, être dans un roman. Tout serait tellement plus facile. J'aurais tout plein de beaux sentiments. Je garderais le bébé et le lecteur me trouverait belle, pis fine... pis tellement courageuse !

Un jour, j'ai appris qu'il y avait un film qui montre l'embryon ouvrant la bouche pour crier lors de l'avortement. J'ai demandé à Régine de le voir.

Au début, elle a pas voulu, mais elle a vite compris qu'il fallait que je le voie. J'ai tellement la tête dure, des fois. Il fallait que je sache tout. Et j'ai regardé le film.

C'est drôle, ça m'a presque rien fait. C'était comme un documentaire d'horreur. Ça m'a juste donné un peu mal au cœur. Mais ça, j'étais habituée. Après, j'ai insisté pour que Régine me montre tout ce qu'elle avait là-dessus. Je voulais en avoir le cœur net.

Je me suis nettoyé le cœur comme faut. J'ai vu tout le dossier qu'elle avait ramassé. Un paquet d'écœuranteries en couleurs, tu les croirais pas, avec du sang partout... Il y avait même un fœtus en plastique dans un sac Glad. Puis j'ai lu quelques lignes aussi. C'est des illuminés, j'te dis. Ils veulent me dominer. Mais j'me laisserai pas faire. Ils entreront pas dans ma vie. Ma décision, ça les regarde pas. C'est une décision qui fait souffrir personne...

À part moi.

Mais ça, c'est pas grave.

Non, je veux pas fonder une famille à quinze ans. Je suis pas prête... même avec toi... et avec papa qui nous aiderait.

Nous vois-tu avec le bébé ? Puis, chaque mois, not' chèque du B.S. Moi, je suis pas capable de me voir là-dedans. Ça marche pas, y a rien à faire, je veux pas de cette misère. Je veux pas être une martyre, ni un parasite, ni une pauvre fille qui a eu le courage de prendre ses responsabilités comme on dit, et qui parlera à la télévision pour attendrir les gens, et qu'on applaudira, et qui traînera sa misère et ses regrets toute sa vie.

Non, ça, je veux pas !

Et puis... il faut être raisonnable dans la vie. Oui, oui, raisonnable.

À l'école, c'est ça qu'ils disent, non? Être raisonnable... et intelligente... pour avoir beaucoup de points et réussir dans la vie. Alors je le suis... voilà!

Et puis, moi aussi j'ai envie de profiter de la vie et de tout ce qu'ils montrent à la télé.

Ma jeunesse, j'ai pas envie de passer par-dessus.

Pis d'la marde pour ce qu'on pensera de moi après!

Christophe, je vois tes yeux qui comprennent rien. J'ai un peu envie de rire. Mais t'en fais pas. Mes yeux comprennent pas grand-chose non plus. Je suis comme je suis... et je veux simplement te le dire...

Faudra m'prendre comme je suis.

Ou pas me prendre du tout.

Ah oui! je voulais te dire... un détail. Après l'avortement, on pourra pas faire l'amour pendant deux semaines... à cause des risques d'infection. Mais après les deux semaines non plus, on le fera pas. Parce que les moyens de contraception, Régine me l'a dit, y en a pas un de sûr à cent pour cent. Puis moi, je veux plus jamais être placée dans cette situation-là. Jamais!

Même s'il y avait seulement une possibilité sur cent mille de tomber enceinte, je ferais pas l'amour... même avec toi!

Mais t'inquiète pas. Un jour, si tu veux, si t'es encore là, on fera l'amour encore. Quand il y aura plus de peur et rien que l'envie d'être heureux, et le commencement d'un désir... celui de faire un enfant... ensemble. Là, tu pourras encore me faire pleurer de bonheur.

Je te laisse, Christophe. Tu es libre et je t'aime. Je m'excuse pour tous ces mots qui cherchent à me justifier. Ils tiennent pas debout probablement. Efface-les. Ils comptent pas. Ils sont là seulement pour que tu saches ce qui m'arrive... Non! pour que tu saches ce que je pense qu'il m'arrive.

Oups! Je viens encore de te demander d'imaginer que t'es une fille. Oublie ça. C'est une mauvaise plaisanterie. Le problème d'Alexandra est un problème impossible. Je te demande seulement d'accepter que je sois une fille. De toute façon, moi-même, j'arriverais jamais à m'imaginer que je suis un gars.

Maintenant, je peux plus reculer. J'ai l'âme qui a encore un peu le mal de mer mais, à te parler comme ça, c'est déjà moins pire.
Parce que je sais que tu es là... Je le sens. »

Le silence d'Ève

Sur la cassette, il n'y avait plus rien... que de l'espace pour méditer. Plus aucune trace de *Blanche-Neige*. Christophe voulut alors stopper l'appareil mais, curieusement, quelque chose l'arrêta. Dans le véhicule, il sentait Ève... encore présente.

Oui, sur le ruban magnétique qui défilait, Ève était encore là, à attendre que le dernier conte de Walt Disney s'efface en entier. Christophe, nettement, entendait son amie respirer. Pas une seconde son amie ne s'était éloignée du microphone. Avec une fidélité sans faille, elle voulait lui donner toute la présence dont elle était capable. C'était tellement mieux que les mots. Christophe se laissa envahir. Jusqu'à la fin, il écouta le silence d'Ève.

Quand la cassette s'éjecta, il eut un sursaut. Il leva les yeux.

Devant lui, une scène étrange se déroulait. Les carnavaleux de Montréal faisaient un joyeux paquet serré autour du camion-tracteur et quelqu'un tapait sur la cabine avec une canne blanche. Au bout d'un moment, le conducteur, impatient, ouvrit la portière et saisit la canne, l'arrachant des mains du touriste. Il en dévissa le bouchon, la pointa vers le ciel et but une longue rasade. À la grimace qu'il fit, c'était du fort. Du très fort. Il rendit la canne.

Christophe acheva de se ressaisir. Il était maintenant habité d'une furieuse envie de se trouver auprès d'Ève. La seule. La vraie. En chair et en os. Pas celle qui parle dans les cassettes.

Il devait absolument sortir de cette impasse. Derrière, la file s'allongeait sur plusieurs kilomètres et on commençait à klaxonner. Devant, bloquant toute issue, la tête du bonhomme Carnaval souriait toujours.

Christophe bondit hors de son véhicule. Sans savoir encore ce qu'il dirait, il alla droit au cœur du groupe.

— Écoutez, il faut absolument que je me rende à l'hôpital. C'est... c'est urgent, vous comprenez. C'est mon amie. Elle... elle va...

Mais il ne pouvait dire ça.

— Elle va accoucher! Il faut que je sois avec elle!

— Qu'est-ce tu veux que j'fasse, mon grand? C'est bloqué! dit le conducteur du haut de sa banquette. Si j'avance, la tête va arracher.

— Il faut avancer pareil! Je veux voir mon amie! Je veux être avec elle!

Visiblement, l'homme était surpris. Christophe, désemparé, attendait. Il avait refroidi l'ambiance. Même les carnavaleux s'étaient tus. Il y a des choses avec lesquelles on ne plaisante pas. Ils retournèrent à leur autobus. Avant de partir, quelqu'un se retourna et cria :

— Envoye! Fonce donc! Ça va juste faire crac! pis ça va être fini. Après, on y pensera p'us. Le Carnaval va avoir lieu pareil!

Le conducteur de la semi-remorque hésitait. L'autobus de Montréal était maintenant rempli, prêt à repartir. Derrière, les automobilistes s'étaient tus, comme s'ils attendaient sa décision. L'homme jeta un dernier coup d'œil au grand garçon et le verdict tomba :

— OK, mon grand! Watche ben ça!

Le camion-tracteur gronda et cracha une violente fumée noire. Christophe courut vers son véhicule. L'incroyable fardier s'ébranla. Aussitôt, la tête souriante du bonhomme commença à fléchir. Il y eut un craquement qui se répercuta sous le viaduc et la tête tomba comme un arbre, s'écrasant le nez sur l'arrière de la plateforme. Christophe reçut le soleil du matin en pleine figure. Le chemin était libre. Il démarra en criant : « Heee! »

Quelques minutes plus tard, il croisait les manifestants à l'entrée de l'hôpital. Il ne porta pas attention à eux. Encore des carnavaleux probablement. Au loin, le sourire en demi-lune et le nez collé sur

« LARGEUR EXCESSIVE », le bonhomme Carnaval s'éloignait sur le boulevard Laurier en faisant non de la tête.

Déjà, Christophe suivait les corridors jusqu'au bureau de Régine. Il frappa. C'était fermé. Alors il se dirigea vers la salle d'attente. Régine était là. Elle consultait les registres au comptoir des infirmières.

— Oh ! madame Régine… je veux voir Ève ! Je veux lui dire quelque chose. C'est important ! Où elle est ? Je veux pas qu'elle soit seule. Je veux qu'elle sache que je suis avec elle maintenant. Dites-moi où elle est. Je dérangerai pas. Juste lui dire un petit mot. Ce sera pas long.

— Calme-toi, Christophe. Tu ne peux pas y aller, c'est commencé déjà.

Il faillit s'affoler.

— Mais c'est juste pour lui dire que je suis d'accord maintenant. Ça va lui faire du bien, vous pensez pas ? J'ai changé d'idée, vous comprenez. J'ai encore compris en retard. Regardez ce que je fais avec tout c'que j'pensais.

Christophe fouilla dans sa poche et sortit le petit rouleau de feuillets roses, puis le jeta dans une poubelle.

— Dites-lui que j'suis avec elle maintenant, j'vous en prie. Allez-y, vous. Moi, je vais rester là. Regardez, j'suis calme. Je vais m'asseoir là. Je bougerai pas.

Il cessa de parler. Tout en regardant Régine, il reculait dans la salle d'attente. Là, un homme et une femme s'étaient levés pour le soutenir. C'étaient Pierre et Xavière. Quand Régine les vit bien ensemble, elle dit :

— Bon, d'accord. J'y vais.

Pendant ce temps, à l'autre bout de l'hôpital, Alexandra tenait la main de son père qui venait encore de lui demander l'impossible.

L'infini

Dans la petite salle, la lumière était crue. Au plafond, les tuiles suspendues avaient jauni dans les coins. Les tubes fluorescents étaient les mêmes qu'à la polyvalente. Les yeux ouverts sur ce pitoyable ciel de rectangles perforés, Ève Paradis tentait de ne penser à rien. Madeleine lui tenait la main pendant que le docteur Mélançon, quelque part, disait des choses :

— Tout va bien, Ève. Si tu es d'accord, je vais commencer.

La main de l'infirmière sur le front de la jeune fille apaisa les pensées qui l'assaillaient. L'homme parlait doucement :

— J'introduis le spéculum afin de bien voir le col... Avec une substance antiseptique, je vais enlever les sécrétions vaginales...

Entre le docteur et Madeleine, il y avait une entente. L'infirmière devait être présente à la jeune fille. Et le docteur, à l'intervention. Ève, de son côté, cherchait à ne pas être présente du tout.

— Je vais maintenant procéder à l'anesthésie du col... Tu vas peut-être ressentir un léger pincement...

La petite piqûre vive qu'on lui fit là, au mitan d'elle-même, tira Ève de l'ailleurs où elle cherchait à s'évader et la replaqua là, sur la table, dans la salle aux lumières crues. Une bouffée de chaleur lui monta à la tête et un frisson lui glissa le long de l'échine, jusque sur ses cuisses dénudées. Une autre femme s'était approchée.

— Oh, Régine...

— Bonjour, Ève... comment tu te sens ?

— Je sais pas... Régine... toute drôle.

Le docteur Mélançon expliqua :

— C'est l'épinéphrine... Il ne faut pas t'en faire, Ève... ça va passer.

Régine avait un sourire apaisant et son visage familier, penché sur Ève, redonnait le goût de parler :

— C'est bizarre, Régine... je sais pas si j'ai chaud ou si j'ai froid... et mon cœur... comme il bat... Je me sens bien et en même temps, je n'ai plus de force. Dis-moi, Régine... qu'est-ce qui m'arrive ? J'ai encore l'impression de glisser... je suis pas capable de me retenir.

L'homme, qu'elle ne voyait pas, s'était arrêté. Il avait le regard levé sur Régine. Son visage, quoiqu'un peu triste, était calme. Il y eut un échange entre les trois adultes réunis autour d'Ève. Des choses avaient encore besoin d'être dites. La jeune fille demanda :

— Je peux plus retourner en arrière maintenant, han ?

Régine aussitôt répondit :

— Oui, Ève, tu peux encore... le choix t'appartient toujours... le docteur Mélançon s'est arrêté.

— Dis-moi quelque chose, Régine... aide-moi.

La femme pensa alors au message que venait de lui confier Christophe.

— Je n'ai rien à te dire, Ève. Vraiment rien. C'est à toi de parler maintenant.

— Ce que j'ai encore dans mon ventre, est-ce que ça a peur de mourir ? Est-ce que ça comprend ce qui arrive ? Ou est-ce que c'est moi qui fais encore des histoires ? Régine, dis-moi !

— Je ne sais pas, Ève... je ne sais pas. Je regrette... personne ne sait ça. Il faut que tu décides toute seule.

Ève connaissait bien ces réponses. Régine les lui avait servies si souvent. Elle dit :

—- Il y a deux vies devant moi.

En prononçant ces mots, quelque chose frappa la jeune fille comme une évidence :

— Non! Pas deux vies... plus que ça! Infiniment plus que ça! Devant moi, le nombre de vies est... infini. Oui!... infini.

Ces mots étranges lui étaient venus tout seuls. C'était la première fois qu'elle les prononçait. Depuis plus d'un mois, ils avaient tellement attendu.

— Et même si j'élimine la moitié de ces vies, ce sera encore l'infini. Xavière l'a dit... l'infini divisé par deux, c'est toujours l'infini... Oh!... je parle encore trop... Je m'excuse, c'est ma tête qui a peur... Mais c'est fini... le docteur peut continuer.

Régine se tourna vers le médecin.

L'homme, qui avait tout entendu, se pencha avec respect sur le sexe ouvert devant lui et poursuivit sa tâche en mettant tout son art au service de cet acte professionnel qui permettait à une jeune fille d'exercer sa liberté.

Il procéda alors à la pose d'une pince spéciale devant lui servir de point d'appui. À l'aide de tiges métalliques graduées, il acheva la dilatation du col puis inséra dans la cavité utérine une canule trouée reliée à l'appareil qui ronronnait doucement à côté.

Puis il y eut un désagréable bruit de succion.

Au même instant, Ève ressentit une douleur dans le bas de son ventre, comme lors des menstruations. Et ce qu'elle avait en elle alla rejoindre le nombre infini d'enfants qui, depuis le début de l'humanité, auraient pu être et ne furent jamais.

Mais l'infini plus un, c'était encore l'infini.

D'une main sûre, l'homme fit ensuite un curetage suivi d'une dernière aspiration avec la machine. Ève fut alors submergée par l'idée que tout un passé venait d'être anéanti... ainsi qu'un avenir. Mais aussitôt, dans les yeux verts de la jeune fille, défila un nombre incroyable d'enfants encore possibles. Elle savait que celui qu'elle mettrait un jour au monde le serait par choix. Ève Paradis n'accoucherait jamais autrement que parce qu'elle aurait choisi d'aimer. Cette vision d'enfants fut tout de suite noyée de larmes qui allèrent se perdre dans sa chevelure étalée.

Puis le regard de la jeune fille revint aux trois professionnels qui l'entouraient.

Elle leur offrit un sourire qui leur fit du bien. Mais déjà, elle n'avait que le goût de quitter ce lieu étrange et inconfortable, décidée à ne jamais plus y revenir. Elle voulait retrouver les siens... ses amis... sa famille. Dans sa bouche, il y avait une odeur de sapin coupé.

— Christophe est là, prononça doucement Régine. Avec ton père et Xavière. Il est avec toi. Il me l'a dit.

— Il est avec moi? T'es sûre?

— Aucun doute là-dessus.

— Oh Régine! je suis contente! Et Alexandra?

— Je ne l'ai pas vue, mais je pense qu'elle n'est pas bien loin.

En effet, Alexandra n'était pas loin.

Juste de l'autre côté de la porte, dans le corridor, elle attendait le docteur Mélançon pour lui parler de son père... «qui souffre trop... pis qui veut mourir... pis qu'on veut pas laisser mourir en paix. »

Épilogue

Anniversaires

C'est le premier jour de septembre. Autant dire la fin de l'été. Assise seule au bout du quai devant sa maison, Ève Paradis, tapie dans l'ombre d'un chapeau de paille illuminé de soleil, regarde ses pieds qui pendent au-dessus de l'eau sombre. Ses amis sont partis au village chercher quelques provisions pour le souper. Elle est songeuse. Aujourd'hui est un jour particulier. Vraiment très particulier.

De temps en temps, un jeune chien tout en poils vient la rejoindre en courant. La langue haletante pour une caresse, il cherche à faufiler son museau sous le bras de la jeune fille qui n'a vraiment pas le cœur à jouer. Puis le petit animal repart en galopant vers la rive, les oreilles et la queue au vent, heureux même s'il n'a rien obtenu. Ajax Deux, il est comme ça. Il se contente de peu. Ajax Deux, c'est un cadeau d'Adolphe Magnan, le vétérinaire de Saint-Albert... Et dans la tête d'Ève remonte ce jour où le colosse aux cheveux blancs était venu à la maison. C'était l'anniversaire de naissance d'Ève, au début de l'été.

L'homme portait une boîte dans laquelle palpitait un chiot au regard inquiet sous son poil hirsute. Quand Ève l'avait prise dans ses bras, la petite bête frémissante lui avait aussitôt léché le visage, comme pour enlever les taches de rousseur. Alexandra s'était approchée et monsieur Magnan avait dit : « C'est pour vous deux ! » Le chiot fut aussitôt baptisé Ajax Deux. Ce fut une belle fête. C'était dimanche. Ève avait quinze ans. Madame Meilleur aussi était venue, avec son fils Jean-Sébastien.

Lui, il allait passer sa journée à se baigner et à faire du bruit dans l'eau avec ses mains et ses pieds, et surtout à s'élancer en courant dans le lac, comme pour atteindre le Sentier des amoureux, de l'autre côté. Évidemment, au bout de dix pas, l'enfant n'arrivait plus à lever les jambes assez haut et sa course mourait dans une éblaboussure d'eau et de soleil. Mais il fit des centaines de tentatives. Une fois, il dépassa même le bout du quai. Le garçon s'était élancé si fort qu'il avait glissé sur l'eau comme un galet. Ève eut dès lors la certitude que cet enfant, avant la fin du jour, irait s'échouer sur la petite plage au bout du Sentier des amoureux, de l'autre côté du lac.

Dans le même temps, elle se demandait si cet enfant existait vraiment.

Madame Meilleur était souriante et faisait plaisir à voir.

Xavière, elle, était déjà très grosse et Pierre la trouvait de plus en plus belle. Justement ce jour-là, ils s'étaient comme mariés. Pierre avait annoncé en badinant :

— Il faut le dire à personne... c'est un secret. Xavière et moi, on va avoir un enfant et on va s'en occuper comme faut... ici... au lac... c'est une promesse... le berceau est déjà rendu.

Et ils s'étaient embrassés. Tout le monde avait applaudi et il y avait eu une autre bouteille de champagne. C'est pas croyable comme ça brille au soleil, le champagne.

Xavière et madame Meilleur avaient passé la plus grande partie de l'après-midi ensemble. Elles avaient parlé parlé et il s'était développé une complicité entre les deux femmes. À un moment donné, elles étaient entrées dans la maison et n'étaient revenues qu'une heure plus tard. À partir de ce jour-là, madame Meilleur revint très souvent à la maison pour voir Xavière.

Christophe, de son côté, avait passé la journée en amour. Ève avait plus de taches de rousseur que jamais dans ses vêtements légers, et même si elle devait tout le temps se protéger du soleil à cause de sa peau laiteuse, le grand garçon n'arrêtait pas d'avoir tout plein d'idées affolantes. Il la trouvait tellement belle. Une fois, Ève s'était penchée et il avait entrevu ses seins. Plus tard dans la soirée, il lui parla des désirs fous qui le reprenaient. Il apprit qu'Ève avait les mêmes. Ce fut un bel anniversaire.

Ce jour-là aussi, Christophe, pour se donner une allure moins squelettique, avait essayé de se faire bronzer. Trois jours plus tard, il découvrait le plaisir de se faire *pleumer* par Ève qui n'arrêtait pas de rire. Ça le chatouillait tellement.

Alexandra, avec son teint foncé, avait bruni dès que le soleil l'avait touchée. Depuis le début de l'été, elle passait son temps à lire dehors. Juste à cause de la lumière qui se reflétait dans les pages de ses livres, elle s'était fait un teint tout bistré.

Mais quelquefois, sous ses yeux noirs, les mots s'embrouillaient à la pensée de son père qui avait pu mourir dignement... grâce au docteur.

Ève, assise au bout de son quai, à la fin de son été, se souvient aussi d'un autre jour, quelques semaines avant son anniversaire.

C'était le printemps. Christophe était arrivé de Saint-Albert sur une magnifique moto. La *Letendre*. Leur cadeau de Noël.

Tout de suite, Ève avait voulu faire un tour. Pierre avait fait signe que oui et sa fille, déjà coiffée d'un casque d'astronaute, avait sauté en selle et s'était accrochée à Christophe. Le jeune couple était retourné au village, puis avait entrepris une grande randonnée dans la campagne environnante. Ils n'étaient revenus qu'au soleil couchant. Ce jour-là, Ève avait soutiré une promesse à son ami, celle de lui montrer comment conduire la moto.

Dès le lendemain, s'isolant dans un endroit désert, Christophe était devenu professeur de moto. Le grand garçon n'en revenait pas de voir son amie mener l'immense engin. Après deux leçons, Ève aurait pu se lancer à la conquête des routes du Québec. Pendant tout l'été, ils firent comme ça, ensemble, de grands tours de «liberté».

Une fois, ils rendirent visite au docteur Mélançon, sur sa ferme, près de Sainte-Anne-de-la-Pérade. Il avait des chevaux et Ève eut là quelques galops qui firent encore rêver Christophe. S'arrêtant à l'orée d'un bois, ils avaient attaché leur monture à un arbre et s'étaient couchés dans l'herbe. Longuement, ils s'étaient caressés. Ève vivait enfin son adolescence.

Mais là, toute seule, la jeune fille médite au soleil. L'été de ses quinze ans touche à sa fin. Les vacances sont terminées. Demain, ce sera le retour à la polyvalente. Secondaire 4. Christophe, lui, a commencé son cégep à Sainte-Foy. Durant la semaine, il loge au condo de Xavière et, de ce banal recommencement, Ève se sent un peu triste.

Mais elle ne l'est pas seulement pour cette raison-là. Aujourd'hui, il y a autre chose. Quelque chose de bien plus troublant. Car aujourd'hui aussi, c'est un anniversaire...

Il y a un an, jour pour jour, Ève rencontrait Paul pour la première fois, à l'entrée de la polyvalente... Paul qu'elle allait tant aimer... Paul à qui elle allait se donner...

Et Paul qu'elle allait plus tard rayer de son existence.

Mais aussitôt, cette nostalgie s'évanouit dans d'autres souvenirs pleins de bonheurs...

Durant tout l'été, Ève avait travaillé à Saint-Albert, au magasin Meilleur. Avec Alexandra.

Madame Meilleur ne pouvait pas les payer bien cher, mais cela n'avait aucune importance. La plupart du temps, elles étaient là toutes les deux. Elles avaient décidé de s'occuper des tableaux de monsieur Meilleur. Quand l'une travaillait, l'autre allait dans le grenier. Les deux amies avaient découvert là une quarantaine d'œuvres qui dormaient dans la poussière depuis des années. Lentement, une à une, elles furent nettoyées et les plus belles apportées dans le magasin, puis accrochées aux murs. Jean-Sébastien, qui rôdait toujours, faisait « Heee ! » chaque fois qu'il voyait une nouvelle toile suspendue.

Tout cela ranimait en Ève le souvenir de ce monsieur Fritz, qui allait sûrement un jour les poursuivre en justice et leur demander de raconter sous serment ce qui s'était passé dans l'appartement de

Xavière, le 4 janvier. Si c'était le cas, Ève savait qu'elle ne pourrait pas s'engager dans de nouveaux mensonges et que le juge pourrait alors obliger madame Meilleur à céder tous les tableaux contre la somme qui avait été convenue. Heureusement, un jour, Alexandra fit une découverte.

Ève était en bas avec madame Meilleur à faire les comptes de la journée, quand tout à coup il se fit, au-dessus de leur tête, un boucan de tous les diables, comme si un gros meuble s'était écroulé. Jean-Sébastien apparut dans l'ouverture du grenier, dévala les marches et se sauva dehors. Intriguée, Ève approcha de l'escalier et lança :

— Alex ! Ça va ? Réponds-moi ! Qu'est-ce qu'il y a ?

Pas de réponse. Inquiète, Ève gravit les marches et, quand sa tête émergea dans le grenier, elle n'observa rien de particulier. Les objets familiers dessinaient leurs ombres habituelles sous l'éclairage de fortune qu'elles avaient installé. Cependant, au fond, une ampoule allumée se balançait au bout de son fil et, sur le mur à côté, une silhouette allait et venait. C'était Alexandra, la tête penchée sur quelque chose qu'elle tenait. Ève s'approcha. Debout à côté d'une commode renversée, son amie était en train de lire. Immobilisant l'ampoule, Ève demanda :

— Qu'est-ce que c'est ?

— Tiens, Ève ! T'auras plus besoin de t'inquiéter à cause de ton Fritz. Il lui fallait un papier ? Eh ben, en v'là un qui va lui fermer la yeule pour de bon ! C'était caché derrière la commode. Ça fait trois fois que je surprends Jean-Sébastien dans ce coin-là. Quand j'ai découvert le papier, il a voulu me l'arracher mais je l'ai pas laissé faire. Tu sais ce qu'il peut faire avec un papier. On s'est chamaillés un peu. Voilà le résultat.

Elle tendait une feuille. C'était une lettre ancienne. On voyait qu'elle avait été beaucoup manipulée. Ève se mit à lire :

Maria,
Avant de partir, je veux donner ce que j'ai. Je ne veux rien garder.
Tu as été bonne et je te donne tout. Même Jean-Sébastien, je te le donne. Il faudra que tu t'en occupes. Moi je ne sers plus à rien. C'est à

cause de lui que j'ai fait ces tableaux. Ils sont à lui. Conserve-les bien.
Il en fera ce qu'il voudra. J'espère qu'un jour tous ces barbouillages
serviront à quelque chose.

Ton Arthur

Un peu inquiète, madame Meilleur attendait au pied de l'escalier. Quand elle vit apparaître les deux jeunes filles, elle comprit que quelque chose d'important venait de se produire. Une minute plus tard, lisant le testament de son mari, elle fut envahie par une émotion libératrice. Avec son éternel tablier, elle s'essuya le coin de l'œil, puis les mains. Ève et Alexandra s'approchèrent et l'embrassèrent. Dans les jours qui suivirent, le travail dans le grenier prit un nouvel élan. Monsieur Fritz pouvait réapparaître, il n'était plus une menace. Les tableaux appartenaient à Jean-Sébastien. Madame Meilleur ne pouvait pas les vendre.

Christophe, lui, travaillait de l'autre côté de la rue, *Chez Germaine*. Il faisait la vaisselle. Quand il avait un moment, il traversait et venait aider « les filles ». C'est ainsi que, peu à peu, le magasin Meilleur fut renippé, les choses remises en ordre et les tablettes dépouillées de leurs vieilleries. Quelques antiquités, qui pourraient un jour avoir de la valeur, allèrent remplacer les toiles au grenier. Les autres cochonneries prirent le bord de la poubelle. Tout le magasin fut repeint, à l'intérieur et à l'extérieur, et mieux éclairé. Les toiles de monsieur Meilleur retrouvèrent leur vigueur dans la lumière du jour qui entrait par les vitrines lavées. Madame Meilleur était contente. Elle pouvait enfin se reposer un peu malgré le nombre de clients qui augmentait. Ève et Alexandra participaient aux achats. Elles avaient de bonnes idées. Et les clients restaient plus longtemps que d'habitude. Ils regardaient les toiles. Ils parlaient. Ils achetaient davantage aussi. Les deux jeunes filles se familiarisaient avec l'administration d'un petit commerce. Quelques touristes vinrent aussi, mais pas trop. Quelques-uns demandèrent si les tableaux étaient à vendre. Évidemment, ils ne l'étaient pas... encore.

Quand elles avaient le temps, les deux amies traversaient du côté de *Chez Germaine* et se retrouvaient dans la cour du restaurant, où se berçait une dame de quatre-vingt-dix ans du nom de Lilie Rubenstein. Cette belle vieille parlait lentement, comme si elle avait tout son temps. Quelquefois, elle parlait d'Ève... de quand elle était petite. Christophe alors quittait sa vaisselle et venait l'écouter. La vieille dame parlait aussi de l'ancien temps, qui se trouvait bien au-delà de l'enfance d'Ève... de la Deuxième Guerre mondiale, de l'Europe... et aussi de ses premières amours, qui dataient de la Grande Guerre, avec les chapeaux incroyables et les belles robes d'époque. Aussi, quelquefois, madame Lilie parlait de son mari qui n'avait pas voulu servir Hitler et qui, avant de mourir, l'avait sauvée avec sa fille Gertrüd pour s'engager ensuite dans la Résistance française...

Là, les trois jeunes se taisaient, fascinés. Dans les souvenirs de cette femme, le monde devenait si grand et leur histoire à eux, si petite.

Un jour, avec la complicité de sa fille Gertrüd, madame Lilie avait préparé, sur un plateau, des pommes de tire luisante piquées d'un bâtonnet. Voyant Ève approcher, elle avait prononcé : « Ma petite rouquine... t'en veux une ? »

Ève eut alors l'impression que le temps s'était aboli. Christophe sortit des cuisines et vint les rejoindre. Tous les quatre, ils mordirent dans les pommes. Ce n'est pas commode à manger, des pommes de tire, mais madame Lilie avait encore de bonnes dents et, sous le soleil de juillet, les trois jeunes rirent comme jamais ils n'avaient ri.

La vieille dame, elle, souriait, simplement heureuse de pouvoir encore donner du bonheur. Ève se sentait étourdie par le destin qui avait permis à cette femme de traverser un océan et un siècle juste pour venir lui offrir quelques pommes de tire, à Saint-Albert, dans les Laurentides.

Malgré le calme de cette fin d'après-midi, le lac, devant Ève, est aveuglant et la silhouette solitaire, comme assise au bout d'un tremplin, vibre dans la lumière. Avec ses orteils, Ève fait de petits remous de soleil dans l'eau et, sur son visage penché, des vagues de lumière dansent. Elle lève alors les yeux et aperçoit, de l'autre côté du lac, la petite plage sombre où aboutit le Sentier des amoureux. Le dernier couple s'apprête à s'en retourner à Saint-Albert et Ève pense à ces amoureux qui passeront tantôt à côté du jeune sapin coupé jadis et, tout occupés à leur amour, ne remarqueront même pas les petits rejetons aux épines vert tendre qui se sont mis à pousser sur les côtés de ce tronc qui sert de monument funéraire à un vieux chien.

Ève sait aussi que, ce soir, d'autres couples vont venir sur la petite plage pour faire un feu et pour faire l'amour. C'est la dernière fin de semaine des vacances. Il y aura encore quelques cœurs brisés. Et lui revient à la mémoire cette nuit étrange qu'elle a passée là, avec Christophe, quelques semaines plus tôt. C'était le 11 août.

Pendant des heures, les étoiles filantes avaient sillonné le ciel au-dessus de leurs sacs de couchage. Habités d'un désir fou, ils ne s'étaient unis que par leurs mains pendant que la nuit, au-dessus des montagnes noires, était tailladée de fines lumières. Couchés sur le dos, les deux amis inventèrent là le verbe «pleurire», qu'ils conjuguèrent à tous les modes et à tous les temps, et eurent une pensée pour ce bon monsieur Olivier, le professeur de français, qui devait avoir atteint sa retraite.

Mais Don Quichotte peut-il prendre vraiment sa retraite?

Et Ève et Christophe, propulsés dans la nuit par toute la planète sur laquelle ils étaient couchés, *pleurirent* de bonheur pendant que, de l'autre côté du lac, un homme caressait avec amour le ventre tendu d'une femme aimée.

Devant la nappe luminescente du lac, Ève se lève, habitée d'un drôle d'émoi car aujourd'hui il y a encore un autre anniversaire.

Les jambes flageolantes, la jeune fille vacille intérieurement. Au bout d'un temps indéfini, elle se tourne vers la maison. Ajax Deux vient à sa rencontre. Elle titube dans le soleil. Reprenant contenance, elle se penche pour donner une caresse. Elle sent aussitôt le bonheur pénétrer le chien. Tous les deux se dirigent ensuite vers le potager de Xavière.

Car c'est ça qu'elle a fait, cet été, Xavière... un jardin... avec des légumes... et des fleurs... un beau petit jardin. Xavière, déjà, a commencé à donner ses fruits.

Ève prend alors un panier sur le coin de la galerie. Ajax Deux la suit jusqu'aux limites du potager. Là, il s'arrête. Il a été dompté comme ça. Pendant qu'Ève arpente les allées, le petit animal, rempli d'une vie exubérante, cherche à rester le plus près possible de sa maîtresse.

Quelques carottes, un navet incroyable, quelques feuilles de laitue et cinq radis sont cueillis. Puis Ève détache d'un plant généreux deux tomates bien rouges, chaudes dans ses mains. Elle a tout à coup l'impression qu'il est là, le bonheur. Elle se relève, un panier plein de couleurs accroché au bras. Ajax Deux, la tête penchée, la regarde. Elle ne bouge plus.

Et c'est là qu'Ève comprend ce qui l'oppresse. Elle comprend tout à coup ce qui fait de cette journée un anniversaire. Ève se rappelle le calcul qu'elle avait fait avec le docteur Mélançon. Aujourd'hui, oui, aujourd'hui exactement, est le jour qu'elle avait calculé avec lui pour l'accouchement.

Aujourd'hui aurait pu naître un enfant d'Ève.

La chambre bleue

Au village, Xavière s'est appuyée sur le comptoir. Une contraction vient de lui saisir le ventre. La bouche entrouverte et le regard posé droit devant, elle ne réalise pas bien ce qui arrive. Madame Meilleur, qui est en train d'emballer quelques achats, s'arrête et comprend tout de suite. Elle vient la soutenir et la mène vers une chaise. Alexandra, qui travaillait au magasin ce jour-là, s'est approchée.

— Alex, dit madame Meilleur, va chercher monsieur Tremblay! Vite!

Et pendant que la jeune fille court dehors, Xavière se calme.

— Elle était raide, han, celle-là? demande madame Meilleur.

— Oui, un peu. Elle m'a surprise. Les autres, tantôt, étaient moins fortes.

Puis elle ajoute, calme:

— Eh bien, ma bonne Maria, je pense que le jour est venu.

Dans le regard de Xavière, il y a toute la détermination d'une femme qui veut rester maîtresse des heures qui s'annoncent. Elle a pleinement conscience de la situation. Elle a beaucoup lu. Elle en a aussi discuté avec le docteur Mélançon. Surtout, elle se sent forte et prête parce que son amie Maria, là, à ses côtés, a retrouvé pour elle, cet été, tous les gestes d'antan. Xavière aura l'accouchement qu'elle désire. D'ailleurs, le travail est déjà commencé. Tous les éléments sont en place. C'est alors que la porte du magasin s'ouvre avec fracas.

— Ils arrivent !

Derrière Alexandra surgit Pierre Tremblay, suivi de Christophe Letendre. Xavière, en les voyant, a un bon sourire, puis elle se tourne vers madame Meilleur, qui lui dit aussitôt :

— D'accord, on va faire comme on a dit.

Xavière veut alors se lever pour embrasser celle qui sera sa complice, mais elle est retenue par une autre violente contraction.

Ajax Deux a un petit jappement et Ève, toujours debout dans le potager, sort de sa rêverie. Le petit animal la regarde de travers.

— Allons, Ajax, t'inquiète pas.

Ève place les deux tomates dans le panier puis, le chien toujours dans les pattes, se dirige vers la maison. À côté de l'escalier, la *Letendre* rutile dans ce soleil de fin d'après-midi. Ève s'arrête un moment, habitée d'une curieuse sensation.

La douleur apaisée, Xavière lève les yeux. Pierre, Christophe et Alexandra, un peu à l'écart, l'ont regardée, gênés et impuissants. Madame Meilleur, elle, s'était aussitôt penchée. Elle avait placé sa main dans son dos, le massant légèrement. Son autre main, posée sur le ventre, avait évalué l'intensité et la durée de la contraction. Xavière ne pensait jamais que ça pouvait faire si mal.

— Oh... Maria... tu parles !

— Oui, je sais... je l'ai sentie, mais là, c'est fini. Profite du repos que ton corps te laisse parce qu'il va y en avoir d'autres tantôt. T'en fais pas, elles seront pas toutes comme celle-là.

— Oui, Maria, oui.

— Si tu es d'accord, on va attendre la prochaine ici. Après, on ira s'installer dans la chambre.

En entendant ces paroles, Xavière se sent soulagée. Lentement, elle se lève et se dirige vers Pierre. Ne s'occupant pas de son ventre énorme, elle le saisit au cou et l'attire sur elle.

Pierre, penché, se sent un peu ridicule. Par ce curieux geste, on dirait que la femme veut entraîner l'homme dans son aventure.

Tout à coup, elle est prise d'une douleur qu'elle connaît bien. Madame Meilleur s'est rapprochée, mais Xavière ne veut pas lâcher l'homme. Une longue minute s'écoule encore.

— Je téléphone au docteur, annonce enfin Pierre, abasourdi par la vigueur de l'étreinte.

Ève a enfourché la moto. Avec ses pieds qui touchent à peine le sol, elle tient l'engin silencieux en équilibre sur les cailloux. La clé de contact, devant elle, brille au soleil.

Elle revoit Xavière qui partait pour le village, tantôt, avec les autres. Elle revoit cette bedaine d'été devant laquelle toutes les portes se sont ouvertes et autour de laquelle tout s'est incliné... ce ventre plein, complet, lumineux, qui pivote et qui semble diriger les pas... comme le ballon imaginaire que tenait Christophe, jadis, quand il faisait du chasse-neige au lac Beauport.

Tout à coup, ne sachant trop pourquoi, Ève tourne la clé, démarre le moteur puis embraie et fonce en tordant le guidon. Quelques cailloux sont projetés vers l'arrière.

Saisi, Ajax Deux fait un bond de côté et, de ses deux billes noires et incrédules, regarde Ève s'éloigner dans un grondement épouvantable puis disparaître dans le tunnel de conifères.

Il ne reste plus, devant le petit animal tremblant et effaré, qu'un grand chapeau de paille renversé dans la poussière.

Dans la dernière allée, au fond du magasin Meilleur, un curieux cortège progresse lentement. Suivie d'Alexandra et de Christophe qui sont drôlement silencieux, Xavière est aidée par Pierre qui veut la rassurer :

— Le docteur s'en vient, il me l'a dit. Il va être là bientôt.

Madame Meilleur, au bout de l'allée, enlève les grandes boîtes de poupées pour dégager l'entrée de la chambre de son fils. Elle ouvre enfin la porte et la lumière bleue surgit. Elle s'écarte et laisse pénétrer le couple, puis les deux jeunes.

— Je reviens tout de suite!

À peine les quatre personnes ont-elles mis les pieds dans cet espace habité d'azur que Xavière a un mouvement qui annonce la crise. Elle demande à Pierre de la laisser. S'accroupissant au pied du lit, elle place son front sur les couvertures et, la tête entre ses bras étendus, plonge avec détermination dans cette nouvelle crampe. Avant que la contraction se termine, madame Meilleur arrive avec une cuvette remplie de serviettes. Elle pousse le tout dans les bras de Christophe. S'approchant de Xavière, elle glisse sa main sous le ventre :

— Il veut naître... Y a pas d'doute, il veut naître.

— Il... ou elle... ajoute Christophe, chancelant.

Presque couchée sur l'engin pour éviter d'être aveuglée par le vent, Ève fait corps avec la moto. Elle a oublié le casque. Dans les courbes, elle s'incline sur la gauche, puis sur la droite, traçant ainsi les longues courbes qui mènent à Saint-Albert. Devant elle, la route déserte est zébrée de soleil. Vrombissante, la *Letendre* traverse les innombrables rayures en jetant de puissants éclairs. Ève passe devant l'endroit où se trouvait jadis l'arbre de lumières... que l'on a dû couper. L'éclaircie arrive. Il est là, devant, le trou de lumière qui annonce la vallée où est installé Saint-Albert. Ève plonge dans ce soleil, au sommet de la grande côte. Sa chevelure rousse est soulevée. Elle passe au neutre. Le moteur, sous elle, se tait presque. Ève se laisse descendre. Elle entend seulement le vent chaud à ses oreilles. Elle voit le village, sans doute le plus beau du monde, dont elle approche sans bruit.

Elle a l'impression de planer.

Dans la chambre, à cause de tout ce soleil qui entre par la haute verrière, il fait très chaud. Xavière voudrait se dévêtir :

— J'aimerais me démaquiller aussi.

Devant cette demande inattendue, on ne sait que faire. Xavière se tourne alors vers Christophe. Son ventre est énorme.

— Va dans le véhicule, dehors, et apporte-moi ma valise grise, veux-tu. Tu sais, celle qui me suit partout depuis quelques semaines.

Avant que Christophe parte, madame Meilleur lui lance :

— En rentrant, tu prendras les clés sous le comptoir, pis tu barreras le magasin. On ferme plus tôt aujourd'hui.

Ève traverse le village. La moto, lente et silencieuse, roule sur l'artère principale, entre les maisons paisibles. Elle passe à côté de l'église. Devant le magasin Meilleur, Ève aperçoit le véhicule de son père et, garée tout près, une luxieuse Jaguar. Elle s'immobilise enfin le long du trottoir et appuie la moto sur son support. Christophe s'est approché :

— Oh, Christophe ! Dis-moi... Xavière ?

— Oui... elle est dans la chambre.

Il n'a pas le temps d'ajouter un mot, Ève s'est déjà engouffrée dans le magasin. Le garçon se dirige alors vers le haut véhicule, ouvre la portière arrière et en sort une valise grise.

De l'autre côté de la rue, un homme seul observe. Assis à l'une des tables de la terrasse de *Chez Germaine,* il a suivi avec intérêt l'arrivée en moto de cette petite rousse qui l'a confondu jadis. Son visage luisant donne l'impression qu'il s'étrangle dans un col rigide retenu par une fine cravate. Dans ce village, avec son complet sombre, il a l'air d'un anachronisme. C'est Gertrüd Rubenstein qui l'a servi. Elle lui apporte l'addition.

— Dites-moi, mademoiselle, vous connaissez la dame qui tient le magasin, là, en face ?

— Madame Meilleur ? Bien sûr. Tout le monde au village connaît madame Meilleur. On l'aime tellement. Comment pourrait-on ne pas aimer une femme pareille ?

Et l'homme se tait. Il veut payer avec une carte prestigieuse. Gertrüd lui explique qu'elle ne peut accepter cette carte-là. N'ayant pas d'argent sur lui, l'homme demande alors :

— Je peux faire un chèque ? Vous pouvez me faire confiance.

Et Gertrüd de répondre :

— Mais, monsieur, sans la confiance, où irait-on ?

Et l'homme fait le chèque. Il ne se sent pas bien. Il a très chaud.

Sans dire un mot, il se lève et traverse la rue. Dans la vitre de la porte du magasin Meilleur, il aperçoit un carton sur lequel est maladroitement inscrit : «FERMÉ PAR AMOUR». Pendant un long moment, il hésite, puis s'en retourne vers sa Jaguar.

Derrière les vitres teintées, on ne le voit déjà plus. Il déclenche l'air conditionné puis, sans bruit, comme sur la pointe des pieds, quitte le village. À la sortie, il croit apercevoir un vieux peintre qui revient chez lui, mais ce n'est qu'une illusion qui l'empêche de voir l'enfant qui court. À la dernière seconde, il donne un coup de freins et se retrouve trempé de sueur.

À Saint-Albert, on ne devait plus jamais revoir monsieur Fritz.

Au moment où Ève pénètre dans la chambre bleue, Xavière se tient debout dans le soleil. Elle est nue et son corps est tendu comme un arc. Sur son ventre rond, une large bande de lumière fait un demi-cercle. Ses seins pointent dans la lumière. Madame Meilleur s'approche et la couvre d'un long peignoir blanc qu'elle a trouvé dans la valise grise. Le vêtement n'est pas assez ample pour être refermé devant, aussi Xavière doit-elle en tenir les deux pans avec sa main posée sur son ventre.

Elle se tourne alors vers Ève et veut lui faire un sourire, mais n'y arrive pas. S'appuyant sur madame Meilleur, elle se met à haleter doucement. Devant Ève, le peignoir s'ouvre et, dans l'ombre, le ventre devient dur. Il a même des mouvements autonomes. Ce n'est déjà plus tout à fait le ventre de Xavière.

Ève, éberluée, a envie de demander à Xavière ce qu'elle a. Mais la respiration de la femme se calme enfin. Son visage s'apaise. Reprenant son souffle, Xavière revient à Ève :

— Tu es toute pâle, Ève! Ça ne va pas?

— Oui... ça va... mais toi? Ç'a pas l'air d'aller.

— Oh moi, ça va... ça va même très bien, han, madame Meilleur?

— Oh ça, ma petite Ève, on peut pas dire le contraire. Ça va. Mais Xavière va avoir besoin d'aide, là. De beaucoup d'aide.

— J'suis là!

Sage-femme

Sur le plancher, les ombres se sont allongées jusqu'aux pieds de la femme à demi assise sur le rebord d'un lit défait. La tête appuyée sur l'épaule de Pierre qui la soutient par-derrière, Xavière attend la prochaine crise. De larges bandes de soleil ont envahi le mur à côté et, dans toute la pièce, la lumière a changé. Un peu de rouge se mêle au bleu. Xavière ne porte plus de maquillage.

Elle respire profondément et le plus lentement qu'elle peut. Ses cheveux attachés dégagent un visage blafard adouci par la lumière du ciel au-delà de la verrière. Le peignoir s'ouvre sur une sphère lisse et dure et sur des jambes blanches et nues.

Par pudeur, Pierre tente de remonter le tissu afin de couvrir Xavière, mais elle lève sa main et l'appuie sur le visage de l'homme, qui comprend aussitôt la futilité de son geste. Xavière n'est habitée que par une volonté : enfanter.

Depuis plus d'une heure maintenant, son corps est soumis à de solides tensions, à des accès de souffrance qui l'empoignent au mitan d'elle-même. Soumise au rythme impitoyable de ces contractions qui lui laissent tout de même quelque répit, elle tente d'apprivoiser la douleur. Mais la douleur est la douleur et, justement quand Xavière croit pouvoir la dominer, elle s'agrippe à son ventre avec une véhémence qui l'étonne toujours. Saisie par cette force sourde et démesurée, la femme alors se concentre, un univers indomptable entre les mains et, pendant une longue minute, tous les cœurs s'unissent, mobilisant pour l'amie en douleur toute l'énergie qu'ils peuvent trouver.

Et ils en trouvent, de l'énergie, beaucoup, sans même savoir où ils la puisent. C'est ainsi que la solidarité dessine dans la chambre bleue un beau cercle de tendresse autour du ventre impitoyable. Car une seule volonté les habite tous : enfanter.

Puis le visage de Xavière s'apaise. Son regard reprend conscience de ses amis qu'elle ne voyait plus. Pantelante et abasourdie de soulagement, elle sort plus belle que jamais de ce tourment que la nature lui impose... un tourment qu'elle se prend par moments à aimer, à désirer... parce que c'est une souffrance qui pousse dans le bon sens.

Elle regarde Christophe, montre en main, qui, avec une application d'écolier, note quelque chose sur une tablette, heureux de se sentir utile... et Alexandra, suffoquée d'émotions et dont le regard noir jette des reflets qui la disent en paix avec le monde entier... et la fidèle Maria Meilleur, assise sur un banc tout à côté, et qui sait ce qui s'en vient, et qui observe d'un œil et d'une main sages l'évolution du travail de sa nouvelle amie, sa consœur dans l'humanité.

Par-derrière, Xavière reçoit aussi la tendresse de Pierre. Dépassé par la puissance de ce qui traverse la femme, il voudrait tant lui transmettre sa force, mais sa force d'homme ne sert vraiment à rien.

Xavière cherche alors Ève des yeux. Elle la découvre, dans la porte de la chambre, en train de faire entrer un vieil homme en le tirant par la main. C'est le docteur Mélançon. Xavière lui souhaite elle-même la bienvenue :

— Oh, docteur, bonjour... Entrez.

— Euh... bonjour.

Et tous se retournent vers le nouveau venu. Alexandra s'approche et lui prend l'autre main, l'entraînant vers le milieu de la pièce.

— On est contents que vous soyez là, docteur. Approchez que j'vous présente madame Meilleur. C'est une sage-femme. Madame Meilleur, j'vous présente le docteur Mélançon. C'est un homme sage. Pis là, au milieu, c'est un p'tit bébé. Lui, j'peux pas encore vous l'présenter, mais ça devrait pas être ben ben long, han, madame Meilleur?

La femme s'est levée. Elle s'approche du vieil homme en essuyant ses mains dans son tablier.

— Soyez le bienvenu, docteur. Je suis contente que vous soyez là, mais je pense pas qu'on puisse vous présenter le bébé aussi vite que ça.

Et ils se serrent la main.

— Je suis heureux de vous rencontrer, madame Meilleur. Xavière m'a parlé de vous. Je suis venu en ami. J'ai laissé ma trousse dans l'auto. Mais si je peux rendre service, vous le dites... c'est vous qui décidez... avec Xavière, bien sûr.

De bons sourires accueillent les paroles de cet homme et en font immédiatement un des leurs. La vie dans la chambre reprend son cours.

Xavière demande à Pierre de l'aider à se lever. Elle a envie de marcher. Le drap sous elle est un peu souillé. Madame Meilleur le ramasse en un gros tapon qu'elle donne à Ève pendant que Xavière arpente la chambre avec Pierre. Il veut la soutenir, mais elle lui demande encore de la laisser. Madame Meilleur envoie Christophe dans le magasin chercher des couches jetables :

— Seulement les non parfumées, han!

Pendant ce temps, Ève se rend dans la petite salle de lavage, où les machines n'arrêtent pas de fonctionner. Une minute plus tard, Christophe revient avec quatre boîtes de Pampers qu'il empile près du lit. Se relevant, il aperçoit Xavière, seule à l'autre bout de la pièce, les mains sur le mur, qui se dandine et se penche patiemment sur un autre spasme.

Ève, dans l'arrière-boutique, commence à laver une nouvelle brassée de draps. La sécheuse n'a pas encore terminé son cycle et Ève doit aller dehors, dans la cour, pour étendre le linge mouillé sur la corde de madame Meilleur. Elle a l'esprit léger. Un vent chaud fait danser mollement les grands draps dans le soleil qui descend et la jeune fille observe les vagues de lumière qui ondulent sous la corde.

À l'intérieur, Xavière est accrochée au cou de Pierre. On dirait qu'ils dansent sur une musique lente. Les gémissements se perdent dans la chemise de l'homme. Alexandra mouille une débarbouillette dans un petit bassin, puis l'essore. Xavière relève la tête. La contraction est terminée. Elle respire bien. Lentement, elle se retourne. Sa bedaine têtue pointe toujours entre les pans de la robe de chambre. Alexandra lui tend la petite serviette humide.

— Merci, Alex... tu es bien bonne.

Puis Xavière aperçoit la pile de boîtes roses à côté du lit :

— C'est un peu tôt pour les couches, vous trouvez pas ?

— Moi, j'appelle ça de l'optimisme, dit Pierre.

— Pis le rose, ajoute Christophe, c'est parce que ça va être une fille !

Ève, l'esprit bien aéré, est revenue. Elle tient devant elle un grand panier de draps blancs. Elle a entendu ce qu'on vient de dire :

— Ça, Xavière, c'est pas des couches, c'est des gros tests de grossesse... pour savoir si t'es vraiment enceinte !

Pendant un moment, personne ne réagit. Ève est là, silencieuse, le visage illuminé par la blancheur des draps qu'elle tient.

Xavière, alors, se met à rire doucement. Elle se rappelle le test de la petite boîte rose. Les autres se mettent à rire aussi. Seuls le docteur Mélançon et madame Meilleur se regardent, interloqués. Xavière se tient le ventre et s'approche d'un cube blanc sous la verrière, puis s'assoit dessus, refermant pudiquement la robe de chambre sur ses jambes. Elle continue à sourire, le visage heureux de la folie d'Ève. Mais, tout à coup, son bonheur lui fait faux bond :

— Oh !

Pierre accourt et s'accroupit devant elle. Il prend ses mains qui se crispent déjà.

— Oh, Pierre ! Je suis si fatiguée !

La douleur qui la tenaille est là. Elle doit s'en occuper. Pierre regarde le visage qui se referme devant lui, qui se retire. Xavière se retrouve encore seule avec sa douleur. Pierre lui embrasse les jambes et couche sa tête sur ses cuisses. Ève a déposé son panier de linge et son sourire. Elle s'approche de madame Meilleur, qui l'accueille sur sa hanche.

— T'en fais pas, petite, tout va bien. Xavière travaille comme une grande. Tu sais, c'est les contractions qui font naître les bébés, y a pas d'autres moyens. Pis y a seulement Xavière qui peut les avoir.

Ève, le cœur et le corps chambardés, regarde Xavière qui gémit en s'agrippant à la chemise de son papa agenouillé. Alexandra s'est approchée du docteur Mélançon. Chez le vieil homme qui a vu tant d'accouchements en milieu hospitalier renaît une impression oubliée. La naissance d'un enfant est un acte si naturel. Christophe, à côté, oscille comme un grand piquet mal planté.

Xavière reprend son souffle. Elle ouvre les yeux. Pierre lève la tête. Il a envie de lui dire quelque chose :

— Xavière... ta façon de respirer... là... j'avais les yeux fermés... j'ai eu l'impression qu'on faisait l'amour... c'était pareil.

Xavière a envie de lui répondre que c'est exactement ça qu'ils sont en train de faire. L'amour. Mais elle pose simplement sa main sur la joue de Pierre dans un geste qui lui dit : « Je t'aime ». Et Pierre répond, comme s'il avait compris :

— Moi aussi.

Et dans cette seconde même s'effondrent en lui les dernières résistances. Pour la première fois, l'homme se met à vouloir cet enfant. À le vouloir de toutes les fibres de son être, totalement, sans nuances, et avec la même force que sa bien-aimée.

Il reçoit alors une poussée qui le fait tomber sur les fesses. Xavière vient de se lever brusquement. Entre ses cuisses, une sensation de chaleur l'a surprise. Debout, les jambes un peu ouvertes, elle se sent toute mouillée. Hébétée, elle regarde à ses pieds. Une petite flaque se déploie. Elle lève la tête vers madame Meilleur, qui approche et qui déjà a compris.

— C'est les eaux qui ont crevé ! Viens sur le lit, Xavière, je vais t'examiner.

— Quoi ! s'exclame Christophe. Les os ont crevé ! Comment ça, les os ont crevé ?

— Laisse faire, Christophe, tout va bien. Va ouvrir une boîte de couches pis pose pas d'questions !

Et pendant que Pierre se relève, le docteur s'approche et jette un coup d'œil au liquide amniotique répandu par terre.

— À moi, docteur, ça m'paraît clair, prononce madame Meilleur, qui mène Xavière vers le lit.

— Oui, oui. Très clair.

Et Christophe, en train d'arracher le dessus d'une boîte rose, de marmonner :

— En tout cas, moi, j'trouve pas ça clair pantoute !

— Hi, hi, hi !

— Bon, ça y est ! A rit encore de moé !

— Allons, Christophe, lance madame Meilleur, dépêche-toi !

Et le grand garçon, aussitôt, lui apporte une couche.

Xavière se tient debout au pied du lit. Les bandes de lumière sur le mur à côté sont très hautes. Elles commencent à faiblir. Le soleil va bientôt plonger derrière sa montagne du soir. Alexandra s'est approchée avec une autre débarbouillette mouillée et, à genoux à côté de la femme, elle se penche sous le ventre énorme et lui lave les jambes du mieux qu'elle peut. Madame Meilleur déploie la couche sur le lit.

— Tu vas t'asseoir là.

À la manière d'une dame de compagnie, elle tient la robe de chambre comme une traîne pendant que Xavière s'assoit. La parturiente a l'air d'une reine servie par ses sujets. Et c'est bien ce qu'elle est. Sur le petit cube qu'on a approché en guise de table de nuit, madame Meilleur prend le stéthoscope et se le place aux oreilles, puis en réchauffe l'extrémité sur son bras.

— Xavière, tu veux te pencher un peu vers l'arrière.

Docile et confiante, la femme obéit et le ventre bascule vers le haut. Pierre revient la soutenir par-derrière et madame Meilleur pose délicatement l'instrument sous le nombril. Elle n'a plus aucune crainte. Tout son art de sage-femme lui est revenu. Elle écoute pendant de longues secondes tout en gardant un œil sur sa petite montre. Enfin, elle relève la tête et prononce, heureuse :

— Xavière, laisse-moi te dire que ça vit là-dedans. Cent trente, cent quarante. Tout est beau. Il est déjà avec nous autres !

Elle remet le stéthoscope sur le cube, puis elle tire d'une boîte bleue, à la manière d'un mouchoir, un gant en vinyle jetable qu'elle enfile.

— Je m'excuse, Xavière, mais il faudrait que j'aille voir un peu. Veux-tu que tes amis se retirent ?

— Je... oui.

— Ils pourraient aller chercher de quoi manger, non ?

— J'y vas !

— J'y vas !

Alexandra et Christophe ont parlé en même temps. Pendant une seconde, ils se regardent. Christophe a une idée :

— On va traverser *Chez Germaine* ! J'suis sûr que Gertrüd va nous préparer què'qu'chose de bon.

Plus personne ne les écoute. D'ailleurs, ils quittent la pièce. Madame Meilleur s'est penchée devant Xavière et, délicatement, respectueusement, effectue un toucher vaginal. Ève s'est reculée et le docteur Mélançon, discret, observe de loin. Tous les deux, ils attendent le verdict de la sage-femme.

Madame Meilleur enfin se relève et jette le gant :

— Cent sous ! Au moins. Et la tête flotte plus... Eh ben, ma bonne Xavière, il est en bon chemin. Faut pas lâcher ! Pis vous non plus, han, monsieur Tremblay.

Ève n'a pas compris quelque chose :

— Cent sous ?

Madame Meilleur se tourne vers elle.

— Ben oui, « cent sous », comme une piasse... une vieille piasse en argent. C'est comme ça que maman disait. Ça veut dire que le col est ouvert grand comme une piasse, tu comprends ? Quand je l'ai examiné la première fois, c'était « dix cennes », pis la tête flottait. Pis là, ben, c'est rendu à « cent sous »... pis la tête est fixée.

Ève ne la suit pas très bien.

— Pis après, ça va être « p'tite paume », pis « grande paume ». Pis après, ben, Xavière va être « complète ». Voilà, c'est comme ça que ça se passe tout l'temps. C'est comme ça que je l'ai appris, en tout cas. Pas vous, docteur ?

— Euh... oui... Enfin, pas tout à fait, mais ça revient au même, je suppose.

Tout à coup, ils se taisent, un peu honteux. Xavière est entrée dans une nouvelle contraction. Entre les bras et les jambes de Pierre qui lui sert toujours d'appui, bien loin de ce bavardage, la femme veille à faire entrer en elle tout l'oxygène qu'elle peut aspirer. Dans le creux de son oreille, l'homme lui insuffle son amour. Pendant ce temps, Christophe et Alexandra reviennent. Ils transportent une immense boîte brune et plate qui passe de justesse dans la porte. Ève se joint à eux et demande :

— Mais qu'est-ce que c'est ça, pour l'amour ?

— Ça, ma chère, c'est une table de parterre, répond Alexandra. Pour manger. On va la monter... là.

Inutile de discuter. La boîte est déjà rendue. Aujourd'hui, rien ne semble impossible. Les trois enfants déjà s'affairent à ouvrir la boîte. Ève se met à lire les instructions pendant que Christophe retourne dans le magasin chercher quelques outils.

En deux temps trois mouvements, une belle table ovale blanche est montée, avec un parasol fleuri planté au milieu. Il ne manque plus que les chaises. Alexandra en apporte deux :

— Il y en a quatre autres, comme ça, dans la première allée du magasin.

Christophe sort avec les cartons et les papiers à jeter pendant qu'Ève grimpe sur la table pour déployer le parasol. Il est grand. Alexandra a déjà placé les deux chaises. La table est presque prête à accueillir des convives. Christophe arrive avec les autres chaises :

— Bon, et maintenant, la bouffe ! Tu viens, Alex ? On va traverser.

— Je m'occupe de mettre le couvert, annonce Ève.

Ses deux amis sont déjà partis. Ève se retourne vers le lit. S'approche. Madame Meilleur demande quelque chose au docteur :

— Vous voulez prendre sa pression ?

— Oui, bien sûr.

Ève se sent bien. Le docteur et la sage-femme ont l'air de s'entendre. Madame Meilleur s'est assise sur son petit banc, en face de Xavière. Elle va parler :

— C'est parti pour de bon, là, ma bonne Xavière. Tu te souviens de ce que je t'ai dit ? Il faut pas résister ! Les contractions, ça blesse pas le bébé, ça le fait naître. Alors, laisse-les venir. Ton corps, il est pas fou. Il veut donner la vie... comme toi. Alors laisse-le faire. Et puis surtout, aime ! Aime comme jamais t'as aimé ! Même ta douleur, aime-la ! C'est la tienne, c'est une douleur qui est grande comme l'enfant que tu veux. Fais corps avec elle. Dis-lui oui ! Il faut dire oui à tout maintenant. À tout !

Madame Meilleur fait alors une longue pause. Ève commence à comprendre le sens du mot *sage-femme*.

— Tantôt, je vais arrêter de parler. De toute façon, mes mots serviront plus à rien. C'est à ton tour de parler. T'as le droit de dire ce que tu veux. Gêne-toi surtout pas ! Danse, chante, crie, berce-toi ! Fais des avions en papier si ça t'tente. Y a rien qui presse. Y a pas de record à battre. T'as même le droit de perdre courage. Y a que des amis ici. Personne veut que tu sois une héroïne. On est pas dans un roman, là.

Puis enfin :

— Regarde, Xavière, c'est merveilleux. Le jour se couche. La lumière va être douce pour toi et pour l'enfant qui s'en vient. Je vais m'arranger pour qu'à tes oreilles aussi tout soit doux.

Maria Meilleur, la mère de Jean-Sébastien, a encore une chose à ajouter :

— Ma bonne Xavière... c'est en acceptant ta souffrance que tu te prépares à accepter l'enfant... tel qu'il sera.

Et les deux femmes se prennent la main. Xavière est prise d'une puissante contraction.

— Celle-là, chuchote la sage-femme, j'la prends ! Tu m'la passes !

Et une minute implacable s'écoule. Une minute de solidarité. Puis l'étreinte des mains se relâche.

Madame Meilleur, péniblement, se lève de son petit banc. Le docteur Mélançon l'aide un peu. La sage-femme est maintenant debout. Grande. Elle aperçoit Pierre, derrière Xavière épuisée. Il la regarde.

— Pour se préparer à être père, ça, je sais vraiment pas quoi vous dire.

C'est à ce moment que survient Christophe, catastrophé.

— Madame Meilleur! Les notes! J'ai oublié! J'ai rien écrit depuis une demi-heure! C'est-tu grave?

— Non, non, mon grand, t'en fais pas, c'est pas grave. Tout est inscrit dans ma tête. C'était juste pour t'occuper les mains, pour pas que tu t'énerves. Mais parle moins fort, veux-tu? Ici, maintenant, y a juste Xavière qui a le droit de parler fort.

Le regard ahuri et soudainement agrippé à la taille par son amie Ève, le grand garçon est ébranlé. Il ne comprend plus ce qui se passe.

Mais ce n'est pas grave. Il sait bien que, quand Ève est là, il finit toujours par comprendre... tôt ou tard.

La lune et les étoiles

L a nuit est maintenant tombée et sept amis sont réunis dans une grande chambre d'enfant, autour d'un buffet. Au centre de la table tremble la flamme vive de deux chandelles. Xavière, qui a besoin de plus d'espace que les autres, est installée un peu à l'écart dans une chaise berçante qui fait tic-tic, tic-tic... Le temps ne passe pas vite. Elle se berce à peine.

Quelques coussins lui permettent de garder une position légèrement penchée vers l'arrière. Sur son ventre, une serviette de table fait un beau carré blanc. Xavière n'a pas tellement mangé. L'appétit de ses amis pour les bons plats préparés par Gertrüd lui a amplement suffi. Elle se contente d'observer ces visages amis où la sérénité s'est posée, douce comme la lueur des chandelles. Aucun éclat ne marque les rares paroles échangées.

Une nappe de papier blanc se déploie sur la table. Les plis forment un quadrillé fascinant sous les assiettes. Autour, les gestes des convives sont empreints de dignité. Même la longue silhouette de Christophe fait de jolies courbes et Xavière se prend à aimer ce visage tout en exclamations. Puis son regard découvre, à côté, la noire Alexandra et un docteur Mélançon auréolé de sagesse.

Par la main qu'elle tient, Xavière reçoit aussi la bonne volonté d'un homme qui veut rendre service. Pierre, son ami, son amant. Elle l'aime tant. Elle va lui faire un si bel enfant.

Ève revient de la salle de lavage. Elle s'assoit à l'autre bout de la table, au-delà des petites flammes, et son visage prend une couleur chaude et uniforme. Les deux femmes, face à face, se regardent. Sous la crinière sombre, les yeux d'Ève chatoient dans la pénombre. Xavière se sent apaisée. À Ève aussi, elle va faire un si bel enfant.

Puis Xavière lève les yeux sur le parasol qui fait une tache noire sous la verrière remplie d'étoiles et elle sent l'énergie glisser sur elle, à fleur de peau, comme un picotement... puis la pénétrer solidement, s'emparant de tout son être. C'est une poigne dont la force est sans mesure mais, en même temps, pleine de tendresse pour ce qu'elle doit mettre au monde. Xavière respire avec la même détermination que cette force amie. Elle l'appelle, elle la veut. Elle lui chuchote : « Allez, viens, ma belle... je suis avec toi ! Je t'ai reconnue. Tu veux m'aider ? C'est pas moi qui vas t'en empêcher ! » Et aussitôt elle cesse de penser. La puissance de la poussée est trop grande. Elle ne voit plus que le grand ovale noir déployé dans un ciel étoilé au-dessus de silhouettes amies et une femme bonne penchée sur elle et qui laisse planer un sourire. La douleur de Xavière prend la forme de ce sourire... devient ce sourire.

Et le temps, dans la chambre de Jean-Sébastien, s'écoule au rythme de Xavière, les périodes de repos et de crises se succédant comme les grands battements d'un cœur... les battements d'une femme qui va accoucher.

Christophe est allé porter la vaisselle de l'autre côté de la rue, *Chez Germaine*. Avec une fidélité exemplaire, Alexandra s'occupe de l'eau, des serviettes et des débarbouillettes qui font tant de bien. Une sorte de routine s'est installée. Le docteur Mélançon sirote un café.

Christophe revient. C'est alors qu'Ève demande à Xavière si elle désire aller dehors. La nuit est si belle. C'est plein d'étoiles.

Xavière aussitôt se lève.

La femme se tient debout dans la nuit fraîche, entourée de tous ses amis. Elle porte sur ses épaules un manteau de madame Meilleur. De chaudes chaussettes grises montent jusqu'à ses genoux. Le vent s'est arrêté. L'air ne bouge plus. Les grands draps blancs sont immobiles sur la corde à linge. Pierre a éteint toutes les lumières de la maison afin qu'on voie mieux les étoiles. Tout autour de la vallée de Saint-Albert, l'horizon ondoie. Ce sont les grandes vagues sombres et fixes des Laurentides derrière lesquelles plonge la voûte céleste.

— Regardez! dit Ève.

Et au loin, sur la pente douce d'une longue montagne, ils aperçoivent sept grands sapins se découpant dans le cercle de la lune.

Xavière se tourne vers l'astre et le manteau tombe par terre. Puis elle détache ses cheveux et laisse s'entrouvrir les pans de la robe. Et là, inondée de lumière lunaire, la femme a un gémissement qui se perd dans la nuit.

Pierre et Ève veulent s'approcher, mais elle leur fait signe qu'elle n'a besoin de personne. Elle écarte un peu les jambes, pour l'équilibre, et appuie son menton sur sa poitrine. Sous sa chevelure qui tombe, elle s'isole. Tout le monde s'est tu. Dans la nuit, il n'y a plus que la respiration haletante d'une femme en travail.

Au bout d'une longue minute, Xavière relève la tête. Là-bas, la lune cherche à se détacher de la montagne.

Hésitante, Ève s'est rapprochée. Xavière ouvre les bras et la jeune fille vient poser sa tête sur ce ventre immense qu'elle embrasse sans pouvoir en faire le tour. Son oreille et sa main sentent aussitôt la vie qui bouge là. Un petit être, si proche et si loin encore, s'apprête à venir au monde.

— Oh, Xavière... j'ai hâte de le bercer, de le porter...

Et Xavière de sourire :

— Il va falloir que tu attendes ton tour.

— J'trouve que ton tour, il est pas mal long.

— Pour ça, je ne peux pas dire le contraire.

Au bout d'un moment, Ève ajoute :

— Dis-moi, Xavière, ça va être quand, mon tour ?

— Quand tu voudras, Ève. Ce sera quand tu voudras. Tu es libre. Tu feras une mère extraordinaire. Tu l'as déjà bien montré.

Ève laisse encore passer quelques secondes, puis :

— Ça va être un beau bébé, han ?

— Évidemment. Tu es sa demi-sœur. Il va sûrement te res-sembler un peu.

Leur tendre badinage est interrompu par madame Meilleur, qui a ramassé le manteau :

— Allez, Xavière, on rentre, c'est trop frais ici.

Une autre crise fige la femme, qui serre encore la tête rousse sur son sein. Ève sent alors sous ses doigts le ventre durcir. La figure tordue par l'étreinte, elle veut le flatter, le calmer, mais la contraction s'agrippe. Le ventre a une poussée ultime, d'une intensité inouïe.

La douleur atteint Xavière à l'âme. La femme resserre encore son emprise sur la tête de la jeune fille, lui arrachant des larmes.

Et Ève emmaillote le ventre, s'entortillant autour pour que rien ne se perde de cet effort surhumain.

Et Xavière sent alors, au plus profond d'elle-même, quelque chose qui se produit... une sorte de glissement.

La lune, dans le ciel, flotte toute seule, en équilibre au-dessus de l'arête de la montagne noire. Sans fil. Pleine et ronde. Les bras de Xavière ont libéré la tête d'Ève. Abasourdie et chancelante, elle prononce :

— Maria... il vient... je le sais...

— Allez, on rentre.

Et tous tournent le dos au paysage nocturne et s'engouffrent dans la maison. Ève, les bras vides, voit Xavière disparaître, soutenue par madame Meilleur et par son père. Elle se demande si elle n'a pas déclenché quelque chose. Elle accourt derrière ses amis. Xavière va accoucher. Maintenant.

Quand Ève arrive dans la chambre, Xavière est déjà installée au bout du lit. Pierre, assis derrière elle, la soutient pendant que madame Meilleur enfile des gants. Le docteur Mélançon se tient non loin et observe. Christophe et Alexandra sont en retrait, à une distance respectable. Ils se tiennent par la main. Ève approche et voit Xavière qui a ouvert les jambes. Madame Meilleur sait que l'ouragan est commencé. Elle se penche et touche.

— Il est là, ma belle... il s'en vient, t'as raison... «très grande paume»! Le col est effacé... T'es complète, ma grande! Va falloir commencer à pousser... pour de vrai! Tu te souviens de ce que je t'ai dit?

Xavière est encore prise au ventre et aussitôt se met à respirer solidement et avec un acharnement sans concession. Et Pierre de respirer avec elle, par mimétisme et avec un synchronisme étonnant. Doué d'une force qu'il ne se connaissait pas, il soutient encore son aimée et les bras de l'homme, le long de ses flancs, caressent le ventre énorme comme seul un amant peut le faire. Dans leurs longues chaussettes grises, les jambes de Xavière tremblent. La femme puise dans ses dernières réserves et Ève ne comprend plus bien ce qui se passe. Elle n'a jamais vu cela. Personne, jamais, ne lui a parlé de cela. Ni à l'école ni ailleurs. Puis la contraction s'arrête...

Les yeux fermés et la tête de côté, appuyée sur Pierre, Xavière souffle comme après une longue course. Dans la pièce se répand un soulagement que l'on sait éphémère. La respiration de Xavière donne l'impression qu'elle dort. Et un bruit devient perceptible. Un bruit bien caractéristique... tic-tic, tic-tic, tic-tic... et tous se retournent.

Au beau milieu de la chambre, Jean-Sébastien, venu de nulle part, s'est installé dans sa chaise. Les coussins jonchent le sol autour de lui. Il se berce avec énergie. Face à Xavière. Mais tout de suite on l'oublie, car Xavière s'est mise à secouer la tête. De longues mèches de cheveux lui collent au visage. Alexandra laisse la main de Christophe et veut apporter une débarbouillette humide.

— Non! laisse-moi!

Surprise, elle recule et entend Xavière qui ajoute :

— Oh, Maria!

— Pousse, ma belle, pousse!

Les mains de Xavière rattrapent alors celles de Pierre. Ses ongles pénètrent les paumes de l'homme, et la femme s'agrippe ainsi, puis s'arc-boute, produisant une poussée formidable. Pierre est alors presque renversé mais il résiste, la tête sur l'épaule de son aimée. Joue contre sa joue, il souffle avec elle. On dirait un corps à deux têtes. De

l'autre côté du ventre, madame Meilleur, penchée, observe. Sa main
gantée, déjà, prépare le chemin. Elle masse la chair qui sera soumise
tantôt aux pires tensions. Le corps de Xavière se cambre et ses jambes
sont encore habitées de tremblements. Madame Meilleur est la seule
à parler maintenant :

— Il est engagé... Sa tête est là... Pousse, Xavière, pousse bien...
là... dans le sens de mon doigt... Pousse... et respire bien... comme je
t'ai montré... Allez, ma belle amie... vas-y... maintenant! Je m'occupe
du reste.

On dirait que Xavière n'entend rien. Pourtant, elle bloque sa
respiration... et pousse.

— Bien... bien... continue...

Xavière entend tout. Capte tout. Rien ne lui échappe. Jamais
elle n'a été si sensible. Retirée au plus profond d'elle-même, elle
se nourrit de tout ce qu'elle reçoit et devient une boule d'amour
enveloppée par la voix de Maria et les mains de son amant... et par
tout l'Univers qui gravite autour d'elle et au sein duquel se trouve
recroquevillé un enfant énergique dont la volonté impitoyable est
de naître. Xavière a l'impression de ne plus avoir de poids. Habitée
de puissantes poussées, de hoquets et de tremblements, elle flotte
au centre de ses amis, consciente de tout, présente à tout. Elle se sent
comme un ballon léger. La douleur, s'il y en a encore, s'est évanouie, absorbée par une espèce d'euphorie, un enthousiasme du
cœur et du corps qui la suspend au-dessus du sol, comme la lune
tout à l'heure, au-dessus de la montagne. Ce ne sont que des vagues
diffuses qui l'habitent maintenant. Ce sont des vagues de bien-être
qui lui ouvrent les yeux et le corps. Aucune pensée ne lui vient sur
ce qu'elle voit. Elle voit, c'est tout. Xavière a quitté le monde de
la pensée, ainsi que le monde des mots... tic-tic, tic-tic, tit-tic... et
madame Meilleur s'affaire sous la respiration haletante de la femme.
Car la tête du bébé est là. Couronnée.

La sage-femme, délicatement, cherche à la dégager. Ses doigts,
prudemment, repoussent les lèvres tout autour et veulent la saisir...
mais glissent. L'enfant lui échappe encore :

— Pousse, ma belle, pousse... Encore un grand coup... J'ai besoin de ton aide, là...

Jean-Sébastien, devant Xavière, se berce avec une énergie folle. Le bleu de ses yeux a envahi toute la nuit. La femme inspire alors à fond. Elle se remplit de tout ce que la chambre peut contenir d'énergie. Puis bloque sa respiration. Définitivement.

Et lentement, une profonde volupté envahit son corps. Une ivresse sans nom circule en elle. Entre les bras de son amant, son corps ouvert vibre. Elle éprouve un bien-être extrême. Ses yeux cherchent à saisir l'incroyable émotion qui la traverse. Elle est en état d'amour. Cela dure, dure. Soudain, comme dans l'orgasme, elle perd pied et tombe dans un vertigineux soulagement.

— Pousse plus! Xavière! Pousse plus, j'te dis!

La tête du bébé est dégagée. En un tournemain, madame Meilleur le fait pivoter. Elle dégage une épaule, puis l'autre. Et un petit être glisse tout entier hors de la femme et se retrouve entre les mains de madame Meilleur.

Il bouge déjà. C'est un paquet de vie. Submergée d'émotions, la sage-femme arrive à prononcer :

— C'est un garçon!

Une sorte de craquement se fait alors entendre. Le premier cri de l'enfant. Il a déjà commencé à respirer, à s'exprimer. Madame Meilleur se ressaisit. Elle le dépose sur les serviettes, par terre, puis l'examine.

— Tout va bien, ma bonne amie, il a tous ses morceaux.

La sage-femme essuie quelques sécrétions, puis soulève l'enfant et le pose sur le ventre de Xavière, sous les yeux brouillés de Pierre.

— Voilà... c'est vot' p'tit gars.

Pierre ne peut rien faire. Ses mains sont encore captives. Xavière sort de sa torpeur. Elle se penche, puis elle lâche les mains de Pierre, mais elle ne sait trop comment prendre ce paquet qu'on lui tend.

Xavière se décide enfin et glisse ses mains sous les petits bras. Elle tient son enfant. Les petites pattes s'agitent dans le vide. Le bébé a encore quelques vagissements qui achèvent de libérer ses poumons.

Xavière l'approche doucement de sa poitrine. Le petit être attrape le sein et se tait aussitôt.

Dans la chambre, le bonheur est alors si grand que la nouvelle mère éclate en sanglots. Pierre, derrière, grimace de bonheur. Il ne voit plus clair et se met à brailler. Tous les deux ensemble, ils s'abandonnent enfin à toutes les émotions retenues.

— En voilà un qui avait faim, lance madame Meilleur pour détendre l'atmosphère. Pas de doute, il a de l'appétit pour la vie, vot' p'tit gars !

Tout le monde s'est approché. C'est la scène la plus belle qu'on puisse imaginer. Dans les bras d'une femme qui pleure et rit dans les bras d'un homme qui cherche son souffle, un petit être goulu impose déjà son existence en prenant la vie à pleine bouche. Dans le silence de la nuit, on assiste aux premières minutes d'un destin. Le calme incroyable de ce bébé aux petits poings qui s'ouvrent et se ferment se répand dans le cœur de chacun.

L'arbre de Laurence

Dans toute la chambre et au-delà, le calme s'est répandu. Sur le ventre de Xavière, le cordon ne bat plus. Madame Meilleur pose les deux petites pinces et tend la paire de ciseaux à Pierre. C'est le père qui doit couper le cordon et donner à son enfant sa première autonomie.

Madame Meilleur demande :

— Le bain, Alex.

— Oui, oui, madame Meilleur, tout de suite ! Viens-t'en, le grand, on va préparer ça !

Christophe et Alexandra quittent la pièce. Ève demande :

— Je peux le donner, moi, le bain ?

— Mais bien sûr, répond Xavière. C'est la marraine qui donne le bain, d'habitude, han, Maria ?

— Évidemment, répond la sage-femme, qui n'a jamais entendu parler d'une telle coutume.

Ève n'a pas le temps de s'émouvoir. Déjà Christophe revient avec un bassin plein d'eau.

— La température est correcte ? demande madame Meilleur.

— Comme dans le ventre de la mère, répond Alexandra, qui arrive derrière.

Christophe dépose le bassin sur la table, sous le grand parasol fleuri. Pendant ce temps, Ève s'est approchée de Xavière. Le bébé semble endormi. Xavière ouvre ses bras. Avec des précautions infinies, Ève se penche et le soulève. Les petits membres s'agitent un peu. Le bébé vagit légèrement. Chacun s'écarte pour laisser passer Ève.

Sous la lumière lunaire, Ève descend l'enfant au-dessus du bassin. Le bébé donne encore quelques ruades dans l'air. Il est sur le point de crier mais, alors qu'il touche l'eau, la grimace s'évanouit et les petites pattes se calment.

Le bébé est couché dans l'eau. Seule sa figure émerge. Ève le soutient d'une main, par l'arrière de la tête. De son autre main, elle caresse ce petit corps rempli de confiance. Elle le lave. Elle a l'impression d'avoir toujours su faire ça. Elle lève les yeux sur son grand ami :

— Tu veux être le parrain, dis ?

— Ben sûr que j'veux.

— Alors, aide-moi.

Et Christophe, hésitant, approche ses mains.

— Regarde, Christophe, comme ça lui fait du bien. Il adore ça, j'en suis sûre. Allez, caresse-le… partout… gêne-toi pas. Il écoute déjà notre façon de le toucher. C'est important, c'est les premiers moments de sa vie.

Et leurs mains de s'unir sous l'eau afin d'envelopper l'enfant d'une tendresse profonde et sans ambiguïté.

Au bout d'un temps marqué seulement par le bruit de l'eau où barbote doucement le bébé, Ève lève la tête vers son ami profondément concentré sur le bain qu'il donne.

— Tu sais, Christophe, un jour, je serai mère à mon tour. Ça, en tout cas, c'est écrit.

— Et moi, père, tu sauras !

Ève baisse alors la tête, remplie de bonheur, puis soulève le bébé. Alexandra arrive avec des serviettes ouvertes et reçoit l'enfant qu'Ève y dépose. Toutes les deux, elles l'épongent délicatement, puis l'emmaillotent. Alexandra porte le bébé vers le lit, où Pierre, encore chancelant, se prépare à le recevoir.

— C'est mon tour, là, han?

Maladroit, il le prend. Émue, Ève voit son père qui porte son premier fils... et comprend qu'il n'y aura plus guère de place pour elle dans les bras de cet homme-là.

Près du lit, Xavière se lève, soutenue par le docteur Mélançon. Elle vient d'expulser le placenta dans un petit bassin. Madame Meilleur y plonge les mains et tourne et retourne l'enveloppe vitale afin de s'assurer qu'elle est complète. Elle annonce :

— Tout est là... il manque rien!

Mais on ne se préoccupe que de l'enfant.

— Regardez, dit Pierre, comme il est beau!

Pendant ce temps, Alexandra s'approche de Xavière, avec sa panoplie de débarbouillettes humides et de serviettes chaudes.

— Oh, Alexandra! Comme tu as été bonne pour moi!

Mais la jeune fille est occupée par une question qu'elle veut poser :

— Vot' gros toxon, là, vous allez l'appeler comment, donc?

— Laurence. On va l'appeler Laurence. Qu'est-ce que t'en penses?

Et Christophe d'intervenir :

— Laurence? C'est un nom d'fille, ça!

Et Ève :

— Oh, oui! Laurence! Moi, j'trouve ça superromantique!

Alexandra se retourne alors vers eux, sévère :

— En tout cas, toué deux, vous faites toute une paire! Ça s'peut pas!

Christophe s'est approché du mur, sous la verrière. Il se lève sur le bout des pieds et regarde dehors. Tout à coup, il lance :

— Hé! venez voir! Là, dans la cour!

Tout le monde s'approche, mais personne ne peut voir car seul Christophe est assez grand pour atteindre le bas de la verrière.

— Venez! Qu'est-ce que vous attendez?

Alexandra et Ève s'affairent aussitôt à transporter les cubes le long du mur, puis elles aident Xavière dont les jambes flageolent encore. Pierre monte à son tour, le bébé dans les bras. Puis le docteur. Et enfin les deux jeunes filles. Et ils voient...

Dans la cour, sous la lune haute, Jean-Sébastien, avec une pelle, achève de faire un trou dans la terre meuble. Madame Meilleur se tient à côté, avec un bassin. Son fils a terminé. Alors la femme se penche et laisse glisser le placenta dans le sol. Tout de suite, l'enfant se retourne. Il y a là un arbuste avec toutes ses racines pleines de terre. C'est un jeune chêne. Jean-Sébastien s'en saisit et le plante dans le trou, bien droit, puis, avec ses mains, en ensevelit la base.